本书为福建师范大学福清分校委托研究项目"文学地理学批评视野下的劳伦斯长篇小说"（项目编号：HX201713）最终成果。

　　本书出版得到了福建省莆田市优选教育咨询有限公司的资助。

庄文泉

著

文学地理学批评视野下的
劳伦斯长篇小说研究

中国社会科学出版社

图书在版编目（CIP）数据

文学地理学批评视野下的劳伦斯长篇小说研究／庄文泉著.—北京：中国
社会科学出版社，2017.4
ISBN 978 - 7 - 5203 - 1040 - 6

Ⅰ.①文… Ⅱ.①庄… Ⅲ.①劳伦斯（Lawrence,David Herbert
1885—1930）—小说研究 Ⅳ.①I561.074

中国版本图书馆 CIP 数据核字（2017）第 231872 号

出 版 人 赵剑英
责任编辑 慈明亮
责任校对 王 龙
责任印制 戴 宽

出 版 中国社会科学出版社
社 址 北京鼓楼西大街甲 158 号
邮 编 100720
网 址 http://www.csspw.cn
发 行 部 010 - 84083685
门 市 部 010 - 84029450
经 销 新华书店及其他书店

印 刷 北京明恒达印务有限公司
装 订 廊坊市广阳区广增装订厂
版 次 2017 年 4 月第 1 版
印 次 2017 年 4 月第 1 次印刷

开 本 710×1000 1/16
印 张 25.5
插 页 2
字 数 393 千字
定 价 108.00 元

序

　　庄文泉，福建莆田人，乃福清之学士，人文之干材也。思想起他在福建师范大学福清分校，任教外国文学与比较文学课程，已三十余年矣。三十多年来，他勤于著述，锐意进取，发表论文无数，出版著作与教材多部，内容丰富，流光溢彩，令人惊喜之至也。经过数年的努力，最近又完成一部从文学地理学批评角度，研究劳伦斯长篇小说的学术专著，请我作序，实在是荣幸之至也。虽然教学、写作与科研任务繁重，作序的任务却不好推迟。读了大著，的确也有话想说，权当朋友之间，一次比较私人性的谈心与对话而已。

　　第一，以文学地理学之批评方法，切入英国作家劳伦斯之长篇小说，实在是一种再明智不过的选择。劳氏在英国甚至世界上乃是小说大家，一生所创作的文学作品，种类众多，就小说而言，就有中、短、长多种，而以长篇成就最为卓著，影响后世，至为深远。所以弃短篇与中篇，而专选长篇进行集中、深入的解读，在此基础上提出问题进行讨论，容易发表一些具有创造性的见解。而劳氏长篇，特别注重地理景观描写、地理意象呈现和地理空间之建构，关注人物与环境之关系，超过了人物与时间之关系。因此，文学地理学批评方法会极大地有助于对其长篇小说的理解。所以，《文学地理学批评视野下的劳伦斯长篇小说研究》，书名虽然长了一点，然而对此选题及其所使用的方法，我是表示肯定和赞同的。

　　第二，作者对于文学地理学批评理论吃得很透，运用起来得心应手，取得了明显的效果。文学地理学批评是我近几年与我们团队成员一起，提倡并进行文学批评的一种文学批评方法，在对中外文学现象的研究中取得了明显的成效。前几年，他在桂子山上跟我访学一年，多次就文学地理学的相关问题，与我及团队成员进行深入交流和对话。他对文学地理学的相关理论，深有体会和认识，近年来致力于文学地理学批评方法的研究和实践。本书中运用地理意象、地理空间和地理基因等概念，来解读劳伦斯的多部长篇小说，多有发现，且蔚为大观，实在难得。以前中国学者多运用从西方输入的文学批评方法，而文泉能独辟蹊径，运用中国学者自己提出的文学地理学批评方法来研究劳伦斯长篇小说，具有一定程度的学术创造性，对世界的劳伦斯小说研究，自然会有所推动。

第三，他对劳伦斯小说中的地理意象有深入的研究，并且做得很细致、很具体。江河湖海、风云雷电、花鸟鱼虫，植物系统、动物系统、气候系统、物候系统等，他花了一大番文本细读功夫，才从诸小说中寻找出来，并结合理论加以解读。这样的细致与深入是许多同类著作做不到的。文学地理学批评理论重在对作家作品的研究，特别是不能离开作品来谈作家，离开作家与作品来讲文学创作与文学思潮。他在此方面做得相当到位，并在学术研究中形成了自己的特点和优势。

这部学术著作，语言自然畅达，准确简要、华美丰富。充分利用各种有利的研究条件，利用有关劳伦斯的书信及其他研究者所写的随笔游记或提供的实地照片，做到图文并茂，研究材料真实，因而其特点和优势就相当鲜明，展现了一个丰富的劳伦斯的小说世界。本书后附录的《D. H. 劳伦斯地理年谱》，虽然其体例与思想可能受到杜雪琴博士的《易卜生地理年谱》的启发，但在具体的结构与方法上却是一种创新，在劳伦斯研究领域用地理年谱应是一个首创，为我们了解作家的人生经历和心灵历程，提供了重要的佐证材料。结合作家来研究作品，联系英国及旅居国相关的历史地理和社会资料，对作家作品进行全面、深入的分析，不仅说明文学地理学是一种比较科学的文学批评方法，更是一门综合研究的方法。这样的研究，为中外学者研究作家与作品提供了一种成功的范例，它不仅对文学地理学理论批评有所贡献，而且以个案的方式对人类的文学研究开辟了一条新路。在此，对文泉在学术研究上所取得的成就，表示衷心的祝贺！

是为序。

邹建军

2017 年 3 月 31 日

华中师范大学

目　　录

绪　论

第一节　劳伦斯研究综述

正是为了永远做一个活人，我才成为一个小说家。作为一个小说家，我自认为比圣人、科学家、哲学家和诗人更优越。这些人能主宰活人的不同部分，可他们永远也无法获得人的整体。①

一　概说

在天才辈出的 20 世纪英国文坛上，戴维·赫伯特·劳伦斯（David Herbert Lawrence，1885—1930）是最独特和最有争议的作家之一，也是最有影响的现代主义作家之一。在他短暂的一生中，为世人留下了 12 部长篇小说，70 余篇中短篇小说，8 部戏剧，近 1000 首诗歌，4 部游记，5600 多封书信，数量惊人的散文、随笔和 9 部翻译小说，以及几部风格独特的文学和心理学研究论著，劳伦斯自幼习画，有出色的绘画作品和绘画理论，还举办了画展，出版了绘画集，是难得的文艺通才。他在作品中揭示了人性中的本能力量，力求探索人的灵魂深处。代表作有长篇小说《儿子与情人》、《虹》、《恋爱中的女人》、《查泰莱夫人的情人》。在现代英国作家中，劳伦斯是个异数。这位出生于英格兰心脏地带——诺丁汉郡的矿工的儿子，几乎一辈子处在旅行、逃离或自我放逐中。劳伦斯一生命运多舛，一方面他的作品多次以淫秽罪遭官方

---

① ［英］D. H. 劳伦斯：《劳伦斯文集·文论集》，毕冰宾译，人民文学出版社 2014 年版，第 261—262 页。

查禁，包括高尔斯华绥、罗素、T. S. 艾略特在内的众多作家学者都对劳伦斯有过尖锐的批评；另一方面，将他奉为"大艺术家"、"最伟大的小说家"、"伟大的创造性天才"、"英国文学中的一位巨人"、"他是一个天才，居于英国文学中心，在世界文学中也有他稳定的位置"、"他仍然是我们这个文明阶段的大家"等，也大有人在。英国著名文学批评家利维斯（Frank Raymond Leavis, 1895—1978）更是将他的小说奉为英国小说伟大传统的重要组成部分。即便是在劳伦斯文学史地位已经十分稳固的今天，无论是他的个人经历，还是他的文学艺术创作，尤其是那些大多以他自己的亲身体验创作的"性爱心理小说"在当时产生了石破天惊的效应，至今其作品中所涉及的诸多思想问题，性爱观尤其是其作品中大胆的性描写问题，仍然令读者感到困惑，争议仍然在持续。

二　国内外研究现状

（一）国外劳伦斯研究现状

国外对劳伦斯的评论与研究早在劳伦斯作品发表时就开始了。1909年11月，《英国评论》发表了劳伦斯的几首诗作，1911年长篇小说处女作《白孔雀》（*The White Peacock*）的发表，吸引了英国评论界的目光。受到英国小说家、评论家、《英国评论》的主编福特的赞誉。迄今百余年，国外劳伦斯研究，笔者认为大致可分为三个阶段：早期阶段：20世纪20—30年代；中期阶段：20世纪50—80年代；近期阶段：20世纪90年代以来。

1. 早期阶段（20世纪20—30年代）：诋毁多于赞誉

1909年，劳伦斯在著名刊物《英国评论》上发表几首诗歌。1911年《白孔雀》发表。《每日邮报》评论道："D. H. 劳伦斯先生——顺便说一句，这对我们大家来说是一个新名字——写了一部具有伟大力量、伟大美感的小说。但这种力量自始至终把大家抓得太紧，是一种令人感伤的美。总的看来，是一本悲郁的书。"① 当时英国权威刊物《英

---

① ［英］D. H. 劳伦斯：《白孔雀》，谢显宁等译，中国文联出版公司1989年版，"译序"第12页。

国评论》这样评论："在 D. H. 劳伦斯身上，我们发现了一位新作家，一位肯定会得到人们重视的作家……这部小说或许不是一部很成功的小说。劳伦斯在人物会话方面安排得有些冗长；他的生活范围似乎有些局限；尽管书中有一些喧闹的沃洲，但枯燥乏味，而且似乎带有偏狭的单调气息。但书中不时地闪现出真正天才的光芒。"① 与此同时，"《雅典娜》和《星期六评论》用傲慢的态度提及了它；'自由的'《每日新闻》对它进行了抨击"②。由此看来，劳伦斯一步入文坛便遭遇了赞誉与诋毁之声。

对其赞誉的，比较有代表性的是福特（Ford Madox Ford）、福斯特（Edward Morgan Forster，1879—1970）等人。福特，原名福特·玛多克斯·休弗（Ford Madox Hueffer），英国小说家、评论家、《英国评论》的主编，是第一个发表劳伦斯作品的编辑。1909 年 11 月，《英国评论》发表了劳伦斯的几首诗作。福特还为劳伦斯的长篇小说处女作《白孔雀》找到了一家出版社，并将劳伦斯带进了伦敦文学圈，而且向全伦敦宣布自己发现了一位重量级的天才，对劳伦斯的《白孔雀》和《儿子与情人》（*Sons and Lovers*）两部作品赞赏有加，认为它们出自 26 岁青年之手，实属难能可贵。劳伦斯的文学才华得到了福特的赏识。作为资深的评论家和编辑，福特并不是一味称许劳伦斯的文学才华，也看到初涉文坛者存在的不足。他在阅读劳伦斯第二部长篇小说《逾矩的罪人》（*The Trespasser*）之后说："这是一个才华横溢的作家的一部蹩脚的作品，该作品结构松散、主题跳跃——艺术上是很不成功的，它也是一部色情的作品——我个人对此倒不在乎，色情的作品必须在艺术上得到成功才行，但这是一部失败的作品。"③ 在此，福特从作品内容与形式有机统一和伦理道德批评的角度考量了《逾矩的罪人》，并建议劳伦斯不要出版这部小说。

① ［美］亨利·莫尔：《劳伦斯传：爱情的牧师》，郭群英、方清涛译，花山文艺出版社 1993 年版，第 150 页。
② ［英］理查德·奥尔丁顿：《劳伦斯传》，黄勇民、俞宝发译，东方出版中心 1999 年版，第 109 页。
③ ［美］哈里·莫尔编：《劳伦斯书信选》，刘宪之、乔长森译，北方文艺出版社 1994 年版，第 19 页。

　　爱·摩·福斯特，英国小说家、散文家。他与劳伦斯有一定的交往，劳伦斯去世后，福斯特发表过著名的悼文。他在《先知者——小说家》（1927）中称赞："就我所知，在当今作家中，劳伦斯是唯一具有先知先觉的见识的，而其他人若不是耽于离奇的幻想，便是热衷于滔滔的说教；在当代小说家中，唯独劳伦斯的作品激荡着悠扬的歌声，洋溢着诗歌的气息，要评论他就会显得多此一举；然而他的小说中也寓有说教的成分，这就免不了受人评议……而劳伦斯的伟大则以美学为其源泉。其声音乃是巴尔德尔的声音，其手则是以扫的手。这位先知先觉者从内心发射着大自然的光辉，每一种颜色都熠熠生辉，每一个形状都各具特点，这一效果用其他的方法是无法获得的……我们中许多人还在池边翘首等待着的时候，还站在起步的地方，这位先知先觉者就已经表现出我们可望而不可即的再创作的力量与灵感的召唤。"① 文章虽然未能具体展开论述劳伦斯的文学风格，但非常精辟地概括了劳伦斯的创作特色。

　　1916 年 7 月，英国《心理分析》杂志第 3 卷第 3 期发表了英国学者阿·布·库特纳的署名文章。作者运用弗洛伊德精神分析理论探讨了劳伦斯的成名作《儿子与情人》，详细地解读了保罗与母亲，保罗与米丽安、克莱拉之间的关系，并认为《儿子与情人》既是一部非常杰出的文学作品，又是一部完整地体现弗洛伊德主义的带有自传性质的小说。作者最后得到的结论："如果说他不自觉地证明了可能迄今为止最为深刻的心理学学说（这正是我这篇文章想说明的），那么他同时也为我们提供了有关艺术创作秘密的极富启发性的真知灼见。"② 1933 年，法国的安德烈·马尔罗在西方学界对《查泰莱夫人的情人》（*Lady Chatterley's Lover*，又译《查太莱夫人的情人》、《查特莱夫人的情人》、《查特里夫人的情人》等）的一片讨伐声中，欣然为法国版的《查泰莱夫人的情人》作序，肯定了作品"这种技巧使他以热烈的激情，以令人眼花缭乱的缤纷色彩把生活中的黑暗面揭示出来"③。

　　然而，在精英文化左右当时英国主流之时，以上这些赞誉之声被淹

---

① 蒋炳贤编选：《劳伦斯评论集》，上海文艺出版社 1995 年版，第 33—34 页。
② 同上书，第 27 页。
③ 同上书，第 60 页。

没在滔滔的诋毁的洪流之中。不仅约翰·高尔斯华绥（John Galsworthy，1867—1933）、托马斯·史特恩斯·艾略特（Thomas Steams Eliot，1888—1965）不见容于劳伦斯，而且连劳伦斯的密友新西兰女作家凯瑟林·曼斯菲尔德（Katherine Mansfield，1888—1923），对他也颇有微词。

高尔斯华绥，英国最负盛名的传统作家。劳伦斯的《虹》（*The Rainbow*，1915）刚刚面世不久，高尔斯华绥在 1915 年致信劳伦斯作品的出版商 J. B. 平克："坦率地说，我认为这部小说令人在审美情趣上感到可憎。它的非常强烈的未来派文风，使我眼花缭乱，莫名其妙。书中过多的重复也使我腻得要命……这是一部怪诞不经的作品，它是一首对当前流行在年轻人中间的对艺术浅薄的狂热赞歌。它毫无经得起时间考验的品质。脆如玻璃，纵有一点光彩。"① 信中的言辞虽然温和，但态度倾向非常鲜明，绝不允许出现相异于传统文学风格的作品，在高尔斯华绥看来，劳伦斯的《虹》破坏了英国传统文学的审美规范，显示了未来主义的品质，经不起时间的考验。显然，高尔斯华绥是站在现实主义文学的立场，严加指责了劳伦斯。

T. S. 艾略特，英国现代主义文学运动的一员骁将，新批评理论先驱者。艾略特 1927 年 5 月 1 日在《新法兰西评论》发表文章，写道："除了作者令人信服的真诚之外，简直没有什么值得我们称道的。劳伦斯先生是一个着了魔的人，一个天真无邪的抱着救世福音的着了魔的人……说真的，从我所指出的观点来看，劳伦斯先生的系列小说，从最早的（我认为是最好的）《儿子与情人》一书开始，标志着一种人类堕落的逐步深化过程。这种堕落被劳伦斯先生异常敏感的禀赋所掩饰，而且在某种程度上得以缓解。"② 傲慢无礼，缺乏教养，为人势利，漠视社会道德，嘲弄政治、神学和艺术，明目张胆地纵情于病态的性欲和个人主义之中。他认为劳伦斯的作品企图以原始生活来解释文明社会的探索，以倒退来解释进步的探索，以"隐秘深处"来解释表面现象的探索。在艾略特看来，劳伦斯误入了迷津，其思想纯属虚幻，其精神很不健康，认为劳伦斯如此做法很容易将意志薄弱的读者引入歧途。

---

① 蒋炳贤编选：《劳伦斯评论集》，上海文艺出版社 1995 年版，第 9 页。
② 同上书，第 35—36 页。

因此，艾略特最后得出结论，劳伦斯的作品充其量不过是那些漂泊无主的彷徨者的向导而已。难能可贵的是，在同一篇文章中，艾略特还写道："在健在的作家中，劳伦斯先生具有的描写才能首屈一指，他能为你描绘的不仅是声响、颜色和形态，光彩和阴影、气味，而且还有所有令人激动心弦的微妙感觉；甚至还有那种超然物外的不连贯的情感，他对这些情感本身，而且及至它们成为重要的感情，往往都有着最令人惊异的洞察力。"① 艾略特客观指出劳伦斯的创作才能及作品的一些特征。作为"新批评"理论先驱者，艾略特本应侧重文本研究和讨论作品的美学价值，但是，在对待劳伦斯及其作品的问题上，他并没有践行他的"新批评"理论，反而从传统伦理道德观念角度批判劳伦斯。

凯瑟琳·曼斯菲尔德，现代英国文学中杰出的意识流短篇小说家，曾与劳伦斯的关系非常密切。他们二人在交往过程中，劳伦斯常以精神领袖自居，曼斯菲尔德把劳伦斯当作自己可以倾诉衷肠的挚友和文学创作的楷模。她与丈夫默里（Murry，1889—1957）也曾非常同情劳伦斯夫妇的命运。然而，1920 年，劳伦斯在出版长篇小说《误入歧途的女人》（*The Lost Girl*）之时，曼斯菲尔德却改变对劳伦斯的看法，认为："劳伦斯否认他的人性，否认想象的力量，否认生活——我是说他否认人的生活。他小说中的男主人公都不具有人性。他们无休无止地游荡。他们没有感觉，他们很少讲话，他们讲的话没有一句是记得清的。他们沉湎于肉感，至于其他方面，则表现得迟钝，像蒙了一层面纱，看不见，识不清，没有头脑。这是智力低下论……我暗自感到劳伦斯似乎被妖魔缠身、万劫不复了。"② 与上述主流批评不同的是，20 世纪 30 年代末，英国马克思主义文学评论家克里斯多弗·考德威尔（Christopher Caudwell，1907—1937）在《D. H. 劳伦斯：资产阶级艺术家研究》一文中，运用马克思主义文艺观点分析研究了劳伦斯的美学思想和文学风格。文章指出，艺术发挥着怎样的社会功能取决于艺术产生和存在的社会类型。在资本主义社会中，艺术家不管他怎样清高傲然，但是他都是

---

① 蒋炳贤编选：《劳伦斯评论集》，上海文艺出版社 1995 年版，第 36 页。
② 同上书，第 28—29 页。

市场商品的生产者，"艺术作品视为实体（hypostatised）"，"他与其艺术作品的关系视为生产者与市场的关系"①，艺术不再是人类关系、人与人之间的交际工具，艺术异化为商品的奴隶。真诚的艺术家厌恶、痛恨这种异化现象，"试图完全忘掉市场，专注于自己与艺术的关系"②，坚持艺术的私人化、个性化和自我表现。在考德威尔看来，劳伦斯敏锐地觉察到了这种现象，充分意识到了纯粹的艺术家不可能存在，并以一种"墨西哥的、意图利亚的和西西里岛的生存形式"对资本主义现存的文明进行批判，他的"福音是纯粹社会学的"③，他对资本主义文化弊病的分析完全是艺术化、情绪化的分析，"再三以心智语言或形象语言有意识地编造自己的信条"④。因此，考德威尔得出了这样的结论：劳伦斯提供解决问题的方式是法西斯的，是一种倒退的方式，是一种"绥靖主义、清教主义以及种种通过个人行动而获得拯救努力"，他的福音"只不过是资产阶级文化的自我毁灭因素的组成部分"⑤。这篇文章既肯定了劳伦斯的文学风格，也指出了劳伦斯文学存在的不足。⑥

由上所述可以看出，20世纪20—30年代国外评论界集中在社会道德和艺术形式上展开对劳伦斯长篇小说的批评。道德败坏和艺术失败成为当时劳伦斯研究的主流声音。随着1930年3月2日劳伦斯的谢世，此后十年劳伦斯研究一度陷入沉寂。

2. 中期阶段（20世纪50—80年代）：最激进的革新者

从20世纪50年代起，劳伦斯研究发展经历了三次推进。国外劳伦斯研究从20世纪50年代开始出现了三次促进其纵深化发展的事件。

第一次是20世纪50年代利维斯率先开始运用新批评的研究方法在英美文学评论界重新认识和评价劳伦斯及其作品，此后，穆尔、古德哈特等人进一步推进和拓展了对其小说的形式技巧和故事结构的分析。

第二次是对《查泰莱夫人的情人》的审判。1960年伦敦长达6日

① ［英］考德威尔：《考德威尔文学论文集》，陆建德等译，百花洲文艺出版社1995年版，第417页。
② 同上书，第418页。
③ 同上书，第426页。
④ 同上书，第427页。
⑤ 同上书，第435页。
⑥ 廖杰锋：《审美现代性视野下的劳伦斯》，群言出版社2006年版，第6—7页。

的对《查泰莱夫人的情人》的审判，在英国引起了强烈的轰动。它对改变英国人的鉴赏力起到了具有历史意义的作用，冲击了英国社会的固有观念，同时这次审判对劳伦斯作品的推广起到了宣传作用，一时间英国及世界各地掀起了阅读和研究劳伦斯作品的热潮。

第三次是《劳伦斯评论》（The D. H. Lawrence Review）的出现。1968 年，文学杂志《劳伦斯评论》在美国阿肯色大学（University of Arkansas）由詹姆斯·C. 考温（James C. Cowan，1927—2005）创办，发表的内容涵盖了文学批评、个人传记和文献目录，该杂志的出现为劳伦斯研究的纵深发展提供了一个平台，在批评与对话中不断拓宽劳伦斯研究的领域，不断涌现出大量高水平的学术论文。这本杂志促进了劳伦斯研究的急速发展，最终使劳伦斯研究扩展成为一门"产业"（industry）。

从 20 世纪 50 年代起，随着语境的改变，国外对劳伦斯研究的批评重心出现了多次的转移，劳伦斯研究渐渐步入了客观公正的学术道路。先由社会道德批评与形式主义批评的拉锯战，再到女性主义批评的崛起与强势绽放，然后是多种批评视角轮番上阵，显示出强大的活力。

劳伦斯长篇小说的社会道德批评开端于 20 世纪 20、30 年代，这主要是艾略特和福特的代表观点。这种批评状况一直持续到 20 世纪 50 年代。50 年代对于劳伦斯研究来说具有重要转折性的意义。英国的 F. R. 利维斯和美国的哈里·T. 穆尔（Harry T. Moor，1901—1981）是这个时期劳伦斯研究的领军人物。

利维斯是英国著名的文学评论家。他的《小说家 D. H. 劳伦斯》（1955）对劳伦斯研究产生了极大的影响。该书是 20 世纪 50 年代早期他与 T. S. 艾略特、默里论战的成果。不仅为重新认识和评价劳伦斯拉开了序幕，而且为劳伦斯研究新说奠定了基础。利维斯最重要的两个贡献在于：一是从英国文化史和英国文明的传统角度重新定位劳伦斯的价值。认为劳伦斯是一位与艾略特齐名的伟大的、富有创造性的英语作家之一。二是利维斯采用"新批评"的方式，剖析了劳伦斯的两部代表作《虹》和《恋爱中的女人》，他认为《恋爱中的女人》是劳伦斯小说的顶峰的观点被此后很多批评者所认同，利维斯也指出了小说家劳伦斯的不足。

哈里·穆尔，当代美国评论家，世界劳伦斯研究的先驱者。早在20 世纪 40 年代，穆尔就说劳伦斯的作品为读者提供了"一个当代最丰富的阅读经验"。劳伦斯是一位未被传诵的大作家。20 世纪 50 年代以来，他出版了《劳伦斯的生平和作品》、《劳伦斯的成就》、《聪颖的心灵》、《劳伦斯集锦》、《爱的祭司》等专著。这些作品不仅为劳伦斯研究者提供了大量的传记性资料，而且使世人看到了一位深刻复杂、动态变化的全面的劳伦斯。

这一时期研究者们开始强调对劳伦斯的小说进行整体的研究。马克·斯皮尔卡（Mark Spilka）的著作《D. H. 劳伦斯爱的伦理准则》打破了把劳伦斯区分为"审美的和预言的两半，其中一半写出了他的小说中好的部分，另一半则写出了坏的"① 传统观点，提出要整体判断和评价劳伦斯的主要作品，发现其中具有整一性的哲学伦理思想。同时，斯皮尔卡强调原始宗教的超自然力量的理念对于劳伦斯的创作的影响。把整体研究进行得更为细致的有埃利斯欧·维瓦斯（Eliseo Vivas, 1901—1993）和基思·萨嘉（Keith Sagar）。维瓦斯的《D. H. 劳伦斯：艺术的失败和胜利》的特点在于作者以劳伦斯自身的小说创作理念为依据，指出在《阿伦的杖杆》、《袋鼠》和《羽蛇》中充斥着反复的说教，缺乏对作者经验的审美化表现，而《儿子与情人》、《虹》和《恋爱中的女人》中则展现了过度的激情，这些都破坏了艺术所要求的冷静的克制。该书还区分了"符号的象征"（semiotic sign）和"本质的象征"（constitutive symbol），指出更丰富和神秘的"本质的象征"可以使劳伦斯有能力洞察以前的小说家未知的人类心灵的领域，从而体现作者艺术的创造性。英国曼彻斯特大学的基思·萨嘉（Keith Sagar）教授是劳伦斯研究的又一位代表人物。他长期悉心研究劳伦斯，是世界公认的劳伦斯研究权威。萨嘉的劳伦斯研究始于 20 世纪 60 年代，早期的专著《劳伦斯的艺术》（*The Art of D. H. Lawrence*）（1966）接受并发展了利维斯的观点，在文本细读和分析的基础上，研究劳伦斯作品的结构与有关章节、作家的创作意图及其作品内在的连贯性或不连贯性，并进一

---

① Mark Spilka, *The Love Ethic of D. H. Lawrence*, Bloomington：Indiana University Press, 1955, p. 3.

步考察劳伦斯作品的历史内涵、哲学意蕴和美学风格。用研究者自己的话来说，这是一部正统的批评论著，它主要限于文本的分析及语言、形式和主题的研究。随后，他出版和发表了《D. H. 劳伦斯的生平》、《D. H. 劳伦斯：从生活到艺术》、《开放的自我与开放的诗歌》、《作为人和艺术家的劳伦斯》等著作和文章。其中《D. H. 劳伦斯的生平》是萨嘉在过去对劳伦斯扎实研究的基础上，根据大量的照片、书信以及当时第一手资料撰写的一部综合性记录性传记，出版于1980年。著作共19章，从劳伦斯家庭背景、劳伦斯的出生时开始写起，叙述传主一生颠沛劳累的人生旅程，形象而生动地说明劳伦斯的创作个性和独特的艺术构思的文化渊源，引证一些原始资料，阐释劳伦斯在其重要小说《儿子与情人》中流露的"俄狄浦斯情结"（Oedipus complex）以及相符于弗洛伊德所谓的对母亲的固恋（mother fixation），分析《恋爱中的女人》令读者产生阅读障碍的缘由。整个作品具有很高的文献史料价值和学术价值，有助于研究者和一般读者多视角、多层面地了解劳伦斯。

同时还有一批专注于劳伦斯作品艺术手法的评论者，比如格雷厄姆·霍夫（Graham Hough）的《黑暗的太阳》（1956）以一种公正平和的态度全面考察了劳伦斯作品中的象征主义手法，由于对其作品中体现出的幻想的和日常的元素的强烈展现采取了一种宽容的态度，主张要用艺术性和前瞻性的眼光来理解劳伦斯。朱利安·莫伊纳汉（Julian Moynahan）在《D. H. 劳伦斯的小说和故事：生命的真谛》（1963）中展现了劳伦斯的小说在艺术结构、叙事方法、主题内涵等方面发展和成熟的过程，特别是对《查泰莱夫人的情人》中使用的提喻法（synecdochic method）、预言式的文字和对生命活力的探索进行了深刻的分析和思考。

另外，尤金·古德哈特（Eugene Goodheart）和科林·克拉克（Colin Clarke）分别站在文化和文学传统的角度推进了劳伦斯研究的发展。尤金·古德哈特在《D. H. 劳伦斯的乌托邦构想》（1963）一书在认识上进一步深化了利维斯的观点，在更广阔的文化空间和时间的交叉点来评价劳伦斯，认为劳伦斯能够在面对文化的深重危机时引导和推动传统走向新的空间。科林·克拉克的专著《消融之河：D. H. 劳伦斯与英国浪漫主义》（1969）是对这一时期劳伦斯研究的总结。从《虹》、《恋爱中的女人》、《羽蛇》和《查泰莱夫人的情人》四部长篇小说入手，探查了在语言形式、艺术结构和文化态度上劳伦斯与浪漫主义传统的联系，被穆尔评价为"阐述劳伦斯的里程碑作品"①。

1953 年，穆尔和弗雷德里克·J. 霍夫曼（Frederick J. Hoffman）合编了论文集《劳伦斯的成就》，1959 年又主编了论文集《劳伦斯集锦》。两本论文集收录了如奥尔德斯·赫胥黎（Aldous Huxley，1894—1963）、T. S. 艾略特、F. R. 利维斯、马克·肖勒（Mark Schorer）等人的论文。特别值得一提的是，在长达 42 页的引言部分，编者追溯了 1959 年之前的劳伦斯的批评声誉，对后续的劳伦斯研究产生了重要的影响。

20 世纪 60 年代，利维斯的追随者戴维德·霍尔布鲁克（David Holbrook）以三部不容忽视的《英语的成熟》（1961）、《神秘之地》（1964）、《探索的世界》（1967），把劳伦斯推向了现代机械文明所带来的性文化和功利主义文化的反抗者和救赎者的高度，成为人类价值的标杆。此后的十年时间当中，劳伦斯及其作品一直被置于以经典化和妖魔化为两个极端的评价框架内。

约翰·米德尔顿·默里（John Middletom Murry，1889—1957）在《妇人之子》（1931）中对劳伦斯小说中高度敏感的男子气概的指责，可以看做是女性主义视角下劳伦斯研究的开端。此后，女性主义视角下的劳伦斯研究主要沿着以下三条路径展开。

一是沿着约翰·米德尔顿·默里的道路，继续挖掘劳伦斯作品中潜藏的男性主义思想。如 1949 年西蒙娜·德·波伏瓦（Simone de Beauvoir）的《第二性》的第一卷第九章从女性主义的视角分析了劳伦斯的小说，认为它们反映了劳伦斯的"大男子主义"思想和阳具崇拜意识。此后，这一观点在凯特·米勒（Kate Millett）1970 年的《性政治》中得到更为系统和深入的扩展与创新。米勒从对性的虔诚、恋母情结、过渡阶段的性态度、男同性恋情绪和宗教性仪式五个方面分析了劳伦斯作品中性描写和性问题的政治内涵，认为劳伦斯的政治批评包含在其性道德的文本表述中。

---

① ［美］哈里·穆尔：《血肉之躯——劳伦斯传》，张健等译，湖南文艺出版社 1993 年版，第 695 页。

二是更为关注劳伦斯作品中的性别意识。比如诺曼·梅勒（Norman Mailer）的《性的俘虏》（1971）中就针对女性主义对劳伦斯的攻击，强调作为男人站出来反对日益高涨的女性存在主义理论思潮的必要性。认为在两性之间有着深刻和重要的差异，一个人不能维护和直面两性差异是因为其本身性别的影响。彼得·巴勒特（Peter Ballert）则在《D. H. 劳伦斯和阳物崇拜想象：性身份和女性主义误读》（1989）中试图论证男性阳物是如何在小说中作为隐喻、参与者和形而上学的中心来暗示劳伦斯有关爱和性的再生的和存在主义的观点。希拉里·辛普森（Hilary Simpson）的《劳伦斯与女性主义》（1982）从19世纪到20世纪前期妇女在社会、政治、经济中的实际情况以及劳伦斯的关于男人和女人的信念等方面入手，分析了其作品中性别倾向的表现形态，讨论了劳伦斯对同时代女性主义运动的态度和对女性解放的贡献。舍伊拉·马克莱欧德（Sheila Macleod）的《劳伦斯的男人和女人》（1985）中强调了劳伦斯对于性别的敏锐，并作出了劳伦斯不但注意到西方社会男女的社会角色因文明的衰落而发生的置换，而且注意到为了追求高层次理性的自我而漠视和压抑了低层次感觉的自我的结论。安娜伊丝·宁（Anais Nin）的《D. H. 劳伦斯：非职业的研究》（1985）中则评价劳伦斯在作品中经常写作为一个女人会写的，拥有对女性感觉的完全体会。

三是从20世纪90年代开始，女性主义视角下的劳伦斯研究更倾向于与其他艺术形式和研究视角的融合。比如琳达·露丝·威廉姆斯（Linda Ruth Williams）的《思想中的性》（1993）运用结合了精神分析和女性主义电影理论的凝视（gaze）理论审视劳伦斯作品中的性。玛丽娜·托戈尼克（Marianna Torgovnick）的论文《叙述"性"：〈虹〉》（Narrating Sexuality：The Rainbow）详细考察了《虹》中的性描写，归纳出了劳伦斯性描写的可用模式，认为要结合劳伦斯的焦虑来理解其关于婚姻和性的主题。①

同时，苏联劳伦斯研究也取得令人瞩目的成就。米哈尔斯卡娅的专著《英国小说的发展道路1920—1930》，站在现实主义立场上，全面分

---

① Anne Femihogh（ed.），*The Campanion to D. H. Lawrence*，London：Cambridge University Press，2001，pp. 33 - 48.

析了劳伦斯的思想与小说内容和形式。米哈尔斯卡娅认为劳伦斯的《白孔雀》师承了哈代"威塞克斯小说"风格，是一部没有脱离现实主义创作方法的小说，他的《儿子与情人》使人物的生活条件与人物性格相脱离，从《虹》开始，劳伦斯沉醉于人的无限孤独之中，《恋爱中的女人》更全面更明确地发展了劳伦斯改良社会和人与人之间的关系的纲领。《出走的男人》（Aaron's Rod）失去了生活的可靠程度和情节环境的再现的具体性，《查泰莱夫人的情人》标志着劳伦斯孤独路线的完结。米哈尔斯卡娅指出，劳伦斯创作背离了现实主义原则，他"用弗洛伊德观点阐解了人与人之间的关系，模糊了生活的本来面目，歪曲了人与人之间关系的真实意义"①，其创作上的进步终以无可挽回的危机而告结束。季·基·让季耶娃在她的专著《20世纪的英国长篇小说》中列专章讨论劳伦斯的长篇小说。研究者运用比较文学研究方法纵横剖析了《儿子与情人》、《虹》和《恋爱中的女人》三部长篇小说，认为劳伦斯是一位处于现实主义与现代主义交叉点上的小说家，他既继承了现实主义的优良传统，又发展和超越了传统文学的叙事手法，是一位杰出的现代主义小说家。同时，让季耶娃指出了劳伦斯作品存在的矛盾，批判了劳伦斯的哲学思想和拯救人类的方略。②

3. 近期阶段：20世纪90年代以来，20世纪英语文学的经典

1990年，英国和北美劳伦斯研究会为纪念劳伦斯逝世60周年，在法国南部的文化古城蒙彼利埃组织了一次世界性的学术会议。来自英、美、法、意大利、加拿大、日本、韩国、以色列、印度、科威特、中国等二十多个国家140多名学者荟萃一堂，围绕"劳伦斯全集编辑问题"、"劳伦斯传记创作"、"早期劳伦斯"、"劳伦斯与妇女"、"劳伦斯与哈代"、"劳伦斯与中国"、"劳伦斯的叙述艺术"、"劳伦斯与自然"等问题，展开热烈的讨论与演讲。这次会议的召开标志着世界劳伦斯研究进入了新的发展阶段。从这次会议之后，1992年，英国诺丁汉大学成立了劳伦斯研究所，诺丁汉社会各界人士成立了劳伦斯学会；1993

---

① ［苏］米哈尔斯卡娅：《论 D. H. 劳伦斯》，毕冰宾译，《文艺理论研究》1998 年第 1 期。

② 廖杰锋：《审美现代性视野下的劳伦斯》，群言出版社 2006 年版，第 9 页。

年，澳大利亚、意大利、日本、法国和韩国也成立了劳伦斯学会。劳伦斯学会迄今已经在不同地方举办了 12 届劳伦斯国际研讨会，依次如下：波士顿（1985）；上海（1988）；蒙彼利埃（1990）；巴黎（1992）；渥太华（1993）；诺丁汉（1996）；陶斯（1998）；那不勒斯（2001）；京都（2003）；圣达菲（2005）；伊斯特伍德（2007）；悉尼（2011）。这些学会的成立及国际研讨会的召开，说明世界劳伦斯研究步入集团化、规模化、正规化、纵深化的轨道。他的《儿子与情人》、《虹》、《恋爱中的女人》等作品在 2003 年英国广播公司开展的"大阅读"（Big Read）活动中，被读者视为经典。

20 世纪 90 年代以来，在结构主义的文化、语言、符号、话语、叙事等相关理论的支撑下，包括女性主义、心理批评、后殖民主义、生态批评、文化研究、比较研究等在内的多种研究方法呈现出百花齐放、百家争鸣的态势，其研究重心也转向种族、性别、叙事、生态、空间等方面。

里克·里朗斯（Rick Rylance）的论文《思想、历史、时代和信仰：劳伦斯的早期小说》（*Ideas, Histories, Generations and Beliefs: The Early Novels to Sons and Lover*）从劳伦斯的早期长篇小说《白孔雀》、《逾矩的罪人》和《儿子与情人》入手，阐释了劳伦斯作品中人物性格产生的原因以及劳伦斯作品的真正意图，指出他的早期作品拒绝维多利亚时期的写作模式，呈现出一种混乱的叙事形态。[①]

特蕾西·林恩·桑斯特（Tracy Lynn Sangster）的博士论文《邀请共舞：罗宾逊·杰弗斯和 D. H. 劳伦斯的作品的深层生态学的影响研究》（2001），运用深层生态学的"倾听"（listening）理论对劳伦斯及其作品中的自然观进行了分析，强调人类要倾听自然的声音，并从倾听中架起人与自然沟通的桥梁。查尔斯·迈克尔·布兰克的《D. H. 劳伦斯语言的神圣体验——读者的变形》（2005）认为劳伦斯小说的叙述文本的结构和特征说明劳伦斯在试图扮演圣职者（hierophant）的角色。同时，这个阶段劳伦斯研究还呈现出文化研究的特征；比如巴里·J.

---

① Anne Femihogh（ed.），*The Campanion to D. H. Lawrence*，London：Cambridge University Press，2001，pp. 15 – 32.

谢尔（Barry J. Scherr）的《今日的 D. H. 劳伦斯：文学、文化和政治》
（2004）中对劳伦斯的边缘研究；卡尔·克莱尼卡的《劳伦斯与儿童》
（1991）中对劳伦斯作品中儿童问题的关注；尼尔·罗伯特（Neil Rob-
ert）的《D. H. 劳伦斯？旅行和文化差异》（2004）中的后殖民主义视
角等。

　　此外，还有一些在劳伦斯研究中占有重要地位的研究视角和方
法。如：

　　（1）精神分析研究视角。精神分析的视角多集中于运用恋母情结
来分析劳伦斯和其母亲的关系及其在劳伦斯小说中的反映，此类分析大
多集中于《儿子与情人》这部小说，最早见于 1915 年阿·布·库特纳
（Alfred Booth Kuttner）的一篇关于《儿子与情人》的评论。他认为
《儿子与情人》"这本惊人的小说意外地证实了弗洛伊德的杰出的心
理——性理论"①，后来者基本沿用了这一观点，但在论据的提供和视
角的切入点上却各不相同。

　　狄安娜·特里林（Dianan Trilling）的《劳伦斯》（1977）认为劳伦
斯早年的生活经历对其创作思想的形成具有重要的原型意义，劳伦斯的
父母成了其作品中男女主人公形象的原型，正是在《儿子与情人》中
展现的家庭关系使劳伦斯把两性斗争视为现代文明斗争的根源。艾伦·
W. 弗里德曼（Alan W. Friedman）在《D. H. 劳伦斯：快感和死亡》
（*D. H. Lawrence*：*Pleasure and Death*）中指出 D. H. 劳伦斯是弗洛伊德
理论快乐原则和死亡本能的实际的范本化身。② G. 厄尔·英格索尔
（G. Earl Ingersoll）在《劳伦斯：欲望和叙事》（2001）中对劳伦斯的小
说进行了后现代精神分析的解读，超越了传统的精神分析对文学的阐释
方式，展现了欲望作为叙事如何带给文本能量。

　　（2）比较研究视角。对于劳伦斯小说的比较研究主要集中在影响
研究和接受两个方面。影响研究方面，艾伦·祖奥（Alan R. Zoll）在
《活力论与爱的玄学：劳伦斯与叔本华》（*Vitalism and the Metaphysics of*

---

① 蒋炳贤编选：《劳伦斯评论集》，上海文艺出版社 1995 年版，第 26 页。
② Alan W. Friedman："D. H. Lawrence：Pleasure and Death"，*Studies in the Novel*，Vol. 32，
No. 2，2000，pp. 207 – 208.

Love：*D. H. Lawrence and Schopenhauer*）一文中分析了叔本华的思想与劳伦斯作品的关联。科林·弥尔顿（Colin Milton）的《劳伦斯与尼采：影响研究》（1987）研究了尼采对劳伦斯的影响；安妮·弗尼豪尔（Anne Fernihough）的《D. H. 劳伦斯：审美与意识形态》（1993）聚焦于1910—1930年盛行于德国的"民意"（volkisch）意识形态对劳伦斯创作的影响；安德鲁·哈里森（Andrew Harrison）的《D. H. 劳伦斯和意大利未来主义》（2003）关注了意大利未来主义对劳伦斯的影响。

（3）宗教研究视角。宗教对劳伦斯的影响也是这一方向的重要命题，集中在两个方面，一是对原始宗教对劳伦斯的影响的阐述，如马克·斯皮尔卡（Mark Spilka）在他的著作《D. H. 劳伦斯爱的伦理》（1955）强调原始宗教的超自然力量的理念对于劳伦斯的创作的影响。二是基督教文化传统对劳伦斯的影响及其在作品中的体现。如怀特（T. R. Wright）的著作《劳伦斯和圣经》（2000）分析了劳伦斯的小说对《圣经》中的故事结构的运用，认为劳伦斯的作品明显借鉴了圣经故事的结构，比如《儿子与情人》就借用《圣经》中创世记的故事结构讲述了一个关于宗教解放的故事，表达出的是不同于传统基督教禁欲主义的声音，是对受到清教道德观压抑的人性的释放。接受研究方面，饭田武郎（Takeo Iida）编辑的论文集《D. H. 劳伦斯接受研究》（1999）和迪特·梅尔（Dieter Mehl）与克里斯塔·詹森（Christa Jansohn）编辑的论文集《欧洲 D. H. 劳伦斯接受研究》（2007）则分别集中讨论了劳伦斯作品在世界和欧洲的接受情况。谢拉·拉希里·乔杜里在其著作《另类的目光》（2008）中以一个印度研究者的视野在社会、历史和文化的背景中审视了劳伦斯在英国文学传统中的位置身就成了劳伦斯接受研究的范本。

（4）地点及空间研究视角。地点研究方面，F. R. 利维斯认为《虹》中以地点来给相当部分章节的命名，这一现象本身就真实地记录了现代工业文明侵蚀乡村的过程。布丽奇特·皮尤（Bridget Pugh）在《劳伦斯小说和游记中的地方》（*Locqtions in Lawrence's Fictions and Travel Writings*）一文中强调了劳伦斯的地方经验，认为劳伦斯的出生地伊斯特伍德是英国社会的缩影。

空间研究方面，雷蒙德·威廉斯（Raymond Williams）在《城市与乡村》（1973）中虽然没有直接地提出劳伦斯小说中的空间问题，但从文化的角度关注到了劳伦斯笔下矿乡的空间意义，指出劳伦斯"生活在一个边界上，这边界不只是处于农场和矿山之间……他处于一个文化的边界上"。罗伯特·基利（Robert Kiely）认为《虹》的"主要的结构、主题及修辞都具备空间性"。杰拉德·多尔蒂（Gerald Doherty）的《劳伦斯〈儿子与情人〉中的空间辩证法》（*The Dialectics of Space in D. H. Lawrence's Sons and Lovers*）探讨了《儿子与情人》中人物与空间的关系。

（5）传记研究视角。第一类是商业传记。商业传记的对象是广大非学术人群，最典型的代表就是布伦达·马多克斯（Brenda Maddox）的《D. H. 劳伦斯：有妇之夫》（邹海仑、李传家、蔡曙光译，中央编译出版社1999年版），马多克斯以一个新闻记者特有的生动丰富的笔触为读者展现了生活中劳伦斯的多面性，而其不足之处也在于为了吸引读者的眼球，文本中加入了作者自由的艺术发挥，通常会包含一些难以考证的细节描述，比如在描写劳伦斯与弗丽达的性关系上就明显掺杂有作者想象的痕迹。第二类是回忆录。该类型纯粹以劳伦斯的生活经历为中心，作品的创作仅仅作为时间的坐标出现，对作家的作品绝少进行评论。如默里撰写的《妇女之子》（*Son of Woman*，London：Cape，1931）；凯瑟琳·卡斯维尔（Catherine Carswell，1879—1946）的回忆录《野蛮人的朝圣》（1981）；弗丽达·劳伦斯（Frieda Lawrence，1879—1956）的回忆录和署名 E. T. 的吉西·钱伯斯（Jessie Chambers，1887—1944）的回忆录《一份私人档案：劳伦斯与两个女人》（叶兴国、张健译，知识出版社1991年版）等。第三类是评传。该类型从劳伦斯的成长轨迹和生活经历出发分析劳伦斯的创作动机、思想和影响，具有重要的学术价值。其代表如哈里·T. 穆尔（Harry T. Moore）的《劳伦斯的生平和作品》；爱德华·尼尔森（Edward Nehls）出版的三卷本著作《D. H. 劳伦斯一部复合传记》（1957—1959）；弗兰克·克默德（Frank Kermode）的《劳伦斯》（*Lawrence*，1973）；基思·萨嘉（Keith Sagar）的《劳伦斯传》（1980）；20世纪90年代，剑桥大学出版社出版的三卷本的劳伦斯传记研究资料：约翰·沃森（John Worthen）主笔第一卷《D. H. 劳伦斯：早年生活1885—1912》（1991）；马克·金基德－威克斯（Mark Kinkead-Weekes）撰写第二卷《D. H. 劳伦斯：流放的胜利1912—1922》（1996）；大卫·

艾里斯（David Ellis）负责第三卷《D. H. 劳伦斯：死亡游戏1922—1930》（1998）；约翰·沃森的《局外人》（2005）等。尤其是沃森这位世界上第一位劳伦斯学教授，为回应近年来劳伦斯的声誉受到一些传记和批评著作的诋毁，他在多年劳伦斯学研究积累的基础上，推出《劳伦斯：局外人的一生》这一部劳伦斯生平传记，以充分、翔实的史料依据重现了这位英国文坛"局外人"的一生，为读者还原了一个真实的D. H. 劳伦斯。①

（二）国内劳伦斯研究现状

劳伦斯是中国新文学初创时期第一批被介绍给国人的外国作家之一。从1922年劳伦斯的名字及其作品出现在《学衡》第2期起，中国对劳伦斯的传播和研究至今已有近百年的历史。近百年间中国的政治与文化路线发生天翻地覆的变化，自然也会辐射到劳伦斯的研究。纵观近百年的曲折道路，笔者将其分成早期、中期、近期三个阶段。

1. 早期阶段（1922—1937）：译介引路，渐入佳境

1922年《学衡》第2期发表了胡先骕先生的《评〈尝试集〉（续）》一文，这是英国作家劳伦斯的名字及作品最早在汉语学术界的出现。是胡先骕第一次让中国读者知道了劳伦斯的名字及其诗歌所表现的主要情感。现代诗人徐志摩将劳伦斯的散文《说"是一个男子"》翻译成中文发表在1925年6月5日的《晨报·文学旬刊》上。1929年，上海水沫书店推出了杜衡翻译的短篇小说集《二青鸟》，小说集收寻了劳伦斯的《二青鸟》、《爱岛的人》、《病了煤矿夫》3个短篇。这是中国最早出版的劳伦斯作品的单行本。同年，《小说世界》第18卷第4期发表了由苏兆龙翻译的《西洋名诗译意》，其中有劳伦斯的诗歌《风琴》，这是劳伦斯诗歌最早的中文译作。

1927年，郑振铎先生在《文学大纲》第46章中简单地介绍了劳伦斯。这是我国最早评述劳伦斯小说的文字之一，也是中国高等学校第一次讲授劳伦斯创作的见证。1928年斐耶在《英国新近的小说家》中，不仅指出《虹》、《恋爱中的女人》描写生动，文字典丽，而且概括了劳伦

---

① 张琼：《D. H. 劳伦斯长篇小说矿乡空间研究》，博士学位论文，华中师范大学，2014年。

斯整个小说创作的特色和文学地位。同年 11 月，诗人邵洵美在自己主编的《狮吼》半月刊第 9 期上，报道了《查泰莱夫人的情人》的出版的消息，并以"一本赤裸裸的小说"为题，介绍和评价了这一部作品。

文学研究会的机关刊物《小说月报》是最早译介劳伦斯的主要阵地，赵景深功不可没。1928 年，《小说月报》第 19 卷第 9 期"现代文坛杂话"专栏，发表了赵景深写的"罗兰斯的两性描写"，这篇短文精练而周到地介绍了劳伦斯本人及其重要作品，指出了劳伦斯创作的主要特色。1929 年，《小说月报》第 20 卷第 2 期上，赵景深撰写短讯"罗兰斯翻译维尔嘉"，简单介绍了劳伦斯翻译意大利小说家维尔嘉（Gionanni Verga）九部长篇小说的情况；第 20 卷第 6 期"现代文坛杂讯"栏目中，赵景深介绍了劳伦斯生活的近况；第 20 卷第 8 期上，赵景深发表专论《二十年来的英国小说》，将英国小说家分成"两性小说家"、"社会小说家"、"神秘小说家"、"心理小说家"、"乡村小说家"和"大战小说家"六大类型，劳伦斯首当其冲，位于第一类第一名。在短短一年里，《小说月报》五次介绍了劳伦斯，足见中国文学界和学界已经开始关注这位作家了。

1930 年 3 月 2 日，劳伦斯病逝于法国旺斯。1930 年 3 月 24 日，《大公报·文学副刊》率先发布消息《英国小说家兼诗人劳伦斯逝世 David Herbert，Lawrence（1885—1930）》，译登了清华大学、北京大学教授瑞恰慈翻译自己发表在 1930 年 3 月 14 日北平《英文导报》上的 *D. H. Lawrence：A Moden Rouseau* 一文，列出劳伦斯著作一览表，以示悼念。接着，偶然于 6 月 20 日在《申报》上撰文赞誉劳伦斯"是现代文坛上的一位要人，英国寥寥无几的几个近代重要作家之一"[1]。7 月，上海北新书局印行的《现代文学》创刊号发表杨昌溪先生的《罗兰斯逝世》，较为详细地介绍了劳伦斯的生平、思想和创作，高度评价了他的作品有广泛的社会性，比乔伊斯、艾略特等更能把握住现实生活，因而也更能吸引读者。作者还对他的哲学谈了自己的看法，认为"他的热诚的哲学非惟在传统气味十足的英国不能了解，而且世界上也还对此隔膜着在"。"我们要从他自己的工作上来批判他是一个艺术家或者思

---

① 偶然：《英国小说家劳伦斯逝世》，《申报》1930 年 6 月 20 日。

想家是件不易的事。虽然从他的工作上表征说他不是一个值得赞评的模范者，但他自己是很坚实一致的，比较他同时代的作家更坚实而有始终如一的态度"，作者并指出劳伦斯除了翻译俄国小说外，"在沟通英意两国文学上，他有不小功绩"①。对劳伦斯的逝世，各大报纸杂志连篇累牍地进行报道、发文，可见中国学界的反应和重视的强烈程度。他们推动了劳伦斯在中国的传播与接受。

整个 30 年代，关于劳伦斯的著述较多。据不完全统计，中国关于劳伦斯研究方面的文章有十余篇，这些文章或总体介绍作家的思想、创作情况，或阐释劳伦斯作品中反机械主义倾向，或结合人物的生存环境具体分析人物心理变化原因。其中郁达夫、邵洵美、南星、林语堂、金东雷的文章代表了这一时期劳伦斯研究的最高成就。

小说家兼评论家郁达夫的《读劳伦斯小说却泰莱夫人的爱人》是当时劳伦斯研究中第一篇个案性研究的论文，他对劳伦斯最后一部小说的版本起伏显没过程进行了描述，对作品的思想与艺术技巧做了中肯而精彩的评价。文章指出小说"是一代杰作"，其特点"是在写英国贵族社会的空疏，守旧，无为而又假冒高尚，使人不得不对这特权阶级发生厌恶之情"②，认为劳伦斯以极端写实而著名，作品显示出"积极的虚无主义思想，和对金钱的批判"③。在艺术技巧方面，郁达夫认为《查泰莱夫人的情人》成功地描写了社会环境与自然背景，动作对话与心理描写融为一体，有些场面和字句是"一句一行也移动不得"④，文章最后说，劳伦斯与福斯特、赫胥黎、乔伊斯是"二十世纪的英国小说界影响最大的四位大金刚"⑤。显然，郁达夫对劳伦斯给予了很高的评价。不过，邵洵美在阅读郁达夫的文字之后，提出了异议，他认为："我的所为很严谨的结构和你的意思稍有不同。因为在劳伦斯的每一篇小说里，他的目的本不在叙述一段故事，他是要用他的精密而生动的描写去发扬他的哲学"，他的哲学，假使简单地说，那么，便是"性的复

---

① 杨昌溪：《罗兰斯逝世》，《现代文学》1930 年创刊号。
② 郁达夫：《读劳伦斯小说却泰莱夫人的爱人》，《人世间》1934 年第 14 期。
③ 同上。
④ 同上。
⑤ 同上。

活"，正由于发扬了这种哲学，"笔法是更狭紧了"，"结构便严整了"。[①] 在邵先生看来，劳伦斯不是一位写实主义者，而是一位性爱哲学家了。

诗人南星的《读劳伦斯的诗》是 30 年代第一篇也是唯一一篇研究、介绍劳伦斯诗歌的文章。文章不仅认为"在今代英国诗人中，只有劳伦斯（D. H. Lawrence）为最有热情最信任灵感的歌吟者"[②]，而且较为详细地分析了劳伦斯诗歌的思想内容，提出劳伦斯的诗歌体现了作家的人生态度，认为劳伦斯是个"极端的自然主义者"[③]，文章还指出在劳伦斯所有诗歌创作中，"《鸟·兽与花木》可以说是表现他的思想最完全的诗集"[④]。南星的文章还分析了劳伦斯诗歌的艺术特色，认为劳伦斯既写有韵诗，也写无韵诗，他的诗之写法的特色在于先给读者一个微薄的印象，然后一层层地加重，直到造成一个不可磨灭的影子为止，同时还指出了劳伦斯的无韵长诗和后期诗歌所存在的不足。[⑤] 南星的文章已经意识到了劳伦斯诗歌的独立品性，为中国读者了解劳伦斯诗歌创作提供了一个较好的文本。

林语堂先生的《谈劳伦斯》可谓独树一帜。文章运用比较思维的方法，诠释了劳伦斯《查泰莱夫人的情人》的思想意义，一针见血地指出这部书是"骂英人、骂工业社会、骂机械文明，骂拜金主义、骂理智的"[⑥]。并肯定《金瓶梅》和《查泰莱夫人的情人》都有大胆的性描写，但二者的技法存在差异：《金瓶梅》是客观的写法，以淫为淫，劳伦斯是主观的写法，不以淫为淫，他的性描写注重灵的结合，侧重展示人物的心理状态、心理发展以及人物形象与社会现实之间的象征关系，具有重大的社会意义。[⑦]

金东雷先生在整体上观照了劳伦斯。在《英国文学史纲》一书中

---

① 邵洵美：《读劳伦斯的小说——复郁达夫先生的信》，《人言周刊》1934 年第 1 卷第 38 期。
② 南星：《读劳伦斯的诗》，《文饭小品》1935 年第 5 期。
③ 同上。
④ 同上。
⑤ 同上。
⑥ 林语堂：《谈劳伦斯》，《人世间》1935 年第 19 期。
⑦ 同上。

列专节全面阐释了劳伦斯的生平、思想和创作，作者认为劳伦斯是英国文学界的反叛者。作为高校教材，该书对劳伦斯的阐释较之20年代郑振铎先生的《文学大纲》中的译介要全面得多，深刻得多，细致得多。

从以上描述中我们可以发现，中国的劳伦斯研究虽已展开，但处于起步期，国内从20世纪20年代一开始传播劳伦斯及其作品就显示出了不凡的成绩。就翻译出版而言，劳伦斯作品翻译都是直接译自英文，其体裁也显现出多样化的趋势，而且还出现了单行本。这是其他西方作家及其作品到中国传播之初不曾出现的现象。就评价而言，论者不仅结合劳伦斯生活的时代准确地归纳了其作品的主题，而且中肯地评价了作品的审美特色。它们是中国开始研究评价劳伦斯的弥足珍贵的资料。到了30年代，对劳伦斯的传播和研究总体上说体现了一定的规模和水平。这段时间对劳伦斯研究，最值得注意的是围绕《查泰莱夫人的情人》性描写问题展开的讨论。论者大都为劳伦斯的性描写进行辩护，而事实上国内极少见到有公开反对的文字。论者往往将《金瓶梅》与其进行比较，肯定《查泰莱夫人的情人》的性描写有严肃的目的性，是灵与肉的统一，且描写手法高妙。劳伦斯对中国现代作家的影响十分有限。

从翻译队伍来看，既有名震一时的大作家，又有学贯中西的知名学者；从传播途径来说，《小说月报》、《新月》、《现代文学》、《文艺月刊》、《人世间》、《天地人》、《西洋文学》等杂志成为传播劳伦斯文学的主要阵地，上海书局、上海北新书局、上海良友图书印刷公司等出版单位成为传播劳伦斯文学的主要载体。从研究来看，中国学者一开始就显示出不凡的业绩，对劳伦斯的作品作出中肯的评价。①

2. 中期（1937—1979）：淡出视野，学界冷清

从1937年7月起，中国进入了一个非常特殊的时期。抗日战争、解放战争的爆发，新中国成立后接二连三的政治狂飙，由于特殊的历史原因，劳伦斯的传播和研究基本上是空白。

在冷清中也有几点难得的星光。1942年，上海中流书店出版的短篇小说集《追念》。1945年正风出版社出版的《世界短篇小说精华》

---

① 廖杰锋：《审美现代性视野下的劳伦斯》，群言出版社2006年版，第24页。

收录了劳伦斯的短篇小说。在 40 年代，沈从文的小说《看虹录》发表后，被认为"完全是模仿劳伦斯的"。在 80 年代，美国汉学家金介甫曾就此向沈从文求证，得到肯定的答复，这可视为中国作家受到《查泰莱夫人的情人》影响的例证。1963 年商务印书馆编辑出版的《外国哲学社会科学人名录》，1965 年商务印书馆出版的《近代现代外国哲学社会科学人名资料汇编》，收录了"劳伦斯"条目。《查泰莱夫人的情人》曾以手抄本形式在坊间流传。

3. 近期阶段（1980 年至今）：重返学界，硕果累累

赵少伟先生在《世界文学》1981 年第 2 期上发表了《戴·赫·劳伦斯的社会批判三部曲》，这是改革开放后中国劳伦斯研究复兴的第一个强力信号，尤其是以他中国社会科学院研究所研究员的身份，为劳伦斯得到重视提供了一个有力的宣传。1985 年，上海外国语大学教授侯维瑞先生在《现代英国小说史》的专著中，第一次将劳伦斯列专章，分析了劳伦斯的创作风格，认为他的作品扎根于英国土壤，"在一定程度上反映了工业革命之后英国下层中产阶级与工人阶级的生活现实"，指出劳伦斯的现代主义特征，主要并不表现在对小说形式的革新方面，其作品的布局"仍然保持着传统小说的许多特点"。[1]

王家湘、黑马（毕冰宾）、主万、王佐良、索天章、刘宪之等学者和翻译家为劳伦斯重返中国译坛和研究领域也做了开拓性和指导性工作。自此以后的 30 多年，中国劳伦斯的传播和接受出现了空前的繁荣。

自 1980 年第 1 期，《译林》发表周易翻译的劳伦斯短篇小说《木马冠军》开始，劳伦斯的作品和相关的国外传记资料以惊人的速度和规模得到翻译和出版。翻译较为系统全面。除戏剧和长篇自传性小说《努恩先生》外，他的 10 部长篇小说、中短篇小说、散文、诗歌、书信、文艺随笔等都被翻译给中国读者，而且还出现了一书多译现象。基思·萨嘉的《劳伦斯生平》、奥尔丁顿的《D. H. 劳伦斯传一个天才的画像，但是……》、克默德的《劳伦斯》、吉西·钱伯斯及弗丽达·劳伦斯的回忆录《一份私人档案：劳伦斯与两个女人》、穆尔的《爱的祭司》、马尔克斯的《劳伦斯：有妇之夫》等传记和回忆录都有中译本。这一

---

① 侯维瑞：《现代英国小说史》，上海外语教育出版社 1985 年版，第 195 页。

切为劳伦斯的研究走向深入奠定了扎实的基础，同时，也给广大读者更加全面地认识了解劳伦斯提供了翔实的资料。

80 年代中后期的劳伦斯研究热，有两个标志性的事件。其一是中国首届"D. H. 劳伦斯学术研讨会"于 1988 年 10 月 21 日至 24 日，由华东师大、上海第二教育学院、北方文艺出版社和《萌芽》杂志社联合发起，在上海二教院召开。国内外劳伦斯研究者近百人参会，提交论文 40 多篇，会议论文由刘宪之选编、翻译其中的 27 篇，结集为《劳伦斯研究》，1991 年由山东友谊书社出版。这是国内第一部劳伦斯研究论文集。这些论文从多角度全面肯定了劳伦斯作品的艺术价值，这在一定程度上为研究者提供了可资的借鉴。会后成立了中国劳伦斯研究会和劳伦斯研究中心。

其二是 1989 年，上海《环球文学》杂志第 2 期开设"《查泰莱夫人的情人》十人谈"专栏，《环球文学》在 1989 年第 1—4 期用专栏的形式讨论杜绝色情文学泛滥的立法问题，"《查泰莱夫人的情人》十人谈"是其中讨论的重要问题。参加座谈的有学者、编辑、教师、官员、普通读者等，他们围绕这一话题从各个角度发表了意见。此外，还有三篇相关文章发表在这期间的《环球文学》上。论者一致将劳伦斯的《查泰莱夫人的情人》与色情相区别，大都认为劳伦斯的性描写具有严肃的目的性，内涵丰富，有较高的认识价值和审美价值，也合乎伦理道德。考虑到《查泰莱夫人的情人》刚被官方查禁不久，《环球文学》为其张目，显示出的学术勇气和胆识令人敬佩。但也有论者批评劳伦斯过于拔高性爱在精神提升方面的作用，过多渲染性爱细节，扭曲了性爱与生命、性爱与人际关系的真实意义。[①]

1995 年，中国社会科学院外国文学研究所"外国文学研究资料丛书"编委会邀请我国劳伦斯研究专家，杭州大学蒋炳贤教授主持编译了《劳伦斯评论集》。从资料上看，评论集第一次全面地收集了国外有关劳伦斯的评论资料，内容丰富、涵盖面广，并集中地介绍了国外劳伦斯研究领域的最新研究观点和研究方法，为中国读者全面正确认识自强

---

① 刘洪涛：《新中国 60 年劳伦斯学术史简论》，《南京师范大学文学院学报》2013 年第 4 期。

不息的劳伦斯提供了更广阔的视野。

综合起来考察，中国劳伦斯研究队伍不断壮大，既有老一辈研究专家，也有一批出身硕士、博士，理论功底强，外语基础好的中青年学者。研究论文和学术著作交相辉映，为世界"劳学"做出了应有的贡献。

据笔者不完全统计，自1980年以来，在中国各类公开发行的刊物上发表的关于劳伦斯的论文已多达数千篇，其研究课题逐渐广泛，研究的视野逐渐开阔，研究的方法逐渐多样，研究的深度和广度也十分可观。尤其是近十年，劳伦斯及作品又成为一个研究热点，近些年，甚至出现了数量可观的研究劳伦斯的博士论文。据学者王松林、王晓兰做过的学术统计，劳伦斯位居"十一五"期间英国小说家研究热度排行榜的第二席，位居"十一五"期间最受研究生青睐的20名英国作家及相应硕士学位论文数量一览表的首席。① 这也与著名学者北京师范大学刘洪涛教授所言是相呼应的。刘洪涛教授在文中写道："据笔者掌握的统计资料，1991—2010年这20年间，中国大陆地区期刊发表的劳伦斯论文达1100多篇，国图馆藏硕士学位论文187篇、博士学位论文5篇，出版的学术专著20余部。"② 以下从四个方面对这些研究成果进行总结。

第一，主题思想研究。这是中国劳伦斯研究者持久的兴趣所在，成果数量占有较大的比重。众学者对劳伦斯作品主题思想内容的分析，综合起来有四个层面：

一是工业与大自然的冲突主题。例如，刘洪涛在其专著《荒原与拯救：现代主义语境中的劳伦斯小说》（中国社会科学出版社2007年版）中指出，劳伦斯出生的诺丁汉郡伊斯特伍德地处矿区，但与乡野自然毗邻，青少年时期的劳伦斯频繁在这两种生活环境之间生活与活动，这种直接的经验感受，以及英国乡村田园文化传统的影响，是劳伦斯最早批判现代工业文明的灵感和力量源泉。他表现大自然的诗意之

---

① 王松林、王晓兰：《中国"十一五"期间英国小说研究》，《外国文学研究》2011年第1期。

② 刘洪涛：《新中国60年劳伦斯学术史简论》，《南京师范大学文学院学报》2013年第4期。

美，追求回归自然；又表现工业文明与大自然的冲突，对大自然造成的破坏，对人内在生命力的摧残，更进一步，劳伦斯还超越了具体的煤矿生产领域，从整体上把现代文明塑造成一种异己力量，广泛展示了其存在的方方面面。

二是两性关系主题。这是劳伦斯小说研究的另一个焦点主题。研究者注意到，劳伦斯既表现畸形的两性关系，也探索理想的两性关系。这方面有罗婷的《论戴·赫·劳伦斯关于人际关系的思想》（《湘潭大学学报》1993 年第 3 期）、蒋家国的《精神型女人的雏形：试论〈白孔雀〉中的莱蒂形象》（《外国文学研究》2003 年第 2 期）等论文，论述了畸形两性关系的根源在于现代工业文明对人的异化，具体表现为莱蒂、米丽安、莫瑞尔太太等精神型女人对男性主人公的控制。刘洪涛在《荒原与拯救：现代主义语境中的劳伦斯小说》中指出，劳伦斯笔下畸形的两性关系主要形式为社会化婚姻、无性之爱、精神占有，都是工业文明所结的恶果，而理想的两性关系是建立在男性君临和女性屈服，以及去社会化和爱欲体验的基础之上。研究者关注较多的还是劳伦斯小说中的性爱描写问题。张建佳、蒋家国的论文《论劳伦斯小说的性伦理》（《外国文学研究》2006 年第 1 期）认为劳伦斯的性伦理是"反对理性、道德对人性的干预，主张回归人的自然本性，追求'灵'与'肉'的和谐结合"。其他大量研究《查泰莱夫人的情人》的论文指出，劳伦斯尤其推崇健康、奔放的性爱，认为它在激发人的美好天性、活力、朝气，调节人类最基本的关系——两性关系，有决定性的作用。

三是死亡与再生主题。吕伟民的论文《死亡与再生：谈劳伦斯的〈查泰莱夫人的情人〉》（《郑州大学学报》1994 年第 3 期）、伍厚恺所著的人物传记《寻找彩虹的人：劳伦斯》（四川人民出版社 1998 年版）、刘洪涛的专著《荒原与拯救：现代主义语境中的劳伦斯小说》等，研究了劳伦斯热衷于表现死亡与再生主题的原因和具体形式。劳伦斯对死亡与再生主题的表现，还在《虹》、《恋爱中的女人》等作品中被形式化，成为一种叙事结构，并与《圣经》文化原型相关联。

四是对劳伦斯非理性心理活动功能的研究。刘洪涛的论文《作为现代心理小说家的劳伦斯》（《许昌师专学报》1993 年第 2 期）及其专著《荒原与拯救：现代主义语境中的劳伦斯小说》认为，劳伦斯本质上是一位现代心理小说家，他受非理性主义影响和现代主义思潮的策动，着力表现人的"另一个自我"，也就是被本能、欲望、潜意识所驱动的非理性自我。

在劳伦斯小说主题思想研究方面，还有一些重要观点的好文章，如漆以凯的《论戴·赫·劳伦斯的二元论》（《外国文学研究》1995 年第 4 期）认为，劳伦斯关于宇宙万物二元对立统一的思想，贯穿在其全部的创作之中，有着丰富的形式，是理解劳伦斯丰富复杂思想的一把钥匙。庄陶的《在性爱神话后面——劳伦斯的阶级认同危机》（《当代外国文学》2001 年第 1 期），以《儿子与情人》、《恋爱中的女人》、《查泰莱夫人的情人》等作品为例，指出劳伦斯作为工人阶级出生的作家，对自己所属阶级存在深刻的认同危机。程心的《论劳伦斯的反进化论的自然观》（《外国文学评论》1995 年第 1 期）认为劳伦斯的自然观是反进化论的，他"汲取了泛神论自然崇拜的精髓，希望通过修复人与自然的关系，为异化的人类社会重新找到生命的活力"。还有多篇论文探讨了劳伦斯的乌托邦想象，如王薇的《心中的天堂　失落的圣地——劳伦斯的"拉纳尼姆"情结评析》（《国外文学》1997 年第 4 期）和丁礼明的《"拉纳尼姆"王国的生态学思考——解读劳伦斯小说中文明与自然的冲突主题》（《西安外国语大学学报》2009 年第 1 期）从不同角度深入分析了劳伦斯的"拉纳尼姆"情结及其具体表现，指出其表达的文明与自然的冲突的主题。刘洪涛的《D. H. 劳伦斯的美国想象》（《外国文学评论》2001 年第 1 期）用"美国想象"统摄劳伦斯与美国文化、文学的关系，指出"美国想象"在第一次世界大战期间及战后促成了劳伦斯思想探索走出纯粹的精神领域，与特定的地域文化广泛融合在一起，"美国想象"构成了他的乌托邦的核心。

第二，艺术形式与技巧研究。研究者们对劳伦斯究竟到底属于现实主义作家还是现代主义作家存在分歧。较多人认为应该把劳伦斯定位为"处于批判现实主义和现代主义交汇点上的重要作家"，如罗婷在《论劳伦斯笔下的人性异化》（《湖南师范大学学报》1995 年第 1 期）和郭英剑在《传统·劳伦斯·现代主义》（《新乡师范大学学报》1991 年第 2 期）中认为劳伦斯"继承传统又超越传统、走入现代又保持鲜明个性的创作风格"。也有对劳伦斯小说由此形成的杂糅风格进行了探讨，如熊沐清的《传统与现代的冲突及糅合——劳伦斯叙事的二重性特征》（《外国文学研究》2001 年第 2 期）指出劳伦斯"大量使用自由间接话语，主张作者不应在作品中出现，其部分作品在结构层面呈现出开放性和不连贯性，在意蕴和评判层面呈现出对立、不确定和复调叙述的特征"，"同时又以稳定的传统的全知视角保持作者的在场与可靠性"，杂糅了传统与现代的叙事风格。

比较而言，研究者更重视劳伦斯小说中现代主义属性，并从不同角度，对其进行了深入的研究。如蒋承勇的《论劳伦斯小说艺术的现代主义倾向》（《国外文学》1993 年第 1 期）、《论劳伦斯〈恋爱中的女人〉的深度对话》（《国外文学》1996 年第 3 期）、《论劳伦斯〈虹〉的多重复合式叙述结构》（《外国文学评论》1996 年第 1 期）等论文，从小说的暗示性和非连贯性、多重复合式叙述结构、深度对话模式等角度，阐述了劳伦斯小说的现代主义艺术特征。国内学者研究最多的是劳伦斯小说的象征手法。代表性论文有叶兴国的《劳伦斯与〈圣经〉》（《国外文学》1995 年第 2 期），王丽亚的《D. H. 劳伦斯小说中的意象》（《外国文学评论》1996 年第 4 期）、《评〈虹〉〈恋爱中的妇女〉的象征手法》（《杭州大学学报》1991 年第 1 期），李汝成的《心灵运动的轨迹——D. H. 劳伦斯小说的象征艺术研究之一》（《青岛大学师范学报》1996 年第 3 期）、《社会批判的利器——D. H. 劳伦斯小说的象征艺术研究之二》（《青岛大学师范学报》1996 年第 4 期），李汝成与路玉坤的《物我交流的载体——D. H. 劳伦斯小说的象征艺术研究之三》（《山东社会科学》1998 年第 2 期），刘维荣的《浅析劳伦斯小说中的若干意象》（《上海大学学报》1999 年第 6 期），黄宝菊的《论劳伦斯小说中马和月亮的象征意义》（《外国文学研究》2000 年第 3 期），胡亚敏的《二十世纪的神话仪式：读劳伦斯的〈太阳〉》（外国文学评论）1999 年第 3 期），戴天善的《生命哲学的隐喻——简论 D. H. 劳伦斯小说中的自然意象》（《语文学刊》2001 年第 5 期），彭鲁迁的《自然意象在〈虹〉的象征作用》（《石家庄师范专科学校学报》2002 年第 2 期），谢佳宾的《论劳伦斯小说的象征和比喻手法》（《玉林师范学院学报》2006 年第 2 期），项凤靖的《解读 D. H. 劳伦斯小说的"火车意象"》（《西安外国语大学学报》2007 年第 1 期），周子迦的《试析〈查泰莱夫人的情人〉中的森林意象》(《文学教育》2014 年第 1 期),赵丽莉的《〈白孔雀〉中的植物意象的生态思想解读》(《赤峰学院学报》2016 年第 2 期)等,对劳伦斯小说象征意象的种类、来源、内涵、呈现方式和功能等问题,都进行了深入研究。

第三,多种批评方法的应用。劳伦斯作为一个思想不断发展、复杂多变、异常丰富的作家,他为新时期各种批评方法提供了试验场,反过来,这些批评方法又拓展了对劳伦斯研究的领域,促进了劳伦斯研究的深入发展。下面主要介绍几种批评方法在劳伦斯作品中的批评情况。

(1)精神分析批评是最早应用于劳伦斯研究的一种批评方法。劳伦斯的作品以两性关系作为表现的中心,又极力强调"血的意识"、本能意识的作用等,他也写过两本心理学方面的著作,这些可为研究者提供了很多从精神分析的条件。学者们提及最多的是《儿子与情人》中的恋母情结,短篇小说《美妇人》中的畸形母爱,都指出其对男性成长所引起的桎梏作用。如李志斌的《弗洛伊德主义和劳伦斯的小说〈儿子与情人〉》(《湖北大学学报》1997 年第 6 期)、张涛的《试论〈儿子与情人〉的恋子情结与恋母情结》(《外国文学研究》1998 年第 4 期)、蒋家国的《从俄狄浦斯情结中解脱出来——评劳伦斯的〈美妇人〉》(《嘉应大学学报》1998 年第 1 期)等。也有研究者注意到劳伦斯与弗洛伊德精神分析理论更广泛的联结,如劳伦斯把性爱看成是人类活动的基本动力,将健康性爱与文明相对立,把性压抑看成文明的产物等,认为这些观念构成了劳伦斯思想的基本脉络。代表论文有漆以凯的《劳伦斯与弗洛伊德》(《南京师范大学学报》1997 年第 4 期)、刘洪涛的《劳伦斯与非理性主义》(《北京师范大学学报》2006 年第 3 期)、黄子平的《D. H. 劳伦斯与弗洛伊德主义》(《暨南大学学报》1995 年第 3 期)等。

(2)性别视角。研究者们用女性主义批评方法注意到劳伦斯与英国女权主义运动之间的深刻联系,分析其作品中新女性形象特征及其产生的社会背景,分析劳伦斯对待新女性既崇拜又憎恶的矛盾态度,分析其男权思想产生的根源。如罗婷的《论劳伦斯关于妇女解放的思想》(《湘潭大学学报》1991 年第 3 期),刘须明的《是恶魔还是天使?从劳伦斯研究中的女权主义论争谈起》(《当代外国文学》1999 年第 1

期），林树明的《女权主义对劳伦斯的批评》（《贵州师范大学学报》1998 年第 2 期），高万隆的《劳伦斯的回应：妇女问题与妇女解放——论劳伦斯早期小说中的女性形象》（《国外文学》1999 年第 2 期），梁伟、李晴辉的《论劳伦斯的女性主义意识》（《四川外语学院学报》2001 年第 1 期），赵红英的《论劳伦斯的女性观》（《武汉大学学报》2001 年第 4 期），朱红卫的《劳伦斯的男性身体崇拜》（《外国文学研究》2002 年第 6 期），张中载的《独特的劳伦斯，独特的〈虹〉》（《外国文学研究》2000 年第 4 期），陈璟霞的《劳伦斯的女性意识和双性主题》（《天津外国语学院学报》2005 年第 2 期），卢敏的《从女性主义视角解读〈恋爱中的女人〉》（《四川外语学院学报》2005 年第 1 期）等。

（3）生态批评视角。生态批评是近些年来劳伦斯研究中被广泛应用的一种批评方法，这主要与劳伦斯的终生追求和作品所描写内容有关。劳伦斯终其一生向往和追寻大自然，作品中的乡土气息和对自然山水的诗性描写，工业文明与大自然的对立，倡导人类要回归大自然，亲近大自然，主张人与自然界中的动物、植物是平等的等思想，这些都为生态批评提供了极为丰富的材料。其内涵和意义，也在生态批评中得到更充分和深刻的阐发。这方面的代表论文有丁礼明的《拉那尼姆王国的生态学思考：解读劳伦斯小说中文明与自然的冲突主题》（《西安外国语大学学报》2009 年第 1 期）、李碧云的《〈查特莱夫人的情人〉之生态批评》（《名作欣赏》2010 年第 24 期）、庄文泉的《从〈白孔雀〉对自然的描写看劳伦斯的生态思想》（《福建农林大学学报》2011 年第 5 期）、席战强的《"诗意的栖居"：生态整体主义视域下的〈白孔雀〉探析》（《玉林师范学院学报》2013 年第 1 期）等。苗福光的《生态批评视角下劳伦斯》（上海大学出版社 2007 年版）是国内首部从生态学批评的角度研究劳伦斯生态思想的专著，该书从自然生态、社会生态、精神生态三个层面，较全面地分析了劳伦斯的生态思想。

（4）比较文学的视角。比较文学方法在劳伦斯研究中也有广泛的应用。这方面出现了较丰富的成果。在与劳伦斯同一的西方文学传统中，研究者论述了劳伦斯与《圣经》、布莱克、乔治·艾略特、狄更斯、哈代、叔本华、尼采、弗洛伊德、乔伊斯、托尔斯泰、海明威、杜拉斯等作家之间的各种关系。李增的《劳伦斯和哈代笔下人物的血缘关系》讨论了劳伦斯小说人物与哈代小说人物的契合关系，认为这种契合关系既有完全重叠式契合，也有部分重叠式契合，文章最后指出："劳伦斯在创作中确实借鉴了哈代创作方法，但同时融汇了其他西方现代小说技巧，在人物塑造、心理描写方面做了可贵的探索，建立自己的个性。"① 罗婷的《生命本体的讴歌者——劳伦斯与尼采》从离经叛道、生命意志、超人思想三个方面详细论述了尼采对劳伦斯的影响，指出了"在本体论和认识论上，尼采和劳伦斯却各具特色"，认为尼采是"旧道德的破坏者和新道德的创立者"，劳伦斯"强调感觉世界的肉体与直觉，寻求一种观念上的平衡，一种血液与心灵的平衡。他倡导的'超人'思想是对资产阶级民主的反驳，却无意识地滑向了另一个极端——信奉极权领袖"。② 高鸿的《试论劳伦斯小说与柏格森生命哲学的关系》（《福州大学学报》2000 年第 4 期）也从影响研究的角度阐释了柏格森对劳伦斯的影响。庄文泉的《论劳伦斯与郁达夫性爱叙事的文本差异》（《惠州学院学报》2009 年第 5 期）比较了劳伦斯与郁达夫两人性爱作品在性爱描写叙事的不同，从而展示出快乐而唯美与痛苦而扭曲的文本差异。高万隆的《婚恋·女权·小说：哈代与劳伦斯小说的研究》（中国社会科学出版社 2009 年版），从比较的视角探讨了哈代和劳伦斯小说的婚恋主题，说明了两者在婚姻问题方面的联系，也显示了 1870 年至 1930 年迅速发展的社会习俗是如何反映在两者的小说当中的。研究者在关注劳伦斯与中国文学的关系方面是比较研究的热点，分三种类型。第一种类型是比较劳伦斯与中国作家、作品的关系，如将劳伦斯的《查泰莱夫的情人》与《金瓶梅》、《男人的一半是女人》、《废都》、《情爱画廊》、《死水微澜》等做比较，将劳伦斯与郁达夫、沈从文、张爱玲、张贤亮、贾平凹、莫言等作家比较，这方面比较有代表性的是毛信德先生的《郁达夫与劳伦斯比较研究》（浙江大学出版社 1998 年版），该书一方面全面细致地对两位作家的人生经历、生存境遇、审美

---

① 李增：《劳伦斯和哈代笔下人物的血缘关系》，《外国文学研究》1994 年第 2 期。
② 罗婷：《生命本体的讴歌者——劳伦斯与尼采》，《湘潭师范学院学报》1996 年第 1 期。

情趣等个性特征进行了比较，另一方面对两位作家作品中的主题思想、情节结构、人物形象、艺术特征、性描写等也进行了比较。另一部是青年学者田鹰女士的《比较视野中的张贤亮和劳伦斯性爱主题研究》（中国社会出版社 2009 年版），该专著比较了两位作家性描写的异同，为中国作家探索人性提供指导借鉴。第二种类型是中译本的研究。研究者对劳伦斯小说中的方言和性描写处理方式，并对错译、漏译现象纠偏指瑕。第三种类型是研究劳伦斯在中国的译介和传播。其中郝素玲、郭英剑的《劳伦斯研究在中国》（《河南师范大学学报》1993 年第 3 期），董俊峰、赵春华的《国内劳伦斯研究述评》（《外国文学研究》1993 年第 3 期），廖杰锋的《20 世纪 80 年代前 D. H. 劳伦斯在中国的传播》（《衡阳师范学院学报》2005 年第 2 期），杨斌、吴格非的《中国的劳伦斯研究述评》（《成都教育学院学报》2005 年第 10 期），杨斌的《劳伦斯作品在中国的翻译综述》（《成都大学学报》2008 年第 2 期）等论文最有代表性。

（5）伦理批评视角。运用伦理批评视角这个新方法来研究劳伦斯作品的比较有代表性的是杜隽的《论 D. H. 劳伦斯的道德理想与社会的冲突》（《外国文学研究》2005 年第 2 期），作者以劳伦斯小说中的性爱主题为切入点，从劳伦斯的道德观入手深入探讨形成这一主题的原因以及他赋予这一主题中的深层内涵。张建佳、蒋家国的《论劳伦斯小说的性伦理》（《外国文学研究》2006 年第 1 期）认为透过劳伦斯作品看到当时英国社会性伦理的嬗变和劳伦斯自己的性伦理观，指出劳伦斯否定资产阶级道德的思维方式实际上也否定了其他所有道德的存在意义，这也证明了劳伦斯性伦理自身所存在的问题。庄文泉的《性爱叙事的伦理诉求差异——劳伦斯与郁达夫性爱主题小说比较》（《盐城师范学院学报》2009 年第 4 期）从性爱描写出发点及其意义指向不同、性爱描写的基调迥然不同两个方面比较了两者性爱主题小说的差异。

其他应用于劳伦斯研究的批评方法还有原型批评、解构主义批评、心理分析批评等，都取得了可喜的成绩。[①]

---

① 刘洪涛：《新中国 60 年劳伦斯学术史简论》，《南京师范大学文学院学报》2013 年第 4 期。

　　以上主要所谈及的是有代表性的学术论文和个别专著，国内 20 世纪 80 年代以来，劳伦斯研究，不仅学术论文欣欣向荣，学术专著也如火如荼。据笔者不完全统计，到 2016 年，国内已经有 20 多部学术专著出版。有冯季庆的《劳伦斯评传》（1995 年）、罗婷的《劳伦斯研究——劳伦斯的生平、著作和思想》（1996 年）、漆以凯的《劳伦斯的艺术世界》（1997 年）、毛信德的《郁达夫与劳伦斯比较研究》（1998 年）、王立新的《潘神之舞：劳伦斯和他的〈查泰莱夫人的情人〉》（1998 年）、伍厚恺的《寻找彩虹的人：劳伦斯》（2000 年）、毛信德的《劳伦斯》（2001 年）、曾大伟的《劳伦斯小说研究》（2003 年）、邢建昌的《劳伦斯传》（2003 年）、黑马的《心灵故乡——游走在劳伦斯生命的风景线上》（2002 年）、蒋家国的《重建人类的伊甸园——劳伦斯长篇小说研究》（2003 年）、寥杰锋的《审美现代性视野下的劳伦斯》（2006 年）、苗福光的《生态批评视角下的劳伦斯》（2007 年）、刘洪涛的《荒原与拯救：现代主义语境中的劳伦斯小说》（2007 年）、田鹰的《比较视野中的张贤亮和劳伦斯性爱主题研究》（2009 年）、高万隆的《婚恋·女权·小说：哈代与劳伦斯小说的研究》（2009 年）、汪志勤的《劳伦斯中短篇小说多视角研究》（2010 年）、闫建华的《绿到深处的黑色：劳伦斯诗歌中生态视野》（2013 年）、黑马的《文明荒原上爱的牧师——劳伦斯叙论集》（2013 年）和《我们一起读过的劳伦斯》（2015 年）等。

　　下面就几部学术专著作做简要的介绍。

　　冯季庆女士的《劳伦斯评传》是国内研究者撰写的第一部关于劳伦斯的生平传记。这部传记以劳伦斯坎坷的人生旅程为经，以他的文学创作为纬，采取评与述相结合的方式，全面展开讨论劳伦斯思考生存、死亡以及两性关系的原因，详细分析《儿子与情人》、《恋爱中的女人》、《查泰莱夫人的情人》、《出走的男人》等作品所蕴含的哲学思想，并指出："世间或许不容易出现像劳伦斯这样敢于透彻地探索、赞叹男女性爱的作家，他的细腻微妙的笔触，直接伸到人类生命中最为隐秘的角落——两性交融中的欲仙欲死的生动过程，描述完美的性结合对于成就人物完整生命和性格的本质作用。并且，劳伦斯笔下男女之间最辉煌的闪动，永远被置于美妙温情的大自然之中，作家倾注心力的人物必定

33

是大自然最诚挚最富创造力的儿女……劳伦斯不仅以一种天才的识见，在生命的精髓里找到了永恒的价值，而且更是以预言家的身份，在性描写中隐含了人类与社会、人类与世界的关系的极为丰富的内容。他的每一部小说都以某种哲学理论（诸如关于存在的理论）为背景来结构主干，那些理论与活生生的生存体验和谐统一为一体。伴随性爱体验的，是大量关于历史、政治宗教和经济等问题的严肃思索。"① 著作公正、客观地评价了劳伦斯在英国文学史上的地位。

罗婷女士的《劳伦斯研究——劳伦斯的生平、著作和思想》是国内研究者首部系统阐释劳伦斯创作的学术专著。这部专著从大量的具体作品及相关资料出发，对劳伦斯的创作道路、文艺思想、伦理观念、艺术手法、作品主题以及劳伦斯与弗洛伊德、劳伦斯与尼采、劳伦斯与基督教神话、劳伦斯与女权主义等问题进行了全面、翔实、科学的解读、归纳与总结，并且认为劳伦斯的创作"有很强的自传性，他的许多作品直接取材于自己的亲身经历，是他心灵的剖白"②，劳伦斯是一位漂泊一生的先知，他在"不断向世界发布预言时，自己也成了祭坛上的牺牲品——在他对人类文明、对工业社会的执着探索中，不可避免地带有偏执的一面，他用诗的语言表达出的人生理想，就象他心中架起的那道弯弯的彩虹，绚丽灿烂，却虚无缥缈"③。同时，这部专著的研究方法多样，平行研究、影响研究融于一体，社会历史批评、历史批评、女性主义批评相互映照，从而开辟了劳伦斯研究的新领域。

毛信德先生的《郁达夫与劳伦斯的比较研究》系统地比较了劳伦斯与他的中国知音郁达夫。这部专著是我国第一部从比较文学的角度研究劳伦斯的著作。该作采用平行研究的方式，从"风格与人格"、"小说中的自我表现主题"、"小说中的人物塑造"、"小说中的性描写"、"小说中的审美意识"、"小说中的哲学思想和道德观念"、"小说中的心理描写和语言技巧"、"文学史中的地位和影响"八个方面，比较了劳伦斯与郁达夫的异同，使中国接受者能在比较中完整地认识劳伦斯。

---

① 冯季庆：《劳伦斯评传》，上海文艺出版社 1995 年版，第 1—2 页。
② 罗婷：《劳伦斯研究——劳伦斯的生平、著作和思想》，湖南文艺出版社 1996 年版，第 3 页。
③ 同上书，第 2 页。

2001 年，他还出版了一本传记《劳伦斯》。该书从环境、家庭、时代、情爱、母爱、漂泊的人生经历等方面，全方位地讨论了劳伦斯文学风格形成的原因，重点论述了《儿子与情人》、《虹》、《恋爱中的女人》、《狐》、《袋鼠》、《羽蛇》、《查泰莱夫人的情人》的思想意义、象征手法，认为"劳伦斯的出现应该说是极大改变了英国小说在 20 世纪前 30 年间的创作局面，不仅是增添了丰富的色彩，引发了艺术的深层次的探索，更主要的是激发起英国作家们对于表现人类真实情感的责任感，使文学真正成为体现美感、精神、爱情、理想的载体"①，整部论著资料详细，视野开阔，高屋建瓴式评价了劳伦斯。

漆以凯先生于 1981 年开始接触劳伦斯，1987 年翻译了劳伦斯的代表作《虹》，由天津百花文艺出版社出版，十年之后，写出了一部学术专著《劳伦斯的艺术世界》，由南京师范大学出版社出版，这是漆以凯先生长期潜心研究的成果和结晶。专著由上、下两篇组成。上篇着重讨论了劳伦斯的除《逾矩的罪人》之外的其他九部长篇小说的思想内容和艺术成就，下篇总体考察了劳伦斯笔下的女性形象，劳伦斯的二元论，劳伦斯的小说艺术以及劳伦斯与弗洛伊德、哈代的关系，认为："劳伦斯在创作上处于现实主义与现代主义的交叉点上，他的创作既有对英国文学现实主义伟大传统的继承，又在内容与形式上具有现代主义属性。他对性与无意识的大胆探索与深刻揭示，令世人惊骇，也令世人叹服"，"劳伦斯的小说吸引读者的主要原因是独特的心理描写艺术、象征艺术"，指出劳伦斯的小说美学是平衡美学，其平衡"不是稳定的、不变的平衡，而是颤动的平衡，是相互吸引、相互排斥中人性的两极不断活动变化的平衡"②。论著填补了过去研究中的诸多空白点。

伍厚恺先生倾注自己的心血完成的《寻找彩虹的人：劳伦斯》是国内劳伦斯研究中最为全面的专著。该作共有五章，不仅详细地描述了劳伦斯的人生道路，而且对劳伦斯的小说、散文、诗歌、戏剧和绘画的思想内容与艺术风格进行了诠释，同时，研究者还较为全面地考察了劳伦斯与尼采、弗洛伊德的关系，辨析了劳伦斯与现实主义、浪漫主义和

①　毛信德：《劳伦斯》，四川人民出版社 2001 年版，第 181 页。
②　漆以凯：《劳伦斯的艺术世界》，南京师范大学出版社 1997 年版，第 203 页。

现代主义的异同，指出劳伦斯的最独特之处和最吸引人之处"便是为20世纪人类所普遍缺乏的那种富于理想主义色彩的精神气质。他始终执着地热爱、崇拜和歌颂生命，直到他自己短促的生命结束"①。

黑马先生是中国劳伦斯传播和研究的中坚，他不仅大量地翻译了劳伦斯的散文、文艺随笔、小说，发表了大量的关于劳伦斯方面的研究论文，而且写出了一部专著《心灵的故乡：游走在劳伦斯生命的风景线上》，该书于2002年由中国社会科学出版社出版。该作以著作者漫游劳伦斯成长的生活地为线索，散点透视劳伦斯的少年和青年时代，描述劳伦斯26岁前痛苦的生命历程和备受挫折的爱情历程，历时与现时相交织、想象与写实相融合、图片与文字相映衬，深刻挖掘了劳伦斯精神。论者指出，"身处尼采、叔本华、达尔文、詹姆斯和马克思学说风云际会的年代，劳伦斯凭着自己血液感知的引领，没有盲从任何一种主义和哲学，而是汲取了各派学说的精华，与自己的体察相融会，得出了自己对世界和人的特殊认知方式，从而将生命看作艺术，艺术地把握人生"②。它虽然不是一部严格意义上的学术著作，但是，为中国读者进一步认识、了解劳伦斯提供了宝贵的历史资料和现实资料。黑马先生近年力作不断，《文明荒原上爱的牧师：劳伦斯叙论集》（新星出版社2013年版），这部有关劳伦斯的叙论，共50篇，涉及劳伦斯的创作、传记和研究三个领域。《我们一起读过的劳伦斯》（中国国际广播出版社2015年版）这本随笔集囊括了作者多年来热爱、追寻劳伦斯，深度解读、品赏劳伦斯作品的丰富心得。不失为打开劳伦斯纯文学世界的一把钥匙。

2003年5月，蒋家国先生经过多年研究，出版了学术著作《重建人类的伊甸园——劳伦斯长篇小说研究》。全书以文本细读的方式从不同的角度解读了劳伦斯的十部长篇小说，全面详细地分析每部小说所显现的内容和取得的艺术成就，观点新颖、见解精辟、资料丰富，具有较高的学术价值。

---

① 伍厚恺：《寻找彩虹的人：劳伦斯》，四川人民出版社2000年版，第380页。
② 黑马：《心灵的故乡：游走在劳伦斯生命的风景线上》，中国社会科学出版社2002年版，第314—315页。

2006 年 6 月，廖杰锋先生出版了学术专著《审美现代性视野下的劳伦斯》。由群言出版社出版。该著以"审美现代性"这一视角"更深入地解释劳伦斯重新为读者所接受的奥秘，其根本原因也就在于劳伦斯以鲜活的生命感知力审美地理解和把握世界，追问生存的意义，在现代人的生存意识和生存活动面前展开个人身体与灵魂、自由与存在、畏与烦、在世与死亡等诸多问题，以血性之声唱出一曲歌颂生命的底蕴和伟大的颂歌。他的作品超越了时空，至今在某些方面对我们还不无启示意义"。"审美现代性的研究视角会使我们发现作家在创作成名作《儿子与情人》之后的深刻转变，追求创新，反对传统不仅是他的生存之思，也是他赋形生存之思的基本方式，我们很难将他作归属于何种思潮流派。劳伦斯就是劳伦斯，他是英国文学天空一道独特的彩虹！"① 正如张弘教授在该专著的序言所言："这部专著，又尝试把劳伦斯的文学成就，纳入审美现代性的视域中来加以考察，显然在开拓着新的途径。"②

刘洪涛先生 2007 年出版的《荒原与拯救：现代主义语境中的劳伦斯小说》（中国社会科学出版社）一书，作者在广泛搜集材料和实地考察的基础上写成，把劳伦斯放在现代主义语境和英国历史文化传统中加以考察，指出劳伦斯是工业文明坚定的批判者，他认为工业文明的根本缺陷是使人社会化和机械化，压抑了人的直觉、本能和欲望，使人的生命能量枯竭。从这一立场出发，劳伦斯以极大的热情表现两性关系，表现新女性形象，挖掘人的非理性心理世界，驰骋异域原始文明想象，描绘了西方现代文明崩溃的整体图景，并且为探索人类走出荒原的道路殚精竭虑。该书除了揭示劳伦斯小说中丰富的现代思想及其意义外，还对其中的男权主义、心理神秘主义、极端原始主义和过度的性描写等倾向进行了反思和批判。

回顾 1922 年以来的近百年历史，真正的国内劳伦斯传播与研究只有三十几年，但速度之迅猛，阵容之庞大，可喜可叹。尤其是全球化的时代，一些学术背景好，视野开阔，思维敏捷的学术研究新生力量，在劳伦斯研究领域敢于做开路先锋，其研究将会有更大的突破。

---

① 廖杰锋：《审美现代性视野下的劳伦斯》，群言出版社 2006 年版，第 41—42 页。
② 同上书，第 2 页。

由此可见，国内外的劳伦斯研究都经历了百年的风雨历程，大致都经历了起步阶段的引介评论期，中间一段的停滞期，20世纪80年代以来的兴盛期，相信，随着社会的进一步发展，劳伦斯生平材料的新发现，国内外新的具有原创性质的批评方法和研究视角的出现，人们必将把劳伦斯的研究推向一个更新的高度。

第二节 选题理由及意义

文学地理学批评是近年来国内外学者比较关注的一种文学研究方法。"要求从地理与空间的角度来研究文学，从而开拓文学批评与文学研究者的视野，更新批评文学与研究文学的方法，变革文学批评与文学创作的观念，让文学批评与研究回归到时间与空间相统一的正常方位，并促进文学创作与文学传播的良性循环。"[①] 国内提倡者为著名学者袁行霈、金克木、杨义、曾大兴、梅新林、夏汉宁、陶礼天、邹建军等。这种批评方法强调作家所生长的地理环境及创作的地理环境对作家创作的深刻影响，特别关注"地理"之于"文学"的"价值内化"作用，即文学的"接地气"。而由当代著名诗人、文学评论家、华中师范大学博士生导师邹建军教授首次比较系统地提出文学地理学批评的"地理基因"、"地理基础"、"地理空间"、"地理影像"、"地理叙事"等理论及批评术语，在批评和研究中外作家的实践中取得了可喜的成绩，在学术界有着广泛的影响。劳伦斯是20世纪英国文学史上极有创见和最有争议的作家之一，他的一系列文学创作与他的生长环境、人生经历和创作环境有着密切的联系，与他所接触和感知的自然山水有密切的关系，呈现出一条清晰的人生和创作的轨迹，有学者甚至说他的人生和创作是一体的。有学者指出，在劳伦斯所有作品中，最迷人的是他写的游记作品。不了解他的成长史、活动史就不可能完全读懂他的作品。劳伦斯一生去过无数地方，欧洲的德国、意大利、瑞士、法国、西班牙、奥地利，亚洲的斯里兰卡，大洋洲的澳大利亚、新西兰、塔希提岛，美洲的旧金山、纽约、新墨西哥州及墨西哥。他的人生就是一部个人的作品。

---

① 邹建军：《文学地理学：批评和创作的双重空间》，《临沂大学学报》2017年第2期。

尤其是长篇小说尤为明显。劳伦斯 1885 年 9 月 11 日出生于英国中部诺丁汉郡伊斯特伍镇的一个煤矿工人家庭,这是一个主要由煤矿产业工人组成的小镇,但劳伦斯从小就对这个煤矿小镇很厌恶,与镇相邻两里外的海格斯农场却给劳伦斯的童年和青少年带来了诗意般田园风光,这由肮脏、恶臭的矿区与自然清新组成的故乡就成为他永远的故乡了,他的创作便从这个"心灵的故乡"起航。劳伦斯曾说:"森林边缘上一座矮小的红砖农舍,那就是米丽安家的农场,它让我产生了最初的写作冲动。"① 从《白孔雀》、《儿子与情人》、《虹》《恋爱中的女人》以诺丁汉城乡开始,到旅居德国、意大利等南欧,到旅居澳洲的《袋鼠》,再到南美风情的墨西哥的《羽蛇》,最终回到他生命所系的意大利,还是以他深爱的"心灵的故乡"那片山水森林为背景创作了一部成人童话小说《查泰莱夫人的情人》,完美收官。1930 年 3 月 2 日病逝于法国南部旺斯,在世不到 45 年。但故乡的煤镇子、那美景如画的乡村、行走各地的自然山水都在他的作品中有着清晰的反映,呈现出一系列丰富的自然山水意象和人文意象。劳伦斯所谓的"地之灵",其实就是地理环境对作家人格、审美情趣与文学创作发生积极作用。所以运用文学地理学批评方法,考察作家的成长史及活动轨迹,认真细读文本,就会有许多新的发现。他的长篇小说集中建构了"矿区空间"、"乡村空间"、"城市空间""湖海空间",这些地理空间的巧妙建构,丰富多彩意蕴深刻的意象刻画,与作家主题的表达,人物的刻画,思想的传达都有紧密的联系,透露出他文学的无穷魅力,从而展现出独特的审美底蕴、艺术传达和哲理情思,因而建构起一个丰富多彩的文学王国。形成了劳伦斯长篇小说写实传统与浪漫象征相结合的优秀特质,在 21 世纪的今天,仍然闪耀出无穷的艺术魅力。可以说劳伦斯是资本主义时代的抒情诗人。劳伦斯长篇小说里所提出的与地理基因、地理空间建构相关的自然主题、生态主题与宗教主题,必将引起我们对当今世界自然生态、人的精神生态问题的关注,并引发人们对人类生存与自然存在,人类与自然、社会、自身如何相处,以及对人类生与死等问题、人的精神应当走

---

① 黑马:《心灵的故乡:游走在劳伦斯生命的风景线上》,中国社会科学出版社 2002 年版,第 204 页。

向何处等众多哲学问题的再思考。这对国内外的劳伦斯研究也是一个较大的推动。

第一，研究思路的突破。本书首次集中、深入地探讨劳伦斯的十部长篇小说中建构的地理空间问题，扩展了其长篇小说研究的范围与思路；以其中短篇小说、诗歌、散文、游记、书信、绘画、绘画理论及文艺评论等为参照，以中外所有与其相关的研究资料作为参考，从广度与深度方面力求对前人的研究有所超越，对劳伦斯长篇小说形成的地理基础、地理空间、自然地理意象进行较全面的研究。并将其作为影响劳伦斯长篇小说创作的重要地理基础进行探讨，揭示其长篇小说中存在的审美内涵；其作品中重重叠叠的自然意象与丰富的人文地理意象，不仅给读者带来赏心悦目的美感，而且具有深刻的象征品格，与作品主题的表达、人物的性格与气质相对应，与作家本人的思想与情感相联系，与一个民族独特的个性与意识相联系。正如《英国评论》的主编诺曼·道格拉斯所说："人们普遍认为劳伦斯是个愤世嫉俗者……他对待大地上普通的生灵报以温情和礼遇……他这人身上有股子自然气息，也就是泥土气。"①

第二，新的理论视角与批评方法。本书是首次从文学地理学批评的角度，对劳伦斯的长篇小说进行系统解读。可为劳伦斯的研究提供更加独到、深刻而具有创造性的见解。《中华读书报》早在 2013 年就报道："文学地理学是当今热闹的研究领域，文学地理学的学术方法，已成为文学研究的当家重头戏之一，它开拓了大量地方的、民间和民族的资源，与书面文献构成广泛的对话关系，从而使我们的文学研究敞开了新的知识视野。"② 正如著名学者、北京师范大学博士生导师刘洪涛教授在《新中国 60 年劳伦斯学术史简论》中所指出的 "对劳伦斯研究中的许多重要问题，如生平考证、版本校勘都没有涉及；对劳伦斯作品中所

---

① 黑马：《心灵的故乡：游走在劳伦斯生命的风景线上》，中国社会科学出版社 2002 年版，第 110 页。

② 舒晋瑜：《杨义"文学地理学"为文学研究敞开新视野》，《中华读书报》2013 年 4 月 10 日第 1 版。

涉及的历史、文化、地理因素的精细研究还没有展开"①。因此，笔者侧重在文学产生的地理基础方面，通过梳理劳伦斯的出生地、成长地及在世界各地旅居地的环境考察，为他长篇小说的创作提供了地理环境和创作场景，如劳伦斯喜爱在湖畔、海边或山顶的树下涵养创作情景，酝酿情节和自然风景。他的许多重要作品都是在海边或湖边或山上写就的（如在意大利嘎达湖畔写《儿子与情人》与《虹》，在英国康沃尔海边写《恋爱中的女人》，在澳大利亚悉尼近海写《袋鼠》，在墨西哥的查帕拉湖畔写《羽蛇》，在意大利的米兰达山上创作《查泰莱夫人的情人》）。并常常更换居住场所，以求作家心情和创作环境新鲜感。他曾立志要为每一个洲写一部小说。这些正应验了劳伦斯所特别强调的"地之灵"，也与文学地理学所指出的"任何作家与作品以至于任何文学现象都产生于特定的地理环境，并且是特定时间里的地理环境"是相一致的。通过对作家生活及创作地理空间的考察，发现在劳伦斯的长篇小说中所建构的"矿区空间"、"乡村空间"、"城市空间"、"湖海空间"也是他的地理基础的忠实再现，并在这些空间之中精心设置了许多自然意象，形成了天文类自然意象、地理类自然意象、植物类自然意象、动物类自然意象等。劳伦斯长篇小说里的地理意象呈现与地理空间建构，与其长篇小说的情节发展、主题表达、人物塑造、审美创造等存在着诸多联系，研究其地理诗学问题，可以有效地破解其所有长篇小说中存在的多重思想与艺术密码。由此得出劳伦斯是一个身体力行的用脚步丈量大地，用心灵感应天空万物的现实主义与现代主义作家，也显示出后现代主义的风采。正如诺贝尔文学获得者，英国作家多丽丝·莱辛所说："他是一个天才，居于英国文学的中心，在世界文学中也有他稳定的位置。"②

　　第三，新的理论术语的运用。本书首次运用文学地理学批评方法的理论术语与概念，揭示劳伦斯长篇小说中与地理相关的种种美学现象，是探讨其长篇小说的另一个重要维度。"地理基础"、"地理空间"、"自

---

①　刘洪涛：《新中国 60 年劳伦斯学术史简论》，《南京师范大学文学院学报》2013 年第 4 期。

②　黑马：《我们一起读过的劳伦斯》，中国国际广播出版社 2015 年版，封底。

然意象"等理论术语,是由文学地理学批评的倡导者邹建军教授首次提出的。基于劳伦斯长篇小说创作的地理基础与作品中呈现的具体空间状态之关联,并在长篇小说空间中所呈现的大量自然山水意象,笔者尽可能为本书的真实性选取了劳伦斯的出生、成长及旅居生活轨迹,部分创作场景,这些照片、图片与他的书信、文章可作为研究劳伦斯提供了可贵的资料支持。并编制了劳伦斯文学创作地理年谱。运用文学地理学批评理论术语来解读劳伦斯的长篇小说,既是对劳伦斯研究视角的一个有益尝试,又是对文学地理学批评实践的有力支持。劳伦斯长篇小说里的地理意象呈现与地理空间建构,与其长篇小说的情节发展、主题表达、人物塑造、审美创造等存在着诸多联系,研究其地理诗学问题,可以有效地破解其所有长篇小说中存在的多重思想与艺术密码。

第三节　主要内容

本书除绪论和结语之外,共分四章,各章内容分述如下。

第一章主要就劳伦斯文学创作主要是长篇小说创作的地理基础进行宏观与微观的考察,从文学地理学批评理论术语"文学的地理基础"为切入点,突出强调一个作家及一部作品的产生总是离不开一个特定的地理基础的。作家生存与成长的自然地理环境对作家人格的形成、思想的形成、审美趣味的构成有着重大的内在的影响,然后以时间为经、以空间为纬,仔细考察劳伦斯文学活动的生成,从他的出生地、成长地、求学的环境、工作地理环境、旅居世界各地的自然山水环境来深入探讨自然地理环境对其文学创作的影响,以凸显劳伦斯是个自然之子、大地之子,他的创作离不开生他养他的故土,离不开故乡的那一片自然山水,离不开他旅居各地的自然山水环境的滋润和哺育。

第二章主要就劳伦斯长篇小说中所精心构建的四个地理空间进行探讨。劳伦斯长篇小说离不开他深深关注的地理体验,出生地及成长地的"矿区空间"、故乡的乡村及世外桃源般的海格斯农场的"乡村空间",对初步繁荣的诺丁汉及伦敦的体验及悉尼、墨西哥城的短期体验而得出的"城市空间",从小对海格斯农场的水库、池塘、河溪的观察,海滨度假与选择海边居住及航行世界各地的海上经历而具有的"湖海空间"，这些地理空间的构建为劳伦斯一生追寻"拉纳尼姆"理想，实现人生理想与文学理想提供了扎实的地理空间和人物活动空间。

第三章主要就劳伦斯在这三个主要地理空间上精心安置了许多人物和自然意象进行研究，这些自然意象，既是写实的，又有很强的象征性，并且是相互交织的，形成了颇为壮观的群体自然意象，这些自然山水地理意象，有以日月星辰彩虹云雾为代表的天文类自然意象，以多姿多情山河湖海为代表的地理类意象，以形态各异的多种花草树木为代表的植物意象，以活灵活现的多种鸟兽为代表的动物意象，共同构建了劳伦斯长篇小说里丰富多彩的自然意象的海洋。

第四章主要从劳伦斯小说的修辞手法来探讨他长篇小说中人物动、植物化比喻，从劳伦斯长篇小说的象征艺术，劳伦斯长篇小说中一系列自然意象审美的阐释，从劳伦斯文学创作的审美现代性的角度来窥探其长篇小说甚至其全部文学创作的艺术魅力。

第一章

大地之子：源于故乡，超越故乡

> 每一个大陆都有其伟大的地域之灵。每一国人都被某一特定的地域所吸引，这就是家乡和祖国。地球上的不同地点放射着不同的生命力，不同的生命振幅，不同的化学气体，不同的星座放射着不同的磁力——你可以任意称呼它。但是地域之灵确是一种伟大的真实。①

文学是作家对生活的审美反映，没有作家的实践感知，就没有文学作品的产生。而这个实践很大一部分来源于作家的生活经验和对自然地理的接触。有诗人声称文学始于地理。文学地理学批评学者指出："任何国家与民族的文学，甚至任何作家与作品，都存在一个地理基础与空间前提的问题，因为任何作家与作品都不可能在真空中产生出来，任何文学类型也不可能在真空中发表起来，任何作家与作品及其文学类型绝对不可能离开特定的时间与空间而存在。"②"对于文学来说必须具备的因素，就是我们所说的地理基础与空间前提，即任何作家与作品以至于任何文学现象都产生于特定的地理环境，并且是特定时间里的地理环境。"③"地理因素在文学的产生过程与发展历史中，往往起着一种制约与规定的作用，是作家与作品产生的基础与前提。自然地理以及在此基础上产生的人文地理对于文学活动的意义，是十分重要、巨大的，甚至

---

① ［英］D. H. 劳伦斯：《劳伦斯散文》，黑马译，人民文学出版社 2008 年版，第 32 页。
② 邹建军、周亚芬：《文学地理学批评的十个关键词》，《安徽大学学报》2010 年第 2 期。
③ 同上。

是基础性的作用。正是基于这样的考虑。我们才提出'文学的地理基础'这一关键词。总之，'地理'与'文化'对于'文学'来说都是基础，但'地理'却是基础的基础。"①

邹建军教授指出："对于作家的地理学分析，主要是研究两个方面：一是作家从小所生活的自然山水环境对其人格精神所产生的影响，一是作家在文学作品里建构了什么样的地理空间系列，这些地理空间意象具有什么样的思想与艺术意义？如果能够从此两个方面来研究作家，也就可以找到其人格精神与创作艺术的特点及其特点的自然与历史来源，也许能够破解从前学者经过长期的努力所不能破解的谜团。"② 同时文学地理学也指出研究作家的创作地理基础，既要从作家从小所生长的自然山水环境，也要从他后来成长的自然山水环境，还包括对其创作产生影响的写作环境等方面综合考量。地理基础是静态和动态的统一。地理环境决定论有一定的局限，并不是决定人的个性与气质的唯一因素，然而地理环境却是重要的因素之一。

这些理论对考察英国作家劳伦斯的人生经历的地理基础与文学创作之间的紧密关系提供了很好的批评方法。劳伦斯正是这样一位立足英国，走向世界的很接地气的作家。

第一节　难忘故乡——乡怨，乡恋，乡愁

1926 年劳伦斯在意大利，写给一个将要去他家乡参观的朋友的一封信。信中写道：

如果你再到那边去，就去看看伊斯特伍德吧，我在那里出生，长到 21 岁。去看看沃克街，站在第三座房子前向左边远眺克里契，向前方展望安德伍德，向右首遥望高地公园和安斯里山。我在那座

---

① 邹建军、周亚芬：《文学地理学批评的十个关键词》，《安徽大学学报》2010 年第 2 期。

② 邹建军：《我们应当如何开展文学地理学研究》，《江汉论坛》2013 年第 3 期。

房子里从 6 岁住到 18 岁，走遍天下，对那片风景最是了如指掌……那是我心灵的故乡。①

一　心灵的故乡——伊斯特伍德

（一）迫在煤劫：伊斯特伍德煤镇

众所周知，工业革命首先开始于英国，而在工业革命前，英国不过是农业国，农村人员占全国人口很大的比重，农业是国民经济的核心。人们大多过着自给自足的小农经济生活。英国的第一次工业革命开始于 1770 年，到 1870 年基本结束。在短短的 100 年里，英国已经从原来的一个以农业、手工劳动为主的国家一跃而成为"世界工厂"。机器生产代替了手工生产，大规模的机械工厂代替了手工作坊。工业革命的巨大变革在短短的几十年内就使得英国的经济地位发生了根本的变化。它的工业不仅在欧洲，而且在全世界获得了领先地位。至 1820 年，英国生产了全世界煤产量的 75%，生铁产量的 40%，它的工业产值占世界的一半。与此同时，英国的社会结构也发生了巨大的变化。在 16 世纪的英国，"在 450 万人口中，有 75% 是农村居民"，而到了 19 世纪中期，英国成了一个城市国家，中世纪那种田园诗般的农业社会被一个发达的工业社会所取代。②

而原来的田园诗般的生活随着工业革命的到来远去了，煤矿的开采使原本郁郁葱葱、青山绿水环绕的田野被破坏。原来的森林被砍伐，覆盖着美丽花草的田野随着工业机械的开进而被铲除，而荒芜。隆隆的火车和机器的马达声破坏了古老乡村的宁静。大量煤炭的使用也使英国的上空弥漫着灰色的尘雾，形成了伦敦城上空可怕的"伦敦雾"。以致伦敦有世界"雾都"之称。英国变成了弥尔顿笔下的"失乐园"。

正是在这样的社会历史背景之下，劳伦斯出生了。

劳伦斯 1885 年 9 月 11 日出生于英国中部诺丁汉郡西 8 英里处的伊

---

① 黑马：《文明荒原上爱的牧师：劳伦斯叙论集》，新星出版社 2013 年版，第 3 页。
② 苗福光：《生态批评视角下的劳伦斯》，上海大学出版社 2007 年版，第 32—33 页。

斯特伍德镇的一个矿工之家。他多次声称他是个矿工的孩子,在《我算哪个阶级》一文中劳伦斯说:"就拿我自己来说吧,我出生于劳动阶级。我父亲是个矿工,而且仅仅是个矿工。他十二岁上就下井干活了,一直干到七十岁左右。"① 在 1926 年写就的散文《还乡》开篇就写道:"九月底,我回中原的老家去了几天。倒不是因为那儿有什么家。父母皆作古,自然家就没了。但是姐妹们还在,那个地方,还是得称之为故乡。这片矿区位于诺丁汉和达比之间……至于我自己,一个矿工家的鼻涕孩儿。"② 他出生并生长在矿区。那么,当时的伊斯特伍德镇是一个怎样的地理情况呢? 咱们还是看看劳伦斯自己的介绍吧。

劳伦斯在他去世的前一年即 1929 年写了篇《诺丁汉矿乡杂记》的长文,开篇就写道:

> 大约四十四年前我出生在伊斯特伍德,那是一座矿乡,住着三千来口人。它距诺丁汉有八英里光景,一英里外的埃利沃斯小溪是诺丁汉郡和达比郡的分界线。这片山乡往西十六英里开外是克里奇和麦特洛克,东部和东北部是曼斯菲尔德和舍伍德林区。在我眼中,它过去是、现在依然是美丽至极的山乡:一边是遍地红砂岩和橡树的诺丁汉,另一边是以冷峻的石灰石、桉树和石墙著称的达比郡。儿时和青年时代的故乡,仍然是森林密布、良田万顷的旧英格兰,没有汽车,矿井不过是偶然点缀其间,罗宾汉和他乐观的伙伴们离我们并不遥远。

> B. W. 公司在我出生前六十年就在这里开煤矿了。有了矿才有了伊斯特伍德镇。在十九世纪初,它一定是个小村落,散落着一些村舍和一排排四间一户的联体矿工住家楼。十八世纪的老矿工们就住这样的房子。他们在露天小煤窑里干活。有的矿是在山的一侧开洞,矿工们钻进去干活,还有的是靠驴拉卷扬机,把矿工装在车斗里一个个送上地面。我父亲年轻时,那种卷扬机还在用着。我小的

---

① ［英］D. H. 劳伦斯:《劳伦斯散文》,黑马译,人民文学出版社 2008 年版,第 86 页。
② 同上书,第 35—39 页。

时候，还能看到卷扬机的轴架。

1820 年左右，公司的卷扬机轴架肯定是塌了，尽管掉得不太深，但从此装上了机器，矿井成了真正的工业化矿井了。就在那时，我祖父来了。他学会了裁缝，从英国南部漂泊到此地，在布林斯里矿上找到了一份裁缝工作。那时矿上给工人们发法兰绒衣或背心，那种奇大的老式缝纫机缝着成堆的裤子。可在我还很小的时候，矿上就不再给工人们发工作服了。

我祖父就在老布斯里林矿的小溪旁，找了一间采石场边上的老农舍住了下来。那是近一百年前的事了。现在看来伊斯特伍德是在山上占了一个可爱的位置。一边是向着达比郡的陡峭山坡，另一边是通向诺丁汉的长长山坡。人们建起了一座新教堂，它尽管样子不怎么样，却占了居高临下的位置，隔着难看的埃利沃斯谷地与黑诺的教堂遥遥相望，那座教堂也同样占据了远处的一座山头。良机难遇，良机难遇！这些煤镇子完全可以像意大利的小山镇一样别致迷人。可事实又怎么样呢？

大部分老式矿工的一排排小房子都给拆了，代替它们的是诺丁汉街上沿街开的小店铺，单调无味。而在这条街北面的下坡上，公司建起了所谓的新建筑，也可以称之为方块广场。这些建筑围出了两方广场，建在粗鄙的斜坡上。这些一户四间的联体楼，正面对着阴郁空旷的街道，背面带一个矮砖墙四方小院子，里面有一间厕所和一个炉灰坑，外面是沙漠似的广场。陡斜的广场地面坚硬、坑坑洼洼、黑魆魆的，四周全是这些小后院，院角上开着门。广场很大，实在只能叫沙漠，不同的是上面戳着晾衣杆子，人们从中穿行，孩子们在硬地上玩耍。这种建筑四面封闭，像兵营，样子十分古怪。

即使在五十年前，这种广场也不那么招人喜欢。住在这种地方算"粗俗"的一类了。不那么俗的则住在另一处叫布里契的地方，那是有六个街区的一个住宅区，是公司在谷地里建起的一批稍微像样的住房。一边三排房子，中间是条小路。最粗俗掉价的地方是达金斯罗那一片儿，那是两排十分破旧，黑糊糊的四间一户联体楼，就在离方块广场不远的山上。

这地方就是这么发展起来的。就在陡峭的街那边，在广场中间的斯卡吉尔街上建起了美以美会教堂，我就出生在教堂上方小街角的店铺里。在广场另一边，矿工们建起了一座高大如谷仓的原始卫理公会教堂。诺丁汉街就从山顶上穿过，街旁是丑陋的维多利亚中期样式的商店。倒是镇边上的小集市样子挺好看，集市那边就是达比郡了。集市的一边是太阳客栈，对面是药店，摆着金色的杵和白，街角上是另一家商店，那正是阿尔弗里顿街与诺丁汉街相交的街角。

就在那新旧英国混乱交替的时代，我开始懂事了。我还记得，一些本地区的小投机商们早已开始乱建成排的房子，总是成排地建，在田野上建起单调讨厌的红砖青石板顶的排房，外立面是平的。外飘窗式的房子在我童年时已经出现了，但乡间没盖这样的房子。

广场周围和街上一定有三四百座公司的房子，围起来就像兵营的大墙。布里契那边大约有六十到八十座公司的房子。而破旧的达金斯罗地区则有三四十座小房子。再加上有园子的旧农舍和排子房遍布胡同和诺丁汉大街，人们有足够的房子住了，不必再建新房了。我小时候已经不怎么看得到人们建房子了。

我家住在布里契街角上的房子里，一条山楂树篱掩映的土路一直伸延到我家门口。另一边是那条溪水，小溪上架着一座牧羊桥，直通草场。溪边上的山楂树篱长得老高，像大树一样。我们爱下溪里去洗澡，就在磨房水坝附近，流水在那里形成了一个瀑布，人们就在那里给羊洗药澡。我小时候，磨房里不再磨面了。我父亲一直在布林斯里矿上干活，总是在早晨四五点钟起床，黎明时分就出门穿过田野去康尼·格雷上班，一路上在草丛中采些蘑菇或捕一只怯懦的野兔，晚上下班时揣在工作服里带回家来。

我们的生活处在一个奇特的交叉点上：介于工业时代和莎士比亚、弥尔顿、菲尔丁和乔治·爱略特的农业英国。那地方的人讲一口浓重的达比郡方言，总把你（you）说成 thee 和 thou。那儿的人几乎全然本能地活着。我父亲同辈的人根本不识字。矿井并未把他们变成机器，相反，在采煤承包制下，井下的工人像一家人一样干活儿，他们之间赤诚相见、亲密无间。井下的黑暗和矿坑的遥远以及不断的危险使他们之间肉体上、本能上和直觉上的接触十分密切，几乎如同身贴身一样，其感触真实而强烈。这种肉体上的意识和亲密无间在井下最为强烈。当他们回到井上的光线中，眨眨眼，他们会改变他们之间的交流方式。但他们仍然把井下那黑暗中亲密的、近乎赤裸的接触带到井上来。每每回想起童年，都觉得似乎总有一种内在的黑暗闪光，如同煤的乌亮光泽，我们就在那种黑暗的光泽里穿行并获得了自己真正的生命。我父亲喜爱矿井，他不止一次受了重伤，可他决不逃脱矿井，他喜欢那种接触和亲昵，正如同战争黑暗的日子里强烈的男性情谊。他们失去这情谊后仍然不知道失去了什么。今日的年轻矿工想必也是这样。①

伊斯特伍德镇所在的诺丁汉郡位于英国中部，诺丁汉是英国最古老的城市之一，英国的绿林好汉罗宾汉就在这一带杀富济贫，闻名天下。它是丘陵地带，森林密布，良田万顷，既蕴藏着丰富的煤矿资源，又有动人的罗宾汉等传说故事。

劳伦斯的祖父约翰·劳伦斯（1815—1901）大约从 1820 年来到矿上做裁缝。劳伦斯的父亲亚瑟·劳伦斯（1848—1924）是地地道道的煤矿工人，劳伦斯的三个叔叔都是煤矿工人，而且都是在十多岁就下矿井采煤。劳伦斯的父亲是个不识几个字的煤矿工人，身体健康，充满活力，富有幽默感，擅长跳舞。母亲莉迪娅·劳伦斯（1851—1910）是克伦威尔时期独立党人的后裔，出身公理教会的清教徒家庭，受过良好教育，曾当过教师，爱看书，会写诗。劳伦斯的父亲与母亲于 1874 年在一个亲戚家的舞会上认识的，出生于诺丁汉城里的莉迪娅被充满青春

---

① ［英］D. H. 劳伦斯：《纯净集：劳伦斯随笔》，黑马译，中国国际广播出版社 2009 年版，第 35—39 页。

气息、活力四射的亚瑟·劳伦斯所打动,也许当初因看中劳伦斯父亲是个好人且圣歌唱得好而答应下嫁给他。第二年两人就结婚。婚后发现两人不合适。就如有着劳伦斯自传性质的小说《儿子与情人》所写的:"第二年圣诞节他们结婚了,开头三个月她真快活极了,婚后六个月她还是很快活。"① 父母的教育、生活态度迥然不同。家中吵架是家常便饭,劳伦斯是家中的第四个孩子,大哥乔治·劳伦斯,二哥威廉·劳伦斯,姐姐艾米莉·劳伦斯,妹妹艾达·劳伦斯。劳伦斯曾在 1913 年 2 月 1 日致爱德华·加尼特(1868—1937,英国作家、编辑)的信中说:"我出生在一个仅能勉强糊口的家庭,我永远不相信不在我口袋中的钱。"② 1885 年 9 月 11 日,劳伦斯出生在伊斯特伍德镇维多利亚街东 8a 号,这是劳伦斯的第一个家(见图 1)。劳伦斯小名伯特,伯特出生时就体弱多病,生下两周时差点死于支气管炎,在人们印象中他恰似个皮包骨头的小兔子。那栋房子坐落在一排矿工房之间,红砖脏兮兮的,沿着这条街的山坡一路下去,还有更多排和更多条街道上同样邋遢的房子,近在咫尺的一栋是美以美教派的教堂。伯特在这座住宅里长到两岁家就搬了,可以说它对伯特的成长没有什么影响。这个煤矿小镇有"百分之九十八"的人"靠采煤为生"。铁路和本地的制砖盖房等行业皆因煤矿工业而兴旺。到 19 世纪 80 年代中期,煤矿业的鼎盛期过了,而伊斯特伍德还在发展。极少有矿工会在闲暇时间读书,男孩们一到十多岁就去当矿工,女孩们很可能就嫁给矿工。伊斯特伍德是个环境被污染的小镇,劳伦斯的父母亲不幸的婚姻也为劳伦斯童年的生活蒙上了阴影,但劳伦斯对其父的粗暴、酗酒与缺乏教养可谓深恶痛绝。劳伦斯在炽烈的母爱环境中长大,他和母亲、姊妹站在一起反对粗俗不堪的父亲。伊斯特伍德小镇变成了劳伦斯心灵的灰色记忆。

---

① [英] D. H. 劳伦斯:《儿子与情人》,陈良廷、刘文澜译,人民文学出版社 1997 年版,第 15 页。

② [美] 哈里·莫尔编:《劳伦斯书信选》,刘宪之、乔长森译,北方文艺出版社 1994 年版,第 68 页。

图 1　劳伦斯的第一个家（黑马提供）

劳伦斯家在伯特两岁的 1887 年从维多利亚街搬到了布里契 57 号，一直住到伯特 6 岁的 1891 年。一共住了四年。这是劳伦斯的第二个家（见图 2）。这四年正是早熟的劳伦斯开始用自己的眼睛看世界的时候，因此，这里给他留下了难以磨灭的印象，日后成了他描写工人阶级家庭生活的主要背景。

图 2　劳伦斯的第二个家（黑马提供）

　　1891 年，在劳伦斯 6 岁时，家从"村根儿"转移到山上，搬到了沃克街的一套房子里，这里是他的第三个家（见图 3）。在这里，伯特生活了 12 年，长到 18 岁。1892—1898 年，他在本镇比奥瓦尔学校读书，成为该校第一位获得镇奖学金的学生。1898—1901 年，每天往返 18 英里，完成诺丁汉中学的学业，并在诺丁汉工厂当学徒，直到患重病离职回家休养。

图 3　劳伦斯的第三个家（黑马提供）

　　这是他童年和青年时期最为痛苦的 12 年。劳伦斯 1926 年从意大利给要去他家乡的朋友写信说："我在那座房子里从 6 岁住到 18 岁，走遍天下，对这片风景最是了如指掌……那是我心灵的故乡。"
　　1902 年，劳伦斯家搬进了林克罗夫特街 97 号，劳伦斯家一直住在这里，直到劳伦斯太太在此去世的第二年即 1911 年 3 月。这是劳伦斯的第四个家（见图 4）。劳伦斯 1902—1906 年在镇上的小学当学徒教员，1906—1908 年去诺丁汉读大学，开始练笔，写诗和小说；着手长篇处女作《白孔雀》。1907 年，短篇小说《序曲》获《诺丁汉卫报》圣诞竞赛奖。1908 年 10 月在伦敦南郊克罗伊顿戴维森路小学教书，开始写《逾矩的罪人》。

图 4　劳伦斯的第四个家（黑马提供）

1911 年 3 月，父亲就和小妹艾达搬进了姐姐艾米莉在女王广场的家，也叫皇后广场 13 号，这里成了劳伦斯的第五个家（见图 5）。劳伦斯在女王广场姐姐家开始写《儿子与情人》。随着采矿业的发展，到处是煤矿，煤烟污染十分严重，原本美丽的乡村受到了破坏。当时这个小镇的产业以挖煤为主，因此小镇的天空已是烟雾弥漫，井架林立，这里"点缀"的却是一眼眼矿井，井口上空竖立着高大的卷扬机支架，附近有不少矿上的烟囱喷着黑烟，路上蓬头垢面的矿工稀稀落落不断。因此劳伦斯亲眼看见了机器大生产如何一步步吞噬自然的美好，亲身感受了采矿业所代表的工业化对人性的摧残。劳伦斯从小就厌恶肮脏的伊斯特伍德小镇，一出生体质就比较弱，据他在临终前"他对疗养院的医生们说，他确信自己刚出生二周就患上了支气管炎"[1]，劳伦斯的父母之

---

① ［英］理查德·奥尔丁顿：《D. H. 劳伦斯传：一个天才的画像，但是……》，冰宾、东辉译，天津人民出版社 1989 年版，第 448 页。

间就凑合着过，劳伦斯的父亲一个人负责下井挖煤，挣钱养家，一部分
钱到镇上的小酒馆里与工友们喝酒花了，而劳伦斯的母亲莉迪娅·劳伦
斯则负责一家人的生活、学习的教育与管理，他母亲再也不希望自己的
孩子重走他爸爸的老路，也即男孩子不下矿井当矿工，女孩子不嫁给矿
工。毕竟生活在这个小镇上，所接触的人几乎都是矿工和矿工家属，而
采煤在当时是比较挣钱的产业，诺丁汉又是主要产煤区，大量的工人蜂
拥到这个地方，因此，当时的约克郡和达比郡就成了主要的煤矿区了，
这些煤矿的存在对少年的劳伦斯来说是客观的，他不可能不熟悉，而周
五去领取他父亲的工资，那场面他也经历过，矿上出矿难他也看见到，
这些童年生活成为他一个深深的情结。故乡小镇的煤矿工人劳动生活及
煤矿设施，构成了他小说里最早的地理基因。难怪当他 1922 年 5 月至
8 月在澳大利亚，看到澳洲煤矿及工人时，写信给亲友说"岛上还有一
座小煤矿，这儿的人们大多是矿工，因而我感到象是回到了家乡似
的"①。显得是那么的亲切和深情，有一种天然的认同感。

图 5　劳伦斯的第五个家（黑马提供）

---

① ［美］哈里·莫尔编：《劳伦斯书信选》，刘宪之、乔长森译，北方文艺出版社 1994
年，第 462 页。

矿区生活的场景在幼小的劳伦斯心灵里投下一抹永远也挥不去的灰色的回忆,煤矿区的生活,煤烟对人的呼吸道有严重的影响,尤其对有肺病的人更是痛苦,劳伦斯一生深受其害,他在离开英国之前多次得过肺炎或与肺有关的重病,而不得不辞去工作。再加上中学毕业,劳伦斯曾任过本地一所学校的代课教师,教的都是矿工的子女,"一年后我当了小学教师。我苦教了三年矿工的孩子们"。对矿工家庭的生活及子女教育有着相当的了解。在 1926 年,已过不惑之年的劳伦斯在《还乡》中深情地写道:

> 我仍然记得小时候矿工们列队回家的情景。脚步的响声,一张张红润的嘴唇,机敏跳动着的眼白,晃动着的井下水壶,地狱里出来的人们前后招呼着,那奇特的叫声在我听来洪亮而欢快,是矿工们获得赦免般的欢快叫声。那景象令我发抖,感到自己变成了一袭幽灵一般。矿工们喧哗着,活蹦乱跳着,那种洪亮的地狱之声是我儿时从其他类男人那里从来没有听到过的。说起来这还是不久前的事儿。我不过四十一岁嘛。①

而在 1926 年劳伦斯最后一次回中原老家一看,他对煤镇子及矿工的感觉却是这样的:

> 花园尽头被风摧残的幼树那边,青石板屋顶依然如旧,厚厚的青石板下依旧是发黑的砖房子。燃烧的矿井出车台依旧散发出那种硫磺味。煤灰在白色的堇菜上飘舞着。机器发出刺耳的声音。冥后是难以逃出地狱的,于是春天与矿上失之交臂。
> 巴特利,阿尔弗里顿,第伯谢尔夫,这些属于哈德威克地区的地方组成了现在的诺丁汉—达比煤矿区。这里的乡村依旧,但矿井和矿区星罗棋布,满目疮痍。山坡上耸立着庞大的别墅,古老的村

① [英] D. H. 劳伦斯:《劳伦斯散文》,黑马译,人民文学出版社 2008 年版,第 44 页。

庄里充斥着一排排矿工住房。伯索沃城堡就在混乱的矿工村中巍然耸立,小时候我们管它叫伯瑟尔。

在每条街口,都站着三四个一群的警察,"蓝瓶子"们,他们的脸长得奇大。每条田间小径,每一个栅栏口的阶梯,似乎都需要保护。田野里布满了大型煤矿。矿区田野中伸延出的小路口上,公路旁,蹲着矿工们,他们蹲在路旁的草地上,沉默不语但神情专注。他们的脸干净、白皙,几个月的罢工令他们面无血色。他们的脸是在井下捂白的。他们沉默地蹲着,一副拒人千里的样子,像是在地狱里高处的走廊中一样。那些外来的警察们凑成一群站在阶梯旁。双方都佯装不在乎对方的存在。①

劳伦斯从 1912 年春离开故乡,离开英国之后,回故乡比较少,因此伊斯特伍德镇在他眼里变得更加的混乱不堪。正如他在去世前一年所写的散文《诺丁汉矿乡杂记》中说的:

> 依我看,英国真正的悲剧是丑陋。乡村是那么可爱,而人造的英国却是那么丑陋不堪……现在或许没人知道,十九世纪出卖男人之精神的是丑陋。兴旺的维多利亚时代里,有钱阶级和工业家们作下的一大孽,就是让工人沦落到丑陋的境地,丑陋,丑陋,卑贱,没人样儿。丑陋的环境,丑陋的理想,丑陋的宗教,丑陋的希望,丑陋的爱情,丑陋的服装,丑陋的劳资关系。②

以伊斯特伍德煤镇子为劳伦斯故乡的煤矿记忆是终生难忘的,那矿区从童年的偶然点缀到中年回去看到的星罗棋布,无处不在的煤烟,田野被破坏,嘈杂的机器声,无助的矿工,萎靡不振的人们,使劳伦斯在

---

① [英] D. H. 劳伦斯:《劳伦斯散文》,黑马译,人民文学出版社 2008 年版,第 42—43 页。

② [英] D. H. 劳伦斯:《纯净集:劳伦斯随笔》,黑马译,中国国际广播出版社 2009 年版,第 41—42 页。

《还乡》中称其为"阴曹地府般的矿井"①。

（二）镇外乡村与海格斯农场

从小病恹恹的劳伦斯虽然出生在伊斯特伍德这样乌烟瘴气的煤镇子里，面对这样的生存环境，既有煤烟弥漫侵害，又有父母之间不断的争吵斗殴。因而幼小的劳伦斯经常趁父母争吵时跑到镇外的祖父家，那里有一片田野，种植庄稼，还有一条小溪。祖父家的园子和附近的乡村是劳伦斯最早接触自然的途径。这是童年时劳伦斯借以逃避煤炭污染的一个避难所。所以祖父家的乡村便成了儿时劳伦斯的一个逃避煤镇子与父母恶劣关系，接近自然的一块快乐之地（见图6）。虽然劳伦斯的父亲亚瑟·劳伦斯是个粗汉，但是个有情调的煤矿工人。休息日或心情好时，劳伦斯的父亲会给童年的劳伦斯介绍许多动物和植物的名称，从小培养了劳伦斯热爱自然的良好习惯。

图6　镇外美丽乡村（黑马提供）

劳伦斯在11岁时随母亲到教堂做礼拜时，劳伦斯的母亲结识了同样到教堂做礼拜的钱伯斯太太，钱太太邀请她方便时到她们租的农场去做客（见图7），1900年的春光明媚的一个五月天，15岁的劳伦斯与其母亲来到了镇外两公里的斯特利磨坊做客，这个农场叫海格斯农场，正如吉西·钱伯斯所说的："我不仅生活在一个乡村里，而且是一个密林

---

① ［英］D. H. 劳伦斯：《劳伦斯散文》，黑马译，人民文学出版社2008年版，第40页。

深处与世隔绝的农场。"①

图7　吉西·钱伯斯一家（来自网络）

　　拥有着一派田园风光的海格斯农场，让年幼而常年生活在煤镇的劳伦斯喜出望外，这座农场的右手是波光粼粼的摩尔格林水库（见图8），谷底是汨汨流淌的小溪，小溪通着水库。放眼眺望，是遮天蔽日的山林。安斯里山和高地公园一带的森林雄奇伟岸，是舍伍德原始森林的一部分。海格斯即 Haggs，其英文的意思是"森林中的一片开阔地"。劳伦斯第一次来到这样的山林谷地，这种田园与原始森林的奇妙组合给他这样一个从小生长在丑陋煤矿小镇上的孩子产生了巨大的冲击。那么这座农场到底如何呢？劳伦斯的女友吉西·钱伯斯是这样介绍：

---

　　① ［英］吉西·钱伯斯、弗丽达·劳伦斯：《一份私人档案：劳伦斯与两个女人》，叶兴国、张健译，上海知识出版社1991年版，第126页。

图 8　这山水成了大部分小说的背景（黑马提供）

　　我不仅是生活在一个乡村里，而且是一个密林深处与世隔绝的农场。①

　　这农场离附近最近的村庄还有 1 英里远，马车路正好经过我家院门口。屋子是长长的，屋脊线被一扇山墙窗分开，恰好与门廊的前门相对称。农场的建筑与我们的住宅毗连，组成了一个正方形的一边，而前面的花园则刚好位于我家和邻居家之间的高院墙角上。从前门望去，我们可以看到花园的一头，在篱笆外是一片小牧草地，再过去是一片树林，完全遮住了我们向西的视线。那扇大院门和两扇花园的小门都漆成了乳白色，漆匠称之为"女王安妮的白色"，正好与窗框的白色相配。我们住宅之后是一个大花园，用栅栏围成，花园里有两棵樱桃树，中间是一棵矮矮的苹果树，还有几棵李树，醋栗树和鹅莓树。花园外边是一片高低不平的草地，草地

---

　　①　[英] 吉西·钱伯斯、弗丽达·劳伦斯：《一份私人档案：劳伦斯与两个女人》，叶兴国、张健译，上海知识出版社 1991 年版，第 126 页。

中间有一棵苹果树，篱笆下有一簇簇的水仙。

院子外面，地势向山谷倾斜。我们在那里可以看到费利磨坊的红屋顶。右边，摩尔格林水库碧波荡漾，银光闪烁。谷底有两条通向水库的小溪，溪中放着一排供人行走的石块。后面是平地拔起的安纳斯利山，山上草木丛生，点缀着一片片的树林。右方的更远处，海尔公园树林覆盖了湖畔的山峦。在林中，我们可以看到在劳伦斯第一部小说中用作背景的那间狩猎小屋的屋顶。我们的果园在树林中占据了一个不规则的三角形，约两亩地，其外还有一个苗圃，我们称之为沃伦。我们在沃伦苗圃中辟有一条小路，穿过草地通向水库旁的公路。劳伦斯后来常走这条路到我们家来。

劳伦斯和我来到了院子外的田野里。他静静地站在那里，好象被安纳斯利山和海尔公园的树林及山下那银光闪闪的水库吸引住了。①

劳伦斯快速地与吉西的兄弟们走遍了整个农庄，脸上闪烁着兴奋的神色。

自这次访问之后，劳伦斯几乎经常在星期中的半休日来我们农场。他总是轻轻走进厨房，常常带一些杂志来我们这个爱书之家。他看上去很文雅、矜持，主要和我父亲交谈……那个夏天，劳伦斯的中学学业结束了，他成了诺丁汉一家批发店的雇员，他也不常来农场了。

直至劳伦斯的哥哥欧内斯特在伦敦死后才几个星期，劳伦斯患了肺炎，病倒了。应是1901年的初春的一天，吉西的父亲用送牛奶的推车将劳伦斯带到了海格斯农场。吉西的父亲告诉劳伦斯说："你可以走沃伦苗圃中的那条小路；""可以将松林的气味吸入你的肺里，听说这对

---

① ［英］吉西·钱伯斯、弗丽达·劳伦斯：《一份私人档案：劳伦斯与两个女人》，叶兴国、张健译，上海知识出版社1991年版，第7—9页。

虚弱的胸腔有好处，是吗？深深地呼吸，让你的肺部充满松林的气味。"

> 从那时起，他的来访成了常事，他几乎成了我们家的一员。他脸有羞色地告诉我们，他母亲对他说要他干脆打起铺盖住到我们这里来算了。在后来的年月中他说，在那些日子里，只有在海格斯农场或去农场的路上的时间是快乐的。在他病后休养期间，他非常的自由自在。①

劳伦斯每个周六必来海格斯农场的吉西家喝茶。他来时，总带来一种节日的气氛，劳伦斯总会在这里找到快乐，或玩纸牌，或模仿基督教义课上牧师的背诵，或让大家在小厨房里跳舞等。也会讲起自己家中的故事。劳伦斯十分和善可亲，什么事都乐于承担。对吉西的母亲特别体贴，经常主动去做些家务活，如给水壶装满水，在客厅里生上火，削洋葱，总是兴趣盎然地干活，并把这些活变成某种创造性的活动。在收割季节，劳伦斯常常一整天地和吉西的父亲、兄弟在田里干活。正如吉西所回忆的：

> 这些田有几英里见方，我们常常带上一篮子食物，在田里吃一整天，所以在田里干农活颇有些野餐风味。父亲对劳伦斯的喜欢不亚于我们其他小孩。他们之间有一种很好的理解和同情，相互都知道对方的长处。我听到父亲曾对母亲说："伯特在场时，工作就象玩一样，根本不需要我去催促他们。"
>
> 这是事实，在那些日子里，生存和行走对劳伦斯来说就象是一种历险，他总是感到其中乐趣无穷。他的那种善于创造一种和睦友善气氛的天赋使工作成为一种乐趣。没有人能不受他的那种活力和魅力的感染。母亲的一句话常使我陷入沉思。
>
> 她说："在天堂里我愿意与伯特为邻。"

---

① ［英］吉西·钱伯斯、弗丽达·劳伦斯：《一份私人档案：劳伦斯与两个女人》，叶兴国、张健译，上海知识出版社1991年版，第10—13页。

劳伦斯的言谈总是充满了一种生动和奇特的抑扬顿挫。①

吉西在回忆里写道这么一个细节：

> 茶点以后，我们去了树林。我特别想让他看看我发现的一片高高的熟地林。那树林对我们很有吸引力。那树荫，那树叶的沙沙呢喃，那种冒险的感觉，那灌木林散发出的强烈的气味，野鸡突然发出的鸣叫，松鸡翅膀的拍击，都给我们以惊喜、刺激。管林人一定经常看到我们，但我们从来没看到过他们，在我们漫游树林的整个过程中，我们没有看见过一个管林人。盛开的鲜花使人赏心悦目，花的品种很多，有含苞欲放的银莲花，有初吐芬芳的白屈菜和紫罗兰，还有小径两旁的勿忘我草和盖满林地的圆叶风铃草花瓣。我们常常采集许多花束，放在林间的草坪上，吮吸它们散发出来的浓郁的芳香。劳伦斯似乎知道所有的花的名称，甚至草的名称。②

劳伦斯对这座爬满青藤的农舍产生了感情。他给这里的母马起名"花儿"，狗叫"特里波"，甚至连两口猪都让他给起了名字。

少年劳伦斯表面上的快活顽皮实则是在释放内心的深重情结。他迷上钱家，实则是逃避自己的家庭。这美丽乡村里的一家人如同这洁净的大自然一样吸引着心灵笼罩在阴影中的小伯特。

一个没有父亲和父爱的孩子，这样的生活是畸形的、不完整的，必然感到生命中巨大的缺憾，他会本能地寻找父亲的身影，至少是父亲的替代者。他虽然有两个哥哥，但大哥从小就离家去了城里的祖父家，与他无缘。聪明的二哥是他的榜样和挚友，经常写信勉励他，还帮助他填写表格找工作，他刚刚在诺丁汉找到一份工作，二哥就撒手人寰。父子情、手足情，这些本来自然地属于劳伦斯，可他都失去了或被剥夺了。

① ［英］吉西·钱伯斯、弗丽达·劳伦斯：《一份私人档案：劳伦斯与两个女人》，叶兴国、张健译，上海知识出版社1991年版，第15—16页。
② 同上书，第17页。

这些，他在钱家找到了，钱家父子的友爱让他生命中应有的情分失而复得。特别是在钱家大哥阿伦身上，他寻到了深厚的手足之情。他们之间的特殊友谊被一些评论家看成是潜在的同性爱情，加之劳伦斯曾坦诚地表示他曾经"爱"阿伦，这份友爱就理所当然被如此解释。导致劳伦斯在钱家兄弟姐妹中选中吉西做知心朋友的，是他们两人对书的共同爱好。无论是劳伦斯自己的姐妹还是钱家大哥阿伦和大姐梅，都没有吉西有文学天赋，没有吉西对书的那份热爱和执着，他们不能像吉西一样与劳伦斯做深层次的对话。后来劳伦斯和吉西等镇上的青年一起上了三英里外伊开斯顿镇的教师培训班，他们之间的接触就更多了。而每到周五放学回到伊斯特伍德，劳伦斯就要留吉西在家里为她补习法语，然后走夜路送她回海格斯，送过她劳伦斯再一人独自走山路回家来。而到周六或周日，劳伦斯仍然会到海格斯农场去与吉西见面，在吉西家消磨一天的时光，与吉西一起学习，与吉西一起在乡村田野、山林水边散步谈天，和吉西家人一起干活。似乎这里才是他的家。

图 9　劳伦斯与吉西（来自网络）

　　此后劳伦斯得到 9 英里外的诺丁汉大学去读书了。但他的心思却在写作上，已经开始写处女作《白孔雀》了。而吉西则成了他的第一个读者，为他提修改意见。事实是，劳伦斯在当小学教师的最后一年即 1905 年开始写作，直到大学期间，他的写作都是在保密状态下进行的，只有吉西一个人知道他在干什么。所谓保密，包括对母亲和家人保密。因为整个小镇的环境和家人的态度对劳伦斯的文学创作都是不利的。[①]

劳伦斯坚持自己的信念和创作，同时还与吉西一起开始了疯狂的大量阅读，读遍了世界名著。这对文学青年的阅读量之大，是令人难以想象的。他们的书单里包括从古典英国作家到法国、美国和俄国的大作家们的著名作品，更为重要的是，他们开始读许多哲学家的名著，那个时候风靡一时的是叔本华、尼采、斯宾塞、洛克等人的著作。就是在这个时期，劳伦斯的世界观和文学观开始逐渐形成了。对大专师范班的劳伦斯来说，如此大的文学与哲学阅读量是惊人的，他同时还在进行着紧张的文学创作活动。可以想象，在他的同学范围内，他几乎找不到什么人可以谈论他的文学思想，更羞于暴露他正在进行的小说和诗歌创作，只有吉西，才是他最忠诚的读者和书友。他们继续着频繁的交往，继续着在山林水边的讨论，继续着迎来送往，从矿区小镇到海格斯农场的田间小路，两英里长的路，留下了他们青春的足迹。这种友情实在富有传奇色彩——没有爱情，只有同情，只有知识的纽带将他们紧密相连。没有任何承诺，没有任何期许，没有什么给予和回报。

1907 年，劳伦斯看到《诺丁汉卫报》上登出了圣诞征文，就鼓足勇气写了三篇不同风格的小说，准备拿全部三个奖项的奖。由于一个人只能投一篇稿子，他就请吉西和露易·布罗斯代他投了另外两篇故事。结果是用吉西的名字投的小说《序曲》获了奖。

这次成功对劳伦斯来说是一次巨大的鼓舞。他从此可以"明目张胆"地进行自己的写作了！这次的成功似乎在预示着吉西是劳伦斯的福星。而几年后，劳伦斯又请求吉西代他向伦敦的《英语评论》杂志投稿而一举中的，从此得以跻身文坛。

---

① 黑马：《心灵的故乡：游走在劳伦斯生命的风景线上》，中国社会科学出版社 2002 年版，第 219 页。

劳伦斯在诺丁汉大学毕业后，应聘到伦敦附近的克罗伊顿镇的戴维森路小学当教师。他就要离开故乡了，到 200 英里外的大伦敦去独自生活了。他去海格斯告别，吉西送他出了农场的门，劳伦斯情不自禁地拥抱着吉西说："最后一次。"吉西此时已经是泪流满面了。劳伦斯愧疚地道歉，一再表示"对不起"，但同时又爱莫能助地表示自己"实在没有办法"。他真的无法爱吉西，他爱不起来。他所有的道歉中都包含着深深的自责甚至羞愧。这个时候他还没能理智地意识到海格斯和这片山林泽国对他的重大影响，他根本想不到这里影响了他一辈子，这片山水永久地蚀刻在了他的心头，岁月越久，刻痕越深。①

同时海格斯农场周边山水风光的陶冶激起了他原始的创作冲动，这片自然山水成了劳伦斯一个重要的地理感知和基因，深深地烙印在他的心灵深处，终生难忘。1926 年在意大利回忆起那一幕，深情地说："森林边缘上一座矮小的红砖农舍，那就是米丽安家的农场，它让我产生了最初的写作冲动……"② 他开始尝试写诗，创作以海格斯农场为素材的诗作《农场之恋》和一些中短篇小说，并开始构思着他的处女作《白孔雀》，《白孔雀》的主要背景是劳伦斯的家乡，即伊斯特伍德东北部的摩尔格林水库及周边地区，这是他"心中的故乡"，他把自己的许多亲身经历及观点渗进了小说。书中的人物均以他的朋友及其家人为模特儿，具有一定程度的自传性质。

但海格斯，是他生命中无法抹杀的一页，他命中注定要离开故乡，感受到外面的冲击，最终心灵重返故乡，扎根在故乡。他满怀深情地称之为"我心灵的故乡"。直至 1912 年，劳伦斯才告别故乡，开始出走和浪迹天涯，他的绝大多数作品都是以他的故乡——英国中部的诺丁汉郡一带的矿区和农村为背景，描绘了在工业化和机器文明的侵袭下，人们在精神上、道德上和相互关系上的变化，揭示了现代人生存境遇的危机，在一定程度上反映了当时英国中下层社会的生活现实。劳伦斯喜欢农村，在未婚妻露易·巴罗斯家所在的这片乡村，叫"Cossal"，它在

---

① 黑马：《心灵的故乡：游走在劳伦斯生命的风景线上》，中国社会科学出版社 2002 年版，第 220—221 页。

② 同上书，第 204 页。

大运河边，劳伦斯曾经生活过的地方，因此，劳伦斯把长篇小说《虹》作为故事演绎的背景，从而赋予这片自然山水以不朽的魅力，这片乡村离劳伦斯出生地伊斯特伍德不远，现在也成了劳伦斯的心灵的故乡。（见图10）

图 10　《虹》的原型地（张怀存提供）

劳伦斯在自己生命的最后几年里还不忘给吉西的小弟弟戴维写信倾诉衷肠："忘了什么我也忘不了海格斯农场——我就是这么爱它。我喜欢去找你们，那真的是我新生命的开始……哦，我真想再回到 19 岁，穿过沃伦围场，一眼就看到你家农场的房子。进屋后坐在窗下的沙发上，咱们围着那小桌子用茶点，在那狭小的厨房里，我是那么宾至如归。不管我怎么变，我还是那个兴高采烈地奔向海格斯的伯特。"[①] 海格斯农场是劳伦斯一生中很少的几处他感到完全无拘无束的地方之一，他一直都忘不了。可以说，劳伦斯是这一片山水的天然贵族，他对这片山水的喜爱，不仅是文学创作的需要，更是精神生命的需要，"因为从他的一生创作来看，他从来就没有走出这片山水"，"山水的浸润，山

---

① 黑马：《心灵的故乡：游走在劳伦斯生命的风景线上》，中国社会科学出版社 2002 年版，第 205 页。

水的哺育，山水的启迪，造就了劳伦斯纤敏的审美心灵"。① 这片山水成为解读劳伦斯以故乡自然山水风光为背景的作品的索引。也正是从小接触并喜欢上海格斯农场这种环境及气氛，这种地理基础，烙印在劳伦斯的心灵深处，他的一生的创作及生活的目标是要有一个像海格斯一样的农场，地点是加拿大或美国，而现实生活中，劳伦斯真的在美国新墨西哥州的陶斯获得了一个农场，并且在那里生活了一两年时间，直至坟场也安放在那个农场。

1925 年 4 月 17 日，劳伦斯旅居在美国的新墨西哥州，在新墨西哥州陶斯附近的一个叫奎斯塔的小镇上给一位专门从事游记写作的作家 H. A. 佩赫拉写了封信，信中这样写道：

> 亲爱的先生：
> 昨天晚上才收到你的信。
> 我创作的有关诺丁汉——德比郡小说的背景全部以伊斯特伍德为中心，那里是我的出生地。无论谁，只要他一站在伊斯特伍德的沃克大街上，我的小说《儿子与情人》中所有的景色就会一览无余地展现在他的眼前：前面是安德伍德，左边是德比郡的丘陵，右边则是安纳斯勒丘陵和森林。那条从诺丁汉郡开始，经由沃特纳、穆尔格林的大路，向北通往安德和安纳斯勒（就是拜伦的安纳斯勒）——在那儿，我的小说《白孔雀》中所描写的景色将全部映入你的眼帘，并且可以看到《儿子与情人》中米丽亚姆家的农场以及《恋爱中的妇女》中克里奇和威利·沃特的家庭。
> 《彩虹》这部小说中所描写的主要背景是伊尔基斯顿和靠近伊尔基斯顿的科萨尔，以及伊斯特伍德。而《恋爱中的妇女》一书中的人物赫米恩，象是住在离克罗姆福特不远的地方。那些短篇小说中所描写的场景主要在里普利、斯托尼米德尔顿、威克斯沃思。《迷途的姑娘》这部小说的背景则是在伊斯特伍德开始的——摄影

---

① 黑马：《心灵的故乡：游走在劳伦斯生命的风景线上》，中国社会科学出版社 2002 年版，第 243 页。

术向人们展现了那儿的兰利丝绸厂。

我希望我的这些答复能符合你的要求。

你的忠实的

D. H. 劳伦斯①

劳伦斯无论怎样在世界各地追寻，他的根深深地扎在伊斯特伍德的泥土里，在故乡的大地上发芽抽枝，开花结果，在一系列以故乡为题材的作品中再现它，得以再生，成为心中的永恒。那就是《白孔雀》中的埃贝维奇，《儿子与情人》中的贝斯特伍德，《虹》和《恋爱中的女人》里它和附近的山村分别是贝多弗和威利·格林，在《误入歧途的女人》中它是木屋镇，在《阿伦的枴杖》中它是贝多弗，在《查泰莱夫人的情人》中它是特瓦萧。

二　故乡小城——诺丁汉：现代启示录

诺丁汉市是英国最古老的城市之一，建城于公元 600 年，1897 年获得城市地位，面积 74.61 平方公里。气候属于海洋性气候。诺丁汉有着悠久的历史。著名的绿林好汉罗宾汉的故事也发生在这里。工业革命年代诺丁汉曾有大量纺织厂在此设立，至第二次世界大战后开始式微。

诺丁汉是劳伦斯家乡的一个小城市，离他的出生地伊斯特伍德镇只有 8 英里的距离，就跟我们许多人的家乡的小县城一般。劳伦斯的母亲莉迪娅·伯德萨尔就是出生于诺丁汉城里的一个普通家庭，"当初莉迪娅祖父的花边工厂破产了，家道中衰。莉迪娅的父亲只是个普通的技术员，进项微薄但并不热衷于挣钱，而是深爱宗教事业，经常代替牧师布道"②。据笔者目前所掌握的资料看，13 岁之前，也许劳伦斯还没有去过诺丁汉城。1898 年，13 岁的劳伦斯从伊斯特伍德镇小学毕业，获得了镇政府奖学金进入著名的诺丁汉中学学习。这个机会来之不易，他是这所小学里第一个获得此项奖学金上诺丁汉中学的学生。劳伦斯家庭比较

---

① ［美］哈里·莫尔编：《劳伦斯书信选》，刘宪之、乔长森译，北方文艺出版社 1994 年版，第 502—503 页。

② 黑马：《心灵的故乡：游走在劳伦斯生命的风景线上》，中国社会科学出版社 2002 年版，第 28 页。

贫困，正如吉西·钱伯斯在回忆录里所说的："至少，劳伦斯太太向我母亲诉说她所有的家计艰辛。"① 他的母亲省吃俭用，为劳伦斯做了一身崭新的学生服，这样劳伦斯就可以和镇上有钱人的孩子一起坐火车进城读书。劳伦斯是走读生，每天往返于诺丁汉与伊斯特伍德之间，中午到他的大哥乔治·亚瑟·劳伦斯（1876—1967）处吃饭，但来回步行要花去一个小时时间，加上早晚去火车站步行的两个小时，劳伦斯每天要步行三个多小时，这对于一个 13 岁的少年来说，是一件较为辛苦的事。

劳伦斯在他们班上年龄偏小，但在学业上却聪明过人，第一年就取得了骄人的成绩：总分第二名，总评优秀。其中算术和法文名列榜首，英文和德文第二名，代数第三名，作文和科学课第四名。评语是：勤奋好学，品德优秀。难怪劳伦斯后来能说和写好几种语言，除英文外，会德文、法文、意大利文、西班牙文，这在著名游记《意大利的黄昏》和《大海与撒丁岛》中都有充分的体现。

如果劳伦斯一直保持这个成绩并每年都获得奖学金，他就能在毕业时获得奖学金入大学学习。但劳伦斯没能这样，劳动阶级的子弟中只有极少数特别优异者才能获得这类稀有的奖学金。

影响劳伦斯学业突然大幅度下降的原因是 1900 年那件家族惨案。劳伦斯有一个名叫瓦特的叔叔，是个与劳伦斯的父亲一样的煤矿工人，一次因为一个鸡蛋与儿子争执不休动手打儿子时误将儿子杀死。这件惨案在整个诺丁汉都被媒体炒得沸沸扬扬，劳伦斯家为此无颜面对四邻。它造成了劳伦斯家族凶蛮恶劣的印象。据说那个事件发生后，劳伦斯在学校里变得异常沉默寡言，成绩迅速下降。待到中学最后一年，他更加心灰意懒，无心苦学，只求及格毕业。因为他知道自己不可能有机会直升大学了。最终劳伦斯以 19 人中的第 15 名毕业。

正如黑马先生所言："但无论如何，诺丁汉中学这三年对劳伦斯的成长绝对重要。他在中原一带最负盛名的中产阶级学校里受到了那个年代一般劳动阶级子女难以受到的优质教育，打下了良好的知识基础，这

① ［英］吉西·钱伯斯、弗丽达·劳伦斯：《一份私人档案：劳伦斯与两个女人》，叶兴国、张健译，上海知识出版社 1991 年版，第 4 页。

对他以后成为作家是至关重要的。而他对工人阶级生活的体验又是中产阶级作家们永远也难以真正获得的。于是劳伦斯有了得天独厚的条件成为一个表现工人阶级生活的作家。而以他先天的天分和后天的教养，他完全能够表现其他阶层的生活。这种优势，正如利维斯所说，是中产阶级作家们'望尘莫及的'。劳伦斯能够在他那一代作家中脱颖而出，独树一帜，也就是自然的事了。"①

　　1901 年，劳伦斯中学毕业后，在二哥威内斯特·劳伦斯（1878—1901）的帮助下，填写了招工表，在诺丁汉的一座工厂里当职员，负责收发法文和德文的订单，翻译成英文，交付车间生产订货，然后打包外运。当初在中学里他的法文和德文成绩都比较出色，对他干这一行很有帮助。但薪水很低，每周才挣 13 个先令。这份工做起来很是辛苦：他照旧每天披星戴月走路赶火车往返于诺丁汉和伊斯特伍德，天天从早 8 点到晚 8 点工作 12 个小时，中午休息 1 个小时，晚上赶 8 点 20 分的火车回家，到家时已经是 9 点半左右了。

　　在这家工厂里劳伦斯只工作了短短的 3 个月，他得了严重的肺炎，只得回到了伊斯特伍德镇。回到家里，得到了放松与母亲的照顾，并常到海格斯农场去，充分享受农家之乐与清新的自然环境，身体得到康复。他就在镇上小学任见习教师，所教的都是矿上矿工的子女，三年的教师生涯，使劳伦斯对矿工的家庭及矿工之间的生活方式、婚恋关系、子女教育有了更深的了解。为以后描写工人阶级内心生活提供了宝贵的素材。

　　劳伦斯在家乡镇小学教矿工孩子三年后，参加了教师培训班的学习，1905 年 6 月参加了大学入学考试，考上了诺丁汉大学师范班，"1906 年 9 月，他进入诺丁汉大学学院，作为一名师资班的学生在那里接受两年的培训"②。诺丁汉大学成立于 1881 年（见图 11），是第二次世界大战后第一个获得皇家特许的大学，是英国著名的重点大学，以其出色的教学质量赢得了国际声誉。它是仿哥特式的建筑，这座大学离劳

---

① 黑马：《文明荒原上爱的牧师：劳伦斯叙论集》，新星出版社 2013 年版，第 30 页。
② ［英］吉西·钱伯斯、弗丽达·劳伦斯：《一份私人档案：劳伦斯与两个女人》，叶兴国、张健译，上海知识出版社 1991 年版，第 49 页。

伦斯所念的诺丁汉中学只有步行十分钟的路程。

图 11　诺丁汉大学（张怀存提供）

　　劳伦斯的女友吉西在回忆录中说：虽然他进了大学，但劳伦斯并不想攻读学位。他真正的兴趣在于写作而并非在于他的学业。他的一位教授是师资系的主任，他曾劝劳伦斯选修一些文学学位的课程，并答应免去他拉丁课的学费。但劳伦斯放弃了攻读学位的课程，他很高兴摆脱了攻读学位的那些麻烦，这样他可以安心地从事他的写作和应付那些普通的大学课程。

　　进入大学时，劳伦斯是满怀着希望的。他觉得也许他会进入一种更为充实的生活之中；他希望这是一种开端，希望从此他能真正地接触生活和事物。在这方面，他实在是失望的。他并没有从那些教师那里得到什么，而事实上是他一无所获。他没有与教师中的任何人有过真正的接触，与他个人关系最近的是一个大家称之为"生物迷"的史密斯讲师。在教师中唯一真的受他敬慕的是现代语言学系的主任，但是，他们之间从未有过私人的接触。劳伦斯只是把他看作一个学者和一位绅士而对他敬而远之。吉西·钱伯斯在回忆录所说的：劳伦斯从来没有摆脱过这样的一种印象，即师资系的学生总被认为是"学校的孩子"。实际上，他比其他的学生要大1—2岁，而在精神心理方面，他当然要比他们成熟得多，所以学校的那些清规戒律对他的压力显得更大一些。在大学生活中，没有什么成年人的活动，而只有一种使人感到压抑的气氛，也许这就是为什么他从根本上对学院生活感到失望的原因。

在大学里他最喜欢的课目是音乐，当然也就是唱歌。他喜欢民歌，特别是《亨利·马丁》和《我播下爱的种子》这样的民歌。①

劳伦斯曾劝说吉西的父亲别送她去上大学。

　　"别让她去。"他说，"那不值得。他们总是用一个模子造东西。他们会把她训练成与其他人完全相同的样子。"……后来，劳伦斯告诉我说，如果他一开始就知道大学是怎么一回事的话，他就不会去牺牲那两年的时间和钱财了，而会象我这样去获取资格证书了。②

在教育局举行的毕业考试中，劳伦斯得了6个优秀：教育、法语、生物、历史、地理和数学。具有讽刺意味的是，他的英语却没有得优秀。

正如吉西·钱伯斯所说的："他在大学的生活远远超越了教会的教义所指示的范畴。他的精神生活的大部分是建立在否定的基础上的。他说：'公理会教会的道德体系是建立在"汝不应该"的教条之上的。我们需要一种建立在"汝应该"的信条之上的体系。'劳伦斯所反对的倒不完全是教会的道德准则，而是那种苍白无力的世界观，以及教会对于其教义之外的任何知识和观点的排斥的态度。大学的影响对他摆脱宗教教条并没有起多大的作用。他的转变是一种自然的发展。好象他自己觉得他是被迫对宗教采取一种理解的观点，尽管这样做使他感到痛苦。"③

对于1920年代完工的新诺丁汉大学（见图12），劳伦斯不乏讽刺。那时英语系所在的带有钟楼的主楼刚刚竣工，在郊外的山上很是风光夺

---

① ［英］吉西·钱伯斯、弗丽达·劳伦斯：《一份私人档案：劳伦斯与两个女人》，叶兴国、张健译，上海知识出版社1991年版，第49—53页。
② 同上书，第53页。
③ 同上书，第57页。

目。这 300 英亩的葱茏山地是药业大资本家布特所捐赠,从此中原地区耸起了一所园林式大学,这等湖光山色的气势在英国大学里首屈一指。校园里依旧有他家的私人园林和别墅,可谓园中园,门口赫然标着:私家住地,外人免进。劳伦斯对此很是愤愤不平,写诗嘲弄一番:

图 12 诺丁汉大学(张怀存提供)

诺丁汉的新大学

诺丁汉那座阴郁的城,在那里
我上了中学和学院,在那里
他们建了所新大学,为了
分配新的知识。

它修得堂皇方正,靠的是
高贵的掠夺,通过
好心的杰赛·布特爵爷
精明的算计。

儿时的我绝没想到,当我

把可怜的零钱交到
布特的钱柜上，杰赛会
把成百万同样诚实的小钱转手

堆起这些小钱，最终会
耸立而起，方方正正
庄严辉煌
成为

一所大学，在那里
精明的人会分配一剂剂
精明的赚钱良药，用
浅显易懂的语言

未来诺丁汉的孩子们
会成为赚钱的理学士。
诺丁汉的电灯都会耸起，说
我是靠布特公司得的文学士。

从此我懂了，尽管我早就明白，
文化的根是深深扎在
金钱的粪堆里，而学问
则是布特公司最后的一条涓流。（黑马译）

　　但无论怎样，劳伦斯是他们镇上第一个获奖学金上诺丁汉读中学的
高材生，后来又读了诺丁汉大学学院的教师资格证书，算大专生，在那
个年代很是个知识分子了。在那座沉郁凝重的大楼里（现在的诺丁汉
特伦特大学），他获得了进入社会的通行证并彻底摆脱了下矿井挖煤的
命运。劳伦斯反对的不是知识，他很有知识，能用法文读名著，用法文
写情书，通意大利文和德文；他恨的是知识分子的虚伪和大学教育制度
对人的异化，恨的是死读书读死书读书死的知识分子的迂腐与自命不凡

75

自欺欺人。

至于对新大学的讽刺也是可以理解的，是阶级的仇视。布特是药业大王，赚了大钱，其公司是诺丁汉甚至英国的"支柱产业"，诺丁汉的发展很是得益于布特等几家大资本家。劳伦斯是劳动阶级出身，认为布特捐大学是沽名钓誉，是拿了赚取的包括他在内的百姓的买药钱给自己立牌坊作秀，免不了对此加以讽刺。①

虽然劳伦斯在诺丁汉学习和工作生活了五年多，留下了自己青少年时代最为值得纪念的足迹，但他对诺丁汉这座初步繁荣起来的家乡小城市，似乎不曾那么热爱，但这里确实是他从乡下走向伦敦和世界的跳板。

三 故国首都——伦敦：爱也悠悠，恨亦悠悠

伦敦（London），英国首都，经济、文化中心，主要交通枢纽，世界最大城市中心和金融中心之一。位于英国东南部，跨泰晤士河，市中心距河口 88 公里。公元前 2000—前 1000 年已出现村镇聚落。公元 43 年，罗马军队侵占后成为军事要塞和在不列颠的统治中心，称"伦丁季姆"，伦敦之名即从中衍变而来。公元 200 年，罗马人在其周围筑起长 5 公里余的城墙，城墙内即为伦敦城，面积约为 2.6 平方公里，成为城市发展的核心。1810 年人口超过 100 万，1901 年达 458 万，成为当时世界上最大的城市，在金融、贸易中占特殊重要地位，第二次世界大战后，其金融中心地位相对下降，人口也有减少。1939 年曾达 861 万的历史最高纪录，后逐年下降。②

> 二十年前的伦敦在我看来是个十分刺激的地方，特别刺激，是一切奇特经历的巨大喧嚣中心，它不仅是世界的心脏，而且是全世界奇特经历的心脏。斯特兰德大街，英格兰银行，查灵克罗斯之夜，海德公园的清晨！

---

① 黑马：《文明荒原上爱的牧师：劳伦斯叙论集》，新星出版社 2013 年版，第 37—39 页。

② 中国大百科全书总编辑委员会编：《中国大百科全书·世界地理》，中国大百科全书出版社 2002 年版，第 369—370 页。

　　不错,我现在是老了二十岁,可我并未失去冒险精神。我觉得伦敦与惊心动魄无缘了。交通太拥挤!这里的车辆曾驶向某个冒险的场地。可现在,它们只是挤成一团向前涌着,没个方向,只是成群结队无聊地向前拱而已,前头半点历险也没有。车辆陷入了一种乏味的惯性中,然后再乏味地重新起动。①

　　前些年我在伦敦……感到伦敦这个世界的伟大中心有强有力的中心结点。可在第一次世界大战期间,那个中心在我看来是碎了。世界上的事都是这样。有些地方会失去其生动的中心结点。②

　　这是劳伦斯在澳洲和美洲浪游几年后两次回到伦敦小住写下的有关伦敦的随笔。从中读者感受到的应该是他对伦敦的巨大失望和辛辣的讽刺。第一次世界大战前的大英帝国是绝对的世界中心,伦敦则是中心的中心,也就是劳伦斯所称的"世界的心脏"和"强有力的中心结点"。但大战使英国开始了第一次衰落,在很多英国人看来就是通过浴血奋战,英国在大战中拯救了世界,但结果是英国自己变成了二流国家,辉煌不再。但劳伦斯对英国和伦敦的感受似乎并非仅仅来自他对时局和政治的体味,而更多的是出自他个人的际遇。③

　　1908 年,劳伦斯从诺丁汉大学师范学院毕业,按当时英国的规定,师范专科毕业的学生只能从事小学教学工作。在劳伦斯时代,教书是一种使人精疲力竭的职业。劳伦斯认为教书是一项艰苦的工作。他不愿意为任何给他年薪不足 90 英镑的教育机构服务,直到 10 月,在他寻找了职业三个月之后,他才在伦敦东南部的一个名叫克罗伊登的地方找到了一个工作,克罗伊登小学的校长助理,年薪是 95 英镑。租住在新落成不久的一栋排屋(见图 13)。那条街离火车站和小学都不远,名为科尔沃斯路(Colworth Road),门牌是 12 号。三年后又随房东搬到一门之隔的 16 号。这是劳伦斯在伦敦的最初两个落脚点,在这里写出了很多作

---

　　① 〔英〕D. H. 劳伦斯:《劳伦斯散文》,黑马译,人民文学出版社 2008 年版,第 74—75 页。
　　② 〔英〕D. H. 劳伦斯:《劳伦斯文集·散文随笔集》,黑马译,人民文学出版社 2014 年版,第 21 页。
　　③ 黑马:《文明荒原上爱的牧师:劳伦斯叙论集》,新星出版社 2013 年版,第 42 页。

品。伦敦距诺丁汉约150英里的路程，在当时有火车，交通比较方便。
劳伦斯在克罗伊登戴维森路学校教书，劳伦斯负责艺术和自然课，校长
是一个比较开明的人士。早在劳伦斯在诺丁汉师范学院念书期间，劳伦
斯就开始诗歌和中短篇小说的创作，也开始尝试处女作《白孔雀》的
创作，那时是不敢公开的，大学毕业后，劳伦斯在伦敦郊区找到教师工
作以后，离开了他心爱的故乡伊斯特伍德煤镇子，尤其是依依不舍地离
开了他的初恋女友吉西·钱伯斯和海格斯农场，来到了远离家乡的伦
敦，正如吉西在回忆录所写的：

图13　劳伦斯伦敦故居（黑马提供）

　　劳伦斯到达克罗伊登的次日给我写来了一封信使我吃惊不小。
人们很和善，信中说，但一切都是那样的陌生，他怎么能离开我们
大家而这样生活？他害怕早晨和学校，就象一个生了病的姑娘。最
后他说他害怕他自己；离开了我们大家，他会变成一种又黑又丑的
东西，象一只丑陋的小鸟……在附言中他告诉我别把他的这些情况
对他母亲讲，他曾给她写信说他过得不错，一切都很好。我马上烧
掉了他的信，生怕旁人会看到。我知道他离开我们很痛苦，但我没
想到会有这么严重。
　　强烈的思乡情绪不久就过去了。他安顿了下来开始写他的

《白孔雀》的第三稿，他开始观察起伦敦来，写信向我们描述在夜晚降临时的满城街灯。圣诞期间，他回家休假两星期，向我们描述了他住的房子的房间是如何的小。但他挺喜欢那儿的人……

在克罗伊登他几乎每个星期都给我来一封信，谈论他自己和学校以及他的写作，就象他平常和我谈话一样。①

劳伦斯继续进行写作，并常回到故乡小镇伊斯特伍德，常到海格斯农场，带回了当时新潮杂志《英语评论》，这杂志的编辑很乐于发现新的文才。吉西把劳伦斯的几首诗歌誉抄了一遍，寄给了《英语评论》，得到了编辑福德·麦道克斯·休佛的关注和器重，因此受休佛的邀请，吉西·钱伯斯在回忆录中写道：

劳伦斯在 1909 年 9 月里去见了福德·麦道克斯·休佛，并给我写信说："……他是一个胖乎乎、相当不错的人，大约 40 来岁，是那种最最和善的人。"休佛把他介绍给了文学艺术界的各类人物，与这些人们的交往使他很兴奋，但也使他感到很疲劳。他写道："昨天晚上我和一些名人共进晚餐，今晚我又和皇家艺术学会会员们同桌，但与我们以前在海格斯的客厅里的那些晚上相比，我宁可放弃前者。我帮他寄出的那些诗中的一部分刊登在《英语评论》的 11 月份上。休佛对劳伦斯的小说也很感兴趣。"②

是休佛把劳伦斯带进了伦敦的文学界，劳伦斯在伦敦期间，抓紧从大学开始创作的长篇小说《白孔雀》，这部小说几易其稿，当劳伦斯把这部小说的手稿交给休佛手里时，休佛虽然对这部小说提出一些批评意见，但很乐意地推荐给了英国著名出版商威廉·赫尔曼，1911 年他出版了劳伦斯的第一部长篇小说《白孔雀》。之后劳伦斯在继续创作，他从海伦·科基的小说《中性大地》中汲取部分材料，创作了第二部长

① 〔英〕吉西·钱伯斯、弗丽达·劳伦斯：《一份私人档案：劳伦斯和两个女人》，叶兴国、张健译，上海知识出版社 1991 年版，第 110—111 页。
② 同上书，第 120—121 页。

篇小说《西格蒙德世家》，这部小说 1912 年出版时以《逾矩的罪人》为名发表，还是在克罗伊登教学期间，劳伦斯就已经开始了自传体小说《儿子与情人》的写作，这期间，劳伦斯的母亲莉迪娅患病，得了癌症，生命垂危，劳伦斯常常往返于克罗伊登和伊斯特伍德之间，照顾和安慰弥留之际的母亲，1910 年 12 月 9 日，劳伦斯的母亲病逝，劳伦斯失去了母亲的关怀和牵挂，这个故乡的家也搬到了姐姐艾米利的家，劳伦斯和父亲也到了姐姐的家。

也许是由于照顾重病的母亲和来回地奔波，也许是母亲病逝的打击，1911 年劳伦斯患病，医生建议他停止工作。劳伦斯于 1912 年 3 月想去德国找一份在德国大学教书的工作，才想起去找诺丁汉大学教书的威克利教授，希望威克利教授能帮他推荐在德国大学的一份工作。想不到的是，当劳伦斯去拜访威克利教授时，却与教授夫人弗丽达相识相爱，26 岁的劳伦斯与 32 岁的已育有二女一儿的弗丽达一见钟情，相识不到六个星期，两人就私奔，怀揣《儿子与情人》的手稿和 10 多镑的钱，前往德国，开始了流浪的生活。这一年，是劳伦斯的 26 岁之年，也是他告别故乡和青年之年，从此就较少回到诺丁汉故乡。1913 年春，弗丽达经不住思念孩子，回到英国，劳伦斯短暂回来，到过伦敦，滞留一段时日，8 月，又到他所喜欢的德国和意大利，在意大利的莱里奇，两人居住在地中海海滨的粉红色小屋里，充分享受自然美景，"和往常一样，只有大海——今天海水灰暗，波浪汹涌——和那些橄榄树对我来说是重要的。而伦敦远在千里，一片烟雾。……这里气候宜人，景色秀丽——我们在温暖、明亮的海水里洗澡"[①]。在轻松自然慢节奏的意大利海边生活，1914 年 6 月上旬，劳伦斯与弗丽达离开意大利，劳伦斯乘船回到英国，住在伦敦近郊南肯辛顿一个朋友戈登·坎贝尔家里，1914 年 7 月 13 日，劳伦斯和弗丽达在肯辛顿的登记处登记结婚了，两人终于成为夫妇，劳伦斯在致 S. A. 霍普金夫人的信中说："在伦敦，我们一直都在忙个不停，会见朋友，做一些事情，对此我都感到厌

---

① ［美］哈里·莫尔编：《劳伦斯书信选》，刘宪之、乔长森译，北方文艺出版社 1994 年版，第 121—122 页。

倦了。"①

在这期间，由于劳伦斯的《儿子与情人》的发表，给英国文坛带来较大的影响，他也参加了一些文化活动，结识了一些作家朋友和文化精英，如与 J. M. 默里（英国评论家，曾与女作家凯瑟琳·曼斯菲尔德一起编辑《韵律》杂志，后来两人结婚。默里于 1913 年夏认识劳伦斯，关系密切，但在 1923 年以后，两人关系破裂。劳伦斯死后，默里写了名为《女人的儿子》的劳伦斯评传，对劳伦斯的评价基本上公正。）与女作家凯瑟琳·曼斯菲尔德等的来往。正如弗丽达所写的："第一次去伦敦时，劳伦斯的剧作已小有名气，我以为：去结识一些饶有风趣的人们多好玩啊。但后来一些巴结名人的女人邀请我们共进午餐，我只感觉到人格受到了侮辱。菜肴算得上丰盛，你坐在名字已见于报端的名人的边上，女主人不知道你是谁是干什么的，以为你是别的名人，等你象一只鸡一样被喂得撑饱了肚子后就吆喝着把你赶走，如此而已。所以劳伦斯和我几乎是足不出户。他们从未意识到如果和我们在一起他们会有多喜悦；或许他们心中根本就没有喜悦。所以劳伦斯和我大部分时间是孤单的。"②

劳伦斯与弗丽达结为秦晋之好后，在英国城乡游走一些时日，不久第一次世界大战爆发，劳伦斯居住在伦敦，劳伦斯在 1914 年 9 月 21 日致戈登·坎贝尔的信说："战争使我非常沮丧。关于战争的议论使我恶心。我从没有象现在这样几乎到了痛恨人类的地步。人类是傻瓜，是低贱的傻瓜，是胆小鬼，他们由于害怕寂静就总要想方设法弄出点声音来。即使他们被杀死，我也毫不吝惜。可是，对那些对战争敏感的人，对那些受到恶魔般的战争打击的人，我却十分吝惜。由于他们受到机械化的、陈腐的、可恶而又愚蠢的战争的严重打击，成了断臂残肢的人，这就进一步增加了我们这个病态社会的负担。那些死去的就死去了吧，

---

① ［美］哈里·莫尔编：《劳伦斯书信选》，刘宪之、乔长森译，北方文艺出版社 1994 年版，第 158 页。

② ［英］吉西·钱伯斯、弗丽达·劳伦斯：《一份私人档案：劳伦斯与两个女人》，叶兴国、张健译，上海知识出版社 1991 年版，第 244 页。

可是那些今后还活下去的人呢——一想到这些，我就感到厌恶。"①

1915 年，劳伦斯的代表作长篇史诗性的作品《虹》出版，由于劳伦斯在作品中有谴责的态度，《虹》遭到了当局的批评并受到查禁，出版社不敢出版劳伦斯的另外一些作品。伦敦物价飞涨，劳伦斯只能借居在一些朋友处，这期间，劳伦斯结识了一些文化界人士，如与英国著名哲学家、社会学家伯特兰·罗素（1872—1970）相识于 1915 年前后，罗素与劳伦斯过从甚密，二人曾计划一起做一系列反战演讲。后来，二人发生意见分歧，关系破裂。在与默里和凯瑟琳·曼斯菲尔德的交往中，1920 年出版的"《恋爱中的女人》，劳伦斯的著名长篇小说，书中女主角以劳伦斯的好友、著名短篇小说作家凯瑟琳·曼斯菲尔德为模特"②。

劳伦斯也结识了奥特琳·摩瑞尔（1873—1939），这是一位议员的妻子，一些英国文学家的资助者、支持者。当时许多文人学者常到她家聚会，劳伦斯即是其中之一，据专家们考证，小说《恋爱中的女人》中的"布雷多利府邸"便是以摩瑞尔的家为原型描绘的，女主人公赫米恩·逻迪斯亦有一点摩瑞尔夫人的影子。摩瑞尔为此与劳伦斯断绝交往达 10 年。③ 弗丽达也在回忆录中写道："我们曾遇见奥特琳·摩瑞尔夫人，她对劳伦斯的生活产生了巨大的影响。她深厚的文化造诣，她美丽的宅邸——"加辛顿"和她的社会声望，对劳伦斯产生了深远的影响。"④ 劳伦斯在伦敦期间，常出入的这些文化人士的饭局及场所也为他的创作提供了生活经历和地理基础，如"皇家酒店，这是伦敦最著名的饭店之一，据说劳伦斯在《恋爱中的妇女》中所描写的'庞帕德饭店'就是以此为原型"⑤。

由于伦敦物价高涨，劳伦斯只好避居英国西南端康沃尔，过着节衣

---

① ［美］哈里·莫尔编：《劳伦斯书信选》，刘宪之、乔长森译，北方文艺出版社 1994 年版，第 163 页。

② ［英］吉西·钱伯斯、弗丽达·劳伦斯：《一份私人档案：劳伦斯与两个女人》，叶兴国、张健译，上海知识出版社 1991 年版，第 242 页。

③ 同上书，第 250 页。

④ 同上。

⑤ ［美］哈里·莫尔编：《劳伦斯书信选》，刘宪之、乔长森译，北方文艺出版社 1994 年版，第 257 页。

缩食、自食其力的生活，然而在这偏僻的西南，劳伦斯夫妇于一年多后被赶出康沃尔，又来到伦敦，只得在朋友处借居，居无定所，有一段时间还跑到生活费用相对低廉的伦敦附近山区生活，他要为大战结束后去美国做准备，第一次世界大战结束后，劳伦斯与弗丽达获批准离开英国，于 1919 年 10 月离开英国，这一走，劳伦斯后来就很少再回到伦敦，即使回英国也只在伦敦做个短暂的停留，那个过去曾带给他惊喜的伦敦早已不再。这个大英帝国的中心，世界的心脏，成为他永远的爱恨交织之地。

在出逃英国尤其是大都会伦敦之后，劳伦斯多次在书信里表达对伦敦的失望，有时甚至是对英国的失望。如 1923 年 5 月 26 日在墨西哥的查帕拉致 J. M. 默里的信中说："我一想起英国，就会产生一种反感情绪，一种强烈的不信任，但我也别无选择，只得回英国，并尽力征服它。"① 1923 年 11 月，劳伦斯从美国回到英国，暂居在伦敦，在 1924 年 1 月 13 日致玛丽·洛丽娅·斯金纳的信中直言不讳地说："我不喜欢英国——如此阴暗、如此潮湿、如此使人沮丧。"② 1924 年 1 月 22 日在伦敦致麦贝尔·卢汉的信中说："不论伦敦还是英国，都使我感到十分厌倦。今年冬天，英国使我以及其他人产生的厌恶之情是难以言传的。好啦，这一切马上就要结束了。"③ 1925 年 9 月，劳伦斯夫妇乘坐"坚毅号"轮船从美国回到英国，在回国的第八天即 1925 年 10 月 7 日在伦敦致美国新墨西哥州德尔·蒙德牧场的场主 A. D. 霍克夫妇的信中开首就写道："我回到本国已八天了，但这儿的一切并不使人感到愉快——多雾，阳光微弱，人们情绪沮丧。有一百二十五万人失业，就靠那点可怜的救济金维持生活。……到处都存在着一种可怕的情绪。伦敦的物价比纽约还要高，这里的开销大得惊人。人们在寻找某种革命形式，不过我看不出会发生暴力。伦敦本来就大雾弥漫，再加上这种可怕的沮丧情绪，气氛就更够呛了。"④

---

① ［美］哈里·莫尔编：《劳伦斯书信选》，刘宪之、乔长森译，北方文艺出版社 1994 年版，第 481 页。
② 同上书，第 488 页。
③ 同上书，第 489 页。
④ 同上书，第 512 页。

在 1925 年 10 月 8 日致多萝西·布雷特的信中也表达了与 10 月 7 日大致相同的内容:"这里大雾弥漫,使我不停地咳嗽起来。……你决定不回英国,这是很正确的。英国比我上一次回来时更糟了,简直使人憎恶。……这里没有一个生气勃勃的人。再说,伦敦的物价很高,简直高到令人咋舌的地步。"①

1927 年 5 月 13 日在意大利米兰达别墅致多萝西·布雷特的信中说:"《大卫》一剧准备 23 日开始上演。对于是否去伦敦观看演出之事,我正犹豫不决。我可能明天启程。但是,伦敦对我来说具有排斥力,而不是有吸引力。我宁肯逃到天涯海角,也不愿朝这个世界的大都会走去。"②

1928 年劳伦斯写过一篇散文《我为何不爱在伦敦生活》里面有这样的描述:

你刚刚走下旋梯上岸,心儿就突然莫名其妙地一沉。不是因为恐惧,恰恰相反,似乎是因为生命的冲动消退了,心也就随之黯淡下来,沉了下去。你随人流穿过慈悲的警察和善良的护照官身边,穿过烦琐又有点愚蠢的海关——如果有人偷带进两双冒牌丝袜似乎算不得什么大罪过——然后上了慢吞吞的火车(它慢,但不伤害你),与懒散但不会伤害你的人坐在一起,从好心肠的侍者手中接过一杯无害的茶水。我们坐着车穿过狭小、慵懒但淳朴无害的乡村,直到抵达庞大但毫无生气的维多利亚火车站,随后一个不错的脚夫过来把我们送上一辆不坏的出租车,车子穿过拥挤但出奇乏味的伦敦街市来到旅店,这旅店舒适但让人觉得慵懒、乏味得出奇。出国几年回到伦敦,这头半个钟头过得真叫难受,心头只觉得让一种难言的沉闷压抑着,几乎要被它压死。不过,很快这感觉就会过去,你会承认刚才的说法有点夸张。你又合上了伦敦的节拍并告诉自己伦敦一点也不乏味。可是,无论你睡着还是醒

---

① [美]哈里·莫尔编:《劳伦斯书信选》,刘宪之、乔长森译,北方文艺出版社 1994 年版,第 514 页。

② 同上书,第 547 页。

着，那可怕的感觉一直都挥之不去：乏味！无聊！这里的日子十分乏味！没劲！我让它弄得没劲！我精神没劲！我的生命与伦敦的乏味一起乏味。

这就是初来伦敦几周内纠缠你的噩梦。自然，呆长了，这感觉会消逝，你会发现伦敦与巴黎、罗马或纽约一样令人激动。可这里的天气我受不了，我在这儿呆不长。离开伦敦的那个早上，我睁着酸痛的眼从出租车中好奇地往外看去，眼看着伦敦一阵阵乏味起来，死一样的乏味。只有当我坐上了赶班船的火车，才觉得生命与希望又还阳了，我听到一阵阵的"再见"声！感谢上帝，再见了。①

伦敦给劳伦斯的打击不止这些，1928 年夏天，劳伦斯的最后一部长篇小说《查泰莱夫人的情人》出版发行，在伦敦引发了震动，正如劳伦斯 1928 年 8 月 15 日在瑞士的一城市格什塔德致艾尔弗雷德·斯蒂格利茨的信中所说："这部小说象一颗炸弹一样，在我的大多数英国朋友中间爆炸开了，他们现在仍忍受着弹震症的痛苦。"② 后来英国当局马上查禁了这部小说，并把它列为禁书，直到 20 世纪 60 年代才通过长达多天的审判，才确认这是一部文学经典，这时，离劳伦斯过世已 30 多年了。不知道劳伦斯听到或看到这个消息，会是什么感想呢？

1929 年 6 月 22 日，劳伦斯的绘画作品在多萝西·沃伦（1896—1954）的伦敦美术馆举办展出，但遭到人们的指责，警察当局把其中十三幅画送到法庭。1929 年 7 月底，法院对劳伦斯的画进行审查，审查者是 82 岁的米德法官。在这之前，警方也已传出消息，只要这些画不再在英国展出，便可退还。因此劳伦斯要求多萝西·沃伦接受这一条件。

至劳伦斯的生命结束，他也没有回到他爱恨交织的英国和伦敦，而是抛尸海外，魂游他乡。

---

① ［英］D. H. 劳伦斯：《劳伦斯斯文》，黑马译，人民文学出版社 2008 年版，第 73—74 页。

② ［美］哈里·莫尔编：《劳伦斯书信选》，刘宪之、乔长森译，北方文艺出版社 1994 年版，第 586 页。

四　蛰居康沃尔——美丽与修炼

第一次世界大战于 1914 年 8 月爆发，战争爆发，英国群情激昂，劳伦斯当时正在伦敦，对这场以英国的工业主义与德国的军国主义之战本身就不看好，发表些不合时宜的言论，伦敦物价飞涨，1915 年劳伦斯的长篇小说《虹》发表，由于小说中有女主人公安娜裸舞的描写而衬查禁，正如劳伦斯所说的："自从《彩虹》被查禁以来，我们几乎没有什么钱，也不知从哪儿能搞到钱。唉，过一天算一天，听天由命吧，跟命运抗争是没有什么用处的。"① 劳伦斯在伦敦只得借居朋友处，有时甚至靠朋友借济度日。这时他与弗丽达在英国申请美国护照，由于英国与德国开战，弗丽达是德国人，护照得不到批准。加上战争，出版业（印刷业）也太不景气。他们夫妇生活日陷困窘。眼见难以为继。劳伦斯和弗丽达于 1915 年 12 月底去德比郡看望姐姐尤娜和妹妹埃达后，来到康沃尔郡的帕德斯托镇，英国小说家约翰·戴维斯·贝里斯福德将自己的一套房子借给劳伦斯夫妇居住。② 康沃尔（Comwall），英国英格兰西南端的一个郡。西、北临大西洋，南临英吉利海峡。

劳伦斯来到康沃尔，在致朋友的信中不断地表达康沃尔环境好，在致出版商 J·B·平克的信中说：

> 我们已来到康沃尔，这儿的环境好多了：风刮得很凶，海浪冲击着岩石，形成一层层烟雾。人们住在这儿，好象离开了英国，离开了伦敦的那种英国——感谢上帝……不管怎么说，住在康沃尔还是挺不错的。③

随后在致朋友的信中都表达了对康沃尔的喜欢。

> 我喜欢住在康沃尔——它是那么的宁静，离世界是那么的遥

---

① ［美］哈里·莫尔编：《劳伦斯书信选》，刘宪之、乔长森译，北方文艺出版社 1994 年版，第 262 页。
② 同上书，第 255 页。
③ 同上书，第 254—255 页。

远。但是，这世界已经永远的消失了——这儿不再会有那样的世界了。这儿的空气清新，没有任何人，也没有任何东西来污染空气。亲爱的凯瑟琳，我一直被这个世界和人类烦恼着——我完结了。现在仍然能找到一块乐土，我再也不会和世界及世人发生什么纠葛了……一个新的世界，一个纯洁的充满着新鲜空气的世界诞生了。在这个新的世界中，没有通常的人类，只有新诞生的人类——我自己和弗丽达……亲爱的凯瑟琳，我再也不会回到伦敦，回到那个世界中去了——那个世界已经消失了，就象皇家酒店昨晚的灯光永远地消失了。①

又在另一封信中说：

我们在这里已经住了一个星期。我非常喜欢这地方。在黑色的礁石下翻滚着汹涌波涛，傍晚西边天空上出现了一抹彩霞，无边无际的海水伸向远方，伸向那未知的地方，这一切都美极了。我生活在这儿是多么的愉快啊！……来这儿看看我们吧，看看这大海和这平静、安宁、与世隔绝的地方。……这儿生长着紫罗兰，嗅上去香气袭人。天气相当温暖，风也平静下来了。②

在 1916 年 2 月 2 日致凯瑟琳·克莱顿的信中写道：

来到康沃尔，远离尘嚣，我感到好多了，站在汹涌澎湃的海边，眼望着波涛冲击黑色挺拔的岩石，一个人就忘记了一切，感到自己是时代的局外人。我们住的是一所很大的老式房子，虽然低矮，但很长，住起来舒适，坐在家里可以眺望下面的小海湾。这所房子是约翰·戴维斯·贝里斯福德借给我们的。这儿好极了。我喜欢荒凉的康沃尔郡，喜欢原始的海岸。我们在这儿住一个月，今后

---

① ［美］哈里·莫尔编：《劳伦斯书信选》，刘宪之、乔长森译，北方文艺出版社 1994 年版，第 256—257 页。

② 同上书，第 258—259 页。

到什么地方去，我自己也不知道。①

在 1916 年 2 月 7 日致辛西娅·阿斯奎思夫人的信中这样描写：

……康沃尔郡这个地方是相当原始的：巨大乌黑的峭壁和岩石蠢立着，象是最初的黑暗，而冲入的淡淡的海水，则象是黎明。啊，好极了，它象是世界的开端，它是那么的自由、那么的强壮。我仿佛感到整个欧洲象是遥远的往昔，对它的记忆已很淡漠，它无法再存在于我的心中了。

……这里的海鸥弯着有力的双翅飞翔，在太阳的光辉下显得那么庞大，那么洁白，真是漂亮极了。②

在 1916 年 3 月 8 日致 J·M·默里和凯瑟琳·曼斯菲尔德的信中写道：

……我们房子的四周长着茂密的金雀花，再远处是一片荒野；羊羔在荒野上欢快地跳跃，时而还有狐狸出没；海鸥在狼吞虎咽着掠夺来的食物；大海上，船只时隐时现。

你们应该到这儿来。我们可以住在同一个地方，这个地方是那么的美丽和自由，而花费却很少。

…………

天气仍然很冷，偶尔还下雪，不过很快就会融化。当阳光照射着大地时，金雀花丛中会散发出一种温暖、香甜的味儿；成群结队的候鸟从天空中飞过，飞向西西里群岛筑巢；在凉飕飕的夜晚，画眉鸟儿唱着歌。在彭赞斯港，花一个便士就可以买到一束鲜花——我们看到一个人正在花圃里采集——这些花非常好闻。来自海上的

---

① ［美］哈里·莫尔编：《劳伦斯书信选》，刘宪之、乔长森译，北方文艺出版社 1994 年版，第 261 页。

② 同上书，第 264—265 页。

暴风雪仍旧强劲地刮着。①

　　劳伦斯夫妇在康沃尔一直住到 1917 年 3 月初,在 3 月 3 日致欧内斯特·柯林斯的信中写道:

　　　　我们在这儿生活了一年了,一直住在一幢临海的小屋子里,我非常喜欢这个地方。感谢上帝——由于健康原因,我完全免除了去服兵役的义务。我知道自己可能在一个月内死去,但事实上,我是在挣扎着活下去,这世界太肮脏了,它毒害了我们,我不知我们会变成什么样子。假如一种高尚的精神,一种新的精神进入人们的心底,并使人们去创造一个美好的、崭新的生活而不是走向死亡,那该多好啊!那种力图保持一个生命的灵魂并希望反对这肮脏世界的压力将耗尽人们的权利。②

　　那么的宁静,可以在海边散步,看看大海和这个平静、安宁、与世隔绝的地方,虽然那小说家朋友只答应房子借给他们夫妇住三个月,劳伦斯常为三个月之后的居所担心,但他们还是过得很开心的,一年多来,劳伦斯身体健康情况不好,朋友借的房子到期了,到了 1916 年的 3 月 8 日,劳伦斯夫妇在圣艾夫斯,康沃尔郡的一个旅游胜地,用一年 5 英镑的租金租下了房子,并向朋友发出邀请来他们在海边的小屋居住,在圣艾夫斯,劳伦斯开始创作《虹》的姐妹篇《恋爱中的女人》,正是在远离伦敦,劳伦斯冷静地思考英国的命运及这场战争:"每当我想到现今人们的堕落和象昆虫一样的愚昧,我的心脏就停止跳动。英国竟然以毁灭自己的代价来跟神话中怪物似的德国战斗,而那些协约国却象贪婪的水蛭一样紧贴在它身上吸血;英国竟毁灭自己的身体,撕碎自己的四肢,象令人讨厌的托钵僧那样心甘情愿地献身,跟德国进行一场毫无意义的战争,而协约国却象巨大的老鼠,心满意足地吞食着它肢解

---

　　①　[美]哈里·莫尔编:《劳伦斯书信选》,刘宪之、乔长森译,北方文艺出版社 1994 年版,第 270—271 页。
　　②　同上书,第 326 页。

89

的身体。人们看不出这种情况，糊里糊涂地活着。"①

劳伦斯在这遥远的西南一隅，经济状况不好，只得自己种菜，日子虽然艰难，但劳伦斯自得其乐，他在 1917 年 5 月 23 日致 J·M·默里的信中说："这里一切很平静，只有弗丽达和我孤独地住在一起。……今年，大批的金雀花开放了，黑刺李被阳光烤得冒出了白烟。我在这儿有三个小花园，小的一个种的花都是精品，有三色紫罗兰、倒挂金钟和耧斗菜；我们红屋子后面的那块狭窄的空地上种的是蚕豆和一排排绿油油的菠菜；在这块地的下面种的是豌豆和蚕豆。我非常辛勤的耕作，可以收获大量的蔬菜，但天气一直非常干燥，撒在地里的种子发育缓慢。"② 艰苦的生活并没有泯灭劳伦斯的审美情趣：铺天盖地的紫红色石楠花丛与碧蓝的海水和浅绿的透迤山影组成了粗犷妖艳的康沃尔景观，劳伦斯从这幅自然美景中获得了安慰和写作灵感。他说他感到了康沃尔的某种魔力：这寂静的荒野，拍岸的狂涛，原始的处女地，让人想到伊甸园。所以劳伦斯说，他在康沃尔有一种通灵的感觉。③

在康沃尔他两次被通知去征兵体检，虽然都由于身体健康情况免服兵役，但体检过程那如同畜生被作弄使劳伦斯尊严被严重侵犯。劳伦斯在圣艾夫斯的海边的小屋子居住了一年，长篇小说《恋爱中的女人》也写完了，但是由于出版《虹》一书引起的麻烦，没有人愿意出版它。之间劳伦斯短暂回了趟伦敦，劳伦斯夫妇盼望战争早点结束，他们想去美国，但英国当局拒绝给劳伦斯签发护照，这给了劳伦斯沉重的一击。正如劳伦斯所说的："因为我必须去美国。但是，我不久还要再试一次。……对我来说，英国的天空已经陨落，一切都到了尽头。我一定要尽快去美国，因为在到了尽头之后仍然留在这儿，就宛如一个死去的人停在了灵床上。我必须开始一种新的生活。你不应该认为我不关心祖国。实际上，我深沉地、痛苦地关注着我的英格兰，但某种东西被打碎了，英国已不复存在了。现在我们要去寻找另一个世界，而英国现在只是一座坟墓。我必须等待时机，不久后我要再去尝试一次，……我觉得

---

① ［美］哈里·莫尔编：《劳伦斯书信选》，刘宪之、乔长森译，北方文艺出版社 1994 年版，第 279 页。

② 同上书，第 338 页。

③ 黑马：《名家故居仰止》，湖北人民出版社 2005 年版，第 85 页。

战争将不会持久了。天空已经塌陷，我们无需再去拉倒那根擎天柱了，而应该去发现新的大地、新的天空。我并不认为美国是个新的世界，但在它的上面有一个充满活力的天空。我所知道的美国是糟糕的，但在它上面有一个新的天空。我必须尽快去美国。你以为我不知道这一决定对一个英国人来说意味着什么吗？"① 并做好要去美国的准备，开始研究美国经典作家作品，由于劳伦斯与弗丽达是外来人员，尤其是弗丽达的大大咧咧个性，再加上劳伦斯常有一些朋友来他们的海边居所，与当地居民的生活方式和生活规律不一，引起了当地警方的注意，警察常常特别关注他们夫妇的行踪，有几次，他们的居所受到了警察的检查，甚至由于弗丽达在树木间晒被单被怀疑为给德国通情报暗号，而遭警察入室盘查，这些有辱人格的事，劳伦斯在后来旅居澳大利亚创作的《袋鼠》中第十二章"噩梦"，用一章很长的篇幅痛斥这些警察走狗们的恶劣行为。由于劳伦斯夫妇的特立独行，更由于英国统治者的无耻与无能，劳伦斯 1917 年 10 月最终因间谍嫌疑而被逐出康沃尔，这在 1917 年 10 月 29 日他致蒙塔古·希尔曼的信里写得很清楚："两星期前的一天，警察突然来到了我在康沃尔的住处，搜查了我们的屋子，并通知我们在三天之内必须离开康沃尔地区，不准进入任何禁区，同时要把我们的行动情况随时向警察当局报告。"②

第二节 他乡寻梦——旅行、流浪、漂泊

现在我已到不惑之年，在过去将近二十年中多多少少是个流浪者，如此一来，我或许在故乡比在世上任何其它地方更觉得陌生。③

这就是我，四十二岁，健康状况很差，还有个妻子，她决不是

---

① ［美］哈里·莫尔编：《劳伦斯书信选》，刘宪之、乔长森译，北方文艺出版社 1994 年版，第 325 页。

② 同上书，第 348 页。

③ ［英］D. H. 劳伦斯：《劳伦斯散文》，黑马译，人民文学出版社 2008 年版，第 35 页。

有耐心的人……一个漂泊者，健康不佳，钱也不多。①

这是劳伦斯自第一次世界大战结束离开英国后，两次在文章中谈到自己状况的。第一篇是 1926 年 9 月中旬，劳伦斯从南欧回到英国中原老家，回去后写了篇散文《还乡》。第二篇是 1928 年 6 月劳伦斯向一个可能来访的美国熟人描绘自己。

一 旅居欧洲大陆

也许是命中注定，劳伦斯要终生为寻找理想社会和生活方式而远离故乡，远离他的故园和祖国，从 1912 年的春天开始浪迹天涯，为心中的那个梦想离开英国。正如诺丁汉大学劳伦斯专家约翰·沃森在其专著《劳伦斯：局外人的一生》中所说的，劳伦斯的生活“由一系列的逃离（escapes）”组成，逃离闭塞和窒息的感觉。当代旅行文学专家保罗·福塞尔（Paul Fussell）指出：“对他（劳伦斯）来说，正如大多数工业时代的旅行家一样，旅行既是一种逃避也是一种追寻。在他那里，是逃避一个他讨厌的谨慎和情感退化的英国，是追寻任何一个活生生的、充满力量的、不自私的地方。”②

1912 年 3 月，劳伦斯为了到德国能找到一份在大学里任教的工作，去找他的诺丁汉大学语言学老师威克利教授，恩斯特·威克利（1865—1954），一位杰出的英语词源学家，诺丁汉大学法语教授，曾出版过《词的罗曼史》（1912）等著作。1899 年，他跟比自己小 14 岁的德国男爵女儿弗丽达·里希特霍芬（1879—1956）结婚，共生三个孩子，两女一男。结果劳伦斯与教授夫人弗丽达一见钟情，与比他年长六岁的已有三个孩子的弗丽达一起离开英国，怀揣着仅有的 11 镑钱，带着《儿子与情人》的手稿奔赴欧洲大陆，开始了流浪的生活。

（一）私奔德国伊萨河

伊萨河是德国著名河流多瑙河的一条支流，“它发源于阿尔卑斯山

---

① ［英］约翰·沃森：《劳伦斯：局外人的一生》，石磊译，上海书店出版社 2012 年版，第 394 页。

② Paul Fussell, *The Norton Book of Travel*, New York & London: W. W. Norton & Company, 1987.

麓，澄澈晶莹，湍急浩荡，一路奔腾，汇入多瑙河。其整个流域被称为伊萨河谷。伊萨河谷地风光奇崛旖旎，牧场山林起伏错落，大小湖泊点缀其间，古堡和教堂塔尖与雪山交相辉映。"①

1912 年 5 月，劳伦斯与弗丽达原计划先到德国麦兹，参加庆祝弗丽达父亲服役 50 周年的活动，无奈劳伦斯不被弗丽达家人接受。劳伦斯只得暂居德国西部城市特里尔的莱茵旅店，数日后劳伦斯与弗丽达只好私奔到德国南部伊萨尔谷。从此开始了他一生的流浪生涯，边走边写，留下无数小说和诗歌。

此时已经是 1912 年 5 月底春夏之交的阿尔卑斯山北麓，风光正好。劳伦斯似乎在这里才真正初尝爱情的甜蜜，劳伦斯在 1912 年 6 月 2 日致霍普金夫人的信中如此写道：

> 上个星期五，我从莱茵兰来到了慕尼黑，在那里和弗丽达相会。她一直和她姐姐住在伊萨尔谷附近的一个乡村里，我们在慕尼黑住了一晚，然后来到博伊尔贝格，在那儿逗留了八天。博伊尔贝格离慕尼黑大约四十公里，位于伊萨尔谷的上方，靠近阿尔卑斯山脉，它属于巴伐利亚的蒂罗尔。我们住在盖斯特豪斯。早上，我们常常坐在茂密的七叶树下共进早餐，红色和白色的花瓣从树上飘洒在我们身上。这花园建造在一条河坝上，俯瞰着河面，河上时常有木筏漂过。这条河的名字叫鲁萨卡，河水呈浅绿色，因为它发源于冰川。河水冷得出奇，水流湍急。周围来往的行人都是些非常奇怪的巴伐利亚人。走过一个小酒店，穿过一片浓郁的七叶树丛，在我们的眼前出现了一座教堂和一座女修道院。教堂和修道院都很宁静，全都刷成白色，只是教堂象伊斯兰寺院式的尖塔上戴着一顶黑帽子。每天，我们俩都要在室外逗留很长、很长的时间，这山区里有这么多的鲜花会使你欣喜若狂。
>
> 在河边，有一簇簇金莲花，我们叫作矢车菊——它们就象一片浅黄色的泡沫，紧挨着的是报春花，它有点象紫红色的立金花。沼泽地中长着一些奇怪的、淡紫色的紫罗兰，附近又是一片兰花和一

---

① 黑马：《名家故居仰止》，湖北人民出版社 2005 年版，第 61 页。

簇簇紊乱的、深紫色的吊钟柳，它们象飞燕草那样生长得非常茂盛，苜蓿在森林中显露出粉色红妆，山谷中还开满了百合花——啊，花儿啊，满山遍野都开放着美丽的花朵。一天，我们去了一个奇特的、由农夫自己创办的老式的游乐场，它在奥伯拉梅尔高的一个乡村。又一天，我们登上了高山，在山上我们坐了下来，弗丽达把她的几只戒指从手指上脱了下来，套在我们的脚趾上，然后我们把脚伸进浅绿色的湖水中，看看戒指会变成什么样子。以后我们去了沃尔夫拉茨豪森（在慕尼黑西南部），在那里，她姐姐有一幢房子，这是一座建造在小山上的农舍式的房子，它高高地凌驾在白色的村庄上。

现在，弗丽达和我单独地住在韦伯教授的一套房子里，这是教授别墅的最高一层——但相当小——只有四个房间和一间厨房。不过有一座阳台，我们可以在阳台上休息、吃饭、写作。阳台下面是一条小路，牛车常从这儿慢慢地经过；路的对面，村妇们在麦田里忙碌着；浅玉绿色的河水从森林和平原中穿过流向远方；连续不断的山脉一望无际，山顶的积雪闪烁着耀眼的光辉。

……我们俩依偎在窗口，向外眺望，只见远处的山峦仿佛被一片巨大的黑云笼罩着，离我们距离最近的那些山脉处于一种云状物蓝黑色的山屏包围之中。透过这道山屏，我们可以看见一片美妙无比的金黄色的空间，看到那连亘不断的山峦和山顶的积雪所闪耀着的浅黄色光芒。再往远处，再往远处看去——看到的只是那积雪发出的闪闪光芒，这时雷声从远处滚滚而来，接着下起了大雨。

我强烈地爱着弗丽达，但我不想谈这种爱。在这以前，我从不知道爱情是怎么一回事。她叫我写信给你。我希望你能和她永远成为朋友，也许有时她——也许我们——会需要你的帮助，你一定会友好地对待我们，是吗？

世界这样的奇妙、美好，人们无法想象它是多么美丽。在没有经历之前，人们永远、永远、永远不能想象出爱情是怎么回事。生活是伟大的——极其神圣的。它可能是这个样子。感谢上帝，我已经得到了证实。

　　你可以把信寄到这儿来。我们一个星期的蜜月已圆满结束了。
上帝啊，这是多么甜蜜！但这件事——我还能更喜欢这样的生活
吗！我非常喜欢这样的日子。①

　　劳伦斯和弗丽达在这个明丽恬淡的小山村里度过了他远离亲朋的一
周"蜜月"，这良辰美景其实并不是他们生活的全部。他们开始争吵，
像一对夫妻那样为家庭琐事激烈争吵。劳伦斯在这里写了怀念母亲的诗
歌，字字句句流露着对多年相濡以沫的母亲的眷恋。而弗丽达也正为了
劳伦斯而抛下了三个可人的孩子，对孩子的思念常使她夜不能寐、寝食
难安。

　　他们在布尔堡度过了激情燃烧的一周，然后北上到不远处的伊金小
村住下，住的是阿·韦伯教授的房子，看在艾尔丝的面子上，韦伯教授
分文不收房费。

　　劳伦斯一刻也没有停止自己的创作，除了修改《儿子与情人》，他
还写了大量的诗歌，后来结集为《看，我们闯过难关！》（或《瞧，我
们闯过来了！》）。这些诗歌大多是劳伦斯表现他们结合后的爱情生活
的，表达了劳伦斯解除了禁忌，初尝色果的狂喜与欣然。不少诗句赤裸
裸地记录下了他们的私密生活。

　　8月的一天清晨，阿·韦伯教授突然出现在房门外，他需要住进
来。于是劳伦斯和弗丽达不无遗憾地离开伊金，他们选择了南下意大
利，可能那里生活费用低廉。

　　（二）旅居有"太阳之子"之称的意大利

　　意大利（Italy ／ Ttalia）是欧洲南部国家。西北与法国为邻，北接
瑞士和奥地利，东北与南斯拉夫接壤。圣马力诺和梵蒂冈镶嵌其间。东
濒亚得里亚海，南临地中海和伊奥尼亚海，西有利古里亚海和第勒尼安
海。面积30.1万平方公里。首都为罗马。意大利国土形似靴子。大部
分地区具有年轻的地质基础、多山的地形、亚热带夏干气候、地中海型
植被和土壤等自然地理特征。意大利以山地丘陵为主，山地和丘陵各占

----

　　① ［美］哈里·莫尔编：《劳伦斯书信选》，刘先之、乔长森译，北方文艺出版社1994
年版，第34—36页。

国土面积的 35% 和 42%，平原只占 23%。依据不同的地形特征，全国可分为阿尔卑斯山地、波河平原、亚平宁山脉等 3 个主要地形区。[①]

"1912 年 8 月中旬，我们愉快地出发了。那时候我们对意大利一无所知，对我们两人来说这都是一次伟大的冒险。"[②] 病弱的劳伦斯和弗丽达步行出发，翻山越岭，沿着伊萨尔谷的绿地行走，意大利充满魅力、阳光和浪漫情调。一路上经过许多耶稣受难像和可爱的小教堂，翻越阿尔卑斯山南下意大利，他们硬是顶风冒雪翻过了山。他们一路上忍饥寒、睡柴垛，筚路蓝缕，栉风沐雨。好在下了山又进入了温和的夏天，他们身上只有区区 23 英镑的盘缠。花了 6 个星期时间，他们到了特兰托。一路走，劳伦斯还要记一路上的见闻，将奥地利和意大利的乡土民风写成游记发表，这些游记后来结集出版，书名为《意大利的薄暮》。

最后来到了阿尔卑斯山的南麓意大利的嘎达湖，嘎达湖即加尔达湖，是意大利最大的湖泊，劳伦斯乘船来到小镇嘎格尼亚诺。这里毕竟是热闹的市镇，房价还是令他阮囊羞涩。于是他们再继续向南行，在二里地外的小村威拉找到了一处名为 Igea 的私人别墅住了下来。"劳伦斯第一次有了一个他自己的地方。这是一幢大别墅的二楼，几扇窗户俯瞰着湖泊，公路在窗下蜿蜒，屋子对面的波尔多山沐浴在玫瑰色的晚霞中。正如劳伦斯在他的一首诗里所写的——'在湖的上方绿色的天狼星淌着口涎'。"[③]

劳伦斯租下这座别墅的第二层。他们身上的钱够几个月的房租了。他在书中写到自己经常躺在床上观湖景，看太阳从湖面上升起。这对私奔的穷恋人总算在几个月颠沛流离之后歇息了下来，得以凭窗品味美丽的嘎达湖景色了。只有在这时，劳伦斯才能够安心修改他写了几年的自传体长篇小说《保罗·莫雷尔》。

Igea 别墅是由两座三层黄色的小楼拼成一个"丁"字形，楼下是

---

① 中国大百科全书总编辑委员会编：《中国大百科全书·世界地理》，中国大百科全书出版社 2002 年版，第 711 页。

② ［英］吉西·钱伯斯、弗丽达·劳伦斯：《一份私人档案：劳伦斯与两个女人》，叶兴国、张健译，上海知识出版社 1991 年版，第 218 页。

③ 同上书，第 224 页。

花园，在那个小村里算得上一座大别墅了。劳伦斯对这个地方很满意，甚至感到住在这里很浪漫：屋前水光潋滟，屋后的山上层层葡萄园、橄榄园和柠檬园，树丛中掩映的"鹰的教堂"不时发出清脆的钟声。

意大利人散漫自在地过着农耕生活，不为外界的工业文明所焦虑。这里的人和景令劳伦斯诧异，亦感到一种乡恋的认同。在 1912 年 7 月 22 日致爱德华·加尼特的信中，劳伦斯说道：

> 在这个充满野性的小地方，弗丽达和我都变野了。我厌恶英国的思想，厌恶它的衰败以及模糊、恼人的现代化。我不想回到城市和现代文明中去。我想过淡泊的生活，想自由自在地生存。我不想受到束缚。我可以过粗茶淡饭的日子。只要有可能，我就不让弗丽达离开我。我感到自己有了一个伴侣，要竭尽全力把她留在身边。她说我是在复古，但事实并非如此——我只是显示出了本来的自身。应该说，我是对的，我理应永远做一个普通人。①

在 1912 年 10 月 6 日致劳伦斯克罗伊登戴维森路中学同事 A. W. 麦克劳德的信中写道：

> 我痛恨英国，痛恨它的毫无希望……山上的葡萄藤有的黄，有的红；无花果树火一般的红。现在我在意大利，怎么也不想去英国住了。因为它使我感到受到了玷污……即使一个人贫穷，冒着失去生计和荣誉的危险，那又有什么关系？只要他能得到必要的东西，可以维持生命，得到爱情和纯洁的温暖。英国为什么那样不景气呢？这里的意大利人都唱歌。他们都很贫穷，买两个便士的奶油和一个便士的干酪，可是他们都很健康。他们象国王一样悠闲地聚集在小广场上——这是他们停泊船只和补鱼网的地方。他们自豪地从我的窗口走过，看起来并不急急匆匆，也没有什么烦恼。女人们目不斜视地朝前走着，看上去很端庄。男人们都喜欢孩子——尽管他

_____

① ［美］哈里·莫尔编：《劳伦斯书信选》，刘先之、乔长森译，北方文艺出版社 1994 年版，第 39—40 页。

们贫穷，但有了孩子却非常高兴。我相信他们并没有许多思想，但是他们看上去无忧无虑，身体健康。①

这是一个月色非常迷人的夜晚，茫茫的大雪使群山银装素裹。我今天到远处的山上去了一趟，采集了一把又一把圣诞野玫瑰。这儿是世界上最美丽的乡村之一，你应该来这儿，无论是洒满阳光的深蓝色湖面，还是微红色的山脚，以及皑皑白雪，都美极了。②

到目前为止，我和弗丽达已在这儿呆了三个月，两人单独住在一大套房间里。我希望你能来，当报春花和紫罗兰开放的时候……在这里你将可以看到月亮从银装素裹的山峦中升起，然后穿过湖面；在山坳里和橄榄园中你可以采集到许多圣诞玫瑰。③

这儿阳光明媚，风和日丽。弗丽达跟几个德国人到湖里去划船了。④

他给朋友们写信说，他在这里恨透了工业的英格兰，恨透了黑乎乎的英国中部矿区，那里是非人的景象。嘎达湖的生活则属于纯净的过去。还有，他认为这里的人和景致都是那么自然淳朴，毫无瑞士的那种"旅游气"（touristy）。为此，劳伦斯深深地爱上了这湖边的小村落。⑤

他特别注意到了这里的意大利人的行为方式和情感表达方式，看到意大利人表达爱的方式是那么自然，他深深地受到了触动。英国人太拘谨，太清教，毫无血性，简直要变成行尸走肉了。而这里的意大利人是那么自然，肉感，温情脉脉。在此劳伦斯得出结论：意大利人不要太多的理念，他们只要自然地回应自身的呼唤。他们是肉感的、血性的人，这与工业文明下的英国人形成了巨大的反差。⑥

---

① ［美］哈里·莫尔编：《劳伦斯书信选》，刘先之、乔长森译，北方文艺出版社1994年版，第43页。

② 同上书，第55页。

③ 同上书，第57页。

④ 同上书，第77页。

⑤ 黑马：《名家故居仰止》，湖北人民出版社2005年版，第75页。

⑥ 同上书，第76页。

　　抛开那些尘世的预言不说，仅从生活直感上讲，威拉这个小渔村里人们的生活情景的确让他联想到了故乡矿村朴实的工人们，想到了那些朴素但充满温暖的矿工之家——劳伦斯的家缺少的正是这种朴实与温暖。他开始认为家庭关系的不睦，母亲是有责任的，母亲代表的是文明英国理性冷酷的一面，而父亲代表的是前工业化英国的自然朴实与血性的一面。母亲的理性过于压迫父亲的血性，造成了家庭关系的失调，致使子女们从来就没有享受过家庭的温暖。① 正如弗丽达在回忆录里所写的："他说：'假如我母亲还活着我就不会爱你，她不会让我离开她。'不过我认为他挣脱了母爱的羁绊；只是，这种严厉和过于强烈的母爱损害了那个男孩，他太弱了，承受不了这种强烈的情感。在后来的几年里，他说：假如现在写，我就会写一部不同的《儿子与情人》；我母亲错了，我还以为她绝对正确。"②

　　某种程度上对意大利的偏爱甚至是"误读"使劳伦斯变得"脱英国化"了（unEnglished）。这种触景生情的误读则成全了劳伦斯的小说：他对里面父亲的形象做出了重大的修改。那个矿工父亲不再是初稿中可恨的暴君形象，变得更像个常人甚至更可爱了，连他的粗粗拉拉中都透着某种温情。至少劳伦斯此时不再偏执，开始比较公正地对待父亲的形象了。③

　　意大利的情境对劳伦斯的感观和创作起着关键的纠偏作用，这是连劳伦斯自己都不曾想到的，他为自身情感流溢的变化感到兴奋不已，不断地给朋友们写信表达自己这种新的兴奋点。在 1913 年 1 月 17 日致厄内斯特·柯林斯的信中劳伦斯提出：

　　　　我的伟大宗教就是相信血和肉比智力更聪明。我们的头脑所想的可能有错，但我们的血所感觉的、所相信的、所说的永远是真实的。智力仅是一点点，是束缚人的缰绳。我所关心的是感知。我全部的需要就是直接回答我的血液，而不需要思想、道德等的无聊干

　　① 黑马：《名家故居仰止》，湖北人民出版社 2005 年版，第 76—77 页。
　　② ［英］吉西·钱伯斯、弗丽达·劳伦斯：《一份私人档案：劳伦斯与两个女人》，叶兴国、张健译，上海知识出版社 1991 年版，第 224—226 页。
　　③ 黑马：《名家故居仰止》，湖北人民出版社 2005 年版，第 77 页。

预。我设想，一个人的躯体就象是一种火焰，就象蜡烛的火焰那样永远站立着、燃烧着，而智力仅仅是照射在周围各种东西上的光。我所关心的不是周围的各种东西——那是真正的思想，而是关心永远燃烧着的神秘的火焰；天晓得神秘的火焰到底来自何处，但它的确存在着，不论它的周围有什么东西，它都能照亮。我们这些人爱动脑筋到了可笑的地步，结果却永远不知道我们自身是什么东西——我们所考虑的仅仅是我们照亮的物件。可怜的火焰一直在那儿燃烧着，产生了光，但它本身却被忽视了，我们不应该去追逐周围那些易消失的、半被照亮了的东西，而应该看看我们自身，然后说道："我的上帝呀，我原来是这样！"这就是我住在意大利的原因。这儿的人都是无意识的，他们只知道感觉和需要，其它一切不知。而我们却知道得太多了。不，我们仅仅是自以为知道许多。一支火焰因为它照亮了桌子上的两个或二十个物件，就不是火焰了？不，火焰毕竟是火焰，因为它自身存在着。我们已忘记了我们自身。①

劳伦斯在这里第一次提出"血的感知"（blood - knowledge），以后他又提出过"血的亲近"（ blood - intimacy）和"血的意识"（blood - consciousness），这一些对理解和研究劳伦斯都是十分重要的。②

在这个时候他发表了自己著名的宣言："我最大的信仰是相信血性和肉体比理智更聪慧。"这种信仰体现在创作上就是他开始重构小说中父亲的形象，实际上他的感觉上也开始重新体悟自己的父亲。③

正如黑马先生所言："如此看来，意大利的山村真像是一尊酿酒的酵缸，注入了纯净甘洌的嘎达湖水，将劳伦斯带来的英国原料在此发酵酿制成醇厚的美酒。有了这最初的佳酿，劳伦斯的生活和创作几乎就与意大利难解难分了，意大利的酒曲和泉水不断地酿制着他的英国酒。详细考察这种酿制的过程并分析其中的意大利成分肯定是件十分迷人的工

---

① ［美］哈里·莫尔编：《劳伦斯书信选》，刘先之、乔长森译，北方文艺出版社 1994 年版，第 63—64 页。

② 同上书，第 65 页注释⑦。

③ 黑马：《名家故居仰止》，湖北人民出版社 2005 年版，第 77 页。

作，比如考察 Igea 别墅期间的生活对他写作潜移默化的渗透；卡普里岛、斯佩西亚海湾、西西里岛、撒丁岛和佛罗伦萨乡下的不同境遇对劳伦斯的影响如何决定了某部作品的主调等。"①

意大利那种自由、感性与异教的生活方式，正是劳伦斯所要追寻的，对意大利的想象也逐渐成为小说创作的重要组成部分。自 1912 年劳伦斯首次踏上了有"太阳之子"之称的意大利，从此他在这里度过了他以后岁月的三分之一的时间。在劳伦斯的生命历程中，意大利扮演了非常重要的角色。劳伦斯短暂的一生中有三个重要的时间段是在意大利度过的。第一次就是前面我所述的，1912 年 8 月—1914 年 6 月，在此期间，劳伦斯修改完毕了长篇小说《儿子与情人》，开始《虹》和《恋爱中的女人》的写作，创作了意大利游记《意大利的黄昏》。

第一次世界大战结束后，劳伦斯离开了他苦苦爱着的英国，形单影只，只觉得万般情感无以言表。再次来到他生命之系的意大利。1919 年 2 月—1921 年 12 月底，劳伦斯第二次旅居意大利期间，完成了长篇小说《误入歧途的女人》、《阿伦的杖杆》及意大利游记《大海与撒丁岛》等作品。1925 年 9 月劳伦斯从美国返回欧洲，只在英国稍作停留，便再次来到意大利。1925 年 11 月—1928 年 5 月，劳伦斯第三次侨居意大利，他在给朋友的信中兴奋地说："我以为生活在意大利要比美国更适合于我，我感到更舒畅，更踏实"，"再次回到意大利使我感到欢悦"②，"意大利依然如故，我仍喜欢它，这是个适于居住的好地方"③。创作了长篇小说《查泰莱夫人的情人》和《伊特鲁利亚人的灵魂》等作品，还有不少中短篇小说。他的三部意大利游记分别书写了意大利北部、南部和中部的自然风景和民族历史文化。意大利远古时代的异教历史和单纯、朴实的人民也让他心驰神往，他深信，远古文化，古老的异教仍然活在意大利这片土地上。

1921 年劳伦斯收到美国新墨西哥州一位女士的信，邀请劳伦斯到

---

① 黑马：《名家故居仰止》，湖北人民出版社 2005 年版，第 79—80 页。

② ［美］哈里·莫尔编：《劳伦斯书信选》，刘先之、乔长森译，北方文艺出版社 1994 年版，第 522—525 页。

③ 同上书，第 529 页。

美国去，她那边有个农场，可以实现劳伦斯的理想，并且希望劳伦斯能为陶斯这个地方写下如《大海与撒丁岛》那样不朽的佳作。劳伦斯本来对美国这块大陆就比较感兴趣，在大战期间就为要去美国做了许多准备工作，这下，时机成熟，他便计划赴美国。但计划还没实施，劳伦斯临时决定改变旅行计划，先到亚洲的锡兰、澳大利亚看看，于是于1922年2月离开了意大利。

二 旅居锡兰与澳大利亚

劳伦斯的一个朋友 E. H. 布鲁斯特（1878—1957），美国画家，研究东方哲学的学者，1921年在意大利的卡普里和劳伦斯相识，两人从此成为终生朋友。劳伦斯的这个朋友于1921年秋天和他的妻子、孩子从陶尔米纳去了锡兰的康提。他在那儿租了一间宽敞、摇摇欲坠的旧平房，在佛寺里研究巴里语和佛教。他来信邀请劳伦斯去那里。使劳伦斯突然改变了去美国的主意，决定去锡兰，即现在的斯里兰卡（Sri Lanka）。

在这里，有必要对锡兰这个国家地理、气候、历史做个简要的介绍，并对锡兰和斯里兰卡两者之间的关系做简单交代。

斯里兰卡，旧称锡兰，印度洋岛国。位于南亚大陆南端东侧印度洋上，隔仅宽29公里的保克海峡与印度半岛相望。为印度洋北部东西航路要冲。岛呈梨形，南北最长435公里，东西最宽224公里，面积65610平方公里，首都为科伦坡。锡兰地形以平原为主，约占全国面积的80%。地势中南部高，周围低。中南部是一个三角形的中央高地，山丛拥立，最高峰皮杜鲁塔拉勒山海拔2524米。著名的亚当峰海拔2243米，呈金字塔形，为佛教、印度教、伊斯兰教圣地。高地向四周下降，形成周边的高原、盆地和陡崖。大部属热带季风气候，仅西南一隅为赤道多雨气候。全境森林覆盖率达37%。动物以大象最著名，可驯养作耕地、运木和庆祝节日之用，已列为保护动物。锡兰是历史悠久的文明古国，早在公元前即有维达人居住，后僧伽罗人移入，兴修水利，灌溉农田，发展生产。1972年前，西方人称之为锡兰，源自梵文意即僧伽罗人之岛。中国晋代高僧法显曾于公元410年从印度到达该岛，称为狮子国。7世纪起阿拉伯人曾来此贸易。15世纪中国明代航海家郑和曾5次到达。1505年葡萄牙殖民者开始入侵，沿海地带先后沦为葡、荷殖民地，岛中央的康堤王国，仍保持独立，1815 年沦为英国殖民地，同时引进茶叶和橡胶，开辟种植园。1948 年 2 月 4 日取得独立，成为锡兰自治领，1972 年宣布成立斯里兰卡共和国，1978 年改称为斯里兰卡民主社会主义共和国[①]。

1922 年 2 月 26 日，劳伦斯离开西西里岛，乘船，在海上度过了十天，在埃及的塞得港，上岸浏览了当地风光，接着，船驶进苏伊士运河，之后航船行驶在阿拉伯海，劳伦斯在 1922 年 3 月 8 日致罗莎琳德·波帕姆夫人的信中说：

> 我非常喜爱这迷人的景色。此时，我们的航船正在阿拉伯海中行驶着，预计在下星期一的早晨能够到达科伦坡，整个航程大约需要十五天的时间。
>
> 在海上生活是很奇怪的——有一种暂时和整个大陆完全断绝联系的感觉。这时，一个人感到自己象一只海鸟那样。根据我的看法，人们来到红海以东后，再也不会有那种在英国——在整个欧洲——甚至在美国所忍受的紧张和压力。我感到高兴的是我离开了那儿，但我不知道怎样才能保证获得正常生活所需的经济来源。[②]

航行两个星期，在船上翻译维加的小说《堂·杰苏阿多师傅》。船在科伦坡靠岸时他就完成了这部小说的翻译。劳伦斯来到了锡兰的康提，但由于天气太热，"我相信在锡兰我一行字也不会写，至少在这个炎热的地方"[③]。加上鸟兽可怕的嘈杂声，他不太适应当地的气候，劳伦斯身体不好，脾气也不好，热带地方不适合他，在锡兰只待了六个星期，也没有写出什么好的作品。尽管劳伦斯曾告诉过出版商

---

①　中国大百科全书总编辑委员会编：《中国大百科全书·世界地理》，中国大百科全书出版社 2002 年版，第 572—574 页。

②　[美]哈里·莫尔编：《劳伦斯书信选》，刘先之、乔长森译，北方文艺出版社 1994 年版，第 459—460 页。

③　[英]约翰·沃森：《劳伦斯：局外人的一生》，石磊译，上海书店出版社 2012 年版，第 273 页。

他希望写一本"锡兰小说",但在锡兰的时间里,劳伦斯只写了首《大象》的诗歌及翻译维加的《乡村骑士故事集》。

渴望去澳大利亚,便坐船去澳大利亚,航行经过"浩瀚的波浪滔滔的蓝色海洋,飞鱼如长翅的水花跃出海涛"[1],于 1922 年 5 月 4 日在西澳大利亚的珀斯上岸。

澳大利亚(Australia)是大洋洲最大的国家。北临帝汶海和阿拉弗拉海,西、南临印度洋,东濒珊瑚海和塔斯曼海。领土包括澳大利亚大陆和塔斯马尼亚岛等周围岛屿。东西距离约 4000 公里,南北约 3860 公里(包括塔斯马尼亚岛)。面积 768.2 平方公里,居世界第六位。全国划分为 6 个州和 2 个地区。首都堪培拉。澳大利亚全境平均海拔 300 米,87% 的面积低于 500 米,海拔 1000 米以上的山地面积不到 1%,为地表起伏最和缓的大陆。自西向东明显可分为三大地形区:西部高原、中部平原、东部山地。澳大利亚海岸线总长 36735 公里(包括大陆和塔斯马尼亚岛)。澳大利亚领土的三分之一位于南回归线以北,属热带气候,余属副热带和温带气候。欧洲人到来之前,早就有土著居民散居沿海和内陆自然条件较好地区,17 世纪开始有西班牙人、荷兰人、英国人等先后在部分海岸外航行。1770 年英国人到达悉尼附近的植物学湾,又北航通过托雷斯海峡,并声称澳大陆东部海岸已由英国占领。1901 年各殖民区改称为州,组成澳大利亚联邦,成为英国的自治领。1931 年成为英联邦内的独立国家。第二次世界大战以前,澳大利亚曾长期被称为"骑在羊背上的国家"。除农牧业和农畜产品加工工业外,其他经济部门都较落后。森林面积 4080 万公顷,约占国土面积的 5%,其中 99% 是天然林,绝大部分是桉树。[2]

来澳大利亚不久,1922 年 5 月 15 日,劳伦斯在澳大利亚西部达灵顿给他的岳母写了一封信。

---

[1] [英]约翰·沃森:《劳伦斯:局外人的一生》,石磊译,上海书店出版社 2012 年版,第 276 页。

[2] 中国大百科全书总编辑委员会编:《中国大百科全书·世界地理》,中国大百科全书出版社 2002 年版,第 48—51 页。

亲爱的岳母：

新型的希伯来人注定要继续漂泊。弗丽达很失望。她原指望在这里发现一个土地辽阔，人民幸福的新英国或新德国。

土地就在这里，天高云淡，空气清新，馥郁，好像还没有人呼吸过似的。这个国家辽阔空旷，还没人居住。未开垦的土地灰沉沉的，无边无际。没有声音——静悄悄的——胶树白色的树干，都有点烧焦了：一片树林和幼林，不是一个丛林。这是一种类似于梦的东西，一个还没有见过白昼的黎明前的树林。几百年以后这里才能生活，500 年以后才会诞生的陌生的未知的灵魂生活在这片土地上。这是一种阴沉奇异的精灵，这里的人们实际上并没有在这里：他们象鸭子一样仅仅在湖面上游动。但是这个国家具有一个第四度空间，白人象幽灵一样在它的表面漂浮。他们并不是新人：他们相当紧张，相当神经质，他们睡不好觉，似乎他们一直觉得魔鬼就在身边。我认为一个新国家就象一杯烈酒，一个即将出现的民族的灵魂就象一颗珍珠一样浸泡在里面，一直到这个灵魂溶化或融解。但是这是愚蠢的。

星期三我们将乘"玛尔瓦号"邮轮去阿德莱德、墨尔本和悉尼。我们将在阿德莱德停留一天，在墨尔本住一宿，于 27 日抵达悉尼：从弗里曼特尔出发历时 9 天。旅途将很有趣。我们有科伦坡至悉尼的船票。继续到更遥远的地方使我高兴。我想我们可以从悉尼出发去旧金山，在塔希提岛住几个星期。世界那么圆。

噢，岳母，必须这样！浪迹天涯是我的命运。但是地球是圆的：我们还将回到巴登。

祝您健康。①

澳大利亚气候正是劳伦斯到过锡兰之后所向往的。天高气爽，蔚蓝清新，似乎不曾有人呼吸过，没有丝毫压抑感，西澳大利亚对劳伦

---

① ［英］吉西·钱伯斯、弗丽达·劳伦斯：《一份私人档案：劳伦斯与两个女人》，叶兴国、张健译，上海知识出版社 1991 年版，第 286—287 页。

斯最有意义的是在达灵顿附近看到树丛，让他既迷恋又恐慌："古老苍茫，万籁俱寂，胶树白色的树干都有一点烧焦了……有几分如梦境，如同尚未见到白昼的晨昏时的树林。"寂静与锡兰令人窒息的森林形成再明显不过的对比了。通过詹金斯太太，劳伦斯在西澳大利亚接触最多的是护士、小说家莫莉·斯金纳，她住得不远。莫莉认为劳伦斯很虚弱，嘴唇绯红，在他那本来是苍白的脸颊上泛起肺病患者的潮红。但她对劳伦斯建议写熟悉的事印象很深，从而导致她写出了一本书，第二年，劳伦斯将这本书变成了他们合著的小说《林中青年》。劳伦斯在其中创作了杰克·格兰特在丛林中迷路，几乎丧命的情节。

劳伦斯夫妇居住在达灵顿山间一座精致、当年是一家宾馆的木宅里，这里莽莽群山，云岚出岫。"劳伦斯夫妇在这里逗留了半个月光景，作为著名的英国作家，受到了当时文化不算发达的西澳读者和文化界空前隆重的欢迎，慕名前来拜访讨教的本地作者川流不息，各种茶会和饭局不断。弗丽达后来说，劳伦斯在西澳的日子是有生以来最愉快的，他的心情从来没有如此阳光灿烂过，就像西澳美丽的天气。"①

但劳伦斯并没有沉溺于这些世俗的崇拜和迎来送往中，一个作家的使命感让他感到这西澳的丛林峻岭值得他探索，催生着他的一部作品。可是，无论是珀斯还是达灵顿都没有提供劳伦斯夫妇正在寻找的过安定生活的机会。手中的船票把他们带到了悉尼。

在西澳待了半个月之后，5 月 18 日，他们离开那里去新南威尔士试试运气。劳伦斯夫妇乘船从西海岸往南航行来到了悉尼，悉尼物价消费太贵，他们只得选择了离悉尼 40 英里的一个海边衰落的度假小村瑟罗尔住下（见图 14、图 15）。住进了那里的一所房子："非常令人满意的一栋平房，太平洋就在屋外花园"，"我们坐在桌旁，浪花似乎就在我们脚下奔腾"。他们谁也不认识，"一千英里之内没有一个认识我们的人"，邻居没有盘问他们，劳伦斯大为宽慰。

---

①　黑马：《名家故居仰止》，湖北人民出版社 2005 年版，第 91 页。

图14　悉尼海边小镇（廖杰锋提供）　图15　劳伦斯悉尼创作纪念地（廖杰锋提供）

　　劳伦斯来到悉尼不久就挥笔写下了一部以澳洲为背景的长篇小说《袋鼠》。那《袋鼠》中有关澳洲灌木林的描写极有可能就来自劳伦斯对达灵顿这片荆棘丛生、令人回肠荡气的山林的感应吧。

　　我们还是以劳伦斯的书信来看他对澳大利亚的地理感受吧。

　　1922年5月28日，劳伦斯在澳大利亚新南威尔士的一个小镇瑟罗尔给其岳母的信大致介绍了这里的情况。

　　　　亲爱的岳母：

　　　　……

　　　　不管怎么说，我们在此安然无恙。悉尼是一个相当不错的城市，它一半象伦敦，一半象美国。悉尼港好极了，在两个峭壁之间有一条狭窄的入口，驶过这条水道就是一个小海，有许多港湾。渡轮鱼贯地行驶在蓝色的海面上，数以千计的人总是在旅行。

　　　　但是悉尼的生活费用昂贵，所以我们下乡了。我们住在悉尼以南50公里的海边。我们租到了一小小屋，它在一个低崖的边缘，就在太平洋边上。弗丽达说，Der grosse oder stille Ozean（德语：浩瀚而又平静的海洋）。但是它一点也不平静。巨浪拍打着海崖，发出巨大的轰鸣声，太平洋离我们那么近。屋前就是一个长着青草的院子，再往前就是低崖，低崖后面就是万顷波涛，当我们坐在桌前时，朝海岸涌来的巨浪好象要冲到我们脚下似的。这里现在是冬天，但天气不冷。不过今天天空阴沉沉的，它使我想起了康沃尔。

我们用煤燃着一堆火，感到很舒服。在澳大利亚事情并不铺张。生活在这里并不费很多钱，食物很便宜。精肉只有五六个便士一磅。

但是这儿是一个奇异、阴郁和悲哀的国度，那么空旷，就好象永远也住不满似的。未开垦的土地无边无际，显得凄凉，空虚。到处都给人这种感觉。然而，悉尼是一个现代大城市。

我并不很喜欢这个国家，那么原始，那么粗糙。人们的感情那么粗糙，他们只想在诸如电灯和有轨电车之类的"便利设施"上赶潮流。拥有大商店的那些人是这里的贵族，除此以外人们对任何事都不抱敬意。劳工对现实很不满，总是扬言举行更多的罢工，实行更多的社会主义。

我将打电报到美国催款，7月份将乘船横渡太平洋去旧金山，取道惠灵顿，新西兰，拉拉汤加，塔希提岛，以及火奴鲁鲁，然后到达陶斯。这是一条回家的路，回归。明年春天，我们将来德国。我已经有点思乡了，想欧洲了：想西西里，英国和德国了。①

劳伦斯在收到岳母的信后，于1922年6月9日在瑟罗尔又给岳母写了封信：

……从你的信中可以看出你有点生气。是为我们朝更远的地方漂泊生气吗？是我们两个漂泊四方的希伯来人使你生气吗？我重申，地球是圆的，它将把浪迹天涯的游子重新带回家。我必须继续走下去，直到我发现了能使我宁静的东西。去年，我在埃伯施泰因堡发现了它。在那里我完成了《艾伦的杖杆》和《无意识之幻想》。现在《艾伦》已出版了，这个月《无意识》也将在纽约出版。现在我在澳大利亚，突然我又开始写了一部关于澳大利亚的疯狂的小说。我希望在8月份能完成。然后，岳母，我们又将去航海。我们想乘"塔希提岛号"，那艘船8月10日离开悉尼，16日抵达新西兰的惠灵顿；然后再去拉拉汤加和在太平洋中央的塔希提

---

① ［英］吉西·钱伯斯、弗丽达·劳伦斯：《一份私人档案：劳伦斯与两个女人》，叶兴国、张健译，上海知识出版社1991年版，第287—289页。

岛的首府帕皮提，9 月 14 日抵加利福尼亚的旧金山。再从旧金山去新墨西哥的陶斯。我相信春天你就能在巴登巴登看到我们了……

这里很好。假如你在这里，你会很喜欢这幢房子的。宽敞的屋子里有一个壁炉，漂亮的窗户上挂着红色的窗帘，大阳台，草地，在我们的脚下一直喧哗着的大海。天气暖和时我们在中午沐浴，海岸相当荒凉，看不见人影。只有海浪。村庄刚建起来还未完善。街道没有建造，只有黄沙和泥土。很有趣。人们都很善良，但是我不认识他们。邮差和报童骑着马投递书报，当他们投入了信件和报纸时就用警笛吹一下。

天地是那么清新，就好象在这个天地里还没人呼吸过，没有人行走过一样。沉重地压在欧洲头上的精神重负在这里不存在。你觉得自己象个小孩，没有真正的忧虑。这是一个很有趣的新的体验。①

1922 年 6 月 13 日，劳伦斯在瑟罗尔致信他的小姨子埃尔斯·贾菲，也告诉了这里的地理气候、风土民俗情况。

　　亲爱的埃尔斯：
　　我一直在想着给你写信，可又拖到现在……
　　我在这里常常思念你，心想不知你对这里的情况是如何想象的。实际上，我们呆在一个非常可爱的地方。在离悉尼市南面四十英里的地方，我们租了一所舒适的平房，房子就座落在海岸边，因此我们更多的是跟大海，而不是跟陆地打交道，几乎不跟什么人来往。我没有带任何引荐信，也不认识这个大陆上的任何人，这件事本身就足以引起自豪。我有生以来第一次感到，在一个国家里不认识任何人，这简直是件赏心乐事啊。没有人上门，只有小贩前来卖面包、肉和其它东西，但他们也并不唐突。在这样的国家里，还有件使人高兴的事，那就是没有人对你问长问短。或许，这地方过去

---

① ［英］吉西·钱伯斯、弗丽达·劳伦斯：《一份私人档案：劳伦斯与两个女人》，叶兴国、张健译，上海知识出版社 1991 年版，第 289—291 页。

少见多怪的人太多了，现在走向了反面吧。不管怎么说，能够不象在意大利那样，一个人不需要老是回答别人的询问，这总是好的。

这里的人们非常和善、不拘礼节。谢天谢地，我不需要再到别的什么地方去了。小镇座落在大海的背面，是由一些零零落落的平房组成的。多数房子是用木料搭建的，上面盖着铁皮屋顶。镇上还有几家相当不错的商店——百货店。这里的人都不想太靠近大海，只有我们住在海边。离陆地两英里的海中有一座小岛，岛上有一座长长的小山，它象一堵墙一样横亘在海岸线上，俯视着大海。岛上长着茂密的橡胶树，呈暗灰色。岛上还有一座小煤矿，这儿的人们大多是矿工，因而我感到象是回到了家乡似的。小镇——这里的人从不称它村庄——本身显得很杂乱，但房子都很新。街上没有铺上路石。教堂是用木头搭建的，因为是新建的，给人以愉快、自由的感觉。尽管此时已是冬季中期，下一个星期的白昼是一年中最短的，但每天阳光灿烂，就象我们那儿的夏季一样；而太阳照射得火辣辣的，其炎热程度不亚于英国的 6 月份。不过，夜晚是阴凉的。

澳大利亚是个领土辽阔而又非常神秘的国家。它给人的感觉是非常空旷，是个人迹罕至的地方。每当夜幕降临的时候，大小城镇，甚至象悉尼那样的大城市，都变得虚无缥缈，这些城镇似乎白天都是幻觉，而到了夜晚便不复存在了。这是一种奇异的感觉——似乎生活从来没有在这儿真正开始过，似乎人的足迹尚未踏上这片大陆，而现存的一切只不过是幻觉。他们都很惧怕日本人。所有的澳大利亚人，特别是悉尼人，都感到一旦英国衰落，而其它大国无法干预，日本人便会乘虚而入，占领这块土地。他们都真诚地相信，即使从商业的观点来看，日本人显然会这么做的。当然，澳大利亚在保卫其自身方面是无能为力的。奇怪的是，不论你走到哪里，都会发现那种来历不明的人，或许他们正在实现自己的愿望吧。

这里的劳动强度很大，劳动方式也很笨拙。除肉以外，其它东西都贵得出奇，不少东西甚至比英国贵两倍。不过，澳大利亚苹果不论在伦敦或在这里都很便宜，有时在英国反而便宜一些，这真是够恼人的。

这儿是我到过的最民主的地方。但是，这种民主我看得愈多，就愈是不喜欢。这种民主把一切都降低到庸俗的水准上，象工资、物价、电灯、自来水等，别的就没有什么了。你根本看不出生活在这里究竟是怎么一回事。当然，他们的收入挺不错，大家都穿着漂亮的长靴子，姑娘们都穿着丝袜；他们外出时骑着小马，或坐一匹马拉的轻便马车，或者坐汽车。但是，他们总是这样庸俗地、毫无意义地生活下去。这一切看起来是那样的空虚，毫无意思，这使我感到讨厌。他们都很健康，但在我看来他们是四肢发达、头脑简单。一个新国家给你的印象是：这儿的一切都物质化、表面化了，人们的内心生活、内部自我都已逝去；到处都是轰隆隆的机器声，人象是机械动物。这正象 H. G. 威尔斯的科学幻想小说中的情景。假如我定居在澳大利亚的话，我将永不开口，不谈这一类事情。尽管如此，他们都是些可靠、善良、能够胜任自己的工作的人。这里可以说是"路不拾遗，夜不闭户"。在物质生活上得到满足是很容易的，但也只能到此为止，别的就谈不上了。这里最好的团体是店主行会。在这个行会里，会员之间彼此平起平坐，谁也不比别人高出一头。这是真正的民主。但这里的一切又使人感到懒散、马虎、空虚、毫无根基，象是在梦中一样。

现在，我正忙于写一部长篇小说，它以澳大利亚为背景，是个奇特的故事。我写得很顺手，很快，希望能于 8 月份写完。那样的话，我们将经过新西兰、塔希提岛去旧金山，可能在陶斯度过冬天。这就是我的旅行计划。到来年春天，我们再回欧洲。我感到，我的后半生要在流浪中度过，但我对此并不在乎。

我得说，这个国家使我大吃一惊。弗林德斯·帕特里说过，新的国家并不比它们的母国年轻。事实上，它们更老、更空虚、更缺乏信仰，缺乏有助于体现人生的"价值"的东西。①

这段时间对澳大利亚的达灵顿山林及悉尼的地理感应及文化习俗等

---

① ［美］哈里·莫尔编：《劳伦斯书信选》，刘先之、乔长森译，北方文艺出版社 1994年版，第 461—464 页。

感觉在弗丽达的回忆里也写得很清楚。据弗丽达回忆：

> ……我渴望去澳大利亚，它吸引了我。带着行李和那块西西里马车档板，我们又启程去珀恩了。船上只有英国人和澳大利亚人，我们真的觉得好象正在朝天涯海角驶去。
>
> 在珀恩附近我们只停留了一会儿，就开始了在幽暗的灌木林中漫长的旅行。一切都那么幽暗混沌，就好象回到了创世之前的日子。四周那么阴暗，隐秘，迷漫，它使人觉得自己还未诞生，在那里我们和斯金娜小姐住在一起，劳伦斯正校阅她的小说《林中的男孩》……几星期后，我们去了悉尼。
>
> 我们到了悉尼港，太好了，过去谁也没有见过它。
>
> 船上的一位年轻军官曾对我说，"雨打在战壕边铁皮屋顶的声音总使我怀念在悉尼的家"。
>
> 那些悉尼的铁皮屋顶就在眼前，优美的港湾，可爱的太平洋海岸，空气那么清新。我们在悉尼住了一二天，两只孤独的鸟栖息了片刻。然后我们带着全部行李乘上了一列火车，我们说："我们将看着窗外，哪里美丽就在哪里下车。"海岸的风光既吸引人，也使人沮丧。我们经过了荒芜的田园；在美洲和澳大利亚，那些被抛弃了的人类的努力令人悲哀。我们到了瑟罗尔，4 时下火车，6 时我们就在临海的一幢漂亮的平房里安顿下来了。屋里摆满了坛坛罐罐，有许多盛雨水的水桶，一片草地朝太平洋延伸，溶入了明净浅蓝的天空。
>
> 但是平房里的境况糟透了！一个有 12 个孩子的家庭已先于我们在里面住过：到处都是床铺和积满灰尘的地毯，走廊里是破烂的船用帆布，院子里到处是纸，美丽的拼花地板由于灰尘而呈灰暗的颜色，地毯的颜色已褪尽，一切都狼藉无序。于是，我们动手清扫，就象我们在以前的许多临时住处里所干的一样！地板擦干净了，地毯拿到院子里刷洗了一下，破烂的帆布清除了。但最糟的要数院子里的纸，捡了好几天才把纸捡完。
>
> ……
>
> 清晨，太平洋的日出那么清新，它具有一种未经创造的世界所

具有的所有魅力。劳伦斯开始写《袋鼠》，日子就象一场场梦一样流逝了，但是当它们变成事实时才真正地象梦了。每天生活那么悠闲，食物端进屋来，尤其是鱼车真够刺激：鱼在车里蹦跳，闪闪发光的鱼就象珍珠、宝石一样，它们五彩缤纷，形状各异，我们只得每一种都试试。

我们沿着海岸漫步，孤独，隐秘，犹如仍处在母胎中一般。气候温和，并充满了生机，海岸那么美丽，我们流连忘返，一连几小时地捡贝壳，太平洋的潮水把它们温柔地送上了沙滩。

劳伦斯怀着虔敬的心情读《悉尼快报》。他很喜欢这份报纸，因为它载有野生动物的故事和风土人情。过去劳伦斯仅仅看意大利的《晚邮报》和《悉尼快报》。不知道《悉尼快报》是否还保持着它昔日的魅力。从那以后，我没有读到过这份报纸。那时它是我们唯一的精神食粮。

记得那里的人们很慷慨，为此我们常常感到惊讶。我们去农场买白脱、牛奶和鸡蛋，你买一磅白脱，他们给你的经常足足有两磅重；你买两品脱牛奶，他们就给你3品脱；一切都那么充裕，就好象天空、海洋和土地。那几个月我们和人类没有往来：这是一种奇异的经历，没有人打扰我们。真奇怪，在瑟罗尔那个小小的图书馆里我们发现了几本劳伦斯被查禁的《彩虹》。我们买了一本。那个图书馆职员不知道这是劳伦斯自己写的书。澳大利亚就象 "Hinter-land der seele"（德语：精神的腹地）。

太平洋象一个幻境，总是那么清新，那么清澈晶莹；有一天这种原始的晶莹消失了，另一个太古的海洋出现了。风暴把海浪出现了。风暴把海浪抛到空中，海浪涌上陡峭的海岸。我看见奇形怪状的海洋生物从海底抛上了空中：我看到了剑鱼和连做梦也想象不到的深海动物的奇异景象。这种骇人的景象给我留下了不能忘却的记忆。

后来我们乘着一辆小马车离开了那个整洁的小镇，进入了未开垦的地方。我们驶入了金色的含羞树林，或者按照澳洲人的说法是合金欢树林。映入眼帘的是红色的花，黄色的含羞树，它们品种繁多，有金色的，有红色的，奇妙的羊齿植物长着精致的叶子。到了一条宽阔的大河我们沿河旅行。它变成了一个宽阔的瀑布，后来就消失在土壤里。河流不见了，我们惊讶得目瞪口呆，它为什么消失了呢？它到哪儿去了呢？

劳伦斯继续写《袋鼠》，他把澳大利亚给他的深刻印象编织进了他的小说。瑟罗尔本身是个新兴的由许多小屋组成的城镇，它最时髦的东西就是一尊德国的大炮，它闪着阴森森的光芒，歪歪斜斜地放在太平洋边上。

要不是劳伦斯想到美国去，我愿意一直呆在澳大利亚，呆在这个未经创造的国度。①

那是何等乐观的景色，清湛如洗的天空，遥远的天际线，空旷的大地，碧绿的大海，无尽的海涛。然而当劳伦斯感觉到这里的民主要么是工党的专制要么就是工人的自发组织，远不是他所希望的那种高度自觉的民主时，毅然决断离开澳洲，他曾戏说假如我有三条生命，我愿意留下一条在澳大利亚。

应美国朋友的催促力邀，1922 年 8 月 11 日劳伦斯夫妇离开澳大利亚，乘船经新西兰及塔西提岛等，跨太平洋前往美洲大陆。

三 旅居美国及墨西哥

美国（United States of America）是北美洲国家。本土位于大陆中南部，东濒大西洋，东南临墨西哥湾，西滨太平洋；北与加拿大为邻，西南与墨西哥毗连。所属阿拉斯加州位于北美洲西北部，夏威夷州位于中太平洋北部。国土总面积 9372614 平方公里，居世界第四位。其中陆地约占总面积的 97.8%，内陆水面占 2.2%，海岸线总长 19924 公里。全国划分为 50 个州和首都华盛顿所在地哥伦比亚特区②。

劳伦斯夫妇经过 25 天的船程于 9 月 4 日来到了美国旧金山，并从旧金山来到了新墨西哥州的陶斯镇，时间是 1922 年 9 月 11 日，刚好是

---

① ［英］吉西·钱伯斯、弗丽达·劳伦斯：《一份私人档案：劳伦斯与两个女人》，叶兴国、张健译，上海知识出版社 1991 年版，第 282—285 页。

② 中国大百科全书总编辑委员会编：《中国大百科全书·世界地理》，中国大百科全书出版社 2002 年版，第 408 页。

劳伦斯 37 岁的生日。劳伦斯在陶斯于 1922 年 9 月 19 日致马丁·塞克的信中说："我们是上星期到达这儿的。来到这里的五天中，我一直坐着车子在那阿帕切人的部落里看他们跳阿帕切舞。这是个神秘的部落，我觉得一切都很陌生。"① 紧接着，在 1922 年 9 月 20 日致 E. M. 福斯特的信说："陶斯是个小地方，坐落在六千英尺的高山上，离铁路三十英里，靠近沙漠地区。我感到这地方非常陌生，但也渐渐习惯了这种陌生感。我宁肯感到陌生，也不愿感到'象家里那样亲切'。总之，一个人感到陌生才好，没有比在家里更使人感到毫无希望的了。"② 由此可知，阿帕切人是北美印第安人，是一个种植谷物的印第安人村庄。在 1922 年 12 月 4 日劳伦斯在奎斯塔致 S. S. 科特连斯基的信中说："你瞧，我们又搬家了。在陶斯，麦贝尔·斯特恩这个人太过分，我们忍受不了。奎斯塔离陶斯仅十七英里——但这儿却是另一个世界。它坐落在落基山脉的丘陵上，背后是冰雪覆盖的高山，下面是沙漠，西部的其它高山离这儿很远。这是个美丽的地方。我们住的是一套旧房子，共五个房间，都是用木料搭建的。我们就在附近伐木，在屋里升火。这是一种粗犷的生活，但很舒适。我们有空时，便去骑马散心。我感到自己象是变了个人。美国使人感到非常艰苦——假如一个人因为年老而不能忍受艰苦的话，他在这儿会感到很痛苦的。"③ 在 1923 年 1 月 1 日致简·朱塔的信写道："陶斯是个风景优美的地方。这里聚集了许多名不见经传的画家——纯粹是为了美元而作画。我们来到了这个荒凉的牧场——离陶斯十七英里——住在一所由五个房间组成的老式房子里，到屋外伐木升火。有时候，我们骑马去里奥格朗德河边去玩。这种生活对身体也是一个很好的锻炼。这里简直是风景如画——后面是落基山脉，前面是浩瀚的沙漠，西部的远方重峦叠嶂。这儿的确是个好地方，但是住的人却很少。两个丹麦人跟我们是邻居，他们是画家，住在一座小木房里。我们有时写作，有时骑马，日子过得很愉快。但是，我在这里没有心思写作。我想，过几个星期后，我要向南旅行，去墨西哥国，去墨西哥市，

---

① ［美］哈里·莫尔编：《劳伦斯书信选》，刘宪之、乔长森译，北方文艺出版社 1994 年版，第 468 页。
② 同上书，第 470 页。
③ 同上书，第 472 页。

但现在还说不出在那儿住多久。然后，我们于夏季回欧洲。"①

墨西哥（Mexico / México），拉丁美洲国家。位于北美洲南部，北邻美国，东南接危地马拉、伯利兹，东濒墨西哥湾和加勒比海，西、南临太平洋。面积 1972547 平方公里，居拉丁美洲第三位。全国分为 31个州和 1 个联邦区。首都墨西哥城。墨西哥国家地形是东、西、南三面为马德雷山脉所环绕，内部为高原。高原和山地约占领土面积的 5/6，东、西两侧的沿海平原和尤卡坦半岛地势较低。在气候方面，北回归线横贯国土中部，地处亚热带和热带。植物以多仙人掌为其特色，在全世界 1000 多种仙人掌中，墨西哥一国就有 500 多种，堪称"仙人掌之国"。墨西哥是美洲著名的文明古国。世界著名的古玛雅文化就渊源于尤卡坦半岛，公元 4—9 世纪达到全盛时期。1325 年阿兹特克人在中央高原墨西哥谷地的特斯科科湖中的小岛定居，建立特诺奇蒂特兰城（墨西哥城的前身），15 世纪中叶建立了以该城为首都的大帝国。它在农业、手工制陶、纺织、金属加工和建筑方面发展到相当高的水平。1521 年沦为西班牙殖民地。1535 年成立以墨西哥城为统治中心的新西班牙总督辖区，其范围包括现在的墨西哥的全部领土、美国南部、巴拿马以北的中美洲以及西印度群岛。长达 300 年的殖民统治时期，殖民者传入了西班牙的宗教、文化、语言和风俗习惯。1821 年独立，1824 年成立联邦共和国。1836—1853 年美国用挑起武装叛乱和发动侵略战争等手段，使墨西哥丧失了得克萨斯、新墨西哥等 230 多万平方公里领土，约占当时墨西哥领土的一半以上②。

1923 年 3 月劳伦斯夫妇南下墨西哥，1923 年 5 月 26 日在墨西哥东北部的查帕拉，劳伦斯给 J. M. 默里的信中说："我写一部小说，很想在这儿另写一部长篇小说。我在墨西哥城无法着手，但在这儿开始了这一工作。在查帕拉，有一条九十英里长、二十英里宽的大湖——这非常奇怪。我希望我的小说创作进行得顺利，倘如此，就可以在 6 月底完成初稿。然后，我真的要回欧洲去了。我要途经纽约，也许在那儿呆上两

① ［美］哈里·莫尔编：《劳伦斯书信选》，刘宪之、乔长森译，北方文艺出版社 1994年版，第 475 页。
② 中国大百科全书总编辑委员会：《中国大百科全书·世界地理》，中国大百科全书出版社 2002 年版，第 450—454 页。

个星期，于8月初到达伦敦……我现在正在创作这部小说的第一部分，这是个短小的情节——是墨西哥城一个斗牛场面的描写。"①

1923年11月劳伦斯回到英国，到了伦敦，逗留数日，便到了欧洲大陆。1924年3月5日劳伦斯夫妇乘"阿奎坦尼亚号"轮船去纽约，1924年5月18日劳伦斯写给一个朋友的信中这样说：

亲爱的凯瑟琳：

麦贝尔·卢汉赠给弗丽达一片小牧场——就在这儿的山脚下，大约一百六十英亩——这件事我以前对你说过吗？最近两个星期中，我们一直到那儿去干活，跟我们一起干的有三个印第安人和两个墨西哥木匠。原先那所有三间屋长的木房子快要坍塌了，我们把它重建了起来。除了烟囱以外，整所房子都是我们用砖坯垒起来的。在以后的一个星期中，我们要把所有的活都干完，把其它房子的屋顶也盖好。我们有两所长长的房子，其中一所有三间屋那样大的面积，是我和弗丽达住的；另一所房子有两间屋大，是麦贝尔来时住的；此外还有一间小屋，是布雷特住的。当然，还有草料棚和马厩。我们有四匹马，拴在房子外的空地上。这地方很荒凉，松林从山上延伸到山下，海拔八千六百英尺，需要过一段时间才能适应这儿的环境。但是，这儿风景也很美丽。现在，这座牧场已属我们所有，所以我们可以邀请你到这儿来了。我希望你积点钱，到这儿来度过整个夏季。或许明年你能来，试试看吧。无论如何，换换环境，到一个全新的地方观赏一下景色是挺不错的。我估计我们在这儿呆到10月份，然后去墨西哥国，我在那儿要写一部长篇小说。目前，我没有写东西——不想写——没有心思写。我已远离人类世界，两个月来没有看过报纸，一想到去看报纸就觉得很难忍受。世界依然如故，而我亦然故我。我们是不能彼此适应的。我永远不会忘记那天晚上在皇家咖啡馆所发生的事情。那件事情完全说明了回国对我意味着什么。上帝啊，我再也不回去了。

---

① ［美］哈里·莫尔编：《劳伦斯书信选》，刘宪之、乔长森译，北方文艺出版社1994年版，第480—481页。

　　我和布雷特骑马来到这儿。弗丽达是个懒虫,她是乘车来的。春天来到了山谷,这儿的一切都格外美丽可爱。野梅子漫山遍野,象雪那么白;木棉树冒出了绒毛状的新芽,那些新芽象欢乐的精灵一样向外探头;浓密的绿色苜蓿草爬满了田野;苹果园里象是突然间鲜花盛开。以上这一切变化发生在两个星期之中。只有灰蒙蒙的沙漠毫无变化。现在,暴风雨来了,我想起了在牧场里的砖坯。明天,我们要骑马回去。一个大人不再谈论欢乐的事——因为那是小孩子话。但是,我的确喜欢处在周围无边无际的空旷之中。在这儿的宁静气氛中,有某种粗犷、不可损害的东西——那就是夜晚印第安人的鼓声和喊叫声。但是,我相信这种粗犷的东西也将被消除——学校和教育会把它消除。[①]

　　在 1925 年 4 月 6 日致艾米·洛厄尔的信中说:"无论如何,我要在墨西哥完成我那本关于墨西哥的长篇小说《羽蛇》。"[②]

　　1925 年 9 月 21 日劳伦斯夫妇乘坐"坚毅号"轮船从美国返回欧洲。

　　正如黑马先生所说的,劳伦斯在美洲的生活和创作,美洲之行是他最重要的出游,这里的粗犷地貌,这里的印第安人的生活节奏和宗教仪式与这里的古老的文化遗址,都让劳伦斯感受到了强大的生命冲击力。他发现在这里可以找到复活现代文明荒原的象征和希望。他愈来愈深信:欧洲是一场历史循环的结束,而美洲则是一场循环的开端。劳伦斯满怀激情地写下了大量的长中短篇小说和散文,书中充溢着对美洲的热望。其中《羽蛇》、《公主》、《圣莫尔》和《墨西哥的清晨》成为他的代表作。在此,神秘主义与"历史循环"的观点集中表现为"原始主义"情结。

四　何处是乡关——滞居欧洲大陆的最后岁月

　　劳伦斯夫妇回英国,在伦敦的旅馆住了一星期之后,便到诺丁汉他

---

① ［美］哈里·莫尔编:《劳伦斯书信选》,刘宪之、乔长森译,北方文艺出版社 1994 年版,第 495—497 页。
② 同上书,第 501 页。

的两个姐妹艾米莉和艾达的家住了将近两个星期，由于回到故乡，睹物思人，再加上糟透的天气，劳伦斯夫妇回到伦敦，会见一些过去的朋友和一些伦敦的文学青年。然后劳伦斯夫妇去德国的巴登巴登住了两个星期，之后来到了意大利的斯波托诺，签下了伯纳达别墅四个月的租期。"和往常一样，这栋房子视野极佳，就在村子的上方对着大海。阳光灿烂，一望无际的地中海湛蓝而富有朝气，花园中最后的叶片要从蔓藤上掉下来了。"① "和往常一样，当他找到了感觉获得自由的新地方，他就可以写作……第三篇'太阳'，直接产生于斯波托诺的场面……劳伦斯重创了西西里的老喷泉为背景，这是又一篇探索人类与周围世界关系的小说。"②

　　斯波托诺的伯纳达别墅四个月租期到期了，劳伦斯夫妇搬到佛罗伦萨西南大约 8 英里的一处老房子，租下名为"米兰达"的房子，"它看得到远处的阿诺河谷，周围是长满葡萄和橄榄树的斜坡，全是种植园和松林，根本没有围墙"③。去佛罗伦萨也只要一个小时的路程，米兰达成了劳伦斯夫妇两年多的基地。在这里，创作了长篇小说《太阳》、《处女与吉普赛人》、《两只蓝鸟》、《查泰莱夫人的情人》，短篇小说《爱岛的男人》、《可爱的贵妇》和中篇小说《逃跑的公鸡》。1927 年 3 月底至 4 月初探访伊特鲁里亚，写了《伊特鲁里亚人之地随笔》，1927 年 7 月在米兰达，去奥地利的维拉奇，之后去巴伐利亚，1928 年 1 月劳伦斯夫妇去瑞士的里斯代尔布里叶兹。回到米兰达别墅，对《查泰莱夫人的情人》三易其稿，劳伦斯本人也说"这部小说本身就是一场革命——一颗小小的炸弹"④。"这部小说目前正在佛罗伦斯排印。这是一部温柔的、生殖器的小说。"⑤ "这是一部纯洁的、温柔的、生殖器的小说——它并非是世俗眼光中的性小说。"⑥ 1928 年 6 月 28 日《查泰莱

---

　　① ［英］约翰·沃森：《劳伦斯：局外人的一生》，石磊译，上海书店出版社 2012 年版，第 346 页。

　　② 同上书，第 346—347 页。

　　③ 同上书，第 356 页。

　　④ ［美］哈里·莫尔编：《劳伦斯书信选》，刘宪之、乔长森译，北方文艺出版社 1994 年版，第 558 页。

　　⑤ 同上书，第 563 页。

　　⑥ 同上书，第 566 页。

夫人的情人》出版。1928 年 6 月来到瑞士的一城市格什塔德，就《查泰莱夫人的情人》销售、个人画作及展出与朋友商谈。1928 年 9 月 17 日离开格什塔德。1928 年 10 月来到法国的班多尔，"从 10 月份以来，我们一直住在这个海边小镇上。我得说，这儿冬天的气候很好，对我很适合"①。1929 年 3 月中旬来到巴黎，"我一点也不喜欢巴黎。如今，这儿拥挤、喧闹到了令人难以置信的程度。空气污浊，闻起来充满了汽油的臭味。这儿的人们都没有生气，看起来疲惫不堪。我想于星期六离开这儿，向南去西班牙……我很想找一个可以安居的地方"②。"我在巴黎一直身体不好。有时候，我感到自己象是完全死去——因此我对离开这儿丝毫不觉得遗憾。象这样的大城市剥夺了我的生存意志——或者，起码目前剥夺了我的生存欲望。我是多么需要更好的生活环境啊!"③ 1929 年 5 月来到西班牙的马略尔卡岛，"我比较喜欢这个岛，在这儿感到身体也很好，但在生活上却感到寂寞"④。

　　1929 年夏天，劳伦斯的朋友多萝西·沃伦在她的美术馆举办画展，主要展出劳伦斯的绘画作品。弗丽达 6 月 22 日代表劳伦斯到伦敦参加画展开幕式。开幕当天就有一万二千人参观，但也有些人不满，并向下议院提出了异议，这引起了警方的注意。7 月 5 日，警察闯入美术馆，取走了十三幅画，并把它们堆在警察局的地下室里等候"审查"。劳伦斯在佛罗伦萨盘桓数日，在 7 月 14 日致多萝西·沃伦的信中说:"今年秋天，我们想在法国或意大利安个家"⑤，后来来到德国的巴登巴登，"巴登巴登这地方非常潮湿，雾气浓重，天气非常糟"⑥。然后又来到西班牙的班多尔，"这里天气很好，阳光明媚——听说杏花都开了，布鲁斯特家里已是满园春色。不过，我只在这里眺望大海和海浪泛起的白沫"⑦。1930 年 2 月听从医生建议，来到法国南部一城镇——旺斯，3

---

① ［美］哈里·莫尔编:《劳伦斯书信选》，刘宪之、乔长森译，北方文艺出版社 1994 年版，第 596 页。
② 同上书，第 606—607 页。
③ 同上书，第 608 页。
④ 同上书，第 610 页。
⑤ 同上书，第 617 页。
⑥ 同上书，第 619 页。
⑦ 同上书，第 626 页。

月 1 日，劳伦斯住进旺斯的一所房子里，3 月 2 日晚上十点逝世。走完短暂的不到 45 年的人生之路。

　　劳伦斯的一生是一次无结局的旅行，他的生命短暂，并且在创作过程中，由于激情的过度消耗，他缩短了旅行的距离。劳伦斯临死前将自己的一生概括为"残酷的朝圣之旅"，或许就是这种苦难，这种对自己的心灵绝不放过的苛求，造就了文字的力量。在劳伦斯 40 多年短暂的人生中，他所选择的是永远的流浪，是山川、大海和田野，他的小说和他的人生都处在这种辉煌而明亮的光环之中。他是一个战士，用劳伦斯自己的话说：我不需要上天和天命的怜悯，我从骨子里是一个斗士。虽然在他生命的最后岁月，他只要一个能生活和写作安静的地方，只要安个家，然而何处是他的家园呢？何处是归程呢？

　　综上所述，劳伦斯以自己的故乡为背景创作了《白孔雀》、《儿子与情人》、《恋爱中的女人》和《虹》，这些以故乡的地理基因产生的文学作品的基础是丰厚的、扎实的。如果劳伦斯一直都是以故乡为素材创作，也许他可以成为一个有地域特色的乡土作家，然而劳伦斯是不断创新的作家，他不断进行小说的革新，不墨守成规。这既是劳伦斯文学的需要，更是劳伦斯寻找生命彩虹的需要。是他实现"拉纳尼姆"理想的需要。因此劳伦斯在完成了自己的四部代表作后远赴世界各地流浪，周游世界过程中写了不少优秀的作品，几乎是在欧洲大陆写欧洲，在澳洲写澳洲，在美洲写美洲，但这些作品与他的压卷大作《查泰莱夫人的情人》相比，似乎都像是一场场文学的"出轨"。只有浪迹天涯多年后两次重返故乡才令他回到他应该回到的轨道上来，他最后的这部不朽名著在形而上和形而下的双重意义上与前四部代表作"接轨"了，构成了他的五卷皇皇方阵。

　　劳伦斯的源于故乡，立足英伦，走向欧洲，浪游世界，为他的文学创作的多种因素提供了丰富多样的地理基础，正如著名劳伦斯作品翻译家和研究者黑马先生所说的：

　　　　如果没有那些年的异域游走中各种的"地之灵"（spirit of place）对他的陶冶、渗透和冲击，劳伦斯或许根本捕捉不到触动现代文明脉搏的小说之道。因为在 1920 年代写出一系列在后现代社会依旧是经典的小说绝对需要作者具有心怀故土、立足英伦、俯瞰世界的全球视野和高蹈姿态,他环球游走为这样的先锋视野和姿态提供了可能。其实,自从劳伦斯与弗丽达私奔欧洲大陆开始,即从《儿子与情人》开始,劳伦斯的全部创作都应被视为劳伦斯携英伦原汁与欧陆和澳洲、美洲的空气、温度与水分相勾兑的醇酿。英国人普遍认为劳伦斯的文学从此"脱英伦化"(unEnglished),此言差矣。英伦元素一直强烈地凸现其中,劳伦斯的英国眼光一直没变,他的作品从浪漫的乡情到乡怨到乡愁,直到完成对"心灵的故乡"的反思和审视,在对故土的大爱大恨中完成了一部世界名著,这个过程中游离与乡愁始终胶着,因此故乡的书写才获得了更为普遍的意义,这是他能够傲立世界文学之林的根本。①

---

① 黑马:《我们一起读过的劳伦斯》,中国国际广播出版社 2015 年版,第 9 页。

第二章

坚实可感的地理空间建构

　　我们的生活处在一个奇特的交叉点上：介于工业时代和莎士比亚、弥尔顿、菲尔丁和乔治·爱略特的农业英国……依我看，英国真正的悲剧是丑陋。乡村是那么可爱，而人造的英国却是那么丑陋不堪。①

　　文学地理学批评学者指出："地理环境对作家成长及其心理所发生的作用，对于文学作品的写作与文学风格的创造具有制约与基础的意义，如作家的童年与少年时代所生活的自然环境与其创作有必然的联系与密切的关系，作家在自然山水中的'旅游'与到异域的'流浪'及其对某个时期的创作所产生的影响，自然也会构成文学地理学研究的基本问题。"② 同时强调"文学地理空间"是指"作家在文学作品中所创造的与地理相关的空间，如由自然山川、花鸟虫鱼所构成的地理空间意象。文学的地理空间与地球的形态及其要素的构成分不开"③。而"文学作品中的地理空间建构，往往体现了作家的审美倾向与审美个性，以及他的创作理想与创作目标……如果我们研究作家在一系列作品中集中展示和建构的自然山水环境，可以说明作家的创作心理问题以及美学建构的问题"④。

---

① ［英］D. H. 劳伦斯：《纯净集：劳伦斯随笔》，黑马译，中国国际广播出版社 2009 年版，第 38—41 页。

② 邹建军、周亚芬：《文学地理学批评的十个关键词》，《安徽大学学报》2010 年第 2 期。

③ 同上。

④ 邹建军：《文学地理学研究的主要领域》，《世界文学评论》2009 年第 1 期。

劳伦斯丰富的人生经历，尤其是立足英伦，为追寻梦想，浪游世界。地理环境对他的成长及其心理所发生的作用，对于文学作品的写作与文学风格的创造具有基础与制约的意义，正如劳伦斯的妻子弗丽达所写到的："他所看到、感觉到和知道的，他都写在了作品之中，给予了自己的同胞，他留给我们的是生命的壮丽，是对于更多更多生活的希望……一份崇高而无法计量的礼物。"① 因此，劳伦斯的长篇小说创作，无不打上深刻的地理烙印，有着深厚的地理基础。英国著名新批评派理论大师利维斯认为："《虹》中以地点来给相当部分章节命名，这一现象本身就真实地记录了现代工业文明侵蚀乡村的过程。"② 布丽奇特·皮尤（Bridget Pugh）在《劳伦斯小说和游记中的地方》一文中强调了劳伦斯的地方经验，认为劳伦斯的出生地伊斯特伍德是英国社会的缩影，这个地方决定了他描写的不仅是 19 世纪工业革命对矿区的影响，而且是被进口的美国小麦摧毁的英国农业，更展现了 1870 年教育法案对与他同时代人的影响。③

劳伦斯的长篇小说比较集中建构几类地理空间：以矿区为核心的矿区地理空间；以海格斯农场及附近乡村为原型的乡村空间；以诺丁汉、伦敦、悉尼、墨西哥城等城市为代表的城市空间；以威利湖、西尤拉湖为代表的湖泊及以英国海、澳大利亚海为代表的湖泊海岛空间等。

第一节　从偶然点缀到星罗棋布的矿区空间

劳伦斯出生在一个有着丰富资源又处于乱开采的矿区。作为一个矿工的儿子，他对矿工生活和矿工周围的环境太熟悉了。矿区生活的场景在幼小的劳伦斯心灵里投下一抹永远也挥不去的灰色的记忆，成为他心中一个沉重的情结——矿区记忆。这在他的以矿工日常生活为素材的中短篇小说《菊香》（1909 年）、《牧师的女儿们》（1911 年）、《受伤的矿工》（1912 年）、《罢工补贴》（1912 年）、《轮到她当家》（1912 年）

---

① 赵苏苏：《查特莱夫人的情人·译后记》，人民文学出版社 2004 年版，第 391 页。

② 张琼：《D. H. 劳伦斯长篇小说矿乡空间研究》，博士学位论文，华中师范大学，2014 年。

③ 同上。

等作品中都有具体的呈现。在他留给我们的 8 部戏剧和 2 个戏剧片段
中，有三部被称为劳伦斯的戏剧矿工三部曲，分别是《矿工的周五夜
晚》、《孀居的霍尔罗伊德太太》、《儿媳》。那活生生的语言更是只有生
活在这里的人才能写的出的。这个矿区的背景更是频频出现于他的以故
乡为背景的许多长篇小说中，从长篇小说处女作《白孔雀》（1911
年）、成名作《儿子与情人》（1913 年）、代表作《虹》（1915 年）、
《恋爱中的女人》（1920 年）、《查泰莱夫人的情人》（1926 年）到反响
平平的《误入歧途的女人》（1922 年）、《亚伦的杖杆》（1923 年）等
作品中。那矿区成为他永远表达不完的素材，对矿区和在矿区生活的故
乡的父老乡亲给予了真实的记录和深切的同情。劳伦斯是通过矿工之家
的生活冲突和爱情来表现矿工及其女人们的心灵的。他从来没有正面描
写过井下劳动过程和场景，但矿井又无处不在，煤黑无处不在，苦难和
悲剧无处不在。

　　劳伦斯是矿工之子，这也就是为什么他的大多数作品都是描写矿区
的小人物，尤其是矿工。人生经历和所处的时代深深影响了劳伦斯。他
目睹了资本主义工业化正在开始破坏自然环境，扭曲人与人之间的关
系，尤其是两性关系。他在探索如何才能建立人、自然和社会之间和谐
的关系，他觉得重塑人与人之间的关系，尤其是两性关系，可以构建和
谐的社会。那么劳伦斯是如何描写他熟悉的又爱又恨的矿区呢？劳伦斯
在 1926 年 9 月中旬回到英国中原所写散文《还乡》里说："这片矿区
位于诺丁汉和达比之间。"[①] 首先矿区是一个在他家乡大地上的客观存
在，是当时诺丁汉郡和达比郡的主要产业，劳伦斯曾说因为煤矿业的发
展，那里有新的煤矿，人们便纷纷涌入，形成了蜂拥而至争抢工作的
场面。

　　劳伦斯在大学期间就开始创作的小说《白孔雀》中第一部第六章
"血腥味"写道：

　　　　我们爬上海克洛斯背面的小山，沿着高地往上走，眺望着德比
　　郡中部的群山，当时因为是秋天，这些山是看不见的。进入眼帘

---

① ［英］D. H. 劳伦斯：《劳伦斯散文》，黑马译，人民文学出版社 2008 年版，第 35 页。

的，是斯尔斯比矿井的井架和裸露在山坡上那些难看而沉寂的村庄。①

　　美好的一天正在迅速变暗。西边天上，薄雾越变越蓝。远处煤矿的机器把最后一罐笼的工人拉上来时发出的有节奏的嘭嘭声打破了深沉的宁静。②

在第八章"圣诞节的骚动"中作者写道：

　　二十四日下午，当暮色从榛子林中升起时，我和莱蒂正在散步……我们走上林边的车马道时，遇上两个十五六岁的男孩。他们的衣服上补着粗棉布补丁；围巾打成结绕在脖子上，口袋里滚动着装满茶叶的马口铁瓶子，打了结的食品袋里装着白色的方糖。③

在这章末尾，当莱蒂、乔治、西里尔等人高高兴兴地参加了圣诞晚会于清晨坐车回家时，"只见那两个男孩子已经从矿井回来了。黑夜里，当灯光照到他们身上时，只见他们满身污迹，沾满斑斑雪花，样子显得离奇怪诞"④。

　　在第二部第三章"灵感激动时刻的嘲讽"中作者通过人物之口，"（莱斯利父亲）坦佩斯特先生当经理和主要股东的公司正在其它县开重要的新矿。因为本地的矿层正在枯竭，无利可图了。因此提议莱斯利结婚后，应住在约克郡主管新矿区"⑤。

　　在第二部第四章"吻她，她快流泪了"中：

　　当我们经过斯尔斯比步行回家时，看见井架高高耸立着，背对着西方，美丽的黑色圆椎形烟囱对着灿烂得使人眼花缭乱的夕阳。

---

　　① ［英］D. H. 劳伦斯：《白孔雀》，谢显宁等译，中国文联出版公司 1989 年版，第66 页。
　　② 同上书，第 72 页。
　　③ 同上书，第 142 页。
　　④ 同上书，第 146 页。
　　⑤ 同上书，第 243 页。

井架在明亮的光线中，显得十分高大宏伟。然后是蹲在那高高界石脚下的阴影中的一排排房屋。

我们走到了那十分丑陋的几排房屋。它们背靠矿山，到处都是黑的，满是煤烟。房屋紧挨着，只有一个入口，从一个方形花园进去，园里长着带黑斑点的阴沉沉的野草，从入口那里还可以望到一排令人厌恶的矮小的煤灰坑棚子，路上铺着一层乌黑的煤烟矿渣。①

在第三部第一章"新生活开始了"，作者继续写道：当"我"陪着乔治与梅格去诺丁汉结婚登记处领取结婚证书时，"我们的马车颠簸着驶过辛德尔山那粗糙的鹅卵石路，又朝巨大的矿山脚下驶去。矿山散发出一股股熏人的硫磺气味，白天因为炉渣慢慢燃烧着红火，使空气也很炽热，山上结了一层灰烬的硬皮。我们来到山顶，看见眼前的城市就像一片高高堆起的模糊不清的山峦……蓝天下，城市上空一片灰暗，就象悬着一幅又薄又脏的天幕"。"我们转个弯顺着山坡从最后一片被污染的麦田中间向巴斯福特驰去。那儿立着的胀鼓鼓的煤气罐就象无数的伞菌。"②

第三部第二章"风吹帆儿动"中这样描述："树林、冰雪、昏暗朦胧的群山全都冷冰冰地躺在月光下。但河谷外，在很远的德比郡，在远处的诺丁汉，在这昼夜之交的时刻，远远近近都传来了矿山和钢铁厂的汽笛声，象无数的小公鸡，以高高低低的奇怪音调一齐鸣叫，这叫声向我们报告：新年的黎明已经到来。"③

在第三部第八章"遗忘沼泽地上的期望"中，作者写道："我听见远处矿井下班的汽笛声，它告诉我，时间已到十一点半，该是男人们、小伙子们坐在狭窄阴暗的矿井中吃着他们的'小脆饼'的时候了。与此同时，老鼠会在黑暗中冲过来抢吃碎屑，当胆大的小动物从昏暗的灯

---

① ［英］D. H. 劳伦斯：《白孔雀》，谢显宁等译，中国文联出版公司 1989 年版，第 256—257 页。

② 同上书，第 343 页。

③ 同上书，第 362 页。

光下偷看他们时，小伙子们满是尘灰的红嘴巴会禁不住大笑起来。"①
在创作《白孔雀》时，作者尚年轻，在诺丁汉上大学开始创作，他以
他最熟悉的矿区生活和乡村生活为内容，对这片给他们生活的大地怀有
深切的感情，又是耳闻目睹的，1908 年大学毕业后在伦敦近郊克罗伊
顿教书，伦敦离故乡伊斯特伍德有 150 多英里的距离。劳伦斯白天上课
之后，夜晚孤身一人，便通过对故乡生活的创作来寻找对家乡的思念之
情，边创作边修改，还经常把手稿给初恋女友，富有文学才情的吉西·
钱伯斯看，认真听取她的意见，并对一些景物及事件做些修改。因此在
这部小说中对矿区的描写显得比较温情。正如英国著名文学评论家弗兰
克·克默德所精辟指出的："小说以悠闲的中产阶级为场景，几乎完全
忽略了本地区的矿井和矿工生活的存在，鉴于作家年纪很轻而且抱负远
大，这一点是完全可以理解的。"②

　　劳伦斯是地地道道的英国作家，他的小说充满了乡土气息，展示了
英国现代社会的广阔画面。《儿子与情人》原名《保罗·莫雷尔》，写
作时，劳伦斯常回伊斯特伍德，那时他的母亲患病，他常回去照顾，在
一年多的时间里往返于伦敦和伊斯特伍德之间，他的母亲不幸在 1910
年 12 月 9 日去世，劳伦斯既是痛苦的，失去了母子之爱和情人之爱的
母亲，又是幸福的，他终于可以正常地去爱别的女人了。劳伦斯仍然把
写的手稿给当时未断情的女友吉西看，认真听取吉西的有关建议，并得
到了吉西的认可，虽然在 1911 年劳伦斯因身体原因听从医生建议辞去
了教师工作，也解除了在母亲病重期间与露易·巴罗斯的婚约，在
1912 年 4 月与相见不到一个多月的弗丽达私奔，离开英国，到德国，
在意大利的嘎达湖边修改这部小说，在弗丽达的提议下，把这部小说改
名为《儿子与情人》，并把以《儿子与情人》为名的小说寄给了在英国
故乡的初恋女友吉西看，希望再听取她的意见，吉西只翻看了几页，对
劳伦斯在小说中把以她为原型的米丽安写的成清心寡欲的清教徒的修女
而感到很气愤，就寄给了劳伦斯的妹妹艾达了，两人从此以后就没有来

---

① ［英］D. H. 劳伦斯：《白孔雀》，谢显宁等译，中国文联出版公司 1989 年版，第
446 页。
② ［英］弗兰克·克默德：《劳伦斯》，胡缨译，生活·读书·新知三联书店 1986 年版，
第 8 页。

往了。她把劳伦斯所有写给她的书信全烧掉了，这是一个多大的无可挽回的损失啊！

　　1913 年 5 月劳伦斯发表了《儿子与情人》，事实证明，这部小说是反映英国工人阶级生活最真实的一部小说，比所有左派作家来得更接地气。如黑马先生所说过的，劳伦斯写英国中部的矿工生活，比哪一位左派作家都真切，《儿子与情人》依然是英国唯一一部有价值的工人阶级的小说。小说的发表，受到了伦敦文学界的青睐。劳伦斯成了伦敦文学界的新宠。

　　在伦敦近郊的克罗伊顿教书期间，劳伦斯开始创作以自己家庭生活和家乡矿区为背景的小说《儿子与情人》。在这部小说的开头，我们就被带进了一个被工业革命破坏得丑陋不堪的英国农村：小说第一卷第一章"莫雷尔夫妇早期的婚后生活"一开始就写道：

　　"洼地区"取代了"地狱街"。地狱街原是青山巷那条小河边的一片茅草盖顶、墙面鼓鼓囊囊的村屋。那儿住的是矿工，他们都在相隔两个矿区的小矿井里干活。小河在一片赤杨树下流过，还没受到这些小矿井的污染。矿里的煤是靠驴子迈着沉重的步子，吃力地绕着一台吊车打转拉到地面上来的。乡下到处都是这种小矿井，有些矿井从查理二世（1630—1685）时代就开始挖采掘了，两三个矿工和毛驴就象蚂蚁打洞似的往地底下挖，在麦田和草地当中弄出一座座奇形怪状的土堆和一小片一小片黑色的地面来。这些煤矿工人的茅屋一排排，一幢幢，到处可见。这些小屋，加上教区里寥寥无几的织袜工人的零星田园、住房，组成了贝斯伍德村。

　　后来，大约在六十年以前，这里突然变了样。小矿井被金融家的大矿挤掉了。诺丁汉郡和德比郡发现了煤矿和铁矿，成立了一家卡逊—魏特公司，帕默尔斯顿勋爵在群情振奋下，正式主持了这家公司第一个矿的开采仪式，地址就在秀坞森林边上的斯宾尼园里。

　　年深月久，地狱街早已声名狼藉，这条臭名昭著的街就在这时烧得精光，把大批垃圾荡涤一空。

　　卡逊—魏特公司认为他们交上了好运，趁此在从席尔贝和纳塔尔往下一带的河谷接连开发新矿，不久这一带就有了六个矿井。铁路从纳塔尔出来，顺树林环绕、地势很高的砂岩地下行，途经卡尔特教团荒芜的修道院，路过罗宾汉泉，到达斯宾尼园，再通往敏顿，一个坐落在一片麦田中的大矿；从敏顿穿过山谷坡地到本克尔小山，在那儿分岔，向北通到贝加利和俯瞰克里希以及德比郡群山的席尔贝；六个矿就象几枚黑钉子分布在乡间，由一条弯弯曲曲的细链——铁路线——连接起来。

卡逊—魏特公司为了安置大批矿工，盖起了好几个居民区，在贝斯伍德山脚下形成了一个个大四方院，后来又在小河谷地狱街的废墟上，建立了洼地区。

洼地区包括六排矿工住宅，每三排为一行，恰如一张六点的骨牌那样，每排有十二幢房子。这两行住宅坐落在贝斯伍德那相当陡峭的山坡脚下。前窗，至少是阁楼窗口，正对着通往席尔贝的那座缓坡。

这些房子倒是构造结实，相当不错……因此尽管房子盖得那么好，外表挺不错，洼地区的实际生活条件却非常恶劣，因为人们只能在厨房里过日子，而这一间间厨房却面对着那条有好多垃圾坑的臭巷。①

劳伦斯以细致的笔法，把以煤矿业为代表的现代工业文明给英国古老农村和人们的生活带来的灾难清晰地勾勒出来。紧接着，交代了保罗·莫雷尔先生"父亲十岁就下井了，那生活就象耗子一样，到晚上才伸出脑袋来看看外面的情况"②，"田野里有两座煤矿，缕缕白色的水蒸气从那儿冉冉飘起"③。"只见布威尔的点点灯光象群星撒在地上的无数花瓣，中间是座座高炉的耀眼红光，直往云朵上喷着热气。"④ "敏顿矿井上空飘着缕缕蒸汽，传来阵阵沙哑的格格声。"⑤ "那天天气很好。布

① ［英］D. H. 劳伦斯：《儿子与情人》，陈良廷、刘文澜译，人民文学出版社1997年版，第1—3页。

② 同上书，第14页。

③ 同上书，第117页。

④ 同上书，第147页。

⑤ 同上书，第162页。

林斯利矿井的白色蒸汽在色彩柔和的蓝天的阳光下慢慢化去,吊车的轮子在高处闪闪发亮,筛子正在把煤送到货车上。真是一片嘈杂。"① 正当保罗和女友克莱拉到外面田野出去逛时,他们之间的一段对话:

> 他们快走近矿山了。矿山就这样乌漆麻黑的静静屹立在稻田间,大堆大堆的矿渣就在麦田里矗起。
> "可惜这么美的景色偏偏有个矿井!"克莱拉说。
> "你这么想吗?"他答道。"你瞧,我可习惯了,不看见矿井还想念呢。不,各处的矿井我都喜欢。我喜欢一排排的货车和吊车,喜欢白天的水汽,晚上的灯火。我小时候,老是以为所谓矿井,就是白天的烟柱子,晚上的火柱子,周围水汽濛濛,灯火通明,还有燃烧的煤堆——我以为上帝一直都在矿井顶上。"②

　　这里作者通过保罗这个带有作家影子的人物表达了对故乡土地上人们赖以生存的煤矿业的期许,那是父老乡亲们生活的唯一资源。在这部小说中,劳伦斯对生养他的这片有着矿区的故乡还是充满着绵绵的感激和淡淡忧伤的。对他的父老乡亲的生存还是充满着温情的。他们本能地活着,生活着、存在着。在意大利的嘎达湖,美丽的湖光山色滋润,意大利人(这儿的人都是无意识的,他们只知道感觉和需要,其他一切不知)③慢节奏生活形态给劳伦斯的思想观和生活观产生了影响,这就是他住在意大利的原因。在这山水间,他开始构思并创作《两姐妹》,后来以《虹》和《恋爱中的女人》姊妹篇发表。对矿区的描写就有了较大的变化。可以说是噩梦般的荒原的开始。

　　劳伦斯 1915 年发表的史诗般的长篇小说《虹》(*The Rainbow*),是劳伦斯的代表作,体现了劳伦斯小说创作的最高成就。它以家族史的方式展开故事,叙述了布兰温家族三代人的情感经历与生活变迁。在小说

---

　　① [英] D. H. 劳伦斯:《儿子与情人》,陈良廷、刘文澜译,人民文学出版社 1997 年版,第 179 页。
　　② 同上书,第 430 页。
　　③ [美] 哈里·莫尔编:《劳伦斯书信选》,刘宪之、乔长森译,北方文艺出版社 1994 年版,第 64 页。

的第一章，作者就把中原铁路刺破美丽宁静乡村后对本地农民心灵的影响的图景展示在读者面前：

　　大约在 1840 年，玛斯草甸子上修起了一条运河，这条河直通埃利沃斯谷地里新开的煤矿。一道高耸的大坝横卧在田野上，大坝在农舍边上穿过，像一座沉重的大桥俯瞰着大路。

　　就这样玛斯和伊开斯顿被隔开了。玛斯被圈在谷地里，谷地尽头是一座郁郁苍苍的小山，山上矗立着考塞西村的教堂塔尖。

　　大坝占了耕地，布朗温家因此得到一笔数目不小的赔款。不久，运河那边又开一座煤矿，随即中原铁路伸向谷地的伊开斯顿山脚下，外部世界终于打进来了。小镇发展得很快，布朗温一家人整天忙着生产给养，他们几乎成了商人，比以前富多了。

　　但玛斯农田仍然是原始、偏僻的。在运河这边安宁的土地上，在阳光灿烂的谷地中，一溪流水缓缓地淌着，蜿蜒流过高耸的桤木林，一条小路在白蜡树的掩映下从布朗温家的花园门前经过。

　　但是从门前顺路朝右前方看，透过高架在空中的引水渠里黑魆魆的拱洞，可看到附近那座煤矿。再远些，简陋的红砖房一群群地贴在山谷里，最远处则是城里那吐着黑烟的小山包。

　　布朗温家的农舍在文明世界的对面，路边上这座房屋显得孤孤零零的。只有一条园中小径与大路相通，春天里小径旁开满了嫩黄的洋水仙花、绿叶黄花，茂盛得很。门前屋后，丁香、绣球花和水蜡花争芳吐艳，农舍完全掩映在花木丛中。①

矿区很不协调地在美丽的乡村田野上黑糊糊地存在着，以煤矿为核心的工业化产业对世代生于斯、长于斯的农业劳作方式的挤压和侵蚀，是新兴工业文明对农业文明的强大冲击。以至于世代在这里劳作生活的人们对这种新的生产方式的不适应，小说写道：

　　最初，布朗温一家被周围这乱七八糟的东西惊呆了：新筑起的

---

① ［英］D. H. 劳伦斯：《虹》，黑马、石磊译，中央编译出版社 2010 年版，第 5—6 页。

　　运河坝穿过他家的土地，弄得他们自己都不认识自己家的地方了。这座生硬的大坝把他们与世隔绝，让他们感到困惑。他们在田野里劳动时，从远处那熟悉的大堤上传来马达有节奏的轰鸣，最初他们只是感到惊奇，后来这声音变得让人头皮发麻。他们心中反响着火车那令人心惊肉跳的鸣笛声，它欢快地宣布着：远方的世界不日即临。

　　从城里回来时，农民们见到刚从矿井下上来的成群结队的满身乌黑的矿工。他们在地里收庄稼时，西风吹来坑道里冒出的淡淡的硫质燃烧味儿。他们在十一月份拔萝卜时，空空的卡车咣当当地响着一溜烟儿地开过去，这响声在他们心头回荡，告诉他们远处正在进行着其他活动。①

　　这里，呈现在读者面前的分明是一幅工业文明侵入农业文明的景象。象征着现代工业文明的火车俨然以"入侵者"的姿态"欢快地宣布着远方的世界不日即临"，它的隆隆驶进撼动了玛斯农场的根基，使世代生活在这块土地上的人既惊叹于它的巨大威力又感到怅惘和不安。从此，田园牧歌般恬静优雅的农村生活一去不复返，传统的生活模式和交际方式甚至思维方式也随之改变。布朗温家族的人不再迷恋脚下的土地，不再愿意把自己封闭在乡村这么一个小天地里，于是他们纷纷走向城市，汇入了商品经济的大潮，他们开始为赚钱而忙碌，"他们几乎成了商人，比以前富多了"。

　　日月斗转星移，到了布朗温的第三代即孙女厄秀拉，这时，煤矿业已成了这个地区的主要产业了，人们的生存环境、生活方式及社会心理更是发生了天翻地覆的变化。

　　蓝色的河水在秋季长成的两排树篱间蜿蜒流动，流向一座青翠的小山。左边是黑糊糊一片躁动不安的煤矿、铁路和小山上的城镇……厄秀拉和安东·斯克里宾斯基沿着河堤往前走。树篱中的浆果顶在叶片上，变成了绯红色，鲜红色。晚霞、盘旋的红嘴鸥和依

---

① ［英］D. H. 劳伦斯：《虹》，黑马、石磊译，中央编译出版社 2010 年版，第 6 页。

稀的鸟鸣汇入了那一边矿井杂乱的噪声和镇上黑糊糊、烟蒙蒙的紧张。他们俩走在河堤上，一条蓝色的水流，天空中的丝带，在旁边流过。[①]

这一对年轻恋人，漫步在虽是鸟鸣水流的树篱间，但那无处不在的矿井噪声和"黑糊糊"的紧张气势已剥夺了他们的浪漫情思，一对恋人连躲在乡村偏静之处谈情说爱都不得安宁，这工业文明也太可怕了。

厄秀拉的舅舅即第一代汤姆·布朗温的儿子，汤姆在约克郡经营一座新的大型煤矿，煤矿行业是当时英国的主要产业，吸引了大量矿主投资开矿，因而在英国大片田野上出现了许多新的煤镇子。小说中写道：

> 他住在一幢又新又大的红砖房里，这幢房子坐落在一大片同样的红砖住宅旁，这就是威金斯顿。这个镇只有七年的历史。原来这里只是一个有十一幢房子的小村庄，附近是繁荣的半农业区。后来，大片的煤矿层被发现了，一年之内就出现了威金斯顿，大批五间房一排的、不结实、像闹着玩儿似的粉红色房子盖起来了，街道简直不像样，一条黑灰夹杂的碎石路，沥青路面的人行道给一排排单调的墙和门窗夹在中间，成了一条不知何处起不知何处止的新砖槽。一切都是杂乱无章的，然而一切又都是没完没了的重复。唯一的点缀只是间或看到一间房的窗子上摆着蔬菜或小杂货出售。
>
> 镇中间有一大块说不出形状的踩得黑糊糊的泥地，或叫市场，周围排列着式样单一的房子，新红砖变得邋邋遢遢，长方形的小窗，长方形的门，不断地重复着，只有一个角落有一栋高大漂亮的旅馆，再就是广场的某一边，有一扇不透光的墨绿色大窗，这就是邮局了。
>
> 这地方有一种奇怪的败落了的荒凉。矿工们三五成群地游荡，或迈着沉重的脚步沿着沥青路面人行道去上班。他们看上去不像活人，像幽灵。空荡荡的大街上那种呆板，整个镇上千篇一律的、杂乱无序的不景气使人联想到的是死亡，而不是生气。没有集会场

---

① ［英］D. H. 劳伦斯：《虹》，黑马、石磊译，中央编译出版社 2010 年版，第 276 页。

所，没有镇中心，没有交通要道，没有组织机构。它在那儿，像是新出现的迅速延伸的红砖地基，像是一块皮肤病。

汤姆·布朗温的大红砖房就在这旁边一座小山坡上。它面朝镇子的一边，朝着一个无用的肮脏的灰坑和一间小房，还有一条条排列不齐的屋脊，每一条屋脊下平庸琐碎的生存活动和其他卑微的劳作活动无益地连在一起，变得乌七八糟。再过去就是最大的矿，昼夜开采。周围是田野，两道弯弯的、绿幽幽的溪流，溪边长着荆豆、石楠，远方暗绿的是一片小树林。

这整个地方只是虚幻的，不像确有其地。甚至现在，汤姆·布朗温到这儿已经两年了，他还不相信它确实存在。这好像是令人厌恶的梦境，或是烦躁、呆板无趣、乱七八糟的心境变成的有形的实体。

在那草草盖成的小车站上，有一辆汽车来接厄秀拉和温妮弗雷德，然后载着她们驶过小镇，这地方对她们来说犹如什么可怕的胡乱的开端。这地方是无限延长了的一阵混乱，这种状态持续下来，定格了，不变了。厄秀拉被这儿许许多多的人吸引住了——一群群的人站在街上，四五个人一伙走着，他们都脚前脚后地跟着跑。他们穿得挺整齐，大多数人干瘦干瘦的。他们的举止中那种令人害怕的无精打采的安详使厄秀拉感到迷惑。这些芸芸众生已不再抱什么希望，在他们完全死去了的躯壳中，却还有希望在活着，还有情感的存在。他们毫无意义地在街上行走着，带着奇怪的、与世隔绝的威严。正像是有一个坚硬的角质外壳罩住了他们所有的人。

一路上感到震惊和诧异，厄秀拉给带到了她舅舅汤姆的住处，他还没回来。他的房子简朴，却用家具装饰得很好。他打掉了一堵隔墙，把整个房子的前半部分弄成了一间大书房，有一头用来搞科研。这间房挺大，用作实验室和阅览室。可是它同样使人感受到了一种难以忍受的、机械似的活动，一种机械似的却又还未搞出个样子来的活动。往外望去，看得见小镇丑陋的全景，远处绿色的草地和高高低低的乡村。另一边是大片确凿无疑的煤矿。[1]

---

[1]　[英] D. H. 劳伦斯：《虹》，黑马、石磊译，中央编译出版社 2010 年版，第 310—311 页。

当厄秀拉的舅舅汤姆回家后，厄秀拉就煤矿环境及工人的精神面貌与其舅舅争论着，汤姆·布朗温认为：他们的生活相当糟。矿井很深很热，有的地方还潮湿，常常使人死于肺结核。但是他们挣的工资挺高。汤姆家的佣人、长得好看的金发年轻女人史密斯太太"是个寡妇，她丈夫不久前死于肺结核"。他们结婚才两年，她有了个男孩。对这种事已经习惯了。她的父亲和两个兄弟也是这样离去的。"但他们就是这样。她很快就要再嫁了。是这一个男人还是另一个，没多大关系。他们都是矿工。"

"她的丈夫叫约翰·史密斯，是个装煤工。我们把他看成个装煤工，他把自己看作个装煤工，因此她就知道他代表了他的工作。婚姻和家庭只是个过场戏。妇人们对这点知道得很清楚，不会把它看得很重。是这一个男人还是另一个，根本没什么关系。要紧的是矿井。矿井周围常有这种过场戏，多极了。"汤姆环视威金斯顿那红色的、呆板的、乱七八糟的一大堆，说："每个男人都有他自己的过场戏，他的家，然而每个男人都为矿井所占有。女人得到的只是剩下的东西，这个男人还剩下什么东西，或说这种事情以后还能剩下什么，完全无关紧要。矿井把最主要的东西都拿去了。""到处都一样，"温妮弗雷德喊起来，"那些事务所、商店、贸易行抓住了男人，女人只能抓到一点商店消化不了的东西。他在家里是什么，是男人吗？他只是没用的废物——一台站着的机器，一台下了班的机器。"

"他们知道自己给卖了，"汤姆·布朗温说，"问题就在这里。他们知道自己被卖给工作了。女人磨破了嘴皮地说，又能顶什么用？男人被卖给了自己的工作。所以这些女人也不找这个烦恼。她们能抓到什么就要什么，听天由命呗。"

"他们这里的人很看重这些吗？"英格小姐问。

"哦，不看重。史密斯太太有两个姐妹都换过丈夫了。她们不算特殊——也不引人注目。她们到井下去把留在里边的煤拖出来。他们对道德不道德并不感兴趣——道德和不道德都差不多一回事——只是个下井的工钱问题。英格兰一位最有道德的公爵每年从这些矿井获得二十万。道德就是这样完结了。"

厄秀拉心情抑郁，非常痛苦地坐在那儿听他们俩谈话。他们俩就是在为这些状况叹息时也如食尸鬼一般残忍。他们似乎从中得到一种残酷的满足。矿井是了不起的情人。厄秀拉望出窗外，看见那骄傲的、恶魔般的煤矿在半空中，轮子一闪一闪，旁边是那不成行的、邋遢的威金斯顿镇。这就是那一堆肮脏的过场戏。矿井是正戏，是所有这一切存在的理由。

这多么可怕！它有一股可怖的魅力，人的肉体和生命隶属于煤矿这个魔鬼。它有一种令人神魂颠倒的、邪恶的满足。她感到一阵眩晕。

过了一会儿她好了，心里有一种强烈的孤独感。这使她伤心却又觉得解脱了。她已置身其外。她再也用不着和这个大煤矿、大机器站在一边，即使机器控制了我们所有的人。从内心来讲，她是反对它的，甚至否认它的威力。它不过是该抛弃的空洞的东西，毫无意义。她知道它是毫无意义的。但是对她来说，眼望着这个煤矿，还要保持她的这种看法，需要在意志上做出极大的努力。①

这时，厄秀拉仿佛是劳伦斯的代言人，作者写道：

厄秀拉的心中充满了憎恶。如果她办得到，她会把机器捣毁，她在脑子里采取的行动就是捣毁这大机器。如果她能捣毁这座煤矿，使威金斯顿所有的人都失业，她会这么干的。让他们挨饿，到地里刨树根，也比给这样一个摩洛克神干活好。②

面对这样的情况，有着深刻思考的作者的代言人厄秀拉立即有个顿悟："就是在这几个星期里，厄秀拉变得成熟了。她在威金斯顿待了两个星期，她恨这地方，一眼望去一片灰色：干煤灰冷冰冰，死沉沉的，

---

① ［英］D. H. 劳伦斯：《虹》，黑马、石磊译，中央编译出版社 2010 年版，第 315 页。
② 同上。

难看极了。"①

在这部小说的末尾,当厄秀拉与男友安东分手流产大病一场后:

> 身体逐渐恢复了,她就坐起来观看新的创造。在窗前,她看到人们在下面的街道走,有矿工、妇女和孩子,人人都披着旧荚壳。但是,透过荚壳可以看到新的萌芽膨胀鼓起的轮廓。从矿工平静无语的外形她看出了犹豫不决、等待着重新获得解放的痛苦。
>
> 她看到矿工们僵硬的身板,好像已被盖在棺材里了;还看到他们呆滞不变的眼睛,与被活埋的人的眼睛没两样。她看见轮廓线坚硬刻板的新房子,它们似乎要把没有生命的成就布满山坡,这些可怕的成就由乱七八糟的角和直线组成。②

厄秀拉的视野和境界要比前两代人广阔得多,她的经历,使她广泛接触到社会的各个方面。厄秀拉与斯克里班斯基的关系几经波折,最终没有找到契合点而分手。一个雨天,厄秀拉在惶惑中到野外散步,遇到一群奔马的惊扰。受到刺激的厄秀拉大病一场。病后厄秀拉脱胎换骨,获得了新生,看见象征新生的彩虹。

相比此前劳伦斯的作品,《虹》加强了对社会现实批判的力度。在劳伦斯看来,工业文明并不是人类的福音,恰恰是人类悲剧的开始。他在小说中具体描写了煤矿生产扩张对玛斯农场周围自然环境的破坏,以及由此导致的乡村田园生活的消失。劳伦斯对一切现代工业文明的衍生物,如城市、教育制度也同样深恶痛绝。小说通过厄秀拉在大学求学和小学任教的经历,彻底否定了现代教育制度。

劳伦斯一贯重视在小说中表现两性关系。他认为,工业文明带来的最大恶果是破坏了健康自然的人类两性关系,而要从危机中拯救人类,也需从调整两性关系入手。抱着这样的目的,劳伦斯通过对布朗温家族三代人两性关系的描写,批判了现实世界中的畸形两性关系,

---

① [英] D. H. 劳伦斯:《虹》,黑马、石磊译,中央编译出版社 2010 年版,第 316 页。
② 同上书,第 445—446 页。

探索了理想两性关系实现的途径，并由此塑造了受非理性心理驱动的新人形象。

第一次世界大战打响，劳伦斯滞留英国，由于长篇小说发表遭禁，又发表对战争的不利的言论，在伦敦生活困顿，被迫移到生活费用较低的英国西南部康沃尔海边，继续从事《虹》的姊妹篇的创作。1920年这部小说在美国出版。《恋爱中的女人》更是对采矿业所代表的工业化对人性摧残的强烈谴责。《恋爱中的女人》开始，冰冷、阴暗、死寂的色调已经挟持作家的笔触。为了更加集中地表达对这座小煤镇子的厌恶，作家选取的是戈珍两姐妹行走在贝多弗主干道的路线为创作焦点，运用"散点透视法"来着重表现这座煤镇的混乱与肮脏。

26岁的厄秀拉和25岁的戈珍两姐妹住在煤矿小镇贝多弗，具有独立思想的厄秀拉，她：

> 讨厌这儿，这块肮脏、太让人熟悉的地方！她内心深处对这个家是反感的，这周围的环境，整个气氛和这种陈腐的生活都让她反感，这种感觉令她恐怖。
>
> 两个姑娘很快就来到了贝多弗的主干道上。这条街很宽，路旁有商店和住房，布局散乱，街面上也很脏，不过倒不显得贫寒。戈珍刚从彻西区和苏塞克斯来，对中部这座小煤镇子十分厌恶，这儿真叫杂乱丑陋。她朝前走着，穿过长长的砾石街道，到处都混乱不堪、肮脏透顶、小气十足。人们的目光都盯着她，让她感到很难受。真不知道她为什么要回来，为什么要尝尝这乱七八糟、丑陋不堪的小城滋味。她为什么要屈从于这些毫无意义、丑陋不堪的人的折磨，为什么要屈从于这座毫无光彩的农村小镇呢？为什么她仍然要向这些东西屈服？她感到自己就像一只在尘土中蠕动的甲壳虫，这真令人反感。①
>
> 她们走下主干道，从一座黑糊糊的公共菜园旁走过，园子里残剩的白菜沾满了煤灰，不知羞耻地支楞着。没人感到难堪，没人为

---

① ［英］D. H. 劳伦斯：《恋爱中的女人》，黑马译，中央编译出版社2010年版，第5—6页。

这个感到不好意思。

"这真像地狱中的乡村，"戈珍说，"矿工们把它带到地面上来，是用铲子挖上来的……这儿是另一个世界。这儿的人全是些吃尸鬼，这儿什么东西都沾着鬼气。全是真实世界的鬼影，是鬼影、食尸鬼，全是些肮脏、龌龊的东西。厄秀拉，这简直跟疯了一样。"

姐妹俩穿过一片黑黑魆魆、肮脏不堪的田野。左边是散落着一座座煤矿的谷地，谷地对面的山坡上是小麦田和森林，远远的一片黢黑，就像罩着一层黑纱一样。白烟柱黑烟柱拔地而起，像在黑沉沉的天空上变魔术。近处是一排排的住房，顺山坡逶迤而上，一直通向山顶。这些房子用暗红砖砌成，房顶铺着石板，看上去不怎么结实。

姐妹俩走的这条路也是黑糊糊的，这条路是让矿工们的脚一步步踩出来的，路旁围着铁栅栏，出口上的阶梯让矿工们厚毛布工装裤磨亮了。现在姐妹俩在几排房屋中间穿行，这里可就寒酸了。

她们离开了矿区，翻过山，进入了山后宁静的乡村，朝威利·格林学校走去。田野上仍然笼罩着一层浅浅的黑煤灰，林木覆盖的山丘也是这样，看上去似乎泛着黑色的光芒。[①]

两位姑娘走上布满厚厚的黑煤灰的胡同……两位姑娘默默地走着路，左边是矿井高大的土台和车头，下面的铁路上停放着矿车，看上去就像一座巨大的港湾……姑娘们下到矿区街上，街两边的房屋铺着石板瓦顶，墙是用黑砖砌的。浓重的金色夕阳辉映着矿区，丑恶的矿区上涂抹着一层美丽的夕阳，很令人陶醉。洒满黑煤灰的路上阳光显得越发温暖、凝重，给这乌七八糟、肮脏不堪的矿区笼罩上一层神秘色彩。"这里有一种丑恶的美。"戈珍很显然被这景色迷住了，又为这肮脏感到痛苦。[②]

---

① [英] D. H. 劳伦斯：《恋爱中的女人》，黑马译，中央编译出版社 2010 年版，第 6—7 页。

② 同上书，第 108—110 页。

　　在这里，作家通过两姐妹的视角和对脏乱矿区的批判，其实非常清楚地传达了作家鲜明的态度。此外，作家别出心裁，将鲜丽的色彩赋予各色的人物，通过人物的活动来点缀这个肮脏黑暗的矿区，也充分显示了作家驾驭色彩的能力。首当其冲的是戈珍"穿着青草般嫩绿"着装穿行在那"黑暗、粗鄙、充满敌意的世界里"①，仿佛一抹具有无限活力的绿色植物挺立在那片黑乎乎的矿区里。两相比较下，那片"乱七八糟、丑陋不堪"的矿区更令人厌恶和痛心。当戈珍与杰拉德一起出行的时候，她仍穿着以绿色为主打，配黑灰的暗色调，仿佛是以这抹生命之色去对抗整个世界一般，正如杰拉德所感知的那样，"他感到她的衣着是一种挑战——对整个世界的挑战"②。另外厄秀拉也是开放在矿区上的鲜花，厄秀拉不止一次地穿着黄色的着装出现在人们中，一次是在"布莱德比"，另一次是"在水上聚会"。③ 另外一次是这两姐妹都身着靓丽夏装，"厄秀拉穿着橘黄色的针织上衣，配以鲜黄色的长裤，戈珍的上衣则是浅黄色的，再加上玫瑰色的长裤。两个女子的身影在穿过铁道转弯处时似乎在闪动着光芒，白、橘黄、浅黄和玫瑰色在布满煤灰的世界里闪闪发光"④。是的，正如作家所传达的一样，这两个人物的着装恰好是作家在这幅矿工图上所要表现的生命的色彩，是生命里发亮的原生质。正如研究者所指出的，"无论是《白孔雀》的'白'还是《虹》中的'光彩'，以至《恋爱中的女人》里戈珍'浅蓝中的泛绿'的'翠绿'外衣等，'劳伦斯所有作品的虚构作品都动用了大量的色彩象征'"⑤。

　　在《恋爱中的女人》中，作家还通过一只母马的反应来传达矿区上的这些声响已经变成矿区的障碍，此时读者不仅承受着视觉上的茶毒，还承受着听觉上的污染。起初"火车是喷着汽'哧哧'地驶了过来，连母马都似乎被这陌生的声音伤害了似的"，紧接着机车"'哧哧'

　　① ［英］D. H. 劳伦斯：《恋爱中的女人》，黑马译，中央编译出版社 2010 年版，第6 页。

　　② 同上书，第 231 页。

　　③ 同上书，第 151 页。

　　④ 同上书，第 109 页。

　　⑤ 秦烨：《劳伦斯的绘画创作与小说叙事》，《中国比较文学》2012 年第 4 期。

的声音愈来愈重、令它难耐，那没完没了的重复声既陌生又可怕"，然后"噪声减弱了，小机车咣咣当当地出现在路基上，撞击声很刺耳。母马像碰到热烙铁一样跳开去"。再接着"机车似乎要等待什么……像钹一样发出刺耳骇人的声音，母马张开大嘴，缓缓地腾起前蹄，似乎是被一阵可怕的风吹起来的"。再次是"矿车一辆接一辆地驶来……火车车厢的接连处吱吱哑哑地响着……母马惊恐万状"。最终"末尾值班车驶近，矿车的撞击声减弱了，大家就要从那难以忍受的噪音中解脱出来了，母马重重地喘息着"。①

1920年，劳伦斯一部从1912年11月开始写作，因各种原因而推延到1920年在英国发表的《误入歧途的女人》，这是一部以作家的故乡伊斯特伍德煤矿小镇为背景的长篇小说，作者给那个小镇取名为木屋镇，就如小说开篇所写的：

就说木屋镇这样一个小煤镇吧。这里有一万人口，三代人的历史。在这三代人的时间里，人们提出种种提议，要建立一个井然有序的社会。原先的那个老"乡绅"在搜肠刮肚掏出来的大量原煤面前已逃之夭夭，逃到了仍然保持田园诗味道的地方，在那里操掌着煤矿开采权，大发其财。当地煤矿主依然在世，年逾九旬，是个伟大得不可企及的大亨。他正踩在原先"乡绅"的地位爬上来，把民众一脚踹到下面，将自己束之高阁。

木屋镇有了一个井然有序的社会，充满了细微严格的等级差别：从黑煤灰、石工的粗砂和木材锯末，到亮晶晶的猪油、黄油和鲜肉，到药品商的香水和医生的消毒剂，再到银行经理、公司出纳、牧师之类的久未动用而失去光泽的金币，直至矿区总经理光闪闪的轿车。在此之上再无其它了。总经理住在灌木丛围的号称邸宅的幽地。那座被"乡绅"所遗弃的真正邸宅，如今则被煤矿公司接收过去做了办公楼。

情况就是这样：底层是广大的矿工；中层是多如雨点的商人，

① ［英］D. H. 劳伦斯：《恋爱中的女人》，黑马译，中央编译出版社2010年版，第105—107页。

其中混杂了一些小雇主、小学校长和非国教教士；再上一层是银行经理、富裕的磨坊主、富有的铁器制造商、国教牧师和各煤矿经理；顶层则是当地煤矿主，他那茂、密熟软的樱桃在这万物之上闪闪光亮。

这就是公元 1920 年，英国米德兰地区一个小业城镇错综复杂的社会体系。①

这就是《误入歧途的女人》对这座小镇和商业街活灵活现的写照，那对市井生活的素描，受了班奈特同样描写中原小镇的小说《五镇的安娜》的启发，但远远超过了班奈特，委实是青出于蓝而胜于蓝。他给这小镇起了个名字叫木屋镇。伊斯特伍德的丑陋、繁华、肮脏与猥琐，全在此得到了逼真的记录。《误入歧途的女人》虽然不是劳伦斯的名著，但在全景记录小镇风情和市民生活方面却超过了《儿子与情人》，后者更注重对人的心灵的透视和对矿工之家生活的再现。如果将两者一起读，这样就能从外到内对 20 世纪初的小镇生活有一个全面的把握。从这个意义上说，《误入歧途的女人》自有其独特的魅力。②

爱尔维娜的父亲詹姆斯赶时髦，盲目投资半便士掐脖矿，全然不顾及太太的病情和女儿的幸福。作者对矿区是这样描述的：

> 只有一次，爱尔维娜突然心血来潮，去了半便士掐脖矿，坚持要坐铁篮筐吊到下面的矿井巷道。用圆木撑起的主巷道内，一切正常，有条不紊。工人们相当能干。只是到处都在渗水，令人扫兴，而且空气中还有一种陈腐的味道。
>
> 父亲陪着她，指指点点地一样样告诉她，这是黄斑煤煤层，这是页岩，这是泥岩，这是走向。他对整个矿的事情已有一种童话仙子般的学问，就象一个令人难以置信的魔术师，一切都象变戏法那

---

① ［英］D. H. 劳伦斯：《误入歧途的女人》，李建译，四川文艺出版社 1994 年版，第1—2 页。

② 黑马：《心灵的故乡：游走在劳伦斯生命的风景线上》，中国社会科学出版社 2002 年版，第 10—11 页。

样变出来。矿工们象幽灵一般忧郁地站在身后的烛光中，似乎面带讥讽地听着。……说实在的，没有什么比木屋镇丑陋的了。矿工们建造了它，又丢弃了它。

地下世界的奴隶！她新奇地看着灰蒙蒙的矿工沿着铺石路摇摇晃晃走来，恍然进入一个新的梦幻。奴隶——这些古老故事中的地下巨人和铁人富有魔力，调皮捣蛋，却遭受奴役。在爱尔维娜看来，这些矿工在遭受奴役的魔力中显得高大、昏暗。

矿工们成串地从她面前走过，放工回家——从头到脚灰蒙蒙的，奇形惨状，肌肉痉挛，污垢之下的脸苍白无华，稀奇古怪。他们步履沉重、拖沓，举止僵硬，奇形怪状。他们川流不息——在爱尔维娜眼里，时隐时现，犹如神话传说中强壮奇怪的人物，不为人所认识、了解。这些矿工、铁工、形成了地下世界的工作人员。①

以上通过一个被过分管束的姑娘的眼光来看矿区地下工作环境及那些黑精灵的灰色生活状态。作者不作评论，但一切态度、观点尽在其中了。

1922 年，劳伦斯出版了他的另一部长篇小说《出走的男人》，作者仍然以他所熟悉的故乡矿区为人物活动的主要场所，主人公"阿伦·西森是最后一个乘坐煤矿小火车翻过一座小山回家的。他回家晚了，因为他参加了井口出车台上的辩论。他是煤矿矿工协会秘书长，矿工们一大堆无稽之谈使他好不恼火"。那么这个矿区小镇的环境如何呢？作者这样描述：

在一个丑陋的矿区小镇，布伦斯韦克矿区位于植物园的当中。矿区那燃烧着的煤山火光闪闪，浓烟滚滚，在布里克纳尔一家的鼻子底下散发硫磺的臭气。战争也没有扑灭这堆废火。撇开这点不谈，肖特尔府应该说是个非常舒适的四面环街的老式房子，有很多

---

① ［英］D. H. 劳伦斯：《误入歧途的女人》，李建译，四川文艺出版社 1994 年版，第 54—57 页。

灌木和草地。①

　　矿区的残渣在井口出车台处燃烧，尽管想了很多办法，但都无济于事，它在那儿烧了很多年了。②

　　1925年9月劳伦斯从美国回到欧洲后，在英国做短暂的停留，数日后，就到他生命所系的意大利，1926年9月，作者还乡心切，于9月14—16日住到离家乡伊斯特伍德不远的里普里的妹妹家，从那里到伊斯特伍德一游，这是他最后一次回家乡探望。他写下散文《还乡》，记录下了这最后一次归乡的心情。回到意大利后，他就立即着手写作生命中的最后一部小说《查泰莱夫人的情人》，权威的研究认为，劳伦斯返乡看到的这场大罢工情景是导致他写作这部小说的重要直接诱因之一，可能没有这次归乡，就没有了《查泰莱夫人的情人》。

　　在《查泰莱夫人的情人》中，劳伦斯更是将荒芜的煤矿场称为"死神一般"的所在：

　　康妮习惯了肯辛顿、苏格兰山地或苏塞克斯的丘陵草地，那是她心目中的英国。她一眼就看透了这个毫无灵魂、丑陋无比的中部煤铁世界，但凭着年轻人的毅力她忍了。这地方令人匪夷所思，不去想它就是了。在阴沉的拉格比府房间里，她听到了矿井上筛煤机的吡当声，卷扬机的噗噗声，火车转轨的咯噔声和矿车嘶哑的汽笛声。特瓦萧的矿井台在燃烧，烧了不知多少年了，扑灭这火得花上一大笔款子才行，干脆就让它烧着去。当风从那边刮过来时，经常是这么个刮法，房子里就充满了烂泥里烧出的硫磺恶臭。即使是无风的日子里，空气里也总是弥漫着地下冒出来的杂味：硫磺，煤炭，铁或硫酸。这煤尘甚至永久地吃进了冬玫瑰花瓣里去，令人难以置信，就像黑色的吗哪从厄运的天空而降。③

---

　　① ［英］D. H. 劳伦斯：《出走的男人》，李建译，四川文艺出版社1994年版，第30—31页。

　　② 同上书，第36页。

　　③ ［英］D. H. 劳伦斯：《查泰莱夫人的情人》，黑马译，中央编译出版社2010年版，第10—11页。

二月的一个早上，雾气沼沼，阳光浅淡。克里福德和康妮穿过邸园去林子里散步。克里福德驾驶着他的轮椅，康妮走在一旁。

寒冷的空气里仍然弥漫着硫磺味，不过他们倒是都习惯了。近处的地平线上灰蒙蒙一片，烟雾缭绕，头顶上是一小片蓝天，让人感到是被包围了起来，永远是在圈内。生命就被包围着，不是在做梦就是疯了。

羊群在杂乱的干草丛中咳嗽着，草窝里的霜微微泛着蓝光。①

二月，初春，早上，邸园、林子，本应是万物复苏、空气清新之人间乐园，无奈"空气里仍然弥漫着硫磺味"，这作为"宇宙中的精华、万物中的灵长"的人都得去习惯这种人人都必需的"清新空气"，都得忍受这样的恶劣的生存环境，就连无辜的、纯洁的绵羊也得遭受这种人为的灾难。作者进一步描写：

尽管是五月，到处一片新绿，可乡村却是一片晦暗。天很冷，雨中飘着烟雾，空气中弥漫着一股衰竭的味道。人必须抗争才能生活，难怪这些人看上去那么丑陋粗鲁。

汽车艰难地爬上山坡，在特瓦萧那狭长肮脏的街区里穿过。黑糊糊的砖房散落在山坡上，房顶是黑石板铺就，尖尖的房檐黑得发亮，路上的泥里掺杂着煤灰，也黑糊糊，便道也黑糊糊、潮乎乎。这地方看上去似乎一切都让凄凉晦暗浸透了。这情景将自然美彻底泯灭，把生命的快乐彻底消灭，连鸟兽都有的外表美的本能在这里都消失殆尽，人类直觉功能的死亡在这里真是触目惊心。杂货店里堆着一堆一堆的肥皂，蔬菜店里堆着大黄和柠檬，女帽店里挂着难看的帽子，一个店接一个店，丑陋，丑陋，还是丑陋……较高的地势处是美以美会的礼拜堂，是发黑的红砖砌成，外面架着铁栅栏，栏杆外的灌木上浮着一层黑煤炭。②

① ［英］D. H. 劳伦斯：《查泰莱夫人的情人》，黑马译，中央编译出版社 2010 年版，第39 页。
② 同上书，第156—157 页。

正如黑马先生所指出的："在《查泰莱夫人的情人》中对黑暗龌龊的矿区，劳伦斯发出的几乎是咬牙切齿的恨恨然之声，这声音几乎可以通过朗读下面的段落感到是发自肺腑，当然我指的是英文原文，不仅是节奏，用词几乎都有咬牙切齿之音响效果，如连用几个 black，几个 utter 和几个 ugly，这样的几个短音节词或者辅音闭合发音，或是短促的元音，不断跳跃在字里行间，发自牙缝和舌间，听上去完全是掷地有声的咒符。"①

The blackened brick dwellings, the black slate roofs glistening their sharp edges, the mud black with coal – dust, the pavements wet and black. It was as if dismalness had soaked through and through everything. The utter negation of natural beauty, the utter negation of the gladness of life, the utter absence of the instinct for shapely beauty which every bird and beast has, the utter death of the human intuitive faculty was appalling... ugly, ugly, ugly. ②

她（康妮）的车上了高地，她看到左首开阔的田野一个高冈上矗立着的沃索普城堡，那灰暗的巨大城堡看上去影影绰绰的，城堡下方散落着淡红色的矿工住宅，是新盖的。再下方则弥漫着从巨大的煤矿里冒出的黑烟和白蒸气。这个矿每年都把千百万的金钱添进公爵和其他股东的腰包。那雄伟的老城堡只是一座废墟了，但它还是巍峨矗立在天际线上，俯视着下面潮湿的空气中弥漫的黑烟和白蒸气。③

而在这些住宅条块后面，则矗立着现代煤矿惊人骇人的高大建筑，那些化学工厂和长廊，其形状之庞大，模样之古怪，是前所未有的。在这些新的设备中，原先的矿井架和井台都显得渺小了。

汽车又转了个弯，在黑糊糊又旧又小的矿工住宅间下行朝伍斯

---

① 黑马：《我们一起读过的劳伦斯》，中国国际广播出版社 2015 年版，第 138—139 页。

② 同上书，第 139 页。

③ ［英］D. H. 劳伦斯：《查泰莱夫人的情人》，黑马译，中央编译出版社 2010 年版，第 158 页。

威特方向驶去。伍斯威特，在潮湿的天气里，遍地冒着一柱一柱的烟雾，像是为什么神仙烧着香。谷地里的伍斯威特，通往谢菲尔德的铁路穿行其间，煤矿和钢铁厂高大的烟囱在吐着烟火，教堂顶上那可怜的小塔尖快要倒塌了，但依旧在烟雾中挺立着。就是这么一个地方，却一直影响着康妮，委实令她匪夷所思。①

这就是历史。一个英国抹去另一个英国。煤矿曾经使这些府邸兴盛，现在则把它们消除，就像它们消除了那些村舍一样。工业的英国取代了农业的英国，一种意义消灭了另一种意义。新英国替代了旧英国。但它们之间的传承不是有机的，而是机械的。②

铁和煤深深地浸透了男人们的肉体和灵魂。丑陋的肉体，但是活着！他们会怎么样呢？或许随着煤资源的消失，他们也会从地球上消失。煤矿的出现，把成千上万的他们从天知道什么地方吸引而来。或许他们就是煤层里奇怪的动物吧，是另一种现实的动物。③

这个以故乡为原型的矿区特瓦萧，这里的煤矿区惨不忍睹，墙是黑的，屋顶是黑的，路上是黑煤渣，人行道上是黑水，连空气中都充满了令人窒息的煤和铁的气息，仿佛一切都渗透了凄凉和忧郁。这其实是一个贪婪的机械化的工业世界的象征。而树林是孕育万物、生机勃勃的象征，这正如劳伦斯在 1929 年 9 月 12 日致朋友的一封信中所说的：

不错，克利福德先生的瘫痪是具有象征意义的——实际上所有的艺术，不管是有意识地还是无意识地，都具有象征意义。当我着手写《恰特莱夫人的情人》的时候，当然心中是不很清楚的——我并不是有意识地用象征手法进行创作。然而，书写完后，我发觉了这本书中的无意识象征手法。这部作品我写了三遍，有三份完整的手稿——这三份稿子不尽相同，但总的来说还是一样的。树林当然

① ［英］D. H. 劳伦斯：《查泰莱夫人的情人》，黑马译，中央编译出版社 2010 年版，第 159—160 页。

② 同上书，第 161 页。

③ 同上书，第 164 页。

是无意识的象征，也许连矿山和博尔顿太太也都具有象征意义。①

劳伦斯在他生前最后一篇散文《诺丁汉矿乡杂记》中不无痛心地说：

> 依我看，英国真正的悲剧是丑陋。乡村是那么可爱，而人造的英国却是那么丑陋不堪……兴旺的维多利亚时代里，有钱阶级和工业家们作下的一大孽，就是让工人沦落到丑陋的境地，丑陋，丑陋，卑贱，没人样儿。丑陋的环境，丑陋的理想，丑陋的宗教，丑陋的希望，丑陋的爱情，丑陋的服装，丑陋的家具，丑陋的房屋，丑陋的劳资关系。②

综上所述，劳伦斯选择的小说背景大多是城乡交汇的煤矿区，当时正是英国工业化的蓬勃发展，煤矿业正兴旺，处处是矿井，井架林立，煤烟滚滚，山林、草地和农田遭到侵占，很多人进入矿井挖煤，自然环境受到破坏。作者从视觉上看到的黑糊糊、乱糟糟，山林处、田野里到处是烟雾飘荡，嗅觉上的空气中弥漫的呛人的煤烟味、硫磺味，听觉上的矿井日夜挖煤运煤机器的噪音，从这些方面来描写自然生态环境受到严重的侵害。同时，在这个地理空间中的煤矿工人，他们作为一个群体，一个庞大的阶层，为了养家糊口，只能在恶劣的环境下辛苦地劳作，矿难事故经常发生，甚至还要付出生命的代价，不要说这种工种的职业病，患肺结核的概率比别类工种的要多得多，就连在这个地区里生活的人也常受这种疾病的困扰，包括劳伦斯家在内的许多人患上了与煤烟有关的呼吸道疾病，劳伦斯一出生不到两周就患上支气管疾病，差点死去，以至终生是肺病患者，因此他极力想逃脱这样的环境。以煤矿业为代表的工业文明不仅污染了环境，更大的恶果是污染了人的心灵。这些工人是无辜的，他们也只能这样本能地活着，这是对命运的认可和服

① ［美］哈里·莫尔编：《劳伦斯书信选》，刘宪之、乔长森译，北方文艺出版社 1994年版，第 622—623 页。
② ［英］D. H. 劳伦斯：《纯净集：劳伦斯随笔》，黑马译，中国国际广播出版社 2009 年版，第 41—42 页。

从，所以劳伦斯对与他父亲一样的煤矿工人是既怀着深切的同情，又有一种无可奈何之感，而对这些掌管煤矿的煤矿主，作者塑造了一批新人类的工业文明的代表，如《白孔雀》中的莱斯利，《虹》中的汤姆·布朗温，《恋爱中的女人》中的杰拉德，《查泰莱夫人的情人》中的克里福德，这些工业巨子都是煤矿界的精英，精明、理性，如机器般雷厉风行，但都没有温情，缺乏人道之情，最终成为环境和人类的牺牲品，成为工业社会的俘虏。这些也是劳伦斯对工业文明与农业文明对峙提出的深刻思考和忧虑。这些思想在他 1926 年所写的散文《还乡》表现得淋漓尽致。

　　九月底，我回中原的老家去了几天。倒不是因为那儿有什么家。父母皆作古，自然家就没了。但是姐妹们还在，那个地方，还是得称之为故乡。这片矿区位于诺丁汉和达比之间。

　　重返故园总是教我黯然神伤。现在我已到不惑之年，在过去将近二十年中多多少少是个流浪者，如此一来，我或许在故乡比在世上任何其它地方更觉得陌生。在新奥尔良的运河街，在墨西哥城的马德罗大街，在悉尼的乔治大街，在坎地城的特林科马利大街，或是在罗马，巴黎，慕尼黑，甚至在伦敦，我都感到宾至如归。可是在倍斯特伍德的诺丁汉街，我既感到归乡的迫切，又感到十足的厌恶。这部分原因是，我想回到故乡，看到它同我儿时一样。那时，我总是在合作社里等很久才能买上东西，然后抱着一网袋杂货出来。我还记得我们的合作社社号是 1553A. L，记它比记我的生日记得还牢……

　　儿时，人们更多的是生活在乡间。现如今，人们在路上狂奔，乘车兜风，郊游，可是他们似乎从未接触到乡村的真实。人比以前多了许多，又新添了这许多机械发明。

　　乡村看上去有点人满为患了，可并没有真的受到触动。似乎它远离尘世，难以接近，沉睡了一般。一条条铺着坚硬碎石子的路，路面被不停的车流所磨损。田间的小路似乎宽了点儿。但被践踏得更不像样儿，更加脏乱。不管你走到哪里，都会感到人类的肮脏。

……

不过，这次特别让我颓丧的是，矿上的大罢工仍在继续。一家又一家，人们只靠面包、人造黄油和土豆生活着。矿工们天不亮就起身，走进乡村最后的隐蔽地带，遍寻黑莓子，那样子像遭了一场饥荒……

可现如今，他们没了自尊，他们的自尊无处寄放。

这是另一个世界了。到处都是警察。他们那奇怪的大脸盘看似羊腿一般……

至于我自己，一个矿工家的鼻涕孩儿……

我仍然记得小时候矿工们列队回家的情景。脚步的响声，一张张红润的嘴唇，机敏跳动着的眼白，晃动着的井下水壶，地狱里出来的人们前后招呼着，那奇特的叫声在我听来洪亮而欢快，是矿工们获得赦免般的欢快叫声。那景象令我发抖，感到自己变成了一袭幽灵一般。矿工们喧哗着，活蹦乱跳着，那种洪亮的地狱之声是我儿时从其他类男人那里从来没有听到过的。说起来这还是不久前的事儿。我不过四十一岁嘛。

可是大战以后，一九二〇年之后，矿工们沉默了。一九二〇年前，他们身上孕育着奇特的活力，野性而富有冲动，这一点从他们的声音里就能听出来。他们每天下午总是激动地上到地面上来；早晨又激动地下到井下去。在黑暗中，他们叫着，声音洪亮，富有魅力。在湿润晦暗的冬季星期六下午的小型足球赛上，场上回荡着扯着嗓门儿的巨大嚎叫声，那声音充满生命的热情和野性。

可现在，矿工们在去看足球比赛的路上一个个都死气沉沉的像幽灵。只是从田野里传来可怜巴巴的叫喊声。这些人是我的同辈，儿时一起上公立学校的。现在他们几乎是沉默了。他们去福利俱乐部里，在绝望中喝闷酒。

我感到我几乎不再了解我出身于斯的人们了，那些埃利沃斯谷地的矿工们。他们变了，我想我也变了。我发现我更适合在意大利生活。这里的人有一种新的浅层次的感觉，全来自报纸和电影院，我对此没有领教。与此同时，我觉得，他们内心深处有一种伤痛和一种沉重，与我一样。肯定是这样的，因为我一看见他们，这种感

151

觉就十分强烈。

他们是惟一令我深深感动的人，我感到自己同他们命运交关。他们在某种特别的意义上说是我的"家"。我退缩着离开他们，但对他们万分依恋着。

现在这一次，我感到这里的乡村上笼罩着一种失败的阴影，人们心头笼罩着失望的阴影，这让我心情无法平静。这是因为，同样的失败阴影笼罩着我，无论我走到哪里，同样的失落感绕心不去。

可是失望教人发疯，命运之路依然摆在面前。

人被迫回头去搜索自己的灵魂，寻找一条新的命运之路。

有些事我知道，靠的是内在的知性。

我知道，我奋斗要得到的是生命，是将来更多的生命，为我自己，也为我身后的人：同固滞和腐朽作斗争。

我知道，家乡的矿工们与我很相似，我与他们也很相似：归根结底我们的要求是一样的。我知道，在生命的意义上说，他们是善良的人。

我知道，等待我们的为财富的生死之战。

我知道，财富的所有权现在成了问题，一个宗教问题。但这个问题我们可以解决。

我知道，我想拥有几样东西，我自己的东西。但我同样知道，我要的不过是这些。我不想拥有一座宅子，不想拥有土地，不想有汽车或任何股份。我不想要一笔财富，甚至一份有保证的收入。

与此同时，我不要贫困和苦难。我知道我需要足够的钱以使自己能够自由行动，我要挣到那些钱但不因此受辱。

我知道，大多数体面之人在这方面有着极其同样的感受。而那些粗鄙之人以其粗鄙之身，必须服从那些体面之人。

我知道，我们能够，只要我们愿意，一点一滴地把英国建成一个真正的民主国家：我们可以将土地、工业和交通运输国有化，让一切都比现在运行得好上加好，只要我们愿意。这都取决于以何种精神做成这些事。

我知道，我们正处在一场阶级之战的边缘。

我知道，我们最好马上吊死自己，也不要卷入一场为财富的所有权或非所有权而战的斗争，那种斗争不过如此简单而已。

我知道，财富的所有权可能是不得不争的。可斗争之后，必须得有一个新的希望，一个新的开端才行。

我知道，我们对生命的看法全然错了。我们必须做好准备赋予它一个新的概念，那就是活着。每个人都应该努力树立这个新观念并准备一点一点地毁灭我们旧的观念。

我知道，人不能只靠他的意志活着。他必须用他的灵魂寻找生命力的源泉。我们要的生命。

我知道，只要有生命，就有本质的美。充满灵魂的真美昭示着生命；而毁灭灵魂的丑则昭示着病态。不过，俏跟美可是两回事儿。

我知道，我们首要的是对生命及其运动要敏感。如果说有什么力量，那必定是敏感的力量。

我知道，我们必须要关心的是生命的质量，而不是数量。没有希望的生命应该休矣，痴呆者、无望的病人和真正的罪犯们当属此类。出生率应该受到控制。

我知道，我们现在必须负起对未来的责任。某种变化正在到来而且必须到来。我们需要的是变化后认识世界的眼光要有点亮色。否则我们将要遭遇一场崩溃。

举凡活生生的、开放的和活跃的东西，皆好。举凡造成惰性、呆板和消沉的东西皆坏。这是道德的实质。

我们应该为生命和生的美、想象力的美、意识的美和接触的美而活着。活得完美就能不朽。

我懂得这些及其别的。懂这些算不得什么新鲜事。新鲜的是去为之行动。

可是，说这些有什么用呢，对那些只知道二乘二等于四的人们？这还可以说成是两便士的两倍等于四便士。我们的教育，全都在这一星星儿微尘上形成。[1]

---

[1] ［英］D. H. 劳伦斯：《劳伦斯散文》，黑马译，人民文学出版社 2008 年版，第35—47页。

从 1906 年左右开始写的《白孔雀》，到 1926 年的最后一部长篇小说《查泰莱夫人的情人》，20 年间，作者笔下的矿区空间却有较大的变化，从偶然点缀其间到后来的星罗棋布，矿区空间无处不在，只是矿井的名称不同而已。从开始的同情和赞赏到后来的诅咒和批判。正如黑马所说的："劳伦斯对资本异化下人的心灵扭曲堕落给予了最大的关注，劳伦斯将环境的败坏与人心灵的堕落有机地昭示出来，这是后资本主义时代文学的主题之一，从而劳伦斯作为预言家的前瞻性得到了人们的认同。"①

在劳伦斯去世的前一年，劳伦斯写了最后一篇与故乡有关的散文《诺丁汉矿乡杂记》，作者满怀悲愤地控诉：

> 一百年前，工业家们敢于在我的家乡干下那些丑事。而今恶魔般的工业家们则在英国大地上胡乱建起绵延数英里的红砖"住家"，像一块块可怕的疥癣。这些小捕鼠笼子中的男人们越来越无助，越来越像被夹住的老鼠那样不满，因为他们受的屈辱日甚一日。只有那些下贱的女人才仍然喜欢她们男人眼里鼠笼一样的小家。

> 抛弃这一切吧，不管付出什么代价，开始改变。别再管它什么工资和工业争吵吧，把注意力转向别的什么事。把我的故乡拆个精光吧，计划一个核心，固定一个焦点，让美好的东西从中放射而出。然后建起高楼大厦来，美丽的大厦，由此扩展成一个城市中心，把它们装饰得美丽无比。②

第二节　英国土地和乡村之美——乡村空间

人们对英国的普遍的认识是：英国是个老牌的资本主义国家，在

---

① 黑马：《心灵的故乡：游走在劳伦斯生命的风景线上》，中国社会科学出版社 2002 年版，第 172 页。

② ［英］D. H. 劳伦斯：《纯净集：劳伦斯随笔》，黑马译，中国国际广播出版社 2009 年版，第 44—45 页。

"日不落"时代，它就是工业化与现代化的代名词。这样的认识定位，显然忽视了英国的一个根本属性，其实它更是一个有着古老农业传统的国家。在英国人的心目中，城市仅仅是一个聚会的场所，大部分生活优渥的家庭都只在城里度过忙碌的工作时光，在喧嚣之后，又一如既往地返归乡村生活。英国人对于乡村生活有着与生俱来的热爱。作为最先发生工业革命，曾经深受环境污染之害的国度，劳伦斯的感受是铭心刻骨。因此他更加喜爱故乡那片乡村。

青少年时代的劳伦斯面对被工业化（主要是煤矿业）糟蹋了的青山绿水，面对为养家糊口而下井从而沦落为肮脏丑陋的贱民的父老乡亲，面对家乡小镇的寒碜和小镇人的愚昧下作。只有远离矿区的乡村还保存农业英国的秀美与纯真，劳伦斯在乡村里度过了不少美好时光，和乡民们一起收获干草，干庄稼活。尽情地享受大自然地恩赐——纯净的天空，清澈的溪水，醇香的庄稼和质朴的农民感情。"放眼眺望那四面环山的凹地，我仍然觉得那景象很美……这里的乡村仍富有某种魅力。"① 他曾感叹："在我眼中，它过去是、现在依然是美丽至极的山乡：一边是遍地红砂岩和橡树的诺丁汉，另一边是以冷峻的石灰石、桉树和石墙著称的达比郡。"② 这一带就是劳伦斯站在丑陋的工业小镇，极目远眺的那一片田园风光，那一片自然山水。

劳伦斯青少年时代的生命与这里的一草一木息息相关，这是他借以逃离工业文明初期丑陋卑贱的小镇的一处世外桃源。他满怀深情地称为"我心灵的故乡"。他的美丽乡恋、乡愁作品为他赢得了"了解英国乡村和英国土地之美的最后一位作家"③ 的美誉。

英国作家杰里米·帕克斯曼认为，"在英国人的脑海里，英国的灵魂在乡村"。他说："英国人坚持认为他们不属于近在咫尺的城市，而属于相对远离自己的乡村，真正的英国人是个乡下人。英国的贵族对于乡村生活的热爱，对整个民族产生了重大的影响。一个真正的英国绅

---

① ［英］D. H. 劳伦斯：《劳伦斯散文》，黑马译，人民文学出版社 2008 年版，第 36 页。

② ［英］D. H. 劳伦斯：《纯净集：劳伦斯随笔》，黑马译，中国国际广播出版社 2009 年版，第 35 页。

③ ［英］福克斯：《小说与人民》，何家槐译，作家出版社 1957 年版，第 105 页。

士，一定是热爱乡村野趣的。"①

劳伦斯所描述的乡村，是他的故乡，也是他的"初恋"和"精神之恋"。世上有许多作家都有这种故乡之恋的情结。都特别强调创作与故乡的密切关系，如老舍与北京的胡同，沈从文与凤凰城，孙犁与荷花淀，莫言与山东高密东北乡，乔伊斯与都柏林，马尔克斯与马孔多等，许多作家把自己的故乡当作感情创作的基地，正如已故著名文学评论家童庆炳先生所言，作家的故乡不仅仅是指父母之邦，而是指作家在那里度过了童年乃至青年时期的地方，这地方有母亲生你时流出的血，这地方埋葬着你的祖先，这地方是你的"血地"。所以故乡对作家的意义是非常重要的，可以说无论是古今中外，许多作家的创作都是源于故乡的。如鲁迅当年写《故乡》时与故乡告别时的心境，T.S.艾略特与故乡复杂的情感关系。

这种文学创作现象早被一些作家所明示，如美国著名作家，诺贝尔文学获得者海明威说过"不幸的童年是作家的摇篮"，俄国作家巴夫洛克夫斯基说过"对童年一回赠"，著名作家翻译家黑马先生也坦言：一个作家在故乡的成长超过了20年，他的想象力便会终生为故乡的背景所牢牢钳制。这也许是黑马作为作家与国内杰出的劳伦斯作品翻译家和研究者双重身份的切身感受。当代著名作家格非在接受记者采访时说过："我以前的作品也常常从故乡取材，但从未想到要认真地或者说正面地描述过它。童年经验是一个人生命中最核心的部分，这对任何作家来说都是如此。这些东西甚至都不能被称作经验。它是流逝岁月中的顽石。时间可以把它打磨得玲珑剔透，它从来不会被真正遗忘。它一直在那儿，是我们所有情感最深邃的内核。重返故乡是诗人的唯一使命。"②英国诗人小说家劳伦斯说过：每一个人都是被极化在某个特定的地方，这个地方就是"家——故乡"。劳伦斯就是被"极化"在他的故乡伊斯特伍德，他的作品无不打上了"地方之精神"（sprit of place）的烙印。可以这么说，如果没有这个独特的故乡，劳伦斯能否成为一个优秀的天才作家这还是一个问题，甚至可否成为一个作家也未必可知。

---

① 若兰：《英国的灵魂在乡村》，《决策探索》2005年11月上。
② 陈龙等：《格非：诗人的天职是还乡》，《中华读书报》2017年3月17日第1版。

那么这一片美丽的乡村是如何在劳伦斯的笔下叙写的呢？早在诺丁汉念大学师范课程期间，劳伦斯对一些大而无当的课有些排斥，甚至对一些大学老师的授课内容及方式有抵触，就开始写作诗歌及短篇小说，最早的作品所写的是他童年时常去的那一片山林草地，尤其是海格斯农场，如早期习作《致绣竹》、《农场之恋》等诗作都是对这片田野风光、湖畔山水、农场劳动的感受。他的初恋女友吉西·钱伯斯未让劳伦斯知道就把他的几首诗的稿件投到《英语评论》，得以发表。所以，劳伦斯后来在他的《我的小传》中说："那姑娘轻而易举地把我推上了文学生涯，就象某位公主砍断缆绳，放船下水一样。"① 诗歌在著名文学刊物《英语评论》发表，得到了著名作家休弗的重视和接见，才鼓舞了他的创作欲望和信心。他开始创作以故乡为素材的长篇小说《白孔雀》。吉西·钱伯斯写道："创作这部小说已成了他文学生涯的'学徒期'。他告诉我们，《白孔雀》中一些描写自然景观的段落被人认为可以与哈代的《德伯家的苔丝》中的自然景观描写相媲美。他知道我们将如何评价这种评论。"②

可以说这只孔雀羽毛未丰，但我们应该承认，这部小说在劳伦斯的整个创作过程中是一部极其重要的作品，绝不仅仅只是人们常说的一个作家的处女作，是习作而已，它是劳伦斯对他所深情爱恋故乡的第一次巡礼，也是对自己创作风格与审美意识形成确立的一次实践检验。他的许多哲学观点在这部小说中已初显端倪。正如英国著名文学评论家弗兰克·克默德所说的："第一部长篇小说《白孔雀》，这部小说于1906年动笔，经过无数次修改，在1910年完稿。劳伦斯感到有必要完成这部作品，但在脱稿之前就很不满意。小说描写了两对情人间的关系，情节借自他这个地区最优秀的小说家乔治·艾略特。劳伦斯自认对这个情节毫不感兴趣，因此写就了一部他称之为'华丽的散文诗'的作品。小说以悠闲的中产阶级为场景，几乎完全忽略了本地区的矿井和矿工生活的存在。鉴于作家年纪很轻而且抱负远大，这一点是完全可以理解的，

---

① 　[英] 吉西·钱伯斯、弗丽达·劳伦斯：《一份私人档案：劳伦斯与两个女人》，叶兴国、张健译，知识出版社1991年版，第409—410页。

② 　同上书，第132页。

因而作品中不少做作和虚假毋宁说是由于幼稚造成的。"①

　　劳伦斯以故乡的乡村田园为背景的长篇小说主要集中在《白孔雀》、《儿子与情人》、《虹》、《恋爱中的女人》和《查泰莱夫人的情人》。劳伦斯认为只有远离矿区的乡村还保存着农业英国的秀美与纯真。而那海格斯农场在不同的作品中都以不同的名称出现，在《白孔雀》中的内瑟梅尔农场是海格斯农场的一个缩影；《儿子与情人》中的威利农场同样是海格斯农场的翻版；《虹》中的一开头的玛斯农庄也是海格斯农场的再现。这个乡村在他的笔下显得是那么的淳朴、荒凉和淡淡的阴郁。

　　1911 年发表《白孔雀》，它的主要背景是劳伦斯的家乡伊斯特伍德东北部一水之隔的镇北面的乡村，他的初恋情人吉西·钱伯斯一家住在山后风光旖旎的海格斯农场，那里还有矿主巴伯家的花园别墅、烟波浩渺的穆格林水库、墨绿的安斯里山林，这是他的"心中的故乡"，也是他"心灵的乡村"。他把自己的许多亲身经历及观点渗进了小说，书中人物均以他的朋友及其家人为模特儿，具有一定程度的自传性质。

　　在《白孔雀》中，小说主要如劳伦斯对他的初恋女友吉西·钱伯斯所说的："一般的构思是选择两对男女，然后发展他们的关系。乔治·艾略特的大部分作品都是这样的结构。不过，我不想要一个情节，那样我会感到厌烦的，我要从两对男女写起。"② 这部小说从夏天写起，小说一开始，就描写了那小鱼塘：然后主要人物依次登场，乔治是个年轻农民，身强体壮，眼睛棕褐，裸露的手臂上肌肉在红棕色的皮肤下微微颤动。莱蒂——一个高高的个儿，身高近六英尺，亭亭玉立的姑娘，"我"——西里尔，莱斯利——一位接受较好教育的煤矿主之子，乔治一家生活在斯特利磨坊，以及狩猎人——自然之子安纳布。

　　两对年轻的青年男女正处于相识相恋之中，人物主要生活在内瑟梅尔山谷之中，小说共三部，人物生活在有诗情画意的乡村之中，虽然以煤矿为主的矿区开始在这个地区出现，但还没有给他们的生活造成太大

---

① ［英］弗兰克·克默德：《劳伦斯》，胡缨译，生活·读书·新知三联书店 1986 年版，第 8 页。

② ［英］吉西·钱伯斯、弗丽达·劳伦斯：《一份私人档案：劳伦斯与两个女人》，叶兴国、张健译，知识出版社 1991 年版，第 71 页。

的危害，农村仍然是充满着浪漫和美丽的。在小说中，人物主要活动地是广阔的田野、农场、庄稼地、果园、池塘、花园、弯弯的溪水、青翠的山林。在这块土地上生活的人们和家禽家畜，以及一年四季自然风光的美好画卷，宛如一曲田园牧歌，但又流露出淡淡的忧伤和惆怅。

既然是乡村，又是内瑟梅尔农场，那么作者就依次为读者展现了他眼中的乡村景色。

小说伊始，就把一个充满生机的鱼塘展现在人们眼前：

我站在池边，望着隐隐约约的鱼影掠过贮水池溟濛的水面。这些灰白色的鱼儿还是在这片谷地刚刚繁茂葱茏时，从修道院池塘里跳出来的那些银白色鱼儿的后裔。这里的草木人丁都是从过去默默地休养生息积聚起来的。远处池边，密密匝匝的树木颜色太深，看去太肃穆，就连阳光下也显得暮气沉沉。丛丛簇簇的芦苇连绵成荫、纹丝不动。就连座座小岛上的杨柳也没有一丝儿风去摇曳。池水轻柔宁静、涟漪不惊，只有推动水车的一线溪流潺潺落下，自个儿絮语低声，谈论着曾经加速了这谷地繁茂葱茏的生命的喧嚣。①

这个画面，给人一个大地万物生生不息的感觉，这是个有着丰厚历史记忆的乡村。紧接着作者就把人们带到了男主人公乔治家：

我们沿着池边走，过了架在放下的闸门跳板上的木板桥。在果园的那段堤岸是个斜坡，又长又陡，一直延伸到下面的花园里。果园里，树木长得枝缠叶绕，气派森森。

大房子的石墙上长满了常春藤和忍冬花，以前门口长的一大丛丁香这时差不多快把门封住了。我们从前花园出来，过了晒场，又沿着砖路朝后门走去。②

---

① ［英］D. H. 劳伦斯：《白孔雀》，谢显宁等译，中国文联出版公司 1989 年版，第 2 页。
② 同上书，第 4 页。

　　这是一个典型的乡村，农舍的房前屋后有花园、果园，小桥流水、绿树扶苏，房子的墙上爬满的青藤和鲜花。那小溪，那树林仿佛就在眼前：

　　那道波光闪闪的小溪从最下面那个野草丛生的水塘流出，我几步跑了过去。阳光下，踏脚石闪着白光，溪水懒洋洋地从踏脚石之间淌过。碧空下，一两只难以分辨的蝴蝶在花间嬉戏，一直把我领上小山。田野尽头，火热的阳光似乎盛在一只碗里，我走进了树林入口处。树林里，橡树垂着头，给我们留下一团惬意的浓荫。树林里面，四周一片宁静凉爽，我的脚步声回荡在小径上久久不散。蕨草朝我伸出枝叶，树林深处洋溢着芬芳。①

作品中"我"的家是这样的：

　　低矮的红房子在阳光下打盹，房顶已经褪色下陷。从树林长出来的一大片枫树用树荫遮住了房子，整座屋都寂然无声。②

作者在这里用拟人化的写法，在一大片树林的掩映下，一座红房子像一个人安静地在阳光下打盹儿，安然休息。在安静的家中，作者为读者介绍了本书的女主人公莱蒂及其生活的地理环境。

　　她高高的个儿，身高近六英尺，亭亭玉立，黄色的头发接近黄褐色。她眉清目秀，鼻子却平淡无奇，一双手娇美柔嫩。
　　她穿着鲜艳的亚麻上衣，戴着饰花帽子，光彩照人，我不得不为她骄傲。她指望我跟着她到窗边去，因为她戴着花边手套，在两大丛紫色杜鹃花之间向我招手，接着，象一朵鲜花从翠绿的榛子树间飘然而去。她穿过树林，向着与斯特利磨坊相反的方向，下了横穿树林的红色车道，走上了公路。这条公路沿最后一个小岛去内瑟

---

① ［英］D. H. 劳伦斯：《白孔雀》，谢显宁等译，中国文联出版公司1989年版，第9页。
② 同上。

梅尔，大约要走四分之一英里。内瑟梅尔是三个相连的池塘中最下面的一个。另外是斯特利上、中两个贮水池。这里也是最大、最美丽的水域，有一英里长，约四分之一英里宽；我们的树林一直延伸到水边。正对面，也就是湖边最远处对面的小山上矗立着海克洛斯。它象以前一样，在伍德赛德隔水眺望着我们。而我们的小屋也难为情地透过树林，回视着那幢高傲的屋子。①

小说在第二章交代了内瑟梅尔湖的情况：

　　树林里，呜呜的风声长鸣不息，吹到屋子附近的枫林和橡树丛中时又变得如泣如诉，这把莱蒂搞得心烦意乱。她哪儿也不想去，什么也不想干，一定要我陪她出去，沿着湖边尽情地走。我们穿过屋前空地上参差交错的蕨草、荆棘和野山莓长出的新枝，走下绿草茵茵的山坡，来到内瑟梅尔湖边。风在水面激起一层层微波细澜，吹得卵石叽喱哗啦，吹得蒲草嗖嗖作响；我们感到一阵清新的风扑到脸上，情绪也兴奋起来。

　　小小的湖滩上，沿岸长着高高的绣线菊，含苞欲放。走在里面深可没膝。眼前，层层涟漪泡沫翻腾；远处岸边，柳浪泛新。内瑟梅尔通往上湖的狭窄处，正好是从斯特利流下的小溪入口。树林沿波而下，根部恰好顶住了水流的冲刷。湖岸上我们不时停下，踩在气味强烈的野薄荷上连呼吸也觉得困难。我们四下查看着沼泽地里乱蓬蓬的水鸟窝。这时，窝里空空如也。我们刚走近，体形细长的小田凫便轻捷灵巧地一下子飞开。因为害怕，它们脖子伸得老长，其实它们根本用不着担心受伤害。一两只叽叽叫着逃进树林，它们迷惑、恐惧，又感到新鲜，斜飞着一下逃开，可几乎立刻又回到我们刚刚站过的地方。②

---

　　① 〔英〕D. H. 劳伦斯：《白孔雀》，谢显宁等译，中国文联出版公司 1989 年版，第 12—13 页。

　　② 同上书，第 15—16 页。

在第三章中，作者为读者描绘了一幅夏天夕阳图：

> 一天都很闷热。我们跳过小溪的时候，西边的太阳还是一片火红。傍晚的馨香开始苏醒，不知不觉地在沉寂的空气中弥散。偶尔有一束黄色的阳光从浓密的树叶间斜射进来，情深意切地照着一串串橙色的山楸果。树木寂静无声，挤在一起沉睡。路边只有几朵淡红色的兰花，懒洋洋地站在那儿，若有所思地望着一丛丛紫红色的筋骨草，青铜色的茎上，最后一批筋骨草花开得正艳，渴望着阳光的照射。我们悄无声息地漫游，谁也不想打破这林中的寂静。①

作者在小说第五章写道：

> 我和莱蒂一直都生活在树林和水色之间。她在万事万物中都能寻觅到欢快的色调：似乎能听见水在欢笑，簇簇树叶象年轻姑娘在咯咯窃笑，白杨树叶的飘动象调情者的衣饰，斑尾林鸽的咕咕叫声感伤得近乎傻气。
>
> 但是，她后来又注意到了被夹子夹住的刺猬那痛苦可怜的叫声，注意到了捕捉凶猛的鼬鼠的陷阱，放在小杉木栅栏里的夹子和用被杀死的野兔内脏作的诱饵。②

这些描写，实际上是告诉人们，莱蒂是生活在一个纯洁天真的自然世界里，但也注意到了除去母亲和哥哥的庇护之下，外面的世界并不都是风平浪静的，是有痛苦和陷阱的。这是一个以自然山水和禽畜来作的象征，寓意深刻。

是乡村田野，必然有劳动，紧接着为人们描写一个众人劳动的场面：

---

① ［英］D. H. 劳伦斯：《白孔雀》，谢显宁等译，中国文联出版公司 1989 年版，第 30 页。

② 同上书，第 62 页。

公路上落叶飘飘，零零乱乱地落到我们脚下。水流碧蓝舒缓，燕麦一蓬蓬地垂着头立在地里。

……我们离开公路，走上马道时，都很开心。右边是树林，前面小谷里是高高的斯特利山，左边是田野和公地。我们从小路下山，走到半路时听见镰刀石碰着镰刀的声音，莱蒂到篱笆边去看，原来是乔治在收割机无法去的陡地上割燕麦，他父亲在把燕麦打成捆。

……

我们朝还立着的燕麦走去。阳光温和，乔治已经把帽子丢到一边，黑油油的头发湿漉漉的，乱蓬蓬地卷了起来。他站得稳稳地，腰部的摆动优美而有节奏。他扎着腰带的臀部裤子上挂着刀石，褪了色的衬衣几乎变成了白色，正好在腰带上方撕裂了一道口子，露出了背部的肌肉，就象照在河湾里白色沙滩上的一抹亮光。有节奏的身体上透出某种超乎寻常的吸引力。

我对他说话，他转过身子，直视着莱蒂，脸上闪出会心的微笑。他长得英俊非常，努力想说点什么欢迎的话，可接着又弯腰抱起一大抱燕麦，不慌不忙地捆了起来。象他一样，莱蒂也找不到话碴儿。

……

"你真是如画如诗，"莱蒂有点尴尬地说，"很适合写首田园诗。"

……

他捡起几根长草，擦干净，教她捆麦的方法。她自己不动手，却望着他的双手。那双手又大又结实，被镰刀磨得发红。

……

"你知道，"她突然说，"你的双臂逗得我真想摸一摸。它们棕褐色的颜色真美，显得很结实。"

他把手臂伸给她。她犹豫了一下，接着迅速把指尖放在他平滑的棕色肌肉上，顺着胳膊滑动。突然她面红耳赤地把手藏进裙褶里。他低声笑了，声音很轻，听起来立刻使人觉得舒畅，惊奇。

"但愿我能在这儿干，"她说，眼光望着一边未割下的麦子和

163

淡蓝色的树林。他随着她的目光望去,带着纵容的顺从轻声笑起来。

"我真的想!"她加重语气说。

"你的感觉真妙,"他说,把手伸进敞开的衬衣,轻轻擦着腰部,"劳动或者一动不动地站着都是一种享受。你自己的享受——你自己身体的享受。"

她望着他,正视着他的体格美,似乎他是某种美好而有力的生命的花蕾。①

这一幅诗情画意的乡村劳动画面,既突出了乔治这个自然之子健康青春,劳动着、快乐着,又表现了两个有情人之间的彼此好感,也传达了劳伦斯对风景的描写中必须有活动着的人物的绘画观点。

紧接着作者写到乔治他们劳动结束,黄昏收工回家的情景:

> 美好的一天正在迅速变暗。西边天上,薄雾越变越蓝。远处煤矿的机器把最后一罐笼的工人拉上来时发出的有节奏的嗡嗡声打破了深沉的宁静。我们从田里走过时,踩得麦茬噼噼啪啪,发出洋琴般的声音。燕麦的香气开始淡淡地升起,树林里传出野雉的最后几声啼叫,一群群的鸟儿飞走了。

> 我拿着一把镰刀。我们疲劳但又愉快,朝山下农场走去。孩子们早已拿着野兔回了家。②

这个快乐劳动、收工的场面,让我们有身临其境之感,在作者笔下,环境是美的,劳动是快乐的,唤起了多少美好的农村田园劳动生活的回忆。晚饭后:

> 过了一会儿,趁着水池的光还没完全暗下来,我们也走了出

---

① [英] D. H. 劳伦斯:《白孔雀》,谢显宁等译,中国文联出版公司1989年版,第66—69页。

② 同上书,第72页。

去。埃米莉领着我们到下面的果园去采成熟了的梅子。这座老果园地势很低，土质发黑。藤蔓和牛筋草缠绕着蔓延在小路旁古老的醋栗丛。除了野草，也许还除了又细又长，令人吃惊的朝鲜蓟而外，这个果园也就产不了多少东西了。可是，出了果园，在高耸的灰色农舍尽头，紧贴围墙却长着一棵梅树。梅树挣脱围墙的羁绊，树干前倾。眼下，枝干下面遮掩着蒙有一层薄霜、犹如颜色深红的珍宝般的硕大球果。我摇动树皮粗糙的老干，绿色的，甚至还是新鲜的树胶就粘腻腻地往下滴，珍宝般的梅子纷纷落下，噼噼啪啪地掉在下面厚厚的大黄叶子上。姑娘们放声大笑，我们瓜分了战利品，又转身回到院里。我们朝果园外走去，果园在最下面的那个四周长满芦苇的池塘边。①

一天愉快的劳动之后，夜晚，这一群年轻人来到了秋天的树林下嬉戏跳舞。作者用抒情笔调写道：

> 树林东边的灰白色天穹上，金黄的月儿露出了前额。我们静静地站在那儿望着。后来，巨大的圆盘几乎成了满月，升起在中天，笔直地照着我们。这时，我们的双脚已经沐浴在茫茫的月光之海中了。如水的月光也照在我们脸上。莱蒂心情愉快，甚至有点飘飘然；埃米莉情感悒悒，双唇张开，几乎是在哀求。莱斯利眉头直皱，这很明显，而乔治却在苦心思虑，可怖而强烈的月光织进了他的感情。②
>
> 我们在夜色中旋转，在低重的明儿下旋转，在西方灰白的夜色，在头顶湛蓝的夜空下旋转。
>
> 当老月亮透过那些树枝笑起来、眨眼示意的时候，那些小菊花就想发出忧愁的气味。它们为什么事发愁啊？③

---

① ［英］D. H. 劳伦斯：《白孔雀》，谢显宁等译，中国文联出版公司 1989 年版，第 74—75 页。

② 同上书，第 77 页。

③ 同上书，第 78—79 页。

165

这里，月亮仿佛是这一群年轻人的朋友，与他们一同交流，一同感慨，一同欢乐与忧虑。不同的人，面对月亮，有不同的心绪。

在第六章中，作者迫不及待地向人们描绘以他的九月出生为基准的四季之一的秋季之美。"我是九月出生的，因此，十二个月中我最爱的就是九月。"① 作者用生动的比喻来描写秋日的风光，这些描写带给人们不一样的感受——不是惨淡，不是秋高气爽，而是娓娓恬淡：

> 清晨姗姗来临。大地却象婚后的妇女，已经容颜渐衰；她不是带着欢笑跳起来去迎接黎明的初吻，而是慢吞吞、悄悄然、无所希冀地躺在那儿，注视着每一天新的甦醒。蓝色的薄雾就象备受冷遇的妻子那眼中的回忆，从来不在林木葱葱的山上升起。只有到了中午时分，才从附近的树篱下悠悠漫出。没有鸟儿在黎明女神的歌喉中唱歌；白天只有乌鸦的聒噪。也许还有有规律的、镰刀割麦时发出的阵阵声响——甚至还会有割草机令人心烦的轧轧声。但是，第二天一早，一切又都归于宁静。割倒的燕麦还很潮湿，当你捆好之后把沉甸甸的麦捆拉起来立成禾束堆的时候，一束束的麦穗便互相缠绕，哀伤地垂下了头。②

> 下午暖气洋洋，金光灿灿。麦捆变得更轻了；它们随随便便地相依相靠，象是彼此在低声细语。脚一踩在长而结实的麦茬上就发出噼噼叭叭的破裂声。麦草散发出缕缕香甜的气味。当把一捆捆可怜巴巴、晒得发白的麦捆举过树篱时，就会露出一片晃动的野山莓。迟熟的山莓随时都可能掉下地；在潮湿的草中还可以发现水灵灵的黑莓。这时，人们还会看见，指项花乱蓬蓬的茎株上还挂着最后几朵钟形的花朵……薄雾悄悄地弥漫，笼罩住了这暖融融的下午。麦子已全部捆好，就只剩下把倒在地上的麦捆立起来堆成堆了。太阳落进金光灿灿的西天，金色随之变成红色，红色越来越深，好象快要燃尽的一团火。太阳消失在一层乳白色的雾幕之中，

---

① ［英］D. H. 劳伦斯：《白孔雀》，谢显宁等译，中国文联出版公司 1989 年版，第 82 页。

② 同上书，第 82—83 页。

象梅子树上白色的花儿一样泛着紫色。①

我们走到水塘边的时候，正好从头顶上呼呼飞过的巨大黑影使我们突然吃了一惊。原来是拔地飞起的天鹅，找过夜的地方去了，因为内瑟梅尔吹起了冷风。天鹅旋转着落在一平如镜的池面，把月光搅得星星点点、四下扩散，一直扩散到沉沉的阴影之中；夜空中回响起天鹅翅膀扑在水面上的啪嗒声；宁静被打破了。月光泛起波纹，波纹扩展，终于四散碎裂了。天鹅向暗处游去，也变成了朦胧摇曳的怪物；风吹得我们颤抖不止。②

转眼冬天到了，内瑟梅尔寒冷衰败，萧瑟凄凉：

绵绵细雨，好象给山山水水挂上了一幅肮脏的帘幕。花园的走道旁，旱金莲的叶子已在寒霜中枯萎朽败，鲜绿色的花盘已经被冬天宣布死刑的黑旗所取代，花柄枯槁，垂挂在松弛无力的茎上。草地上落叶遍布，潮润而鲜艳；五叶地锦团团深红，欧椴树落叶呈金黄色，山毛榉树下，树叶铺成了一片红褐色，远处角落里是一簇簇黑色的枫叶，被雨水浸得沉甸甸的；而它们本来应该是鲜艳的柠檬色，偶尔有一片宽大的黑色树叶脱落下来，飘飘荡荡跳着死亡的舞蹈落下地。③

在第二部的第一章"奇异的新蕾，奇异的花朵"，作者描写春天来临大地复苏的美丽景象。春天，告别寒冷，万物复苏，大自然呈现一派欣欣向荣之景，带给人们的是希望与生机：

鸟儿振翅鼓翼，往来翔掠。榛树上的柔荑花絮从严冬的禁锢中舒展开来，轻盈的流苏随风飘荡。灌木丛中终日响彻着春鸟悠长而甜美的啭鸣。然后，是从各个方面发出的鸟儿们的大声欢叫。

---

① ［英］D. H. 劳伦斯：《白孔雀》，谢显宁等译，中国文联出版公司1989年版，第83—84页。

② 同上书，第89页。

③ 同上书，第114—115页。

我记得有一天，在起伏的山腰最后一个急弯的醒目路标处，流水睁着明亮蔚蓝的眼睛，大团的云朵跨过了三月无际的晴空，整日庄严地飘荡。云顶放射出白光，淡淡的游移的云影使它们显得柔和轻盈，犹如成群的天使轻轻地飞过天际。这悠然而轻盈如丝的云影装饰着它们，就象那胸脯雪白丰满的丽人。一整天，云朵一直在飘向它们那茫茫无际的终级地。我紧紧贴伏在大地上，怀着深切的渴望和满腔急切之情。

傍晚，所有的云朵都飘走了，空旷的天空象一个蓝色气泡悬在我们头上，浮游在它微微发光的边缘上。①

这是早春一个美妙的早晨……上空回响着百灵鸟的歌声。我的整个世界因为想到了夏天而感到一阵激动。木门旁，榛树下，幼嫩苍白的银莲已破土而出。那儿偶尔有赤热的阳光透射进去，闪着金光。到处呈现出一种实实在在的激动与欢欣，就象怀孕的妇人所感到的喜悦。在一个得天独厚的地方，一棵阔叶柳看起来活象夏日黎明的一块浅金色的云朵……。蜜蜂发出嗡嗡声，就象是上帝那燃烧的荆丛。在这蜜蜂的刺激人心的嗡嗡声里，在这暖人的香气中，大自然处处发泄着它的欢乐。鸟儿欢叫着四下翻飞，衔着一缕缕飘动的草丝，一束束雪白的绒毛扎进树林幽暗的去处，然后又冲出来，直插蓝天。②

春天来了，西里尔、莱蒂、莱斯利和埃米莉几个人散步时进入了舍伍德森林：

于是，我们沿着匆匆流淌的小溪走去。那小溪水势急湍，落下时形成一个个小瀑布。我们一眼也没有望那沿岸微微发光的报春花，而向一边拐去，穿过树林上了山。天鹅绒般柔软的绿色嫩枝点缀着红色的土壤。我们到了坡顶，那儿树木变得稀疏起来。当我和

---

① ［英］D. H. 劳伦斯：《白孔雀》，谢显宁等译，中国文联出版公司1989年版，第180—181页。

② 同上书，第220—221页。

埃米莉说话时，我隐约地意识到地面有一层白光。她吃惊地叫起来。我发现，在黄昏的初暮中，我踏在了一簇簇香雪球上。榛树很稀疏，处处有橡树点缀兀立其间。地上全是白色的香雪球，就象一堆堆吗哪散布在红色的泥土上，散布在一团团灰绿色的树叶上。一个深深的小山谷，陡峭倾斜，活象个杯子。白色的花朵沿坡撒下，在谷底的第一道阴影中呈现出苍白的颜色。土地是红色的，十分温暖，上面是深绿色的风铃草茎衣，装饰着灰绿色的一株株幼苗和许多白色小花。那高高在上，在榛树透明的网眼之上的，是神奇的橡树和日落交织的瑰丽景象。下面，在朦胧的初暮中，一簇簇小百花低垂着头，那么沉默，那么悲哀，就象大自然中纯野生植物间的神圣的默契。数不清有多少，它们柔顺而柔弱地交叠在暮光中。其它一些花团却喜气洋洋：带着原始庄重的簇簇风铃花，频频点头的立金花，还有那闪光摇曳的木银莲花。只有香雪球显得神秘悲哀。它们对于我们，已失去了意义，它们不再属于我们，我们已强夺了它们的生命。姑娘们在鲜花丛中俯下身子，用指头触摸它们，给我所感到的那种思慕与渴望赋予了象征意义。这些被征服的小花在暮色中合拢来，那悲哀的模样活象被林中仙女遗弃的小朋友。①

接着作者为读者描绘一幅这伙青年人回去路上的情景：

这是个美丽的傍晚，宁静，西方飘浮着红色的云霞。天上的月亮正沉思地转向东方。暗紫色的树林围绕在我们四周，把远处也染成了暗紫色。附近荒废的土地笼罩在苍白的夕阳中，显得悲哀陌生。复盖着草皮的小径十分舒适而富有弹性。②

我们在崎岖不平的小路上跌跌绊绊地走着。月色很明亮，我们忧心忡忡地踏着树木投下的阴影。这些阴影那么深浓，那么一大片。偶尔，一线月色从柔和的象牙色树枝间透射出来，在这寒冷的

① ［英］D. H. 劳伦斯：《白孔雀》，谢显宁等译，中国文联出版公司1989年版，第183—184页。

② 同上书，第189—190页。

冬天，枝条已被野兔啃得精光。我们钻出树林进入了开阔的天地。北方的天际满是喷洒的绿光。在前方，被遮蔽的猎户星座靠着云层，月亮追随着它游移。①

在第二章"春天里的阴影"中：

在小山上空，月亮巨大的闪光的脸盘悬在树顶，那么庄严，那么遥远而又迫近，我以一种突发的友情转向伸展在我头上的榆树枝网。枝条上布满一串串轻柔迷人的榆树花朵。我跳起身，把那冰凉轻柔的团团花朵拉下来贴住我的脸，当作我的陪伴。当我走过时，我伸手去触摸那柔弱的苞芽。树林散发出芬芳的气息，给人一种微妙的慰藉。冷杉触摸起来更柔软了。落叶松从寂寥的冬眠中苏醒过来。当我走过它时，它伸出天鹅绒般的手指抚摸着我。只有桦树光洁的枝条象征着生活的清规戒律。我凝望着下面的一片黑暗，那儿，树木长满了采石场和深谷。这世界，我故乡的世界似乎又变得陌生起来。

这是星期日早晨。落叶松林上飘浮着一层清新而抒情的绿意。林子边，在穗条似的树枝下，樱草花星星点点，一层白色。这是个清新的早晨，仿佛世界潜在的生命力已经开始在空气中焕发青春。农舍里升起了蓝色的炊烟，映衬着树木。深黄映衬蓝天。这好象是火刚点燃，木柴的烟雾便冒了出来。②

采石场很暖和，那儿的阳光似乎更强烈更柔和。那儿，一小堆一小堆的簇叶丛生的荒地因为早开的紫罗兰而闪着亮光；那儿，荆豆发出活力；在石头之间，款冬草的羽状部已泛出银光。这儿的春天刚才苏醒，正松散开她闪光的头发，睁开她紫色的眼眸。

我越过采石场，走了下去，下面小溪奔流，向报春花和正在抽

---

① ［英］D. H. 劳伦斯：《白孔雀》，谢显宁等译，中国文联出版公司 1989 年版，第 194 页。

② 同上书，第 216—217 页。

芽的树林低声讲述着故事。我漫游在这些清新的景物中。[①]

作为作品中的"我"目睹猎场看守人安葬之后：

　　过了一会儿，我也站起身向山下的磨坊走去。那磨坊呈现出一片红色，宁静清幽，蓝色的炊烟如薄雾般与往日一样漫不经心地袅袅升腾。在山谷的另一边，我看到一对马点着头悠然地跨过了休耕地，有个男人的声音不时在呼唤它们，那声音的共鸣使我充满了渴望，想随着我的马儿越过那荒芜的土地。在这静寂、孤独的山谷里，充满了阳光和永恒的恍惚忘怀之感。这日子已被忘却了。青白色的流水，因为树荫而闪烁着深色的光泽。两只天鹅欢快活泼，姿态优雅地游过了树的倒影，跨过了阴暗处。刚才的忧绪悲肠一扫而光，我注视着天鹅竖起的翅膀，骄傲地往前浮游。我注视着它那纤细的伙伴已钻进角落，藏在灌木丛下了。我看见它穿过灌木丛，暴露在光天化日之下，傲慢地向我转过头来，我真想用去年的残花，矢车菊和山罗卜向它投去。但我实在全身无力，没有动手，转身向果园走去。

　　果园里，水仙花伸起头，反卷着它们淡黄的花瓣。在每棵倾斜的灰色老树根下，都长着一簇鲜花。一些金光灿灿，一些微微抬起头，露出谦逊甜蜜的面容。还有一些仍然埋着脸儿，从灰绿色叶片上前倾着身子沉思默想。我希望我能懂得它们的语言，能清楚地和它们讲话。

　　头顶上的古树伸出手指，对着阳光抖散它们的头发，给自己装上花蕾，那花蕾雪白清冷，犹如水妖的胸脯。

　　我开始高兴起来。忍冬花的圆脸流光溢彩，笑意盎然，生机勃勃地一直长到了下面的小路边。我抚摸着它们毛绒绒的脸蛋，也笑起来。我闻到了黑醋栗树叶的香味，心中充满了童年的回忆。[②]

---

　　① 〔英〕D. H. 劳伦斯：《白孔雀》，谢显宁等译，中国文联出版公司 1989 年版，第218 页。

　　② 同上书，第 224 页。

作者写"我"家的花园：

> 莱斯利离开后的第四天傍晚，我们出去到了花园。树木正在抽发欢乐的新叶，母亲在花园中不时提起那些耳状报春花的布满灰尘的花盘，看着那柔软的嘴唇，不时轻柔地从黑色的泥土中拔出一叶嫩草来。鸫鸟四处欢叫。当月光渐渐暗淡时，日本山茶映在墙上火红火红的，一串串白色樱桃花在微风中轻轻飘荡。①

在第七章"禁果的魅力"，作者描写大地万物，描写云、小溪、花草、树林，简直是一首大地万物之歌。

> 六月的第一个星期天……那天微风拂煦，阳光明媚。室内燥热难耐，然而在室外，风却驱散了火焰般的炽热。不时地，一片宽阔的白云带着蓝色的暗影沿着天空中无形的道路缓缓地飘过，一片接一片，渐远渐小地飘去。白云在我们头上投下了一团凉爽的阴影，我们看见暗影爬过小河，爬过树林，而且爬上小山。从南面的港口到北边的荒野，这些硕大的，圆滚滚的白云整日追逐着大雁沿着同一路线在天空中飘移。

> 湍急的小溪沿途歌唱着，只是间或逗留回荡，向神秘的灌木丛悄声耳语，然后重又出发，吟唱出新的歌声。②

西里尔、莱蒂、乔治及埃米莉几个人：

> 来到池塘边，在阳光灿烂之中，我们环顾四周。密集生长的玉米以其叶片温柔地抚慰着小山红色的胸膛，云雀在头顶的阳光中飞翔。我们离开了岸边，漫步走过草地。田里长满薄薄一层立金花，在仍然新绿的草地上投下了自己的身影，当我们往前走时，身体遮

---

① ［英］D. H. 劳伦斯：《白孔雀》，谢显宁等译，中国文联出版公司 1989 年版，243—244 页。

② 同上书，第 291 页。

蔽了阳光，给花朵罩上了一片阴影。空气中弥漫着浓烈的花香。

　　"你们看那些立金花，全都笑得浑身颤抖。"埃米莉说，把手往后一扬。

　　"当你能拥有满地立金花时，"埃米莉此刻正在对我说，"谁还想要黄金铺就的大街呢？看看那树篱脚下，正映射着南方的阳光——一条小溪，还有光闪闪的毛茛。"①

接着他们来到了一片灌木林：

　　小灌木林在前面展开，蕨草宁静地伸展着身子，风信子簇簇挺立，蓝色的卷叶纠集在一起，在那些更为空旷的地方，勿忘我草象星云般地开放着。紫罗兰打着深紫色的底彩。周围的樱草花象夜空中的卫星一样环绕着。一缕香车叶草飘荡的清香，以及新割草的气味使树下的空气变得馨香了。潮湿的河岸上，是图案般的金色虎耳草，闪着邪恶的光，好像让它的牧师——蜗牛，给它涂了一层清漆。乔治和莱蒂踩碎了酢浆草脉络分明的钟状叶，踏破了柔滑的青苔。踏破了踩碎了，对他们又有什么关系。②

之后梅格和乔治来到了回梅格家经过的一片树林：

　　高高的树林里暖融融的，沿着骑马道，勿忘我草长得没膝高，向远处伸展，闪着微光象穿过夜空的银河。他们离开了高高的花团锦簇的小道，走到了铃兰花丛中，穿过紧紧挤在一起的花朵和羊齿草，一直来到一棵倒下来横躺在榛树上的橡树前。他们坐在那儿，半身都被遮住了。风信子要不因为深红色果实而沉甸甸地坠下，要不就是苍白地直立在那儿，象未成熟的紫色燕麦。一群蜜蜂蜂拥而至，在紫色的花朵间放肆地四下翻飞。看见这蓝

---

　　① ［英］D. H. 劳伦斯：《白孔雀》，谢显宁等译，中国文联出版公司1989年版，第295—296页。

　　② 同上书，第299—300页。

蓝的一片，他们陶醉了。在头上肃穆的风声中，蜜蜂热烈嬉闹的嗡嗡声在回响，十分清晰。看见它们依恋地攀附在花朵上的骚乱，给予人心灵一种满足。一枝玫瑰色剪秋萝迎着骄阳闪闪发光。一棵榆树把色泽鲜嫩清新的茎衣频频撒向他们。①

在树林四周，在紫色的花潮对比之下，蓝天呈现出一派灰绿。云层升起来了，象座座高塔，不知什么东西把它们点缀得十分美丽，使它们悬在四面八方的风中。云朵游弋着，天池又明净起来。②

在第八章"友谊的诗章"主要抒写了西里尔和乔治一家人参加劳动的愉快场面。就是一首田园诗，一曲田园牧歌，一幅愉快的生产劳动画面：

五月的春花还没有盛开，春天华美的前景就已经被破坏了。在这一向为大家所喜爱的整整一个月中，来自北方和东北方向的风袭击了我们，并带来了狂暴的雨。刚抽出嫩芽的树林颤抖呻吟。当风雨停歇时，幼嫩的树叶柔弱无力地摆动着。草和燕麦倒长得繁茂，但蒲公英的光彩消失了。我们在那灿烂耀眼的花朵前寻欢作乐似乎成了很久以前的事了。风信子在慢慢地挨度时光，几个星期来它们长在田地周围，象是吊丧的紫色穗边。粉红色的剪秋萝开放了，只是挂着沉甸甸的雨水。山楂芽苞象珍珠一样紧紧包着，十分坚硬，缩进了鲜艳的绿叶之中。勿忘我草，这可怜的树林中的一小簇植物成了些乱蓬蓬的野草。在白昼将尽之时，天空常常会开朗起来。庄严的云朵高悬在无限遥远的地平线上，透过黄色的远方，琥珀色的光辉鲜艳夺目。它们从未飘近过，总是停留在远方，宁静地、威严地望着颤抖的大地，然后变得悲哀起来，担心自己的光彩消失。它们退缩了，沉没在视线之外。有

---

① ［英］D. H. 劳伦斯：《白孔雀》，谢显宁等译，中国文联出版公司 1989 年版，第 304—305 页。

② 同上书，第 305 页。

时，在靠近日落时，一个巨大的屏幕黑压压地从西方伸展到天顶，把光沿着它的边缘聚在一起。那华盖越升越高，随之也就破散，消失了，太阳一片深红，沉落到乳白和紫色的雾霭中，天空就是彩色的樱草花，苍白无力地高悬在透明的月亮之上。牛儿在荆豆丛中低垂着头，因为寒冷而苦恼，长嘴沙椎鸟高高在头上扑动着，绕着大圈，好象它喉咙上缠着一条毒蛇，悲惨地叫个不停，比田凫刺人的哀鸣和抗议更为痛苦。追随着这样的夜晚，阴沉寒冷的清晨降临大地。

在这样一个早上，我到上面的休耕地去看乔治。他父亲提着牛奶出去了——他一人在家；当我上山时，我看见他站在运货马车上，在荒芜的红色泥土上撒着肥料。我听见他的声音在不时唤着母马。当马车移动发出咔嚓声时，燕八哥和精明的鹡鸰便在泥块上急匆匆地跑着，许多小鸟往来翔掠，拍翼振翅，到处欢跳。田凫象往常一样在低云和大地之间打着转鸣叫，有的在犁沟之间优雅地奔跑着，对于这样荒蛮的土地它们实在太优雅太灿烂了一点。

我拿起一把叉子，沿着凹坑撒肥料，我就这样干着，我们之间是宽阔的田地，然而彼此之间却感到了一种亲密。我注视着他慢慢地穿过飞旋的田凫移动步子，田凫好象低垂的云在他头上游弋。在我们下面的树丛中，白杨的幼叶呈温暖的金色，犹如血液流动的闪光。更远处是那幽暗的河水微光闪烁，它下面是红色的屋顶。内瑟梅尔若隐若现，显得遥远。在这灰暗而孤独的世界里，除了田凫的旋转和鸣叫外一无所有。乔治默默地辗转于他的工作，这种活跃生命的动作吸引了我的全部注意。当我抬头时，看见他四肢和头部合着他那有节奏的身躯一起一落，还有那悠转的时起时落的田凫。过了一会儿，当马车空了时，他拿起草叉，走近我，和我一道干起来。

开始下雨了，因此他从马车上拿下一条麻袋，我们钻进茂密的树篱，紧靠在一起，注视着雨水象一条条灰色的帘幕似地在我们面前降落，遮掩了山谷。我注意到雨水象黑色的溪流从母马的背上流下，那母马沮丧地蹲在那里。我们倾听着雨水四处降落的沙沙声，

175

感到了它的凉意，在静默中，我们缩成一团。他抽着烟斗，我点起香烟。雨不停地下着，所有的小鹅卵石和红土都在灰色的朦胧中反着光。我们坐在一起。间或说两句话。正是在这种时候，我们才产生了近乎热烈的感情，但这种感情在日后的岁月中逐渐淡漠了，消融了。

雨过之后，我们往桶里装马铃薯，沿着湿淋淋的犁沟走着，把块茎栽进冰冷的土地里。因为是沙地，因此干得快，大约十二点钟，几乎所有的马铃薯都种好了，他离开了我，从远处的树篱边牵起马，套上辕具，到犁垄上去掩埋马铃薯。锋利闪光的犁刀把泥土翻成了别致的犁沟，埋上了马铃薯，一群群小鸟振翼拍翅，停落下来，在犁过之后又跳走了。他呼唤着他的马；它们奔下山来，棕色的鼻子上的两个白斑上下磕点。乔治迈着坚实而沉重的步子跟在后面。它们向我跑来，一声呼唤，马转过头去，笨拙地拐到一边。他葛地扑向犁耙，身子抵在上面，迅速地把它转了一圈，发出咔嚓的响声，它们又出发上山了。鸟儿在他后面急促地绕圈飞翔，追着那翻开的犁沟。当一沟沟马铃薯埋好时，他取下马具，我们在它们后面走下湿润的山坡去吃午饭。

我踏着湿淋淋的草，木底鞋踩碎了那凋谢的黄花九轮草，避开了紫色的兰花，这些兰花因为条件恶劣而长得矮小瘦弱，可是色彩绚丽，压倒了苍白的野杜鹃花。我感觉到脚边有什么小小的黑东西在不断移动。原来又是云雀的窝，我看到了黄色的鸟嘴，两只小云雀凸出的眼睑和翅膀上羽毛管的蓝色线条，棕色的羽毛也摆动不止。两只小鸟并排卧着，它们嘴对嘴，两个身躯迅速而协调地一起一落。我轻轻用手指去触摸它们，它们仍十分温暖，在这样的冷湿中发现它们很温暖使我得到了一种满足。当渐渐平息的风搅动着它们的绒毛时我变得好奇起来，被它们迷住了。当一只羽毛未丰的小鸟不安地蠕动，转着它温柔的眼球时，我非常激动，可它又缩进窝里去了，头紧靠着它的兄弟。在我内心深处，渴望有人来依偎，有人会穿过这寒冷潮湿来到我身边。我妒忌这两个神奇的小东西，在遭受路人的践踏时仍十分沉着宁静。我却似乎永远徘徊，在寻找那甚至在阳光射进它们的蛋壳之前它们就找到了的东西。我很冷，磨坊花园的丁香呈现出蓝色，但已枯萎。我穿着沉重的木底鞋跑着，我的心因为那模糊的渴望而十分沉重。当我跑到磨坊时，风已把梧桐吹得发白了，把阴郁的松柏粗暴地推来搡去。松柏绷着脸是因为它们那无数奶酪似的小精灵打湿了翅膀而无法飞翔。七叶树勇敢地让自己的白蜡烛仍直立在每条树枝的烛窝里，然而，却没有阳光去把它们点燃。一只寒冷的天鹅沉闷地在水面掠过，拖曳着两只黑色的脚，两只宽大的沉重的翅膀呼呼作响，震动了那些惊骇的鸥，羞辱了沉寂的黑颈鹅。我这样胡思乱想，到底在渴望着什么？①

《白孔雀》里的山水风景描写处处皆有，这里的风景描写是能动的，是对工业化侵害的有力抗诉。是作者难以忘怀的，作者借人物之口呼喊道：

　　这宁静故乡里漫长生活的航程已告结束；我们已度过了青春生活光辉灿烂的大海，莱蒂已踏上了彼岸，她正在异国他乡的土地上往一个陌生的地方去旅行。是我们大伙远走高飞的时候了，是我们离开内瑟梅尔——这个山山水水、一草一木都渗进了我们血液的地方了，我们是内瑟梅尔河谷的子孙，我们是一个有着自己的语言和血统的微小民族，要相互离别、漂泊异乡真叫我们心情沉痛。②

之后，作者还多次借西里尔之口表达对离开内瑟梅尔流亡外乡的郁郁不乐之情，正所谓何人不起故园情呢？正因此，作者一直怀揣故乡，描写故乡，以一系列画卷展示故乡的自然山水，也使故乡得以再生和永恒。劳伦斯获得了"了解英国土地和乡村之美的最后一个作家"之美誉。其风景描写是人物活动的背景，亦是其评论者，时而又是优于人物生活的某种道德或非道德的力量。

1913 年发表《儿子与情人》是一部带有自传性的小说，以海格斯

---

① ［英］D. H. 劳伦斯：《白孔雀》，谢显宁等译，中国文联出版公司 1989 年版，第310—313 页。

② 同上书，第334 页。

农场为主要背景，小说对威利农场的描写可以看出作者是对海格斯农场的回顾和眷恋。

　　小说通过母亲和保罗初到威利农场拜访老友莱佛斯夫妇，文中借他的行程这样描绘威利农场的：娘儿俩穿过小麦地和燕麦地，走过一座小桥，来到一片荒草地。一只只红嘴鸥，白胸脯闪闪发亮，在他们身边盘旋尖叫。湖水是蓝色的，一片宁静。一只苍鹭高高从头顶飞过。对面小山上，树林郁郁葱葱，一片绿色，也是那么宁静。① 这是他们对威利农场的整体感觉，从近处的充满生机到远处的宁静恬美。接着母子俩来到一片小树林中，"他们找到一扇小门，不一会就走进树林中一条宽阔的绿色幽径，一面是新栽的枞树和松树，另一面是长着老橡树的林间空地，地势倾斜。橡树林中青色的小水塘里，新栽的绿榛树下，铺着一层淡黄橡树叶的地上，处处都长着风信子。他为她采了些花。"② 而在母子俩离开威利农场时，在莱佛斯夫妇的陪伴下，归途中的描绘更添静美，"黄昏时分小山已经染成金色，树林深处露出暗紫色的野风信子。到处都是一片寂静，只有树叶和飞鸟发出的沙沙声"③。可以看出，通过人物来建构的景象都是属于以静为美的乡村地理空间的。"一月新月冉冉升起。他欢欣喜悦得心里都几乎发痛了。做母亲的也东拉西扯不断说着话，因为她也高兴得要哭了。"④ 保罗母子是生活在充满肮脏、恶臭的矿区，来到这树木郁郁葱葱、鲜花怒放、鸟儿争鸣的农场，能不高兴吗？这是另一个人间乐园啊！

　　在对威利农场空间的建构上，作者将大量的笔墨用于对保罗和米丽安之间青涩复杂的男女之恋上，通过两人关系的曲折发展和波澜起伏的情感变化相应地对威利农场地理空间各个方面进行全方位的建构。如在保罗一次清晨到访时，文中通过保罗路途中对威利农场有这样的描述："天刚亮，李花刚刚绽开，保罗就搭乘送牛奶的那辆笨重的马车一直来到了威利农场。早晨空气清新……一路上只见白云朵朵，往小山后面涌

---

　　① ［英］D. H. 劳伦斯：《儿子与情人》，陈良廷、刘文澜译，人民文学出版社 1997 年版，第 163 页。

　　② 同上。

　　③ 同上书，第 169 页。

　　④ 同上。

去，这是春天才有的景象，山下尼瑟米尔河水在干枯的草地和荆棘的衬托下流淌着，显得格外蓝"，"这条路长达四英里半。只见路边树篱上朵朵小小的花蕾，象点点铜绿似的触目耀眼，正开出玫瑰似的花朵。画眉声声，山鸟聒噪。这儿真是一个迷人的新世界"①。

在保罗与米丽安频繁接触后，两人的关系逐渐亲密。如在保罗与米丽安去图书馆的归途中，对威利农场这样的叙述："田里收割的干草发出一片黄里透红的光，栗色的顶部已经变成了深红色。他们在高地上向前走时，西方一片金色逐渐消褪，转为红色，红色又转化为深红色，再后来就悄悄升起一片阴森森的蓝色，与那片黄里透红的光形成对比"②，以及在保罗两次的倡导下，与米丽安及其兄弟们集体出游的两次旅途中，分别是铁杉石和温菲尔德庄园远足，对前者并没有过多的描绘，而对于后者文中有一段详尽的叙述："等他们爬上庄园的陡峭小山路时，已过晌午。阳光暖和极了，生气勃勃，周围的一切在阳光照耀下都显得那么柔和。白屈菜和紫罗兰都开花了，大家都兴高采烈。城堡墙壁的那种柔和而富于意境的浅灰，墙上常春藤的碧绿，古迹附近的一切都带有的那种典雅，真是美极了。"③

这两次的远足也让保罗与米丽安的感情迅速升温，保罗因此越来越喜欢和她相处在一起，也开始了晚归家。如在两人一次晚归途中对威利农场夜景的描绘："他跟着她穿过暮色中那片刚被牲口啃过草儿的牧场。树林中凉意袭人，一股树叶的香味，忍冬的香味沁人心脾，一切都朦朦胧胧的。他俩默默走着。在这黑糊糊的树丛中，夜色奇妙地降临了。他环顾四周，期待着。"④

随人物心情不断变化着的威利农场空间多样化的角度建构，使威利农场的地理空间更显生动和饱满。

由此可以得出，通过威利农场这一地理空间建构体现其特点是，有着优美怡人的自然风光，沁人心脾的浓郁的乡村气息的"世外桃源之

---

① ［英］D. H. 劳伦斯：《儿子与情人》，陈良廷、刘文澜译，人民文学出版社 1997 年版，第 190 页。

② 同上书，第 210 页。

③ 同上书，第 222 页。

④ 同上书，第 211 页。

地"。这个作者及保罗心灵中的威利农场，对人物的塑造，情节的发展有着重大的作用。

首先，威利农场对其主要的人物米丽安的命运影响最为深刻。米丽安在威利农场长大，成日局限于威利农场的狭小范围内，虽然培养了她干净纯洁、一尘不染的良好品性。但另一方面，农村的落后和狭隘也使这个姑娘富于幻想，常常梦想着自己是坠落民间的公主，但她又自视卑贱，尤其在看到保罗后，对他萌发喜欢之情时却又怕又恨。美好纯洁的米丽安最终因自身性格的缺陷在美丽怡人而又闭塞的威利农场上，平凡了度此生。

其次，保罗在从童年步入成年时对纯洁羞涩的米丽安一见倾心，但却始终带着对母亲无法割舍的依恋而对米丽安产生爱慕之情的。最终还是无法摆脱畸形关系对其的影响拒绝了美丽广阔的威利农场催生出的珍贵青春之恋，衍生出了保罗人生中的一个爱情悲剧。

玛斯农庄是劳伦斯在《虹》中所描述的布朗温家族中第一代人所生活的地方，文中对第一代人的生活环境的描述并不多，但它是在义中开头便描写了布朗温家族世世代代所生活的环境：

> 布朗温一家祖祖辈辈都住在玛斯庄。这里的草甸子上，埃利沃斯河在桤木林中蜿蜒舒缓地流淌着，它是德比郡和诺丁汉郡的分界线。两英里外的山上耸立着教堂的塔楼，小镇的房屋依山拾级而上。布朗温家的人在田间劳作时，随时抬头都可看见伊开斯顿的教堂，塔楼直插云天。因此，就在四望平展展的田野时，他们也会感到远处高高矗立着什么东西……
>
> 居住在自家肥沃的土地上，又靠近一座新兴城市，他们不记得艰苦度日是怎么回事了。他们从来没有富有过，因为家里总在添丁，每添一口，家产就要分走一份。不过，在玛斯，生活总还是充足的。
>
> 春天，他们会感到生命活力的冲动，其浪潮一往直前，年年抛撒出生命的种子，落地生根。留下年轻的生命。他们知道天地的交融：大地把阳光收进自己的五脏六腑中，吸饱雨露，又在秋风里变得赤裸无余，连鸟兽都无处藏身。他们的相互关系就是这样的：抚

摸着待垦土地的脉搏，精细地把土地犁得又松又软，踩上去就会感到像有某种欲望在牵动你。而收割庄稼时，土地已变得坚实硬朗了。田野里绿油油的麦浪翻滚，象一匹绸缎在庄户人脚下波光荡漾。他们捧起奶牛的乳房挤奶，鼓胀的奶头冲撞着人们的手掌，牛乳上血管的脉搏冲撞着人手的脉搏。他们跨上马背，双脚夹起生命；他们套上马车，双手勒住缰绳，随心所欲地指使这咆哮的家伙。

秋天，鹌鹑呼地飞起，鸟群浪花般地飞掠过休闲的土地，乌鸦出现在水雾弥漫的灰蒙蒙的天空，"呱呱"叫着入冬。这时男人们坐在屋里的火炉边，女人们里里外外不慌不忙地张罗着。这些男人的肢体曾被牛群、土地、树木和天空占据，这会儿往火炉边上一坐，头脑都变迟钝了。过去生气勃勃的日子里所积累下的一切使血液都流得慢悠悠的。①

在这动静结合中让人读来仿佛置身于英国乡村中，眼前尽是一幅幅生动鲜活的画面，类似于这样的描写文中还有很多。在《虹》中，男人往往与大地相连，实在，而女人与天空相关，心怀梦想和远方。

女人们则不同，虽然这种血液交融也使她们沉迷——她们想的也是哺乳的牛群和欢跑着的母鸡和小鹅（当你给它们的食槽里添食的时候，它们会在你手掌下活蹦乱跳起来），可她们的目光却离开这热乎乎的、盲目的农家乐去看远处的有声世界了。她们意识到了那个世界的嘴巴和头脑，在说话，在表达着什么。她们听到远方的声音，于是她们便伸直了耳朵去谛听。②

对男人们来说，只要土地呼吸着，等待他们去耕耘，风把灌了浆的谷物吹干，田地里谷穗随风摇曳，这就够了；只要他们给母牛接生，从粮仓里搜出一只只老鼠，或者一拳头脆生生地砸断一只野兔的脊梁骨，他们就感到心满意足了。在这个家族里，温暖、繁

---

① ［英］D. H. 劳伦斯：《虹》，黑马、石磊译，中央编译出版社 2010 年版，第 1—2 页。
② 同上书，第 2 页。

衍、痛苦和死亡太多了，他们对此有切肤之感；他们与土地、天空、野兽和青青的树木之间有那么深的交情；他们的日子过得既红火又沉重。他们感到满足后，总是面对着血性的天地。他们凝视着太阳，这传宗接代的源泉，凝视着，不能自已。

但女人想的则是另外一种生活。跟这种血液交融没有关系。她的房子远离村舍和田地，面向大路，向着有一座教堂和庄园的村子，向着远处的一个世界。她伫立眺望那个有城市和政权的世界，那里，人们有发挥才能的机会。那儿对她来说是很有魔力的，在那儿，神秘的东西都揭开了谜底，人们的欲望得到满足。她遥望着那样一个地方。在那里男人们有创造力并统治一切，不在乎什么血液交融，而是走出去发现远方的事物，以此来扩大视野和自由活动的范围。可是布朗温家的男人们就知道朝家里看，惦着天地万物丰富的生命，这股子生命盲目地流入他们的血管中。

她必然要在屋前遥望大千世界里人们的活动，而她的丈夫则回头注视着天空、收成、牲畜和土地。她睁大眼睛盯着男人们奋斗着冲向外部世界去获得知识，伸直耳朵去谛听这些人获胜时发出的言论。她最大的欲望就寄托在这场斗争上——她听说在那么遥远、那不可名状的世界边缘，斗争在展开着。她想得到知识，也想成为一名斗士。①

这就是小说中的第一代人汤姆·布朗温从父辈那里传承下来的生活，生活于这样一个充满自然气息，未受工业文明侵入的英国乡村，这时的人与自然相处融洽，相互影响，互为依存。这样的生活对他们造成了两方面的影响，一方面，他们自给自足，不理会外面的世界，所以当煤矿、铁路、运河出现时，他们才会感到惊异，但即使外面的世界正在如火如荼地进行，玛斯农庄也依然维持一种原始的生活。正是因为没有受到工业文明侵入的影响，他们的身上才会充满自然的本能，作为一个男人，汤姆·布朗温本能地知道自己需要一个女人，在他们的世界中，"在人与人亲密相处的农家村舍里，女人是占有重要地位的。男人们在

_____

① ［英］D. H. 劳伦斯：《虹》，黑马、石磊译，中央编译出版社 2010 年版，第2—3页。

家敬重女人,在所有的家务事、道德和举止问题上都是这样。女人是未来生活中宗教、爱情和道德生活的象征。男人们把自己的良心托给女人……女人们是不负夫望的,男人们百分之百地信任他们的妻子"①。

　　另一方面,由于自身生活环境的局限,布朗温家的人也会对入侵的文明世界充满好奇心,这在布朗温家族的女人们那里表现得更为明显。她们不看重男人们眼中的血液交融,她们向往外面的未知世界,所以,汤姆的哥哥阿尔弗莱德才会备受家中女人的喜爱,而第一次见到外国人时,汤姆也才会被外国人吸引,"这个人一直表现出一副正人君子和贵族的样子,布朗温看着他,被他强烈地吸引住"②。这里,外国人已经不是一个单纯的形象,他有着更为广泛的社会意义,他已被劳伦斯赋予独特的意义,他象征着外部的文明世界。所以,这也就很好地解释了为什么汤姆·布朗温第一次见到丽蒂雅就会被她吸引住,并且认为她必然会与他产生联系。对外部世界的好奇,使得汤姆被一个他都不曾了解的又有孩子的陌生女人所吸引。成长于玛斯农庄的自然空间,汤姆对外部世界的入侵表现了本能的困惑。在小说中,作者描写了汤姆在遇到丽蒂雅之前因为无法摆脱想了解外部世界却又同外部世界没有任何联系的矛盾的复杂心情。他首先感到疑惑,"躺在床上,凝视着窗外的夏夜繁星,思绪万千。这都是怎么回事呢?还有一种他根本闻所未闻的生活,那是什么样的生活呢?他接触到的都是些什么呢?他在新的影响下将会是个什么样子?每件事都意味着什么?他了解的或不了解的,里里外外,哪里存在着生活呢?"③ 接着,他沉醉在自己的幻想中,"他像个倔强的公牛站在牛栏口,拒绝进入他熟悉的生活圈子"④,他想安居乐业,但他又被外部世界吸引着,他想离开,但是他又与外部世界没有任何联系,而且自己的根又深扎在玛斯农庄,他的生活和思想受到玛斯农庄牢牢钳制,他借酒麻痹自己,但还是无法摆脱窘境。直到丽蒂雅的出现,他才知道自己的出路在哪。所以,"他也确信这女子命定是他的,她是

　① ［英］D. H. 劳伦斯:《虹》,黑马、石磊译,中央编译出版社 2010 年版,第 11 页。
　② 同上书,第 16 页。
　③ 同上。
　④ 同上书,第 17 页。

个外国人，这让布朗温很满意"①，在他看来，丽蒂雅就代表着外部世界，他与波兰女人的结合满足了汤姆的自然本能和对外部世界的好奇心。在那之后，他们之间开始上演由冷战到和睦，再由和睦到冷战的反复斗争，最终，他们合拍了，过着安居乐业的乡村生活。一个英国男子与一个波兰寡妇，经过理智与激情、灵与肉的冲突，终于弥合彼此间的感情鸿沟，找到了各自的爱和渴望的满足。

安娜·布朗温与威尔·布朗温是小说中第二个自然地理空间中的主要人物，他们所生活的考塞西村已不同于原始的玛斯农庄，他们生活在一个已受工业文明影响，但又夹杂着自然因素的环境中。考塞西村离玛斯农庄并不算遥远，在那里仍保留着一丝自然的成分，"这座房子建在教堂旁边，屋旁和房前绿草茵茵的花园里长着墨绿的老紫杉树。……透过窗户向外望去，可看到绿草如茵的花园，花园一边是一行墨绿的紫杉，另一边是爬满青藤的红墙，墙那边是公路和教堂的院子"②。它与玛斯农庄很相似，也是美丽而温馨的乡村。然而，它却已被工业文明侵入，充满噪声和毁灭，在这个"大千世界的表面：房屋、工厂、煤车，这是被遗弃的表面；人们在这上面来去匆匆忙忙碌碌地工作着"③。生活在那个环境里的人已经慢慢习惯了那种机械和每天准时上下班的生活，似乎如果没有过这样的日子，与世隔绝便会是一种罪过。小说中多次借威尔的心理传达了这样的状态，在他和安娜刚结婚的那段时间，小说写到威尔对他们没有起床和为生活而忙碌时的心理，"他为此感到内疚，似乎他做了一件违法的事，他为自己没有忙忙碌碌而感到惭愧"④，"当他拉开门，光着膀子往外看的时候，他感到见不得人，感到内疚了，世界还存在着。可他曾感到只有这座房子是洪水中的方舟，其余的都淹没了"⑤。工业文明支配着人的生活与思想，失去了人与人之间亲密的联系，不仅世界的表面被割得支离破碎，就连人与人之间淳朴、和谐的联系也被割裂了，与玛斯农庄里人与人亲密相处的农家村舍有着天

---

① ［英］D.H.劳伦斯：《虹》，黑马、石磊译，中央编译出版社2010年版，第22页。
② 同上书，第112页。
③ 同上书，第130页。
④ 同上书，第125页。
⑤ 同上书，第127页。

壤之别。

从城市来的威尔与从小在玛斯农庄长大的安娜的结合，使得他们所代表的两种不同的文化相互碰撞，产生摩擦。对威尔来说，能与安娜两个人生活在自己的小家庭中他便很满足，然而，他想割断与外界的联系的想法是不实际的，他终究要重返到嘈杂的外部世界，他需要靠外部世界获得生活的来源。安娜从小在玛斯农庄长大，深受玛斯农庄原始的自然生活的影响，并且在父母和谐的环境下，她成长得很安逸，一开始，她有自己的追求，她受不了小家庭的局限，父母和谐又使她觉得她成了孤身一人，她想与同学友好相处，做一个与众不同的贵族小姐，然后她无论在哪里都感到不自在，也无法与别人和谐相处。家庭与同学间相处的不融洽使她感到烦闷，她开始渴望从外部世界获得幸福，而从诺丁汉来的威尔堂哥就生活在安娜所向往的世界中，她将希望寄托在威尔的身上，认为他让她得到了解脱，"是他拆除了她经历中的墙界，他是墙上的一个窟窿，透过这个窟窿她看到了外部世界璀璨灼热的阳光"[1]。但是婚后的威尔却希望与世隔绝，迷恋教堂和教堂建筑，并且想要控制安娜，把自己的意志强加给安娜，这一切都使安娜感到失望、厌恶，她将威尔当成了自己的对头，她内心的欲望得不到满足，生活中矛盾重重，因此，他们之间也避免不了斗争。最终，他们成了还算"和谐"的一对，只不过，他们之间的和谐不是心灵上的和谐，他们的和谐依靠的是各自的让步与屈服，更重要的是依靠唯一可以维系他们关系的肉欲。"他们的爱情就变成了这样，肉欲之强烈和偏激如同死亡一样"[2]。

1926 年劳伦斯在意大利，9 月中旬回了趟英国，到了故乡伊斯特伍德走访，看到工人罢工的场面和故乡人的精神面貌，回意大利后，立即着手写作生命中最后的一部小说《查泰莱夫人的情人》，权威的研究认为，劳伦斯返乡看到的这场大罢工情景是导致他写作这部小说的重要诱因之一。《查泰莱夫人的情人》里的特瓦萧村已是混乱不堪，乌烟瘴气。只剩下那片树林和森林是安静的，因为这时工业化对整个乡村造成了严重的挤压，只有那片树林作为自然生命的栖居地，欣欣向荣。还有

---

① ［英］D. H. 劳伦斯：《虹》，黑马、石磊译，中央编译出版社 2010 年版，第 97 页。

② 同上书，第 209 页。

185

麦勒斯养育的刚出壳的鸡雏，它是生命的象征，是工业文明喧嚣中未遭机械化破坏的一片净土。而格拉比庄园和它周周的矿区是当时机械化资本主义社会的一个缩影。拉格比庄园历史悠久，虽然外观漂亮但却阴森冷清，死气沉沉，生活在其中的人也渐渐地委靡，逐渐与有生命的世界脱节。它周围的矿区惨不忍睹，墙是黑的，屋顶是黑的，路上是黑煤渣，人行道是黑水，连空气都充满了令人窒息的煤和铁的气息，仿佛一切都渗透了凄凉和忧郁。只剩下树林是查泰莱夫人的唯一的安身处，她的避难所，也只有在这里，才能诞生出真的爱情。因此这一片树林就成为劳伦斯在《查泰莱夫人的情人》中乡村的最后一个景色和心中的圣地了。

　　小说中浓墨重彩的地点是小树林，这是一片纯净的地域，无论是作为自然地理方面还是作为人类心灵栖息地而言，劳伦斯发自内心喜欢这片土地，这里是上帝创造的伊甸园也罢，是洗涤灵魂之地也罢，笔者用大量美化的笔墨描绘着这里，对自然的喜爱之情溢于言表，这片人类最后的救赎地，劳伦斯由衷赞美，这里与外面工业污染、人性麻木的世界和肮脏的矿区相隔绝，透出原始、洁净、神秘而自由的空气，让即将窒息的人们得到新的能量。在这充满生气的空间，可以洗涤污浊的灵魂，康妮那在工业社会里漂泊不定的心，在这里也找到了新的归宿。没有灵魂的肉体，就是行尸走肉：

　　　　林子里万籁俱寂，林地上的落叶下仍隐匿着一层薄霜。一只松鸦发出刺耳的叫声，吓得许多小鸟儿纷纷飞蹿开去……康妮站在那里看着眼前的景象，发现那是在宁静隐秘的森林中撕开的一道口子，让外面的世界长驱直入……这片林子仍然透着几分野性的老英格兰的神秘。可乔佛里爵士战争期间的砍伐让它损伤了元气。这些树木曾经是多么安详，起伏的树梢耸入云天，灰白的树干顽强地从褐色的蕨草丛中拔地而起。鸟儿在林间安全地飞来飞去。这里还曾经有野鹿出没，射手在这里狩猎，僧侣骑着毛驴款款而行。①

---

① ［英］D. H. 劳伦斯：《查泰莱夫人的情人》，黑马译，中央编译出版社 2010 年版，第40—41 页。

劳伦斯在作品中赞美小树林的活力,充满着纯粹的自然美,是人性的天堂。小树林的原始神秘与自然生机代表着这里将会使人回归本质、真情,可以让人焕发生命的激情。

    一阵风吹过,天上洒下一片奇亮的阳光,照亮了林边榛树下的地黄连,亮晶晶、黄灿灿的。树林里一片寂静,静得不能再静了,但一有风刮过,就会透进一缕缕阳光来。第一茬银莲花已经开了,那无边的白银莲花撒满了林地,令这林子都看似苍白了些。①

    又开始下雨了。但隔了一二天,她就冒雨到林子里去了,一到林子里她就去小木屋。下着雨,但并不很冷。林子里静悄悄的,让人觉得很是遥远,在昏暗的雨中,似乎难以接近。

    她来到空地上,那儿一个人也没有!小屋的门锁着。她就在粗木门廊下木桩子做成的台阶上坐下来,蜷缩着身体以求暖和点,她就那样坐着看雨,倾听寂静的林中各种声音,听树林高处奇特的飒飒风声,尽管似乎并没有风。周围是老橡树林,强壮的灰色树干被雨打湿后颜色发黑了,又圆又壮,枝叶茂密。地面上少有矮树丛,银莲花星星点点,偶见一二处灌木丛,有接骨木或荚蒾,还有一团团略微发紫的野生黑莓。翠绿的银莲花绒毛盖住了那褐色的羊齿草,几乎令其消失殆尽。或许这才是未被奸污的地方呢。未被奸污!可整个世界都被奸污了呢。②

树林的宁静、温柔,是对工业矿区肮脏环境的一种排斥。树林成了身受侵害的人们的避难所。小说中的自然人都选择了树林作为藏身之所,康妮在厌烦格拉比府之后,"她真想穿过园林逃跑,甩掉克里福德,趴在蕨草丛中。逃离这座房子,她必须逃离这座房子,离开所有的人。树林是她的避难所"③,而麦勒斯则更是选择了树林作为自己的生

---

① ［英］D. H. 劳伦斯:《查泰莱夫人的情人》,黑马译,中央编译出版社2010年版,第86页。
② 同上书,第95页。
③ 同上书,第18页。

息地。"他已经彻底避开了这个世界，他最后的藏身之处就是这林子，把自己隐在林子里！"①

第二天她又去了林子里。这是个阴沉寂静的午后，榛树丛下，墨绿的多年生山靛枝蔓遍地，所有的树都在沉静中努力发芽。今天她几乎能够感同身受，觉得自己就像那些高大的树木，体内元气充足的体液在向上、向上涌，直涌到嫩芽的顶尖上，冲绽开小小的火苗样的橡树叶，那叶子呈现出如血的古铜色来。这就如同一股潮汐，喷涌而上，直冲天空。②

细雨潇潇，让这夜色下的林子显得更为幽静、神秘了。遍地的蛋和卵，半开半闭的叶芽和花蕾让这个世界显得神秘莫测。黑暗中，赤裸漆黑的树身隐隐闪烁着微光，似乎是它们在夜里脱去了自己的衣服，而地面上绿色的植物似乎也燃着绿光。③

在小说第十二章，作者充满诗情画意地写道：

午饭后康妮就上林子里去了。那真是个好天气，初开的蒲公英形似小太阳，初开的雏菊白生生的。榛树丛叶子半开半闭，枝子上还挂着残存的染尘柳絮，看上去像一幅花边。黄色的白屈菜现在一簇簇地盛开着，花瓣平展地舒开，花边急切地翻开着，看过去金盏点点。初夏时节，遍地黄蕊，黄得绚烂。报春花开满枝头，不少已经开败褪色，那一撮一撮儿的花簇辉煌不再。风信子墨绿似海，花蕾昂着头如同嫩玉米头，马道上的"勿忘我"随风摇曳，楼斗菜紫蓝色的褶叶正在绽放，灌木下散落着蓝知更鸟的碎蛋壳。到处都是花蕾，处处生机勃勃！

那猎场看守不在小屋里。四下里静悄悄的，褐色的小鸡活蹦乱跳地跑来跑去。康妮转身朝村舍走去，她要找到他。

---

① ［英］D. H. 劳伦斯：《查泰莱夫人的情人》，黑马译，中央编译出版社 2010 年版，第 89 页。
② 同上书，第 124 页。
③ 同上书，第 125 页。

村舍沐浴在阳光里，就在林子边上。小花园里，大开的门边重瓣野水仙蹿了很高，红色重瓣雏菊在小径旁盛开。[①]

从这几段对树林美妙的描绘中可以感受作者对自然的原始生态美的一种崇拜，这种自然是上天赋予的，没有经过人类加工过的伊甸园。故事发生在春意盎然的英国中部林地里，康妮与猎场看守麦勒斯的幽会之地是林中木屋和林子边的村舍，这样的季节、情节和地点，注定了其叙述背景氤氲着自然之气，其色彩注定也是绚烂如童话。于是那些花草树木既是爱情的见证，也是催生爱情的雨露。与矿区和格拉比府死寂枯燥的色调不同，树林所用的色调永远是绚丽光彩的、充满绿色气息的。人们通过想象，运用通感的效果描绘着这空间，可以感受劳伦斯所钟爱自然的缘由。远离工业文明的喧嚣和浮躁，这里使心情得到暂时的舒缓，这里是乐园，这也是麦勒斯将自己隐秘、享受安宁的场所，他不喜欢被外界打扰，怕外界的喧嚣毁坏这最后一片藏身之地，所以当康妮无意中闯入这里，他表现出的是一种敌意，在外人看来这是一种奇怪的行为，只有他自己知道，这份藏身地的可贵之处。这片森林在劳伦斯的眼中，象征着人与自然本真的生命活力，更象征着超凡脱俗的精神的纯洁。与之相对的是工业主义的玷污，既玷污了自然也玷污了人心。森林中万物的生发繁衍，无不包孕着一个"性"字。劳伦斯选择了森林，选择了树林里纯粹性的交会来张扬人的本真活力，以此表达对文明残酷性的抗争。

劳伦斯对于乡村的深情与眷恋，从第一部《白孔雀》散文诗般华丽的铺陈，浓墨重彩，到《儿子与情人》中以自己矿工家庭为核心的矿区生活与威利农场的对比，到《虹》中以三代人编年体的写作，把第一代的农业为主到第二代的工业与农业的交织，写出了乡村的被边缘化，到1926年创作的《查泰莱夫人的情人》，以煤矿业为主的工业对农业时代乡村的完全戕害，人们已失去了大地的安宁，农业的凋敝，乡村的肮脏，毫无生机。从事农业的人员已失去了他们祖祖辈辈与大地相

---

① ［英］D. H. 劳伦斯：《查泰莱夫人的情人》，黑马、石磊译，中央编译出版社 2010 年版，第 170 页。

依为命的幸福感，这个被英国人认为的英国的灵魂已失落。这对今天发展不啻也有很强的警示意义。劳伦斯对乡村的描写成为一个时代乡村美丽的绝唱。

第三节 异化的人类文明中心——城市空间

城市（化）是工业化和现代化进程中最为显著的现象之一，人口向城市的聚集不仅是空间变迁，更意味着生产方式和生产关系的骤变，给人们的生活带来巨大冲击。城市往往成为工业文明的象征，是一个地区或国家政治、经济和文化的中心。劳伦斯一生去过世界许多地方，足迹踏遍欧洲、亚洲、美洲的许多著名城市，这些城市也在劳伦斯的小说中有着不同的呈现，给世人留下极其珍贵的 20 世纪初的城市空间和意象。笔者选取他长篇小说中的几个城市空间做个剖析，以便对其社会观有个初步的认识和把握。

一 诺丁汉——故乡小城

诺丁汉城，这个离劳伦斯出生地仅有 8 ~ 9 英里的故乡小城。劳伦斯在长篇小说中多次建构这个空间。在 1911 年发表的《白孔雀》中常常提到诺丁汉这个小城市，诺丁汉是个初步现代文明起来的城市，这座中原最古老的城市，它刚好处于伦敦、伯明翰这些大都市和小镇子之间。诺丁汉当时是一个商品经济比较发达的地方。生活在内瑟梅尔河谷地的一群青年人，他们的日常生活与诺丁汉有许多联系。当乔治一家苦于兔子侵扰农场庄稼时，庄园的农场主人："他发现了一笔不吉之财：可以在诺丁汉以个把先令一只的价格把他的兔子，也就是那些毛皮害兽统统卖掉；那之后，这个高贵的家族就靠兔子维持生计了。"[1] 莱蒂和莱斯利也以去诺丁汉为豪，如去诺丁汉学跳舞[2]，去诺丁汉选购时尚衣

---

[1] ［英］D. H. 劳伦斯：《白孔雀》，谢显宁等译，中国文联出版公司 1989 年版，第 81 页。

[2] 同上书，第 172 页。

裳①，去诺丁汉游玩。②"埃米莉是第一个终于离开磨坊的人。她到诺丁汉的一所学校去了，不久，她妹妹莫莉也去了。"③当乔治得不到他心仪的情人莱蒂，只好带着表妹梅格邀"我"一同去诺丁汉领取结婚登记，"我们来到山顶，看见眼前的城市就象一片高高堆起的模糊不清的山峦。我寻找着往日读书的那所学校的方塔和圣·安德鲁斯教堂那高耸傲然的塔尖。蓝天下，城市上空一片灰暗，就象悬着一幅又薄又脏的天幕"④。

劳伦斯在《儿子与情人》中写道：莫雷尔的二儿子威廉"十九岁那年，他突然离开合作社办事处，在诺丁汉找了个差使，这个新差使一星期可以挣三十个先令，过去他只挣十八个先令。这当然是长进了。他父母都洋洋得意。……威廉在诺丁汉的新职位干了一年……后来他在伦敦找了个工作，年薪一百二十英镑。这数目似乎是笔巨款。母亲简直搞不清应该高兴还是伤心了"⑤。第五章"保罗踏进社会"去诺丁汉，斯帕尼尔街二十一号，外科医疗器械厂老板约见保罗，因而娘儿俩就坐车来到诺丁汉，母子俩对这个二儿子将要在这里工作的城市感到好奇。

> 他们觉得这个市镇新奇可爱。不过孩子心里总有一个揪心的疙瘩，他一想到跟托马斯·乔丹见面就害怕。
>
> 圣彼得教堂的大钟快十一点的时候，他们来到一条通向城堡的窄街上。这条街又阴暗又老式，有些又低又暗的店面，几家深绿色的大门，上面有黄铜门环，还有黄赭石的台阶伸向人行道。接着又是另一家商店，那个小窗口看来就象一只狡猾的，半开半闭的眼睛。娘儿俩小心翼翼地走着，到处寻找"乔丹父子"的招牌。这真象在某个蛮荒地区搜索什么东西，他们兴奋极了。
>
> 突然他们发现了一个黑洞洞的大拱廊，拱廊上有好几家商行的

---

① ［英］D. H. 劳伦斯：《白孔雀》，谢显宁等译，中国文联出版公司 1989 年版，第 229—230 页。

② 同上书，第 240 页。

③ 同上书，第 356 页。

④ 同上书，第 343 页。

⑤ ［英］D. H. 劳伦斯：《儿子与情人》，陈良廷、刘文澜译，人民文学出版社 1997 年版，第 71—72 页。

招牌。托马斯·乔丹也在其中。

"到了!"莫雷尔太太说,"不过究竟在哪儿呢?"

他们四下张望。一边是一家古怪的、暗沉沉的、有名无实的工厂,另一边是一家通商客店。

"一定在门洞里面。"保罗说。

他们鼓起勇气走进拱廊,就象走进龙口一样。拱廊里头是个大院子,象口井一样,周围都是房子。院子里乱七八糟地堆放着稻草、纸盒和纸板。阳光正照在一只大板条箱上,只见里面的稻草黄澄澄地撒得满地,但其他地方都象矿井一样阴暗。这里有好几扇门,两座楼梯。正对面的楼梯最上面一级有一扇肮脏的玻璃门,上面隐约看得见几个不祥的字眼:"托马斯·乔丹父子外科医疗器械厂"。莫雷尔太太走在前头,儿子跟在后面。保罗跟着母亲踏上肮脏的楼梯,走到那扇肮脏的门前,此时此地的心情比起查理一世上断头台的心情还沉重呢。

她推开门,喜出望外地站在那儿。在她眼前是一所大货栈,到处都是奶油色的纸包,那些伙计卷起衬衫袖子,自由自在地走来走去。这儿光线柔和,那些光滑的奶油色纸包似乎闪闪发亮,还有深棕色的木柜台。一切都那么安静,又非常亲切。莫雷尔太太向前走了两步,然后等待着。保罗站在她后面。她戴着最好的帽子,披着黑面纱,他穿着男孩子穿的那种白色大硬领,一套在诺福克买的衣服。①

保罗的母亲想到:"威廉到伦敦去了,干得还不错。保罗就要在诺丁汉干活。如今她有两个儿子走上社会了。她有两个地方可以想念,两个都是大工业中心。她想到自己给两大中心各添了一个男子汉,这两个男子汉会做出她所期望的成就。他们是她生的,是属于她的,他们的事情也就是她的事情。"②

---

① [英] D. H. 劳伦斯:《儿子与情人》,陈良廷、刘文澜译,人民文学出版社 1997 年版,第 121—123 页。

② 同上书,第 133 页。

在《虹》中，汤姆·布朗温驾着马车带着小安娜去诺丁汉，带到牛市。

她惊奇地看这看那，在他身边默默地打转转，可一到牛市上她又让人群吓得直躲。男人们穿着笨重而肮脏的鞋子，缠着皮裹腿，路上满是牛粪。她更怕见关在牛栏里的老牛，那么多犄角，那么小的牛栏，而人们个个儿都像疯子，听听，牛贩子们在扯着嗓子叫喊。她还感到爸爸让她搞得很不自在。[①]

布朗温给安娜找了个座儿坐下……尽快买下了那头牛，不过全部的买卖还没有收摊子，所以他带着她又来到了人山人海、川流不息的牛市。他们最终往回转走出大门口。他老是跟这个那个寒暄着，停下来议论着土地和牛马什么的，这些她都不懂。她站在这些穿着大靴子的腿之间，臭烘烘的气味熏着她……布朗温带她进了缰绳铺一家黑洞洞古色古香的餐馆。他们喝牛尾汤，吃肉，色拉和土豆。别人一进这个圆顶黑屋子，安娜就会睁大双眼惊奇地一句话也说不出来。

他们又去了大市场和玉米交易市场，还去了商店。他在小摊上给她买了一本书，他就喜欢买一些莫名其妙的东西，他认为这东西有用。然后他们又回到黑天鹅酒店，她喝牛奶，他喝白兰地，喝完了上车去德比郡。

她幻想着，想得都懒得再去想了，可第二天再想起来，她就会蹦蹦跳跳，悠着腿跳起稀奇古怪的舞来，还一个劲儿地讲她的所见所闻。这样，一个星期过去了，等到下一个星期六，她又急着要去。[②]

光阴似箭，日月如梭。安娜婚后生下众多儿女，长女厄秀拉十二岁时，安娜把厄秀拉送到诺丁汉的小学去读书。

厄秀拉对学校有了新的幻想。这所学校本是一位绅士的房产，

---

① ［英］D. H. 劳伦斯：《虹》，黑马、石磊译，中央编译出版社 2010 年版，第 71 页。
② 同上书，第 71—72 页。

这里有墨绿色的草坪，显得煞是忧郁，学校那边是暗淡的道路。学校里的房子都很大，很漂亮，从学校后面，可俯视草坪和灌木丛，可看到树木和植物园中芳草萋萋的坡地。从这儿遥看低地中的城镇，只见一片屋顶绵绵不绝。

厄秀拉就这样坐在学校的山上，俯视着城里的烟雾和一片混乱状态，俯看着工厂，俯看着人们奔忙。她很高兴。在这文法学校里她幻想着，工厂的烟雾那边空气一定要好得多。她想学拉丁语、希腊语、法语和数学。当她第一次书写希腊字母时，她不禁激动得颤抖起来。①

过了几年，厄秀拉考上了诺丁汉的一所大学：

开学了。她每天坐火车进城。大学里如修道院似的宁静开始包围着她了。

开始，她并没有感到失望。高大的学院大楼坐落在宁静的街区。是石块砌成的，周围有草地和椴树，幽静极了。她觉得这是一块偏僻神奇的地方。学院大楼的建筑式样真可笑。从她父亲那儿得来的知识使她能看出这一点。不过，它的式样还是与其他大楼的式样有所不同的。在这座肮脏的工业城里，它那秀丽又好玩的哥特式造型差不多可以算一种风格了。②

但是，在这一年中，学校的魅力开始消失了。教授们不再是引导他们探索生活和知识的深奥秘密的牧师了。他们不过是经营商品的经纪人，对此已习以为常，不把学生们放在眼里……这是一个旧货铺子，到这里是为买一件工具应付考试。这不过是城里许多工厂的一个小小的附属零件。这种感觉逐渐占据了她的头脑。这里不是宗教的避难所，不是专心读书的隐居地。这里是一个小训练场，进来是为挣钱做进一步的准备。大学本身就是工厂的一个又小又脏的实验室。③

① ［英］D. H. 劳伦斯：《虹》，黑马、石磊译，中央编译出版社 2010 年版，第 238 页。
② 同上书，第 388—389 页。
③ 同上书，第 392—393 页。

劳伦斯曾写过一首诗《诺丁汉的新大学》，不乏对以布特为首的药业大王捐建的诺丁汉大学给予挖苦和嘲讽。

正如黑马先生所言：劳伦斯似乎不像热爱乡村和矿区那样热爱城市，没怎么正面描述过诺丁汉。但仅从《白孔雀》、《儿子与情人》和《虹》等一系列以诺丁汉城乡为背景的小说，可以看出"20 世纪初的诺丁汉是一个有轨电车穿行其间的灰色古雅小山城，有一两条繁华的主街道，商贾云集，有庄重的旧大学，壁垒森严如同教堂，山坡上有高档的洋房住宅，有火车通往伦敦，其余的是灰暗的窄街，光洁的石子路；还有世俗嘈杂的集市。城外有运河通往附近城乡。《虹》里汤姆·布朗温带小安娜逛的牛市也在诺丁汉，那种农民的狂欢场景让劳伦斯写得活灵活现。这座城像世纪初的任何中小城市一样，是工业文明与农业文明的交汇点。"① 诺丁汉是劳伦斯走向伦敦的第一步阶梯，可以说是劳伦斯的现代启示录。近年，诺丁汉被联合国教科文卫组织授予"文学之城"的称号。主要是由于劳伦斯的丰硕的文学创作，为世人奉献了一份极为丰厚的文化珍品。

二　伦敦——从迷恋到噩梦

伦敦离劳伦斯的故乡伊斯特伍德有二百英里，在交通比较发达的 20 世纪初期，伦敦已成为一个国际化的大都市，劳伦斯从诺丁汉大学师范班课程毕业后，就找到了一个在伦敦近郊的学校教书了，这对来自一个中原矿区小镇矿工之子的劳伦斯来说，简直是来到大开眼界的天堂，因此他从 1908 年来到克罗伊顿之后，怀着好奇的心情，观察伦敦，对伦敦的一切感到惊奇，那河水、那车流、那城市满城街灯，"强烈的思乡情绪不久就过去了。他安顿了下来开始写他的《白孔雀》的第三稿。他开始观察起伦敦来，写信向我们描述在夜晚降临时的满城街灯"②。《白孔雀》一书，作者多次写到了伦敦，自莱蒂与莱斯利结婚

---

① 黑马：《文明荒原上爱的牧师：劳伦斯叙论集》，新星出版社 2013 年版，第 26 页。
② ［英］吉西·钱伯斯、弗丽达·劳伦斯：《一份私人档案：劳伦斯与两个女人》，叶兴国、张健译，知识出版社 1991 年版，第 111 页。

后，"十月里我也搬到伦敦去了"①。"在诺伍德我深受流落之苦。几星期以来我都在郊区的街头徘徊，内瑟梅尔的一幕幕情景总在心中萦绕。我沿着宁静的公路走着，夜晚的路灯在已落叶的树杈间孤独地闪动着黄色的光"②。他在这个伦敦郊区漫步时，总是沉浸在与内瑟梅尔河谷那个潮湿的小地方散步时同样的心情之中。

> 春天的脚步勇敢地踏进了伦敦南区，使城里充满了奇异的魔力。直到我亲眼看见闪亮的圆形弧光灯在公路两旁紫红色薄暮中象金色的气泡在滚动时，才见识了紫红色的夜晚那富丽堂皇的气派。城市的夜晚处处都展示着灯火的奇妙世界：明灯把团团金光撒在泰晤士河面上，给不安的黑夜增添了浮动的光彩。洞穴似的伦敦大桥车站进进出出的车灯，好象滚圆闪亮的蜜蜂从黑色的蜂房里飞进飞出，郊区的街灯在树丛中闪动着的柠檬色的光彩。我开始喜爱这座城市了。

> 清晨，我喜欢在街上漫无目的的人流中漫步。注视着走近我的一张张脸庞，注视着猛然一闪的黑眼珠，注视着从身旁走过的女人们那张张谈话时象盛开的花朵般的嘴唇，注视着大衣下男人们双肩的微妙摆动，以及他们沿街行进时脖子上发出的赤裸裸的热气。我强烈地爱着这座城市，我爱男人女人的举止，爱男人女人四肢柔和迷人的摆动，爱他们从身边走过时突然闪烁的眼睛和他们的嘴唇。在街上千万张脸庞之中，我的心绪就象在蓝色花朵中沉醉攀援的蜜蜂一样漫游。我从过路人的眼中啜饮奇特甘美的花蜜，我渐渐变得陶醉。

> 我在飘飘欲仙之中不知不觉消磨着时光，后来，我突然看见鲜红的山楂在公路上方闪耀……冷清寂寞的郊外，丁香花夜晚发出流连不散的芳香，唤醒抒情诗无声的窃笑。③

---

① ［英］D. H. 劳伦斯：《白孔雀》，谢显宁等译，中国文联出版公司 1989 年版，第 356 页。

② 同上书，第 366 页。

③ 同上书，第 371—372 页。

当乔治来伦敦时，这个在乡村做贩马生意的人，"他坐着，用困倦的眼睛看着，望着这一切。似乎伦敦这首刻写得宏伟而又难以理解的诗篇使他畏缩了。这个城市对他来说太浩大了。他无法了解它这无限广阔、包罗万象的惊人诗意。深深地印在他心中的倒是伦敦那公然的不协调。这苍茫的大都市的莫名其妙使他忧虑，伦敦那巨大的粗鲁和鄙俗彻底地伤了他的心"①。

在劳伦斯根据海伦·科克提供的日记急就的第二部长篇小说《逾矩的罪人》中，作者通过人物的"伦敦是很累人"② 这句话写出西格蒙德一家人在伦敦的日常生活是平淡和无味的，仿佛伦敦人的生活都是索然无趣的，伦敦就是一个让人累困的地方。

1913 年 5 月发表的《儿子与情人》，当莫雷尔太太的二儿子威廉在伦敦找到了个工作，年薪一百二十英镑。每当威廉带回一些小礼物，"在孩子们心目中，这类东西只有了不起的伦敦才有"③。"威廉到伦敦去了，干得还不错。保罗就要在诺丁汉干活。如今她有两个儿子走上社会了。她有两个地方可以想念，两个都是大工业中心。她想到自己给两大中心各添了一个男子汉，这两个男子汉会做出她所期望的成就。他们是她生的，是属于她的，他们的事情也就是她的事情。"④ 威廉由于过分劳累，不久就病死在伦敦，莫雷尔夫妇悲伤地去凄凉的伦敦料理儿子的后事，从此之后，伦敦就成了保罗一家人心中的伤痛。同时也成了作者心中的一个永久的痛。

在《恋爱中的女人》中，伯金奉召去伦敦，在临近伦敦的时候心里就感到一阵失望，到达伦敦他就感觉有如进入了一座大监狱，原本一座座充满生机、充满活力的大都市都被工业文明"奸污"了。而此时的伯金就"像一个被判了死刑的人"⑤，一边念着勃朗宁夫人的《废墟

---

① ［英］D. H. 劳伦斯：《白孔雀》，谢显宁等译，中国文联出版公司 1989 年版，第402 页。

② ［英］D. H. 劳伦斯：《逾矩的罪人》，程爱民等译，译林出版社 1994 年版，第 53 页。

③ ［英］D. H. 劳伦斯：《儿子与情人》，陈良廷、刘文澜译，人民文学出版社 1997 年版，第 108 页。

④ 同上书，第 132—133 页。

⑤ ［英］D. H. 劳伦斯：《恋爱中的女人》，黑马译，中央编译出版社 2010 年版，第55 页。

上的爱》，仅仅只是临近伦敦，伯金就产生了如此强烈的负面情绪，伦敦带来的强烈的压抑感、绝望感。让他只能相信"宁静绚丽的黄昏/在幽远幽远的地方微笑"①，伦敦已经没有"宁静绚丽的黄昏"，《恋爱中的女人》所展示出的伦敦城，一片黯淡阴冷，庞巴多咖啡馆更是乌烟瘴气。一群行尸走肉般的男女，毫无生气，无望地及时作乐，鬼混度日。书里的艺术家戈珍离开伦敦时竟然发出这样的吼叫："她在伦敦再也待不下去了。他们必须坐早车离开这儿。他们在火车经过大桥时，她望着铁桥下的河水叫道：'我再也不要见到这肮脏的城市了，我一回来就无法忍受这地方。'"②对劳伦斯来说，英格兰已经不是莎士比亚时代的那个英格兰，伦敦也已经不是以前的那个伦敦了。伦敦的生命激情已经被工业文明破坏殆尽，人与自然的和谐也已经消失不见，伦敦成为"教他深受其苦。天气阴冷，雾气沼沼，令人难以将息"③，伦敦作为"雾都"，这不仅给劳伦斯肉体带来极大的不适，也破坏了他追求自然和谐的理想之路。

在《出走的男人》中，劳伦斯借他人之口，表达对伦敦的看法，"在这伦敦的中心，午夜之后一切都显得那么可怕和邪恶"。坦妮和约瑟菲娜先后说："我痛恨伦敦"，"是的，我也是"④，"他俩迎着大风继续走着，最后转向一个古老美丽的方花园，看上去漆黑一片，渺无人迹，就象伦敦市中心那样空旷、黑暗"⑤。"他感到害怕，在伦敦这个黑暗的密集中心，这一切显得那么的邪恶。"⑥

然而在此之前，伦敦是一个"十分十分刺激的地方，特别刺激，是一切冒险的巨大喧嚣中心，它不仅是世界的心脏，而且是全世界冒险的心脏"⑦。"今日的英格兰正培育出一类新人，他们在金钱、社会和政

---

① [英] D. H. 劳伦斯：《恋爱中的女人》，黑马译，中央编译出版社 2010 年版，第 55 页。

② 同上书，第 374 页。

③ [英] D. H. 劳伦斯：《劳伦斯文集·袋鼠》，毕冰宾译，人民文学出版社 2014 年版，第 269 页。

④ [英] D. H. 劳伦斯：《出走的男人》，李建译，四川文艺出版社 1988 年版，第 84 页。

⑤ 同上书，第 92 页。

⑥ 同上书，第 93 页。

⑦ [英] D. H. 劳伦斯：《劳伦斯文集·散文随笔集》，毕冰宾译，人民文学出版社 2014 年版，第 122 页。

治方面过于用心，而他们的自然本能和直觉却死了，半死不活的人，大家都是，可另一半却活得执著，令人恐惧的执著。"①

劳伦斯眼里的伦敦浸透着乏味感，他在散文《归乡愁思》中借两个外国人的口说："它看上去不像是一个文明大国……似乎那上面没人。""太安静了！太安静了！好像谁也不会来似的。"②

劳伦斯对英国城市是厌恶的，因为英国城市工业文明对自然生命的压抑而厌恶，同时，这厌恶也是因为工业文明的高速发展刺激了人们的贪欲，间接导致世界大战的爆发。世界大战爆发对于劳伦斯来说无异于一场灾难，劳伦斯憎恶德国的军事动物们，但同时"英国的工业化和商业化及其与之相适应的爱国主义和民主"，也侮辱了他并痛痛快快地抽了他一耳光。在小说《袋鼠》的第十二章中，劳伦斯用整整五万字真实地记录了自己在第一次世界大战所遭受的非人待遇。小说中主人公索默斯因为妻子的国籍问题被政府认定为间谍，处处受到监视，最后甚至被逐出了康沃尔。不得不搬到伦敦去，"一九一五年，旧世界完结了，一九一五年至一九一六年之交的那个冬天，旧伦敦的精神崩溃了。在某种意义上说，作为世界中心的这座城市算是垮了，变成了支离破碎的激情、欲望、希望、忧虑与恐怖的旋涡。伦敦的诚挚丧失了，卑劣开始堂而皇之登台，尤以新闻出版和公众声音传媒的卑劣统治最为难以言表，它就是《约翰牛》杂志"③。"伦敦，战时的伦敦，除了战争就是战争、战争"④，战时的伦敦弥漫着恐怖的气氛，索默斯"感到自己已经被杀死了"⑤，他对英国的信仰已经受了致命伤。"不过伦敦叫他深受其苦。天气阴冷，雾气沼沼，令人难以将息。"⑥ 天气给他的肺病带来了负担，同时，战时的英国政治让他极度失望。"整个伦敦都弥漫着恐

---

① ［英］D. H. 劳伦斯：《查泰莱夫人的情人》，黑马译，中央编译出版社 2010 年版，第 157—158 页。

② ［英］D. H. 劳伦斯：《劳伦斯文集·散文随笔集》，毕冰宾译，人民文学出版社 2014 年版，第 14 页。

③ ［英］D. H. 劳伦斯：《劳伦斯文集·袋鼠》，黑马译，人民文学出版社 2014 年版，第 235 页。

④ 同上书，第 250 页。

⑤ 同上书，第 268 页。

⑥ 同上书，第 269 页。

怖气氛就如同在沙皇统治下的那样，没人敢于开口。"① 至此，劳伦斯想要远离英国的愿望日益迫切。

在劳伦斯 1926 年最后创作的长篇小说《查泰莱夫人的情人》中，劳伦斯更是借康妮之口说出对伦敦的绝望：

> 康妮在伦敦并不快活。这儿的人似鬼影，空虚无聊。他们并不真幸福，不管他们显得有多么活泼，模样有多标致。而康妮自有一个女人对幸福的盲目渴求，要得到幸福的承诺，因此在她心中伦敦整个是荒芜的。②

劳伦斯对伦敦书写的态度发生了较大的变化。1928 年劳伦斯写了篇《乏味的伦敦》：

> 我们坐着车穿过狭小、慵懒但淳朴无害的乡村，直到抵达庞大但毫无生气的维多利亚火车站，随后一个不坏的脚夫过来把我们送上一辆不坏的出租车，车子穿过拥挤但出奇乏味的伦敦街市来到旅店，这旅店舒适但让人觉得慵懒、乏味得出奇。出国几年回到伦敦，这头半个钟头真叫过得难受，心头只觉得让一种难言的沉闷压抑着，几乎要被它压死……乏味！无聊！这里的日子十分乏味！我没劲！我让它弄得没劲！我精神没劲！我的生命与伦敦的乏味一起乏味。
>
> 早先可不是这样。二十年前的伦敦在我看来是个十分刺激的地方，特别刺激，是一切冒险的巨大喧嚣中心，它不仅是世界的心脏，而且是全世界冒险的心腹。斯特兰大街，英格兰银行，查灵克罗斯之夜，海德公园的清晨！
>
> 不错，我现在是老了二十岁，可我并未失去冒险精神。我觉得伦敦与冒险无缘了。交通太拥挤！这里的车辆曾驶向某个冒险的场

---

① ［英］D. H. 劳伦斯：《劳伦斯文集·袋鼠》，黑马译，人民文学出版社 2014 年版，第 271 页。

② ［英］D. H. 劳伦斯：《查泰莱夫人的情人》，黑马译，中央编译出版社 2010 年版，第 265 页。

地。可现在，它们只是挤成一团向前涌着，没个方向，只是成群结队无聊地向前拱而已，前头半点冒险也没有。车辆陷入了一种乏味的惯性中，然后再乏味地重新启动。①

1927 年劳伦斯发表了《墨西哥的清晨》，其中一篇《陶斯》写道：前些年我在伦敦对此有过空前强烈的感受，感到伦敦这个世界的伟大中心有强有力的中心结点。可在第一次世界大战期间，那个中心在我看来是碎了。世界上的事都是这样。有些地方会失去其生动的中心结点。②

三　悉尼——空旷虚无

劳伦斯 1922 年 5 月 4 日来到澳大利亚的西岸珀斯，在达灵顿逗留半个月之后乘船来到澳大利亚港口城市悉尼。对澳大利亚的地理感知，让劳伦斯在很短的时间里就决定要创作一部以澳大利亚为背景的长篇小说，这部小说就是《袋鼠》，小说是在离悉尼不足 50 英里的一个海边小镇创作的。劳伦斯在信中说他对澳大利亚的地理感觉：

> 澳大利亚是个领土辽阔而又非常神秘的国家，它给人的感觉是非常空旷，是个人迹罕至的地方。每当夜幕降临的时候，大小城镇，甚至象悉尼那样的大城市，都变得虚无缥缈，这些城镇似乎白天都是幻觉，而到了夜晚便不复存在了。这是一种奇异的感觉——似乎生活从来没有在这儿真正开始过，似乎人的足迹尚未踏上这片大陆，而现存的一切只不过是幻觉。③
>
> 这里实在奇妙：美妙的天空、阳光和空气，清新清洁，一尘不染，灰白绒毛的灌木丛无垠无尽，人烟稀少。这一切教人感到陌生空虚、毫无设防。④

---

① ［英］D. H. 劳伦斯：《劳伦斯文集·散文随笔集》，黑马译，人民文学出版社 2014 年版，第 121—123 页。

② 同上书，第 21 页。

③ ［美］哈里·莫尔编：《劳伦斯书信选》，刘宪之、乔长森译，北方文艺出版社 1994 年版，第 462—463 页。

④ ［英］D. H. 劳伦斯：《袋鼠》，黑马译，译林出版社 2000 年版，第 429 页。

在某种程度上，小说主人公索默斯是劳伦斯的精神化身，传达着劳伦斯特有的情结和理念。澳大利亚大陆上的原始风景、神秘意识和文化吸引着索默斯永久留在这片土地上。在澳大利亚这个处子般的国度里，索默斯似乎见到了建立乌托邦的可能！这是一个新兴国家，充满希望。小说写道："理查德喜欢澳大利亚：蓝天飘霞，大地沉郁，绿叶和棕色岩石，看似黯淡的袋鼠皮。这迷人景象与人若即若离的，即使在悉尼市中心亦是如此。人类的任何绝招都显浅薄，澳大利亚超然物外。"①

在这里，让我们对悉尼这个大城市做个简单的介绍。"悉尼（Sydney）是澳大利亚最大的城市和重要的港口，新南威尔士州首府。位于大陆东南岸，东濒塔斯曼海，西接蓝山山脉东麓，北界布罗肯湾，南至哈金港。面积4047平方公里。城市附近海岸曲折，多港湾。城市居民点始建于1788年1月，当时英国遣送的第一批流放犯在此登陆，并把这个登陆的湾头命名为悉尼湾。1842年改设城市建制，形成了现在悉尼市的雏形，1855年铁路通达，1926年建成市区地下铁路，1932年建成海港大桥，城市随之迅速发展。20世纪70年代初，悉尼的规模已超过墨尔本。"②

小说的主人公索默斯，当他深入感知悉尼这个大城市后，他的看法就有些不同了，小说多处写道：

> 尽管是在这庞大喧嚣的现代化悉尼的范围内，百万人流如鱼儿从城中穿过，那片地方看上去似乎也像从地球上消失了一般。③

> 那庞大的悉尼城就在眼前，可它显得虚无缥缈，倒似乎像喷洒在黑暗之上，它永远也无法穿透那黑暗的表层。④

> 黑夜笼罩着悉尼，山下，那城市和海港灯火明灭，闪着微红的光影……夜幕就这样在悉尼上空降下，在索默斯等更多的人头顶上

① ［英］D. H. 劳伦斯：《劳伦斯文集·袋鼠》，毕冰宾译，人民文学出版社2014年版，第220页。

② 中国大百科全书总编辑委员会：《中国大百科全书·世界地理》，中国大百科全书出版社2002年版，第654页。

③ ［英］D. H. 劳伦斯：《劳伦斯文集·袋鼠》，毕冰宾译，人民文学出版社2014年版，第5页。

④ 同上书，第8页。

空如此变幻一番，这不能不令我们的诗人再次感到恐惧和焦虑。①

　　索默斯就这样郁郁不乐地游荡在悉尼的街上，强迫自己承认这可与伯明翰比美的漂亮大街，这儿的公园和植物园美丽而整洁，那双层棕色渡轮穿梭往返于环形码头的悉尼港是非凡的去处……悉尼这地方，像伦敦，而它不是伦敦，没有伦敦那美丽的旧式光环。这座南半球的伦敦城是在五分钟内建成的，企图替代真的伦敦呢。只是替代物而已，就像用人造黄油代替真黄油一样……要想真正了解一个国家，他就得在它的主要城市中住上一阵子。②

　　火车在悉尼行驶许久了，或者说是在无边无际的悉尼郊外行驶……伦敦城里有一排排实实在在的房屋，有实实在在的街道；而悉尼则到处是无数相互分离的平房和村舍，一片片蔓延开去，散落在高高矮矮的山包上和斜坡上。还有那些荒凉的沼泽，废弃的铁矿，波纹铁"产品"，这一切看上去就形同末日，而绝非新的国家。人们向左看去，看到的是一片浅水汪洋，那就是植物园海湾：沙滩，工厂的烟囱林立，惟一显得孤独的地方是灌木丛。这半半拉拉仍在蔓延着的城郊，一幅无聊的景象。③

　　悉尼的清晨，寒雾弥漫，湿雾欲滴。④

　　这个早上雨下得很大，悉尼尽管很大，而且皮特大街和乔治大街的确有大都会的样子，可它就是看似一个荒原中的新拓区，没个中心。它是世界上的一座大城市，但没有市中心，只有堪培拉大厦或许算得上它的中心。这里每个人都挺友好和善。这是世界上顶友好的国家，在某些方面算得上是顶绅士气的国家。可这个国家没个中心。没有中心，看似空洞一般。⑤

索默斯与袋鼠之间的情感让他看到了这片土地上古朴的男人之间的

---

　　①　［英］D. H. 劳伦斯：《劳伦斯文集·袋鼠》，毕冰宾译，人民文学出版社 2014 年版，第 10—11 页。

　　②　同上书，第 15—16 页。

　　③　同上书，第 78 页。

　　④　同上书，第 155 页。

　　⑤　同上书，第 333 页。

友情，让他看到了他所追求的"血谊兄弟"。但是，劳伦斯在小说中首先却是描写索默斯刚到澳大利亚时，澳大利亚这片美丽的广大的土地带给他的并不是惊喜，反而给他空旷、迷茫之感。这个空旷虚无缥缈的悉尼城市在作者眼中，似乎是伦敦的翻版这片广袤无垠、荒无人烟的大地令他生畏。这片国土看似那么迷茫广漠，不可亲近。林子的恐怖以及索默斯内心的恐惧是新世界"幽灵"带来的，索默斯来自灵魂的恐惧并不是那片林子带来的，而是澳大利亚这个年轻的国家带来的。渐渐地，索默斯对悉尼的认识就有了进一步的深入：

> 蓝色海面波光潋滟，令他再次感到这是一座荒凉、迷茫的港口，似乎是库克船长时期尚未被发现的地方。这座城很是没有实感。①
>
> 悉尼那炎热而自由自在的大街，没有丝毫的控制感。没有控制，每个人都小心走路，以不妨害别人。在便道上，步行者形成两股分开的人流，分别靠马路左边走。他们是如此整齐划一，如果商店碰巧在你右边，你简直无法打量一眼，因为步行的人流把你淹没了。
>
> 就是这个样子：它比伦敦还规矩，可一切都洋溢着一种奇特的活跃气氛，令理查德感到被疯狂压抑着。没有控制，也没有反控制。警察无足轻重，不值一顾。每个人都是自己的警察。这是对无害的芸芸众生的可怕抬举，是对强制管理的奇怪解除。一个人可以感知警察，比如在伦敦吧，能感受到他们权威之文雅的威严。可在悉尼，压根儿没有什么权威的威严。这里有的是没有权威的绝对自由，空气中弥漫的是十足的自由。可是，一旦你在人行道上错入了朝另一个方向行进的人群，他们会把你踩在脚下，几乎让你消匿。你千万不能入错了人流，这就是自由！
>
> 在蓝瓦瓦的晴空下，澳大利亚的悉尼，像是受了魔术的催眠而睡了过去，美滋滋地睡着——在烈日下的一个无尽的午觉，睡梦

---

① ［英］D. H. 劳伦斯：《劳伦斯文集·袋鼠》，毕冰宾译，人民文学出版社 2014 年版，第 334 页。

中，世界就如同一个幻境一般。①

对外来人索默斯，澳大利亚是一种新的体验，而对澳大利亚说，这些外来人亦是一种新的体验。这两种不同的体验，决定了索默斯的去留，也决定了澳大利亚的前程。澳大利亚是孤独的。悉尼是座奇特的城市。索默斯夫妇虽然与杰克夫妇做了邻居，但是他们在心灵上并没有相通，他们无法靠近。澳大利亚的孤独感让他无法融入，也因此即使袋鼠对他的感情正是他内心所渴望的男性之间的情感，但是他最终还是拒绝了袋鼠临终前的表白。劳伦斯在小说的最后，描写了袋鼠领导的退伍兵们与工党的人发生了激烈暴力冲突，双方人员鏖战，打得昏天黑地，终于以袋鼠中弹倒地而结束。索默斯身处现场，领教了暴力冲突的恐怖，血的事实宣告了澳洲乌托邦的幻灭，"这城市令人感到黑暗，似乎发生了什么十分恐怖的事"②。这块地也不是真正可以实现作者拉纳尼姆理想之地，因而作者与索默斯一样在最后一章"别了，澳大利亚"向美国进发，寻找一个新的理想之地。

四　墨西哥城——嘈杂、封闭与排外

墨西哥城，是墨西哥首都，全国最大的城市。是美洲著名的古城之一。旧称特诺奇提特兰（意即"特诺奇祭司所在地"），印第安部族阿兹特克人于 1325 年所建。后成为阿兹特克帝国的首都和经济、军事、宗教中心。在西班牙人入侵前，是西半球最大的都市。1521 年为以科尔特斯为首的西班牙人侵占，城市遭受严重破坏。其后，科尔特斯在阿兹特克人祭坛的废墟上建立起教堂和广场。1535 年被定为新西班牙总督辖区的首府。殖民时期，为该辖区的商业中心。由于疾病蔓延，城市人口下降，1793 年约为 11.3 万人。1821 年墨西哥独立后于此建都，1824 年设立联邦区，1900 年人口增至 34.4 万人。1910 年资产阶级革命以后，大批大土地庄园主涌入，同时迁入大量农民，人口增长迅速。

---

①　[英] D. H. 劳伦斯：《劳伦斯文集·袋鼠》，毕冰宾译，人民文学出版社 2014 年版，第 335—336 页。

②　同上书，第 348 页。

改革大道（1863）和起义者大道（1924）的先后兴建，通向帕努科河的排水系统（1907 年建）和随后从莱尔马河水工程的完成，使城市的公共设施有了明显的改进。第二次世界大战前后，政府执行"替代进口"的工业化政策，投资集中于首都，工业迅速发展。1940 年人口达到 156 万人，1940—1970 年平均每年递增 5%，即将近每 10 年人口翻一番。1970 年后每年大约有 40 万人流入首都。从 20 世纪 50 年代起，政府开始增收联邦区内工业税，提高地价，禁止在区内建立新居民区，市区遂越过联邦区界线，向北、东、西方向扩展，到 1976 年为 820 平方公里，为世界上发展最快的城市之一。①

1922 年 8 月劳伦斯离开澳大利亚，于 9 月 11 日来美国墨西哥州的陶斯，不久南下去了墨西哥，在墨西哥，走遍了墨西哥的许多地方，对当地的古老印第安文化怀着深深的好感，尤其对阿兹台克的羽蛇神发生兴趣，认为也许这种古老的信仰能拯救已经没落的欧洲文明，在对墨西哥城乡的地理感知下，劳伦斯决定"无论如何，我要在墨西哥完成我那本关于墨西哥的长篇小说《羽蛇》"②。小说于 1923 年动笔，1925 年发表，在《羽蛇》中，凯特对墨西哥的文明一直以一种反面的情感去对待它，但是这并不是劳伦斯内心最真实的想法。作者往往通过其他人物之口，道出对墨西哥城的态度和看法。

> 最使凯特不安的是她对这个城市的反感、恶心。她去过许多国家的许多城市，只有墨西哥城最让她讨厌，这个城市有着一种内在的、深刻的丑，那是一种丑恶的幽灵。在这个城市的对照下，即便是破烂的尼泊尔也令人愉快。她怕，她真地怕这个城市里的任何东西碰着她，怕因此而染上城里到处游荡着的幽灵的气息。当然，她知道目前最切要的是要保持头脑清醒。③

---

① 中国大百科全书总编辑委员会：《中国大百科全书·世界地理》，中国大百科全书出版社 2002 年版，第 454—455 页。

② ［美］哈里·莫尔编：《劳伦斯书信选》，刘宪之、乔长森译，北方文艺出版社 1994 年版，第 501 页。

③ ［英］D. H. 劳伦斯：《羽蛇》，彭志恒、杨茜译，中国文联出版公司 1994 年版，第 17 页。

"而墨西哥城则到处都是潜藏的丑恶,只瑞姆这儿一块净土。"①

吃完饭,她回到自己的房间。整个一夜,她都没有睡着。她静静地躺着,听着墨西哥城的喧嚣,听着时而出现的死亡一般的静寂,体味这静寂中的陌生的意味,冤魂一样的恐怖在黑暗中漂游。她从内心里讨厌墨西哥城,甚至怕它。白天,阳光和正气尚能压住邪恶,而夜里,阴魂和邪恶又出来统治这个城市②。

墨西哥城是野蛮粗暴的、是神秘原始的、带有浓厚的基督教以外的宗教色彩的一座城市。它富有强烈的攻击性、反抗性,它从骨子里烙上了古老的印第安文明的印记,在这座城市生长的人们身上也流着古印第安人那种古老而独特的、野性富有对抗性的血液。整个墨西哥城甚至是整个美洲南部都尘封在古印第安文明之中,共同抵抗现代文明。

三位客人用小心而好奇的眼光看着新到的凯特和欧文。他们可能都是些内向而多疑的家伙。在墨西哥,有许多这样的人,一旦你悄悄地、出人意料地来到这个城市,那么,他们就会认为你有什么不可告人的目的,并给你制造一些麻烦。③

而整个墨西哥的情形大概就是这样:不管是什么新建筑,抑或任何意义上的一种进步,只要不是在首都,总是半途而废;就建筑而言,或者是完工了,但不久即被搞得不成样子,或者根本没完工就丢下不管,一副乱糟糟的样子。④

外国人在墨西哥只会感到恐惧,在这儿的外国人只会感到灵魂枯萎而不是获得救赎,他们无法在墨西哥长久地生存下去。正如凯特明确表达对墨西哥的看法是"不太喜欢"。"它象魔鬼一样折磨我。"⑤ 耶稣基

---

① [英] D. H. 劳伦斯:《羽蛇》,彭志恒、杨茜译,中国文联出版公司1994年版,第19页。

② 同上书,第27页。

③ 同上书,第32页。

④ 同上书,第101页。

⑤ 同上书,第33页。

督来到了墨西哥，可是他却无法拯救墨西哥，他不是墨西哥的救世主，他是墨西哥的死神，他代表的是西方文明，而西方文明在墨西哥的土地上带来的是毁灭性的灾难而非拯救。劳伦斯决定在墨西哥里创立一个新的神——克斯卡埃多。这是劳伦斯理想的原始的神，"甚至当一个男人从没有温暖过他的女人，他的女人就会离开他，他的星也会同样离开他"①。劳伦斯创立的这个理想的神就是他的拉纳尼姆的变体，他是用自然、生命本能和性来解救墨西哥，拉纳尼姆就是他理想王国的主宰。

墨西哥就是劳伦斯理想中的拉纳尼姆，是他实现他的"拉纳尼姆"之梦的完美之地。但是劳伦斯最终还是选择离开。这其中的原因主要有两个，首先，墨西哥是劳伦斯理想中的拉纳尼姆，但是墨西哥让劳伦斯没有归属感，劳伦斯"心灵的故乡"始终在英国的那个小镇。其次，墨西哥是封闭的，排斥外来文明，外来文明无法在此长驻。凯特也感受到了这种排斥感，感受到了墨西哥对她的"威胁"，所以她不得不离开墨西哥。

劳伦斯一生去过许多大城市，正如他在 1926 年所写的散文《还乡》里所列举的，去过当时世界上许多大都市。生命的最后时光也到过瑞士的洛桑及一些小城市。在他的书信中，他多次坦言对城市生活的厌烦和失望。劳伦斯第一次离开英国，来到意大利，在 1912 年 7 月 22 日的信中说："我厌恶英国的思想，厌恶它的衰败以及模糊、模糊恼人的现代化。我不想回到城市和现代文明中去，我想过淡泊的生活，想自由自在地生存，我不想受到束缚。"②

随后更是多处从文章或书信表达他对伦敦、纽约、巴黎等大城市的厌烦："可伦敦又让我感到一种压抑的死静，似乎什么都没有共鸣。"（《归乡愁思》，此文写于 1923 年 12 月，劳伦斯 1923 年 11 月从美国回英国，12 月 12 日到伦敦）"伦敦这里大雾弥漫，使我不停地咳嗽起

---

① ［英］D. H. 劳伦斯：《羽蛇》，彭志恒、杨茜译，中国文联出版公司 1994 年版，第 373 页。

② ［美］哈里·莫尔编：《劳伦斯书信选》，刘宪之、乔长森译，北方文艺出版社 1994 年版，第 40 页。

来"①，"伦敦本来就大雾弥漫再加上这种可怕的沮丧情绪，气氛就更够呛了"②，"伦敦对我来说是具有排斥力，而不是有吸引力。我宁肯逃往天涯海角，也不愿朝这个世界的大都会走去"③。"我不喜欢纽约，那里蒸人闷热。"④

　　在劳伦斯的笔下，城市是人类文明的中心，而城市中的人类社会是异化的、扭曲的社会。劳伦斯写过《城市生活》（*City Life*）这首诗，用触目惊心的笔调描写了现代人的城市生活状况。⑤

　　　　当我身处伟大的城市，我知道我很绝望

　　　　我知道这里没有我们的希望，死亡在等待，关心是无用的

　　　　哦，对于那些贫穷的人们来说，那些像我一样有血肉之躯的人们

　　　　我，有着和他们一样的肉体

　　　　当我看到钢铁如鱼钩一般钩住他们的脸

　　　　他们那枯槁、充满恐惧的脸

　　　　在我灵魂的深处，我哭喊，因为我知道我不能够

　　　　把铁钩从他们的脸上拿开，那铁钩把他们弄得如此憔悴

　　　　也不能把那无形的、困住他们的铁丝斩断

　　　　来又去，工作

　　　　来又去，工作

　　　　像上了钩骇人的、僵尸一样的鱼，被某些邪恶的、站在隐形岸边的渔人戏弄

　　　　他仍不把他们放下钩，这群工厂世界的上钩的鱼。（苗福光译）

　　这首诗，正如学者苗福光所指出的：在劳伦斯看来，城市是令人绝

──────────

　　① ［美］哈里·莫尔编：《劳伦斯书信选》，刘宪之、乔长森译，北方文艺出版社 1994 年版，第 514 页。
　　② 同上书，第 512 页。
　　③ 同上书，第 547 页。
　　④ 同上书，第 510 页。
　　⑤ 苗福光：《生态批评视角下的劳伦斯》，上海大学出版社 2007 年版，第 130 页。

望的地方，那里没有希望，只有"死亡在等待"，而生活在城市中、有着血肉之躯的人们一个个如同行尸走肉，如同被铁钩紧紧钩住的、"僵尸一样的鱼"，他们忙碌着，为了工作，成了工作的机器，机器的奴隶。而钩住他们脸的是"无形的"铁丝，被"邪恶的、站在隐形岸边的渔人戏弄"，人们仿佛都是"工厂世界的上钩的鱼"；从中不难看出那"铁丝"和"渔人"就是工业文明和机械文明的化身。这就是劳伦斯眼中的"城市生活"：毫无生机，充满了死亡的气息。这样的人类社会当然为诗人所诅咒。①

著名美国传记作家布伦达·马多克斯在书中写道："乔伊斯是典型的城市男人。一个传记作者跟着他的脚印，将会被领向的里雅斯特、苏黎世、巴黎、柏林和伦敦的市中心。劳伦斯则讨厌城市。他的行迹很大程度上是留在没有铺砌过的道路上，沿着一些肮脏的路，从萨里到康瓦尔，从托斯卡纳到陶斯，在新南威尔士，为了要看看他写作《袋鼠》的那座平房，我不得不沿着太平洋的沙滩步行，并且越过一道防波堤。"②

因此，我们可以说劳伦斯的一生都是在远离人类文明的荒野中度过的。这一方面是因为他虚弱的身体和肺病需要良好的生态自然环境，而人类文明的中心——城市，对劳伦斯的肺病来说无异于"人间地狱"，另一方面他的叛逆性格和作风也使得他在城市的上流交际圈无所适从。因而他往往选择在海边或湖畔，或乡村或山上，自然空气比较清新，比较安静，人烟稀少之处生活和写作，而且最理想的地方是拥有农场。他也曾在为新墨西哥有个农场而高兴和自豪，返回欧洲后，多次表示要回到那个农场去。

第四节　湖泊海岛空间

在劳伦斯短暂的一生中，总是与湖泊大海结下不解之缘，这也许是

---

① 苗福光：《生态批评视角下的劳伦斯》，上海大学出版社 2007 年版，第 130—131 页。

② ［美］布伦达·马多克斯：《劳伦斯：有妇之夫》，邹海仑、李传家、蔡曙光译，中央编译出版社 1999 年版，"序言"第 8 页。

英国人热爱湖泊、大海的传统。但仔细考察劳伦斯与湖泊大海之间的地理关系，就会发现劳伦斯作品描写湖泊大海的基础。海边生活在劳伦斯的人生地理经历中，有着浓重的一笔。从小就对湖泊、大海有着浓厚的兴趣，这除了英国是个岛国这个独特的地理特征外，主要与劳伦斯的个人成长及爱好有关。

首先，关注劳伦斯与湖的情缘。劳伦斯常去的海格斯农场边有个摩尔格林水库，"碧波荡漾，银光闪烁。谷底有两条通向水库的小溪，溪中放着一排供人行走的石块"①。这是青少年劳伦斯及伙伴们游玩的好地方，劳伦斯经常流连忘返。这培养了喜欢水的爱好。1912 年 8 月与弗丽达私奔到意大利的嘎达湖，也是住在湖中的一个岛上，尽情享受湖光山色，1913 年在意大利写信给出版商加尼特，提出要向他借海边别墅一个地点住，理由是海边的空气有盐分，对身体有好处。1923 年至1924 年几度从美国新墨西哥州到墨西哥，看到了当地最大的查帕拉湖，似乎获得了灵感，就在湖边租个房子，写了《羽蛇》这部长篇小说。

其次，我们关注劳伦斯的大海情缘。在劳伦斯患病到海格斯农场休养期间，他曾在斯克格尼斯的一个婶婶家住了一个月，透过窗户看到起伏翻滚的波浪。并把观察到海浪的情况描述下来寄给吉西一家。当劳伦斯发现吉西一家"还从未见到过大海时，他说服了他的母亲让我们去斯克格尼斯旅游一天。他自己的强烈兴致使我们的旅游增趣不少。他对一路上的情况了如指掌，从不让我们遗漏一个风景点"②。

在劳伦斯进入大学的那个 8 月里，劳伦斯一家组成了一个团体（包括我自己），去林肯郡的梅布尔索普度过了一次两星期的假期。这是我们在海滨度过的第一个假日，劳伦斯满心欣喜——我们带了许多书在那里读，还干许多有趣的事。

晚上，他和我漫步去海滩观看海上升起的明月。我们出发的时候心情都很轻松，但渐渐地，有某种阴暗的力量好象占据了劳伦斯

①　［英］吉西·钱伯斯、弗丽达·劳伦斯：《一份私人档案：劳伦斯与两个女人》，叶兴国、张健译，上海知识出版社 1991 年版，第 8 页。
②　同上书，第 21 页。

的心境，当那轮明月终于在我们面前的大海上升起来时，好象有某种东西在他心中爆炸了。我现在已记不清他当时所说的话，但他的言辞很激烈，看起来他的精神上和肉体上都有一种巨大的痛苦。从某种方面说，我该受到责备。他用尖刻的言辞对我大加责备，当我进行自辩时，他又开始斥责他自己起来，用十分激烈的词句把自己说得一无是处。

　　这样的情况后来又发生过两次。都是在假期中当他和家人及他们的朋友们在一起的时候。第二次是在鲁宾汉湾。看着月光、大海和他身旁的我，他好象十分痛苦。他的言谈和举止是那样的激烈，以至我事后无法回忆他当时是否真的说了那些话和做了那些动作。

　　第三次是在弗莱姆堡，这一次比以前更加厉害。劳伦斯在海湾的大卵石上跳来跳去，我简直怀疑他还是不是一个正常的人了。①

　　劳伦斯后来在到南欧及世界各地流浪时，常常选择的交通工具也是乘船，并且都有比较详细的记录过程和心理感受，1913 年 7 月 22 日他在信中写道："我们在海滨游泳，我有时在浅滩上写作，这是一种单纯的生活，不过也很乏味。"② "这里太美了，无论何时我们都能听到大海发出的声音。"③ "这地方可爱极了。我整天坐在紧靠着大海的岩石上写作，我告诉你，这简直是一场梦。"④ "实际上，我们住在一个美丽的地方——一所坐落在地中海海滨的粉红色的小屋里，它掩映在浓密的葡萄和橄榄树丛中……你不知道这个地方是多么使人愉快。明年春天你应该来这儿，那时也许我们还在这里。……我们是在一个被遗忘的角落里。但是，我们可以走出房子洗海水澡——我喜欢洗海水澡。"⑤

　　劳伦斯 1913 年 10 月 27 日在致 A.W. 麦克劳德的信中写道：

---

　　① ［英］吉西·钱伯斯、弗丽达·劳伦斯：《一份私人档案：劳伦斯与两个女人》，叶兴国、张健译，上海知识出版社 1991 年版，第 90—92 页。

　　② ［美］哈里·莫尔编：《劳伦斯书信选》，刘宪之、乔长森译，北方文艺出版社 1994 年版，第 97 页。

　　③ 同上书，第 107 页。

　　④ 同上书，第 109 页。

　　⑤ 同上书，第 115 页。

　　和往常一样，只有大海——今天海水灰暗，波浪汹涌——和那些橄榄树对我来说是重要的。而伦敦远在千里，一片烟雾……

　　这里气候宜人，景色秀丽——我们在温暖、明亮的海水里洗澡。今天下午我们一直在访问这里的农夫，他们在海湾有另一间屋子——梯田上有许多小苗圃和生机勃勃的葡萄，厨房位于这所房子中最上边的一个房间，无论你坐在哪儿，只要你向窗外眺望，你就会看到大海的波动，这是非常奇怪的事，我从没有在这样的屋子里住过。①

　　我们这里是个很美丽的地方，我们住的小农舍呈粉红色，有四间房子，坐落在海边布满橄榄树的山下……我们那个村的名字叫泰勒诺，它坐落在从海中伸出的岩石上，是二百只海鸟的老巢……假如我们喜欢，我们可以借农民停泊在海湾里的船，划着船到海上去游荡。地中海景色奇异——当太阳从凡纳瑞港落下时，整个海面上涌着乳白色的波涛，同时有一条狭长的、火一般的红光掠过海面，紫晶色的岛屿渐渐笼罩上一层夜色，那景致真是美极了。……我喜欢住在海边。一个人在海边住久了，习惯了它的波涛声，就再也不会对它敏感了……这里是我见到过的最美丽的地方。②

　　就算是困顿之时，劳伦斯夫妇到英国西南端康沃尔生活，自己种菜，劳伦斯夫妇还是选择居住在海边，他在信中说"我们在这儿生活了一年了，一直住在一幢临海的小屋子里，我非常喜欢这个地方"③。

　　1918 年 11 月，第一次世界大战结束后，劳伦斯到意大利的撒丁岛，居住在岛上，之后就有一本游记《大海与撒丁岛》的问世，对大海及岛屿的热爱与探寻无不展示其中。他 1922 年从意大利经过红海，劳伦斯写道：

　　我们现在在船上——已经在海上度过了十天。这是多么令人愉

---

　　① ［美］哈里·莫尔编：《劳伦斯书信选》，刘宪之、乔长森译，北方文艺出版社 1994年版，第 121—122 页。

　　② 同上书，第 124—126 页。

　　③ 同上书，第 326 页。

快的旅行啊——天气一直很好，船也行驶得很稳，海面上阵阵微风吹来，使人心旷神怡……我非常喜爱这迷人的景色。此时，我们的航船正在阿拉伯海中行驶着，预计在下星期一的早晨能够到达科伦坡，整个航程大约需要十五天的时间。

在海上生活是很奇怪的——有一种暂时和整个大陆完全断绝联系的感觉。这时，一个人感到自己象一只海鸟那样。根据我的看法，人们来到红海以东后，再也不会有那种在英国——在整个欧洲——甚至在美国所忍受的紧张和压力，我感到高兴的是我离开了那儿，但我不知道怎样才能够保证获得正常生活所需的经济来源。①

从锡兰再到澳大利亚，在澳大利亚，劳伦斯写道："在我们的脚下一直喧哗着的大海。天气暖和时我们在中午沐浴，海岸相当荒凉，看不见人影。只有海浪。"②"实际上，我们呆在一个非常可爱的地方。在离悉尼市南面四十英里的地方，我们租了一所舒适的平房，房子就坐落在海岸边，因此我们更多的是跟大海，而不是跟陆地打交道，几乎不跟什么人来往……这里的人，都不想太靠近大海，只有我们住在海边。"③

然后从澳大利亚悉尼乘船经新西兰到旧金山，之后从美国往返两次英国，主要的交通工具都是船只，他也喜欢这种漂流的生活。即使是返回欧洲，在意大利或其他国家，劳伦斯也喜欢选择海边而居住。信中说："总的说来，我觉得自己最好住在地中海沿岸的国家……我仍怀着往昔的那种愿望，想要有一条小船去航海，去游览希腊诸岛，去穿过博斯普鲁斯海峡。"④"大海实在太诱人了，我多么想乘帆船去海上漂荡啊！"⑤

以上就是劳伦斯能以大海为写作空间的地理基础和对大海的情结之

---

① ［美］哈里·莫尔编：《劳伦斯书信选》，刘宪之、乔长森译，北方文艺出版社1994年版，第459—460页。

② ［英］吉西·钱伯斯、弗丽达·劳伦斯：《一份私人档案：劳伦斯与两个女人》，叶兴国、张健译，上海知识出版社1991年版，第290页。

③ ［美］哈里·莫尔编：《劳伦斯书信选》，刘宪之、乔长森译，北方文艺出版社1994年版，第461—462页。

④ 同上书，第518页。

⑤ 同上书，第520页。

源泉。劳伦斯在他的长篇小说中多处建构了湖泊、海岛、大海空间，既有英国本土的，也有他所到过的他乡异国。

一 湖泊空间

在《恋爱中的女人》中作者精心构建了"威利湖"。小说为人物的活动营造了众多的生活场景，主要的两对主人公生活恋爱的贝多弗、伦敦和具有异域色彩的阿尔卑斯雪山谷，而小说细致构建的是两个主要的人物活动空间即"威利湖"和阿尔卑斯雪山谷。故事先在乡村湖畔展开，"这是春天，春寒料峭，但尚有几许阳光"①。爱的种子在姐妹俩的心中播下了。小说第二章就直接以杰拉德的住宅"肖特兰兹"这个地点作标题，作家是这样描述的："参加婚礼的人们则聚集在肖特兰兹的克里奇家。这座狭长的宅第坐落在窄小的威利湖岸上一面山坡的顶端，房子又矮又旧，很像一座庄园宅第。肖特兰兹下方那片舒缓下斜的草坪上长着几株孤零零的大树，算是其庭园了，草坪前是狭窄的湖泊。草坪和湖泊对面与肖特兰兹遥遥相望的是一座林木葱茏的小山，那山遮住了那边的煤矿谷地，可挡不住煤矿里上升着的黑烟。但不管怎样，这幅景象颇有点田园风味，美丽而宁静，这座宅第自有其魅力所在。"② 在这里，作家只是轻描淡写地交代了威利湖的地理位置及特点：威利湖处在杰拉德又矮又旧的山坡顶端宅第的前面，突出的湖是"窄小的"、"狭窄的"。这基本可以说是当时中产阶级生活的所有物，为主要人物的活动空间埋下伏笔。"这儿的景色颇为宜人，从这里可以看到一条林荫公路沿着山下的湖泊蜿蜒而至。春光明媚，水波潋滟，湖对面的林子呈现出棕色，溶满了生机。一群漂亮的泽西种乳牛来到铁栅栏前，光滑的嘴和鼻子中喷着粗气，可能是盼望人们给面包干吃吧。"③ 紧接着人物就主要在威利湖畔展开，在第四章"跳水人"中，人物主要就在湖泊周围活动，"一个星期过去了。星期六这天下起了细细的毛毛雨，时下时停，潇潇雨歇之际，戈珍和厄秀拉出来散步，朝威利湖走去。天色空

---

① ［英］D. H. 劳伦斯：《恋爱中的女人》，黑马译，中央编译出版社 2010 年版，第 7 页。
② 同上书，第 17 页。
③ 同上书，第 25 页。

濛，鸟儿在新枝上鸣转，大地上万物竞相勃发。姐妹两人在清晨柔和、细腻的雨雾中兴致勃勃地疾行。路边的黑刺李绽开了湿漉漉的白花瓣儿，那小小的棕色果粒在一团团烟儿似的白花中若隐若现。灰蒙蒙的大气中，紫色的树枝显得暗淡，高大的篱像活生生的阴影在闪动，忽闪忽闪的，走近了才看得清。早晨，万象更新。"① "姐妹俩来到威利湖畔，但见湖面一片朦胧，幻影般地向着湿漉漉空濛濛的树林和草坪伸延开去。道路下方的溪谷中传来微弱的电机声，鸟儿对唱着，湖水神秘地汩汩淌了出来。"这时是"夏天就要到来了，到处都笼罩着阴影"②。好一个"水光潋艳晴方好，山色空濛雨亦奇"的湖光山色。姐妹俩在湖边看到杰拉德一人在湖心自得自在地游泳，既隐含着杰拉德的孤独、我行我素，也通过戈珍对他的欣赏来表达她的羡慕和渴望。第十章"素描薄"："一天早晨，姐妹俩来到威利湖畔的边远地带写生。戈珍蹚水来到一处布满砾石的浅滩，像一位佛教徒那样盘腿坐下来，凝视着低矮的岸边泥土里的鲜嫩水生植物。"③ 用审美的眼光凝视着水生植物，湖面上各色蝴蝶飞舞。这时身着白衣的杰拉德和高傲的赫麦妮划着船驶来，看到戈珍在写生，他们两人都产生了更强烈的电波，于是两颗孤单的心在这美丽的湖光山色下靠得更近了，"一个眼神，一声话语，两人之间就产生了默契"④。而"此时厄秀拉已离开威利湖，沿着一条明丽的小溪前行。四下里回荡着云雀的鸣啭。阳光洒在山坡上，荆豆丛若隐若现。水边开着几丛勿忘我。到处都隐藏着一股躁动情绪"⑤。她偶遇伯金便与伯金划船来到威利湖支流一个大水塘的小岛，他们两个有情人在绿树扶苏、清新宜人的小岛上谈论生死、自然、人类、信仰等，两颗探寻生命意义的心贴近了。第十四章"水上聚会"：克里奇先生每年都要在湖上举行一次水上聚会，威利湖上有几艘游艇和几只舢板。厄秀拉和戈珍的父母也接受邀请前来参加水上聚会。他们一家四人来到了威利湖

① ［英］D.H. 劳伦斯：《恋爱中的女人》，黑马译，中央编译出版社 2010 年版，第40页。
② 同上。
③ 同上书，第113页。
④ 同上书，第116页。
⑤ 同上书，第117页。

畔，潆潆威利湖水边，阳光洒在斜坡草坪上，陡峭的山崖上覆盖着茂密的林木。姐妹划着独木舟在伯金和杰拉德的关注下沿着湖边悠悠行进着，"可见到夕阳照耀下斜草坪泛着金光……姐妹俩发现有个地方有一股涓涓细流淌入湖中，小溪口上长着芦苇和红柳丛，没有人能看得见她们或靠近这里，便脱掉衣服朝湖里游去，她们爬上岸重又钻入林子中，那样子真像居住在山林泽国中的仙女儿"①。"两个姑娘又跑又跳了一阵，把身上的水都抖干了，然后迅速穿上衣服坐下来品着香茗。她们坐在小树林的北面，沐浴着金色的阳光，对面是绿草茵茵的小山，这儿可真是个僻静且很有野味儿的去处……她们的世界就是一个完整的，属于自己的世界。"② 正当姐妹俩正沉浸在自由的世界里时，伯金与杰拉德寻找到了她们，然后四人一起划着船谈论着，突然传来杰拉德的妹妹掉进湖里，于是杰拉德等人尽力搜救，无果。第十九章"月光"："厄秀拉信步向威利·格林的磨坊走去，她来到了威利湖畔，湖里又注满了水……然后她转身向林子中走去。夜幕早已降临，一片漆黑……这里的丛林远离人间，这里似乎有一种宁静的魔力。一个人愈是能够寻找到不为人迹腐蚀的纯粹孤独，她的感受就愈佳。"③ 空旷的天际悬着一轮月亮，夜，水晶般清纯，异常宁静。她可以听到远处一只羊儿的叹息。月光之下，这时她看到伯金也在月下自言自语，往湖中扔石头，两人就爱、生与死进行了激烈的讨论，"他们坐在岸边的树影下，沉默着。夜色淡淡的笼罩着他们，他们都沉浸在月夜中"④。两人终于产生了爱的火花，有了心灵的交流。这威利湖畔的山水见证了这对有情人的发展，从春到秋，他们马上就要收获爱情的幸福了，然而当伯金向厄秀拉的父亲提亲时却遭反对，以致两人决定外出结婚才与戈珍、杰拉德在意大利的阿尔卑斯山相见。

　　从整体上看，威利湖畔的树林是一个相对比较隐蔽的空间，它作为大自然的象征，代表着一个独立又充满梦幻的世界，因此，它往往成为

---

　　① ［英］D. H. 劳伦斯：《恋爱中的女人》，黑马译，中央编译出版社 2010 年版，第 159 页。

　　② 同上。

　　③ 同上书，第 237 页。

　　④ 同上书，第 243 页。

主人公逃离现实世界、寻找自我的地方。伯金在险些被其女友赫麦妮谋杀后，惊魂未定的他不自觉地奔向远处的山林，他漫无目的地游走在峡谷中，不知道自己需要什么，可当他站在花朵点缀的灌木丛中时，他突然感到非常满足和幸福。他渴望全身能够与它们零距离地接触，接下来他脱光衣服躺在树丛中，感受花草的轻抚和树枝带来的刺痛。花、草、树木这些自然界独立、完整、令人悸动的生命个体，此刻与伯金形成了有机的联系。"青草的世界"里，他暂时忘记了刚从死亡边缘走出来的恐惧和惊慌，在宁静中吸取大自然的灵性，因而得到自我的洗涤、滋养和完善。于是他发出了心声，宁愿待在自己的"疯态世界"，也不想回到人类的世界。另一片树林里，厄秀拉和戈珍同样做着类似疯狂的举动，他们从热闹的聚会上逃离，划船来到湖远处的树林，在岸边的小溪口洗完澡后，她们"光着身子在树林中飞快地东奔西跑，头发飘飘欲仙"，就像是两个居住在山林的仙女，在这个属于她们自己的世界里，随性地唱歌跳舞。如果说树林是一座可以找到自我的王国，是心灵的栖息地，那么湖泊则是一面映射心灵的镜子。杰拉德特别喜欢在湖中游泳，冰冷的湖水撞击着他的四肢，他自豪地享受在水下世界的这份孤独。如同一台不断运转的机器的杰拉德与这冷冰冰的湖水融为了一体，折射出他内心的孤单和冷血无情。在举办水上聚会的那天晚上，他跳入黑暗的湖中寻找落水的妹妹和医生，救人未果，这面湖却给他留下了深刻印象，"那儿像地狱一样阴冷，你在那儿孤立无援，好像你的头被人砍掉了一样"①。他内心的情感此刻被这冰冷的湖水所淹没，使他变得更加冷酷。"湖畔"在小说里作为一个重要的地理空间，从狭义上看，它就像是爱情的一个摇篮，对戈珍与杰拉德、厄秀拉与伯金的爱情发展起到了推波助澜的作用。如果说在教堂的婚礼上，戈珍对杰拉德只是一时的情感触动，那么看到杰拉德在冰冷的湖水中灵活、自由、孤独地游泳时，她开始对他产生了真正的兴趣，他就像是湖底的世界吸引她去探索。之后一次两姐妹来到湖畔边写生，厄秀拉离开后，戈珍偶遇划船而来的杰拉德和赫麦妮。杰拉德站在小船上伸手过来拿戈珍的素描以及后

---

① ［英］D. H. 劳伦斯：《恋爱中的女人》，黑马译，中央编译出版社 2010 年版，第178 页。

来他奋力去捡掉入水中的素描簿，都令站在湖边的戈珍激动不已，接下来两人默契地共同对抗专横傲慢的赫麦妮，开始有了情感的交流。到了湖水上聚会的这一节，两人的感情进入了白热化："湖面上有十来只船在划行，船上玫瑰色和月亮一样白亮的灯笼贴过水面闪烁着，灯光倒映在水里，恰似水中燃着一团团火苗儿……天上群星闪耀与灯光交相辉映，照得湖面一片红火、明晃晃的，借着亮光，可看到数只小船缓缓漂着。然后又是一片黑暗，只有灯笼细微的光线柔和地眨动着眼睛，湖上只留下一片低缓的欸乃声与悠悠的音乐声。"①

　　在这样的氛围下，戈珍与杰拉德坐在独木舟上，两人靠得很近，可以真实地感受到彼此的气息和沉静下的蠢蠢欲动。接下来杰拉德奋不顾身跳入湖里展开营救，戈珍独自划着船在月光荡漾的湖面上，心慌地寻找杰拉德的身影，看到他全身湿淋淋地爬上船舱时，她为杰拉德美妙、闪着光的身体所屈服，两人的感情又拉近了一大步。从而才有了下面杰拉德极力邀请戈珍到他家当他妹妹的家庭教师以及后来一系列的爱恨纠葛。他们的情感历程从心动—吸引—爱欲都离不开湖泊这个地理空间，前两次为第三次近距离的接触和擦出爱情的火花做了很好的铺垫，达到层层推进的效果。再来看厄秀拉和伯金，刚开始两人都处于对彼此有好感和懵懵懂懂的爱情当中，两姐妹到湖边写生的时候，厄秀拉独自来到磨房池，看到了修船的伯金，然后他们划船去湖中的小岛，其间两人就生与死、爱与恨的问题展开了争论，了解了彼此的人生观和爱情观。水上聚会的那一次，死亡带给他们很大的震撼，让厄秀拉渐渐明白伯金所谓的"星际平衡"般的爱，缩小了他们的思想情感距离。一段时间未见后，在一个夜晚他们又相遇在湖畔，湖水中倒映着一轮明月，闪动着光。伯金不停地用石子击打水中的月亮，波动的湖水、颤抖的月亮打破了原来的平静，搅乱戈珍的心，为他们接下来的一场爱与不爱的争吵制造了紧张的气氛，推动情节继续向前发展，当湖水恢复了平静，他们的争论也在相互妥协中结束了，他们的爱情是一个由争论—相知—争论—相爱的磨合过程。从另一个角度来看，假如离开了湖泊这个特定的地理

---

　　① ［英］D. H. 劳伦斯：《恋爱中的女人》，黑马译，中央编译出版社 2010 年版，第171 页。

空间，那么以上许多精彩的情节将无法存在或使情节黯然失色，小说浓郁的象征色彩和细腻的心理分析也将无法展现。

因此，劳伦斯以所熟悉的故乡摩尔格林水库为重要原型地的威利湖，一方面，让家乡美丽的山水湖光再一次在作者心目中展现；另一方面，既是对脏、乱、差的贝多弗镇的批判，同时也是与沉重阴郁的伦敦形成了鲜明的对比。这个威利湖也是故乡大地上的一块明镜，时时在作者心中出现的。

1922 年 9 月，劳伦斯去墨西哥，他想为这个国家写一部小说。劳伦斯想去一个有水的地方考察。他选择了位于墨西哥城西北的查帕拉湖，"其中有全国最大的湖泊查帕拉湖"[①]，而且决定独自一人前往。这是他试图留在墨西哥的最后一次努力，如果查帕拉湖并不像"游览指南"中所描绘的那样，他就预订船票回国。

也许是墨西哥的福分所至，劳伦斯一到查帕拉湖便喜出望外，立即致电弗丽达："查帕拉湖，极乐福地，乘夜间车来。"他在湖边租下了一所带院子的房子住下来。劳伦斯通常坐在湖畔的胡椒树下，面对着颜色奇异的呈白色的湖水，开始了《羽蛇》的创作。写作之余，劳伦斯便和朋友们一起领略查帕拉湖的美景或举行各种活动，这种诗意盎然的田园般的生活，俨然就是一幅他理想中的"拉纳尼姆"情景。

小说最初名为《魁扎尔科亚特尔》，后来易名为《羽蛇》。1923 年 5 月 10 日前后开始写作，到 5 月底便完成了前十章。他如同在澳大利亚一样，打算尽快把书稿赶写出来。劳伦斯计划在 6 月底完成初稿，在给岳母的信中，他透露了这一计划："我已经写出十章，如果上帝保佑我，6 月底我就可以完成初稿了。"在致 J. M. 默里的信中劳伦斯也提道："我写一部小说，很想在这儿另写一部长篇小说。我在墨西哥城无法着手，但在这儿开始了这一工作。在查帕拉，有一条九十英里长，二十英里宽的大湖——这非常奇怪。我希望我的小说创作进行得顺利，倘如此，就可以在 6 月底完成初稿。"但是劳伦斯未能按计划完成小说初稿创作。

D. H. 劳伦斯于 1925 年完成了《羽蛇》的创作，他在这部作品中

---

① 中国大百科全书总编辑委员会：《中国大百科全书·世界地理》，中国大百科全书出版社 2002 年版，第 450 页。

表现的想象力和日常生活紧密相连。劳伦斯在 1925 年 6 月 23 日在美国墨西哥州陶斯附近一个小镇子奎斯塔致一个出版商柯蒂斯·布朗的信中说"我估计下一个星期就可以把我的小说《羽蛇》（原来的名字是《魁扎尔科亚特尔》）的手稿寄出去了，这是我的一部有关墨西哥的小说……我认为这部小说是我迄今为止最重要的一部小说"①。

劳伦斯的创作灵感又奔涌而出，在《羽蛇》这部小说中作家用"西尤拉湖"作为章节的标题就有两个，分别是第五章"西尤拉湖"和第十四章"返回西尤拉"，而第六章的"沿湖而下"也是与西尤拉湖有关联的，那么这个湖的地理空间就显得尤为重要，第五章中"西尤拉湖"，劳伦斯就以查帕拉湖为原型，描写了西尤拉湖这个地理空间。小说在第三章就提到有关神灵在西尤拉湖再现。这是一个神秘的地方，整个湖区笼罩着极度气氛之中，使得凯特"她要去西尤拉湖，她要看看这个曾经是上帝的居所和上帝又将在此出现的地方"。西比阿诺鼓励凯特去西尤拉湖。因此，以查帕拉湖为原型的西尤拉湖就成为小说一个极其主要的地理空间，也是人物活动的主要舞台之一。

二　海岛空间

《逾矩的罪人》中小提琴手兼家庭音乐老师西格蒙德由于厌倦压抑的生活与自己的女学生海伦娜偷偷到伦敦城外的怀特岛度假。当西格蒙德刚到海边时"他感到大海在他的脚下起伏。环视四周，只见大海像长春花一样蔚蓝，这一片蔚蓝色之上到处点缀着金色、白色和血红色的船帆。他站在甲板上，完全陶醉在微风之中，陶醉在大海之中。他感到自己就像是一面红帆，仿佛他已融入这一切之中。在这正午时刻，西格蒙德的身体就像一片色彩，在这一片辽阔而又壮丽的大海中放射出光芒。小船开始跳动，开始战抖。海水泛着白色，像女人的胸部一样酥软。水波向上涌着，不时泛起泡沫，微微晃动着"②。"西格蒙德凝视着那座蓝色的海岛……这座海岛像一艘抛了锚的船似的浮在水面上，岛的

---

① ［美］哈里·莫尔编：《劳伦斯书信选》，刘宪之、乔长森译，北方文艺出版社 1994 年版，第 506—507 页。

② ［英］D. H. 劳伦斯：《逾矩的罪人》，程爱民等译，译林出版社 1994 年版，第 32 页。

上空飘动着一团团乌云，宛如几支庞大的空中舰队。"① 他们来到了这个岛，雾笼罩着，海水汹涌，涛声不绝。 "有时大海也如同我的兄弟。"② 西格蒙德和海伦娜来到海滩，"温暖、洁白的沙子铺就了一条缓缓倾斜的海滩，海滩被太阳晒得雪白，松软得像一条绒毯。海岬的幽暗的凹谷中响彻着海鸥的鸣叫。海边，悠闲的海水拍击着海滩，从那儿传来圆卵石的低声细语；在合抱着的悬崖之间大海发出模糊不清的、似蒙在壳中的淙淙水声。西格蒙德与海伦娜并排躺在干松的沙滩上，小得宛如两只栖息的小鸟，成千上万的海鸥像满天飞舞的雪片一样在他们上方盘旋"③。

作者安排西格蒙德和海伦娜避开众人来到怀特岛度过几天浪漫的爱情生活，正是作者的匠心独运，使得大海空间得以与两人的朦胧的爱情有机结合，产生极好的艺术效果。英国文学评论家克默德在《劳伦斯》中精彩地评论道："海边场景被刻意渲染成遥远缥缈的效果"④。

大海在《儿子与情人》中，也是一个重要的地理空间。小说多次写到保罗到海边。第一次是在第二卷第七章"少年少女的爱情"中作者写道："保罗病后他不得不待在家里达十个月之久。有一段时间，他跟母亲上斯基格涅斯去，过得非常愉快。不过即使是海滨，他也写过几封长信给莱佛斯太太，描绘海岸和大海。他还把他心爱的几幅单调的林肯海岸的素描带回来，急着要给她们看。"⑤ 当保罗知道米丽安没来过这个海边时，就极力鼓动并组织了一次海边度假，于是，一家人及吉西又来到林肯郡海边度假，一天晚上，他和米丽安来到瑟德索浦附近的大沙滩，在这空旷海边，当保罗凝视着天上的月亮，内心极为痛苦，他的热血沸腾，这大海给他的生命之感，而他觉得与冷静的米丽安在一起，他感觉不到激情，因而后来果断与她分手。小说在第十二章也提到保罗

---

① ［英］D. H. 劳伦斯：《逾矩的罪人》，程爱民等译，译林出版社 1994 年版，第 32—33 页。

② 同上书，第 58 页。

③ 同上书，第 69 页。

④ ［英］弗兰克·克默德：《劳伦斯》，胡缨译，生活·读书·新知三联书店 1986 年版，第 15 页。

⑤ ［英］D. H. 劳伦斯：《儿子与情人》，陈良廷、刘文澜译，人民文学出版社 1997 年版，第 197 页。

与他妈妈"到怀特岛去度假，母子俩一起去度假真是太兴奋了，太美了。莫雷尔太太心里一团高兴，对样样都感到新奇"①。在这部小说的后面部分，当保罗选择与肉欲型的克莱拉在一起时，小说写到他们又来到了林肯郡的海滨度假，住在瑟德索浦附近：

　　他喜爱林肯郡海岸，她喜爱大海。他们往往大清早就一起去洗海水浴。灰蒙蒙的曙光，远处荒芜的沼泽地区饱受严冬的侵袭，海边草地杂草丛生，真是满目荒凉，叫他看了心里高兴得不得了。他们从木板桥踏上大路时，朝无比单调的平地四下看看，陆地比天空稍微黑一点儿，沙丘外的大海声音细弱，这时他因感受到生活的冷酷无情而觉得内心充实。她最爱这种时候的他。他是那么孤独而坚强，两眼神采奕奕。

　　天空中曙光初现，已经冉冉西沉的苍白月亮显得别有韵味。幽暗的地上，万物都开始显出了生气，长有大片叶子的草木都变得清晰可见。他们穿过寒冷的大沙丘间一条小路，来到海滩。大片漫长的荒滩在曙光下的海边呻吟；海洋成了一长条带白边的黑水。苍茫大海上空已露出红光。一下子云彩都染红了，片片分散了，由绯红色变成橘红色，橘红色变成暗金色，太阳就在金光灿烂中升起，万顷波涛上一时筛落无数碎金，如火如荼，宛若有谁踏过海面，一路走，一路从桶里不断洒下金光。

　　碎浪沙沙地拍击着海岸。小小的海鸥象浪花似的，在海涛上空盘旋。个儿虽小，叫声似乎特别大。远处的海岸伸展开去，消失在晨曦中，芦苇丛生的沙丘随着海滩地势变为平地……只有他们俩尽情观赏这片平坦的海岸，滔滔的大海，初升的朝阳，尽情聆听海水轻声低吟和海鸥凄厉啼叫。②

　　保罗与克莱拉尽情地在海边释放激情和彼此的满足。也只有在海边

<hr>

　　①　〔英〕D. H. 劳伦斯：《儿子与情人》，陈良廷、刘文澜译，人民文学出版社 1997 年版，第 407 页。
　　②　同上书，第 478—479 页。

这个充满生命之潮之地，他们的两情相悦才可以尽情得以展开。

在《儿子与情人》的末尾，当保罗决心要离开肉欲型的克莱拉时，也是选择在冬天的海边，地点仍然是斯基格涅斯海边，小说写道：这时的"大海灰蒙蒙、暗沉沉，波涛汹涌"，保罗、克莱拉夫妇一同走着，"起居室面对大海，海上灰蒙蒙，波涛汹涌，潮水就在不远处嘶叫"①。"外面一片漆黑。大海在咆哮。"②

《虹》在第二章的"玛斯岁月"中，莉迪娅嫁给了年轻医生兰斯基这位爱国主义者。在战争中他们的两个孩子不幸身亡。莉迪娅来到了英国伦敦，但她的思维中时常出现长长的空白与黑暗。后来，她被派到约克郡，在海边的一个修道院里给老院长当护士。在这里她感受到生活的万花筒在她面前展开。她周围的天空与大海激滟的波光相辉映，在生活的新鲜色彩中淡淡地回忆起过去的一切。"她一整天都坐在窗台上，大海波光粼粼，忽闪，忽闪，不停地泛着耀眼的光芒，似乎要把她载了去。大海的波涛声对她是一支催眠曲。她觉得舒坦。自我意识稍一放松，有时她会感到迟疑，有时她眼前会产生蹦乱跳的孩子的强烈幻景，真让她有苦难言。于是她的心灵又泛起了波澜。"③ 这样她的情绪得以平复。她的不幸和恐惧魔力般地得以超脱。一片简单祥和的大海对莉迪娅的心灵治愈效果是极佳的。劳伦斯追求的一种海上生活莫过于此，一种暂时与整个大陆完全断绝联系的感觉，呼吸着新鲜的空气，不必受工业环境污染下混浊的空气的侵蚀是多么难得的体验，这样怎么会不使人充满生机与活力呢？

小说的第二部分写到厄秀拉进入社会以后的遭遇。她与军官安东·斯克里宾斯基相爱，与安东的点点情愫日积月累像"这一汪汪清水越积越多，直到成了一片蓝色的汪洋"④。但浪漫的爱情并没有使她荒废学业，她准备考试的紧张和考完试的亢奋使她身心俱疲，于是厄秀拉来到海边。

---

① ［英］D. H. 劳伦斯：《儿子与情人》，陈良廷、刘文澜译，人民文学出版社 1997 年版，第 543 页。

② 同上书，第 548 页。

③ ［英］D. H. 劳伦斯：《虹》，黑马、石磊译，中央编译出版社 2010 年版，第 41 页。

④ 同上书，第 380 页。

布朗温一家到斯卡伯勒去一个月。戈珍和父母忙着在那儿参加假期手工艺学校，厄秀拉留下来，大部分时间和弟妹们在一起。不过，要是能走得开她就自己出去。

站在那儿看看粼粼银光的海面，她觉得这真是太美了。她的心里涌起了一股热浪。①

小说在第十五章又写到安东和厄秀拉到林肯郡海滨的一幢平房参加一次为期一周的盛大的聚会。"晚上他和厄秀拉一起出去。月亮躲在云层后，漫射着光芒，珍珠母似的不时闪烁着星星点点的光亮。他们一起走在海边潮湿的被海浪推成一条条肋状的沙滩上，耳边响着大浪奔腾的声音，浪头涌起幽灵般的白色和一阵低沉的哗哗声。"②

天黑下来后，她独自在海滩上走，期待着。期待着什么，仿佛她是来赴约会的。大海咸涩的激情，它对大地的冷漠，它确切地来回动荡。它的力量，冲击和咸涩的燃烧，好像把厄秀拉刺激到了疯狂的程度。它以自身实现的启示逗弄着厄秀拉。

一天黄昏，吃过晚饭他们往外走，穿过低平的高尔夫球场走向海边、沙丘。天上有一些暗淡的无声无息的小星星。他们一块儿沉默不语地走着，在沙丘之间的低洼处深一脚浅一脚地在松软的沙子里跋涉，在平静昏暗的夜色中走，又进入更黑的沙冈阴影中……沙滩上铺了一层银色，大海在纯洁的光亮中波动，朝他们涌来。厄秀拉走上前去迎接闪亮轻快的海水。他在后面站着，仿佛一个月光永不消融的阴影。

厄秀拉站在水边。站在大海密实闪光的身边，海浪冲刷着她的脚。

"我要去。"她用坚定无畏的声音喊，"我要去。"

斯克里宾斯基看见她脸上泛着月光，她仿佛是一块金属，还听

① ［英］D. H. 劳伦斯：《虹》，黑马、石磊译，中央编译出版社 2010 年版，第 391 页。
② 同上书，第 430 页。

225

得到她那丁零零的金属声，就象是鸟声女妖的声音。

"我要去。"她又大声喊起来，声音又高又刺耳，犹如海鸥的尖叫声。①

海为什么有如此大的威力，牵动她的思绪？很显然，大海象征蓬勃的生命力，是希望蕴藏的地方，海浪拍打岩石，也拍打着她的心房。她觉得自己已经化为海水，随着它涨涨落落，并在撞击中实现了生命的升华。海是她梦想去的地方，它的博大使她折服。一生中她都在等待着那些"未升起的黎明"，也就是她的梦想与追求。现在它们似乎正从海边升起，向她召唤。她迷失了自我，忘掉了自我，接受了大自然的又一次荡涤与洗礼。通过厄秀拉在大海边的顿悟，劳伦斯表达了大海生机给人们生活的启示意义。从而厄秀拉找到战胜困难的办法。以上劳伦斯所建构的海岛空间都是英国本土的海边空间，主要是诺丁汉附近或伦敦近郊的海边。有着坚实的地理基础。随着劳伦斯生活空间的展开，他之后赴异乡他国的海上经历对他构建海岛空间产生了巨大的影响。

《袋鼠》是劳伦斯到澳大利亚后写的一部以澳大利亚为背景的长篇小说，澳大利亚四周环海，悉尼又是一个临港的大城市，小说中的海是南海岸的大海，离悉尼50英里的小城马伦宾比。小说《袋鼠》中的大海变化是随着索默斯的梦想境遇一起变化的，也体现了劳伦斯对大海情感的变化。澳洲的海温柔平静、节奏感强、气势逼人、凶猛刻毒、慰藉人心。

他们坐在桌旁，透过向海而开的门，可以看到近在咫尺的大海在夕阳下闪烁着淡淡的青光。海涛拍岸，似乎就像在房子下面击碎，泛起泡沫。假如这房子和小草园不是高出海面三四十码的话，泛着泡沫的海水有时就会冲到台阶上或凉廊的阶梯上。大海就在脚下怒号！②

---

① ［英］D. H. 劳伦斯：《虹》，黑马、石磊译，中央编译出版社 2010 年版，第 431—432 页。

② ［英］D. H. 劳伦斯：《劳伦斯文集·袋鼠》，毕冰宾译，人民文学出版社 2014 年版，第 83—84 页。

屋外海水在轰鸣……通向阳台的一扇门开了，海涛声传进来，像炮声一样令人恐怖……太阳穿过东北海面上低沉沉的雾层升了上来，一片金光闪闪。海涛翻滚，那波浪透着淡蓝，又像玻璃一样绿，一道道厚重的流体在滚动，十分美妙。海浪先是涌起狭长的弧拱，随之空荡的水弧怦然落下，飞溅起雪白的泡沫，那柔和的雪浪便平展展地向前冲刷而去。索默斯凝视着浪头汹涌而起再砰然碎裂后飞落而下美丽的泡沫。大海通体泛着黄绿色光芒。①

劳伦斯一直喜欢大海，他在写给奥托莱恩夫人的信中，邀请她来看看这片安静、安宁、与世隔绝的海。劳伦斯在这儿生活是那么的愉悦。甚至在劳伦斯生病，染上重感冒的时候，周边的大海给了他异样的感觉，"我好像无法看清远处的物体，仿佛一切都到了尽头，而人们只能等待着新的事物的诞生"②。我想，大海作为自然存在的事物，经历着蒸发，变成雨水，再次流入海洋，这一过程就是大海自己的新生吧。以及"那盲目而不可见的海水的力量。置身于海水中，甚至坐在水边上，与旁观海水的感受是大不一样的"③。所以对于劳伦斯来说，他把自己的梦想看作是一种新生，一种像大海一样的升华。

可大海并不都是太平的，"海水涌上金黄的沙滩，汹涌的大海令布满建筑的海岸萎缩下去，至少那大海在涨潮，太平洋就不算名实一致，它并不太平，它的浪涛在拍打着海岸，或许这吞噬海岸的巨浪正是它太平本性的一部分呢"④。这样气势汹汹的大海暗示着理想之旅实属艰难，甚至破灭，为后文埋下了伏笔。后来索默斯和妻子有了政见上的分歧，此时的索默斯是心乱苦恼的，他做噩梦，梦见妻子走向阴森昏暗的地狱。梦醒了，他谛听到的海浪声是吓人的。哈丽叶后来想通了，男人是有在婚姻之外该做的事，清晨当她走向阳台，她看到阳光笼罩下的海面

① ［英］D. H. 劳伦斯：《劳伦斯文集·袋鼠》，毕冰宾译，人民文学出版社 2014 年版，第 84 页。
② ［美］哈里·莫尔编：《劳伦斯书信选》，刘宪之、乔长森译，北方文艺出版社 1994 年版，第 258 页。
③ ［英］D. H. 劳伦斯：《劳伦斯文集·袋鼠》，毕冰宾译，人民文学出版社 2014 年版，第 88 页。
④ 同上书，第 20 页。

呈现淡黄色，泡沫碎裂成一道道蓝色的浪花，她有了家的感觉。索默斯和哈丽叶回去悉尼，他们的耳畔不停回荡着海涛声，让他们感到非常奇怪，他们竟能在离海这么远的悉尼感受到大海。"甚至在马伦宾比这片奇特蛮荒的小地方，当索默斯俯瞰大街时，他看到一英里外那一片大海，几乎感到震惊。"① "他数落着自己下到海边上去，以求忘忧。他知道那无边的水域很快就会让他忘掉一切。大海在自言自语，对他不屑一顾。就是这种漠视渐渐慰藉着他和他内心的世界。他开始淡忘了一切。"② 大海在不停地絮语，讲的是那种本能自然的语言。最终大海的絮语响彻了索默斯的灵魂，叫他再次忘却尘世。纯真又复归了，随之而来的是内心的宁静，尘世远离他而去。原本存在于他心中的乌托邦梦，是那样的遥不可及，现在仿佛看到了实现的可能。这时他感受到的大海离他更近，离梦想更近了。他听到的海涛声仿佛是理想召唤他的声音。在这样充满魔力的大海情景之下，索默斯得到了前所未有的满足，足以证明劳伦斯对大海敏感深刻的情感。

劳伦斯在《逾矩的罪人》、《儿子与情人》、《虹》及《袋鼠》中建构了英国和澳大利亚的海岛空间，丰富了人物活动的空间和舞台，体现了作家对大海的深厚感情，表达了作家深刻的哲理情思和深邃的艺术构思。

---

① ［英］D. H. 劳伦斯：《劳伦斯文集·袋鼠》，毕冰宾译，人民文学出版社 2014 年版，第 107 页。

② 同上书，第 165 页。

第三章

意蕴丰富深刻的自然意象

身为小说家，我感到，个人内在的变化才是我所真正关心的事。巨大的社会变革教我感兴趣也教我困惑，可那不是我的领地。我知道一种变革正在来临，我也知道我们必须有一个更为宽容大度、更为符合人性的制度，但它不是建立在金钱价值上而是建立在生命价值上。我只知道这一点。可我不知道采取什么措施。别人比我懂这个。①

文学地理学批评学者指出："文学作品中的意象主要有两类：自然意象与人文意象。文学作品中的自然意象与文学作品中的人文意象，在作品中也许是一种共生共存的关系，有时难以区分。从本质上来说，文学作品中所表现的所有物质形态的东西都是意象，西方文学理论史与中国文学理论史中对于形象与意象的理解，基本上取得了这样的共识。叙事性文学作品中具有物质形态的具体物象，往往偏重于以形象的方式出现，如人物形象、山水形象与建筑形象等，而抒情性文学作品中的具有物质形态的具体物象，则往往偏重于以意象的形式出现，如中国古典诗词作品中的山、水、海、潮、花、土、石等。不过，在讨论文学作品中的物象存在的时候，将它们统称为意象，似乎也是可行的。"②

同时，这些学者也指出："所谓自然意象，主要是指由于自然造化而形成的原始自然物象，如山、水、河、海、云、雾、星、辰、太阳、

---

① ［英］D. H. 劳伦斯：《劳伦斯文集·散文随笔集》，毕冰宾译，人民文学出版社 2014 年版，第 160 页。

② 邹建军、周亚芬：《文学地理学批评的十个关键词》，《安徽大学学报》2010 年第 2 期。

月亮、彩虹，以及大地上生存的动物与生长的植物。也就是说，在这个世界上没有经过太多的人工雕琢、自然而然地产生的自然物体与生命存在，就是文学作品中自然意象。从本质上说，它们属于地理空间的一个部分，是组成地理空间必不可少的元素。因此，文学地理学考察文学中的地理空间要素，自然意象是主要的对象与首要的内容。"① 劳伦斯在长篇小说的创作中所涉及的自然意象，范围极为广泛，大致分为天文类自然意象、地理类自然意象、植物类自然意象和动物类自然意象等四个部分。

第一节　天文类自然意象

所谓"天文"是指"天空中关于日月星辰之一切自然现象也，我国就说，以风、云、雨、露、霜、雪等概属于天文，实则此等现象皆发生于地球气圈中，应属于地文。故现今研究天文者，仅以日、月、星辰为对象"②。天文类的自然意象，是指宇宙空间与大地相对的意象，主要包括天空、太阳、月亮、星辰、雷电、彩虹、云雾等意象。

首先，这类意象的独特的文化意义在于它们所具有的非凡的超自然力，以及人们对这种超自然力的恐惧和人们战胜自然的意愿。在漫长的历史岁月中，尤其是在科学技术尚未取得进步的时代，人们对宇宙中的一些独特的自然现象难以理解，所以这些意象的描述表现了人类对于自然力的恐惧。在这个意义上，人与自然的和谐与沟通具有了"人定胜天"、"战胜自然"的含义。譬如，雷鸣与闪电就被理解为天上神灵的发狂愤怒或者是显示威力。如在《圣经》中，便有着这种威力显示的表述："听啊，神轰轰的声音，是他口中所发的响声。他发响声震遍天下，发电光闪到地极。随后人听见有雷声轰轰，大发威严，雷电接连不断。"

而天空意象更是有着超自然的力量，"世界各地的文化群体都认为

---

① 邹建军、周亚芬：《文学地理学批评的十个关键词》，《安徽大学学报》2010 年第 2 期。

② 辞海编辑委员会：《辞海》，上海辞书出版社 2000 年版，第 775 页。

天空与超自然力相关，代表着精神升华和人的远大志向。亚洲及其他地区的各种仪式中，统治者使用的绫罗伞盖代表天空，是皇族或统治权力的象征"①。正是这种超自然的力量，使得诗人渴求超载与升腾，并且期盼与其沟通与融会。如英国诗人雪莱在《致云雀》一诗中，借助于腾空而起、离开大地的云雀的形象，表现了摆脱现实以及对理想境界的向往。

其次，这类自然意象时常被异常神化。神化的自然意象又是人类社会中某些阶层力量的贴切的象征。譬如太阳以其难以比拟的光彩、至高无上的位置和无可辩驳的权威性质，以及滋润万物的必不可少的自然力量，在人类文明中无疑成了光明、能量、创造力，甚至是不可侵犯的神力的象征。

著名学者吴笛曾言："广袤无垠的宇宙空间在真正意义上'远离尘嚣'，喜欢使用天文类自然意象的作家，往往具有博大的胸怀，并且富有哲理探索的精神以及鲜明的宇宙观。"② 劳伦斯就是这样一位作家，他把天文类自然意象发挥到极致，几乎写尽了天空中的一切物体，并且寄寓了深刻的哲思。

从太阳、月亮、星辰、彩虹到云霞、雨雾、雷电，为人物形象的塑造、主题的表达、作者情感的寄托提供了很好的意象载体。

一 太阳意象

太阳作为光与热的源泉自然在这些故事中扮演着主要的角色，而且正是因为阳光伴随着雨露普照大地，才使得万物生灵充满生机而绵延不绝。太阳的能量与创造力最强，所以通常代表男性。此外，由于太阳在天空中至高无上的位置与强烈的光芒，使得许多文明中随之出现了太阳崇拜与一些能洞察一切的太阳神（多为男性神）。如印加人认为太阳是他们神圣的祖先，因而他们修建的太阳神庙也是以象征太阳颜色的黄金来装饰。

在基督教传统中，太阳是代表上帝的恰如其分的象征，表示上帝的

---

① 檀明山：《象征学全书》，台海出版社 2001 年版，第 493 页。
② 吴笛：《哈代新论》，浙江大学出版社 2009 年版，第 40 页。

公正与造福于人类。《圣经》中告诉我们，上帝使日头照好人，也照歹人，降雨给义人，也给不义的人（《马太福音》5：45）。可见，上帝对众生的爱，始终是一视同仁的。仅从最常见的阳光来说，每一缕光线都在见证他的恩典。在大多传统中，太阳都是创世能量最主要的象征符号，常常被人们奉为最高之神或是全知全能的代表。它为万物提供热量，因此成为活力、冲动、勇气和永世重返青春的象征。同时，太阳也带领世界走出黑暗，为大家带来光明，因此又是知识、智慧和真理的化身。作为群星中最光芒四射的一颗，太阳还是皇室与帝王荣耀的代表。

太阳是确保地球上生命生存的先决条件之一。在劳伦斯的笔下，也少不了有关于对太阳意象的描写。劳伦斯曾于 1925 年发表一篇以《太阳》为名的短篇小说，表达对太阳无意识的再生力量的崇拜。而在之前所创作的许多作品中，对太阳的描写也是俯拾皆是。《白孔雀》里的莱蒂是一个漂亮、任性、乖张的女孩子，她和一般的女孩子没什么两样，一样拥有可爱的天性。劳伦斯描写了在阳光下熟睡的莱蒂的形象："我们去了科塞塔伊之后不久的一天下午，莱蒂在窗边的椅子上坐着。阳光照着她的头发，朱红色的团团光斑温情地吻着她，也染红了屋外的藤蔓。阳光喜爱莱蒂，对她恋恋不舍。她的目光越过内瑟梅尔，望到了海克洛斯，它们在九月的薄雾中隐约可见。如果不是照在她脸上的红光，我还以为她面容悲伤严峻呢。她紧贴着窗户，头靠在柱子上，渐渐垂下头，睡着了。这时，她又变得那么孩子气，那么招人喜爱——这是个十七岁的姑娘睡在那儿，丰满的嘴唇微翘微张，呼吸轻柔舒缓，我又产生了旧有的责任感：我必须保护她，必须照料她。"[1] 此刻的莱蒂是安静的，她在温暖的阳光下熟睡，犹如一个新生的婴儿一样，虽然安静，却也充满了生命力，朝气蓬勃。在阳光下熟睡的莱蒂让西里尔觉得这是一个充满了孩子气，招人喜爱的十七岁的姑娘。这样的场景在西里尔看来，是那样的静谧、祥和。因为自小与父亲分离，所以父亲的离世，并没有让西里尔产生特别哀伤的情绪，但是从小就生活在一起的妹妹却激起了他的保护欲，这是一种对于蓬勃生命力的保护。在

---

① ［英］D. H. 劳伦斯：《白孔雀》，谢显宁等译，中国文联出版公司 1989 年版，第 62—63 页。

232

《虹》的开头部分，作者对第一代汤姆·布朗温世世代代生于斯、长于斯的玛斯农庄进行了史诗性的概述。"对男人们来说，只要土地呼吸着，等待他们去耕耘……他们凝视着太阳，这传宗接代的源泉，凝视着，不能自已。"① 这太阳象征着繁衍和创新，象征着源源不断的生命力。

如果说《白孔雀》、《虹》中劳伦斯所描写的太阳是生命力蓬勃的象征，那么在《虹》中对夕阳的描写也有一种接近暮年的沧桑感。布朗温家族的第二代安娜和威尔结婚了，他们的生活也并不是一帆风顺，和老一代汤姆·布朗温夫妻一样，他们之间也存在着诸多说不清道不明的陌生感。"他们背向夕阳，循着自己在地上的投影无言地走着，挽在一起的手把这两个孤单的人连接了起来。他越发颤抖起来，好像看不见的地方有一股强风在吹动着他似的。他怕，怕孤独，因为她在她那一半世界过得很满足、自得其乐、很充实。他不忍想象自己被他人甩掉的滋味。"② 此刻的安娜已经怀孕了，但是这并没有使她与威尔的感情发生实质性的变化，他们不再像新婚时一样的亲密无间，他们依然陌生，依然想征服彼此，他们之间的关系显得微妙，若即若离。在夕阳的余晖中，他们彼此无言，纵然手挽在了一起，却依然孤单。他们彼此沉浸在自己的内心世界，没有交流，生命因此失去了活力，不再有阳光。此时的太阳就像是威尔和安娜之间在慢慢流逝的感情一样，逐渐失去了生命的活力。

二　月亮意象

月亮是宇宙中的客观存在物，它与太阳分管黑夜与白昼，起起落落，人类与之密不可分。月亮本身具有一种朦胧感，在西方更多的是代表一种现实。月亮作为天文类的自然意象，是许多西方作家所青睐的对象。月亮在劳伦斯的长篇小说中，是频频出现的一个意象，在作品里有着举足轻重的作用。月亮是美好大自然的代表；是美丽、高贵的女性的象征，能很好地表现出劳伦斯式的主题——性爱主题；最重要的，它是

---

① ［英］D. H. 劳伦斯：《虹》，黑马、石磊译，中央编译出版社 2010 年版，第 2—3 页。
② 同上书，第 156—157 页。

女权主义胜利的象征。凡作品中能驾驭自己的命运，力图控制男人的独立女性总有月神相伴。劳伦斯善于用充满隐喻作用的象征体系，通过一个个"月亮"的意象来表现作品的主题。劳伦斯的恋月情结，也有着历史文化渊源和本身思想性格的原因。在他留下的千余首诗歌中，咏月诗篇中虽有赞颂自然之景和千里寄相思的意象，但大多数都表现了诗人充满了激情的性爱主题。如《月亮之忆》（*Moon Memory*）、《月亮刚刚升起》（*Moon New-rise*）、《红月亮升起》（*Red Moon-rise*）、《月亮升起》（*Moon-rise*）等，这些有关月亮的诗作与长篇小说中的月亮是一体的。月亮是劳伦斯作品中一个频繁出现的意象。他钟爱于月亮，在他多部重要作品中，月亮成为最能深刻体现劳伦斯思想底蕴的意象。它象征着强大的月亮女神，具有新时代背景下女性主体意识高扬且战胜了男性的象征意义。

综观劳伦斯长篇小说中对月亮意象的描写，可以分为以下几种丰富的内涵：

（一）内心情感的映照

月亮作为天文类的自然意象，它有时在劳伦斯的笔下作为人物内心情感的映照而存在着，折射出了人物内心情感的细微变化以及潜在的意识流向。《白孔雀》第一部第五章中有一段是这样描述的：

> 树林东边的灰白色天穹上，金黄的月儿露出了前额。我们静静地站在那儿望着。后来，巨大的圆盘几乎成了满月，升起在中天，笔直地照着我们。这时，我们的双脚已经沐浴在茫茫的月光之海中了。如水的月光也照在我们的脸上。莱蒂心情愉快，甚至有点飘飘然；埃米莉情感悒悒，双唇张开，几乎是在哀求。莱斯利眉头直皱，这很明显，而乔治却在苦心思虑，可怖而强烈的月光织进了他的感情。[①]

这段描写的是莱蒂和乔治一行人在月夜中的农场里各怀心事时所流

---

① ［英］D. H. 劳伦斯：《白孔雀》，谢显宁等译，中国文联出版公司 1989 年版，第77 页。

露出的情感，不同的人在月光中表现出不同的神色。莱蒂当时享受着乔治和莱斯利双份的爱，她的内心是骄傲的，巨大的圆月使她内心更加的愉悦。而莱斯利眉头却是直皱的，此时莱蒂并不完全属于他自己，他还有一个情敌乔治，而乔治这个农家子弟，虽有健康的身体，但家庭条件比起莱斯利家差多了，在讲物质的年代，在爱情竞争中没什么优势，显得自卑。

在劳伦斯笔下，人与月是时常相伴的。而在《逾矩的罪人》中，月亮的使用多处出现，月亮是情感的化身。当小提琴手和家庭音乐教师西格蒙德为逃脱烦琐的家庭羁绊，决定与自己心仪的女学生海伦娜私奔到一个海岛时，此时，天上的月亮：

> 火车停了下来，西格蒙德使了点劲，站起身来朝家走去。夜晚的空气凉爽、清甜。他贪婪地大口吸着这空气。上了大路以后，他又一次仰面看着月亮。月亮似乎也在帮助他，月亮在银灰色的天空中放射着光芒，似乎超脱了所有的烦恼。每当海浪涌上沙滩时，月光便使海浪的前方闪耀着银色的光辉。海伦娜站在海边探望着，等待着他。她会带着突如其来的喜悦高高举起她那雪白的双手。想到这些他笑了，与他并驾齐驱的月亮也透过那一片黑乎乎的树林慌忙笑起来。①

这时的月亮仿佛是西格蒙德的知心的朋友，在远处看着他，支持他，鼓励他，这月亮是情感的象征。更坚定了西格蒙德与海伦娜一起到海岛去度假的决心。

月亮对于主人公西格蒙德和海伦娜来说，仿佛象征着二者的爱情。

> "那么，我们必须尽力保持着正东方向，正对着月亮走。"西格蒙德说道，一边凝眸向前，远眺着丘陵草原，那边乌云紧挨着月亮，就像狼群在捕捉一只白色的小鹿；月亮在英勇地搏斗着，以摆

---

① ［英］D. H. 劳伦斯：《逾矩的罪人》，程爱民等译，译林出版社 1994 年版，第 21—22 页。

脱乌云的围抱。他望着月亮，感到有了一个伴侣。海伦娜却不明白，全然不理会他。月亮更近了。①

这里的月亮象征着他们那迷蒙的爱情，而乌云则是传统伦理道德的象征。西格蒙德既想要与海伦娜厮守，内心却又因为违背伦理道德而备受煎熬。西格蒙德作为一个有妇之夫，却不顾道德礼法，选择背叛家庭并与自己的学生海伦娜私奔，他们二人的爱情在当时是不为世人认可的，违背了传统的伦理道德。他们的爱情正如天空中那轮明月，被乌云包围着，而乌云仿佛就是世间伦理道德，他们拼命想要摆脱伦理道德的束缚。

《逾矩的罪人》中，海伦娜与西格蒙德背离世俗而选择爱情，他们的内心却又受到道德的束缚。"月亮涉过浅滩似的白云，那情景令人心旷神怡。在树木和零零落落的几幢房屋的那边是由黑暗、大海和月光构成的巨大凹面。明月悬挂在空中，她伸出一只凉嗖嗖的、能免除一切罪孽的手，搁在了海伦娜的额头上。"② 海伦娜与有妇之夫西格蒙德虽然因为爱情而达到心灵的契合，短暂逃离世俗生活，但她内心却又受着伦理道德的煎熬，在这里，月亮对她来说更像是一种救赎，免除她的罪孽，以寻求内心的慰藉。

劳伦斯笔下的意象有时候象征着人物的命运走向和结局。《逾矩的罪人》第十二章中描写到西格蒙德和海伦娜从野外回公寓的路途中所看到的月色："月亮被白日用忌妒的、锋利刀刃削得越来越小，此刻正照耀着墓地里那一块块的白色石头。钉在十字架上的基督的雕像背衬着银灰色的天空高悬着。海伦娜疲倦地仰望了一眼便低下了头，不忍看这一悲剧。西格蒙德抬头看了看，也低下了头。"③ 在这里，月亮象征着他们那短暂的爱情，会被现实生活所消磨殆尽，预示着他们之间爱情的结局。在这里，不禁想到第二十七章中西格蒙德回到家后看到的那一轮明月，"西格蒙德走上阳台望着月亮。一弯半月，似一只可怜的白鼠，

---

① ［英］D. H. 劳伦斯：《逾矩的罪人》，程爱民等译，译林出版社 1994 年版，第 115 页。
② 同上书，第 57 页。
③ 同上书，第 117—118 页。

在自身轨迹的土丘上蜷缩着。过一会儿它会敏捷地跃向西方的斜坡，然后被网套住，那时太阳会纵声大笑，恰似一只躯体巨大的黄猫，随后走近并玩弄猎物，亮出自己明亮的爪子。月亮，在做最后一次的跑逃之前，蜷缩颤抖着。太阳爬过来，见猎物势在必擒，独自大笑起来。然而，闪电像一只决意离去的鸟，离巢低翔，又振翼遥去……西格蒙德坐在那里，看着最后一缕晨光从黑暗的、被收割过的田地上吹过，直至整个大地显露出来，而月亮则显得像是一只浮在水面上的死鼠"①。这里的白鼠就是西格蒙德自己，他已失去了在海岛上的生命活力，回到家后，妻子和儿女对他的冷落讽刺犹如利器，让他无处可逃。最终选择吊死在卧室的门框上，他的命运似乎早已注定。

（二）女性的象征

月亮在《儿子与情人》这部小说中频繁出现，它象征的是自然状态和潜意识意义上的"女性"。劳伦斯在描述月亮时，主要着重于其大而亮，而非其朦胧、孤寂。在第一章中，他描绘：

> 八月的晚上，月光皎洁。莫雷尔太太气得麻木了，她发现自己沉浸在一大片白光里，不由哆嗦了一下，月光照在她身上好凉，使她那激动的心灵为之震颤。她无可奈何地站了一会儿，凝视着近门处那一片闪闪发亮的大黄叶子。后来，她深深吸了口气，顺着花园的小径走去，四肢不住哆嗦，胎儿也在不停地躁动。一时间她竟胡思乱想起来，她不由自主地回想着刚才的事情，想了一遍又一遍，每次想到某句话，某个时刻，都给她的心灵加了个火红的烙印。每次她重温那前一小时的事，都要在同样的地方再加上个烙印，直至这个痕迹深印心头，痛苦已麻木不仁，最后她终于清醒了过来。她这么丧魂落魄已有半个钟头了。这时她又一次感到眼前是黑夜。她提心吊胆，东张西望，信步来到宅边园子，在长长一溜墙根下的红醋栗灌木丛边的小路上走来走去。宅边园子是狭长的一条，隔着一道密密的荆棘树篱，与横贯两排住房之间的路相邻。

> 她赶紧从宅边园子走到宅前园子，她可以站在那儿，宛若置身

---

① ［英］D. H. 劳伦斯：《逾矩的罪人》，程爱民等译，译林出版社 1994 年版，第 255 页。

于一大片白光下。月亮高照在她脸上,月光从前面的小山上升起,明晃晃地照遍洼地区的整个山谷。站在那儿,方才那番紧张激动又涌上心头,她气喘吁吁,抹着眼泪,一遍又一遍喃喃地说道:"讨厌!讨厌!"

附近有什么东西引起她的注意,她勉强振作精神看看是什么,原来是高高的白百合花在月光下摇曳,空气中充满了清香。仿佛有精灵鬼怪在侧似的,莫雷尔太太提心吊胆地轻轻喘了口气。她摸摸白色的大朵百合的花瓣,又哆嗦起来。月光下的花儿似乎正在伸展开来。她把手指戳进白花蕊里,映着月光手指上简直看不出金黄颜色来。她弯下腰来看看花蕊上的黄色花粉,可是花粉看上去却是黑糊糊的。她深深吸了一口香味,香得脑袋也晕了。

莫雷尔太太靠在花园门上往外眺望,一时竟出了神。她不知道自己在想什么,除了感到有点恶心,还意识到胎儿的存在,她就象这股香味一样,完全溶化在晴朗、苍白的夜空中了。过了一会儿,连胎儿也跟她一起溶化在月光这熔炉里。她和群山、房子、百合花静静栖息在一起,一切都仿佛共同浸沉在一场昏睡之中。

最后她把莫雷尔从醉乡中叫醒,他开门让她进了屋。她在卧室镜子前解下胸针,看见自己脸上沾满了百合花的黄粉,不禁微微一笑。①

这是一个诗意化了意蕴世界,语言有纪实性特点,但突出的是意象化特点。主观的感悟性十分明显。读者在这里欣赏到的绝非是劳伦斯对大自然的优美描写,而是对人物内心感受更深层次上象征意蕴性的描写。在这里,皎洁的明月指女性的柔美与妩媚,但在这柔美之中还带着女性柔中带刚的力量。

小说第七章中写了保罗与米丽安的精神恋爱。就保罗而言,在他眼中的任何女性都要是母亲式的,对她们只能是"灵"的要求,超出这个限度就等于冒犯了她们。因而,他真正参与恋爱的只是那理性化的

---

① 〔英〕D. H. 劳伦斯:《儿子与情人》,陈良廷、刘文澜译,人民文学出版社1997年版,第31—34页。

"男性"。每当和米丽安一起散步，他就一本正经，米丽安挽他的手臂他都感到厌烦。然而，作为一个风华正茂的青年男子，他身上那自然的男性本能是客观存在的，不管怎样压抑，它都是要借机外现。这天傍晚，保罗和米丽安又在一起散步，突然，保罗看到：

  一轮巨大的桔红色的月亮正从沙丘边缘上凝视着他们。他一动不动地站着，看着月亮。

  "哎呀！"米丽安看见月亮，叫了一声。

  他仍旧站在那儿不动，盯着那又大又红的月亮，这是茫茫一片黑暗中唯一的东西。他的心沉重地跳着，两条胳臂的肌肉也收缩了。

  "怎么啦？"米丽安一面等他一面低声说。

  他转过身来看着她。她就站在他身边。始终跟他形影不离。她的脸被帽子的黑影遮住，他看不见她正眼巴巴望着他。不过她心里在沉思，她有点儿害怕——也深为感动，再加上一片虔诚。这就是她的最佳心态。他对此是无力左右的。他的热血犹如一股火焰在胸腔燃烧。然而他就是无法把自己的想法向她讲清楚。他浑身热血沸腾，可是不知怎么她却装作不知道。她盼望他处于一种虔诚的状态。她一面迫切盼望他这样，一面对他的激情也有点觉察，她凝视着他，心乱如麻。

  "怎么啦？"她又低声说。

  "这月亮。"他皱着眉回答说。

  "是啊，"她同意地说，"多美啊！"她真想弄明白他是怎么回事。危机已经过去了。

  他自己也不知道这是怎么回事，他自然年纪还轻，他们之间的亲密关系又很抽象，他不知道自己要的是把她紧紧搂在怀里，来解除心中的痛苦。可是他怕她。他硬把自己心里象一般男人对女人那样对她的需要看成是见不得人的事而压了下去。眼看她忍受痛苦激动的折磨，拼命排除这种念头，他也就此把这念头藏在心底。正是这种所谓纯洁作梗，弄得他们连初恋的吻也不敢尝试。她似乎受不住肉体爱的震动，即使是一个热吻也受不住，而他也太敏感，太胆怯，不敢去吻她。

　　他们沿着黑沉沉的沼泽草地走，他只顾看着月亮，一言不发。她拖着沉重的步子，在他身边走着。他恨她，因为她似乎有点使他瞧不起自己了。他向前望去，只见黑暗中有一点亮光，前面就是他们那点着灯的别墅窗户。

　　他喜欢想到自己的母亲和其他欢乐的人们。①

　　这里，保罗之所以全身紧张、热血沸腾，是因为他身上那被劳伦斯喻为"独角马兽"的自然本能的苏醒并猛烈地向外奔图；唤醒这只"独角马兽"的是月亮，而不是他身边的那个活生生的年轻女子米丽安。所以，是月亮的突然出现——其实它的出现不是突然的，只是因为保罗潜意识能力突然外泄时神智的顿悟造成的——才真正沟通了保罗身上自然本能的"男性"与女性的交流，当然，这是在潜意识中进行的。因此，如果把"月亮"看作传统意义上的象征物，那就无法理解保罗的特殊心理。劳伦斯巧妙地将这女性的力量融入皓月之中，达到以月衬人、以月喻人之目的。读者不仅欣赏到了明月之美，而且更为重要的是悟到了其深邃的意蕴，从而在心灵上得到了净化，情感上得以升华，获得了不可多得的精神享受。月亮这一毫无生命的自然物体，被劳伦斯赋予了令人浮想联翩的深刻内涵，其象征意义得到了进一步的拓展。

　　同样，在《虹》的创作中，劳伦斯也是以朦胧的、充满象征而又富有诗意的月亮来表现时代的变迁以及对布朗温一家三代人的性心理和原型的自我所产生的影响。在小说中随处可见的月亮的意象，推进着情节的进展，折射出人物关系的微妙变化以及人物潜在心理的意向。下面是作者用月亮作为象征来描绘第一代汤姆和莉迪娅初恋时的混沌意识：

　　他们互相都是陌生的，永远会陌生，而激情对他是巨大的折磨。亲昵、拥抱、陌生的接触！受不了，他不忍心去接近她，去感受他们之间那陌生的情分。他一头钻进狂风中去。天上云絮纷纷，

───────────

　　① ［英］D. H. 劳伦斯：《儿子与情人》，陈良廷、刘文澜译，人民文学出版社 1997 年版，第 236—238 页。

月光流泻着。有时，高高的月亮闪着银光掠过晴朗的云隙，有时又被闪着绛紫光圈的云朵吞没，忽而一片云，一片阴影；忽而又一道银光，像一缕蒸汽。整个天空上云海翻腾，黑暗与光明交替着，紫色的巨大晕圈与蒸腾着的月光交相辉映。一会儿月亮露出来，如水的强烈光线刺得人睁不开眼睛，一会儿又钻进云絮中去了。①

在劳伦斯的笔下，他对月亮的描写既富有诗意，又充满了深刻的象征意义，在他的描写里，汤姆和莉迪娅的激情、欲望和冲动展示出一种原始和自然的力量，从而生动地揭示了旧的宗法社会中农民所具有的模糊和神秘的性意识。

如果说汤姆和莉迪娅的情感生活充分反映了现代工业来临之前自然和浑朴的两性关系，同时也表明，布朗温家族第二代威尔和安娜的性意识和婚姻关系在一定程度上受到工业时代的冲击。在安娜和威尔相互吸引的恋爱阶段，他们为保持自我的相对独立而展开的内心较量就已经开始了。夜晚的麦地为安娜和威尔提供了爱的场景，而这一对心有灵犀的人在田野里往返穿梭，就是碰不到一起。

这是小麦收割的时节。一天傍晚，他们穿过农家房舍走出村庄。灰色的天际上悬着一轮金黄的月亮，高大的树木婆娑婀娜，挺立在路边敬候着。……

天空是银灰色的，她向四周张望一下，发现树木在远处若隐若现，像传令兵一样等待着前进的命令。在这朦胧的月色中，她的心像是一只响铃儿，她真怕别人听到这铃声。

她冲着月亮转过身，每当她面朝着月亮时，皎洁的月光就似乎穿透了她胸部的衣服。他顺从地走到对面去，那儿是一片朦胧中的空地。

他们弯下腰，抓住湿漉漉、柔软的麦穗儿，竖起沉重的麦捆儿，然后又走了回去。她总是先到，放下手里的麦捆，又把其余的

---

① ［英］D. H. 劳伦斯：《虹》，黑马、石磊译，中央编译出版社 2010 年版，第37—38 页。

都斜靠在一起，这时，他携着麦捆的模糊身影随后也到了。她转过身去，只听到他手中的麦子嚓嚓相碰的声音。她从月亮和他的模糊的身影之间走了过去。

她又提来两捆径直向他走来时，他刚直起腰。他从不远处走过来。她放下麦捆，把它们码成垛，码得不稳当，她的手一直在抖。她猝然转过身去，面对着月亮。月光洒在她的胸脯上，她觉得似乎她的胸脯和月光一起剧烈地起伏波动着。他不得不把她那掉下来的两捆重又码上去。他默默地干着，劳动的旋律又把他载远了。她正走过来。

他们一起干着，走过来又走过去。他们的脚步和身体是随着同一个节奏和旋律移动的。她弯下腰提起沉沉的麦捆，扭脸看看黑影里的他，径直穿过茬子地走了。她踌躇地放下她的麦捆，她听到麦子在哗哗作响，是他走近了，她必须转开。于是，皎洁如水的月光又洒在她的胸脯上，看上去像是在随波起伏。

他稳稳当当、专心致志地干着，穿梭般地在割后的秃茬地上来回忙碌着，顺着长长的麦垛奔忙着，把自己和她的麦捆都码好。这长长的麦垛渐渐向那模糊的树木逼近了。

她总是赶在他来到之前离开，他一来她就走，他一走，她就回来。他们难道就永远不碰头吗？会的，渐渐地，他心中低沉的声音会传向她，与她共鸣，将她吸引过来跟他碰头，直到他们走到一起，就像麦捆一样窸窸窣窣，相依相碰。

他们继续干着活，月光更加清晰、明亮了。月光下的麦子在熠熠闪光。他弯下腰去放麦捆，麦捆倒在地上发出刷刷的声音，就像一具具沉重的人体在他面前猝然倒地，他眼前闪过一片耀眼的月光，然后，他开始码垛，她这时正走过来。

他在等她，双手在垛子上胡乱摆弄着。她来了，可她却后退站着，直等到他离开。他看到了她模糊的身影。他向她说话。她随口答应着。她看到月光掠过他满是疑问的面孔。他们之间隔着距离。他转身走了，他们又有节奏地干起活来。

为什么他们之间总隔着一段距离呢？为什么他们不在一起呢？为什么她从月光中走出来要踟蹰、要躲着他呢？为什么他也躲着她呢？他的心在不停地打着小鼓，冥冥地，把一切都淹没了。

　　他劳动的节奏中，注入了一个休止符——一个坚定的目的。他弯下腰，提起一个捆儿向她那边揶过去，把麦捆放到月亮地里就像放到了她的怀中，然后又转过身去搬。他一个劲儿地憋足力气提起麦捆晃晃悠悠地把它们运到地中央，一个劲儿地赶着她跟自己打照面，一个劲儿地干着自己这一份，靠近她，终于超过了她。月光下，他们过来过去，默默地、专心地干着活计。一会儿麦捆刷拉拉响，一会儿又鸦雀无声，一会儿又是麦捆刷拉拉的响声。他的麦捆的声音响得快了起来，跟她的同步了，她的麦捆刷拉拉单调地响着，他的麦捆响得越来越近了。

　　最后，他们面对面站到了麦垛前，手里都提着麦捆。月光辉映着他，他全身银白。月光下，他那被阴影笼罩着的面孔把她吓了一跳。她在等他。

　　"放下你的麦捆吧。"她说。

　　"不，该你了。"他的声音颤抖着，却是固执的。

　　她把麦捆靠在麦垛上。他看到了麦穗中她的手在闪光。他丢下手中的麦捆，颤抖着张开双臂去拥抱她。他够着她了，他要吻她，这是他的特权。她的气息带着夜气的氤氲与麦子的芬芳是那样甘美。他的脉搏跳动着，催他去亲吻她，他用吻来求爱，可她却不那么顺从他。他盯着她鼻翼上的月光流连忘返！她浑身沐浴着月光，可她的内心却是黑洞洞的一片呀！他拥抱着整个夜色，黑暗和光明都在他的怀中，他拥有这一切！整个黑夜都待他去揭示，待他去冒险，待他进入所有的神秘境地中去发现所有的新大陆。

　　胜利在望，他颤抖了。他的心像一颗星，闪烁着炽热的光芒！他的吻越来越频繁了。

　　"我的爱！"她低低地呼唤着，这细细的声音对他来说就像是来自月光下遥远的地方。他对此根本感觉不到。他屏住呼吸，颤抖着、倾听着。

　　"我的爱！"又是一声低低的呼唤，带着哀怨。像是夜幕中一只看不见的小鸟儿在叫。

　　他害怕了，他的心颤栗着，都快碎了。他动不了了。

"安娜。"他试探着叫了一声，似乎是从远方回答她。

"我的爱。"

他逼近她，她也逼近了他。

"安娜。"他带着惊奇和爱的剧痛叫了一声。

"我的爱啊！"她的声音变得狂热起来。他们的双唇接吻了，这是热烈的、意外的、长久的、真正的吻。月光下他们一直吻着。他吻她，她回吻，然后一起接吻起来。这时，他又想起了什么，他真怪。他需要她，太需要她了。她是个新奇的东西。他们拥抱着站在夜色里，一动也不动。他全身震惊得直颤抖，好像遭到了一击。他需要她，他想把这个想法告诉她。这么大的震惊，不得了，他以前从来没意识到。他颤抖着，恨自己是个废物，他不知该怎么办才好。他轻轻地去拥抱她，轻柔再轻柔。内心的冲突过去了，他兴奋得喘不过气来，眼泪都快掉下来了。他只是想她、需要她。他内心里坚定了一个信念——她是他的。他真是又喜又怕，在开阔的月亮地里有些手足无措。他透过她的发丝去看月亮，月亮好像一个透明的流体在天上漫游着。①

在这里，安娜身披银色月华，在麦地里和威廉为保持自我的灵魂独立展开了心理较量。她总在"有月亮和威廉的身影之间走动"，而威廉总"难以与明月下的安娜相遇"，"那月光几乎晃得他睁不开眼"，虽然他最终把安娜拥进怀中，却无法把她征服。劳伦斯就是通过月亮的意象，象征工业社会和机械文明不仅使固有的两性关系受到严重的冲击，而且也使传统的男权地位受到了极大的挑战。

在小说中，厄秀拉作为布朗温家族第三代的代表，充分体现了世纪交替之际现代女性的形象。她的情感冲突和情绪变化也是以月亮的象征意义体现的：

安东说："月亮升起来了。"乐声一停，他们突然发现自己像

---

① ［英］D. H. 劳伦斯：《虹》，黑马、石磊译，中央编译出版社 2010 年版，第 103—106 页。

被冲到海滩上的弃物，搁浅了 。厄秀拉转过身，看见在山顶上的
又大又白的月亮在望着她。她的胸怀向月亮敞开。她像一块被月光
切开的透明的宝石。她站在那儿，全副身心充盈着满月，呈献出自
己。她两边胸脯都为之敞开，身体大张，似颤动着的海葵。这是由
月亮引发的柔软膨胀的邀请。她想要月亮来充实自己，想与月亮进
行更多更多的交流，直至完美。可是，斯克里宾斯基用胳膊揽住
她，带她走了。月光泻在燃烧的火堆上，斯克里宾斯基给她披了一
件黑斗篷，握着她的手，坐在旁边。

　　厄秀拉心不在焉。披着斗篷，一只手握在斯克里宾斯基的手
里，他耐心地坐着。然而，她赤裸的身体已经离开了那儿，在扑打
着月光，胸脯和双膝碰撞着月光，与它相会，与它交流。她几乎要
一跃而起，真的走开，甩掉身上的衣服逃离，离开这黑糊糊乱糟糟
的人群，奔向小山，奔向月亮。但是，站在她旁边的人群如一块块
石头，一块块磁石，实际上她没法走。斯克里宾斯基犹如一块天然
磁石在吸引着她，他在身边就把厄秀拉给留住了。她感觉到斯克里
宾斯基是个累赘，一个盲目的、固执的、呆滞的累赘。正因为是呆
滞的，就坠着她。她痛苦地叹了口气。哦，叹息月亮那凉意，那完
完全全的自由，那光明。哦，为了那冰凉的自由能成为她自己的，
为了她能完全随心所欲而叹息。她想立即就离开。她觉得自己好像
一块闪亮的金属，被那漆黑不纯的磁力拉下来了。而斯克里宾斯基
就是那杂质，人们就是那杂质。要是她能离开这儿去和纯净月光在
一起该有多好！①

　　"今晚上你喜欢和我在一起吗？"这是斯克里宾斯基低低的声音，
来自她的肩膀上方。在纯洁明亮的月光下，她发疯似的握紧双手。

　　"今晚上你喜欢和我在一起吗？"那温柔的声音又重复问了
一遍。

　　她知道，如果转过身，她就会死去。一股无名怒火，她恨不得
把一切都撕个粉碎。就像金属片要断裂，她的双手有破裂的感觉。

---

　　① ［英］D. H. 劳伦斯：《虹》，黑马、石磊译，中央编译出版社 2010 年版，第285—
286 页。

她说:"让我自己待着。"

一阵阴郁,斯克里宾斯基的犟劲儿上来了,很固执的犟劲儿。他呆坐在厄秀拉身边。厄秀拉脱下斗篷,朝着月亮——那银白色的她自己的化身走去。斯克里宾斯基紧跟着她。

音乐又响起来了,人们又跳起舞来了。他霸占着厄秀拉作舞伴。一阵极为冷漠的情感在她心中郁积。但是斯克里宾斯基把她抓得紧紧地一起跳舞,在她眼前跳着舞的斯克里宾斯基的身体,挨着她,像一块压在身上的柔软的重物,把她压倒。他把她拉得很近,厄秀拉可以感觉得到他的身体。他那下坠的重量压在身上,压倒了她的生命和活力,变得和他一样毫无生气。她还感觉得到斯克里宾斯基贴在她背后的手。然而她体内抑制住的情感还是冷漠的,不驯服的。她喜欢跳舞,这样可以放松,进入一种恍恍惚惚的状态。不过,这种状态只是一种等待,消磨掉介于眼前的她和纯洁的她之间的时间。她就让自己紧挨着斯克里宾斯基,让他用尽全力。似乎这样斯克里宾斯基就可以从她身上获得力量,把她压垮。她接受了斯克里宾斯基全部力量的作用,甚至还希望能被征服。她像根盐柱(《创世记》第19章第26节,罗得的妻子变成了一根盐柱),冷漠淡然,无动于衷。

他决心已定,便极力使自己全神贯注地去制服她。要能够制服她就好了。似乎他已经被干掉了。似乎月亮把自己的光华聚拢,厄秀拉冷漠、不为所动,把他拒之于外,如同月光离他很远,永远也抓不住,摸不透。要是能定个契约把她管住,把她制服,该多好!

他们一直在一起,跳了四五个曲子。虽然斯克里宾斯基的愿望变得越来越强烈,身体变得越来越敏感,撩逗着她,可还是没有得到她。同往常一样生气勃勃,一样无动于衷,厄秀拉还是和原来一样。但是,斯克里宾斯基要以自己来缠住她,包围她,把她罩在一张阴暗漆黑的网下,那么她就像在阴暗的网下闪烁的明亮的尤物,被抓住了。然后他要占有她,享有她。一旦她被抓住时,他是那么想享有她呀。

最后,跳完舞,她不愿坐下来,走开了。斯克里宾斯基揽着她一起走，以保持步子一致。她好像也不反对。她明亮似一束月光，如一刃钢刀，而斯克里宾斯基则像紧握着会割痛他的刀身。但即使这把刀会杀死他，他也要抓住。

他们朝着堆干草的院子走去。去那儿，斯克里宾斯基看到了可怕的景象：新堆起的大垛大垛的秸秆闪闪发光，变形了，在深蓝的夜空下显得银白一片，威严、朦胧，而地上则留下了它们一个个实实在在的黑影。这些发光的秸垛腾起冰冷的火苗，与淡蓝发白的空气融为一体。厄秀拉像微微发光的薄纱，似乎要在它们中间燃烧。冰冷的燃烧、微微白光、白色泛青的火苗，这一切都是飘忽无形的。斯克里宾斯基害怕这秸秆垛的月光大火在他头上燃起。他的心越缩越紧，越来越小，熔化，熔化成了一滴小水珠般大。他知道自己要死了。

沐浴在笼罩一切的明亮月光中，厄秀拉站了一会儿。她宛如一道发光的动力。对自己的现状她感到害怕。看看斯克里宾斯基，看看他那模模糊糊的、不真实的、摇摇晃晃的样子，一阵突然而来的欲望攫住了她：要把他抓在手里，撕裂他，让他化为乌有。她的双手和手腕都感到无比的坚实强壮，犹如两把钢刀。站在她身边等着的斯克里宾斯基像个影子，她真想驱散它，像月光扫除黑暗似的扫除它，消灭它，了结它。望望斯克里宾斯基，她的脸上顿时容光焕发。她引诱了斯克里宾斯基。

……

在接吻中厄秀拉接受了他，并把自己硬邦邦的吻戳在他的脸上，月光似的生硬刺人，令人憔悴。她似乎要把斯克里宾斯基折腾得死去活来。斯克里宾斯基则眩天晕地的，振作起全身气力来吻她，并使自己一直处于接吻之中。

然而，厄秀拉的冷酷和残忍紧缠着他，冷如月亮，却又似过量的盐一般灼人。渐渐地，他那温暖柔软的铁让步了，屈从了。旁边的厄秀拉猛烈地向他侵蚀，为他的溃败而激动，像一堆残忍的、有腐蚀性的盐包围着他剩下的最后一块骚动不已，搞垮他，在接吻中搞垮他。厄秀拉的得胜意识清晰明朗，而他的意识在痛苦中幻灭。是厄秀拉抓住了他——这个耗尽精力，被她打垮了的牺牲者。厄秀

247

拉胜利了；他算不了什么。①

……

多么美，夜色多美啊！她隐隐作痛地想到，今天晚上，得到了吻之后，她觉得幸福到了极点。可是，斯克里宾斯基揽着她的腰往家走的时候，她又转过来把自己奉献给了闪耀奇异之光的夜晚。在这个夜晚，神圣华丽的月亮洁白得如同新郎，树影下布满了泛着银光的变了形的花儿。

在家门前的紫杉树下，斯克里宾斯基又吻了她，他们就分手了。进了家，她躲过父母亲的盘问，进了卧室。从那儿往外望月光下的乡村，她极力伸开双臂，在突然爆发的狂喜中，把自己奉献给皎洁欢快的夜晚。②

而厄秀拉更是处处有月神相助。在海边"山顶上的又大又白的月亮在望着她。她的胸怀向月亮敞开。沐浴在笼罩一切的明亮月光中，厄秀拉站了一会儿。她宛如一道发光的动力"。无所不在的月亮把女性置于超然的位置，极其突出和鲜明地象征了女权主义的胜利。

在《恋爱中的女人》里，月亮的象征最能深刻体现作家的思想底蕴，如果说奔马是男性强悍的象征，那么月亮则是女权胜利的象征。

该书在第十九章"月光"，有一段伯金独自一人在池塘边用石块抛砸水中月亮的描写，因为他无法忍受月亮所代表的女性占有欲的震慑，不情愿在爱情与婚姻中被女性完全占有，他要有独立的人格，还想维持与杰拉德的友情。于是月亮就成了他愤怒的发泄口。他尽管一次次砸碎了水中的月亮，但是月亮又总是顽强地在水中复归到原样：伯金要不断地投石击碎水池中荡漾的月影。这一举动也暗示他对女性占有欲的畏惧和反抗，也是一种深埋的潜意识的活动。

他站在那儿凝视着水面。然后他弯下腰去拾起一块石头，用力

---

① ［英］D. H. 劳伦斯：《虹》，黑马、石磊译，中央编译出版社 2010 年版，第 285—288 页。

② 同上书，第 290 页。

把石头扔向水池中。厄秀拉看到明亮的月亮跳动着、荡漾着，月亮在眼中变形了，它就像乌贼鱼一样似乎伸出手臂来要放火，像珊瑚虫一样在她眼前颤动。

他站在水塘边凝视着水面，又弯下身去在地上摸索着。一阵响声过后，水面上亮起一道水光，月亮在水面上炸散开去，飞溅起雪白、可怕的火一样的光芒。这火一样的光芒像白色的鸟儿迅速飞掠过水面，喧嚣着，与黑色的浪头撞击着。远处浪顶的光芒飞逝了，似乎喧闹着冲出堤岸寻找出路，然后压过来沉重的黑浪，直冲水面的中心涌来。就在这中心，那生动、白亮白亮的月亮在震颤，但没有被毁灭。这闪着白光的躯体在蠕动、在挣扎，但没有破碎。它似乎盲目地极力缩紧全身。它的光芒愈来愈强烈，再一次显示出自己的力量，表明它是不可侵犯的，月亮再一次聚起强烈的光线，凯旋般地在水面上飘荡着。

伯金伫立着凝视水面，直到水面平静下来，月亮也安宁下来。他满足了，又开始寻找石块。厄秀拉可以感到他那股看不见的固执劲。不一会儿，水面上又炸开了一片光线，令她目眩。然后他又去投另一块石头。月亮拖着白光跳到半空中。光芒四射，水面中心变得一片黑暗。不再有月亮，水面上成了光线与阴影的战场，短兵相接。黑暗而沉重的阴影一次又一次地袭击着月亮的所在地，淹没了月亮。断断续续的破碎月光上上下下弹跳着，找不到出路，散落在水面上，就像一阵风吹散了的玫瑰花瓣。

可这些光线仍然闪烁着聚回到中间去，盲目地寻找着路。一切重又平静下来，伯金和厄秀拉仍凝视着水面。浪头拍击着岸边，发出"哗哗"的声响，他看着月光暗暗地聚了起来，看到那玫瑰花的中心强有力、盲目地交织着，召回那细碎的光点，令它们跳动着聚合起来。

可他不满足，发疯似的抓起石块，一块又一块地把石头向水中投去，直投向那一轮闪着白光的月亮，直到月影消失，只听得空荡荡的响声，只见水浪涌起，没了月亮，黑暗中只有几片破裂的光在闪烁，毫无目的，毫无意义，一片混乱，就像一幅黑白万花筒景色被任意震颤。空旷的夜晚在晃荡，在撞击，发出声响，夹杂着水闸那边有节奏的刺耳水声。远处的什么地方，散乱的光芒与阴影交错，小岛的垂柳阴影中也掩映着星星点点的光。伯金倾听着这一片水声，满足了。

厄秀拉感到极为惊诧，一时间茫然了。她感到自己倒在地上，像泼出去的一盆水一样。她精疲力竭，阴郁地呆坐着。即便在这种情况下，她仍然感觉得出黑暗中光影在零乱骚动着，舞动着渐渐聚在一起。它们重新聚成一个中心，再一次获得生命，渐渐地，零乱的光影又聚合在一起，喘息着，跳动着，似乎惊慌地向后退了几步，然后又顽强地向着目标前行，每前进之前先装作后退。它们闪烁着渐渐聚了起来，光束神秘地扩大了，更明亮了，一道又一道聚起来，直到聚成一朵变形的玫瑰花。形状不整齐的月亮又在水面上颤抖起来，它试图停止震颤，战胜自身的畸形与骚动，获得自身的完整，获得宁馨。

伯金呆滞地徘徊在水边。厄秀拉真怕他再次往水中扔石块。

……

又是一阵沉默。厄秀拉看看水中的月亮，它又聚合起来，微微颤抖着。①

我们从伯金与月亮的搏斗中可以发现，月亮升华成了女神，是威严和顽强的象征。伯金在心中对女神的力量的畏惧和反抗的交织，积累并化成了这一诗化的场景，并流泻出传统手法所无法揭示的人物精神深谷中的潜意识活动。月亮在这部作品中以女神的身份出现，为爱恋着的男女设置心理屏障，同时它又是女权胜利的象征，力图控制男人的强悍、自主、独立的女性总是有月亮相随，无所不在的月亮既体现女性内心世界无法预知的一片黑暗，同时又将女神置于超然的优势地位。

劳伦斯通过月亮的描写可以看出他新颖的视角，独特的审美意识，细腻微妙的笔触，充满情感的语体和独特的写作手法来探索人类的心灵王国，揭示对人类社会的认识。

---

① [英] D. H. 劳伦斯：《恋爱中的女人》，黑马译，中央编译出版社 2010 年版，第 238—240 页。

三　彩虹意象

彩虹，也称为虹，是大气中一种光的现象。天空中的小水珠经日光照射发生了折射与反射作用而形成的弧形彩带，由外圈至内圈为红、橙、黄、绿、蓝、靛、紫七种颜色。多出现在雨后的天空里，或飞瀑的附近。雨后的彩虹出现在与太阳相对的方向。

古代人认为，天空中发生的所有自然现象都是神灵的活动造成的，因而暴风雨过后天空中出现的彩虹则表示仁慈的女神降临。此外，彩虹横跨天空与大地，自然成为天上的神仙与地上的神灵之间沟通联系的纽带。南美的印加人视彩虹为他们的太阳神，而在古希腊人眼里，彩虹是长着翅膀的女神伊里斯的象征。

彩虹作为联系自然与超自然世界壮丽辉煌的桥梁，不管从象征意义还是从气象学的角度来看，都是美好的吉兆。彩虹集太阳与水的象征含义于一身，因此它就成为繁荣富足和人丁兴旺的预兆——也就是民间传说中的"金坛子"。彩虹在欧洲的民间传说中，多具有积极的象征意象，一般用来表示发现财宝的征兆，即彩虹落地的那片土地下能挖出金坛子。①

彩虹是劳伦斯的名著《虹》（1915）的中心意象，是统驭小说全局的结构性意象。劳伦斯用它作为小说的题目，显然有其画龙点睛的意图。

劳伦斯把虹作为小说的题目，足见其对虹寄予的深意。虹作为一个意象，连接了布朗温一家三代人的成长和心路历程。除了虹固有的意义之外，几代女主人公面对虹又产生不同的联想，不论天空出现了虹，还是她们的心中见到了虹，她们都从这七彩的桥中找到了答案。

汤姆与莉迪娅的结合是劳伦斯心目中所向往的。他们彼此都是开启对方新生的大门，他们接受了彼此，也创造了彼此，从而使生命得到升华。他们共同的世界是一片自由的乐土，使他们可以保持着完美的自我。他们是彩虹的两端，他们跨越苍穹，架起桥梁，并在天空中会合，为安娜开辟出一个自由安全的空间，他们沐浴在上帝的荣光之中。彩虹

---

① 檀明山：《象征学全书》，台海出版社 2001 年版，第 505—506 页。

成为通往极乐天国的红地毯。

安娜与威尔的婚后生活并不和谐。她常感到自己并不在玛斯，自己的旅程并没有终结，还有什么东西是她所无法把握，也无法到达的，她在彷徨是寻找自我的路途。她发现在蒙蒙亮的天际，远远的，彩虹就像一座拱门，一扇影子门，上方还有淡淡着色的墙帽。这就是她的梦的象征。日出时，东方的天空染上橘黄，绿色的小草也被照亮，高大的梨树仿佛黑色的剪影，树下的水射出黄色的亮光。她说："它在这儿。"可到了晚间，夕阳透过大块云朵的空隙射下耀眼的红光时，她又说："它在那儿。""晨曦和落日是横贯一天的彩虹的两端，她从中看到了希望和允诺。她干吗还要走得更远呢？"① 太阳、月亮是永不停息的行者，而她不再是未知世界的探路者。她是一个富有的女人，她的家就在彩虹的拱桥之下，从门口就可到日月穿梭，她的心不再漂浮，她已经在彩虹下驻足。她就是一座大门，一个门槛，别的灵魂经过她走向世界。孕育新的生命就是她对自我的实现。正如小说里所写的：

> 又一个孩子要出世了，安娜朦胧地有些心满意足了，就算她不再在通向未知的路上旅行了，就算她已经达到了目的地，在她建成的房屋里安营扎寨成为一个富有的女人，她的门仍然会在彩虹下敞开着，门槛上依旧反映着太阳和月亮这些大旅行家们穿过的影子，她的房子里仍然充满旅行的回声。
>
> 她，她本人就是一扇门和门槛。另一个人通过她进来了，站在地上方，就像站在门槛上一样，看着外面，用手遮在眼上寻找着行进的方向。②

安娜曾经有过离家远游的冲动，但是彩虹给了她这样的启迪："有某种东西，她没有，抓不住也够不着，这种东西与她相距很远。她为什么还要走上这条路呢？她站在毗斯迦山上本来是很安全的。"③ 在彩虹

---

① ［英］D. H. 劳伦斯：《虹》，黑马、石磊译，中央编译出版社 2010 年版，第 172 页。
② 同上书，第 173 页。
③ 同上书，第 172 页。

的启示下，安娜最终决定留在家乡这片宁静的土地上。

厄秀拉是一个不懈追求自己理想的新女性。她终于摆脱安东的阴影，告别过去的自我。可她环顾四周，到处是身体僵硬的矿工，死气沉沉的厂房，腐烂之气笼罩着大地，这几乎让她窒息。彩虹就在这时出现了。

> 接着，在漂浮的云层中，她看见一条淡淡的彩虹架在那座小山的一边。她吃了一惊，忘掉了一切，期待着天空显现得五彩，看看彩虹自己慢慢地形成。虹云在一个地方显得耀眼，她带着强烈的期望搜寻着彩虹的拱形搭到什么地方。虹彩加深了，不知从哪儿来的，神秘极了，它自己呈现在天空——一弧朦胧巨大的彩虹。这个拱形的弯度和强度都精彩极了，是光、彩色在空中的伟大建筑。它光辉灿烂的柱脚坐落在低矮的小山那一片新盖的污秽的房屋上，它的拱划到了天顶。
>
> 那道虹是拱架在大地之上的。她知道，那些给硬壳包着在地上爬行的贱民们，各自都不动声色地活在世间的腐朽表层之中。但是这条虹扎根在他们的血肉里了，它会颤抖着在他们的精神中成活。她知道他们就要挣脱那蜕变中的硬壳甲，用自己崭新、清洁的裸体去迎接那从天而至的光明、劲风和洁净的雨水。透过这虹，她看到了大地上的新建筑，那些陈旧的、不堪一击的糟朽房子和工厂被一扫而光，这世界将在生命的真实中拔地而起，直耸苍穹。[①]

彩虹的生机，彩虹的光彩震撼了丑陋而陈腐的世界。厄秀拉的心因希望的焦灼而痛苦，但她终于找到了希望。工业的侵入摧残了人性，割断了连接人与自然的纽带，使人冷漠、异化。彩虹架筑在每个人的血液中，它会复苏每个人的精神，重塑人的灵魂，创造出崭新的、纯洁的一代。未来的建筑是清洁的、全新的、有生气的。未来的世界是真理的殿堂，而不是陈旧的、腐烂的、脆弱的机器产物。厄秀拉从彩虹看到了希望，看到了未来。它鼓舞她勇敢地面对生活，指引

---

① ［英］D. H. 劳伦斯：《虹》，黑马、石磊译，中央编译出版社 2010 年版，第 446 页。

她继续追寻。但她绝不仅是厄秀拉一个人的希望，只要彩虹伫立在大地上，人类就有希望。

劳伦斯以一道彩虹结束了小说，用象征性的手法表达了未来的希冀。

四　云的意象

所谓云是"指由水滴、冰晶聚集形成的在空中悬浮的物体。由于云在高空之上，所以，在一些词汇中，云象征着高处的所在，象征着天上……虚无缥缈的云象征神秘与神圣，这就是为什么神话传说中的神仙出现时总是会腾云驾雾……在西方传统中用云来象征隐藏和隐蔽——例如遮住众神居住的山顶"[①]。

在科学层面上，云被认为是大气层的一员。而在劳伦斯的笔下，它却时常通晓人的心绪或者是预示着人物的命运走向。《白孔雀》中多处写到云的变化，在不同的情况下象征着不同的意义。

（一）象征人物内心世界的变化

在劳伦斯的作品中，云通常与人物的感情变化或情绪波动联系在一起。《白孔雀》中写道："有的人不是随身带着光辉的云彩，而是带着缕缕愁云；他们生来就具有'忧愁的天赋'；'忧愁'，他们声称，'只有忧愁才是真实'。"仿佛云在这里就代表着忧愁，它与人的忧愁联结在一起，融入人物生命，与人物的性格本质相连。而在之后的第二部第七章中，作者将云插进了莱蒂与乔治的对话中：

"云又在走了。"莱蒂说，"看那片云的脸——看——抬起头凝视天空——那嘴唇张开了——他在告诉我们什么——现在那形状变了——消失了——来——我们也得走了。"

"不，"他叫起来，"别走——别走开——"

她的温柔使他安静下来，她用控制得十分得体，悲哀而柔顺的声音说：

"不，亲爱的，不。我的生命线已散开了，它们就象那薄纱上

---

① 檀明山：《象征学全书》，台海出版社2001年版，第510页。

的游丝一般到处飘浮，你没有伸手去接它们，将它们和你的生命线拧成一股。现在另一个人已经抓住了它们，我们的生命之弦已经拧好了，我再也不能把它拆开，让它飘散。……"①

从这段描写中，莱蒂的情绪是随着云的变化而变化，呈现出一种情绪随意象变化的意味，这里的云没有具体指代，却道出了人物的心声。其实是莱蒂内心想起身离开，作者不过是想通过天空中的云来传达出人物内心的想法而已，表达出人物的情感，揭露出莱蒂的心理走向。云到底想对他们说什么呢，仿佛是在催促着莱蒂与乔治离开。这样的表达在其作品中屡见不鲜。

（二）象征着某种追求

作家往往都擅长托物言志，或者借景抒情，用一种委婉的方式来表现出内心潜在的追求。在《白孔雀》第二部第一章中，劳伦斯便用天空中游走的白云来披露主人公西里尔和乔治内心的向往和追求。

> 我记得有一天，在起伏的山腰最后一个急弯的醒目路标处，流水睁着明亮蔚蓝的眼睛，大团的云朵跨过了三月无际的晴空，整日庄严地飘荡。云顶放射出白光，淡淡的游移的云影使它们显得柔和轻盈，犹如成群的天使轻轻地飞过天际。这悠然而轻盈如丝的云影装饰着它们，就象那胸脯雪白丰满的丽人。一整天，云朵一直在飘向它们那茫茫无际的终极地。我紧紧贴伏在大地上，怀着深切的渴望和满腔急切之情。我拿起画笔，想把这美景描绘下来，然后，我对自己大发脾气。我希望，在这四野茫茫的蛮荒山谷中，在这云影象香客朝圣般地游移的地方，应当有什么东西召唤我向前，把我从这深沉的孤寂中唤起。穿过蓝白互衬的华美的天空，宁静的云彩悠然地飘了过去，把我孤独地留在这大地上，无人理睬。
>
> 傍晚，所有的云朵都飘走了，空旷的天空象一个蓝色的气泡悬

---

① ［英］D. H. 劳伦斯：《白孔雀》，谢显宁等译，中国文联出版公司 1989 年版，第306 页。

在我们头上，浮游在它微微发光的边缘上。①

这段话表现出了西里尔内心的孤寂，情感上的空洞，他想要从那无边的孤寂中解脱，去追求大自然充实自己的灵魂。这不禁让人联想到乔治写给西里尔的那封信：

> 有时候我不知道我到底要干什么。昨天，我望着团团白云奔腾起伏，随着强劲的疾风飘过天空，这些白云好象要去某个地方。我不知劲风要把它们吹向何处。我似乎什么都没有抓住，是吗？你能告诉我。我心灵深处到底想要得到什么吗？②

这里也可以看出乔治内心的空虚，那白云仿佛就是他自己，不知飘向哪儿，似乎要追求一些东西，却又什么都没抓住。这一系列的白云意象并没有具体的代表物，但却巧夺天工地与人物的内心世界联系在一起，表达出人物潜意识里的追求。

（三）预示着某种命运

劳伦斯很多时候会采用一些意象来营造一个庞大的氛围，预示着人物的最终命运或者预示一种不祥的征兆。《白孔雀》第二部第五章中有对不祥的云的描写，"这一天变幻莫测，早上天气很暖和，阳光在山顶上的云影间游移追逐。后来，大团云朵从西北部笼罩过来，在天空布满厚厚的云层。在这短暂的傍晚，风、雨、雪，狂舞着，过了一会儿，又对我们展开了笑脸。在阳光中，这老处女来了，可正当她在喋喋不休时，山顶升起了大片的云，慢慢地上升，不祥地越升越高。暴风雨的第一个使者黑沉沉地掠过了天空，所过之处却又变晴朗了"③。这里不祥的云似乎跟随着老处女，当她喋喋不休时，便开始笼罩着她，仿佛这团云透露出她不幸的命运一般。接着"但云层已经又升起来了，扩展成两大片，游移到头顶上。那矮小的老处女急匆匆地赶着路，可是云层的

---

① ［英］D. H. 劳伦斯：《白孔雀》，谢显宁等译，中国文联出版公司1989年版，第180—181页。

② 同上书，第371页。

③ 同上书，第273页。

黑手追上了她。突然刮起的一阵狂风在树木间震颤着，向她的斗篷扑去"①，仿佛是命中注定般，老处女无法摆脱不幸的命运，怎么甩也甩不掉，这也彰显出了劳伦斯笔下人物的命运观。

在第二部第八章"友谊的诗章"中，作者写到五月傍晚云彩：

> 在白昼将尽之时，天空常常会开朗起来。庄严的云朵高悬在无限遥远的地平线上，透过黄色的远方，琥珀色的光辉鲜艳夺目。它们从未飘近过，总是停留在远方，宁静地、威严地望着颤抖的大地，然后变得悲哀起来，担心自己的光彩消失。它们退缩了，沉没在视线之外。有时，在靠近日落时，一个巨大的屏幕黑压压地从西方伸展到天顶，把光沿着它的边缘聚在一起。②

这段描写，名为抒写云彩，实为人物的命运走向做了个暗示，因为物质的诱惑，人们只能按照各自的社会角色选择与自己相应的人结合。

五 雾的意象

所谓"雾的正确定义是：悬浮在靠近地表大气中的肉眼可见的最微小的水滴所组成的水汽凝结体。雾的象征意义首先在于它能使一定距离之外的事物变得模糊，可以阻挡人们的视线……超自然力对人类世界的干预常由雾来表示……雾还用来象征现实与非现实之间一片不明确的'灰色'地带"③。在世人的眼里，雾是缥缈不定的，就像虚幻的梦。

在西方语境里，"雾"一般象征现实与非现实之间一片不明确的"灰色"地带。雾的世界是朦胧的，因此，雾象征着西方人眼中朦胧的爱情。劳伦斯的作品中存在着大量对雾的描写，他利用了雾作为自然存在物自身拥有的特质，赋予其灵魂，使其与书中主人公的经历紧紧相连。

可以说，劳伦斯对雾这一天文类的自然意象怀有一种特殊的情感，

---

① ［英］D. H. 劳伦斯：《白孔雀》，谢显宁等译，中国文联出版公司1989年版，第273页。

② 同上书，第310—311页。

③ 檀明山：《象征学全书》，台海出版社2001年版，第504—505页。

他往往借助雾这一自然意象的自身特质来反映更深层次的东西。雾的意象存在于劳伦斯多部作品中，在不断品读中会发现，他之所以频繁描写雾这一天文类的自然意象，与其故乡英格兰的气候有着千丝万缕的关系。也与他常到海边度假或游玩观察海边景色的地理感知有关。作品中的雾往往是虚幻的、清冷的，它是世人当时剧烈情感涌现的表现，常常象征着年轻人模糊不清的爱情。

在《白孔雀》一书中，劳伦斯也多次对农场的雾进行了细致的描写，既是对当时内瑟梅尔河谷"薄雾"真实气候情景及地理环境的描写，这雾也许是自身气候特点，也许是煤烟所致，又是通过对朦胧之雾的描写来刻画出年轻人之间模糊不清的爱情。《白孔雀》中写道：

> 我凭窗眺望，想把这些事情理出个头绪。起雾了，雾像集会的幽灵，阴森森地从四面合拢，把内瑟梅尔裹在一片溟濛之中，我思绪重重，想到我的朋友将不在我们这个舒适的河谷边跟在犁耙后面走了，想到我隔壁莱蒂的房间将会关得严严实实以掩盖它的空虚而不是它的欢乐，一想到这种时候我就不禁温情脉脉地怀念起那个把我们大家聚在一起的洼地；一想到它将会那样地荒凉，我怎么能够忍受！我不知道莱蒂会有什么感觉。[1]

这里的雾像幽灵一样聚合，笼罩着内瑟梅尔，形成一个天然的屏障，网住了以往的回忆，往昔的日子。也似乎象征着乔治与莱蒂之间模糊不清的爱情，终将会渐渐消散。

在《逾矩的罪人》中，西格蒙德和海伦娜度假的那个岛，在多数时间里都被雾所笼罩。在小说中，"雾"的意象出现的频率高，然而它在小说中具有重要的象征意义。

接近傍晚，海面上开始飘起白茫茫的雾，越来越浓，犹如在天空与大海之间挂起一块雾帘，将海岛与外面的世界隔离开来。在这片雾的世界里他们是彼此独立的整体，他们的精神是自由的，他们的生活是幸福

---

① ［英］D. H. 劳伦斯：《白孔雀》，谢显宁等译，中国文联出版公司 1989 年版，第 94 页。

快乐的。小说写道：

　　屋外，海面上飘起白茫茫的雾，到处模糊一片。他们携手而行，此时天气很冷，于是海伦娜便将自己同西格蒙德握在一起的手一同插进了他的外套口袋。

　　"我喜欢这雾。"西格蒙德说，他在口袋里紧紧握着她的手。

　　"我也不讨厌它。"海伦娜答道，一边将身子朝他那边缩了缩。

　　"雾使得我们自己成了一个整体。"他说道。海伦娜脚步沉重而又缓慢地同他并肩走着，她低着头，一声不响。西格蒙德没有注意到她的沉默继续说道：

　　"对我们来说，在所有发生的事情中不会有比这场雾更好的事情了。"

　　海伦娜奇怪地笑了起来，这笑声几乎是含泪的哽咽。

　　"为什么呢？"她半是温柔半是痛苦地问道。

　　"除了你别的什么都不见了，对你来说，除了我别的什么也都没有了——瞧！"他站住不动了。他们已来到了丘陵草原上，此时海伦娜发现在这片雾的世界里自己正孤伶伶地和这个男人在一起。她突然一下扑向西格蒙德，将脸埋在他的怀里抽泣起来。西格蒙德紧紧地同时又十分温柔地搂着她，他不明白她这是为了什么，然而，他的心里却感到快乐，无所畏惧。①

　　这时，朦胧的雾让人沉迷，让人忘记了人间的忧愁和烦恼。这片雾具有主人公满足于现状、逃避现实的象征意义。海伦娜渴望雾永远不会散去。

　　"雾精。"她自言自语地说，"雾精拉起一道幕围住了我们，它真好；有时是金色的帷幕，有时是破破烂烂的薄幕。我想要雾精把幕布再拉起来，我不愿想到外面，我害怕外面，当幕布被撕得支离

---

① ［英］D. H. 劳伦斯：《逾矩的罪人》，程爱民等译，译林出版社1994年版，第38—39页。

破碎而打开时，我会骇怕的。我想呆在这厚实的金色雾幕之中的我们自己的美好的世界里"①。

但雾终会消散，离开的日子越近，分离的痛苦就越是强烈。

在西方语境里"雾"（fog）一般象征现实与非现实之间一片不明确的"灰色"地带。雾里面的世界是朦胧的，因此，雾还象征着他们模糊的爱情。正如男女主人公渴望着"这片雾是'忘川'。如果它的魔力可以持续五天，对我们来说就足够了"②。"日落时分的金色晚霞很快便逝去，破碎的雾幕又闭拢了。不久西格蒙德和海伦娜两人又被锁进了一片浓密、无边无际的大雾之中。"③ 男女主人公只有在这雾蒙蒙的海边世界里才能有本真的爱情，真如人们常说的爱情像风像云又像雾，那么这种爱的情愫便如情感专家所言的"真正的爱情就仿佛是在理性和非理性的迷离交错的小径上做富于浪漫色彩的、神话般的漫游"④，"两性的相互诱惑、感情、幻想、美感等等，以不同的比例混合于爱情之中"⑤。瓦西列夫在他的《情爱论》中明确指出了爱情具有模糊性。海伦娜是一个涉世未深，喜爱幻想的女人，一直以来她都将她的老师西格蒙德当作自己的上帝，是理想的情人，"对于海伦娜，梦想总是比现实更重要。她对待梦想中的西格蒙德远胜于对待现实中的西格蒙德"⑥，无论是精神上还是肉体上她都想完全占有他。而西格蒙德对于海伦娜的爱是充满矛盾的，在理性与非理性之间徘徊。他满怀激情去爱海伦娜的同时也对自己的越轨行为进行了严厉的谴责。他认为自己"几乎是个道德上的懦夫"⑦，既剥夺了海伦娜的自由，又深深伤害了家人，这导致了他无法全心全意投入这段感情，他时常躲避海伦娜迷恋他的眼神。再加上劳伦斯"第二自我"的参与，即受"恋母情结"的影响，更多

① ［英］D. H. 劳伦斯：《逾矩的罪人》，程爱民等译，译林出版社1994年版，第138页。
② 同上书，第41页。
③ 同上书，第45页。
④ ［保］瓦西列夫：《情爱论》，赵永穆、范国恩、陈行慧译，当代世界出版社2002年版，第105页。
⑤ 同上。
⑥ ［英］D. H. 劳伦斯：《逾矩的罪人》，程爱民等译，译林出版社1994年版，第47页。
⑦ 同上书，第144页。

的时候，西格蒙德在海伦娜身上寻求的是一种母性的爱。海伦娜既扮演西格蒙德的情人，又时常充当着他的母亲，在海伦斯的爱抚下，西格蒙德感受到了母爱的温暖，这是小说的一个重复性场景。渐渐地，他们发现了这种爱并不是他们所需要的，海伦娜发觉西格蒙德"像个穿着衣服的直立着的动物"①，他也不过是一个再平凡不过的男人。西格蒙德也已察觉到他在海伦娜心目中的地位的变化，这使他更加痛苦。他们的爱由多种情感交织在一起，使爱情的本身变得模糊不清，就像透过雾霭看到的世界，虽然梦幻美丽却不真实。

由此可见，"雾"的象征意义揭示了男女之间不确切的关系。劳伦斯认为这种不确切的男女关系是由于人本性的迷失。西方工业化的背景下，社会的压力、家庭生活的重担无形之中造成人类困顿而机械的生活状态。西格蒙德在外碌碌无为，在内寻不到与妻子相爱时的温情，他亟须情感的填充以弥补内心的空虚与失落，而"雾"里的海岛生活正是他梦寐以求的爱情与自由。然而，人类最大的悲剧之一也便是走不出"雾"的世界，因此"雾"的意象喻示小说雾散人离的结局，是使全书富有浪漫气息和悲剧色彩的一个重要意象。

第二节　地理类自然意象

地理类自然意象主要包括大地、群山、沙石、泥土、江河、湖海等自然意象。

学者吴笛教授指出："我们稍加观察，便可发现，很多地理类的名词和人体是相近的，仅此一点，便说明了人体与大地的贴近与吻合。在地理类意象中，大地最主要的是母性的象征，是孕育、保护和维持一切生命的象征，在许多创世神话传说中，人类都是因大地而出现的。在希腊神话中，大地盖亚孕育了天空及宇宙万物；在圣经故事中，人类的始祖是由泥土捏制而成的；而在波利尼西亚的神话中，人类最早则是由沙子捏制的。"②

---

① ［英］D. H. 劳伦斯：《逾矩的罪人》，程爱民等译，译林出版社1994年版，第145页。

② 吴笛：《哈代新论》，浙江大学出版社2009年版，第40—41页。

人类是生活在大地上的高级动物，首先感应的是地球表面的自然。劳伦斯总是善于感应并表达这种情感，为作品的主题服务，为传达作者深刻的思想服务。因而他笔下的地理类的自然意象繁多，田园风光、山河湖海皆成为他笔下的意象。

一 湖泊意象

所谓"湖"，是指"被陆地围着的大片积水"[①]。劳伦斯比较喜爱湖泊，他常选择居住在湖边，或休息，或观察自然万物，或写作，对湖和水情有独钟，从故乡的摩尔格林水库，到他乡意大利的嘎达湖和墨西哥的查帕拉湖，都可以看出湖泊对他创作的内在影响。

（一）幽静清丽的"威利湖"

劳伦斯以故乡的现实空间也就是海格斯农场附近的水库一带为基础，尤其以海格斯农场周边的地理环境作为原型建构"威利湖"这个重要的自然地理空间。"威利湖"这个地理空间既是写实的，又具有很强的象征性，与人物的命运紧密相连。小说人物活动主要围绕在湖边展开，如第四章标题为"跳水人"，第十一章标题为"湖中岛"，第十四章标题为"水上聚会"，第十九章标题为"月光"等，威利湖成为人物去除烦忧，净化内心，寻找平静的乐园。这些清幽恬淡、悦人耳目的地理景观是劳伦斯对他的出生地伊斯特伍德的乡村风景的真实描绘，是劳伦斯心目中真正意义上的"心灵的故乡"。"威利湖畔"具有英国的南国风光，自然迷人，无论是白天的波光荡漾，莺飞草长，还是夜晚的月色迷蒙，虫鸣蛙叫；既有湖边小溪的流水潺潺，又有湖岸绿树成荫，好一幅人间生活的天堂，它是优美和纯净的，是可以净化人的心灵的圣地。因此主人公从春到秋都生活在威利湖畔，播种爱情、收藏爱情。

（二）空旷神秘的"西尤拉湖"

1922 年 9 月 11 日劳伦斯夫妇踏上美国新墨西哥州，之后数度来到墨西哥，在墨西哥，劳伦斯夫妇游览了墨西哥城以外的许多地方，参观了墨西哥人的村庄和古老的阿兹台克人的文化遗址，观赏石金字塔，在

---

① 中国社会科学院语言研究所词典编辑室编：《现代汉语词典》，商务印书馆 1999 年版，第 533 页。

阿兹台克人信仰的主神突出的头像前流连忘返。在墨西哥城，劳伦斯会晤了人类学家和考古学家齐莉娅·纳托尔。她把自己的研究著作《古代与现代世界文化的基本要义》一书送给了劳伦斯。在这本书里，齐莉娅·纳托尔介绍了阿兹台克人所信仰的主神——羽蛇神克斯卡埃多，以及许多有关的神祇与象征。劳伦斯正是在这本书里发现了他写墨西哥小说的资料。

　　劳伦斯还两次观摩斗牛表演。劳伦斯决定要写一本墨西哥小说，以实现他要为每个大陆都要写一部小说的宏愿。但在哪里写这本书？是回英国还是在墨西哥或是墨西哥以外找一个适宜的地方？这适宜的地方正如弗丽达所言：只有在想象可以自由驰骋的地方，在通向光明之门永远敞开的地方，在一个人的观念能和诞生的新人交汇的地方，在与将过一种新生活的人一起居住的地方，劳伦斯的创作力才能得到充分发挥。弗丽达想继续留在墨西哥，于是劳伦斯夫妇开始寻找理想的写作地点。他们先后考察了普埃布拉、奥里萨巴、阿特利斯科等地。这时劳伦斯已了解了大量的墨西哥历史，每到一地都使他想起发生在那儿的暴行，好像墨西哥自身的灵性就需要残暴与血腥似的。劳伦斯感到处处都是邪恶，只想回到英国去。在阿特利斯科，劳伦斯想去一个傍水的地方考察。他选择了位于墨西哥城西北的查帕拉湖，"其中有全国最大的湖泊查帕拉湖"[①]，而且决定独自一人前往。这是他试图留在墨西哥的最后一次努力，如果查帕拉湖并不像"游览指南"中所描绘的那样，他就预订船票回国。

　　也许是墨西哥的福分所至，劳伦斯一到查帕拉湖便喜出望外，立即致电弗丽达："查帕拉湖，极乐福地，乘夜间车来。"他在湖边租下了一所带院子的房子住下来。劳伦斯通常坐在湖畔的胡椒树下，面对着颜色奇异地呈白色的湖水，开始了《羽蛇》的创作。写作之余，劳伦斯便和朋友们一起领略查帕拉湖的美景或举行各种活动，这种诗意盎然的田园般的生活，俨然就是一幅他理想中的"拉纳尼姆"情景。正如当时和劳伦斯住在一起的朋友斯普达回忆的那样：

---

　　① 中国大百科全书总编辑委员会：《中国大百科全书·世界地理》，中国大百科全书出版社 2002 年版，第 450 页。

每当湖对面传来了吉他的琴声，漫游歌者的浅吟低唱，以及失恋的情人彻夜弹奏着忧郁的曲子时，加上我们生活中友好和睦的生日宴会，来自爪达拉哈拉的朋友愉快的拜访和热带地区的月下之夜，就组成了一曲美妙的大合唱。编织着我们旧日之梦，还有去镇上的汽车旅游，在那里你可以找到古旧的教堂，可以看到歌与舞的宗教庆典，或者能欣赏兼有西班牙基督教奇迹剧风格的印第安舞，你也可以买到彩色羊毛毯，也许再买上个托尔特克神像。①

正如弗丽达在回忆录所写的："在查帕拉湖，我们和另外两个朋友和斯布德一起登上了一艘名叫'埃斯麦罗德号'的象诺亚方舟一样的船。三个墨西哥人摇着船，他们拿着吉他在船头唱着伤感及豪迈的歌。晚上我们在大湖上悠悠地漂荡，湖水浩渺，它更象一片白茫茫的大海。"②

小说最初名为《魁扎尔科亚特尔》，后来易名为《羽蛇》。1923年5月10日前后开始写作，到5月底便完成了前10章。他如同在澳大利亚一样，打算尽快把书稿赶写出来。劳伦斯计划在6月底完成初稿，在给岳母的信中，他透露了这一计划："我已经写出10章，如果上帝保佑我，6月底我就可以完成初稿了。"在致J. M. 默里的信中劳伦斯也提道："我写一部小说，很想在这儿另写一部长篇小说。我在墨西哥城无法着手，但在这儿开始了这一工作。在查帕拉，有一条九十英里长，二十英里宽的大湖——这非常奇怪。我希望我的小说创作进行得顺利，倘如此，就可以在6月底完成初稿。"但是劳伦斯未能按计划完成小说初稿创作。6月27日，劳伦斯写信给弗里曼夫人说："这部小说已经接近完成——我也该走了——我必须前往纽约——到美国去。"小说的初稿完成后，劳伦斯没有急于出版，而是将其放置了一段时间。1924年秋天劳伦斯夫妇再度去墨西哥城，11月8日乘火车去瓦哈卡镇，住在一

---

① 邢建昌：《劳伦斯传》，中国广播电视出版社2003年版，第211—212页。
② ［英］吉西·钱伯斯、弗丽达·劳伦斯：《一份私人档案：劳伦斯与两个女人》，叶兴国、张健译，上海知识出版社1991年版，第303页。

幢带院子的房子里，是神甫帕德·理查兹的产业。在这里，劳伦斯开始重写《羽蛇》。写作进展很顺利，到 12 月底就完成了小说的大部分。1925 年 1 月 29 日，《羽蛇》的重写工作全部完成。1926 年 1 月 23 日《羽蛇》在英国出版。

劳伦斯于 1925 年完成了《羽蛇》的创作，他在这部作品中表现的想象力和日常生活紧密相连。《羽蛇》是劳伦斯所认为的"迄今为止最重要的一部小说"①。

劳伦斯的创作灵感又奔涌而出，在《羽蛇》中第五章"西尤拉湖"，劳伦斯就以查帕拉湖为原型，描写了西尤拉湖这个地理空间。西比阿诺鼓励凯特去西尤拉湖。"你应该去！你会喜欢它的！"②

船走出土色的小河，离开满是石块的河岸，迎来了一串柔和的水波：前面就是闪着白光的西尤拉湖。轻风从东方吹来，从日边的晨光里吹来，湖边的浅水，显得发暗的水上荡起串串涟漪的湖水洄漩在手边。不远处巨大的、开阔的水面上，白帕缓缓行进；越过巨大的棕色水域，数英里外的、尖尖的山峰，清晰可见，在一片纯净的蓝色中，棱角分明，让人想到遥远。③

当凯特从她房间的窗子往外看：

再下面，便是永远颤动着的、灰土色充满梦幻感的湖水，湖水远方是僵直挺立的山峦，再远一些的地方，就看不太清楚了，但有个清楚的轮廓。

这是个没有声音的早晨，一个空寂的早晨，只有湖水抚岸那微弱的声音和公火鸡的狗吠一样的鸣叫。沉寂，空旷的、远古的沉寂，似乎生命已消匿；一个空洞而沉寂的墨西哥的早晨；鸡鸣更显

---

① ［美］哈里·莫尔编：《劳伦斯书信选》，刘宪之、乔长森译，北方文艺出版社 1994 年版，第 507 页。
② ［英］D. H. 劳伦斯：《羽蛇》，彭志恒、杨茜译，中国文联出版公司 1994 年版，第 87 页。
③ 同上书，第 98 页。

出空寂。

湖水，巨大而宽展的湖水，大海一般，颤动、颤动、向遥远的彼岸颤动，与大山的虚无融为一体。①

太阳还没有出，他们就出发了；当时，湖水一片宁静。水草随水波飘荡，上面偶尔有几片绿叶浮起，一点头儿，一闪腰儿的，恰如数叶帆舟，顺水竞航。②

小艇向前跑着，她把手浸在温温的湖水里，她觉得有种东西输入她的灵魂，使她充实、平和、有力，它使她变得丰盈如硕大的葡萄。她在心里对自己说："我太错了，为什么不早点成为现在这个样子呢？为什么不早点呼吸这生命之气呢？"③

她站在阳台上，看芒果林那边的湖水，湖水是梦幻一般的白亮，一只帆船在顺风而下。远处是高耸的青山，和山旁的村落；太远了，看上去似乎是另一个世界，另一种人生，另一个时代。④

西尤拉湖西边的上空，立着几堆云团，在阳光照射下，闪着光，似乎预示着什么。⑤

劳伦斯能够生动贴切地写出墨西哥当地的自然环境，与他这一段时间在墨西哥的生活经历和体验是紧密联系在一起的。所以这为小说的地理环境的创作提供了重要的素材。欧洲机械时代，环境的肆无忌惮的破坏，人民的衰萎使他心碎。弗丽达说道："生命在如此机械地流失，在马达的轰鸣声和所有其他的噪音中，生活的意义日趋减少。所有的意义都淹没了。没有人有足够的勇气来服从那些赋予我们真正的充满活力的生活的事物的召唤。我们对于生命，对于活泼的生命的感觉神经萎缩了。"⑥美好的生活被工业文明和战争毁坏殆尽，正是这种外界因素的

---

① [英] D. H. 劳伦斯：《羽蛇》，彭志恒、杨茜译，中国文联出版公司 1994 年版，第 102—103 页。

② 同上书，第 111 页。

③ 同上书，第 113—114 页。

④ 同上书，第 173 页。

⑤ 同上书，第 182 页。

⑥ [英] 吉西·钱伯斯、弗丽达·劳伦斯：《一份私人档案：劳伦斯与两个女人》，叶兴国、张健译，上海知识出版社 1991 年版，第 240 页。

刺激引起了劳伦斯强烈地创作《羽蛇》冲动，企图在宇宙万物中获取生命的意义和狂喜。

二　大海意象

我们曾对劳伦斯写作大海的地理基础做了个纵向的简单梳理，劳伦斯有着浓烈的爱海情结，他曾作了咏大海的诗作，其中有一首《大海》是赞美大海之壮丽、孤独神秘的诗篇：

> 你，全然无情、无爱的你
> 躁动不安又孤独无依，任由自己的性子咆哮
> 你独身而立，茕茕孑立，甚至蔑视伙伴
> 激动地波浪翻滚，宛如悍妇
>
> 你只为自己的梦而存在
> 孤独地绕世界玩着伟大的游戏
> 没有玩伴，没有帮伴，也无人珍爱
> 没有抚慰，更拒绝任何抚慰
> 不像陆地，整日忙于抚养她日渐增加、众多的幼婴
> 你是孤独的，你不求结果，发出粼粼波光，冷艳又无情
> 你没有崇拜、爱抑或装饰
> 蔑视劳作的万能
> 发誓要向更高、更灿烂的虚无进发
> 在生活的流逝中沉思、欢快
> 海啊，只有你是自由的、久经沧桑
>
> 你无需劳累，你无需工作
> 确实，你只为自己和自己的喜好
> 忙碌是没有价值的，工作也不值得做！
> 你待月亮如在筛中
> 审视她的每一片月光，并把她撒开
> 你滚动星星如手掌中的珠玉

267

> 这样它们仿佛把自己泼洒
>
> 你把时光浸染成色
>
> 显露宇宙的色彩
>
> 这色彩浸染了自己的脉络
>
> 你使太阳伟大的姿态和压力变得黯然
>
> 如此，他看似过路的陌生客
>
> 你适时地唤醒昏睡的黑夜
>
> 海啊，你使所有的一切黯然失色，现在又用你的暗影
>
> 嘲笑我们。(苗福光译)①

劳伦斯所描写的大海神秘、威严、超然世外，"孤独无依"，"茕茕孑立"，他独自任性地咆哮、发怒、玩耍，他没有"玩伴"和"帮伴"，也不希望有伴；他"无情"、"无爱"，"只为自己的梦而存在"，他的存在是没有"目的"，比"陆地"超脱，陆地早就为人类所占据，越来越多的人在陆地上刨食，"陆地"不得不抚养他的"幼婴"，而大海不需要"劳作"。比起整日为了生计而日夜奔波劳累的人类，"自由的"大海是多么令人羡慕啊！可是人类的劳作却"没有价值"，"不值得做"。在威严的大海面前，月亮和星星不过是他的玩具，如"手掌中的珠玉"；而时光、宇宙也都被大海浸染上色彩；大阳也在大海面前黯然失色，大海使一切"黯然失色"，大海嘲笑"我们"人类。在劳伦斯眼里，大海是人类文明还未能、也不可能征服的神圣之地，诗歌中充满了劳伦斯对大海的敬畏之情。大海是如此辽远、不可企及，同时又令人遐思万千，向往不已。②

劳伦斯临终前在地中海边作了另一首诗作《地中海》是这样抒写的：

> 这海决不会死去，亦不会衰老，
>
> 也不会褪去湛蓝，不会不在黎明

---

① 苗福光：《生态批评视角下的劳伦斯》，上海大学出版社 2007 年版，第 67—69 页。
② 同上书，第 69 页。

耸起它的浪峰波岭
载着狄奥尼索斯黑色的扁舟
桅杆上缠绕着葡萄藤
伴着跳跃的海豚
航行。

无所谓，如果"半岛东方"和"东方"
黑烟滚滚的汽轮或任何这样的肮脏物件
徐徐横越这段米诺斯的距离！
那仅仅是横越，那距离依然。

明月赋予男人闪光的身躯
它正兴高采烈，敢于蔑视太阳
我看到黎明中那些船上
走下赤裸苗条的科诺索斯男人，面露古老的笑容
那些古人绝对会重返
在岸上点燃微火
蹲下，吐露富有乐感的逝去的语言。

米诺斯诸神和悌林斯诸神
依旧在此窃笑絮语
狄奥尼索斯这个陌生的青年人
倚着大门，倾听，肃然起敬。（黑马译）①

　　一个缠绵病榻的人面朝大海，春暖花开，写出这样美丽而又童话色彩的诗歌，如春蚕吐丝，杜鹃啼血，但丝毫看不出是一个就要离开这美丽景色的濒危病人。完全将自己与自然和神话融为一体了。正如本诗译者黑马先生所言，我们不要过多地从学术上解析这首诗的韵脚、节奏，就想一个要告别世界的人以怎样的胸怀和气度，如此气定神闲地抒发美

---

① 黑马：《我们一起读过的劳伦斯》，中国国际广播出版社 2015 年版，第 227—229 页。

的情怀就很好了。可见，大海在他生命中的重要意义。虽然生命即将结束，但对大海那永久的生命力却给予了极力歌颂。那么这种爱海情结在他的小说中就有较多体现，在劳伦斯的多部长篇小说中，都有着大海意象的营造，大海在他笔下，成了多姿多彩的形态各异的物体，既作为人物活动的有力空间，又寄托着作者深厚的思想感情，同时也是一种极其高远的审美传达。

（一）大海——女性的化身

《逾矩的罪人》写作于劳伦斯在伦敦近郊克里伊顿教书期间。书中关于大海意象的描写不胜枚举，承载着劳伦斯许多情感体验与生命感悟。

《逾矩的罪人》通过描写音乐老师西格蒙德冲破道德底线，与他的一个女学生海伦娜在一个海岛上度过了两周时间的浪漫时光，后来结束这样的偷情生活回到妻子比阿特丽斯身边，却受到妻子和孩子们的冷漠对待。西格蒙德在这样的冷漠中备受煎熬并上吊自杀，为自己逾矩的偷情行为付出了惨痛的代价。西格蒙德的原型是麦卡特尼，他与海伦相爱多年。在 1909 年 2 月他对海伦表示了自己情欲的诉求，但海伦十分排斥。直到 1909 年 8 月，麦卡特尼劝说海伦与他秘密到怀特岛上度假，这一天风和日丽，劳伦斯与家人也在此岛度假，他紧靠着大海，在海边的岩石上写作，他的情感在这个充满神秘的海岛上充分抒发出来，他远离工业社会的喧嚣，在此地感受到了前所未有的放松。此刻，他与海伦和吉西纠缠不清的两性关系，他对性的迷惘等所有的思绪在此时此地得到了淋漓尽致的抒发。所以在我看来，主人公西格蒙德与海伦娜的关系更像是劳伦斯与吉西的真实写照。"他对其主人公（海伦娜与西格蒙德）的了解穿插着他与吉西的关系，使得'传奇'在某种程度上写海伦和麦卡特尼，同样也是写他自己和吉西。"[①]

试想，如若劳伦斯不曾到过这片海域，他不曾在海滨游泳，不曾在浅滩上写作，他又怎么能写到西格蒙德与海伦娜在海水中嬉戏游玩的喜悦呢？

---

① ［英］约翰·沃森：《劳伦斯：局外人的一生》，石磊译，上海书店出版社 2012 年版，第 81 页。

书中描写了大量关于海的意象。西格蒙德与妻子的关系并不融洽。在这段恶化的夫妻关系中，他一直压抑自己，一直机械地履行他作为丈夫和父亲的义务，活得像一具行尸走肉，直到年轻可爱的女学生海伦娜的出现，他才感受到自我意识的觉醒，才感受到爱的温暖，点燃了他对生活的憧憬与渴望。海伦娜深知西格蒙德在家庭中的处境，对他充满同情与怜爱。于是他们来到怀特岛上度假，面对如梦如幻的大海，西格蒙德仿佛脱离了家庭的苦海，坠入了与海伦娜的欲望之海。他与海伦娜或是一起看潮起潮落，感受时光的美好；或是一起漫步在海滩感受浪花触脚的轻柔；或是一起观赏阳光洒在海面上粼粼的波光。此时在西格蒙德眼里，大海就是海伦娜的化身，娇柔可爱，气质不凡。书中这样描写："大海多象海伦娜啊，它是那么蓝、那么美，含蓄之中透着力量。"[1] "小船开始跳动，开始战抖。海水泛着白色，像女人的胸部一样酥软。水波向上涌着，不时泛起泡沫，微微晃动着。"[2] "大海独自玩耍着，热衷于自己的游戏。它的冷漠、超然，它的高傲正是它的巨大魅力所在。大海不像天地那样，与人间友好交谈。它与世间没有来往。它把激情倾注在自己身上。海伦娜就有点像大海，自满高傲，对他人漠不关心。"[3] 海伦娜也认为自己是海的化身，她在如梦如幻的大海中找到喜欢幻想的自己。海伦娜也说："我是属于大海。将来有一天我将回到海中。"[4] 大海时而平静如画，时而惊涛骇浪，这也如同海伦娜身为一个女性——性格多变，令男人捉摸不透。越是捉摸不透，越是想要深入探究。男主人公西格蒙德想要征服这样一片海，他与海伦娜常在海水中嬉戏玩乐，看着眼前壮丽汹涌的大海，他总想去征服和占有，可是水下的石头割伤了他，令他鲜血直流。他与大海间这样的斗争暗示着他与海伦娜之间价值观的差异和冲突，两性关系并不和谐。在这场与大海的搏斗中，西格蒙德注定失败。大海的平静与汹涌如同海伦娜的多变性，令他沉迷也令他受伤，他无法征服占有这片大海，预示着他无法与海伦娜共度余生。他最终还是要回到那个令他痛苦不堪的家庭，他还是要屈服。劳伦斯自己

---

[1] ［英］D. H. 劳伦斯：《逾矩的罪人》，程爱民等译，译林出版社 1994 年版，第 32 页。
[2] 同上。
[3] 同上书，第 66 页。
[4] 同上书，第 93 页。

271

写道："这是一部不容易被人们理解的作品——我的意思是不花力气便难以理解。这部小说大部分是关于个人的情况，是一个人赤裸的自我。我是如此坦露自己，写了我最颤动、最敏感的自我。"① 此时的劳伦斯是怎样的一个"自我"呢？"他试图与吉西·钱伯斯建立性关系。他们不涉及性的友谊已有八年。"② 此时的他是一个被唤醒了欲望的状态，他极度渴望性行为，但他不知道自己要的是爱的体验还是只有性关系，他处在一个对两性彷徨、混乱的"自我"中。虽然到后来他想清楚了自己要的是什么，但此时迷茫无助的他只能借由大海抒发他满腹的情感。

劳伦斯在《逾矩的罪人》中赋予大海女性化的特点。在描写人物与大海之间的来还往复中，象征着劳伦斯对资本主义工业化冲击下的两性关系的思考，和谐的两性关系并不是谁征服谁，谁占有谁，而是在互相磨合中达到灵魂与肉体的真正结合。

（二）大海——生命活力的化身

《儿子与情人》是一部自传性质的作品，它成文的背景是诺丁汉郡矿区——劳伦斯的出生地。他塑造的莫雷尔原型是一个疏远的，形体上又令人厌恶的父亲。男主人公保罗的原型是劳伦斯，而劳伦斯的母亲莉迪娅是莫雷尔太太的原型。父亲莫雷尔是一个矿工，他们的生活条件恶劣，莫雷尔因长年在地下昏暗的矿区工作，他的脾气变得十分急躁。他们婚后夫妻感情不和，莫雷尔太太把全部的注意力和情感转移倾注到儿子身上，由此产生了畸形的母爱。大儿子威廉过劳死，母亲在小儿子保罗身上给予了深深的期望。母亲与保罗之间的情感日益加深，逐渐变形。作品的前半部分写的是母亲和保罗之间"恋母"的感情。后半部分则写的是保罗与两个女性克莱拉和米丽安之间的不一样的爱。保罗与克莱拉之间是肉体的爱，情欲的爱，与米丽安则是精神灵魂上的爱，柏拉图式的爱。但保罗深受母亲畸形的爱的影响，在这种阴影下他无法自主选择自己想要的生活道路。一直到母亲生病

---

① ［美］哈里·莫尔编：《劳伦斯书信选》，刘宪之、乔长森译，北方文艺出版社1994年版，第22页。

② ［英］约翰·沃森：《劳伦斯：局外人的一生》，石磊译，上海书店出版社2012年版，第77页。

去世离开他，他才摆脱了这种阴影，离开故乡，离开情人，真正成长了。

《儿子与情人》中描写大海的情景十分细致，注入的情感也是十足的浓烈。在小说的前半部分中，保罗和米丽安"到瑟得素埔附近的大沙滩去，层层碎浪涌到岸边，形成嘶嘶响的泡沫。那天傍晚天气暖和，偌大一片沙滩除了他们俩之外，空无一人，除了海涛声声以外，万籁俱寂。保罗喜欢浪花拍打着大地的声音，他喜欢体会身处浪花的喧闹和沙滩的静寂之间那种滋味"①。保罗与米丽安在一起强调的是精神上的东西。他能充分欣赏到浪花的喧闹和沙滩的静寂，他对大海的情感就如同他对米丽安精神的爱。

即使保罗能欣赏到静寂大海的美，但他的心却是沉重的，他不知道这是怎么一回事。他年纪轻轻，他是个男人，需要发泄欲望。他与米丽安之间的关系既亲切又疏离，他不知道自己该紧紧抱住她还是该静静看着她。就好像他在面对这样一片大海时是该单纯地欣赏还是与之嬉戏，他是矛盾的。在这种矛盾的状态下，他与米丽安在一起时一切都变得十分紧张。所以在四下一片漆黑、静悄悄中，他只能听着大海的低语，享受大海带给他的精神享受。

对大海情有独钟的不仅是保罗，还有克莱拉。她喜爱大海，即使海边草地杂草丛生，满目荒凉，她也丝毫不受影响。他们听着沙丘外大海声音的细弱，内心充实，手拉手向前奔去。碎浪沙沙地拍击着海岸，小小的海鸥像浪花似的，在海涛上空盘旋，个儿虽小，叫声似乎特别大。他们尽情地观赏这片广阔平坦的大海。但此时她却想要与保罗热情洋溢地拥吻和热烈激情地抚摸。劳伦斯这样描写"辽阔的海滩，长着蓝色滨草的沙丘，粼粼的海水，在茫茫无涯的荒凉中，泛着炽热的白光"②。克莱拉就像这片炽热澎湃的大海，她对保罗充满着强烈的占有欲。可是保罗望着这一幕却自言自语，他发问自己，凭什么她这样吸引我？她到底算什么呀？他把眼前的大海与眼前的她混淆

---

　　① ［英］D. H. 劳伦斯：《儿子与情人》，陈良廷、刘文澜译，人民文学出版社 1997 年版，第 236 页。

　　② 同上书，第 481 页。

在一起，一边是海滨的清晨，雄伟壮丽，亘古不变；另一边是她自己的烦恼，从不知足，犹如浪花泡沫，昙花一现。他心里无法接受与克莱拉除了其他东西之外只有性爱。于是他马上脱掉衣服跑下海去，任由克莱拉拥着他，克莱拉围着保罗戏水，可保罗水性较差，但还是与她在起伏的海水中嬉闹。也只有在大海中，保罗才能令自己不去想那些奇怪的问题。保罗对克莱拉并不只有单纯的肉欲和无休止的调情，他甚至想过克莱拉与巴克斯特离婚，与其生儿育女，共组家庭。可是克莱拉的犹豫和保罗母亲对克莱拉的憎恨之情（认为她抢走了自己唯一的儿子），保罗退却了。他只能谛听着海风吹过的声音，看着浪花拍打着海岸。在他心里浪花体现着大海，也体现着克莱拉的某种东西，可他始终无法占有。

劳伦斯一部分理智的自我控制还在，另一部分自由的因子在释放。他就像保罗一样对自我克制掌握得很娴熟，却在面对自由奔放的大海想忘却它。当保罗感知大海的旺盛的生命活力，作为一个正常的男人，他具有自然力、生命力，是能动的自然存在物，这些力量作为天赋和才能，作为欲望存在于人身上。

劳伦斯通过保罗在母亲影响下对两位情人不同的爱，不同的迷茫来体现出他的两性观。保罗对眼前大海的不同感受，矛盾与纠结，赋予了大海意象真正的情感体验。透过书中为数不多的大海意象，深刻地感受到畸形的爱带来的迷惘。于是他着手写从小受到教育，使他失去最多的：对情欲及需求的意识和爱恋他母亲之外的人的可能性。

劳伦斯曾经提道："现在，人生的全部症结在于男人和女人之间的关系，亚当和夏娃之间的关系。我们的生或死都存在于这个关系之中。"[①] 由此可知，大海这个意象诉诸了劳伦斯对工业时代下两性关系的重视。在他看来，莉迪娅与丈夫之间不和谐的夫妻关系以及他与两位情人混乱不清的情感是资本工业生产下矿工生涯的影像，是"为资本主义工业化的非人劳动条件和生活状况所致"[②]，体现了劳伦斯

---

① ［美］哈里·莫尔编：《劳伦斯书信选》，刘宪之、乔长森译，北方文艺出版社1994年版，第310页。

② 朱晓琴：《从〈儿子与情人〉看 D. H. 劳伦斯的两性观》，《山花》2012年第2期。

找回人的本性的主题思考。

透过两性关系来表达劳伦斯的主题诉求的还有一部创作成就最高的《虹》，其篇幅最长，诗意盎然，深具象征意义。《虹》描述的是布朗温一家三代人的感情纠葛，来体现对自然，对和谐关系的追求。其中最重要的一个意象就是大海。在文本中体现为，第一代人布朗温和莉迪娅结婚后，劳伦斯让一种奇妙的光没有保留地从海平面升起，充斥在空中，幻化成了一个湛蓝的世界。在这样一个世界中，大海的光芒环绕着莉迪娅，周围的花草闪闪发光，莉迪娅陶醉在这样一个美丽的幻境中，笑看云卷云舒，逃避生活的种种不如意，她想起死去的前夫和两个夭折的孩子，心里的痛苦仿佛减轻了，心灵的枷锁仿佛解脱了。在这里大海意象象征着自由解放，是古代农业文明世界里人对大海的敬畏之情。劳伦斯对后现代资本主义社会人性的扭曲和人的异化十分排斥，渴望在大海给人美的享受的同时感受生命的珍贵，唤起人性本能。从而在和谐的两性关系中找到自然，找回自我，是一种对工业文明消极影响的无声反抗。

在第二章"玛斯岁月"中，莉迪娅嫁给了年轻医生兰斯基这位爱国主义者。在战争中他们的两个孩子不幸身亡。莉迪娅来到了英国伦敦，但她的思维中时常出现长长的空白与黑暗。后来，她被送到约克郡的一个修道院，在海边给老院长当护士。在这里她感受到生活的万花筒在她面前展开。她周围的天空与大海激滟的波光相辉映，在生活的新鲜色彩中淡淡地回忆起过去。大海似乎要把她截断，大海的波涛声对她只是一个催眠曲，这样她的情绪得以安定。失子之痛，他的不幸和恐惧魔力般地得以超脱。一片简单祥和的大海对莉迪娅的心灵治愈效果是极佳的。劳伦斯追求的一种海上生活莫过于此，一种暂时与整个大陆完全断绝联系的感觉，呼吸着新鲜的空气，不必受工业环境污染下混浊的空气的侵蚀是多么难得的体验，这样怎么会不使人充满生机与活力呢？

小说的第二部分写到厄秀拉进入社会以后的遭遇。她与军官安东·斯克里宾斯基相爱，与安东的点点情愫日积月累像"这一汪汪清水越积越多，直到成了一片蓝色的海洋"①。但浪漫的爱情并没有使她荒废

---

① ［英］D. H. 劳伦斯:《虹》，黑马、石磊译，中央编译出版社 2010 年版，第380 页。

学业，她准备考试的紧张和考完试的亢奋使她身心俱疲，于是厄秀拉来到海边。

> 站在那儿看看粼粼银光的海面，她觉得这真是太美了。她的心里涌起了一股热浪。
>
> 从十分遥远的地方，一个热烈的、尚未问世的渴望慢慢向她飘来。"还有许许多多个黎明尚未到来。"似乎，在大海的那一端，所有尚未到来的黎明都在召唤着她，而她未来的精神又在大声呼唤着尚未到来的黎明。
>
> 她坐下来望着温柔的大海。大海在闪耀着星星点点明媚的光亮，厄秀拉胸中一阵感伤，她猛地一下咬住嘴唇，才把眼泪强咽下去。还在抽噎，她就笑了起来。为什么要哭？她不想哭。景色那么美她就笑了，景色那么美她就哭了。
>
> 她担心地望望四周，希望没有人看到她这个样子。
>
> 大海也有狂暴的时候。她望着海水冲上岸边，望着一个大浪悄悄地过来，猛地一下打在礁石上溅起泡沫，把一切都裹在一大片美丽的白色之中，又倒回大海，留下了露出的礁石。哦，海浪迸溅成了一片白色，它就获得了自由！有时她沿着码头闲逛，去看被海风吹成棕色的水手。水手们穿着蓝色海魂衫，靠在码头边，大胆传情的眼睛望着她，对她笑。
>
> 在她和水手们之间建立起了一点联系。她决不会和他们讲话，也不知道他们的其他情况。不过，当他们靠在海堤边她从旁经过时，她与他们之间就有一种渴望、欣喜和痛苦。她最喜欢其中的一位年轻的水手，他那有海上生活气息的金发遮着蓝色的眼睛。他是那么清新、有生气、风趣，他不属于这个世界。①

此时的她最喜欢"站在那儿看看粼粼银光的海面，她觉得这真是

---

① ［英］D. H. 劳伦斯：《虹》，黑马、石磊译，中央编译出版社 2010 年版，第391—392 页。

太美了。她的心里涌起了一股热浪"①，也只有这样她的心情才会得到放松，仿佛在大海的另一端，尚未到来的黎明在召唤她，而她未来的精神又在大声呼唤着尚未到来的黎明。厄秀拉的父亲威尔精神变态，将情感转移到女儿身上，并用粗暴的方式吓坏了她，"她坐下来望着温柔的大海。大海在闪耀着星星点点明媚的光亮，厄秀拉胸中一阵感伤"②，她哭了，她害怕被人看见脆弱的样子，也就只有对着宽广的大海才能毫无保留地宣泄自己。她在诺丁汉大学里学着自己毫无兴趣的陈腐知识，毕业后在小学中违背自己的宽容而屈服于学校把学生培养成机器人的教育制度，她却只能"望着海水冲上岸边，望着一个大浪悄悄地过来，猛地一下打在礁石上溅起泡沫，把一切都裹在一大片美丽的白色之中，又倒回大海，留下了露出的礁石。哦，海浪迸溅成了一片白色，它就获得了自由"③。她不甘心沉沦，不甘心堕落，她想要思想和行动上的自由，她有自己的理想——"由爬行到挺立从而获得新生的理想世界"④。甚至在面对安东这样一个无是非观念的社会机器，她也与安东争吵，反对他这种奴性，可安东无法改变自己，尽管厄秀拉与他热恋过，她还是拒绝了他的求婚。她一定要出去走走，"她独自在海滩上走，期待着。期待着什么，仿佛她是来赴约会的。大海咸涩的激情，它对大地的冷漠，它确切地来回动荡，它的力量，冲击和咸涩的燃烧"⑤，这样强烈的力量把厄秀拉刺激到了疯狂的程度，眼前仿佛出现了喜爱的人——安东，可他的精神和力量还是无法将她包容和征服。

劳伦斯此时与弗丽达已回到英国伦敦的小镇上，他亲眼看见工业革命给传统的乡村带来的巨大改变，他怀恋彼时栖居海岛上看海面、听海声、踏海浪，那远离战争，远离工业，亲近自然的生活。即使厄秀拉最后没能成功实现自己的理想，但她对大工业带来的一切灾难的抗议是掷地有声的。劳伦斯把厄秀拉置于大海这样一个意象中，意欲何为是显而易见的，他一生中居无定所，可他选取的住所几乎是临海

① ［英］D. H. 劳伦斯：《虹》，黑马、石磊译，中央编译出版社 2010 年版，第 391 页。
② 同上。
③ 同上书，第 392 页。
④ 赵少伟：《戴·赫·劳伦斯的社会批判三部曲》，《世界文学》1981 年第 2 期。
⑤ ［英］D. H. 劳伦斯：《虹》，黑马、石磊译，中央编译出版社 2010 年版，第431 页。

而居，他最喜欢沿海散步，望海写作，对海思考，这是一种享受。所以在文本中厄秀拉在面对一切困难时并没有被打倒，而是在大海中找到自己生命的活力，那就是坚持自己，回归自我。在大海的回旋澎湃中，劳伦斯赋予了厄秀拉自我的思考，也赋予了自己生命的思考与新生。

（三）大海——理想与慰藉的象征

《袋鼠》是劳伦斯小说创作的中后期作品，是他思想的直接呈现。这部作品是劳伦斯在澳大利亚的东海岸边创作的，没有劳伦斯和弗丽达的澳大利亚之旅，便没有《袋鼠》一书。

第一次世界大战后，劳伦斯对英国工业社会日益腐败堕落感到深深的失望甚至绝望。1922 年劳伦斯离开欧洲前往澳洲的海边小镇，他日夜与海相伴，在此期间创作了《袋鼠》这部著作。这是劳伦斯"拉纳尼姆"思想正式形成时期。劳伦斯悲愤地说道："战争使我非常沮丧。我从没有像现在这样几乎到了痛恨人类的地步。""战争是穿越了所有希望和悲痛的'长矛'，战争将人类仅有的尊严、人性摧毁殆尽。"[①] 劳伦斯对战争如此深恶痛绝，显然他对和平的诉求是多么的强烈。创作一部长篇小说本身就是抱着希望的行为。可见，《袋鼠》这部长篇小说倾注了作者多么沉重的希望与梦想。

小说主人公索默斯与劳伦斯的经历大体一致。第十二章索默斯离开英国正是劳伦斯经历了第一次世界大战后精神受到重创的时期。他把战争看成是一种无限的苦难，是一种巨大的邪恶，是一场毁灭性的大火，"我内心里厌恶极了，厌恶得要死……我想离开这儿。假如当局批准的话，我就去美国……但是，既然我的心灵已永远失去了视力，我现在就得走了"[②]。劳伦斯不爱英国这片土地吗？劳伦斯不爱他的诺丁汉家乡吗？但战争的残酷，无奈的现实使劳伦斯无法在这片土地上生存。劳伦斯离开英国，那他何去何从呢？他的内心始终有这样一个想法，"我更愿意到这样一个地方去，在那里只有鸟、野兽，

---

① 任杰：《D. H. 劳伦斯创作中的异域想象》，硕士学位论文，黑龙江大学，2009 年。

② ［美］哈里·莫尔编：《劳伦斯书信选》，刘宪之、乔长森译，北方文艺出版社1994 年版，第 225 页。

没有人类，也没有戴着非人性面具的人类"①。

小说《袋鼠》中的大海变化是随着索默斯的梦想境遇一起变化的，也体现了劳伦斯对大海情感的变化。南澳洲的海时而温柔平静慰藉人心，时而节奏感强凶猛刻毒，气势逼人。

当海温柔平静时：

> 海平线呈现出玫瑰红和淡蓝，大海一片淡红，粉红，涌动着，笼罩在一层金灿灿的光影之下。渐渐地，大海转呈黄色，又渐隐入淡黄，眼前的泡沫则碎裂成一片蓝晶晶的浪花，如同一朵朵勿忘我一样，又像一片水雾。她又看到附近涌动着的淡黄色水面上，鲨鱼的黑齿透过淡黄的光芒耸立起来。那三角形的黑色鲨齿，在潋滟波光之上就如同地狱的船帆。②

> "风从内陆吹拂过来，大海娴静如一只心满意足的白爪猫。渐渐地，海水呈现深蓝，点缀着无数白光亮点，恰似雨点溅落在湖面。"③

> "深蓝色的海水被风吹皱，如同鼹鼠皮一样。海面上泡沫明灭，恰似羽毛一忽一闪的。"④

> 他喜欢这大海，晶莹淡绿的海水涌起，泛起冷冷的泡沫。火一样燃烧的冰冷的海，火一样的鱼……他把脸从陆地下转开，面向大海中央。海的喧嚣和沉默恰像一条鱼。这冰冷而可爱的岑寂，没有咆哮与喧嚣。⑤

大海节奏感强：

> 天色阴沉，可大海却相比之下显得白亮，只是色调颇冷。浪

---

① ［美］哈里·莫尔编：《劳伦斯书信选》，刘宪之、乔长森译，北方文艺出版社1994年版，第239页。

② ［英］D. H. 劳伦斯：《劳伦斯文集·袋鼠》，毕冰宾译，人民文学出版社2014年版，第106页。

③ 同上书，第198页。

④ 同上书，第298页。

⑤ 同上书，第132—133页。

涛呈现为黄绿色，泛着白沫。一排浪头一般会泛起三道白沫来，前赴后继地随海浪翻卷而来，而有时也会有四道泡沫。绵长的浪涛拍打着海岸。①

当海气势咄咄、气吞山河、凶猛刻毒时：

他们远离那巨大的海浪坐在海水回落的地方，可是那海浪涌了上来，巨大的白色浪头迎面冲向他们，吓得哈丽叶起身便奔逃，其实海水根本弄不湿她。后来他们大胆地坐在水边，不料一股水流猛然涌起，冲着他们倒退了十几码，落到鹅卵石上。这太让人吃惊了。索默斯还从来不知道自己这么无足轻重，只是一个碎片而已。这让他不敢去想象那盲目而不可见的海水的力量。置身于海水中，甚至坐在水边上，与旁观海水的感受是大不一样的。②

大海也涨潮了。几乎是起大浪的时刻了，巨浪汹涌澎湃，浪头翻卷而落时，其光芒如此辉煌，令人感到恐惧。浪头落下，轻柔但急速地冲上海岸，冲刷那朦胧月色下的黑暗，像白色的蛇冲上来后又"嘶嘶"着倒退，直至沉默，只给海滩上留下珠玑般的银色……那平坦的冲击波以难以置信的急速冲向他，泛着泡沫，恰似一条条蛇张着嘴巴发出"嘶嘶"的声音。附近有一波巨浪炸开，雪白的浪花冲天飞溅。随之，呼！那一条条蛇越过海湾，呼啸着直冲向他的靴子。蛇没有咬到他的靴子，便轻轻地"嘶嘶"着退了回去，只在沙滩上留下珠玑般的银色。巨大但冷漠的激情冲上来又退回。镭一样的海浪翻卷着冲上海岸，又退回到大海中去。再以镭放射的速度冲上海岸，随后又嘶嘶作响着蜷缩回去，只留下冲刷过的裸沙。那就是夜晚。激荡着冰冷的镭放射般的激情，怀着刻毒的欲望，旋转着，冲击着。③

---

① ［英］D. H. 劳伦斯：《劳伦斯文集·袋鼠》，毕冰宾译，人民文学出版社 2014 年版，第 157 页。

② 同上书，第 88 页。

③ 同上书，第 373—374 页。

索默斯和哈丽叶初到澳洲，哈丽叶看到纯洁广阔的太平洋时，喜不自禁，恨不得能生活在海边上。据劳伦斯的描述，这是一片广阔纯洁，可以任人游玩嬉戏的海，可她并不太平，它的浪涛在拍打着海岸。这里的大海承载着索默斯的乌托邦的梦，也可以说是劳伦斯的拉纳尼姆梦。他们的梦想远大广阔，自以为能在澳大利亚施展他们的拳脚，实现他们的梦想。

大海作为自然存在的事物，经历着蒸发，变成雨水，再次流入海洋，这一过程就是大海自己的新生吧。所以对于劳伦斯来说，他把自己的梦想看作是一种新生，一种像大海一样的升华。

> 可大海并不都是太平的，海水涌上金黄的沙滩，汹涌的大海令布满建筑的海岸萎缩下去，至少那大海在涨潮，太平洋就不算名实一致，它并不太平，它的浪涛在拍打着海岸，或许这吞噬海岸的巨浪正是它太平本性的一部分呢。①

这样气势汹汹的大海暗示着理想之旅实属艰难，甚至破灭，为后文埋下了伏笔。后来索默斯和妻子有了政见上的歧义，此时的索默斯是心乱苦恼的，他做噩梦，梦见妻子走向阴森昏暗的地狱。梦醒了，他谛听到的海浪声是吓人的。哈丽叶后来想通了，男人是有在婚姻之外该做的事，清晨当她走向阳台，她看到阳光笼罩下的海面呈现淡黄色，泡沫碎裂成一道道蓝色的浪花，她有了家的感觉。索默斯和哈丽叶回到悉尼，他们的"耳畔一直回荡着海涛声，让他们感到好生奇特：他们竟能在离海这么远的悉尼感受到大海……甚至在马伦宾比这片奇特蛮荒的小地方，当索默斯俯瞰大街时，他看到一英里外那一片大海，几乎感到震惊"②。"他数落着自己下到海边上去，以求忘忧。他知道那无边的水域很快就会让他忘掉一切。大海在自言自语，对他

---

① ［英］D. H. 劳伦斯：《劳伦斯文集·袋鼠》，毕冰宾译，人民文学出版社 2014 年版，第 20 页。

② 同上书，第 107 页。

不屑一顾。就是这种漠视渐渐慰藉着他和他内心的世界。他开始淡忘了一切……大海在不停地絮语，讲的是那种本能自然的语言。最终大海的絮语响彻了索默斯的灵魂，叫他再次忘却尘世。纯真又复归了，随之而来的是内心的宁静，尘世远离他而去……这个美好的早上，这个海的世界，充满着勃勃生机。"① 在小说的尾端，索默斯不想卷入这场不成熟的党派之争，小说写道：

　　他逃了，尽量独善其身。对他最大的安慰来自海岸。有时，海浪那单调的拍击声像锤子砸在他头上，令他难以承受。于是他试图逃向内陆。尽管如此，海岸仍是对他的巨大安慰。太平洋上巨大的白色浪头腾起一道雪白飞溅的浪墙，单薄的泡沫则流回大海，看似梳理过的鬃毛，梳理它的是那陆上强壮寒冷的风。

　　浪头的搏动最接近他情绪的搏动节奏。其余的情绪似乎抛弃了他，如此突然如此彻底地抛弃了他。所以，是在他从悉尼回来后，在有月光的晚上，他走下低矮的山崖，来到沙滩上。激浪的节奏和轰鸣声马上就将他心中的其他感觉冲散，伴着拍岸的浪涛声，他的灵魂变成了洒满月光的空谷。再也没有别的了。②

　　平日里，也许是海浪涛天，但在今日，大海却成了主人公内心的安慰。面对大海，一切的烦心事都将化解。原本存在于他心中的乌托邦梦，是那样的遥不可及，现在仿佛看到了实现的可能。这时他感受到的大海离他更近，离梦想更近了。他听到的海涛声仿佛是理想召唤他的声音。在这样充满魔力的大海情景之下，索默斯得到了前所未有的满足，足以证明劳伦斯对大海敏感深刻的情感。

　　由于劳伦斯对大海的熟悉与喜爱，大海甚至成为他描写人物情感的一种修辞手法和情感象征。读来颇有浪漫主义色彩之感。

---

① ［英］D. H. 劳伦斯：《劳伦斯文集·袋鼠》，毕冰宾译，人民文学出版社 2014 年版，第 165—166 页。

② 同上书，第 360—361 页。

在《虹》中，当安娜想控制她的丈夫，取得在家中的主动权时，安娜主动出击，冷落威尔，小说这样写道：

> 她就像一个疯女人那样对待他，眼里根本就没有他。她的眼睛明亮中带着一股冷峻的仇恨。他的心似乎要在最后的恐怖中死去。她或许会把他推进大海里去。
>
> ……
>
> 他躺在那里，像被鞭子抽打了一样，他的灵魂几乎被鞭子抽打死了，但他的灵魂没有改变。他痛苦地躺着，被抛进了虚无中，像一个人被丢进大海里，一直游泳，直到沉下去，在这浩瀚咆哮的海面上，他什么也抓不住。①

在《查泰莱夫人的情人》中，劳伦斯是这样描写康妮与麦勒斯的性爱活动与情感体验的：

> 她感觉自己像大海，只有黑暗的海浪在起伏，波涛汹涌，渐渐地她整个的黑暗之海都涌动起来，她就是一片黑暗沉默的海洋，浪涛滚滚。啊，身体的渊薮里，海水分开，翻滚而去，那成排的巨浪翻卷向远方，不停地从她最生动的渊薮处分开、翻卷开去，那是温柔的入水中心处，那跳水人不断地向深处进发，越来越深地触动她，于是她的身体便一层层地深入绽放开来，她那海涛越来越沉重地翻卷向岸边，将她裸露出来。那陌生人探求得愈是深入，她的波浪愈是远离她而去，遗弃她，直至，蓦地，她轻柔地痉挛一下，她生命之最生动处受到了触动，她知道她被触动了，她的感觉达到了完美的极点，她飘然而去。她飘然而去，化了，但她出生了，成了一个女人。②

---

① ［英］D.H. 劳伦斯:《虹》，黑马、石磊译，中央编译出版社 2010 年版，第165 页。

② ［英］D.H. 劳伦斯:《查泰莱夫人的情人》，黑马译，中央编译出版社 2010 年版，第 179 页。

第三节　植物类自然意象

植物类自然意象主要包括庄稼意象、树木意象和花草意象。由于植物类意象的一些突出的品质，在中西作品中，一些意象的象征寓意有了一定程度的普遍性，如象征永生的常春藤，象征羞怯的含羞草等。而另有一些意象，却始终保持着独特的民族文化特色，如中国的竹子、梅花，西方的玫瑰、无花果等。

中外许多抒情作家总是在植物类自然意象中寻求人的特性和品质。劳伦斯是个诗人、小说家，他对植物有着特殊的情感，在他笔下，把植物作为诗命名就有许多，如《一朵白花》、《金鱼草》、《河边的蔷薇》、《壮丽的黄玫瑰》、《枇杷与山梨》、《无花果》、《杏花》、《安德莱克斯——石榴花》、《花园里的树》、《巴伐利亚的龙胆》等，在中短篇小说中用植物命名的有《菊花的馨香》、《玫瑰园中的影子》、《开满报春花的小路》等，正如学者罗婷所言："劳伦斯的诗歌创作先于小说。他最初试写的两首诗——《致绣球》与《致石竹》都是有关植物的，他和吉西都认为这两首诗的韵味是挺美的。在他后来发表的诗歌中，《郊野公园》一诗可能是最早的，此诗的开头几句，从一定意义上来说，也与植物相关——'荆豆丛上活泼的火花在窜动／阳光织成的小煤团模拟着火焰'——但不落旧套；它们显示了劳伦斯创作中的'灵巧'特点，这种特点使他在描写自然景色时能一笔传神。"[1] 在劳伦斯的长篇小说中，植物种类繁多，可谓是草木缘情。这些植物的描写既表达了作家对大自然的深情，又寄托了意蕴丰富的象征寓意；既传递着作家用自然生态世界对抗工业文明的侵害的理念，又使作品充满浪漫色彩与灵动生机之美。

一　庄稼意象

由于劳伦斯是个很接地气的作家，他的早期许多小说和诗作都是

---

① 罗婷：《劳伦斯研究——劳伦斯的生平、著作和思想》，湖南文艺出版社 1996 年版，第 9 页。

以他在海格斯农场的自然山水风光为背景，以自己在农场的快乐劳动
为素材而写作的，因此，庄稼便成为他描述的主要对象之一，寄寓了
他深厚的喜爱之情。燕麦是《白孔雀》、《儿子与情人》、《虹》几部
作品中都描写到的庄稼，小说对于燕麦的描写可以看出作者把它赋予
人的秉性和自然的灵动美。刚割好的燕麦由于充分汲取了土地的水分
而十分潮湿，此时若把燕麦捆拉立成堆，那么燕麦必会因为潮湿而增
加重量，导致麦穗不得不往下垂，作者将它们拟人化，说它们是"一
束束的麦穗便互相缠绕，哀伤地垂下了头"①，仿佛麦穗经历了伤痛，
悲伤到无语凝噎，只能哀伤地低头，沉浸在自己的世界里。当阳光驱
散阴霾，它们明白生活仍将继续，终于走出悲伤，"麦捆变得更轻了；
它们随随便便地相依相靠，象是彼此在低声细语"②，此时的它们在
相互舔舐着伤口。除此之外，劳伦斯还将燕麦比作人，乔治曾对西里
尔描述过他把捆好的燕麦立起来的感觉，"你知道，我在堆麦束，把
燕麦捆子立起来的时候，就觉得似乎搂着个姑娘。那种突然的感觉真
够味儿"③。把立燕麦与搂姑娘相联系，这样独具匠心的描写，令人
耳目一新。如果没有亲身的劳动生产经验是很难有这种温馨体会的。
劳伦斯十分崇尚自然，敬畏生命，在他看来，自然界的花花草草和人
一样都跃动着生命的火苗，劳伦斯笔下的大自然，都是作为一个具有
灵性的生命个体而独立存在的，对于自然界的一草一木都抱有敬畏之
心。劳伦斯在《白孔雀》中倾注了自己对自然的喜爱，通过对燕麦
等自然物象细腻的描写，赋予了燕麦生命，呈现出自然生态的灵动
美，带领读者进入一个令人惊奇的自然生态世界，这个世界的主角是
所有充满灵性的自然生命。它们展现出不可替代的美与尊严，它们的
美不是虚无的，更不是附属于人类而存在的，而是属于它们自己的，
一种活生生的、无关乎人类的情感体验，真正做到一种"物我无碍，

---

　　①　［英］D. H. 劳伦斯：《白孔雀》，谢显宁等译，中国文联出版公司 1989 年版，第
83 页。

　　②　同上书，第 84 页。

　　③　同上书，第 93 页。

自由兴发"①的原始状况。

　　劳伦斯不仅通过燕麦在他的作品中刻画了自然的灵动之美，同时也显示了人与自然协调相处的共生之美。《白孔雀》中写莱斯利看到乔治在陡地上割燕麦的时候，被他割麦的行为所吸引，称赞他"动作真优美"②，乔治的父亲对此颇感自豪，很肯定地以"是的"两字回复了莱斯利，并且进一步向外人夸耀自己的儿子，说他"有点喜欢割麦"③。乔治喜欢割麦，是因为他热爱自然，喜欢亲近自然。在劳伦斯眼中，自然是无拘无束的，是人们短暂"摆脱社会束缚的避难所"④。自然给了乔治这样一个空间，让他尽情地吸收土地所给予的养分，保持自然人本性的根基。乔治割麦的过程，是力与美完美融合的过程，更是乔治与自然和谐共处的生动诠释。

　　与麦子有着紧密联系的还有《儿子与情人》当中的保罗，当莫雷尔夫人再也无法忍受丈夫的惺惺作态时，她离开了家漫无目的地走，当她来到板球场时，看到有一些捆好的燕麦被竖着放在一块地上，远看好似一个个活生生的人，看到抵抗不住大风的侵袭而不得不低头弯腰的燕麦，她就不禁想到自己的儿子，想象着以后保罗说不定"将来会成为一个正派人"⑤。此时的麦子并非仅仅作为主人公活动的背景而出现，它成了保罗的化身，我们可以感受到二者已融为一体。这里的麦子已不再是单纯的植物，而是真正与人水乳交融，合为一体，它渗透着莫雷尔夫人的感情变化。希望儿子像鞠躬的而又饱满的麦子一样成为一个正派人，实则反映了莫雷尔夫人对丈夫的失望。因家庭原因曾接受过较好教育的莫雷尔夫人，下嫁给这样一个"矿工"并不是十分甘心，所以她想把丈夫塑造成她所期望的样子，即让他变得理

---

　　① 陈瑜明、杜志卿：《亲系世间万物，回归自然本真——也论劳伦斯小说的生态主题》，《河北师范大学学报》2013年第4期。

　　② ［英］D. H. 劳伦斯：《白孔雀》，谢显宁等译，中国文联出版公司1989年版，第67页。

　　③ 同上。

　　④ 马巧正：《D. H劳伦斯的人文生态观解读》，《西安文理学院学报》（社会科学版）2012年第3期。

　　⑤ ［英］D. H. 劳伦斯：《儿子与情人》，陈良廷、刘文澜译，人民文学出版社1997年版，第47页。

性，成为一个全新的人，在她试图改变丈夫但最终失败后，她就把心中所深藏的爱与希冀全数放在了两个儿子身上。当儿子有了情人后，莫雷尔夫人就表现出极大的不满，没有过一天快乐的日子，长子威廉病死他乡，保罗就成了她唯一的精神寄托。劳伦斯没有很呆板地列举自然当中的景物，他是通过叙述人和自然之间的关系来进行刻画，他制造了一种人与自然和谐共处的平衡关系。劳伦斯对自然充满灵性的描写，彰显了灵动和谐的自然生态美，同时也传达出他独特的生命感悟。

在长篇小说《虹》中，作者以第二代人在月夜堆麦捆这一劳动场面，表达他们之间微妙的关系。

这是小麦收割的时节。一天傍晚，他们穿过农家房舍走出村庄。灰色的天际上悬着一轮金黄的月亮。高大的树木婆娑婀娜，挺立在路边敬候着。安娜和小伙子沿着篱笆墙默默地走着，墙根下的草地上都是马车压出的黑糊糊的槽沟。他们穿过一扇门来到一片开阔地带，这里似乎还有一线天光照在他们脸上。阴影里放着收割后留下的一捆捆麦子。很多麦捆像人一样倒在地上，还有的马马虎虎堆成了垛，就像傍晚朦胧的月光下一艘艘船只，渐渐驶远了。

他们并不想回转，可他们要走向何方呢？冲着月亮走吗？他们分开走着。

安娜说："咱们把麦捆堆起来吧。"这样，他们就能在这旷野里待下去了。

他们穿过收割后的茬子地来到长长的麦垛的尽头。这块地可真挤，一捆捆麦子竖立着，还有一些没打捆的麦子铺了一地。

"你捆为一行。"她说着跨过去，站在另一行躺着的麦捆里，双手掐往绕子，一手提起一捆沉重的小麦。尽管沉重的麦捆直碰脸，她还是把它们都运到了空地上去。她猛地把两个捆往地上一摔，然后轻轻地把它们扰到一堆，这两捆就头顶头靠在一起了。薄暮中他模糊的身影走了过来，他也提着两捆。她就等在附近。他轻轻地把他的两捆靠在她的旁边。他见有些不稳，就勒紧了绕

287

子。庄稼捆发出窸窸窣窣的声音，像是喷涌的泉水。他抬起头笑了。

他们弯下腰，抓住湿漉漉、柔软的麦穗儿，竖起沉重的麦捆儿，然后又走了回去。她总是先到，放下手里的麦捆，又把其余的都斜靠在一起，这时，他携着麦捆的模糊身影随后也到了。她转过身去，只听到他手中的麦子嚓嚓相碰的声音。她从月亮和他的模糊的身影之间走了过去。

她又提来两捆径直向他走来时，他刚直起腰。他从不远处走过来。她放下麦捆，把它们垛成垛，码得不稳当，她的手一直在抖。她猝然转过身去，面对着月亮。月光洒在她的胸脯上，她觉得似乎她的胸脯和月光一起剧烈地起伏波动着。他不得不把那掉下来的两捆重又码上去。他默默地干着，劳动的旋律又把他载远了。她正走过来。

他们一起干着，走过来又走过去。他们的脚步和身体是随着同一个节奏和旋律移动的。她弯下腰提起沉沉的麦捆，扭脸看看黑影里的他，径直穿过茬子地走了。她踌躇地放下她的麦捆，她听到麦子在哗哗作响，是他走近了，她必须转开。于是，皎洁如水的月光又洒在她的胸脯上，看上去像是在随波起伏。

他稳稳当当、专心致志地干着，穿梭般地在割后的秃茬地上来回忙碌着，顺着长长的麦垛奔忙着，把自己和她的麦捆都码好。这长长的麦垛渐渐向那模糊的树木逼近了。

她总是赶在他来到之前离开，他一来她就走，他一走，她就回来。他们难道就永远不碰头吗？会的，渐渐地，他心中低沉的声音会传向她，与她共鸣，将她吸引过来跟他碰头，直到他们走到一起，就像麦捆一样窸窸窣窣，相依相碰。

他们继续干着活，月光更清晰、明亮了。月光下的麦子在熠熠闪光。他弯下腰去放麦捆，麦捆倒在地上发出刷刷的声音，就像一具具沉重的人体在他面前猝然倒地，他眼前闪过一片耀眼的月光，然后，他开始码垛，她这时正走过来。

他在等她，双手在垛子上胡乱摆弄着。她来了，可她却后退站着，直等到他离开。他看到了她模糊的身影。他向她说话。她

288

随口答应着。她看到月光掠过他满是疑问的面孔。他们之间隔着距离。他转身走了，他们又有节奏地干起活来。

他劳动的节奏中，注入了一个休止符——一个坚定的目的。他弯下腰，提起一个捆儿向她那边掷过去，把麦捆放到月亮地里就像放到了她的怀中，然后又转过身去搬。他一个劲儿地憋足力气提起麦捆晃晃悠悠地把它们运到地中央，一个劲儿地赶着她跟自己打照面，一个劲儿地干着自己这一份，靠近她，终于超过了她。月光下，他们过来过去，默默地、专心地干着活计。一会儿麦捆刷拉拉响，一会儿又鸦雀无声，一会儿又是麦捆刷拉拉的响声。他的麦捆的声音响得快了起来，跟她的同步了，她的麦捆刷拉拉单调地响着，他的麦捆响得越来越近了。

最后，他们面对面站到了麦垛前，手里都提着麦捆。月光辉映着他，他全身银白。月光下，他那被阴影笼罩着的面孔把她吓了一跳。她在等他。

"放下你的麦捆吧。"她说。

"不，该你了。"他的声音颤抖着，却是固执的。

她把麦捆靠在麦垛上。他看到了麦穗中她的手在闪光。他丢下手中的麦捆，颤抖着张开双臂去拥抱她。他够着她了，他要吻她，这是他的特权 。她的气息带着夜气的氤氲与麦子的芬芳是那样甘美。他的脉搏跳动着，催他去亲吻她，他用吻来求爱，可她却不那么顺从他。他盯着她鼻翼上的月光流连忘返！她浑身沐浴着月光，可她的内心却是黑洞洞的一片呀！他拥抱着整个夜色，黑暗和光明都在他的怀中，他拥有这一切！整个黑夜都待他去揭示，待他去冒险，待他进入所有的神秘境地中去发现所有的新大陆。

胜利在望，他颤抖了。他的心像一颗星，闪烁着炽热的光芒！他的吻越来越频繁了。①

这里的小麦捆象征着男女之间的传情物，既是男性的女伴又是女性

---

① ［英］D. H. 劳伦斯：《虹》，黑马、石磊译，中央编译出版社 2010 年版，第 103—106 页。

的男伴，双方都对其有着强烈的依恋。同时，通过男女之间的动作暗示了安娜力争占据着主动地位，不屈服于男性之下，要求独立的意识。

二　树木意象

劳伦斯所写的自然，具有其他作家描绘的自然作品中所没有的独一无二的韵味美。在劳伦斯的长篇小说中，所描写的树木的种类数不胜数，常出现的有芦苇、杨梅、赤杨、七叶树、橡树、枫树、榛子树、松树、山毛榉、紫杉、欧椴树、榆树、梅树、山楂树、苏格兰杉树、苹果树、梧桐树、槲寄生、醋栗树、石竹花、李树、樱桃、杜鹃花、白杨林、灌木林、桉树等，据不完全统计，仅《白孔雀》当中涉及的树木以及"草本类植物有上百种……"①

其中，树是整个作品里自始至终存在着的一个主要意象，它标志着悲剧人物——乔治的生命异化。《白孔雀》中的乔治生于自然、长于自然，是一个全身散发着泥土的气息，充斥着激情与活力的年轻农民。当乔治首次出现在读者面前时，劳伦斯说他是一个"身强体壮，眼睛棕褐"②，喜欢做农活的自然之子，长期的劳作使他的肤色由白皙变得黝黑，最后在皮肤上形成了一小块一小块的晒斑。一开始，乔治的身体匀称，四肢强健，心情愉悦，我们看到果园里的树木长的是"枝缠叶绕，气派森森"③，此时的乔治是一个真正的自然之子，唯有在自然界、在农业劳作中他才能活得悠然自得。乔治过着日出而作、日落而息的生活，他经常要做许多农活，却感觉不到疲惫，乔治的母亲曾说在田里干活的乔治总是十分快乐的，因为他丝毫不在意"这一天有多么的长"。假如乔治安于现状，按照自身的发展轨迹走下去，那么他一定会成为一个勤劳可敬的农民，但上天就像跟他开了一个玩笑一样，派了一个经历过"文明化"的莱蒂来考验他。乔治被莱蒂的外表所吸引，而还未受到机器文明污染的乔治，浑身散发着令人不可抗拒的魅力，牢牢抓住了

---

① 庄文泉：《从〈白孔雀〉对自然的描写看劳伦斯的生态思想》，《福建农林大学学报》2011 年第 5 期。

② ［英］D. H. 劳伦斯：《白孔雀》，谢显宁等译，中国文联出版公司 1989 年版，第 2 页。

③ 同上书，第 4 页。

有教养、朝气蓬勃的美丽少女莱蒂的目光。在田间工作的乔治浑身充斥着生命活力，他割麦的行为是那么的刚柔并济，他站得非常稳，"腰部的摆动优美而有节奏……有节奏的身体上透出某种超乎寻常的吸引力"①，莱蒂被他的自然活力所俘虏。尽管两人家世背景不同，乔治英俊的外貌、强壮的体魄和粗犷的性格令莱蒂不可自拔地着迷，两人情不自禁地坠入爱河。他们以格雷芬哈根的"田园画"为突破口，谈起了艺术，一起在林间漫步，采摘田园林地上的野果和野花，在暮色初降的山间疯狂地舞动，在平安夜偷偷地藏在庭院的灌木丛里亲吻，就像在伊甸园中生活的亚当和夏娃一样，没能抵挡住蛇的蛊惑偷吃了禁果，痴迷地纠缠在一起，陶醉在两人美好的恋情中无法自拔。为了能更好地得到莱蒂的爱，乔治开始渴求知识，承受着机械文明的侵蚀，企图让自己变得更好。西里尔教了他许多知识，例如诗歌和哲学，然而，在被文明洗礼的过程中，他反而迷失了自我，被文明所异化。当莱蒂为了更好的物质生活投向莱斯利的怀抱时，乔治就向父亲表明了自己迫切想要发财的愿望，他想变得十分富裕，"想各方面尝试一下"，想要过灯红酒绿追名逐利的生活，这时的乔治慢慢地厌恶了之前悠闲自得的农间劳作，他迫切想要逃离农家的生活，想去外面的世界闯荡，通过经商来发迹。他拼命地积攒资产，却慢慢地使自己与自然背道相驰，最终在物质文明的沼泽中越陷越深。乔治和莱蒂在林间散步时，莱蒂曾拿手指了指长满果实显得十分茂盛的一棵榆树，她对乔治说那树正在慢慢地死亡，看似彬彬有礼的常春藤，已拿它的手指"扼住了大树的咽喉"。莱蒂的预言逐步得到验证，此时的乔治"是被常春藤缠住的树"，走上了感情和事业的不归路。在感情遭受到重创的时候，乔治心灰意冷地选择了与经营酒馆、美丽富有却没有任何感情基础的表妹梅格结婚，开始了争名夺利的生活，成天在酒馆与农场之间奔走，渐渐地脱离了农间劳作和自然环境，义无反顾地将自己所有的精力投入在贩马的买卖上。最终事业和爱情双双失败的乔治，沉迷于烟酒，成了一个对任何事都不管不顾的人。此时的他神情显得十分呆滞，仿佛带上了假面，没有任何表情的面容让

① ［英］D. H. 劳伦斯：《白孔雀》，谢显宁等译，中国文联出版公司 1989 年版，第 67 页。

人察觉不到任何的灵性，就像一个被控制的提线木偶。惨白的脸颊早已凹陷，脸上满是皱纹，表现出一副"形容枯槁，丑陋寒碜"的模样。天天用酒来麻痹自己的乔治，最终患上了震颤性澹妄和肝硬化，跟几年前那个充满生命活力的乔治相比，现在的他就是一个行尸走肉，虽然他正值壮年，却只剩下死亡的气息，"他就象一棵正在倾倒的树，木质变得疏松，颜色变得暗淡，正在朽烂，滋长着冷湿的小菌"①。小说中"树"的变化，象征了乔治的异化。树从"枝繁叶茂，充满无限生机"到"滋生着冷湿小菌正在倾倒"的转变，揭示了乔治从"充满原始生命力的自然人"到"形容枯槁患上肝硬化的酒鬼"的异化，显示了机械文明和自然之间不能调和的矛盾冲突，乔治最终成了二者博弈下无辜的牺牲品。

在《逾矩的罪人》中也用树木来比喻失恋后的海伦娜，海伦娜自辩道："我可不是一棵光秃秃的树。我的所有枯叶，它们全都挂在我的身上——并且——并且在进行着一种'死亡舞蹈'"……"但你却在泥土下面发芽——像山毛榉那样"，"我太累了，不会发芽了。"②

劳伦斯还喜欢用植物作为喻体来形容人物的年纪或精神状态。如在《虹》中写道：

> 十九岁的汤姆像一棵小树一样生机勃勃。一直没有离开过自己的母亲和姐姐，可现在他正和一个妓女在酒店里厮缠在一起，他惊呆了。在那之前，他只知道一种女人，那就是母亲和姐姐们那样的女人。③

用"像一棵小树一样生机勃勃"来比喻汤姆，写出了汤姆自小生长在农村，19岁的年华朝气蓬勃，浑身正在成长，洋溢着一股成长的活力，但还未定型的阶段。在《虹》第三章"安娜·兰斯基的童年"中，作者写道：

---

① ［英］D. H. 劳伦斯：《白孔雀》，谢显宁等译，中国文联出版公司1989年版，第454页。

② ［英］D. H. 劳伦斯：《逾矩的罪人》，程爱民等译，译林出版社1994年版，第15页。

③ ［英］D. H. 劳伦斯：《虹》，黑马、石磊译，中央编译出版社2010年版，第11页。

他的妻子是他儿子的母亲，这才是件让人高兴的事儿。她平静，表情有点朦胧，似乎是一棵刚移植的树。生个孩子后她看上去跟换了个人似的。现在，她是个真正的英国人，真正的布朗温太太了，不过她好像不那么生气勃勃的了。[1]

这里用"似乎是一棵刚移植的树"来比喻他的妻子丽蒂雅的身份的多样性，她原来是一个波兰地主的女儿，相当年轻的时候就嫁给了一个叫保尔·兰斯基的知识分子，像她的丈夫一样也成了一位爱国主义者和解放先锋。在华沙与丈夫一同并肩战斗，两个孩子都得白喉死了。后来夫妇来到伦敦，丽蒂雅生个孩子，丈夫死了。后来她被送到乡下，农村使她忆起了自己童年时代的家乡，忆起了家乡田野上的大房子及村民们。后来她巧遇汤姆，两颗孤寂又陌生的心碰撞出爱的火花，他们结合了，丽蒂雅从约克郡来到了玛斯，成为布朗温太太，因此作者才会用"似乎是一棵刚移植的树"来形容她的。

"这是小麦收割的时节。一天傍晚，他们穿过农家房舍走出村庄。灰色的天际上悬着一轮金黄的月亮。高大的树木婆娑婀娜，挺立在路边敬候着。"[2]

"天空是银灰色的，她向四周张望一下，发现树木在远处若隐若现，像传令兵一样等待着前进的命令。"[3]

作者对树木的情感笃深，把树木当成人类的朋友，与人一样，是有着生命的活力。在他的最后一部长篇小说《查泰莱夫人的情人》中，当康妮在树林里与自然人麦勒斯相遇后，那片林子里的树木仿佛就是康妮活力的象征，小说写道：

第二天她又去了林子里。这是个阴沉寂静的午后，榛树丛下，墨绿的多年生山靛枝蔓遍地，所有的树都在沉静中努力发芽。今天

---

[1] ［英］D. H. 劳伦斯：《虹》，黑马、石磊译，中央编译出版社 2010 年版，第 67 页。

[2] 同上书，第 103 页。

[3] 同上。

她几乎能够感同身受，觉得自己就像那些高大的树木，体内元气充足的体液在向上、向上涌，直涌到嫩芽的顶尖上，冲绽开小小的火苗样的橡树叶，那叶子呈现出如血的古铜色来。这就如同一股潮汐，喷涌而上，直冲天空。[①]

在这里，获得爱情的康妮犹如林中有了阳光普照、雨露滋润的树木一样，充满生机和活力。这里，那树木仿佛就是康妮的替身。对林中的树木，康妮爱护备至。当她去林子里找麦勒斯，不遇，小说是这样描写的：

> 她在门道里的一张凳子上坐下来。一切都是那么宁静！霏霏细雨似薄雾轻飘，随风潜入夜色中，但那风却悄无声息。万籁俱寂，树木挺立着，恰似强大的人，半明半暗，沉静但生机勃勃的。一切都充满着生机！[②]

在树林里，在康妮的眼中，在康妮的心里，那些虽沉静的树木，其实是郁郁葱葱，像哨兵，挺立着，勃勃生机，这些树木才真正是人类的朋友，是如此的安静，如此的纯洁，如此的有生命力。因此，康妮一有空，就往那一片树林里跑，去寻找她的树木朋友，把树林当作她的避难所。

三　树林／森林——现代人的伊甸园

"树林是指成片成长的许多树木，比森林小，也叫树林子"[③]，而"森林，通常指大片生长的树木；林业上指在相当广阔的土地上生长的很多树木，连同在这块土地上的动物以及其他植物所构成的整体。森林是木材的主要来源，同时有保持水土，调节气候，防止水、旱、风、沙

---

① ［英］D. H. 劳伦斯：《查泰莱夫人的情人》，黑马译，中央编译出版社 2010 年版，第124 页。

② 同上书，第 126 页。

③ 中国社会科学院语言研究所词典编辑室编：《现代汉语词典》（修订本），商务印书馆1999 年版，第 1175 页。

等灾害的作用"①。

　　树林或森林是劳伦斯小说中一个突出的自然意象，是小说故事发生的背景和主要人物活动的舞台，是现实社会的人躲避工业文明的侵蚀、逃离金钱至上、追名逐利价值观残害的避难所，象征着现代人的"伊甸园"。就像《白孔雀》中的猎场看守人安纳布所告诫女性的，如果她看不到任何的自然事物，千万不要试图往树林里走，因为"她可能会看到什么"。这里所说的树林，没有金钱权势的喧嚣，没有机械文明的冷漠，只有处处遍布的蓬勃生机。猎场看守人的故事相对于整个作品而言，拥有一定的独立性，是可以单独分割出来看的，他与小说中的主要或次要人物很少有什么情节上的纠缠。安纳布这个人物形象并非作品创作之初就有的，他是作者在后续完善作品时所新增的，他的出现据劳伦斯所说是平衡了整部作品，不然小说中只有乔治和莱蒂、莱斯利等几个人的简单关系，就会让故事情节变得十分枯燥，显得"太自我化了"，同时他的出现也为主题的揭示起到了很好的作用。安纳布天生长得十分高大，"脸膛黑黝黝的"，虽然他常在睡觉中虚度光阴，不过有时也会做一些复杂的陷阱来捕猎，甚至还会组装枪械或者"干些护林的工作"。每天都待在与世隔绝的树林中，仿佛和当代的文明社会脱节了，实际上他出生于上层社会，在剑桥上过学，接受过高等教育，由于父亲破产死去而没有拿到学位，就在他人的劝说下当上了"一个小地方的副牧师"，后来教长的一位出身名门的表妹克里斯塔贝尔对他强健的体魄很感兴趣，他们就成婚了。然而，他的妻子对他抱有非常强的独占欲，把他当作自己的私有物，"一刻也不让我离开她"，让安纳布待在自己的寝室里，把他"当成希腊塑像来画"，而且她拒绝生养孩子，这成了他们之间分歧的开始，安纳布就像克里斯塔贝尔的"一只动物"。对此，劳伦斯是这样评论的，他们把性这个活动变得精神化了，使得"除了一种精神特征外"，什么都没有剩下。克里斯塔贝尔喜欢安纳布，但却不是因为爱情，她仅仅是觉得安纳布符合她的幻想，纯粹是以一种高高在上的姿态来看安纳布，就像是在观赏一座希腊雕像一般。这种不

　　① 中国社会科学院语言研究所词典编辑室编：《现代汉语词典》（修订本），商务印书馆1999年版，第1093页。

以两人的恋爱为根本的婚姻，以及爱人之间不对等的关系，让他们夫妇间的冲突显得越发的尖锐，也让安纳布备受折磨。安纳布在忍耐了一段时间后，就带着仆役的服饰逃离了家，最终来到树林当了一名猎场的看守人。他摆脱了贵族生活的束缚，将自己放逐于山水间，后来他娶了一个目不识丁的女人，在十四年的时间里一共生了九个孩子。他以前是一个非常热衷于"在女人中厮混的男人"，现如今却倾向于"看管野兔和小鸟"，导致这巨大转变发生的根源是他觉得一切文明均是"色彩艳丽的腐败真菌"，对于所有可以代表文明的符号他都抱有敌对的态度。在他看来，要是有人凌驾于自然之上，那他就成了恶魔，所以不论是男人还是女人"都得做个好动物"[1]，而他的人生格言是"做个好动物，忠实于动物本性"[2]，他不仅这么对待自己，同时也要求他的孩子照动物那样做，他们都长得像树那样壮实，且不会学所谓的文明人用装疯卖傻来糟蹋自己，在安纳布的观念里，这样才可以称得上是一种合格的生存状况。安纳布希望一家人能在树林里过着隐居的生活，但是他不知道工业文明的脚步已逐渐逼近树林，他对于树林中猎物的保护以及啃噬庄稼的野兔的偏袒，早已引起周围人的不满，最后莫名其妙地丧生在采石场一块滑落的石头下，不知是遇到了意外事故还是遭受到他人报复的袭击，安纳布就如孤军作战的堂吉诃德一样，妄想以一己之力"与现代文明这个庞然大物搏斗"，但其失败的结局早已注定，让人不禁觉得荒诞且悲凉。安纳布充满旺盛的生命力，他极其痛恨爱慕虚荣的女人，痛恨被异化的工业文明，嘲笑神秘主义和宗教，仇视代表文明的一切标志，为了使自己免遭机械文明的戕害，抵制扼杀一切个体文明，他逃离了腐朽的工业文明，隐居于绿意盎然的自然山水间，充当自然界的守护神，跟异化的工业文明做抗争，从而回归本真、回归纯净、实现自我。安纳布的故事显示出现代人在自然和文明之间的竭力抗争，安纳布极力抵抗工业文明，努力地想要回归到大自然中，但他的举动对于处在那个时代背景下的人们来说，实在是不可思议的，所以他最后死于意外也被

---

① ［英］D. H. 劳伦斯：《白孔雀》，谢显宁等译，中国文联出版公司1989年版，第188页。

② 同上书，第209页。

当成意料之中的事，他的结局验证了我国著名学者蒋家国曾说的一句话，"自然与生命力困顿于文明社会"，必然会以悲惨的结局来收场。

从莎士比亚的《皆大欢喜》到梭罗的《瓦尔登湖——林中生活》、库柏《皮袜子故事》，西方文学中一直有着将树林置于与文明制度相对立地位的传统。劳伦斯小说中的创新在于将树林作为自然生命的栖居地，注重的是它与人物生命复活的动态关系。

从整体上看，树林是一个相对比较隐蔽的空间，它作为大自然的象征，代表着一个独立又充满梦幻的世界，因此，它往往成为主人公逃离现实世界、寻找自我的地方。《恋爱中的女人》中伯金在险些被其女友赫麦妮谋杀后，惊魂未定的他不自觉地奔向远处的山林，他漫无目的地游走在峡谷中，不知道自己需要什么，可当他站在花朵点缀的灌木丛中时，他突然感到非常满足和幸福。他渴望全身能够与它们零距离地接触，接下来他脱光衣服躺在树丛中，感受花草的轻抚和树枝带来的刺痛。花、草、树木这些自然界独立、完整、令人悸动的生命个体，此刻与伯金形成了有机的联系。在"青草的世界"里，他暂时忘记了刚从死亡边缘走出来的恐惧和惊慌，在宁静中汲取大自然的灵性，因而得到自我的洗涤、滋养和完善。于是他发出了心声，宁愿待在自己的"疯态世界"，也不想回到人类的世界。另一片树林里，厄秀拉和戈珍同样做着类似疯狂的举动，他们从热闹的聚会上逃离，划船来到湖远处的树林，在岸边的小溪口洗完澡后，她们"光着身子在树林中飞快地东奔西跑，头发飘飘欲仙"，就像是两个居住在山林的仙女，在这个属于她们自己的世界里，随性地唱歌跳舞。因此可以说树林是一座可以找到自我的王国，是心灵的栖息地。

在《查泰莱夫人的情人》这部寓言式的小说中，康妮与麦勒斯频频幽会的那片世外桃源似的树林，不仅是自然生命的栖居地，而且是劳伦斯心中"拉那尼姆"理想社会的影子。《查泰莱夫人的情人》中康妮与麦勒斯的情爱，是在树林的环境中产生和发展的。树林与勒格贝庄园、苔沃斯豪矿村、矿场等形成了两个对立的世界。

树林外是金钱与贪欲的世界，是无生命的机器统治。这在康妮的丈夫、贵族资产阶级克里福德身上充分体现出来。对金钱的向往和对血统、地位的优越感奇妙地混合，使克里福德显现出灵与肉分离的特征。

他在战争中致残，丧失了性功能，于是就对年轻的妻子大谈肉欲的罪恶，他觉得自己与妻子关系完全正常，除了每天晚上听他读小说，朗诵一下诗歌这种"精神交流"外，康妮根本就不应再提出任何要求，在摧残妻子身心的同时，为了继承产业的需要，克里福德又让康妮去同别的男人生个孩子，条件是不使他与康妮之间的"亲密无间的情感遭到损害"。克里福德的形象象征着工业文明的发展。决定了人类某些欲望的恶性膨胀和某些自然要求的必然丧失。

树林中有蒲公英开着太阳似的花，新出的雏菊花是这样的白，光耀而富于生命的水仙，叮咚流淌的泉水，还有麦勒斯养育的刚出壳的鸡雏。这里是充满生机和希望的人间乐园，更是 20 世纪工业文明喧嚣中的一片净土，麦勒斯与康妮的结合是基于他们对现代工业文明的共同否定和对真正人的生活的共同追求。他们的关系体现着人类所特有的真诚、信任和力量。他们和谐的性爱在真与美的基础上，升华到了一种真正完善的境界。

康妮常去的那片树林象征着人们伊甸园，林中的风信子、勿忘我等花草则象征主人公与大自然水乳交融的和谐关系等。

对此劳伦斯在书中有多处描述："树林象她唯一的安身处、她的避难所"，"她常常在苦闷和痛苦中逃到树林里，这样便可以摆脱她的家和一切人"，"她自己就像一座森林，像一片幽暗的枝桠交错的橡树林，有千万开放着的蓓蕾在无声地低语。同时，那些欲望的小鸟正在广袤的浓密错综的身体里酣睡着"。

而对于经历人生磨炼的麦勒斯来说，他更是看透这个被工业化腐蚀的社会，他宁可待在林子里做个猎场看守人，与树林为伍，与大地为友。小说写道："他已经彻底避开了这个世界，他最后的藏身之处就是这林子，把自己隐在林子里。"①

为人类再生保存着生命的源泉，也是充满生机和希望的人间乐园。更是 20 世纪工业文明喧嚣中的一片净土，也体现出劳伦斯的一贯思想：离现代文明更远点，因而也就与真正的大自然本性更契合。

① ［英］D. H. 劳伦斯：《查泰莱夫人的情人》，黑马译，中央编译出版社 2010 年版，第89 页。

康妮与麦勒斯和谐的两性关系不仅仅是对克里福德们死死抓住的畸形两性关系——被工业文明所异化的爱情、婚姻、家庭观的否定，而且是对在理想两性关系基础上建立的理想人际关系的追求，是对充满自然精神、符合人的本性、摒弃了异化现象到理想社会形态的追求。劳伦斯选择森林这或充满浓郁，或充满生命与希望，或逃离外界的伊甸园的事物进行描写，并在文本中反复出现，不仅是为小说故事情节的发展营造背景，同时也表现出他对自然的讴歌。森林（树林）在他笔下，不再是简单的自然产物，而是一种展示隐秘的心灵世界的象征，具有了多重意义的象征物。

正如劳伦斯在 1929 年 9 月 12 日致朋友的信中所说的：

> 不错，克利福德先生的瘫痪是具有象征意义的——实际上所有的艺术，不管是有意识地还是无意识的地，都具有象征意义。当我着手写《恰特莱夫人的情人》的时候，当然心中是不很清楚的——我并不是有意识地用象征手法进行创作。然而，书写完后，我发觉了这本书中的无意识象征手法。这部作品我写了三遍，有三份完整的手稿——这三份稿子不尽相同，但总的来说还是一样的。树林当然是无意识的象征，也许连矿山和博尔顿太太也都具有象征意义。①

四　花草意象

花草在人们的日常生活以及心目中，有着重要的文化意义。因此，对一些抒情诗人来说，花草是非常妥帖的"客观对应物"。尤其就生态学的意义而言，人的生命也早就被诗人同花草的生命"融为一体"。早在圣经中，就有诗篇把人的一世比作花草一秋："对于一个人来说，他的一生像田野的花草那样繁盛；然而秋风一过，它就消失了，那地方也不再有人了解他了。"②

---

① ［美］哈里·莫尔编：《劳伦斯书信选》，刘宪之、乔长森译，北方文艺出版社 1994 年版，第 622—623 页。

② 程立等：《英汉文化比较辞典》，湖南教育出版社 2000 年版，第 70 页。

　　在劳伦斯的笔下，花草的命运也与人类是相同的，花草有情，与人物一起悲欢，一同喜乐。

　　在劳伦斯的作品中，可以说花草是他描写最多的一种植物，不仅是总称多，而且对百花都非常熟悉与喜爱。作品中精心描写的有大丽花、菊花、白百合花、水仙花、蔷薇花、杜鹃花、报春花、立金花、樱草花、铃兰花、牡丹花、石竹花、百合花、银莲花、风铃花、梨花、李花、紫金花、罂粟花、金莲花、金雀花、玫瑰花、剪秋罗、蓝铃花、白鹦花等几十种花；地黄连、紫蝴蝶、风信子、毛茛、紫罗兰、勿忘我草、香车叶草、虎耳草、酢浆草、羊齿草、飞燕草、剪秋萝、矢车菊、樱草、倒挂金钟、蕨草、山蒬草、香雪球、天笠葵、毛地黄、紫苑、蜀葵等草类植物几十种。劳伦斯曾写过长篇美文《花季托斯卡纳》，开篇就对英国、美国、印度和澳大利亚各国名花进行介绍，重点抒写了花季时托斯卡纳满山姹紫嫣红、令人目不暇接的花的海洋、花的世界。

　　劳伦斯特别善于用植物类自然意象来作为喻体，形容人的行为或精神状态。所谓植物拟人化。《白孔雀》中写道：

　　　　树木寂静无声，挤在一起沉睡。路边只有几朵淡红色的兰花，懒洋洋地站在那儿，若有所思地望着一丛丛紫红色的筋骨草，青铜色的茎上，最后一批筋骨草花开得正艳，渴望着阳光的照射。[①]

　　拟人化的写法，把树木的安静，兰花的懒洋洋神态，筋骨草花的艳丽与神情活灵活现地表露出来。

　　　　落叶松从寂寥的冬眠中苏醒过来。当我走过它时，它伸出天鹅绒般的手指抚摸着我。只有桦树光洁的枝条象征着生活的清规戒律。[②]

　　　　果园里，水仙花伸起头，反卷着它们淡黄的花瓣。在每棵倾斜

---

　　① ［英］D. H. 劳伦斯：《白孔雀》，谢显宁等译，中国文联出版公司 1989 年版，第30 页。

　　② 同上书，第 217 页。

的灰色老树根下，都长着一簇鲜花。一些金光灿烂，一些微微抬起头，露出谦逊甜蜜的面容。还有一些仍然埋着脸儿，从灰绿色叶片上前倾着身子沉思默想。我希望我能懂得它们的语言，能清楚地和它们讲话。

头顶上的古树伸出手指，对着阳光抖散它们的头发，给自己装上花蕾，那花蕾雪白清冷，犹如水妖的胸脯。

我开始高兴起来。忍冬花的圆脸流光溢彩，笑意盎然，生机勃勃地一直长到了下面的小路边。我抚摸着它们毛绒绒的脸蛋，也笑起来。我闻到了黑醋栗树叶的香味，心中充满了童年的回忆。①

来到池塘边，在阳光灿烂之中，我们环顾四周。密集生长的玉米以其叶片温柔地抚慰着小山红色的胸膛。云雀在头顶的阳光中飞翔。我们离开了岸边，漫步走过草地。田里长满薄薄一层立金花，在仍然新绿的草地上投下了自己的身影，当我们往前走时，身体遮蔽了阳光，给花朵罩上了一片阴影。空气中弥漫着浓烈的花香。"你们看那些立金花，全都笑得浑身颤抖。"埃米莉说，把手往后一扬。

"当你能拥有满地立金花时……谁还想要黄金铺就的大街呢？看看那树篱脚下，正映射着南方的阳光——一条小溪，还有光闪闪的毛茛。"②

这简直是人与动植物共生共乐的世界，植物有情，动物有智。劳伦斯爱写花，也善于写花，他能把花与人物的性格和性情有机结合在一起。

劳伦斯在《逾矩的罪人》中用罂粟花象征西格蒙德和海伦娜的爱情，既热情奔放，又伴随着丝丝苦痛。小说第九章这样写道："在一片野生的黑麦中星星点点地漂动着一些罂粟花，那红色的花儿在阳光下格外醒目，就像漂浮在绿色水面上的滴滴鲜血……与此同时，他们的激情

---

① ［英］D. H. 劳伦斯：《白孔雀》，谢显宁等译，中国文联出版公司1989年版，第224页。

② 同上书，第295—296页。

之花也悄悄地凋落了，就像罂粟花在正午时刻落下花叶一样，而美的种子却迅速在他们体内成熟。"① 在这部作品后面，作者写道："罂粟，尤如翩翩少年，在铁路的路堤旁随风摇曳，好似一列绯色红的火车。"②

在《儿子与情人》中，也多处写到了植物的感情色彩：

> 他们彼此都有点怄气，忧心如焚。屋外那棵白蜡树在刺骨的寒风里呻吟。③

> 他总算回到家这个角落里了，这个角落面向着夜空的另一面。如今白蜡树好象也成了他的朋友。他进屋的时候，母亲高兴得站了起来。他得意地把那八个先令放在桌上。④

> 保罗走到凸窗前，眺望窗外。那株白蜡树在茫茫黑暗中显得又大又黑。这天晚上真是天昏地暗啊。保罗回到母亲身边去了。⑤

> 一眼看去，伸出在对面花园的旧红墙墙头上的尽是大朵大朵的葵花。花儿欢快地俯视着拿着东西匆匆赶回家去做饭的女人。⑥

> 星期一，他们把他葬在山坡上的小公墓里，那里可以俯瞰田野上的大教堂和住宅。安葬的那天阳光明媚，白菊花都热得蔫起来了。⑦

在《查泰莱夫人的情人》中：

> 她（康妮）在门道里的一张凳子上坐下来。一切都是那么宁静！霏霏细雨似薄雾轻飘，随风潜入夜色中，但那风却悄无声息。万籁俱寂，树木挺立着，恰似强大的人，半明半暗，沉静但生机勃

---

① ［英］D. H. 劳伦斯：《逾矩的罪人》，程爱民等译，译林出版社 1994 年版，第 91—92 页。

② 同上书，第 202 页。

③ ［英］D. H. 劳伦斯：《儿子与情人》，陈良廷、刘文澜译，人民文学出版社 1997 年版，第 106 页。

④ 同上书，第 147 页。

⑤ 同上书，第 182 页。

⑥ 同上书，第 117 页。

⑦ 同上书，第 184 页。

勃的。一切都充满着生机！①

　　轮椅缓缓在向前开着，从壮实得如同麦苗一样的风铃草和灰色的牛蒡草上压过去。他们来到那片树木被砍伐光了的空地上，阳光毫无遮拦地照射着这片空地。风铃草在阳光下蓝得发亮，这里一片蓝，那里一片蓝，那蓝色开始向淡紫和深紫转变了。一片片的风铃草之间蕨草在挺立着草叶曲卷着的棕色头颅，像是密密麻麻的幼蛇对夏娃耳语着什么新的秘密。②

　　"还有那个猎场看守，他消瘦白皙的身体就像一朵花中半隐半现的孤独花蕊。"③

通过以上简略举的几个例子，可以看出劳伦斯在写作中，是把人物与动物和植物一起放在一个同等重要和平等的位置上，寄托了他对人恢复自然本性的重视程度。

接下来，我们以《儿子与情人》为例，做个探析。

《儿子与情人》是一部自传体长篇小说。作品中"俄狄浦斯情结"与劳伦斯的恋母心态是一脉相承的。弗洛伊德理论指出，人格由本我、自我和超我三个心理层次构成。由于母亲是婴儿的哺育者，婴儿本能地对母亲怀有占有的欲望，产生排斥父亲，独占母亲的欲望。此时它要受到父亲权威的抑制。父亲权威代表着社会的道德和强制力量，作为孩童"超我"内容之一，通过"自我"的调节功能，使"本我"的欲望改变方向或得以升华，但在小说中，男主人公保罗的家庭环境，母亲葛楚德对丈夫的排斥，对儿子的垄断，使瓦尔特的父亲权威无法树立起来，母子之间的特殊情感建立起来并影响保罗一生，致使无论是同青梅竹马的米丽安的精神恋爱，还是同有夫之妇的女工克莱拉的肉体接触，都不能给他带来长久的安宁与欢乐。

　　于是，保罗身上具有了既依恋母亲，排斥异己之爱，又想挣脱畸形母爱的束缚，显示自己男性力量的人格分裂特征。

---

①　[英] D. H. 劳伦斯：《查泰莱夫人的情人》，黑马译，中央编译出版社 2010 年版，第126 页。

②　同上书，第 191 页。

③　同上书，第 85 页。

保罗情窦初开时，男性意识尚未真正觉醒，因此，在潜意识中是按母亲葛楚德的模式寻到了米丽安。米丽安是个"纯洁"得如同"修女"一样的姑娘，哪怕悄悄听到有关家畜交配繁殖的暗示，"她的血液循环会变减弱，想要呕吐"。她只要保罗的灵魂，却不能容忍也不能理解保罗会对她有肉体方面的要求。

书中，作者运用大量的花的寓意，巧妙地暗示出人物性格。"花的寓意巧妙地织进了整部小说，所以读者只有在逐步积累的基础上才能体味出它的象征意义。"①

米丽安特别爱花。一天，她和保罗在野外采花，在一处草丛中，她忽然发现了祈盼的玫瑰花：

> 她是想指给他看她发现的一棵野玫瑰花，她知道这棵野玫瑰好看极了。然而，她总觉得如果他没看到这棵野玫瑰，这花就没有铭刻在她心上。只有他才能使这棵玫瑰花变成她的，不朽的。她还感到不满足。
>
> 小路上已经有露珠了。老橡树林里有一层雾气正在升起，他一时摸不清那白茫茫的究竟是一片雾呢，还是在云朵中显得苍白无力的石竹花。
>
> 等他们走到松树林旁边，米丽安已经变得非常焦急和激动了。她的野玫瑰可能已经不在了。她可能找不到它了；她是多么想要找到它呀。她几乎迫不及待地盼望他站在花前的时候，自己跟他在一起。他们要在花前心心相印——要享受一种令她心醉神迷的、圣洁的境界。他在她身边默默走着。他俩挨得很近很近。她颤抖着，他谛听着，心里隐隐着急。
>
> 来到林边，他们看见面前的天空颜色宛如珍珠母，大地已经暮色苍茫。不知从哪儿飘来攀在松树林外层枝桠上的忍冬香味。
>
> "在哪儿呀？"他问道。
>
> "从中间那条路走下去就是，"她哆嗦着喃喃说。
>
> 他们刚走到小路拐弯处，她就站着不动了。她害怕地凝视着松

---

① 刘维荣：《浅析劳伦斯小说中的若干意象》，《上海大学学报》1999 年第 6 期。

树间的宽阔大路，有一阵子，她什么也分不清；愈来愈暗淡的光线使各种东西的颜色都模糊得看不出来了。后来她才看见那棵野玫瑰。

"啊"，她叫了一声，赶紧走上前去。

这棵玫瑰静止不动。花树长得很高，枝叶蔓生。有刺的花梗披挂在一棵山楂树上，长长的枝条密密层层垂在草地上，但见黑暗中到处开满象一大颗一大颗裂开的星星似的纯白色花朵。野玫瑰形成一团团象牙球，犹如满天星斗，在暗沉沉的簇叶、花梗、青草上闪烁发光。保罗和米丽安挨在一起，默默无言，站着观看。从容自若的玫瑰花的光一点一点地罩没了他们，似乎点亮了他们心灵的某个角落。暮色四合，宛如烟雾，但仍掩不住那些野玫瑰。

保罗看着米丽安的眼睛。她脸色苍白，带着惊叹的神情期待着。她嘴唇张开，黑眼睛坦率地盯着他。他的眼光似乎一直看到她心里。她的心儿颤抖了。这正是她所要的心心相印。他好象很苦恼地转过身去，又面对着那棵玫瑰花去了。

"看来这些花儿象蝴蝶一样会飞，会晃动。"他说。

她看着这些玫瑰花。花儿是白色的，有些花是卷曲的，显得那么圣洁，还有些花却欣喜若狂地竞相怒放。这棵野玫瑰树黑得象个影子。她一时冲动，对着花儿举起了手，不胜仰慕地走上前去抚摸这些花儿。

"咱们走吧。"他说。

这些象牙色的玫瑰有一股冷香———一种雪白、纯洁的香味。不知怎的，竟使他感到焦急和束缚。两人默默地走着。

"星期天见，"他从容地说了一句，就离开了她。她慢慢走回家去，深深沉浸在圣洁的夜色中，感到心满意足。他在小路上磕磕绊绊地走着。一走出树林，来到那开阔的草地，他就能呼吸自如了。他撒腿飞奔，浑身热血沸腾，感到痛快极了。①

---

① ［英］D. H. 劳伦斯：《儿子与情人》，陈良廷、刘文澜译，人民文学出版社 1997 年版，第 211—213 页。

白色的玫瑰花暗示了米丽安对保罗的爱是滤去了人性本能欲望的、精神的、修女式的爱。保罗要想成为一个男子汉，就必须离开米丽安。在小说的第九章"米丽安失恋"中，当米丽安极力引导保罗去看水仙花时，小说是这样写的：

> 他俩一路默默向前走。围绕屋后那片野草丛生的草坪有一堵荆棘树篱。树篱下，水仙花正从灰绿色的叶片丛中探出头来。花瓣绿得透着凉意。可是仍然有几朵绽开了，金黄色的花朵摇曳生姿，灿烂夺目。米丽安跪在一簇水仙花跟前，双手捧着一朵野花似的水仙，掬起金黄色的花瓣，凑下身去，用嘴唇、脸蛋和额头亲着花朵。他站在一边，双手插在口袋里看着她。她掬起一朵朵开得婉约动人的黄花给他看，一直尽情抚弄着。
>
> "这儿真美极了，对么？"她喃喃道。
>
> "美极了！这花长得密了点儿——还算好看罢了！"
>
> 她听到他议论她对花儿的赞美，又径自低下头看花。他看着她蹲下身子，用热吻啜吮着花朵。
>
> "你干吗一定要老是抚弄东西？"他烦躁地说。
>
> "可我就爱摸这些花儿。"她不高兴地答道。
>
> "难道你喜欢什么东西就非得紧紧抓住不放，仿佛要把它们的心都掏出来不可吗？你干吗不多少克制着点儿，或者留点儿余地啊什么的？"
>
> 她不胜懊恼地抬眼看看他，随即又慢慢用嘴唇挨挨一朵摇曳的花。她闻着花，只觉得那股香味比他还亲切得多；这几乎使她哭出声来。
>
> 米丽安有节奏地用嘴摇着花，亲着花，深深地吸着花香。后来，每当她再度闻到这种香味时，就会不由身上直打寒噤。①

劳伦斯在这里，花较多笔墨来写米丽安对水仙花的喜爱，用嘴唇去

---

① ［英］D. H. 劳伦斯：《儿子与情人》，陈良廷、刘文澜译，人民文学出版社 1997 年版，第 291—292 页。

啜吮它，用手去抚弄它，实际上是用水仙花的这个自恋情结来写女主人公的自恋。在希腊神话中，一少年因自恋自己在水中的影子憔悴而死，死后化为水仙花。因此劳伦斯在这里用米丽安对水仙花的偏爱来暗示男女主人公是不会有好的发展前景的。

小说第十一章写保罗决心与米丽安分手的一段也很有特色，这里出现了各种花香与上面提到的白玫瑰形成鲜明对比。保罗在一时感情冲动下走进黑夜中的花园：

> 天色晚了，白百合花的香味透过敞开的房门偷偷袭进来，仿佛它是到处弥漫，无所不在。他冷不防站起身，走向门外。
>
> 夜景之美使他不由想大喊大叫。一弯暗金色的上弦月，正沉落在庭园尽头那棵黑梧桐树后，月光把天际染成暗红色。近处，模模糊糊一排白百合花横贯园子，四下里一股花香，生气盎然。他踏进石竹花坛，石竹花刺鼻的香味突兀地与百合花那股摇曳的浓香掺合在一起，他穿越过去站在一排白百合花的旁边。这些花全都无力地蔫蔫低垂着，恍若在喘气。花香熏得他醉了。他沿着田野走去看月亮沉落。
>
> 一只秧鸡在干草场不断叫着。月亮一下子就落下去了，反而发出更红的光。在他背后，那些大朵的花探着身，仿佛在呼唤。随即，蓦地里，他又闻到了一股花香，粗俗呛人。他四下寻着香源，找到紫色的鸢尾花，摸到花儿那肉嘟嘟的脖子和叉着的黑手。不管怎么说，他总算找到了。这些花挺立在暗处，香味实在难闻。月色渐渐在山顶处消溶，没了，四下一片漆黑。秧鸡还在叫着。
>
> 他摘下一枝石竹花，突然进了屋。
>
> "好啦，孩子，"他母亲说，"说真的，你该上床睡觉了。"
>
> 他站着把石竹花凑在嘴边。
>
> "妈妈，我要跟米丽安吹了。"他静静地说。[①]

---

① [英] D. H. 劳伦斯：《儿子与情人》，陈良廷、刘文澜译，人民文学出版社 1997 年版，第 395—396 页。

百合花那飘逸的幽香、石竹花那刺鼻的清香、鸢尾花那世俗的厌香，均是作为分离的特异自我而存在着。于花香中，保罗强烈地感受到各自独立存在的生命，促使他与内心深处的自我产生联想。花香催化行为的瞬间，保罗找到了潜意识里想要的东西，即鸢尾花身上神秘异化的分泌物，于是他走到屋里，镇静地对母亲说："妈妈，我要跟米丽安吹了。"

鸢尾花的厌香，是保罗那充满青春活力和生命的目标，于是他走向有夫之妇克莱拉。克莱拉身上没有米丽安那种宗教纯洁性，此时他看到的不是克莱拉，只是黑暗中一个热情激荡的女人，一件他钟爱和崇拜的东西——但不是克莱拉。她对他百依百顺，他以毫不掩饰的激情狂热地爱着她。这是一种强烈的、忘乎所以的爱，一种原始野蛮的爱。保罗要通过克莱拉来证明男性阳刚之气。

第四节　动物类自然意象

所谓动物是指："生物的一大类，这一类生物多以有机物为食料，有神经，有感觉，能运动。"① 大至狮虎猛兽小到飞蛾蚊虫的动物类意象。许许多多的动物类意象都是诗歌王国的成员，甚至连现实中所不存在的龙、凤等生物，也都是作家所关注的对象。这类自然意象同样具有很强的寓意性，它们不仅是人类社会中某些阶层力量的贴切的象征，而且常常体现着人类某种精神境界和道德力量。沃森在《劳伦斯：局外人的一生》中曾说过，劳伦斯一直很喜欢动物。他和弗丽达四处旅行，从没养过宠物，可有时也收养。1929 年在班多尔，一只黄猫执意要跟他们住。在这处农舍，狗和猫是日常生活中的一部分。1925 年，有一只猫（"婷西·威尔斯小姐"）是特别受宠的。1922 年劳伦斯得到了梅贝尔的杂种牛头犬的一只黑色母狗崽，"自从我还是个少年时有过一只长耳兔以来，这是我'拥有的'第一个活物"②。弗丽达说："我喜欢

---

① 中国社会科学院语言研究所词典编辑室编：《现代汉语词典》，商务印书馆 1999 年版，第 302 页。
② ［英］约翰·沃森：《劳伦斯：局外人的一生》，石磊译，上海书店出版社 2012 年版，第 292 页。

那张劳伦斯、皮普斯和我的照片。"① 皮普斯是他们收养的那只狗，劳伦斯那么喜爱这只狗，1923 年春他打算把它带到墨西哥，却不得不把它留下来，因为"我不能拖着它进出旅馆。如果我们有一处房子可住，我会马上带它去"。到了 7 月份，还梦见它。②

劳伦斯笔下的动物意象极多，有家禽家畜，有大有小，几乎包含了人们所能接触和知道的一切动物。如鱼儿、蝴蝶，猫、狗、兔子、黄鼠狼、牛、猪、马、羊、老鼠、蜜蜂、鸡、鸦子、孔雀、鸟、天鹅、苍蝇、蛇、乌龟、乌鸦、猫头鹰、云雀、田凫、鸫鸟、狐狸、鲸鱼等上百种动物，可见劳伦斯对这些动物的熟悉及关注，并能形象地描写它们。

劳伦斯喜欢动物，诗作直接以动物命名的有《傍晚的牡鹿》、《蛇》、《幼小的乌龟》、《乌龟的呐喊》、《蜂鸟》、《美洲豹》、《蚊子知道》、《白马》、《白鲸不会哭泣》、《凤凰》等，那在诗歌中出现的动物是不计其数的，如海鸥、知更鸟、云雀、蛇、燕子、兔子等，他还写了一篇美文《夜莺》。中短篇小说有《逃跑的公鸡》、《两只青鸟》、《狐》、《瓢虫》、《烈马圣莫尔》（也名为《圣莫尔》）等。

劳伦斯在他的长篇小说中写了大量的动物，在他的十二部长篇小说中，就有《白孔雀》、《袋鼠》和《羽蛇》三部以动物名称给长篇小说命名，可见作家的重视程度，而且都各具很强的地域特色。如果说"白孔雀"是英国中部鸟类的代表，它是作者所要批评的女人虚荣心象征（徐崇亮观点）；那么"袋鼠"是澳大利亚的"国兽"③，小说不仅只是用这个作书名，更是在第六章和第十七章分别用"袋鼠"和"袋鼠死了"作标题。小说中的索默斯是劳伦斯的化身，索默斯的朋友杰克的上司，退伍兵组织的领袖本杰明·库里，绰号为袋鼠。此人有非凡的个人魅力，身上的精英和贵族气与基督教的感召力使他具备了救世主的品质。统领着遍布澳洲的退伍兵俱乐部，准备在适当的时候夺取政权，在索默斯眼里，袋鼠如同一个神，这里"袋鼠"就是一种能力、气质、才学的象征。而《羽蛇》作为劳伦斯的第九部长篇小说，原名

① ［英］约翰·沃森：《劳伦斯：局外人的一生》，石磊译，上海书店出版社 2012 年版，第 293 页。
② 同上书，第 293 页。
③ 星球地图出版社编：《世界地图册》，世界地图出版社 2011 年版，第 193 页。

"魁扎尔科亚特尔（Quetzalcoatl）"，玛雅语的意思是"长着羽翼的蟒蛇"，是古代墨西哥居民所崇拜的重要神祇。①

动物是大自然的重要组成部分，是有情有智的生灵，是人类的朋友，同时这类意象具有很强的象征寓意性，它们不仅是人类社会中某些阶层力量的贴切的象征，而且也常常体现着人类某种精神境界和道德力量。劳伦斯非常喜欢把人物用动物来作比喻，如在《袋鼠》中俯拾皆是。如"那青年仍然面朝下趴着，像只动物"②；"这些孩子着实像一群小动物一般，没头没脑地东冲西撞着"③；"维多利亚满脸红光地抬起头，毫无半点不安，一双如动物的眼睛目光闪烁"④；"这张脸兽性全无，若有，也是那双眼睛。他的目光迟缓、黑亮、犹疑，让人想到某种有耐心、有韧性的动物，看似桀骜不驯，实则有天生被动的性情"⑤；"他们蹲在礁石上，看似一群动物。那样子，就像动物一样一忽儿静卧一忽儿跃起扑食"⑥。频频使用动物作喻体，用动物来比喻人的一些特征，显得更形象可感，有时还用动物的意象来象征人物的精神品格，相当简洁深刻，又使人有更多的想象空间。细腻的感受和描写，充分显示出他一颗敏感的心灵，过人的描写天赋和独特的审美趣味，形成了一种特殊的风格。

笔者就以劳伦斯所精心描写中的"鸟"、"马"意象作为切入点，来探究劳伦斯所描写的动物自然意象与作者思想情感的关联及其独特意义，以及其中蕴含的文化内涵。

一 鸟的意象

现代汉语词典言："鸟，脊椎动物的一纲，体温恒定，卵生，嘴内无齿，全身有羽毛，胸部有龙骨突起，前肢变成翼，后肢能行走。一般

---

① ［美］哈里·莫尔编：《劳伦斯书信选》，刘宪之、乔长森译，北方文艺出版社1994年版，第507页。

② ［英］D. H. 劳伦斯：《劳伦斯文集·袋鼠》，毕冰宾译，人民文学出版社2014年版，第22页。

③ 同上。

④ 同上书，第46页。

⑤ 同上书，第57页。

⑥ 同上书，第165页。

的鸟都会飞，也有的两翼退化，不能飞行。燕、鹰、鸡、鸭、驼鸟等都属于鸟类。"① 劳伦斯的长篇小说中所写到的鸟的名称很多，如斑尾林鸽、孔雀、鸨鸟、苍头燕雀、鸫鸟、鹡鸰、云雀、红嘴鸥、田凫、天鹅、鹦鹉、欧椋鸟、蓝山雀、鹬鸰、画眉、刺绣鸟、知更鸟、水鸟、火鸡兀鹰、鸽子燕雀、乌鸦、白嘴鸦、猫头鹰、夜莺、鹊儿、塘鹅、笑翠鸟、鱼鹰等，据不完全统计，劳伦斯在其长篇小说中所提及的鸟类有六七十种，这恐怕是中外作家中极少有的现象了，可见劳伦斯对"鸟"这一动物的喜爱程度了。为此，作者于 1920 年动笔，完成于 1923 年的一部诗集《鸟·兽·花》，这些诗描述和反映各种各样的水果、树木、花朵、野兽、家禽、鸟雀等非人类的动植物的生活。1916—1917 年，欧洲遭遇严寒，劳伦斯亲眼看见荒地上一层冻死的鸟尸，不久，大地回春，幸存的鸟儿鸣啭，预示着春天开始了。1917 年冬春之交劳伦斯就写下《鸟语啁啾》一文，这是一篇歌颂自然生命的象征性抒情美文。1927 年 9 月发表了散文《夜莺》，极力描写了意大利托斯卡纳夜莺歌唱的自由和快意。"这里遍地响彻莺歌。它从来不是凄美的颂歌，它是卡卢索最为快活时唱出的歌。"② 劳伦斯经常用鸟类作为喻体，来形容一个人的神态或精神状况，如"但是，从他的外面看，听见她的话就象看见受惊的小鸟似的"③。"你是个冷冰冰的情人——你是只害羞的小鸟"④。"梅格进来了，她瞧了一眼乔治，目光像小鸟一样明亮，敏锐，而且脸更红了"⑤。"一个尖细的声音传来，音调尖得象田凫"⑥。"梅格那对乌黑的眼睛就象雕琢得发光的黑色大理石，无忧无虑，爽直坦然，象只知更鸟一样，带着欣喜的疑问看着我们"⑦。"他像一只忧郁的鸟儿

① 中国社会科学院语言研究所词典编辑室编：《现代汉语词典》，商务印书馆 1999 年版，第 929 页。
② ［英］D. H. 劳伦斯：《劳伦斯散文》，黑马译，北京人民文学出版社 2008 年版，第 21 页。
③ ［英］D. H. 劳伦斯：《白孔雀》，谢显宁等译，中国文联出版公司 1989 年版，第 20 页。
④ 同上书，第 118 页。
⑤ 同上书，第 287 页。
⑥ 同上书，第 301 页。
⑦ 同上书，第 338 页。

那样坚称要独处。不过，他不是一只忧郁的鸟儿，也不真要独处"①。
"她们看见了一只知更鸟，鸟儿明亮的眼睛一闪，长着猩红色和灰色羽
毛的身子钻进了树丛，惊动了一些羽毛别致的蓝山雀"，"你在那儿像
只小鸟"②。

　　劳伦斯甚至经常为自己的作品作书的封面及插图，多采用的是鸟类
的图片，他常以凤凰自比，火中再生的凤凰是劳伦斯喜爱的历劫不死的
形象，寄寓者作者的坚强不屈的精神象征。

　　在他的作品中，"鸟"意象的使用极其多，在多部作品中曾反复出
现，这个独特的意象具有丰富的象征内涵。正确理解这种意象对我们挖
掘劳伦斯作品中人物的深层心理、深窥劳伦斯的社会批判意识、理解劳
伦斯的创作风格具有独特的意义。

　　（一）鸟显示出的自然性

　　在劳伦斯的几部经典小说中，常常会写到一些恋爱中的女人，当她
们出现的时候，"鸟"这一动物就会紧随着女主人公的出场而呈现在作品
之中；二者之间构成一种极其和谐的关系，其中意象独特、寓意深刻。

　　在《儿子与情人》中，当保罗和米丽安彼此有了好感，于是他们
一起去果园里找鸟窝。"从此以后，米丽安每天都来看这个窝。对她
来说，它似乎是那么亲切。"③ 这里，鸟窝与初恋的米丽安构成了一
个独特的景象，作为读者，很容易就能感受到米丽安对爱情与婚姻的
渴望。"鸟窝"应该是未来美好家园的象征。然而，在劳伦斯的笔
下，米丽安是一个典型的清教徒主义者，她深受清教徒主义的影响，
崇尚"柏拉图"式的爱情生活，视肉体为下贱，并严厉地抑制自己。
所以与保罗恋爱了好几年，还一直保持着清白的关系。但这种精神相
交、肉体隔离的恋爱对保罗来说偏偏是一种折磨。这使他们的隔膜越
来越深，于是，又有了米丽安用法文在练习本上所写的日记："小鸟

　　① ［英］D. H. 劳伦斯：《劳伦斯文集·袋鼠》，黑马译，人民文学出版社 2014 年版，第
253 页。

　　② ［英］D. H. 劳伦斯：《虹》，黑马、石磊译，中央编译出版社 2010 年版，第 375 页。

　　③ ［英］D. H. 劳伦斯：《儿子与情人》，陈良廷、刘文澜译，人民文学出版社 1997 年
版，第 196 页。

几乎每天清晨唤醒我，在鹈鸟的叫声中，我总觉得有点令人心寒的东西。"① 每天有鸟声伴随，象征米丽安对精神生活的强烈追求，同时也暗喻保罗对她提出的关于婚前"性"的呼唤；而"心寒"却暗示了米丽安此时内心正在经受着强烈的欲望与贞操观念的矛盾斗争，这里的鸟鸣声在一定程度上反映出她的精神之恋必定走向灭亡的结果。

根据企鹅派象征辞典的解释，鸟象征人的精神世界，是天使、是理智、是圣洁世界的生物。劳伦斯无疑也用到了这一意象，深刻地表达出了米丽安对鸟所代表的精神世界的追求。这种结局可以说是劳伦斯精心设计的，因为劳伦斯一生都在探索人与人之间肉体与精神的完美结合。在他看来只有这种人与人之间的关系和谐了、完美了，才能把人类从机械化的工业革命中拯救出来。所以保罗在这场恋爱中注定要成为备受精神折磨的牺牲品。

同样，在劳伦斯另一部经典小说《恋爱中的女人》中，厄秀拉对她妹妹戈珍是这样评价的："真奇怪，她为什么总喜欢一些小东西呢？她非刻些小东西，小鸟儿啦，或者小动物什么的，人们可以捧在手中把玩。她总喜欢透过望远镜的反面观察事物，观察世界。"② 戈珍是一个古灵精怪，看不惯周围一切事物，似乎与周围一切事物格格不入的女孩。她热衷于画画，爱好自由，喜欢追求属于自己的精神世界。这里，鸟儿的生活，应该是戈珍精神世界的一个缩影。

在《虹》的最后，厄秀拉也在经历童年、信仰、学业、爱情种种挫折后，她终于病倒了，但病后她似乎获得了新生。"因而，她一边往外走，一边在幻想着她没有被注意到。她觉得真像一只鸟儿飞进一间大厅，里面庞大的武士们围桌而坐。她急急掠过他们庄严齐整的行列，肯定没被注意到，心儿怦怦直跳地从另一边窗子飞出去了，飞到外面葱绿湿软的草地上。"③ "所以，她眼盯着脚下，沿着这条路走得

---

① ［英］D. H. 劳伦斯：《儿子与情人》，陈良廷、刘文澜译，人民文学出版社1997年版，第277页。

② ［英］D. H. 劳伦斯：《恋爱中的女人》，黑马译，中央编译出版社2010年版，第33页。

③ ［英］D. H. 劳伦斯：《虹》，黑马、石磊译，中央编译出版社2010年版，第439页。

飞快，犹如一只风中的鸟儿，什么也不想。"①

在劳伦斯的笔下，以上三个女人都有着自己近乎相同的精神追求，她们都在追求自由，追求自己的理想。然而她们的爱情都留下了令人可叹的遗憾，到底是什么阻碍了她们的爱情，她们的精神追求？劳伦斯在小说里声泪俱下地痛斥了资本主义和现代文明，是这些东西把人的心灵扭曲了，把好端端的人们给隔离开了。是这种现代文明毁灭了这些美好的女性；文中，自由的"鸟儿"恰好与这些女性形成强烈的对照关系。上述鸟儿的描写，正是他强烈的自然观的反映，在自然与文明的冲突之间，他选择了自然。他认为人类生活与自然息息相关。通过与自然界的交融，人类就能从自然中获取生命力而重新恢复活力。自然界拥有能使人类生气勃勃并使人类获得新的力量的神奇力量。所以在他笔下，自然界中的一草一木、一鸟一兽都充满了生命的灵性与活力。②

（二）鸟显示的社会性

劳伦斯在他的散文《鸟、兽、花絮语》中说过："鸟是天空的生命，当它们飞行时，披露了天空的思想。"③ 劳伦斯的这种观点也影响着他的小说创作。

《虹》中布朗温与妻子在经过新婚后，生活的单调重复使他们的爱情有了强烈的冲突，内心激荡。"随着时间的流逝，篱笆上浆果红透了，挂满了光秃的枝头。知更鸟鸣啭，鸟群像一排浪花儿滚过待耕的土地。乌鸦扑棱着翅膀呼啦啦地冲向田野来"④，几个月后他终于忍受不了这种潮湿、阴冷、单调的生活而冲出了家门。

圣诞节过去了，阴冷潮湿的一月又到了。使人厌倦，只是时不时地看得到一丝蓝湛湛的晴空。清晨，布朗温走出门来，见到

---

① ［英］D. H. 劳伦斯：《虹》，黑马、石磊译，中央编译出版社 2010 年版，第439 页。

② 陈建：《D. H. 劳伦斯小说中"鸟"的意象解读》，《电影文学》2009 年第 3 期。

③ ［英］D. H. 劳伦斯：《安宁的现实：劳伦斯哲理散文选》，姚暨荣译，上海三联书店 1992 年版，第 232 页。

④ ［英］D. H. 劳伦斯：《虹》，黑马、石磊译，中央编译出版社 2010 年版，第 58 页。

外面透明清澈，习惯的声音又响起来了，众多的鸟儿突然飞到篱笆上来栖息。他是兴致勃勃的，管他妻子有多么乖戾、忧郁，管他让妻子跟自己在一起有多困难，这都无所谓。空气奏着清亮的曲子，天空像一块水晶，像一只铃儿，土地是坚实的。有了这些，那些算得了什么？他愉快地干着活计，目光炯炯，红光满面。强烈的生之欲望充溢全身。

周围的鸟儿忙着啄木，强壮的马匹待命上路，光秃秃的枝丫摇曳着，像人在伸懒腰。攒足了力气直冲云霄。他精力充沛，向往生活，如果他妻子心情沉重，跟他合不来，就由她去，让自己我行我素。事情都是有一定之规的，该怎样就怎样。与此同时，他听到远处传来一声雄鸡的啼唱，一轮淡淡的晓日随之升上了蓝天中。①

在安娜与丈夫威尔的亲昵感消失后，"于是她抓住一些微小的东西，这些小东西挽救了她免于被激情的潮流裹挟着奔向上帝。她胜利地走着自己的路。她要摆脱这死板，一直向前的运动，飞出来，就像一只鸟，柔弱的小爪沾着水从大海中腾起；就像一只鸟那样摆脱那裹挟它涌向一个违反它意愿之目的的大海的冲动和喘息；就像一只鸟一样扑棱着翅膀飞向开阔明朗的天空，高高地俯瞰这死板、负担过重的运动，离开它，悬在空中，东飞西飞，在选择好或找到了飞行的方向，没有沉下去之前寻视，找到答案"②。

最为典型还要数厄秀拉，她是最为彻底的追求自由的叛逆女性形象。她生活的年代是工业革命连乡村僻壤都浸透的年代。在这个时期，她面临着双向选择，是屈从于现代文明还是通过自我解放找到理想世界。她选择后者，与资本主义的社会制度、宗教、道德和思想意识进行了不懈的斗争。她不满父亲的自我封闭；不满圣菲利浦学校压抑人性、冷酷、残忍的教育和大学似"旧货商店""蹩脚车间"③的

---

① ［英］D. H. 劳伦斯：《虹》，黑马、石磊译，中央编译出版社 2010 年版，第 58—59 页。

② 同上书，第 180 页。

③ 同上书，第 392—393 页。

生活；更不满安东为了物质利益而一味遵循英帝国政策的思想。她强烈要求得到自由，在作品中，劳伦斯对她的这种要求很多时候都是通过隐讳的方式表达出来。让她出场时总是伴随着很多小鸟的出现。如在第十四章"扩大的圈子"里写道：厄秀拉和玛琪结伴步入猎园，"厄秀拉和玛琪探着路往前走，到了一条寒气逼人的潺潺小溪边。溪水把积雪冲出一条凹槽，在白雪间流动。她们看见一只知更鸟，鸟儿明亮的眼睛一闪，长着猩红色和灰色羽毛的身子钻进了树丛，惊动了一些羽毛别致的蓝山雀。而小溪在旁边平静地流动着，自己在轻声欢笑"①。这种情景让她"兴冲冲地""激动得全身颤抖"②。在这个充满生气的林子里听安东说她"你在那儿像只小鸟"③。在就要离开专制的圣菲利浦学校的时候，她又感到自己"像一只在半空中摇摆的刚刚学会飞行一段的鸟儿"④。她的声音，作者写道："她仿佛是一块金属，还听得到她那丁零零的金属声，就象是鸟身女妖的声音。"⑤ "她又大声喊起来，声音又高又刺耳，犹如海鸥的尖叫声。"⑥ 甚至连他们之间的吻也变成了"他的心怕这女妖凶猛地叮啄一般的吻怕得软弱下来……她好像要把尖尖的鸟嘴紧紧按着直至取出斯克里宾斯基的心脏"⑦。这一切都说明了不论在生活还是爱情方面，厄秀拉都在追求自由、人格的独立和女性意识。这也是劳伦斯借用厄秀拉的观点对残酷、毁灭人性的、使人与人之间关系扭曲的工业文明提出的强烈抗议。

在《查泰莱夫人的情人》中，康妮在要去伦敦时与麦勒斯度过的最后一晚。次日的早晨，康妮"依旧梦幻般地看着窗外。窗子开着，清晨的空气飘了进来，鸟儿的鸣啭也传了进来。鸟儿在窗前不停地飞

---

① ［英］D. H. 劳伦斯：《虹》，黑马、石磊译，中央编译出版社 2010 年版，第 375 页。
② 同上。
③ 同上。
④ 同上书，第 377 页。
⑤ 同上书，第 432 页。
⑥ 同上书，第 432 页。
⑦ 同上书，第 433 页。

来飞去。然后她看到弗罗西溜达出去了。是早晨了"①。这象征着康妮心中渴望自由的强烈愿望。她心中盘算着去伦敦回来就要彻底地摆脱丈夫查泰莱的精神牢笼,走向具有原始旺盛生命力的麦勒斯,结束几年来性本能受压抑的生活,一切从头开始。所以他特别强调"鸟儿在窗前不停地飞来飞去……是早晨了"。一个充满希望的早晨。可以说这也是劳伦斯精心策划的。康妮走向麦勒斯,实现了由性到爱的和谐统一,再到灵与肉的完美结合。同时克里福德所代表的是即将衰败的工业文明。而麦勒斯代表的是具有原始力量的自然美。人与人之间达到和谐统一,这正是劳伦斯社会观的最终归宿。

(三)鸟体现出本真的"性"观念

在劳伦斯的笔下,自然界中的鸟也体现着本真的性观念。

如《儿子与情人》中,当保罗对米丽安有冲动和欲望的时候,他看到"大黄树叶上有四只死鸟,那是偷吃樱桃给打死的"②。在英语中,樱桃常指姑娘或处女,偷吃樱桃意味着欲望和理智的死亡。所以当视性爱为耻辱的米丽安面对保罗充满强烈的性欲望时,终于"知道自己在为他效劳"③。

"她躺着,准备为他作出牺牲,因为她如此爱他。"④ 这种僵死的、毫无欲望的表情,使正准备偷吃禁果的保罗明白"他不牺牲她是不行了。刹那间他巴不得自己没半点欲念,或者死了拉倒。"⑤。继而保罗终于得出了这样一个结论:"他要逃走,要出国,怎么都行。他渐渐不再向她求欢。因为这不但没有促成两个人的亲近,反而使他们更疏远。而且他悄然大悟,这毫无好处。再努力也没用:他们两人之间永远无法圆满。"⑥ 所以,这里鸟的死亡象征了保罗对米丽安心智和情欲的死亡。

---

① 〔英〕D. H. 劳伦斯:《查泰莱夫人的情人》,黑马译,中央编译出版社 2010 年版,第 260 页。

② 〔英〕D. H. 劳伦斯:《儿子与情人》,陈良廷、刘文澜译,人民文学出版社 1997 年版,第 385 页。

③ 同上书,第 391 页。

④ 同上书,第 390 页。

⑤ 同上。

⑥ 同上书,第 393 页。

《查泰莱夫人的情人》中，当自然之子麦勒斯与康妮发生性关系后，"实话说吧，他感到悔不当初。或许这主要是替她悔"，"但他十分明白自己惧怕社会，凭本能他知道社会是个恶毒的、半疯的野兽"。然而劳伦斯一直痛恨工业革命对这种自然本能，尤其是情欲的压抑和对理智的过度宣扬。性的意识使人觉悟，性是人与人，人与自然之间和谐的基础和保证。所以麦勒斯再度想起了康妮"如果这个世界上没那么多别人就好了！""那女人！如果她能同他在一起，这世界上再也没有第三个人那该多好！想着想着他欲念又起，那尘柄便像一只活生生的小鸟一样躁动起来。"① 这里的小鸟很显然是男性生殖器和情欲的象征。生命力旺盛的康妮有了麦勒斯后，体验了性与爱完美结合后的快乐，她的灵魂和肉体都呼唤着新生。"她正沉溺在微微的狂喜中，就像树林在春天里喃喃低吟着发芽……她就像一片树林，像盘根错节的橡树林，无数的树芽于无声处哼唱着绽放，与此同时欲望的鸟儿则在她身体那盘根错节的密林里休眠。"② 回到家，面对着给她精神和肉体都承载痛苦的克里福德，康妮最终决定离开克里福德。

这里克利福德象征了一只只知对物攫取，但却"无能"的动物，有了麦勒斯后，麦勒斯身上体现的不可遏制的生命之源，唤醒了她的人性意识，最终使得她抛弃了现代社会中压抑的人性的理性，投向了麦勒斯的怀抱，在性快乐中恢复人性。通过美好的性爱来拯救腐朽的生活，这正是劳伦斯为拯救社会所开出的药方。

从以上的分析中，我们可以看出"鸟"这一动物在劳伦斯作品中扮演着重要的角色。他赋予"鸟"这一动物以丰富的情感，通过它挖掘人物深层心理，自然地抒发出自己的感情，并使这一动物具有深层的意义。另外，劳伦斯在对工业化社会批判的同时，也提出了化解工业弊病的药方，一是他的自然主义，即人的自然的复归；二是他企图通过两性关系的完美结合达到人与人之间关系的和谐。诚然，他提出的这种改造社会的药方是不足为训的，但他对这些意象的揭露却是

---

① ［英］D. H. 劳伦斯：《查泰莱夫人的情人》，黑马译，中央编译出版社 2010 年版，第 122—123 页。

② 同上书，第 142—143 页。

令人折服的。可以看出劳伦斯的艺术审美及严肃思想表达的一片苦心了。①

二 马的意象

在生活中，劳伦斯喜欢骑马唱歌，因此可以说马是劳伦斯钟爱的动物之一，更是一个他喜欢的意象。劳伦斯曾在《三色紫罗兰续编》中写过一首短诗《白马》。在劳伦斯的长篇小说中，"马"这个意象出现的频率非常高。劳伦斯在《关于无意识的随想》一书当中详细阐释过奔马所具有的寓意，他认为马是"具有强烈肉感的男性活动"的意象，这是对男性力量的认可，劳伦斯说"马的身体给人以雄壮、几乎是美的印象，马象征男性最活跃的性活动"②。因此，马是充满着阳刚之气的动物，是一种难以驾驭的男性性欲的象征。奔腾的马也象征人在面临一些重大难题的时候，内心所面临的激烈的思想斗争。除此之外，在劳伦斯的笔下，还存在着多种形态各异、类型不同的马儿形象，这些马儿由于描述的背景上存在着差别，所以其蕴含着的象征内涵和意义指向也不一样，并非仅指男性意识这一层面意义。

（一）奔腾之马：男性与男性意识象征

《儿子与情人》被公认是劳伦斯自传性小说，作品写保罗的恋母情结和爱情之间的冲突。只有在细读文本时才可发现，劳伦斯上述这段恋情就表现在《儿子与情人》中关于保罗与米丽安的初恋描写中。当保罗男性意识开始产生的时候，劳伦斯特地用"马"这一意象去映射男主人公的心路历程。马儿形象的出现总与保罗与米丽安的爱情发展息息相关。保罗与米丽安开始朦胧相恋时，作者是这样刻画的："莱佛斯先生在外头大声吆喝着马儿，因为马竟在园里吃起玫瑰花来了。听到吆喝声，米丽安吃了一惊，黑眼睛四下望望，就象有什么东西闯进她的内心世界一样。屋里屋外都是一片静寂。米丽安仿佛身在梦境，成了受奴役的姑娘，她的心灵梦想着遥远、神秘的地方。"③

---

① 陈健：《D. H. 劳伦斯小说中"鸟"的意象解读》，《电影文学》2009年第3期。
② 黄宝菊：《论劳伦斯小说中马和月亮的象征意义》，《外国文学研究》2003年第3期。
③ ［英］D. H. 劳伦斯：《儿子与情人》，陈良廷、刘文澜译，人民文学出版社1997年版，第192页。

　　"马在园里吃玫瑰"意在"男性吃玫瑰"。玫瑰在西方语境中象征爱情，象征心爱的女性。很明显这里的马是男性的象征。"玫瑰被马吃掉"震惊了米丽安，暗示保罗的男性意识已经得到了女主人公的认可，总有一天她会被保罗"征服"，所以米丽安接着就有了"好像有什么东西闯进她的内心世界一样"的反映。这实际上就是保罗的男性求爱意识已让女主人引起了心灵上的共鸣。此处关于马儿的描写也初步体现了劳伦斯的男性观念：男儿如马，代表着男性青春的觉醒与冲动。然而，情窦未开的米丽安面对情窦初开的保罗，显得很拘谨与紧张。视"性"为下贱的米丽安无法明白保罗男性意识的进一步抬头。于是劳伦斯在作品中又一次描写到马儿。

　　"唔，吉米，好马儿，你好哇？总是那么病恹恹，垂头丧气的，是不？唉，这样可不像话，我的好马儿。"① 这是保罗男性本能受到严重的压抑，忍不住思念之苦，又一次来到米丽安家里故意说的一句意味深长的话。此话一语双关，表面是对马说话，但实际是说给米丽安听的，保罗的"醉翁之意"还在于，言说别人的同时也在言说自己。他希望能在爱情中得到性的滋润，但米丽安视为下贱而一味要求保罗用高尚的事物去要求自己、净化灵魂。这使他格外地压抑。曾想放弃爱情，但又难以割舍。如果继续保持着对米丽安的爱，却又整天受着这样的性煎熬，所以他就像马一样，"总是那么病恹恹，垂头丧气的"。"这样可不像话，我的好马儿"，他说这句话的同时也在责怪米丽安，认为米丽安过于保守，把男人对于女人的正常需要，看成是见不得人的事。

　　与上述意象类似，代表着男性与男性意识觉醒的马儿在这部作品的其他地方也有充分表现。在第九章"米丽安失恋"，作品中"有个约莫三十五岁的女人"②，"眼神憔悴、孤独无伴的"③ 林伯小姐是整日在庄园里过着一种孤独生活的女性，她特别希望有异性来充实她的生活，她对异性的渴望就体现在对马的感情上，视"马"如情人，百般温柔和关照。"这匹大公马一看到她，就又嘶叫起来。她激动地走近一步。"

　　① ［英］D. H. 劳伦斯：《儿子与情人》，陈良廷、刘文澜译，人民文学出版社 1997 年版，第 227 页。
　　② 同上书，第 315 页。
　　③ 同上书，第 317 页。

"你可回来了，好小子！""她温柔地冲着这匹马，而不是冲着那汉子说话。这匹雄伟的大马低下头，掉过身子向她挨来。她把藏在背后手心里的皱皮黄苹果偷偷塞进马嘴里去，然后亲亲马眼睛边上。这匹马高兴得舒了一大口气。她一把搂住马头，贴在胸口。"她又亲亲马。"哪一个男人都不一定比它可爱。""真是个乖孩子！那女人又把马搂在怀里，大声叫着说。""这匹马相当温驯，你见过这么大个头又这么温驯的么？""哦，它会说——简直象会说话。"① 对这匹高大的枣红马赞不绝口。就连保罗也对这匹公马欣赏之极，"保罗眼看这么一匹高头大马精力无比充沛，竟然踩着如此轻快的步子，不胜赞赏"②。

在《虹》前半部，马还是代表男性。但与《儿子与情人》不同的是，劳伦斯将这些马放到了整个社会中去研究。在更加广阔的空间里去探讨马与男性的相关问题。无论在作品的开头、故事的发展，还是在作品的结尾，男人们在茶余饭后、谈资论辈时，都以马作为他们炫耀自己的资本，以马来表现他们作为男人的骄傲，这种风俗成了英国男人的时尚。所以，无论是汤姆·布朗温初次与出身名门望族的小个子外国人交谈，还是他追求女孩子时所谈的语言，都是围绕着马为主要话题的。"什么时候带您的小女儿来看看我们的鸡群和马群，她喜欢就让她来吧。"③ 汤姆·布朗温谈马的时候风度优雅、举止得体。

劳伦斯在《白孔雀》中写道："他（乔治）对马儿说着话，同时又谈论着马儿，伸手抚摸着它们，摸遍它们全身。他对这些毛色油亮，不安分的动物象比对什么东西兴趣都更浓。马儿使他脸上发出热情的红晕。马儿是他的新的兴趣。它们安静而又有灵性；他是它们的主人和占有者。这给了他真正的乐趣。"④

上述的例子说明，劳伦斯生活的年代里，英国社会男权主义浓厚，马象征着男人以及男性比女性更为高贵的身份，劳伦斯在潜意识中也认

---

① ［英］D. H. 劳伦斯：《儿子与情人》，陈良廷、刘文澜译，人民文学出版社 1997 年版，第 313—317 页。

② 同上书，第 314 页。

③ ［英］D. H. 劳伦斯：《虹》，黑马、石磊译，中央编译出版社 2010 年版，第 28 页。

④ ［英］D. H. 劳伦斯：《白孔雀》，谢显宁等译，中国文联出版公司 1989 年版，第 383 页。

可了英国社会的普遍看法，就像作品中其他英国男人只有谈论马才显示出自己的男性意识与身份一样。劳伦斯作为一个男性作家，他在作品中高谈阔论时也是这样做的。① 正如诗人、画家、儿童文学作家张怀存女士所说的：英国人爱马超越过爱一个人。他们认为马是最重情感、最懂人性的。所以，直到现在，打猎俱乐部和跑马俱乐部仍然是英国最昂贵的消费群体。英国的各大城市都有专用的马路，伦敦也是，许多地方都设有马走的路，车辆一定要让马先行，除非骑马人让路给车子。

（二）梦境之马：男性性欲体现

劳伦斯的象征主义手法达到了炉火纯青的地步。他特别喜爱用朦胧的象征来表现对社会的批判和人物心理的变化。随着写作的深入，劳伦斯在马的身上又赋予了另一种新含义。

"有时，在寒冷的日子里，这对恋人就站在马厩里，空气中弥漫着热烘烘浓烈的马尿味，乘夜晚值夜的当儿，他渐渐地了解了她，他们相依在一起，挨得愈来愈近，一个个亲吻越来越温柔、中意。于是，在漆黑的夜里，当一匹马尥蹶子发出烦人的雷鸣声时，他俩会像一个人那样去倾听，像一个人一样有所感知，他们都提防着这里的马。"② 这里，"尥蹶子的马儿"象征着男主人公冲动的性欲，像暴风雨里的雷鸣，这是一种自然的冲动，朦胧静谧，只能意会不可言传。

类似象征在《虹》的结尾部分表现得尤为突出。一群可怕、鲁莽、得胜了的马聚在一起，渐渐地涌进厄秀拉朦胧的梦境里。"那几匹马在她身后顺着小路疾驰而下，发出的巨响震得她发抖。她又感到了沉重的压力，几乎要给压死了……巨大的铁蹄如闪电流星，一股劲儿地冲过去，疯狂极了……她的身子软弱无力，可是，两手钢铁一般坚硬。她知道自己还很坚强。"③ 这些马时而聚成一团，时而结成一个群体，造成一种原始力量，这原始力量对厄秀拉的女性意识造成了严重的威胁。然而在这对峙中，厄秀拉很多时候又想放弃自我，屈从命运，但内心却又不甘。

这里，作者将"马"的动物本性引入到小说的人物身上，说明男

① 陈健：《劳伦斯小说中"马"的意象新解》，《长城》2010年第5期。
② ［英］D. H. 劳伦斯：《虹》，黑马、石磊译，中央编译出版社2010年版，第111—112页。
③ 同上书，第440—441页。

女之间存在着永无休止的争吵、敌视，甚至特殊斗争。在作品里，女主人公对安东尼身上表现出的自然"本能"力量充满了渴望与爱。她在精神上追求美好而理想的生活，愿牺牲原始欲望的性爱。但她也意识到，她必须向男性妥协才能找到真实的自我并实现自己的理想。女主人公梦境中"驰骋狂奔的野马"象征着一种男人的野性和原始力量，这种力量对厄秀拉的女性自我造成了严重的威胁，同时她潜意识中的性本能也受到压抑。文中的马儿非常明显地象征着男性性欲的强劲和不可控制。它使厄秀拉潜意识的探索受到了来自肉体和精神两方面的严重冲击，从而挣扎在矛盾的痛苦中。①

（三）"韧劲和力量"之马：文明中的暴虐与专制

杰拉德是劳伦斯在《恋爱中的女人》塑造的一个相当成功的男性人物形象。这位工业之子被劳伦斯设计成了一匹带有"韧劲和力量"的悍马。他的性格与"马"一样坚韧、富有力量，在事业上是个非常敬业的人，崇尚人类的意志，在与自然环境的斗争中不折不扣地实现自己的意志；在生活上，体格强健、性欲旺盛、爱情专一。他对戈珍的吸引就在于他身上体现出来的这种雄性魅力。但在意志上，他企图控制一切，崇尚暴虐和专制。他和戈珍的爱情悲剧最终也源于他对女性的强烈支配欲望。正如作品中的描写：当杰拉德看到母马时，"似乎他被母马磁铁般地吸住了"。而母马也觉得"这个男人似乎它是他身体的一部分"②。

这里，杰拉德与母马交流，不但象征杰拉德与如今在初恋时如亚当与夏娃般的相互吸引，而且还象征着杰拉德的本质特性与马相似，二者在灵魂上是相通的。彼此有一种奇特的"缘分"。所以，劳伦斯在作品中有意地流露出杰拉德身上有马一样的本质特性：既精力充沛、野心勃勃，又"主宰英国工业化社会灵魂"，他代表着现代机械文明。但有时也像马一样精神空虚、道德沦丧。他认为，基督教关于爱和自我牺牲的全部教义都是破烂。每个人在社会中的作用仅仅是完成自己的一份工

---

① 陈健：《劳伦斯小说中"马"的意象新解》，《长城》2010 年第 5 期。
② ［英］D. H. 劳伦斯：《恋爱中的女人》，黑马译，中央编译出版社 2010 年版，第 105—106 页。

作，除了生产再无其他目的而言。他还崇尚权力地位，但在工业生产的异化下，他最后也变得空虚、冷漠和专横，被爱情迷住了心窍，双目失明，时常笼罩在黑暗里，随时感到死亡的危险。当女主人公戈珍成为"探寻新大陆的亚历山大"时，杰拉德却逃脱不了死亡的命运，在冰雪中葬身。当杰拉德死后，劳伦斯是这样描写的："伯金的脑子里浮现出从前见过的那头倒毙的种马。伯金看看他苍白的手指，都不能动了，这让他想起他见过的一匹死马：一堆雄性的死肉，令人恶心。"① 这里，"种马"一样的杰拉德是精力充沛、野蛮、专横的象征。"死马"暗示以杰拉德为代表的强权社会彻底地死亡。

（四）母马、小马：女人的化身

虽然"女人就如同马：两种意志在她身上起作用。一种意志驱使她彻底地去屈从，另一种意志让她挣脱羁绊，将骑马人投入地狱"，"要驯服马是件危险的事，更何况驯服女人呢？"② 的语言出自《恋爱中的女人》中的伯金之口，但他确实是表达了劳伦斯对于女性的看法。在作品里，男主人公杰拉德对女人与马的看法与劳伦斯一致。杰拉德说"这马是为我所用的，并不是因为我买下它了，而是因为它天生如此。对一个人来说，随心所欲地使用他的马比跪在马前求它实现它的天性更合乎情理"③。在作品里曾有一个非常经典的人马冲突的镜头。枣红母马站在铁道边，被急驰而来的火车的尖鸣声吓得惊慌失措，"令它难耐，那没完没了的重复声既陌生又可怕，母马吓得浑身抖起来，像松了的弹簧一样向后退着"，"小机车咣咣当当地出现在路基上，撞击声很刺耳。母马像碰到热烙铁一样跳开去"④，此时，男主人杰拉德神情镇定，完全控制母马。"他用力夹着马腹，就像一把尖刀刺中了马的要害，马又顺从地转回来。"⑤ 马儿就范了。这个场面，表面看是人马搏斗，实为两性之间的冲突，让人浮想联翩。戈珍与杰拉德的爱情是一场

---

① ［英］D. H. 劳伦斯：《恋爱中的女人》，黑马译，中央编译出版社 2010 年版，第 464 页。
② 同上书，第 135 页。
③ 同上书，第 133 页。
④ 同上书，第 105 页。
⑤ 同上书，第 106 页。

支配与被支配，奴役与被奴役的搏斗，其结果不是我奴役了你，就是我被你所奴役，二者必居其一。此镜头，全部暴露在戈珍和厄秀拉的女性视觉中，生动地体现了杰拉德企图控制一切的男性意志，从一个侧面暗示了他在女主人公面前强劲的性欲和不可控制的雄性观念。作品中，戈珍迷茫惊愕的表情，犹如那匹受惊的母马。枣红母马实为女主人公戈珍的化身。她与杰拉德在生活以及彼此的潜意识中都存在着严重的两性冲突。

在《儿子与情人》一文里，莫瑞尔活灵活现地讲了一个关于"邰非"这匹狡猾的小马的故事。他曾将男性的原始欲望发泄到小马身上。故事中，小马是一个符合他们玩弄的女性形象，这个带着黄色意味的故事吸引了庸俗、低下的矿工们，因为，故事显现了男性在性方面的霸权思想和女性受压制、沦为娱乐工具的低下地位。这就是这个时代女性的共同特征：善良的天性和被压迫的悲苦生活。这和马的命运是相同的，劳伦斯非常委婉地表达了自己的观点。

由上述的分析可知，劳伦斯文学中的"马"的意象具有多重文学内涵，它不仅是男性与男性意识的象征，同时也是性欲、专制和异性的象征，甚至包含着更为深层的尚未被世人发现的文学意义。这些意象内涵对我们正确理解劳伦斯的社会意识、心路历程、美学观和婚恋观是很有帮助的。它从一个侧面反映了现实生活中的劳伦斯是一个男权主义非常强烈的作家。马意象是他强悍的男性意识载体，不同场合出现的马儿，分别体现了作家深层的潜意识世界。①

---

① 陈健：《劳伦斯小说中"马"的意象新解》，《长城》2010 年第 5 期。

第四章

长篇小说艺术探魅

小说是人类迄今发现的细微内在联系的集大成者。任何东西只要是在自身的时间、地点和环境中就是真实的，否则就是虚假的。[1]

劳伦斯虽然是个文艺通才，几乎涉及各类文体创作，但他常以小说家自称。在小说创作中尤其看重长篇小说的创作，并且是个不断创新的作家，也是一个不断超越自己的作家。很难用一个流派或一些简明扼要的词语来归纳他的长篇小说的特点及风格，而从文学地理学批评的角度便可对他的长篇小说作出有效的解释，这些解读是比较符合作品实际和作家的具体实情的，从中也可探寻出作家独特的审美情思和艺术魅力。

第一节　长篇小说中比喻手法的巧妙运用

劳伦斯在他的多部长篇小说中，不仅描写了上百种的动、植物意象，为读者展现了原始、和谐、纯真的自然，而且运用比喻的修辞手法将小说中人物的形态、动作、声音等动物化或植物化，以及对人物的动、植物性称呼，突出刻画了人物的性格、心理、情感、命运的发展。笔者试对小说中人物动物化及植物化的具体分析，展示劳伦斯追求的"心灵的故乡"，解读劳伦斯赋予它们的象征意义，探讨劳伦斯对自然熟悉、热爱的原因，体现出劳伦斯独特的审美追求及生态思想。

----

[1]　[英] D. H. 劳伦斯：《劳伦斯文集·文论集》，毕冰宾译，人民文学出版社 2014 年版，第 255 页。

一　男性的动、植物性比喻

在劳伦斯的众多长篇小说中，劳伦斯常将其男性人物的描写主要与动物结合在一起，通过动物的特性，对其人物进行比喻，突出人物的性格特征。

（一）自然之子：追求原始自然的和谐之美

《白孔雀》中的乔治出生并成长于自然，拥有强壮的体魄，充满原始的自然美和男子气。在自然的世界之中，乔治无所制约，拥有属于自己的自由空间。在西里尔与乔治一家吃饭的场景里，埃米莉与乔治因如何教育学生的问题发生分歧，埃米莉对于乔治的不在意和纯粹的自满感到生气，说他"就不应该坐在那儿，象头胖牛犊似的'哞哞'叫"①。埃米莉把乔治当作是胖牛犊，不仅是因为他自我的卓越感，还因为他理所应当地认为母亲必须对他服务的态度。埃米莉虽然表现出对乔治的不满，把他所说的话都当成是牛叫声，但乔治的内心却不是这样的，他并不高傲、热爱农场的工作、珍惜与朋友间的情谊。乔治只是纯粹地属于自然，向往追求舒适自由的生活，而对于自然以外的世界，他并不想了解。西里尔也说乔治"有时候他贪吃得象头猪猡"②，乔治就像自然中的一员，无忧无虑，不关心自然以外的世界，做好自己的事情，对于他而言就是他的生活，更进一步说明乔治属于自然的特质。莱蒂同样理所当然地认为乔治"象头在牛圈里养肥的牛。食物充足，条件舒适，仅此而已"③。乔治追求的就是这种充满舒适、安逸与自由的生活。出于对莱蒂的迷恋，乔治接受工业文明的教化，试图让自己成为有良好教养的社会人，导致他远离了自然。乔治虽然很努力地走向莱蒂，但由于他归属自然的特性，却使他无法完全融入莱蒂的生活。乔治在离开自然的生活中，"就象一棵正在倾倒的树，木质变得疏松，颜色变得暗淡，正

<hr/>

① ［英］D. H. 劳伦斯：《白孔雀》，谢显宁等译，中国文联出版公司1989年版，第8页。
② 同上。
③ 同上书，第22页。

在朽烂，滋长着冷湿的小菌”①。此时的他，就像一棵已经耗尽能量的树，在应当茁壮成长的时期，却正在一天天地枯萎，逐渐走向死亡。乔治既没有得到当初远离自然后一心追求的幸福，也使他完全脱离了属于自己的自然世界。这不仅是乔治的个人悲剧，更是工业文明对自然侵入迫害的悲剧。

《查泰莱夫人的情人》中的猎场看守麦勒斯，是一个远离社会文明喧嚣，回归自然生活的人物。在树林的小木屋里，麦勒斯完全融入自然之中，无所顾忌地在小院中洗浴，动作“就像一只鼬鼬在戏水，全然自得其乐的样子”②。劳伦斯运用鼬鼬戏水场景的比喻，展现出麦勒斯对自然的信任，全心专注于自己的事情。麦勒斯在回归自然之前，因为一场失败却未完全结束的婚姻，使他失去了对男女情感的追求与欲望。但克里福德夫人康妮的出现，打破了麦勒斯生命中的平静，使他重获生命的激情。对于康妮的逃避，麦勒斯“像头巴兰的驴子站在前头，挡着她的路”③。在康妮的面前，麦勒斯显得不安，同时又在期待着什么，而康妮的行为，却让他觉得可笑。即使是这样，麦勒斯与康妮之间仍然维持着有违道德的关系。每次与康妮的分离，使麦勒斯只想与她在一起的欲望愈来愈强。出于对康妮的思念，麦勒斯竟在夜里走到她的住所拉格比府，并一直站到黎明，此时的他“像条相思的公狗站在母狗的窝外面那样！”④ 对于自己的所爱，要用自己的实际行动表达出来，麦勒斯用这种最原始的方法，守护在爱人的身边，表现出他对感情的真挚。然而社会的现实，使麦勒斯始终存有顾虑，认为包括自己在内的所有人都将遭遇不幸，他深刻了解那种“让人折腾够了、成了一条断了脊梁骨的蛇”⑤ 的滋味，这个比喻恰当地表现出麦勒斯此时内心的无助与无奈。在康妮与麦勒斯的爱情中，他“是只小斗鸡”⑥，这样的比喻，体

---

① ［英］D. H. 劳伦斯：《白孔雀》，谢显宁等译，中国文联出版公司 1989 年版，第454 页。

② ［英］D. H. 劳伦斯：《查泰莱夫人的情人》，黑马译，中央编译出版社 2010 年版，第65 页。

③ 同上书，第 136 页。

④ 同上书，第 149 页。

⑤ 同上书，第 213 页。

⑥ 同上书，第 296 页。

现出他对爱情的决心。麦勒斯虽然只是一个猎场看守，但在面对内心真实的情感时，即使现实的残酷曾令他有过放弃的念头，他最终也没有逃避，而是努力追求、勇敢去爱，得到了属于自己的爱情。

（二）工业之子：追求权利与物质欲望之美

《恋爱中的女人》中的杰拉德，是一个工业文明巨子，劳伦斯用多种动物的比喻展示杰拉德的性格变化。杰拉德的第一次出现，"恰像一只脾气温和、微笑着的幼狼"①，这是戈珍对杰拉德的初次印象：幼狼的外表虽然温和，但其本质始终是狼，带有冷酷、危险、贪婪的特质，以及强烈的征服欲和占有欲，表现出杰拉德具有狼的特质。在杰拉德下水救人的时候，"他像一只水老鼠一样在水中游着"，"他就像一头海豹。他像海豹一样抓住了船舷"②。这时的杰拉德，水从湿漉漉的头发上滴下，样子显得可怜兮兮，仿佛脱去了那份冷漠的外表，成为一只招人喜爱的海豹，戈珍从他的身上竟然感受到一种温和。杰拉德虽然和戈珍在一起，但他是一个不懂如何爱人的人，无法牢固地抓住戈珍的心，使自己逐渐失去了对情感的激情。面对戈珍的逐渐冷淡，杰拉德也表现出一副满不在乎的样子，"他像一只狼那样盲目地盯着她"③。虽然狼是冷酷、危险的动物，但当它面对自己毫不在意的事物时，也会失去所有的关注与兴趣，杰拉德此时就是这样的心情。但杰拉德对戈珍始终是放不下，从戈珍身上，他得到的是对女人的拥有，尽管并不是很称心如意。杰拉德与伯金谈到这类问题时，他"鹰一样聚光的眼睛望着远方"④，对于他与戈珍的未来，他还在探索，他也无法预知未来的他们会是怎样，或许他从来就不知道自己想要的是什么。杰拉德作为工业之子，最后的死亡，也预示着工业文明即将没落。

《查泰莱夫人的情人》是劳伦斯的最后一部长篇小说，小说中的克里福德是一个已被工业文明所异化的形象。克里福德虽因战争导致下身瘫痪，无法生育，但这并没有成为他人生中的障碍，他始终沉迷于对权

---

① ［英］D. H. 劳伦斯：《恋爱中的女人》，黑马译，中央编译出版社 2010 年版，第9页。

② 同上书，第 175 页。

③ 同上书，第 400 页。

④ 同上书，第 425 页。

力和金钱的追求。克里福德对于旁人的任何看法，只要不阻碍他前进的道路，一概不在意，只是一味地向他人炫耀自己的至高地位，就像"一只炫耀自己的鬈毛狗"①。克里福德身体上的缺陷，以及拉格比府的冷漠、缺乏人情味，使康妮陷入一种无趣的生活，并日益消瘦，克里福德却对这种情况视而不见。面对希尔达的指责，他"看上去就像一只煮过的大虾"②，他认为身为他的妻子，就应该跟从他过着同样的生活。对于希尔达的介入，克里福德很生气，煮熟的大虾，正是他此时的状态。可希尔达始终是康妮的姐姐，他不能对着她发怒，也不愿将自己的生活完全暴露在他人的眼里，只能选择自我压制。对于孩子的问题，克里福德与康妮之间始终达不成一致的看法，处于一种矛盾的关系中：克里福德既无法使康妮接受自己的想法，也无法理解康妮的观念。克里福德的这种状态，"就像一只被逼急的狗"③。既表现出他的无可奈何，也表现出他在与康妮的争论中必胜的决心。而在康妮父亲的眼中，克里福德只是"一条胆小的狗，压根儿就没劲"④，对于自己的爱情，克里福德并不重视，面对康妮的出轨，而且对象竟是自己的猎场看守人，这使他受到莫大的屈辱。虽生气万分，但克里福德却没有勇气和康妮解除婚姻关系，因为他知道，离开了康妮，他只能成为真正孤独的人。克里福德此时的表现，与他之前那股傲然的姿态形成了强烈对比。

二　女性的动、植物性比喻

除了善于对小说中的男性人物进行动物化，劳伦斯对于女性的描写，更是从动、植物化的角度进行塑造，展现女性的特性。

（一）安于现状：服从于社会地位的安排

莱蒂作为《白孔雀》中的女主角，具有良好的教养，性格任性却又乖张，对于情感，虽然也曾迷恋过乔治，但最后选择了具有同样良好教养的莱斯利。莱蒂去见莱斯利时，把自己打扮得光彩照人，"象一朵

---

① ［英］D. H. 劳伦斯：《查泰莱夫人的情人》，黑马译，中央编译出版社 2010 年版，第72 页。

② 同上书，第 77 页。

③ 同上书，第 113 页。

④ 同上书，第 296 页。

鲜花从翠绿的榛子树间飘然而去"①。恋爱中的女人总想把自己最美的一面展现在恋人面前,劳伦斯用鲜花比喻莱蒂此时的状态,传达出莱蒂在情感中获得的幸福。在乔治的眼里,莱蒂"象个女人,象只猫——朝舒服的地方跑——她讨价还价了"②。劳伦斯用猫的比喻,足以体现出莱蒂对追求舒适安定生活的向往。莱蒂在她的订婚礼上,"象一朵阳光下的鲜花"③,在众人的眼中"是一朵荷花"④,此时的她,不仅是最漂亮的,也是最幸福的,让周围的人羡慕,莱蒂就是有像花一样的特性,随时能够引起他人的关注。玛丽认为莱蒂"象只野鸽"⑤,虽然遵从了自己的选择和莱斯利订婚了,但她的本性却是自由不羁的,没有人能够真正地左右她,这在她之后的婚姻生活里,也足以体现。莱蒂在栅栏横木上扶着莱斯利走着,要下来时,"就象一只巨鸟从栅栏上飞扑到地面,扑进了他的怀中"⑥。鸟是广阔天空的成员,像鸟一样的莱蒂,同样渴望拥有一片只属于自己的天空,而莱斯利就是她选择的最终归属。面对乔治最后的挽留,莱蒂感到不安,而听到莱斯利的声音后,她"立刻象猫一样温雅谦和了"⑦。猫与生俱来就拥有一种高雅的气质,而莱蒂的本性就是一只猫,冷酷、沉默、高傲,无视周围的一切,在莱斯利无形的帮助之下,最后果断拒绝了乔治。

《虹》中的安娜,对于自己的幸福,她服从自己对威尔的爱恋,与之结婚。虽然之后的生活有争吵,有冷战,但安娜仍然坚持自己的选择。小时候的安娜,"脸蛋儿像一朵含苞欲放的花朵,头发淡黄发亮,就像鸡冠花一样毛茸茸的"⑧,这是布朗温对于安娜的第一印象,天真可爱,像花一样充满生机活力,引人怜爱。在母亲的怀中,小安娜即使已经很困,却依然强打着精神不想离开妈妈的怀抱,安娜此时的状态就

---

① 〔英〕D. H. 劳伦斯:《白孔雀》,谢显宁等译,中国文联出版公司 1989 年版,第14 页。

② 同上书,第 138 页。

③ 同上书,第 164 页。

④ 同上书,第 170 页。

⑤ 同上书,第 166 页。

⑥ 同上书,第 198 页。

⑦ 同上书,第 258 页。

⑧ 〔英〕D. H. 劳伦斯:《虹》,黑马、石磊译,中央编译出版社 2010 年版,第 22 页。

"像一只睁眼睡觉的小动物"①，劳伦斯将小安娜对母亲的依恋通过小动物的比喻表现得淋漓尽致。小安娜对于新父亲布朗温的突然闯入，不知道该如何与之相处，处处表现出一副盛气凌人的姿态，只要不如她的意，她"会像条蛇那样猛一伸长脖子，啐一口唾沫说：'走开'"②。小安娜虽然像蛇那样带有危险气息，但面对新事物的介入，她的反应只是一种自我保护的本能。小安娜不愿意与周围的人太过于接近，她自认为与他们都不同，带有一种高高在上的自豪感，因此小小年纪的安娜"就像一只老虎那样高傲、郁郁寡欢、孤独"③。既没有朋友，也不愿结交朋友，表现出小安娜与周围环境的格格不入。婚后的安娜，"像一朵沾着露水的雏菊花"④，"像一朵刚刚绽开的花蕾那样光彩照人"⑤，"像姹紫嫣红、纯洁无邪的花朵"⑥，"像一朵充满纯真爱的花朵"⑦。女人如花，是一朵含苞欲放的花朵，当她得到爱情的滋润和性欲的满足之后，就成为一朵绽放的、娇艳的花朵。这些花的比喻，表现出安娜在婚后生活中得到的幸福，也恰如其分地展现出安娜娇美的特性。

（二）冲破约束：勇于追求自己的理想生活

《虹》中的厄秀拉，小时候"像一条小黄鳝那样的很好动"⑧，"像黑暗中的小猫，大睁着眼睛自己玩自己的"⑨，"像一只蜜蜂在花丛中飞来飞去"⑩，对新世界充满着好奇，依照自己的意志去探索世界，显得纯真、不安，又带有些许的顽皮。当厄秀拉与斯克里宾斯基在一起后，她变得"像一穗麦子，芬芳、结实、饱满"⑪，"犹如阳光下怒放的一朵花儿"⑫，爱情的雨露滋润了厄秀拉的心，使她开放为一朵真正意义上

---

① ［英］D. H. 劳伦斯：《虹》，黑马、石磊译，中央编译出版社 2010 年版，第 33 页。
② 同上书，第 56 页。
③ 同上书，第 82 页。
④ 同上书，第 130 页。
⑤ 同上书，第 146 页。
⑥ 同上书，第 159 页。
⑦ 同上。
⑧ 同上书，第 170 页。
⑨ 同上书，第 192 页。
⑩ 同上。
⑪ 同上书，第 267 页。
⑫ 同上书，第 269 页。

令人爱慕的花儿。但在厄秀拉的内心深处，那份对自己生活之外未知世界的强烈渴望，使她"好像是一只拴在链子上的猎狗，随时准备冲向黑暗，去追逐个知名的猎物"①。厄秀拉不愿被拘束在这个令她窒息的地方，她暗藏着猎狗般强大的力量，随时离开，随地而居，没有人能够约束她。这样的厄秀拉，斯克里宾斯基并不完全理解，而她也找不到那份使她能够安定的情感，最终与之分手。《恋爱中的女人》中的厄秀拉与伯金之间虽有多重的阻碍，但仍一直努力追求着灵与肉的平衡，以达到一种和谐的两性关系。与伯金关于爱的争论中，厄秀拉坚持己见，而伯金的反对，让她"像一条眼镜蛇那样仰起头，目光闪烁着"②。厄秀拉如眼镜蛇一般，即使无法使伯金屈服，也要让伯金处于自己的威迫之下，这是属于厄秀拉的特性。厄秀拉与伯金的相爱，使她"就像一朵鲜艳夺目的花儿"③，"她的脸被泪水洗净了，像一朵初绽的花朵"④，厄秀拉从伯金身上得到的爱，不同于斯克里宾斯基的爱，这种爱不仅让她成为最美的花儿，也让她追求到一种人性的平衡，拥有接受任何困难的勇气与决心。

康妮是《查泰莱夫人的情人》中具有反抗道德传统的女性。在冷酷无情、被利益蒙蔽双眼的丈夫克里福德身边，康妮所接触到的也只是单调的生活，这使康妮不仅在生活上失去热情，在情感上也逐渐封闭自己。在克里福德与朋友们的聊天中，康妮"不得不像个耗子一样安静，不能打搅这些高智慧的绅士们之间进行的意义重大的探讨"⑤。康妮厌恶参与到这种场合中，但她的身份又使她必须在场，对于他们的高谈阔论，康妮只能保持沉默，她的心情就如同那安静的耗子，既不能开口，也不能离开。姐姐希尔达将康妮暂时带离拉格比府时，康妮好似脱离苦海、重获新生，坐在车中的她"看上去就像一个复活节时的羔羊那么

---

① ［英］D. H. 劳伦斯：《虹》，黑马、石磊译，中央编译出版社 2010 年版，第 284 页。
② ［英］ D. H. 劳伦斯：《恋爱中的女人》，黑马译，中央编译出版社 2010 年版，第 147 页。
③ 同上书，第 303 页。
④ 同上书，第 356 页。
⑤ ［英］ D. H. 劳伦斯：《查泰莱夫人的情人》，黑马译，中央编译出版社 2010 年版，第 34 页。

渺小"①。康妮无法说服拥有陈旧古老观念的克里福德,府中死气沉沉的生活甚至令她无法呼吸,康妮想要逃离,但却始终没有勇气,只能像一只柔弱的羔羊,无力反抗。在情人麦勒斯的眼中,康妮"像野生的风信子一样脆弱"②,既有风信子美丽的姿态,也有风信子的柔弱。面对这样的康妮,麦勒斯只想和她在一起,好好守护她,不让她受到任何的伤害。康妮对于麦勒斯而言,具有强大的诱惑,她就像"盛开的一朵粉白的蔷薇花"③,纯洁无瑕,令麦勒斯无法拒绝。他们的爱情,是人性本能的直接反应,也给予了他们冲破道德约束的力量。

三 动、植物化的人物称呼

劳伦斯在小说中不仅对人物进行大量动、植物性的比喻,其人物也多以动物来称呼。《白孔雀》中的乔治决定向梅格求婚,当他看到梅格及与她亲吻时,将她称为"我的小鸭子"④,表现出情人间的亲昵;当梅格答应乔治的求婚后,他以"我的小鸟儿"⑤ 叫唤她,此时的乔治正沉浸于获得幸福的喜悦之中。《儿子与情人》中的莫雷尔太太生病期间,当母亲没起床时,保罗为了避免谈到她的痛楚,以"小鸽子"⑥ 称呼母亲,一方面转移莫雷尔太太的注意力,另一方面表达出保罗内心深处渴望母亲的病能够有所好转;当母亲因疼痛睡不着时,保罗同样以"你睡不着吗,我的小鸽子?"⑦ 称呼安慰母亲,面对深受病痛折磨的母亲,保罗也深感痛苦,始终放不下那份对母亲的依恋。《虹》中,丽蒂雅与布朗温婚后的第一天早晨,小安娜来找妈妈时,看到布朗温占了原属于她的位置,直对着他生气,这时母亲唤她为"我的小鸟儿"⑧,安

---

① [英] D. H. 劳伦斯:《查泰莱夫人的情人》,黑马译,中央编译出版社 2010 年版,第77 页。

② 同上书,第 122 页。

③ 同上书,第 220 页。

④ [英] D. H. 劳伦斯:《白孔雀》,谢显宁等译,中国文联出版公司 1989 年版,第310 页。

⑤ 同上书,第 313 页。

⑥ [英] D. H. 劳伦斯:《儿子与情人》,陈良廷、刘文澜译,人民文学出版社 1997 年版,第 517 页。

⑦ 同上书,第 524 页。

⑧ [英] D. H. 劳伦斯:《虹》,黑马、石磊译,中央编译出版社 2010 年版,第 54 页。

抚小安娜内心的不安；布朗温带小安娜出门时，叫她为"我的小兔子"①，此时的布朗温与小安娜之间已建立起和谐亲密的关系；当丽蒂雅正处于分娩时，小安娜却吵着要妈妈，女仆蒂丽叫她为"我的小羊儿"、"我的小鸭子"②，对于哭闹的小安娜，蒂丽深感疼惜；一听到安娜的弟弟大哭时，布朗温会喊着"黑鸭鸟儿叫了"③，安娜也跟着布朗温叫着"黑鸭鸟儿唱歌儿呢"，表现出安娜的无忧无虑，善于从生活中寻找乐趣；安娜抱着小厄秀拉看窗外的绿山雀时，高兴地叫着小厄秀拉为"我的小鸟儿"、"我的小羊"④，足以传达出安娜对于孩子的宠爱之情。在《袋鼠》中直接用"袋鼠"称呼和介绍本杰明·库利，如"你会喜欢袋鼠的，他可是个了不起的人"，"你和袋鼠会心心相印的"，"袋鼠这人永远也不会有个伴儿的"⑤，等等。这些动物性的称呼，不仅是劳伦斯对于自然熟悉的体现，更是劳伦斯痴情于自然的流露。

四　动植物化比喻及称呼的原因探析

劳伦斯是一位对自然迷恋，甚至将自然视为生命中最重要部分的作家。在他的笔下，我们可以读出他对于和谐自然的向往追求。劳伦斯对自然钟爱的原因：首先，孩提时期的劳伦斯，对家附近的自然景观十分着迷：青山碧水、绿草鲜花、鸟语花香，这些无不激荡着劳伦斯内心对自然的强烈热爱。他的父亲，虽是一个煤矿工人，没有读过几本书，但"早年也是一个很有生活情调的矿工，家门口开有一块菜园地和小花园，在那里种上喜爱的花花草草，更为重要的是父亲知道很多生物的名字，年幼的劳伦斯经常给父亲帮忙，所以也就掌握了大量的有关植物、花鸟的知识"⑥，这加深了劳伦斯对自然的依恋；其次，在劳伦斯16岁时，结识了吉西·钱伯斯，并经常到她的家——海格

---

① ［英］D. H. 劳伦斯：《虹》，黑马、石磊译，中央编译出版社 2010 年版，第 57 页。
② 同上书，第 62 页。
③ 同上书，第 69 页。
④ 同上书，第 171 页。
⑤ ［英］D. H. 劳伦斯：《劳伦斯文集·袋鼠》，毕冰宾译，人民文学出版社 2014 年版，第 108 页。
⑥ 庄文泉：《从〈白孔雀〉对自然的描写看劳伦斯的生态思想》，《福建农林大学学报》2011 年第 5 期。

斯农场做客，和她的家人一起唱歌、跳舞、聊天、绘画等，甚至也到农田参加农业劳动，与吉西更是经常到附近的田野、树林谈书。这样的经历，使劳伦斯深深爱上了海格斯农场，在农场的日子，也使他对自然的一草一木有了更深刻的了解，更加深了他对自然的狂热；再次，劳伦斯喜欢和朋友们到郊外的自然游玩，在自然之中，劳伦斯与动、植物更加亲密地接触，近距离感受自然。在树林中，在阳光下，在鸟语花香里，劳伦斯沉醉其中，发现自然的原始之美。静谧和谐的自然为他提供了创作的空间，在这种环境中，在与自然的相处中，使他足以发挥自己的想象力，带给他写作的源泉；最后，劳伦斯在大学期间，因为对动、植物具有独特情感，所修的课程以植物学为主，这足以看出他一生对自然的向往与追求。这些都为劳伦斯的创作提供了必不可少的动力。

劳伦斯所追求的生态之美，是和谐的回归：自然的和谐，人与自然的和谐。劳伦斯蔑视一切机械文明，试图把人类从冷漠的工业文明之中解救出来，倡导回归到最原始的自然之中，创造和谐、平衡的自然世界，这是劳伦斯一生渴望得以实现的愿望。很明显，对于当时的社会，似乎反响并不是很强烈。可以说，劳伦斯是一位伟大的预言家，直到今天，我们才从劳伦斯的审美思想中读出对于当今社会有积极影响的因素。

第二节　长篇小说创作的象征艺术

劳伦斯对现代工业文明持否定态度，善于表现现代工业社会摧残人的天性，他企求以两性关系在感情与肉体上的双重融合来恢复人的天性。他将社会批判和心理分析相结合，淡化情节，不用直接的、合乎逻辑的方式描绘生活和表达人物情感，而直接用象征来表现人物的内心世界。劳伦斯惯用自然意象作象征来传情达意，作为自然的代表，它们象征着希望、自由和生命力，与扼杀人性、桎梏自由的工业文明相对峙。英国著名女作家弗吉尼亚·伍尔夫认为：劳伦斯的小说《儿子与情人》"显得令人惊讶地鲜明生动，就象雾霭突然消散之后，一个岛屿浮现在眼前"①。《儿子与情人》一直被认为是第一部具有"劳伦斯风格"的小说。伍尔夫的解释和比喻，涉及"劳伦斯风格"的一个重要特征：浓重的象征色彩。象征作为诗歌创作的一种重要艺术手法，被劳伦斯创造性地大量运用到小说创作中，使小说通过鲜明生动的意象或象征性形象表达出更为深远和缥缈的含义，形成了劳伦斯小说独特风格的重要一面。在《儿子与情人》及以后的大量的小说创作中，自然界的花草虫兽，海边图景和高山落日，月亮的清辉和雨后的彩虹，都可能被劳伦斯用作象征，它们的背后隐藏着作者所要表达的哲学和情绪。因此，我们可以说劳伦斯是运用象征手法的大师。笔者结合劳伦斯的三部重要作品《儿子与情人》、《虹》、《恋爱中的女人》分析劳伦斯的象征艺术。劳伦斯借自然意象象征人的心灵、人的情感和欲望，抨击现代工业文明对人性本能的扼杀和摧残，并以此来揭示自然与文明的冲突以及寻求男女之间和谐共处的深刻主题。

一　善用自然意象作象征

（一）象征的含义

象征是指用一种形式作为一种概念的习惯代表，能表达某种观念及事物的符号或物品。它与通常人们用的比喻不同，主要涉及的是事物的实质，含义远较比喻深广。它一般通过特定形象的综合来表达自己的观念和内在的精神世界。在形式上追求华丽堆砌和装饰的效果，主要特点是创造病态的"美"，表现内心的"最高真实"，运用象征暗示，在幻觉中构筑意象，用音乐性增加冥想效益。作家借暗示和联想阐述的不是现实的客观世界，而是个人主观的内心感受。象征自古有之，它是联想的一种方式，即把眼前所见的事物，与以往所感受过的事物联系起来，形成独特的新的意境。象征手法作为一种表达思想情感的艺术，往往借助一些有形的物象来暗示人物的内心微妙的波动，展现人物丰富的精神状态和内心世界。

（二）善于运用自然意象作象征

《儿子与情人》发表于 1913 年，是劳伦斯的成名作。这部小说具

---

① ［英］弗吉尼亚·伍尔夫：《论小说与小说家》，瞿世镜译，上海译文出版社 1986 年版，第 108 页。

有浓厚的自传体色彩，作品中的"俄狄浦斯情结"与劳伦斯的恋母心态一脉相承。劳伦斯在作品中巧妙运用花和月亮的寓意暗示了人物的性格。如《儿子与情人》第十一章中的描写：

> 天色晚了，白百合花的香味透过敞开的房门偷偷袭进来，仿佛它是到处弥漫，无所不在。他冷不防站起身，走向门外。
>
> 夜景之美使他不由想大喊大叫。一弯暗金色的上弦月，正沉落在庭园尽头那棵黑梧桐树后，月光把天际染成暗红色。近处，模模糊糊一排白百合花横贯园子，四下里一股花香，生气盎然。他踏进石竹花坛，石竹花刺鼻的香味突兀地与百合花那股摇曳的浓香掺合在一起，他穿越过去站在一排白百合花的旁边。这些花全都无力地蔫蔫低垂着，恍若在喘气。花香熏得他醉了。他沿着田野走去看月亮沉落。
>
> 一只秧鸡在干草场不断叫着，月亮一下子就落下去了，反而发出更红的光。在他背后，那些大朵的花探着身子，仿佛在呼唤。随即，蓦地里，他又闻到了一股花香，粗俗呛人。他四下寻着香源，找到紫色的鸢尾花，摸到花儿那肉嘟嘟的脖子和叉着的黑手。不管怎么说，他总算找到了。这些花挺立在暗处，香味实在难闻。月色渐渐在山顶处消融，没了，四下一片漆黑。秧鸡还在叫着。①

在这段描写中，作家让读者和小说中的主人公保罗一起在月光下嗅到了三种花的不同香味。其实劳伦斯不是仅仅在写花和花香，而是通过这三种花象征保罗在寻觅的爱。通读《儿子与情人》，我们知道保罗经历了三种爱：一是母亲那异乎寻常的爱，即恋母情结；二是与米丽安的爱，即柏拉图式的精神恋爱；三是与克莱拉的爱，即肉体恋爱。保罗在品味了白百合花飘逸的幽香、石竹花刺鼻的浓香以及鸢尾花难闻的俗香之后，发现它们都不是自己所要寻求的自然完美的爱。作者巧妙地把花的寓意织入整部作品，读者只有慢慢积累才能体味其中的象征意义。由

---

① ［英］D. H. 劳伦斯：《儿子与情人》，陈良廷、刘文澜译，人民文学出版社1997年版，第395—396页。

于保罗对他母亲有无限的依恋，使得保罗这个青春萌动的少年，永远无法完成灵与肉的完美和谐，花触发了隐藏在他灵魂深处的自然冲动，触发了人物内心深处的情感，同时暴露了人物的潜意识。西方评论家常常认为，月亮象征着女性的力量和女性的胜利。小说中的"月色渐渐在山顶处消融，没了，四处一片漆黑。秧鸡仍在叫着"便象征着男性的胜利，保罗身上的男性意识已占据了统治地位，米丽安的精神恋爱无法满足他对爱的需求，因而他果断了结与米丽安的爱情，继续寻觅自己的爱情，从而转向了克莱拉。关于月亮的象征又如第七章写道：傍晚时分，保罗在海边与米丽安散步时产生了抑制不住的激情，此刻"一轮巨大的橘红色的月亮正从沙丘边缘上凝视着他们。他一动不动地站着，看着月亮。他仍旧站在那儿不动，盯着那又大又红的月亮，这是茫茫一片黑暗中唯一的东西。他的心沉重地跳着，两条胳臂的肌肉也收缩了"①。该处的月亮暗含着米丽安的孤傲与令人生畏的修女式的感情。这无所不在的月亮把米丽安置于超然的优势，可以体悟到她试图驾驭自己的命运，同时是自主、独立的女性，而她的内心深处却是无法洞察的一片黑森林。

　　《虹》和《恋爱中的女人》是劳伦斯创作成熟期的作品。他的象征艺术在这两部作品中发挥得淋漓尽致。《虹》主要写的是布朗温家族三代人对人生真谛的追求和探索。作者在写作过程中大量运用自然意象作象征来表现自己的内心情感体验和深刻寓意，通过高度象征性的意象深刻地揭示了人物的内心世界。其中"彩虹"在文中三次出现，作为小说的主体象征，它贯穿于整个故事发展的主线，"彩虹"作为象征物，蕴含的意义因时间、地点、人物的心境情绪的变化而变化。总的来说，彩虹象征了宇宙间人类完美的男女关系，象征了人与社会、人与自然之间的和谐统一，象征了一个理想的新世界和人类的希望。但具体到不同的人物，彩虹的表现形式和象征意义又有所不同。在第一代人汤姆和莉迪娅的关系上，彩虹是以"断裂了的拱门"的形式出现，这象征着汤姆与莉迪娅的关系是不和谐的。后来，通过莉迪娅的努力，她与丈夫的

---

① ［英］D. H. 劳伦斯：《儿子与情人》，陈良廷、刘文澜译，人民文学出版社 1997 年版，第 236—237 页。

关系慢慢好转，最后达到和解，这时彩虹"在整个天空架起了桥梁"。从断裂的拱门到架起了桥梁，反映出布朗温第一代人探索人生理想的足迹，它告诉人们：汤姆和莉迪娅的关系由不和谐发展到了基本和谐，但并没有达到理想的境界。第二代人安娜和威尔在追求和探索人生真谛的道路上，做了一些努力，对第一代人进行了超越。他们期待着人生彩虹的出现。安娜"从毗斯迦山上她能看到什么呢？看到淡淡闪着光的地平线，远远的，彩虹就像一座拱门，一扇影子门，上方还有淡淡着色的墙帽……晨曦和落日是横贯一天的彩虹的两端，她从中看到了希望和允诺。她干吗还要走得更远呢……她的门仍然会在彩虹下敞开着，门槛上依旧反映着太阳和月亮这些大旅行家们穿过的影子，她的房子里仍然充满旅行的回声"①。安娜已经隐约看见了远方色彩暗淡的彩虹，但她和丈夫对人生的探索是半途而废的，他们只到了毗斯迦山，就不愿再向未知世界探索了，所以彩虹终于没有出现在他们上空。探索人生的重任落到第三代人肩上，厄秀拉在探索人生意义的道路上饱受失望与挫折。她不满足于没有精神、徒有肉体的爱，苦苦寻求在社会走向工业化的巨大变革中实现自我人生价值的意义。她怀着强烈的愿望，但除了性欲中的快感之外一无所获。厄秀拉最终毅然与斯克里宾斯基决裂，她要继续追求在有血有肉的男女之间架起一座完美的、沟通与理解的"彩虹"。最后，彩虹再次架在了天空，出现在厄秀拉眼前。

> 在漂浮的云层中，她看见一条淡淡的彩虹架在那座小山的一边。她吃了一惊，忘掉了一切，期待着天空显现得五彩，看看彩虹自己慢慢地形成。虹云在一个地方显得耀眼，她带着强烈的期望搜寻着彩虹的拱形搭到什么地方。虹彩加深了，不知从哪儿来的，神秘极了，它自己呈现在天空——一弧朦胧巨大的彩虹。这个拱形的弯度和强度都精彩极了，是光、彩色在空中的伟大建筑。它光辉灿烂的柱脚坐落在低矮的小山那一片新盖的污秽的房屋上，它的拱划到了天顶。

---

① ［英］D. H. 劳伦斯：《虹》，黑马、石磊译，中央编译出版社 2010 年版，第 172—173 页。

那道虹是拱架在大地之上的。她知道,那些给硬壳包着在地上爬行的贱民们,各自都不动声色地活在世间的腐朽表层之中。但是这条虹扎根在他们的血肉里了,它会颤抖着在他们的精神中成活。她知道他们就要挣脱那蜕变中的硬壳甲,用自己崭新、清洁的裸体去迎接那从天而至的光明、劲风和洁净的雨水。透过这虹,她看到了大地上的新建筑,那些陈旧的、不堪一击的糟朽房子和工厂被一扫而光,这世界将在生命的真实中拔地而起,直耸苍穹。①

对于一个在探索人生的道路上饱受挫折与痛苦的人来说,彩虹象征着现实的虚幻和未来的美好,它将荡涤一切陈腐污浊,孕育出新的生命。她在彩虹中看到了大地的新生、雨露、阳光。这时的彩虹成为她内心的希望。彩虹也预示着资本主义工业化带来的恶果将过去,一个崭新的世界即将到来,那是人类的未来与希望。在此我们可以看出劳伦斯在呼唤一种新的人性和新型的人际关系,在渴盼一个伟大、自由和理想的社会形态的诞生。这条彩虹是"通向发现真正的、永恒的、未知世界的途径"。这种对未知世界的向往实质是一种对当时社会现状的批判。

除此之外,小说还多次使用其他自然意象作象征,如开篇作者以牧歌式的笔调写道:"英格兰水乡迷人的草原,树梢上教堂塔尖,象征了传统的田园生活。母马看到火车受到惊吓的场景与美丽的大自然形成强烈的对比,火车扑扑地喘气,时隐时现,枣红马害怕火车,它好像被什么东西刺痛了,开始后退……火车的轰鸣声愈来愈使马害怕。又是一声令人恐惧的刺耳的声音传了过来,马受惊了,身体猛烈地晃动起来。它像压紧的弹簧一样,一下子转身向后窜去。"母马受到火车惊吓象征着工业文明对大自然和传统乡村生活的威胁和侵犯,在火车的铁轮下,大自然已不再是被崇拜的神灵,她已沦为被践踏、被侮辱的对象。这些画面象征着无生命的工业机械和有生命的自然生灵的对立,暗示了大自然的主人凄苦无援的处境,自然文明遭受极大的挑战。不仅如此,"马"同时被有着强烈的男性意识的劳伦斯设计成一个强悍男性的意象,它英姿勃勃、奔腾强壮。在小说结尾写道:厄秀拉独自一人冒雨在野外行

---

① [英] D. H. 劳伦斯:《虹》,黑马、石磊译,中央编译出版社 2010 年版,第 446 页。

走，"她一直往前走，越走越近了。她又觉察到了马蹄飞驰而过的声音，一道淡蓝色的闪光绕着漆黑的一圈。马蹄铁闪出的淡蓝光圈似乎很大，大得就像罩在这一群黑马身上的光环。这些强壮的马身上发出了闪电一般的马蹄急驰之光……突然，就像被闪电慑服，她迟疑一下，以为自己倒下了，其实却在迈着细碎的步子跟跟跄跄向前走。那几匹马在她身后顺着小路疾驰而下，发出的巨响震得她发抖。她又感到了沉重的压力，几乎要给压死了。她不敢看旁边，那几匹马雷鸣般地向她压过来"①。一切坚强的巨大的力量都存在于这个马群的巨大的身体之中。无论厄秀拉在现实中是否真的看到了奔马，至少她潜意识里有一群强大的野马在驰骋狂奔，这群狂野的奔马象征着具有无限潜能的自然生命的男性主体，象征着她的原始欲望受压抑产生的破坏作用，象征着男女关系的严重对抗。厄秀拉不满足于徒有肉体，而无精神的爱，她敌视安东所代表的社会势力，但对他所体现的男性自然力却又充满了渴望。厄秀拉的精神追求和理想要她坚持自己的信仰，牺牲满足原始欲望的性爱。但她又只有向男性妥协才能找到真实的自我并实现自己的抱负。

在《恋爱中的女人》中，劳伦斯也采用了马的象征，通过马来描绘人物的剧烈动作，并借此揭示出生动的人物心理活动。以下是关于戈珍、厄秀拉目睹杰拉德强行制服受到惊吓的母马时的一段描写："母马像碰到热烙铁一样跳开去。厄秀拉和戈珍恐慌地躲进路边的篱笆后。可杰拉德仍沉稳地骑在马上，又把马牵了回来。似乎他被母马磁铁般地吸住了，要把马背坐塌……两个姑娘紧紧抱在一起，感到这母马非把杰拉德压在身下不可。"② 作者借"马"来揭示男女之间的严重对抗，其实想表达戈珍和杰拉德在潜意识中的两性冲突，杰拉德制服母马的情景象征着他对异性的一种强烈的占用欲，而戈珍的心理反应则体现了她对性行为既惊骇又迷恋的矛盾心态。作者力图表现的是有意识与潜意识、信仰与本能的激烈冲突。

由此可以看出，劳伦斯小说中马的意象所象征的并不是普通男人和

---

① ［英］D. H. 劳伦斯：《恋爱中的女人》，黑马译，中央编译出版社 2010 年版，第 440 页。

② 同上书，第 105—106 页。

女人之间的故事，也不是人与人之间的关系、自然的人类之爱，他探究的是人类生存的整体状况，是在呼唤一种人格和人的新型关系，是在寻求一种精神和肉体完美结合的两性关系。劳伦斯在巧用"马"作象征的同时，还妙用了"月亮"这一意象。如《恋爱中的女人》第十九章"月光"中，有一段伯金独自在池塘边用石块抛砸水中月亮的描写，因为他无法忍受月亮所代表的女性占有欲的震慑，他不情愿在爱情与婚姻中被女性完全占有，他要有自己独立的人格，还想维持与杰拉德的友情。于是，月亮便成了他愤怒的发泄对象，而屡次被砸的月亮总是顽强地复归到原样："丰饶女神，去她的吧！可咒的爱情、欲望、嗜血残忍的女神！难道有人妒忌她吗？还有别的什么——？他站在水塘边凝视着水面，又弯下身去在地上摸索着。一阵响声过后，水面上亮起一道水光，月亮在水面上炸散开去，飞溅起雪白、可怕的火一样的光芒。这火一样的光芒像白色的鸟儿迅速飞掠过水面，喧嚣着，与黑色的浪头撞击着……伯金伫立着凝视着水面，直到水面平静下来，月亮也安宁下来。"[①] 我们从伯金与月亮的搏斗中可以发现，月亮升华成了女神，女性威严的象征竟如此顽强，伯金对女性力量的畏惧和反抗转化成这一诗化的场景。月亮在这部作品中既以女神的身份出现，为恋爱中的男女设置心理障碍，又是一种女权争取胜利的象征。驾驭自身命运，力图控制男人的独立的女性往往与月亮相随，无所不在的月亮既体现女性内心是无法测知的一片黑暗，同时将女性置于超然的优势地位。

二　象征手法运用的成因

（一）与作者所处的时代背景和当时的社会环境相关

19 世纪末，英国经历了一场巨大的社会变革，大机器文明侵入英格兰的每个角落，人与自然之间原有的和谐关系遭到了严重破坏，这给当时的英国社会带来了动荡和危机，劳伦斯对此深感不安。工业文明与大自然在他的作品中表现为绝对冲突的状态。劳伦斯的家乡在英国中部的一个小镇，那儿风景优美，湖光碧影，青山翠绿。美丽的风光培育了

---

① ［英］D. H. 劳伦斯：《恋爱中的女人》，黑马译，中央编译出版社 2010 年版，第 238—239 页。

劳伦斯对大自然的热爱，在他心中形成一种痴迷的自然情结。然而，由于资本主义工业的发展，小镇后来成了一个矿区。自然界的和谐被打破了，宁静、安详、和平再也没有了，美丽的小镇变得满目疮痍，随处可见的是煤矿、烟尘。家乡面貌的巨大改变，使他对资本主义工业文明产生了强烈的厌恶甚至憎恨，同时也激发起他对大自然的崇尚和热爱。在他的作品中，工业文明带来的污染、破坏与大自然的原始纯真、绿色环保的众多场面形成鲜明对照，象征其渴望回到纯真的大自然，呼唤着人与自然的和谐。

（二）与劳伦斯个人经历有关，父亲的影响使他更加喜欢自然

劳伦斯的生活经历使他大胆地以人的性爱作为旺盛的生命力的象征来与现代工业社会中人的精神困顿与萎靡相抗衡。劳伦斯与弗丽达从初次邂逅，而后私奔，直至最终正式结婚，可以说是他为建立和谐的男女关系而斗争的实践，同时，也反映出劳伦斯对男女关系的深刻关注以及渴望完美和谐的家庭、婚姻、性爱生活。劳伦斯始终探索着如何复苏日渐减弱的生命力，探讨如何使丧失的生命意识得到复苏，从而构建起健康、自然、和谐的性爱关系。

劳伦斯受其矿工父亲的影响，他的父亲和无数普通百姓一样过着贫苦、平淡、平静的生活。正因为如此，劳伦斯和他的父亲一样热爱自然，喜欢和自然亲近，厌恶现代工业文明对大自然的破坏，对人的本能欲望的扼杀和摧残，他主张通过释放和复活人的本能和全部自然本性来建立一种自然完美的两性关系，以摆脱资本主义工业社会对人性的压抑。劳伦斯不采用直接的、合乎逻辑的方式来描绘生活和表达人物情感，而是用象征来表现人物的内心世界。他在小说中常以自然界的生灵、景象，如马、小鸟和月亮，来象征两性关系，揭示自然人性与文明的冲突，并试图寻求二者的和谐。

（三）受劳伦斯自身性格因素的影响

劳伦斯小时候常常看到父母永不休止的争执，正是由于在这种环境下长大的，他是敏感的，害怕伤害的。他的父亲天生具有一种纵欲享乐的性格，母亲则古板拘谨，自以为是，因而在劳伦斯的性格中融入了父母两人尖锐的矛盾。由于父母的关系，劳伦斯通过自然意象的象征意义来揭示男女之间的对抗，并企图在男女两性关系中找到一种和谐与统

344

一。另一个原因在于劳伦斯是一个追求艺术真实的人，他要的是赤裸裸的真实，但是受到特定时代的限制，他只有通过象征这一艺术手法来表现自己内心深处的、最真实的想法，他为自己的艺术执着追求，不惜被大多数人误解和横加指责。

（四）卢梭"返回自然"思想的影响

劳伦斯受到卢梭"返回自然"的生态思想影响，认为要返回到由花鸟虫鱼、山川树木构成的作为物质实体的自然界；返回到作为精神实体的淳朴的自然人性。在卢梭看来，自然是最初美好的状态，自然的秩序是和谐的，人类的一切都应和自然相符合。崇尚情感就应该崇尚自然，自然人性是作为人本应具有的天性。他们发现工业文明产生之后，人们的生活发生了巨大变化，现代文明对自然环境的破坏，妄图征服、控制甚至战胜自然在将来都会使人类自食其果。劳伦斯正是想借象征这一手法引起人们对自己行为的反思。

劳伦斯对大自然的描写不是为了浪漫；对人性的描写不是对世人的责难，也不是单纯的同情；对"性爱"的描写不是要教人好色，更不是劳伦斯本人好色。这是劳伦斯特有的象征艺术，他在作品中大量使用自然意象作象征，目的是想深层次地揭示现代工业文明对大自然的破坏，对完美人性的吞噬，对和谐性爱关系的破坏，批判现代工业文明给人类造成的悲剧，揭示资本主义工业化的罪恶，呼唤自然完美的人性，渴望和谐美满的家庭婚姻生活。

第三节　劳伦斯文学中的审美现代性

劳伦斯身处英国工业社会高歌猛进的时代，他的创作从一开始便是对他生存环境的反抗，是对工业社会对农业社会破坏挤压的强力呼声。长篇小说可以说劳伦斯对工业时代人类到理想生活探寻的真实反映。现代工业文明决定了劳伦斯以审美现代性的姿态确立自身的文学地位，他要以感性的直接力量自觉地对抗工业文明的破坏、科技和理性主义文化造成的异化，张扬血性意识，崇奉创新，反对权威，以诗性智慧开启了生存之思。什么是现代性？当今国际学术界关于现代性的基本含义可谓

是"杂音异符"①。笔者倾向于卡林内斯库的界定。他认为人类的历史
存在着"两种彼此冲突却又相互依存的现代性——一种从社会上讲是
进步的、理性的、竞争的、技术的;另一种从文化上讲是批判与自我批
判的,它致力于对前一种现代性的基本价值观念进行非神秘化"②。卡
林内斯库把后一种现代性称为"审美现代性",前一种现代性被有的学
者称为社会现代性或启蒙现代性。在卡林内斯库看来,审美现代性始终
与社会现代性处于尖锐对立的状态之中,并自觉地反抗社会现代性危
机,颠覆传统的审美观念,创造新的艺术形式。劳伦斯虽然未曾从学理
上沉思审美现代性,但是,他的整个文学实践无不体现出卡林内斯库所
道说的审美现代性特质。因此,笔者试图通过审美现代性这一理论视
角,总体观照和审察劳伦斯文学作品中所呈现出来的对现代工业文明的
怨怼、对生命感性存在的叩问以及对艺术先锋性的追寻,以期更好地把
握劳伦斯的文学地位。

一　以感性力量对抗工业文明造成的异化

社会现代性的显著标志是现代工业文明的诞生和蔓延。19 世纪末
20 世纪初的英国,已经步入了"进步的、理性的、竞争的、技术的"③
现代社会,工业化、机械化、科技化不仅为英国社会创造了大量的物质
财富,而且也不可避免地带来某些负面影响,美丽的森林和田野遭到了
严重的污染和破坏,自然本能遭遇极大的损残,人与人之间的和谐关系
也因为金钱的腐蚀而严重扭曲,田园式传统的英国已悄然退出历史舞
台。身处世纪之交生长在英国中部的劳伦斯对此有着真切的经历和痛切
的感受。因此,怨怼现代工业文明,沉思现代工业文明所带来的种种社
会问题,成为劳伦斯毕生为之付出心血的"真正的唯一有意义的斗
争"④。在劳伦斯看来,现代工业文明首先异化了优美恬静的自然,生

---

①　[法]伊夫·瓦岱:《文学现代性》,田庆生译,北京大学出版社 2001 年版,第
18 页。

②　[美]卡林内斯库:《现代性的五副面孔》,顾爱彬、李瑞华译,商务印书馆 2002 年
版,第 284 页。

③　同上。

④　[德]胡塞尔:《欧洲科学的危机和先验现象学》,王炳文译,商务印书馆 2001 年版,
第 25 页。

命的绿色被吞没在死亡的黑色之中，城市的上空弥漫着一层层黑烟。生活在内瑟梅尔谷地的农民和玛斯农庄中的布朗温家族，在现代工业尚未入侵之前，他们无忧无虑，自给自足，虽然超负荷地进行劳动，但是，他们精神饱满，出神地凝视着太阳，注视着生命的激情。然而，现代工业正日甚一日地侵袭和破坏这种田园牧歌式的生活。美丽的大自然被横七竖八的矿井、高大的井架、冒着黑黑浓烟的烟囱，弄得千疮百孔："它们背靠矿山，到处都是黑的，满是煤烟。房屋紧挨着，只有一个入口，从一个方形花园进去，园里长着黑斑点的阴沉沉的野草，从入口那里还可以望到一排令人厌恶的矮小的煤灰坑棚子，路上铺着一层乌黑的煤烟矿渣。"① 而在大都会中，"也没有什么气候/满城散发着汽油/润滑油味和废气/像蒸腾的沼泽，烟熏/雾罩，汽车的毒气/将各大城市窒息"②。美丽富饶的土地沉沦为浓烟滚滚的矿山和工厂，机器的轰鸣淹没了自然的天籁之音，人类被抛入了一个山穷水尽、食尸鬼们的天下的地狱般的世界。读者仿佛置身于 T. S. 艾略特笔下的荒原之中。

在劳伦斯构建的文学世界中，现代工业文明不仅破坏了田园诗般的自然风光，毒化了城市空气，而且也日益成为工具理性宰制人类，吞噬人的心灵，异化人与人之间真挚、纯洁与和谐的关系。

机械化大生产替代了具有原创性的手工业生产之后，机器成为人类的主宰，机械运动压抑人的丰富想象。人失去了思想，失去了人性，成了机器的奴隶、生产的工具。在劳伦斯的作品中不仅普通矿工陶醉于为机器服务的快乐之中，而且小汤姆、杰拉德、克里福德之类的工业文明的代言者也沉湎于争夺财产的卑劣竞争之中。

《恋爱中的女人》中的杰拉德是和平时代的拿破仑和俾斯麦。杰拉德摒弃了父亲克里奇那一套乐善好施、爱邻如宾的处世原则，相信"人类工具说"和"机械主义"，认为社会无非是一部机器，机器代表着上帝的旨意，人不过是机器上的某一个部件，自己是控制别人的中心部分，而大多数人则不同程度地受控制，其重要任务是让社会生产这架机器工

---

① ［英］D. H. 劳伦斯：《白孔雀》，谢显宁等译，中国文联出版公司 1989 年版，第 257 页。

② ［英］D. H. 劳伦斯：《影朦胧——劳伦斯诗选》，黄锡祥译，花城出版社 1990 年版，第 157 页。

作得更完美，生产出足够的产品，让地下无生命的物质服从于他的意志，要在他自己的意志和他要降服的物质世界之间建立起某种完美的、不变的、神一般的媒介。于是，他在接管父亲的煤矿之后立即推行大机器生产，改善工作机制，辞退年老体弱的矿工，废除工头制，提拔聘用受过教育、有专长的技术能手，取消矿工遗孀赖以生活的"寡妇媒"，建立巨大的发电厂，从美国进口新机器，改善工作环境，总之，"一切都按照最准确、精细的科学方法运行"①。在他的操控下，不仅整个威利格林乡村烟囱林立，天空与大地被煤烟涂抹成黑色，使得盛开的白色小花和苍白的肉体格外醒目，而且矿工们也臣服于机器那种超越感觉和理智的东西，变成了冰冷的机器的奴隶。可见，在矿主经营管理上，杰拉德无疑是个优胜者。然而，社会这架庞大的机器异化了杰拉德作为一个人的本质。他视工人们为工具，工人们把他看成是"高超的控制机"，他自身的内在精神、生活意义也为机器所操纵，失去了灵魂，失去了真情实感，失去了自我，时时刻刻、事事处处都张扬一种机械意志，甚至连阿拉伯母马、野兔这些牲灵也不放过。尽管他拼命地阅读关于原始人的书，关于人类学的书，关于思辨哲学方面的书，以此来填补空虚的心灵，但是，这些书籍都不能驱散他这样一种感觉；他的心灵"很像黑暗中漂浮着的泡沫儿，任何时候都会破碎，把他一人留在混乱之中"②，他最终失去了对生活充满激情，对艺术满怀幻想的恋人戈珍的爱情。

正因为有杰拉德之类的工业文明的代言者宰制人类社会，社会上人与人之间的关系，尤其是男人与女人的关系严重扭曲，原本应该和谐的夫妻关系变成了男女之间的一场战斗。西格蒙特与比阿特丽丝、葛楚德与毛莱尔、安娜与威尔、伊丽莎白与丈夫无不是这种扭曲关系的呈现。因此，劳伦斯借康妮之口痛苦地说道："啊，上帝，人类对自己做了些什么？人类的领导者们对自己的同胞做了些什么？他们把人类弄得人性泯灭，现在世上再没有友情关爱了！只是噩梦一场。"③

---

① ［英］D. H. 劳伦斯：《恋爱中的女人》，黑马译，中央编译出版社 2010 年版，第 222—223 页。

② 同上书，第 224 页。

③ ［英］D. H. 劳伦斯：《查特莱夫人的情人》，赵苏苏译，人民文学出版社 2004 年版，第 190 页。

　　现代工业这个"迄今为止，最为显眼的后代余孽"①，在劳伦斯的笔下，犹如一个"庞大之物""到处并且以最不相同的形态和乔装显现出来"②，它以前所未有的速度强暴人的生存空间，侵犯人的生命灵魂，从而，使"环境丑陋，理想丑陋，宗教丑陋，希望丑陋，爱情丑陋，衣服丑陋，家具丑陋，房屋丑陋，工人和雇主之间的关系丑陋"③，使英国成为"一幅非常低劣的速写画，画面上是些称作'家'的没有什么价值的场所"④。整个英国是一张布满了可怕伤疤的脸面，是一块裹尸布，是最可怕和最使人难以忍受最没有希望的地方。因此，劳伦斯借厄秀拉、伯金、里立、亚伦、凯特等人的逃离以及杰拉德的死亡和克里福德下身的瘫痪，彻底地否定了现代工业，宣布了现代工业的死灭，这正如他在《机器称雄》中所唱的：人们谈论着机器称雄/可是机器绝不会以胜利告终/……机器沉重地在大地上滚动/可是有些人的心它们总永远无法蹂躏/……天鹅将再度抬起被压抑、被击伤的头颅/环顾四周，展开巨翅/飘飘回旋，飞向太阳，翱翔于清朗的新天/百灵鸟跟着啭鸣，又获得安宁。⑤

　　诚然，怨怼现代工业并不是劳伦斯所独有所专美的思想和实践，也非劳伦斯首创。在英国文学史上，19 世纪的华兹华斯、柯勒律治、骚塞等诗人，讴歌田园牧歌的安谧，吟咏大自然的隽美，以表达对工业文明的怨艾，托马斯·哈代借助他的小说绽露现代工业文明对秀美的威塞克斯的侵凌。然而，他们只不过是对现代工业文明的单纯意识，而劳伦斯则是一种"对于值得追问的东西的泰然任之"⑥的沉思，一生全神贯注追问现代工业文明榫入人类生活的方方面面，他从人与自然、人与人、人与自我三个方向展开现代社会全面异化的图景，并且预言了现代

---

　　① [德]海德格尔：《林中路》，孙周兴译，上海译文出版社 2004 年版，第 77 页。

　　② 同上书，第 96 页。

　　③ [英]D. H. 劳伦斯：《劳伦斯经典散文选》，叶胜年译，湖南文艺出版社 2000 年版，第 139 页。

　　④ 同上书，第 143 页。

　　⑤ [英]D. H. 劳伦斯：《影朦胧——劳伦斯诗选》，黄锡祥译，花城出版社 1990 年版，第 129—130 页。

　　⑥ [德]海德格尔：《演讲与论文集》，孙周兴译，生活·读书·新知三联书店 2005 年版，第 64 页。

工业文明的死灭，其沉思之丰富，其视野之宏阔，其决断之彻底是劳伦斯的前辈作家乃至后起之秀都无法与之比肩。

二 张扬血性意识，崇尚生命本能

理性是社会现代性最为核心的思想观念之一，理性主义扩张是社会现代性最突出的特征。综观西方世界的理性主义发展的历史，它虽然建基于古希腊，但是，其重要性得到认识和强调却始于文艺复兴，至17世纪，法国近代哲学家笛卡尔构建一整套的唯理主义哲学体系，18世纪启蒙思想家用科学反对权威，引导和启发人们去发现真理，建立真理，为人类勾画了一幅用理性光辉烛照的理想社会蓝图。整个19世纪，人们将理性主义作为从事科学和研究的理论基础。理性居住在世界中，理性构成了世界内存的、固有的、深邃的本性。然而，这种以追寻事物表象背后的实体本质为己任，并相信一定会有这样一个"真理"存在并可以为人所获的理性主义梦想到了现代成为现代人集中批判的一个靶子，尼采、弗洛伊德、柏格森、王尔德、乔伊斯、伍尔夫等哲学家和文学家纷纷用充满感性主义的肉体生命、直觉、纯粹个体的本能、无意识等来反对理性的压抑，夸张和放大生命直觉、本能、无意识的功能。劳伦斯秉承了尼采、柏格森等人的非理性义思想，张扬血性意识，叩问生命感性存在，对理性主义文化发起了猛烈的攻击。

1913年，劳伦斯在给厄内斯特·柯林斯的信中首次提出血性意识思想。他说："我们的头脑所想的可能有错，但我们的血所感觉的、所相信的、所说的永远是真实的。智力仅是一点点，是束缚人的缰绳。我所关心的是感知。我全部的需要就是回答我的血液，而不需要思想、道德等的无聊干预。"① 后来，他在其他许多地方反复对血性意识的神秘性进行过清晰、明了的阐释，认为人的血性知识就是"本能直觉，即黑暗中知识的巨大洪波先于头脑的知识而产生"②，直觉是人真正地意识到他人或活生生的实体世界的唯一途径。在劳伦斯看来，现代人类生

---

① ［英］哈里·莫尔编：《劳伦斯书信选》，刘宪之、乔长森译，北方文艺出版社1994年版，第63页。

② 同上书，第80页。

活之所以变成了荒原和囚牢，是因为理智意识消耗了血液，阉割了人的生命力，人类只存在于各自的理念之中，现代人需要彻底摆脱荒原和囚牢的生存困境，就必须彻底抛弃理性，听从血液的召唤，播撒野性的种子，直接按照生命的原始状态进行行动，用血性的意识去激活一直处于黑暗中的生命的一半，推翻精神暴君的统治。因此，他认为艺术的使命就是要"倾听我们血管中黑径上高贵的野兽发出的声音，这种声音来自心中的上帝。向内倾听，向内心，不是听字词，也不是获取灵感，而是倾听内心深处野兽的吼叫，听那情感在血液的森林中徘徊；这血，淌自黑红黑红的心脏中上帝的脚下"①。

那么，在劳伦斯的全部创作中，"血管中黑径上高贵的野兽"发出了怎样的声音呢？

首先，从劳伦斯的整个创作来看，性爱之美是"血管中黑径上高贵的野兽"发出的最强音，亦即讴歌大胆而热烈的性爱，礼赞人的感性欲望的存在，追求人性的完美是劳伦斯文学创作的主旋律。他的《查泰莱夫人的情人》将这一主旋律发挥到了极致。小说是围绕康妮与克里福德、康妮与麦勒斯的关系来展开情节的。美丽活泼、性格开朗的康妮秉承父母之命嫁给了陆军中尉克里福德，婚后，他们虽然相亲相爱，却很少肉体接触，因为性爱对克里福德来说不是真正需要的东西。不久，克里福德在一次战争中身负重伤归来后，下身瘫痪，丧失了男人最基本的生存权利，终日被禁锢在轮椅上。作为夫妻，他们努力保持相互间的亲密。但是，康妮并没有得到真正的幸福，艳丽而富有曲线的肉体开始平板起来，身体因为缺少了阳光和热力显得苍白和毫无生气。处于绝望之中的康妮，在一个阳光灿烂的日子里遇到了克里福德的猎场看守麦勒斯。浑身洋溢着生命激情和生命活力的麦勒斯唤起了她的爱欲萌动，填满了她的意识和躯体的空洞，开始了富有人性的、真正的女人的生活，从此以后，充分的肉体之爱使康妮不但外表显得风采灿烂，而且使她内心也充满了希望。在小说的结尾处，康妮终于摆脱下身瘫痪的克里福德，与麦勒斯踌躇满志地筹划未来美好的生活。正如作者在小说开篇中所预设的那样："我们的时代说到底是一个悲剧性的时代，所以我

---

① ［英］D. H. 劳伦斯：《劳伦斯文艺随笔》，黑马译，漓江出版社2004年版，第248页。

们才不愿意悲剧性的对待它。大灾大难已经发生，我们身处废墟之中。我们开始建造新的小小生息之地，培育新的小小希望……我们总得活下去，不管天塌下了多少。"① 在这部小说中，性爱的旖旎，性爱的辉煌得到了大胆而细腻的绽放。在劳伦斯看来，人因性爱而充满生命活力，人因性爱而青春永驻，人因性爱而满怀希望，性爱胜于一切，性爱与美同在！

从康妮与麦勒斯的关系中，我们还应该看到，性爱不同于淫秽，更与精神之恋存在本质上的差异，它是一种"灵"与"肉"的完美融合，淫秽与精神之恋则是理性主义异化的结果。因此，伴随性爱礼赞的主旋律而生的就是探索理性主义文化对性爱的扭曲与异化。

20 世纪初期的英国，工业主义和理性主义盛行，人性全面异化和扭曲，表现在人自身的"性态"上就是思与行的相互脱节，"灵"与"肉"的相互剥离，人要么排斥性爱推崇精神之恋，要么像"粗野如兽的祖先们"在"恐惧中偷偷摸摸爬行"②，沉溺于肉欲之中。劳伦斯在他的创作中描述了这两种现象。《儿子与情人》中保罗的初恋情人米丽安、《查泰莱夫人的情人》的克里福德可谓是精神恋爱的符号。米丽安深受宗教思想的影响，对男女谈情说爱感到羞耻，视"性"为下流堕落之举，藐视男性的性欲，极力压抑自然本能，即使委身于保罗，她也是从宗教情感出发，把自己看成是奉献给上帝的祭品。她仿佛是一位修女，从而凝固了保罗的生命热情，让保罗一次次感受"死亡"的冰冷。因此，这对经历了坎坷曲折的爱情磨难的恋人最终分道扬镳。克里福德与米丽安如出一辙。在他看来，没有一丝情欲的精神恋爱便是一切，偶尔的性行为与长久的共同生活来比，简直不算什么，在他身上只有犀利的、冰冷的意志，没有温暖可言，康妮的情感生活陷入了绝望之境。因此，在作家的笔下，克里福德仿佛一具行尸走肉，丧失了任何的生命活力。与米丽安、克里福德"灵"的性爱摒弃"肉"的一面相对立是另一个极端：沉溺肉欲而全然放弃理性。《儿子与情人》中的克莱拉、

---

① ［英］D. H. 劳伦斯：《查特莱夫人的情人》，赵苏苏译，人民文学出版社 2004 年版，第 1 页。

② ［英］D. H. 劳伦斯：《劳伦斯文艺随笔》，黑马译，漓江出版社 2004 年版，第 248 页。

《查泰莱夫人的情人》中的柏莎完全是一头贪婪的性野兽。因此，保罗最终离开了克莱拉，麦勒斯逃避柏莎来到拉格比庄园。在劳伦斯眼中，上述两种现象都是现代文化和文明教育的结果，都是理性的扭曲与异化性爱的表征。所以，作家以保罗、康妮与麦勒斯的离开，以克里福德的下身瘫痪对此进行了彻底的否定与扬弃。

　　然而，劳伦斯并不只是礼赞性爱之美，批判理性对人性的扭曲，更重要的是他进一步认识到，拯救萎靡不振的荒原社会的唯一途径是建立新型的男女两性关系，使"性变得自由而健康"①。这是劳伦斯倾听"血管中黑径上高贵野兽"发生的第三种声音。他说："现在，人生的全部症结在于男人和女人之间的关系，亚当和夏娃之间的关系。"②"建立一种新型的男人与女人之间的关系，或者调整旧的男人与女人之间的关系，这毕竟是当今问题的所在。"③因此，劳伦斯的作品呈现了占有型与平衡型两种男女关系的形态。《儿子与情人》中的葛楚德与毛莱尔、《虹》的安娜与威尔、《恋爱中的女人》中的杰拉德与戈珍、《查泰莱夫人的情人》中的克里福德与康妮等人的关系属于一种典型的占有型关系。他们之中，或者是女人像男人般坚强自信，把全部的激情、能量和多年的生命用在改造男人的生活习惯、控制男人的肉体与精神上；或者是男人精力充沛、野心勃勃，占有欲极强，视女人为自己的私有财产，其所谓的爱情也只不过是满足自身的占有欲，填补内心的空虚。劳伦斯是坚决反对这样一种男女关系的，所以，上述的婚姻爱情皆以失败而告终。在劳伦斯看来，新型的男女关系是一种平衡的关系，男女双方都应该保持自己完整的人性和独立的自由，达到完美和谐而又不同化对方，诚如他在《爱情》一文中所说："男女之间的爱，如果完整的话，应该是双重的。这是融入纯洁感情交流的境界，又是纯粹性的摩擦，两种状况均存在。在感情的交流中，我被爱熔炼成一个完整的人，而在纯洁的、激烈的性摩擦中，我又被烧成原先的自我。我从融合的基质中被赶了出来，进入高度的分离状态，成为十足单独的自我，神圣而独特的

---

①　［英］哈里·莫尔编：《劳伦斯书信选》，刘宪之、乔长森译，北方文艺出版社1994年版，第85页。

②　同上书，第310页。

③　同上书，第81页。

自我。"①《恋爱中的女人》中厄秀拉与伯金的关系就是这种新型关系的呈现。他们虽然歧见丛生，摩擦不断，有时甚至激烈得迸出恨的火花，但是，他们都感受到了对方的巨大魅力，又都善于在对立后有所让步，最终确立了两人之间的星际平衡关系，两个生命个体融为一体，又在一种强烈的、带着摩擦和性激情的分力运动中走向精神的自由。《羽蛇》中凯特与莱斯利的关系、凯特与西比阿诺的关系、《查泰莱夫人的情人》中康妮与麦勒斯的关系都是这一新型的男女关系的发展。

看来，张扬血性意识，崇尚生命本能，关注男女两性关系是劳伦斯文学的聚集点，也是劳伦斯文学的独到之处。这一独特之处就伦理而言，常常遭人指责和诟病是无可厚非的。然而，从审美的角度来看，血性意识、生命本能没有高下低俗之分。在理性主义泛滥的时代，在理性主义宰制和异化人类的英国，劳伦斯冒天下之大不韪，举起血性和生命本能的大旗，这是对理性主义文化的意识修正，是他为挽救人类已经颓败了的人生开出的救赎之方，是有一定的进步意义的，它或许会给后工业社会中的人类某些有益的启示。

三 追求艺术形式的创新

否定陈腐的艺术观念，追求艺术形式的创新，是审美现代性对抗社会现代性在艺术上所采用的一个策略。一般认为，在艺术形式上，劳伦斯是一位传统作家。其实不然。任何一个创新作家一方面关心他们的世界正在发生的事情，另一方面也关心理解事情发生的赋形方式。劳伦斯不仅叛逆了旧体制和旧道德，扬弃了理性主义文化，而且在艺术形式上也背离传统作家。其艺术形式虽然不如乔伊斯、伍尔夫、T. S艾略特那样前卫，但是，他却开启了 20 世纪英国文学创新之风，其艺术形式具有很大的颠覆性。

劳伦斯反对传统作家是有目共睹的。狄更斯、福楼拜、易卜生、萧伯纳、高尔斯华绥、阿诺德·贝内特等久负盛名的现实主义作家都是他

---

① ［英］D. H. 劳伦斯：《劳伦斯散文》，姚暨荣等译，浙江文艺出版社 2001 年版，第 5 页。

屡屡批评的对象，认为他们是一些"阿斯菲尔德斯式"① 作家，其作品形式僵化、粗鄙、笨拙，缺乏生命活力。他表示："我不想象高尔斯华绥、易卜生和斯特林堡那样写作，与他们中间的任何一位不同，即使我能那样写，我也不愿意。我们不得不厌恶我的最接近的前辈作家，我们要从他们的权威中挣脱出来。"② 他喜欢意大利未来主义，不是因为马里内蒂赞美了科学技术和机器，而是在于它"致力于清除旧的形式和多愁善感"③，在未来主义者得出的"传统显示出令人厌倦的病态，社会处于死气沉沉、停滞不前的状态"④ 的结论，而对未来主义作品所呈现的思想颇有微词，认为"他们的艺术不能称为艺术，只不过是使某些身体或思维的状态变成图形的极端的科学尝试"⑤。他甚至这样说道：文学艺术"与其现在和过去鼻涕一把泪一把地悲泣或按照旧路发明新感觉，倒不如冲破旧的，如在墙上砸开一个窟窿从中逃生"⑥。

由此看来，劳伦斯与乔伊斯、伍尔夫、T. S. 艾略特一样，执意要从旧的文学形式中探索生命的价值和宇宙的奥秘。因此，他极力主张生命感知是艺术的唯一源泉，直觉是沟通审美意识与审美对象之间联系的唯一纽带，艺术的职责是揭示人与人、人与宇宙、人与自身的真实而生动的生命关系，艺术的作用是唤醒人的血性，使人全面、诚实、纯洁地思考性的事，使性关系变得健康珍贵而不低贱。自然，这种新的文学观念在习惯于现实主义文学思想，钟情于高尔斯华绥、萧伯纳、贝内特等作家的作品的 20 世纪初期的英国读者面前带来了强大的审美冲击波。

劳伦斯不仅全面阐释了全新的文学思想，而且以自身的文学创作践行了新的文学主张。特别是他的小说，以内向化的审美视角、空间化的结构、象征手法穿越了传统小说的叙事模式，拓展了新的审美空间。

一般来说，传统的现实主义小说以一种外向性的审美视角观照现实生活，作家往往按照生活本来的样子由外而内去构建一个原本如此的现

---

① ［英］哈里·莫尔编：《劳伦斯书信选》，刘宪之、乔长森译，北方文艺出版社 1994 年版，第 60 页。

② 同上书，第 68 页。

③ 同上书，第 151 页。

④ 同上书，第 152 页。

⑤ 同上。

⑥ ［英］D. H. 劳伦斯：《劳伦斯文艺随笔》，黑马译，漓江出版社 2004 年版，第 197 页。

实世界。劳伦斯反其道而行之,他的小说透视生活的焦点落在"那种物质的、非人性的东西要比那种老式的人性因素更使人感兴趣"①上,深入人的直觉、欲望、血液和人的精神状态,淋漓尽致地展示在自然本能的驱使下人物心理的衍变过程,心理场取代了物理境。成名作《儿子与情人》展开的是葛楚德的恋子情结,保罗对母亲的依恋心态,葛楚德、米丽安的控制欲望以及保罗与克莱拉在心理转折的临界点上的生命狂欢以及由此迸发出来的爱与恨交织、狂喜与痛苦并陈的矛盾心情。代表作《虹》更是疏远了人物心态的变迁和日常生活的联系,性本能、情欲的力量超越环境的压力而起着支配决定的作用。布朗温一家三代人,无论男女都受着原始情欲的驱使,在灵与肉的冲突中,敞亮内心的迷惘、痛苦、不安与骚动。非理性心理成为布朗温一家三代人的全部内涵。因此,作者真诚地坦言:"你切莫在我的小说的人物中去寻找那种老式而稳定的自我。在我的小说人物中有另一个自我,从他们的行动来看,个性是无法识别的,事实上个性已经消失。"② 他的小说在内向化审美视角的观照下,人物性格消解了,人物心灵审美化了,整个作品回荡着非理性化的呻吟与呼唤。

小说结构的空间化也是劳伦斯超越传统小说叙事模式的一个重要策略。从《儿子与情人》起,他的小说基本上抛弃了传统小说"开端——发展——高潮——结局"的线性叙事,代之而起的是一种空间结构形式,也就是说,"行为在时间里发生,但其意义都是在空间里创造出来的"③。

《虹》采用了对位式的结构。小说可分解为三个板块:第一个由汤姆·布朗温与莉迪娅的感情经历的短篇;第二个关于威尔与安娜内心世界、情感冲突的中短篇;第三个关于厄秀拉叩询自我探究、自我解放的中篇。三个板块有如复调音乐中的三个声部,或舒缓柔慢,或节奏急促,或轻松平稳,或深沉低调的相对独立而存在,三个板块中的男女主

---

① [美]哈里·莫尔编:《劳伦斯书信选》,刘宪之、乔长森译,北方文艺出版社 1994 年版,第 155 页。

② 同上书,第 156 页。

③ [英]迈克尔·莱文森:《现代主义》,田智译,辽宁教育出版社 2002 年版,第 19 页。

人公都经历本质相同的追求和相似喜悦与挫折，三个板块是三个相对完整的构架，但是，作者将它们整合在共同的主题之下：追问两性之间的真正之"虹"到底是什么？追问两性之间和谐究竟是一种怎样的和谐？三个板块从不同的角度进行沉思，就像一个物体在三面镜子中被折射一样呈现出不同的面貌。《恋爱中的女人》以叙事并置、延缓情节的方式，将 31 个生活片段整合在一起，努力建构一个空间化的时间艺术，从而赢取了海德格尔《艺术作品的本源》之中所说的艺术作品张力性的"裂隙"（Riss），以一种特殊的智慧开启生存之思。

此外，劳伦斯择取象征来颠覆传统小说的叙事模式。在他的小说中，象征不再是一种修辞手段，而是一种整体把握世界的方式。在作家的笔下，花草树木、风雨鸟兽等自然物象和景致不再具有传统文学的美学品格，而是具有极强的感性色彩、精神内容和暗示性。《儿子与情人》中的"花"贯穿于小说的始终，它与人物的情感意识存在着千丝万缕的联系。《查泰莱夫人的情人》中的"小树林"联结着人物的生命纤维，人物的一举一动都与神秘的自然力相贯通，潜藏着一种含蓄朦胧的寓意。不仅如此，他笔下的人物以符号化的方式，负载着作家的思想观念、文化观念和哲学观念。葛楚德那种坚持有理性的理想化原则，毫无节制地、贪婪地、恣肆地想把一切据为己有的生存方式和生存意志无不隐喻着现代工业社会的强力本性。查泰莱是现代工业文明的象征，他下身瘫痪，失去生殖能力隐喻现代工业文明的衰落和没有生命力。总之，无论是在自然物象还是人物形象的象征性描写上，劳伦斯以诗人的身份用新的美学原则加以"点化"，以其整体性、朦胧性、多义性、心理性而傲然于世，从而为读者的再创造活动拓展了新的审美空间。

综上所述，劳伦斯与现代性有着重要的联系。他正是社会现代性派生的产物。现代工业文明进程中暴露出来的种种问题，促使劳伦斯以自己鲜活的生命感受力体察着现代人的生存困境，决定了劳伦斯怀抱积极的幻想，从人的生命关系出发，以人的完整性角度不停地穿越巨大的人性荒漠，沉思现代人的生命价值与意义，以感性的直接力量拒斥现代工业文明、科学技术和理性主义，崇奉革新，反对权威，以一种审美现代性的姿态确定自身的文学地位。因此，劳伦斯在历经数十年的沧桑之后，在审美现代性日益成为社会现代性的解毒剂的思潮中，他的作品愈来愈受到读者的欢迎与喜爱。他本人也被称为"资本主义时代的抒情诗人"。

结　　语

　　眼前总幻化着那一边是煤烟弥漫、一边是青山绿水的乡村混合景致，耳畔时时回荡着劳伦斯曾说过的"三百年内没有人能理解我的作品，我将改变这个世界未来一千年的历史进程"。出生于英国维多利亚时代的后期，正值英国工业化的巅峰时期，经过长达百年的工业化发展，对古老英国农业社会的冲击是多么的巨大劳伦斯就是出生并成长在这么一个时代和环境中的英国本土作家，他毫不讳言自己是个在矿区出生的矿工的儿子，他对他所生长的那个矿工环境出于本能的爱和怨，无论他走远，他的阶级始终属于劳动阶级一员，正如他在《自画像一帧》中所说的："我无论如何也不能为了中产阶级浅薄虚伪的精神自负而抛弃我的热情、抛弃我与本阶级同胞之间、我与土地和生灵之间生就的血肉姻缘。"① 因而始终对煤矿工人抱着复杂的感情，既写出他们的充满野性的真性情，又写出他们的无助和无奈。劳伦斯对矿区这个自然环境是厌恶的，这与他的家庭环境是有直接关系的，他的母亲始终为下嫁给煤矿工人一直耿耿于怀，不屑与煤矿工人的妻子为伍，常与劳伦斯的父亲争吵，这就为幼小的劳伦斯到外面自然世界提供了可能，再加上劳伦斯一直身体不好，据说一出生就得了当时在英国矿区流行的职业病或叫特种病——肺病，这种病需要新鲜的空气，尤其是树林中的空气，海拔高的地方，海边的带有盐分的空气，都对肺病有好处。劳伦斯对煤矿区的厌恶，便常来到祖父家的自然田野，特别是他与母亲来到海格斯农场。那片自然山水，乡村生活，与吉西·钱伯斯一家长达十年的来来往

---

　　① ［英］D. H. 劳伦斯：《纯净集：劳伦斯随笔》，黑马译，中国国际广播出版社 2009 年版，第 52 页。

往，对劳伦斯的一生产生了重大的影响，就如劳伦斯晚年在意大利所写的信所说的："不管我还有什么身份，我在某些方面还是同样的伯特，那么快乐地赶去海格斯。"① 是矿区的脏臭，是乡村外的自然田野和海格斯农场的山水纯净、庄稼的馨香、劳动的友谊，影响了劳伦斯的选择，选择了自然山水作为自己的精神寄托。幼小较好的家庭教育，再加上在伊斯特伍德的小学学习，著名的诺丁汉中学的学习，在海格斯农场与吉西·钱伯斯数量惊人的文学与社科作品的阅读，决定了劳伦斯的文学选择，选择尊重自然人性与对自然的压抑的对抗。他的文学选择以接地气的矿区和故乡的乡村为背景为创作的基础的，事实证明，劳伦斯就是以写英国中部地区矿工生活及中原地区的山水自然特色而走向英国文坛的，受到了以福特、福斯特等一批精英作家的认可的，被他们称为"一个小小的天才"。如果劳伦斯只是描写那一个故乡，直到他在伦敦开始教书生涯，开始了解人、关注伦敦，他的作品地理描写范围开始触及诺丁汉城乡、伦敦等地，带有一股较强的英伦风范。但如果仅仅是这些，顶多劳伦斯只能算是一个描写英国乡土和城市生活的作家。劳伦斯1912 年与弗丽达私奔南欧，开始他的漂泊生涯，也开始了他的人生梦想和文学梦想。正如劳伦斯在临死前将自己一生概括为"残酷的朝圣之旅"。他一路走来，虽然也曾短暂回英国，但主要的时间是在世界各地度过的，足迹遍布德国、意大利、法国、奥地利、瑞士、西班牙、斯里兰卡、澳大利亚、新西兰、美国、墨西哥等国，因此，离开英国，他的文学创作的视野就有了国际视野，这些域外的人生经历、地理感知、文化风情，对劳伦斯的思想形成，艺术观的形成，审美趣味的产生有着重要的影响，使他成为一个具有国际视野的既具有现实主义同时又具有现代主义的优秀作家之一。同时，他在作品中所描写的那么多花草鸟兽也为读者打开了解动植物神秘世界的窗口，如孔子所言："诗可以兴，可以观，可以群，可以怨。迩之事父，远之事君；多识于草木鸟兽之名。"② 那么，研究他的文学创作尤其是长篇小说创作与自然山水地理

① ［英］约翰·沃森：《劳伦斯：局外人的一生》，石磊译，上海书店出版社 2012 年版，第 399 页。

② 张少康：《中国文学理论批评史教程》，北京大学出版社 2011 年版，第 15 页。

之间的关系就显得尤为重要，是基础的基础，是根本的根本。这样的研究有以下的意义。

第一，从作家的实际情况出发，全面考察作家的出生地，成长经历和人生经历，以时间为经，以地理空间为纬，科学地分析形成劳伦斯文学独特性的地理情怀。故乡的出生地、诺丁汉的求学地、成长地、伦敦的发展，南欧及亚澳之行、美国及墨西哥之行对劳伦斯人生思想、创作观的影响等，对作家的思想艺术发展就有个全方位的观察和了解，得出的结论才能是实实在在的。

第二，对一百多年前劳伦斯创作的研究，特别是他身处的英国工业化对农业社会的挤压、侵凌和戕害，工业化的快速发展尤其是以重污染的煤矿发展对乡村田野的破坏，造成了人与人之间的异化，人与自然关系的紧张，人与社会关系的扭曲等，这些问题在 21 世纪的中国，还是有很强的警示意义，我们今天在快速发展工业的同时，也面临着乡村的保护问题，发展与保护的问题，党和政府提出的"机制活，产业优，百姓富，生态美"的政策，要建设美丽乡村，农村要看得到山，望得见水，留得住青山绿水，让人记得住乡愁。而劳伦斯笔下一百多年前的真实而又形象的文字记录为我们留下了一份弥足珍贵的资料，研究他是极好的借鉴。

第三，通过对劳伦斯生平及创作地理基础的研究，由此得出他的长篇小说所建构的矿区空间、乡村空间、城市空间、湖海空间，以及在这些空间之中所精心营造的众多自然意象，这些研究是对作家世界观、人生观、创作观、艺术观及审美观形成最根本的研究，这样的研究，既是对一种学习研究方法的有益的尝试，可以丰富中外学者对所关注作家的地理学分析，对中国的文学地理学批评理论和实践的一次丰富和充实；又是对中国作家创作的一次良好的启发，文学创作离不开大地，离不开生养他的这块大地，只要立足大地，反映民生，接地气，文学就有强大的生命力，在文学创作多元化的时代，文学更是离不开土地、自然和人的和谐生存问题、发展问题。一百多年前英国的工业化社会带来的问题可以给我们国家目前的社会发展与建设一个很好的借鉴和警示。

参考文献

一 劳伦斯作品（以出版时间后先为序）

1. ［英］劳伦斯：《墨西哥早晨》，孙伊译，江西教育出版社 2016 年版。

2. ［英］劳伦斯：《劳伦斯文集·中短篇小说选》，毕冰宾译，人民文学出版社 2014 年版。

3. ［英］劳伦斯：《劳伦斯文集·儿子与情人》，陈良廷、刘文澜译，人民文学出版社 2014 年版。

4. ［英］劳伦斯：《劳伦斯文集·虹》，毕冰宾、石磊译，人民文学出版社 2014 年版。

5. ［英］劳伦斯：《劳伦斯文集·恋爱中的女人》，毕冰宾译，人民文学出版社 2014 年版。

6. ［英］劳伦斯：《劳伦斯文集·袋鼠》，毕冰宾译，人民文学出版社 2014 年版。

7. ［英］劳伦斯：《劳伦斯文集·查泰莱夫人的情人》，毕冰宾译，人民文学出版社 2014 年版。

8. ［英］劳伦斯：《劳伦斯文集·文论集》，毕冰宾译，人民文学出版社 2014 年版。

9. ［英］劳伦斯：《劳伦斯文集·散文随笔集》，毕冰宾译，人民文学出版社 2014 年版。

10. ［英］劳伦斯：《劳伦斯文集·绘画与画论集》，毕冰宾译，人民文学出版社 2014 年版。

11. ［英］劳伦斯：《灵船》，吴笛译，上海人民出版社 2012 年版。

12. ［英］劳伦斯：《英格兰，我的英格兰：劳伦斯中短篇小说选》，黑马译，上海三联书店 2011 年版。

13. ［英］劳伦斯：《查泰莱夫人的情人》，黑马译，中央编译出版社 2010 年版。

14. ［英］劳伦斯：《虹》，黑马、石磊译，中央编译出版社 2010 年版。

15. ［英］劳伦斯：《恋爱中的女人》，黑马译，中央编译出版社 2010 年版。

16. ［英］劳伦斯：《误入歧途的女人》，赵小鹏译，山东文艺出版社 2010 年版。

17. ［英］劳伦斯：《纯净集：劳伦斯随笔》，黑马译，中国国际广播出版社 2008 年版。

18. ［英］劳伦斯：《劳伦斯散文》，黑马译，人民文学出版社 2008 年版。

19. ［英］劳伦斯：《玫瑰园中的影子：劳伦斯中短篇小说选》，宋兆霖选编，华夏出版社 2008 年版。

20. ［英］劳伦斯：《劳伦斯精选集》，冯季庆编选，北京燕山出版社 2008 年版。

21. ［英］劳伦斯：《劳伦斯中短篇小说选》，主万、朱炯强译，人民文学出版社 2008 年版。

22. ［英］劳伦斯：《劳伦斯中短篇小说选》，冯季庆选编，中国文联出版社 2007 年版。

23. ［英］劳伦斯：《劳伦斯读书随笔》，陈庆勋译，上海三联书店 2007 年版。

24. ［英］劳伦斯：《伊特鲁利亚人的灵魂》，何悦敏译，新星出版社 2006 年版。

25. ［英］劳伦斯：《爱的行板》，杨涛译，喀什维吾尔文出版社 2004 年版。

26. ［英］劳伦斯：《查特莱夫人的情人》，赵苏苏译，人民文学出版社 2004 年版。

27. ［英］劳伦斯：《劳伦斯文艺随笔》，黑马译，漓江出版社 2003 年版。

28. ［英］劳伦斯：《劳伦斯中短篇小说选》，主万等译，上海译文出版社 2002 年版。

29. ［英］劳伦斯：《袋鼠》，黑马译，译林出版社 2000 年版。

30. ［英］劳伦斯：《大海与撒丁岛》，袁洪庚、苗正民译，中国文联出版社 1997 年版。

31. ［英］劳伦斯：《意大利的黄昏》，文朴译，中国文联出版社 1997 年版。

32. ［英］劳伦斯：《劳伦斯作品精粹》，陆锦林选编，河北教育出版社 1995 年版。

33. ［英］劳伦斯：《逾矩的罪人》，程爱民、裴阳、王正文译，译林出版社 1994 年版。

34. ［英］劳伦斯：《劳伦斯书信选》，刘宪之、乔长森译，北方文艺出版社 1994 年版。

35. ［英］劳伦斯：《羽蛇》，彭志恒、杨茜译，中国文联出版社 1994 年版。

36. ［英］劳伦斯：《爱恋中的女人》，王立军、张灵、戴敏译，中国文联出版社 1994 年版。

37. ［英］劳伦斯：《白孔雀》，谢显宁、刘崇丽、王林译，中国文联出版社 1994 年版。

38. ［英］劳伦斯：《安宁的现实——劳伦斯哲理散文选》，姚暨荣译，生活·读书·新知三联书店 1992 年版。

39. ［英］劳伦斯：《白孔雀》，谢显宁、刘崇丽、王林译，中国文联出版社 1989 年版。

40. ［英］劳伦斯：《影朦胧——劳伦斯诗选》，黄锡祥译，花城出版社 1989 年版。

41. ［英］劳伦斯：《误入歧途的女人》，李建译，四川文艺出版社 1989 年版。

42. ［英］劳伦斯：《人的秘密》，杨小洪、王艺、邢悦译，上海人民出版社 1989 年版。

43. ［英］劳伦斯：《出走的男人》，李健译，四川文艺出版社 1988 年版。

44. ［英］劳伦斯：《儿子与情人》，吴延迪、孙晴霞、吴建衡译，北方文艺出版社 1988 年版。

45. ［英］劳伦斯：《劳伦斯诗选》，吴笛译，漓江出版社 1988 年版。

46. ［英］劳伦斯：《查太莱夫人的情人》，饶述一译，湖南人民出版社 1986 年版。

47. ［英］劳伦斯：《性与可爱》，姚暨荣译，花城出版社 1985 年版。

二 劳伦斯研究论著（以出版时间后先为序）

1. 黑马：《我们一起读过的劳伦斯》，中国国际广播出版社 2015 年版。

2. 闫建华：《绿到深处的黑色：劳伦斯诗歌中的生态视野》，中国社会科学出版社 2013 年版。

3. ［美］迈可·斯奎尔：《深情的背叛：作家劳伦斯和他的妻子的一切》，石磊译，金城出版社 2013 年版。

4. 黑马：《文明荒原上爱的牧师：劳伦斯叙论集》，新星出版社 2013 年版。

5. ［英］约翰·沃森：《劳伦斯：局外人的一生》，石磊译，上海书店出版社 2012 年版。

6. ［英］劳伦斯、［英］萨加：《世俗的肉身：劳伦斯的绘画世界》，黑马译，金城出版社 2011 年版。

7. 汪志勤：《劳伦斯中短篇小说多视角研究》，东方出版中心 2010 年版。

8. 田鹰：《比较视野中的张贤亮和劳伦斯性爱主题研究》，中国社会出版社 2009 年版。

9. 高万隆：《婚恋·女权·小说：哈代与劳伦斯小说的主题研究》，中国社会科学出版社 2009 年版。

10. 刘洪涛：《荒原与拯救：现代主义语境中的劳伦斯小说》，中国社会科学出版社 2007 年版。

11. 苗福光：《生态批评视角下的劳伦斯》，上海大学出版社 2007 年版。

12. 寥杰锋：《审美现代性视野下的劳伦斯》，群言出版社 2006 年版。

13. 蒋家国：《重建人类的伊甸园——劳伦斯长篇小说研究》，湖南大学出版社 2003 年版。

14. 曾大伟：《劳伦斯小说研究》，广州花城出版社 2003 年版。

15. 邢建昌：《劳伦斯传》，中国广播电视出版社 2003 年版。

16. 黑马：《心灵的故乡：游走在劳伦斯生命的风景线上》，中国社会科学出版社 2002 年版。

17. 毛信德：《劳伦斯》，四川人民出版社 2001 年版。

18. 毛信德：《郁达夫与劳伦斯比较研究》，浙江大学出版社 2001 年版。

19. 漆以凯：《劳伦斯小说的艺术世界》，南京出版社 2000 年版。

20. 伍厚恺：《寻找彩虹的人：劳伦斯》，四川人民出版社 2000 年版。

21. ［美］布伦达·马多克斯：《劳伦斯：有妇之夫》，邹海仑、李传家、蔡曙光译，中央编译出版社 1999 年版。

22. ［美］艾米丽·汉恩：《劳伦斯和他身边的女人们》，于茂昌译，北方文艺出版社 1998 年版。

23. 王立新：《潘神之舞：劳伦斯和他的〈查泰莱夫人的情人〉》，中国人民大学出版社 1998 年版。

24. 罗婷：《劳伦斯研究》，湖南文艺出版社 1996 年版。

25. 蒋炳贤：《劳伦斯评论集》，上海文艺出版社 1995 年版。

26. 冯季庆：《劳伦斯评传》，上海文艺出版社 1995 年版。

27. ［美］哈里·穆尔：《血肉之躯：劳伦斯传》，张健、舍之等译，湖南文艺出版社 1993 年版。

28. 刘宪之：《劳伦斯研究》，山东友谊出版社 1991 年版。

29. ［英］吉西·钱伯斯、弗丽达·劳伦斯：《一份私人档案：劳伦斯与两个女人》，叶兴国、张健、刘宪之译，知识出版社 1991 年版。

30. ［英］理查德·奥尔丁顿：《D.H. 劳伦斯传：天才的画像，但是……》，冰宾、东辉译，天津人民出版社 1989 年版。

31. ［英］基思·萨格：《劳伦斯的生活》，高万隆、王建琦译，山东友谊书社 1989 年版。

32. ［英］弗兰克·克默德：《劳伦斯》，胡缨译，生活·读书·新知三联书店 1986 年版。

三　其他论著（以出版时间后先为序）

1. 潘富俊：《草木缘情：中国古典文学中的植物世界》，商务印书馆 2016 年版。

2. 杜雪琴：《易卜生戏剧地理空间研究》，武汉大学出版社 2015 年版。

3. 邹建军：《江山之助：邹建军教授讲文学地理学》，中央编译出版社 2014 年版。

4. 覃莉：《文学地理学与当代中国的研究生教育：邹建军教授访谈录》，世界图书出版广东有限公司 2014 年版。

5. 曾艳兵：《20 世纪外国文学史》，中国人民大学出版社 2014 年版。

6. 聂珍钊：《文学伦理学批评导论》，北京大学出版社 2014 年版。

7. 聂珍钊：《外国文学史》，华中师范大学出版社 2013 年版。

8. 马军红：《工业时代的城市与乡村：三位英国作家的生态视角研究》，华夏出版社 2013 年版。

9. 邹建军、胡朝霞：《文学地理学视野下的易卜生诗歌研究》，世界图书出版广东有限公司 2013 年版。

10. 杨义：《文学地理学会通》，中国社会科学出版社 2013 年版。

11. ［英］劳伦斯：《劳伦斯散文两篇》，毕冰宾译，世界文学杂志社 2013 年版。

12. 陈众议等：《文学峰景：与 22 位世界文学巨擘的对话》，中央编译出版社 2010 年版。

13. 王会昌：《中国文化地理》，华中师范大学出版社 2010 年版。

14. 庄伟杰：《文心与诗学》，悉尼：国际华文出版社 2010 年版。

15. 黑马：《文学第一线：45 位译界耆宿和文学名家的访谈印象》，中央编译出版社 2010 年版。

16. 邹建军：《多维视野中的比较文学研究》，长江文艺出版社 2009 年版。

17. ［英］利维斯：《伟大的传统》，生活·读书·新知三联书店 2009 年版。

18. 吴笛：《哈代新论》，浙江大学出版社 2009 年版。

19. 程虹：《宁静无价：英美自然文学散论》，上海人民出版社 2009 年版。

20. 黑马：《写在水上的诺贝尔》，人民文学出版社 2008 年版。

21. 郑克鲁：《外国文学史》（修订版），高等教育出版社 2008 年版。

22. 邹建军：《"和"的正向与反向：谭恩美长篇小说伦理思想研究》，华中师范大学出版社 2008 年版。

23. 王思涌：《中国文化地理丛书·中国文化地理》，北京科学出版社 2008 年版。

24. 马新国：《西方文论史》（第三版），高等教育出版社 2008 年版。

25. 吴笛：《世界名诗欣赏》，浙江大学出版社 2008 年版。

26. 聂珍钊、杜娟、唐红梅、朱卫红：《英国文学中的伦理学批评》，华中师范大学出版社 2007 年版。

27. 王诺：《生态与心态：当代欧美文学研究》，南京大学出版社 2007 年版。

28. 金丽：《圣经与西方文学》，民族出版社 2007 年版。

29. ［英］特里·伊格尔顿：《二十世纪西方文学理论》，伍晓明译，北京大学出版社 2007 年版。

30. 聂珍钊、邹建军：《文学伦理学批评：文学研究方法新探讨》，华中师范大学出版社 2006 年版。

31. 梅新林：《中国文学地理形态与演变》，复旦大学出版社 2006 年版。

32. 陈晓兰：《城市意象：英国文学中的城市》，广西师范大学出版社 2006 年版。

33. 王先霈、王又平：《文学理论批评术语汇释》，高等教育出版社 2006 年版。

34. 黑马：《名家故居仰止》，湖北人民出版社 2005 年版。

35. ［英］迈克·克朗：《文化地理学》，杨淑华、宁慧敏译，南京大学出版社 2005 年版。

36. 周尚意、孔翔、朱竑：《文化地理学》，高等教育出版社 2004 年版。

37. 童庆炳：《文学理论教程》，高等教育出版社 2004 年版。

38. 杨自伍：《英国经典散文》，上海文艺出版社 2004 年版。

39. ［法］托尼·阿纳特勒拉：《被遗忘的性》，刘伟、许钧译，广西师范大学出版社 2003 年版。

40. 梁工：《圣经与欧美作家作品》，宗教文化出版社 2003 年版。

41. 王诺：《欧美生态文学》，北京大学出版社 2003 年版。

42. 陈庆元：《文学：地域的观照》，上海远东出版社、上海三联书店 2003 年版。

43. 杨义：《重绘中国文学地图——杨义学术演讲集》，中国社会科学出版社 2003 年版。

44. 中国大百科全书总编辑委员会：《中国大百科全书》，中国大百科全书出版社 2002 年版。

45. 檀明山：《象征学全书》，台海出版社 2001 年版。

46. 张中载：《二十世纪英国文学：小说研究》，河南大学出版社 2001 年版。

47. 朱立元：《当代西方文艺理论》，华东师范大学出版社 1997 年版。

48. 王佐良：《英国诗选》，金立群注释，上海译文出版社 1993 年版。

49. ［新西兰］安东尼·阿尔伯斯：《一次轻率的旅行：凯瑟琳·曼斯菲尔德的一生》，冯洁音译，知识出版社 1993 年版。

50. 王会昌：《中国文化地理》，华中师范大学出版社 1992 年版。

51. 张述林：《风景地理学原理》，成都科技大学出版社 1992 年版。

52. 王思涌：《文化地理学导论》，高等教育出版社 1991 年版。

53. 张文奎：《人文地理学词典》，东北师范大学出版社 1990 年版。

54. 王佐良：《英国诗选》，上海译文出版社 1988 年版。

55. ［美］赫伯特·马尔库塞：《爱欲与文明：对弗洛伊德思想的哲学探讨》，黄勇、薛民译，上海译文出版社 1987 年版。

56. ［德］恩斯特·卡西尔：《人论》，甘阳译，上海译文出版社 1986 年版。

57. ［美］卡文·斯·霍尔等：《弗洛伊德心理学与西方文学》，包华富、陈昭全、杨莘燊译，湖南文艺出版社 1986 年版。

58. ［法］斯达尔夫人：《论文学》，徐继曾译，人民文学出版社 1986 年版。

59. ［英］弗吉尼亚·伍尔夫：《论小说与小说家》，瞿世镜译，上海译文出版社 1986 年版。

60. ［英］爱·摩·福斯特：《小说面面观》，苏炳文译，花城出版社 1984 年版。

61. ［法］丹纳：《艺术哲学》，傅雷译，人民文学出版社 1983 年版。

四　论文（以发表时间后先为序）

（一）期刊论文

1. 邹建军：《文学地理学：批评和创作的双重空间》，《临沂大学学报》2017 年第 1 期。

2. 邹建军：《真实可靠的地理叙事及其审美意义——对电视连续剧〈亮剑〉的一种再探讨》，《武汉科技大学学报》2016 年第 6 期。

3. 邹建军：《文学地理学批评的十个关键理论术语》，《内江师范学院学报》2015 年第 1 期。

4. 邹建军、张三夕：《简论文学地理学对现有文学起源论的修正》，《长江学术》2015 年第 4 期。

5. 梅新林：《文学地理学：基于"空间"之维的理论建构》，《浙江社会科学》2015 年第 3 期。

6. 张玮玮：《D. H. 劳伦斯文学批评中的生态意识研究》，《文艺争鸣》2014 年第 8 期。

7. 叶雨其：《论〈远山淡影〉中的"河流"的地理叙事》，《兰州教育学院学报》2014 年第 7 期。

8. 颜红菲：《开辟文学理论研究的新空间——西方文学地理学研究述评》，《武汉大学学报》2014 年第 6 期。

9. 张敬：《劳伦斯主要作品中两性间和谐关系的探析》，《湖北函授大学学报》2014 年第 6 期。

10. 殷喆、刘立辉：《〈查泰莱夫人的情人〉中劳伦斯对工人阶级的偏见态度——身体叙述研究》，《湖北第二师范学院学报》2014 年第 5 期。

11. 资云南：《劳伦斯与沈从文乡土情怀之比较》，《绵阳师范学院学报》2014 年第 4 期。

12. 张敬：《从女性主义角度解读劳伦斯笔下的新女性——厄休拉与康妮》，《佳木斯教育学院学报》2014 年第 4 期。

13. 席战强：《劳伦斯精神生态观探析》，《广西师范学院学报》2014 年第 3 期。

14. 席战强：《论劳伦斯创作中的生态整体主义思想》，《玉林师范学院学报》2014 年第 3 期。

15. 肖成笑：《解读劳伦斯的艺术人生及小说创作》，《边疆经济与文化》2014 年第 3 期。

16. 刘爽：《解读戴维·赫伯特·劳伦斯作品中的人本主义思想》，《文艺争鸣》2014 年第 3 期。

17. 黄亚婷：《试论劳伦斯小说的现代性张力——以〈儿子与情人〉为例》，《文史博览》2014 年第 3 期。

18. 张秀芝：《心灵故乡的思念与重返故园忧伤中的生命呼唤——D. H. 劳伦斯〈还乡〉中的"乡情"解读与反思》，《沈阳工程学院学报》

2014 年第 3 期。

19. 郑志霞、靳娜、槐维军：《谈劳伦斯〈儿子与情人〉中的生态女权主义》，《时代文学》2014 年第 2 期。

20. 邓晓洁：《解读劳伦斯〈儿子与情人〉中的象征意象》，《语文建设》2014 年第 2 期。

21. 李静：《析劳伦斯〈羽蛇〉中的生态思想》，《外国语文》2014 年第 3 期。

22. 高金和：《玫瑰和百合：生命之花与死亡之花——劳伦斯的〈恋爱中的女人〉作品赏析》，《英语广场》（学术研究）2014 年第 1 期。

23. 白凤欣、刘柳、佘平：《自然与女性——对劳伦斯〈儿子与情人〉中的生态女性主义解读》，《河北青年管理干部学院学报》2014 年第 1 期。

24. 席战强：《论劳伦斯小说〈袋鼠〉对生态文明社会的探索与反思——从"美是整生"的生态美学理论视角》，《钦州学院学报》2014 年第 1 期。

25. 席战强：《论劳伦斯散文〈诺丁汉矿乡杂记〉中的生态意识》，《广西民族师范学院学报》2014 年第 1 期。

26. 刘洪涛：《新中国 60 年劳伦斯学术史简论》，《南京师范大学文学院学报》2013 年第 4 期。

27. 刘洪涛、姜天翔：《新中国 60 年劳伦斯研究之考察与分析》，《湖南大学学报》2013 年第 4 期。

28. 何卫华：《〈查特莱夫人的情人〉：身体和伦理共同体》，《外国文学研究》2014 年第 3 期。

29. 张琼：《杰拉德之死本质探》，《外国文学研究》2014 年第 2 期。

30. 高丽：《印第安人的太阳崇拜文化对劳伦斯"血肉信仰"的启示》，《怀化学院学报》2013 年第 12 期。

31. 黑马：《山水的润泽——劳伦斯小说的背景》，《全国新书目》2013 年第 11 期。

32. 杨健民：《三名家"会审"〈查泰莱夫人的情人〉》，《中华读书报》2013 年 11 月 27 日第 5 版。

33. 杨牧之：《出版史上的一段故事——〈金瓶梅〉、〈查泰莱夫人的情人〉出版发行的感想》,《中华读书报》2013 年 10 月 30 日第 5 版。

34. 邹建军:《我们应当如何开展文学地理学研究》,《江汉论坛》2013
    年第 3 期。

35. 蒯正轶:《劳伦斯生态伦理批判》,《东南学术》2013 年第 3 期。

36. 杨义:《文学地理学的信条:使文学连通"地气"》,《江苏师范大
    学学报》2013 年第 2 期。

37. 席战强:《"诗意的栖居":生态整体主义视域下的〈白孔雀〉探
    析》,《玉林师范学院》2013 年第 1 期。

38. 郭雯:《自然·本能·和谐——〈马贩子的女儿〉之生态解读》,
    《湖北师范学院学报》2013 年第 1 期。

39. 杜芳芳:《探寻深层自我的建构历程——劳伦斯〈出走的男人〉的
    宗旨解析》,《重庆科技学院学报》2012 年第 18 期。

40. 唐伟:《〈查泰莱夫人的情人〉的自然环境描写特色及功能简析》,
    《重庆科技学院学报》2012 年第 15 期。

41. 杨华:《论劳伦斯〈白孔雀〉的哀歌主题》,《湖北第二师范学院学
    报》2012 年第 6 期。

42. 秦烨:《劳伦斯的绘画创作与小说叙事》,《中国比较文学》2012 年
    第 4 期。

43. 闫建华:《劳伦斯的植物书写及其对当代美国生态诗人的影响》,
    《外国文学》2012 年第 4 期。

44. 刘秋:《从〈羽蛇〉看劳伦斯意识中的印第安民族文化》,《长城》
    2012 年。

45. 张琼:《"故乡"在〈春天的荫影〉中的呈现及其审美价值》,《世
    界文学评论》2012 年第 2 期。

46. 刘娅:《论〈羽蛇中的宗教救世思想〉》,《世界文学评论》2012 年
    第 1 期。

47. 资云南:《论劳伦斯对故乡诺丁汉的矛盾心理》,《赤峰学院学报》
    2011 年第 8 期。

48. 庄文泉:《从〈白孔雀〉对自然的描写看劳伦斯的生态思想》,《福
    建农林大学学报》2011 年第 5 期。

49. 江润洁:《〈白孔雀〉与〈弗洛斯河上的磨坊〉中的自然与动物元

素》，《名作欣赏》（下旬刊）2011 年第 11 期。

50. 于笑竹：《机器社会的工具——论劳伦斯小说中的煤矿主形象》，《外国文艺》2011 年第 10 期。

51. 蒋海鹰：《自然·女性·和谐——〈恋爱中的女人〉的生态女性主义解读》，《常州大学学报》2011 年第 2 期。

52. 贾璐：《重生与复归——对小说〈羽蛇〉的一种原型解读》，《北京化工大学学报》2010 年第 2 期。

53. 孙淼：《迷失中的反抗与回归》，《文学教育》2011 年第 2 期。

54. 郁敏：《劳伦斯两性观在〈恋爱中的女人〉中的体现》，《重庆科技学院学报》2010 年第 17 期。

55. 黄慧慧：《再论劳伦斯的文学观》，《黑龙江教育学院学报》2010 年第 12 期。

56. 刘小新：《文学地理学：从决定论到批判的地域主义》，《福建论坛》2010 年第 10 期。

57. 张德明：《机械时代的"地之灵"追寻——解读 D. H. 劳伦斯的三部意大利游记》，《绍兴文理学院学报》2010 年第 6 期。

58. 冯季庆：《反现代性的修辞——D. H. 劳伦斯〈恋爱中的女人〉的情调》，《外国文学研究》2010 年第 6 期。

59. 梅新林：《世纪之交文学地理研究的进展与趋势》，《浙江师范大学学报》2010 年第 3 期。

60. 李佑明：《劳伦斯——一位传统伦理道德的反驳者》，《三峡大学学报》2010 年 8 月（增刊）。

61. 周维贵：《还自然之魅——论劳伦斯小说〈虹〉中的生态思想》，《西华师范大学学报》2010 年第 3 期。

62. 邹建军、周亚芬：《文学地理学批评的十个关键词》，《安徽大学学报》2010 年第 2 期。

63. 刘勇士：《飞升的羽蛇——劳伦斯灵魂与肉体的完美统一》，《思茅师范高等专科学校学报》2010 年第 2 期。

64. 刘娅、杨迪：《劳伦斯〈羽蛇〉中的文艺救世解读》，《探索与争鸣》2010 年第 1 期。

65. 资云南：《劳伦斯的乡土情结探析》，《绵阳师范学院学报》2009 年第 9 期。

66. 王圣芬：《沉迷于宗教，逃避现实——从女性主义视角分析劳伦斯小说中的朝圣者形象》，《江南大学学报》2009 年第 5 期。

67. 袁静妤：《呼唤本真：论劳伦斯小说中的原始主义》，《四川师范大学学报》2009 年第 4 期。

68. 仲晴晴：《原始魅影——对中外同名小说〈羽蛇〉的人类学解读》，《三门峡职业技术学院学报》2009 年第 3 期。

69. 邹建军：《作为比较文学之文学地理学的提出》，《世界文学评论》2009 年第 2 辑。

70. 邹建军：《文学地理学研究的主要领域》，《世界文学评论》2009 年第 1 辑。

71. 苗福光：《劳伦斯诗歌中的自然生态美学思想》，《复旦外国语文学论丛》2008 年秋季号。

72. 曾兰兰：《试论〈羽蛇〉中的凯特形象》，《湖潮》（下半月）2008 年第 7 期。

73. 马晶晶：《〈儿子与情人〉的空间建构》，《世界文学评论》2008 年第 2 期。

74. 曾兰兰：《诗意地栖居——劳伦斯文学中的自然主题》，《贵州工业大学学报》2008 年第 3 期。

75. 刘遥：《文学地理学的研究方法与发展前景——邹建军教授访谈录》，《世界文学评论》2008 年第 2 辑。

76. 刘璐：《男性力量与世界秩序——劳伦斯对 20 世纪初白人统治衰落的思考》，《大学英语》2008 年第 1 期。

77. 严厚安：《挣扎中的劳伦斯——评析作品〈羽蛇〉中的后殖民意识》，《皖西学院学报》2008 年第 1 期。

78. 申宝国：《劳伦斯小说中的水的象征蕴涵》，《作家评论》2008 年第 8 期。

79. 杨斌：《劳伦斯作品在中国的翻译综述》，《成都大学学报》（教育科学版）2008 年第 2 期。

80. 李春风：《劳伦斯笔下的"月亮"意象》，《安徽理工大学学报》2008 年第 1 期。

81. 毕宙嫔：《从〈羽蛇〉看劳伦斯的去殖民化》，《世界文学评论》2008 年第 1 期。

82. 刘彩霞：《劳伦斯〈羽蛇〉中的反殖民话语》，《许昌学院学报》2007 年第 3 期。

83. 何庆机：《〈恋爱中的女人〉中动物形象的多重结构关系》，《外国文学研究》2007 年第 3 期。

84. 史小平：《从〈虹〉看劳伦斯对完美婚姻的追求》，《湖南大众传媒职业技术学院学报》2007 年第 4 期。

85. 黄丽：《劳伦斯：自然、原始与本真的梦幻追求——劳伦斯与原始主义小说研究（之一）》，《北方论丛》2007 年第 3 期。

86. 黄丽：《劳伦斯：自然、原始与本真的梦幻追求——劳伦斯与原始主义小说研究（之二）》，《辽宁工学院学报》2007 年第 3 期。

87. 项风靖：《解读 D. H. 劳伦斯小说中的"火车意象"》，《西安外国语大学学报》2007 年第 1 期。

88. 李佳庆：《劳伦斯自然观解读》，《辽宁教育行政学院学报》2007 年第 9 期。

89. 张锦：《"自然人"的悲剧——劳伦斯〈逾矩的罪人〉评析》，《文史纵横》2007 年第 1 期。

90. 丁礼明、王雅丽：《解读劳伦斯〈逾矩的罪人〉中女性话语的矛盾表达》，《文教资料》2006 年 12 月号下旬刊。

91. 孙舒：《浅析劳伦斯作品中四季景物描写的烘托和象征作用》，《黑龙江教育学院学报》2006 年第 6 期。

92. 王玲玲：《关于劳伦斯〈虹〉主题的研究》，《文史博览·理论》2006 年第 6 期。

93. 刘洪涛：《劳伦斯与非理性主义》，《北京师范大学学报》2006 年第 3 期。

94. 谢佳宾：《论劳伦斯小说的象征和比喻手法》，《玉林师范学院学报》2006 年第 2 期。

95. 孔力秋：《试论劳伦斯小说对生命哲学的探索》，《北华大学学报》2006 年第 2 期。

96. 杨斌、吴格非：《中国的劳伦斯研究述评》，《成都教育学院学报》

2005 年第 10 期。

97. 席战强：《试论〈儿子与情人〉的哲理意蕴》，《河池学院学报》2005 年第 3 期。

98. 廖杰锋：《20 世纪 80 年代前 D. H. 劳伦斯在中国的传播综论》，《衡阳师范学院学报》2005 年第 2 期。

99. 高文斌：《〈羽蛇〉与现代原始主义》，《辽宁大学学报》2005 年第 2 期。

100. 殷企平：《劳伦斯笔下的彩虹》，《外国语》2005 年第 1 期。

101. 金梅：《在冲突中寻找完美——读劳伦斯的〈虹〉》，《北京化工大学学报》2005 年第 1 期。

102. 寸悟：《劳伦斯小说的审美意蕴》，《渭南师范学院学报》2004 年第 6 期。

103. 刘际华：《新生活的探寻者：劳伦斯——评〈虹〉与〈恋爱中的女人〉》，《湖北民族学院学报》2004 年第 6 期。

104. 杜隽：《自然主义者在 D. H. 劳伦斯小说中的流变》，《湖州师范学院学报》2004 年第 3 期。

105. 周洁：《近期中国劳伦斯研究一览与国外研究动态》，《山东外语教学》2004 年第 5 期。

106. 肖丽君：《劳伦斯〈逾矩的罪人〉中的伏笔》，《广西教育学院学报》2004 年第 5 期。

107. 白玉：《灵与肉的结合才是完美的"爱"——兼论 D. H. 劳伦斯的〈逾矩的罪人〉的主题》，《社会纵横》2003 年第 5 期。

108. 罗公元：《劳伦斯〈虹〉的艺术表现论略》，《外国文学研究》2003 年第 5 期。

109. 赵晓江：《论劳伦斯笔下的女性形象》，《沈阳教育学院学报》2003 年第 4 期。

110. 沈雁、孟广君：《论劳伦斯小说〈恋爱中的女人〉的艺术特色》，《上海电力学院学报》2003 年第 4 期。

111. 蒋家国：《自然与文明的对立——试论劳伦斯的〈白孔雀〉》，《郴州师范高等专科学校学报》2003 年第 1 期。

112. 万春、高二坡：《国内劳伦斯小说研究概述》，《宿州师专学报》

2002 年第 4 期。

113. 朱法荣：《D. H. 劳伦斯的起点和终点——评〈白孔雀〉与〈查泰莱夫人的情人〉创作主题的相似性和连续性》，《山东农业大学学报》2002 年第 4 期。

114. 袁翠珍：《论〈弗洛斯河上的磨坊〉对〈白孔雀〉的影响》，《南京农专学报》2002 年第 3 期。

115. 王媛：《厄秀拉：劳伦斯笔下的现代女性》，《沈阳农业大学学报》2002 年第 2 期。

116. 刘际华：《架起生命的彩虹——评劳伦斯小说〈虹〉》，《武汉科技学院学报》2002 年第 2 期。

117. 彭鲁迁：《自然意象在〈虹〉中的象征作用》，《石家庄师范专科学校学报》2002 年第 2 期。

118. 蒋家国：《小说是生命之书——试论劳伦斯的小说观》，《郴州师范高等专科学校学报》2001 年第 6 期。

119. 戴天善：《生命哲学的隐喻——简论 D. H. 劳伦斯小说中的自然意象》，《语文学刊》2001 年第 5 期。

120. 赵红英：《论劳伦斯的女性观》，《武汉大学学报》2001 年第 4 期。

121. 程琰：《从零余人到重生英雄——劳伦斯小说中的男性形象》，《四川外语学院学报》2001 年第 4 期。

122. 盛海燕：《凤凰涅槃：死亡与再生的完美象征——解读劳伦斯的〈恋爱中的女人〉》，《北京化工大学学报》2001 年第 3 期。

123. 刘介民：《性爱与情感的灵魂——劳伦斯和他的散论》，《广州师院学报》2001 年第 1 期。

124. 刘洪涛：《D. H. 劳伦斯的美国想像》，《外国文学评论》2001 年第 1 期。

125. 潘宇文：《谈〈沉闷的伦敦〉一文中语言的重复现象》，《湖州师范学院学报》2000 年第 5 期。

126. 张中载：《独特的劳伦斯，独特的〈虹〉》，《外国文学研究》2000 年第 4 期。

127. 黄宝菊：《论劳伦斯小说中马和月亮的象征意义》，《外国文学研究》2000 年第 3 期。

128. 蔡春露：《〈虹〉——劳伦斯对理想世界的探索》，《厦门教育学院学报》2000 年第 2 期。

129. 张涛：《劳伦斯研究在中国——90 年代劳伦斯研究综述》，《吉首大学学报》1999 年第 1 期。

130. 刘维荣：《浅析劳伦斯小说中的若干意象》，《上海大学学报》1999 年第 6 期。

131. 高文斌：《劳伦斯：无畏的探索者——漫议劳伦斯小说性爱主题》，《丹东师专学报》1999 年第 3 期。

132. 董俊峰、赵春华：《国内劳伦斯研究述评》，《外国文学研究》1999 年第 2 期。

133. 钟伟华：《从〈虹〉看劳伦斯的性爱观》，《台州师专学报》1998 年第 4 期。

134. 王正文、程爱民：《试论〈逾矩的罪人〉的社会意义及创作特色》，《外国文学研究》1998 年第 3 期。

135. 李汝成、路玉坤：《物我交流的载体——D. H. 劳伦斯小说的象征艺术研究之三》，《山东社会科学》（双月刊）1998 年第 2 期。

136. 刘须明：《荒诞人生的最早感应者——劳伦斯〈逾矩的罪人〉评析》，《徐州师范大学学报》1997 年第 2 期。

137. 孙延、王昭：《D. H. 劳伦斯早期生活对其创作的影响》，《哈尔滨师专学报》1996 年第 4 期。

138. 王丽亚：《D. H. 劳伦斯小说中的意象》，《外国文学评论》1996 年第 4 期。

139. 李汝成：《社会批判的利器——D. H. 劳伦斯小说的象征艺术研究之二》，《青大学院学报》1996 年第 4 期。

140. 李汝成：《心灵运动的轨迹——D. H. 劳伦斯小说的象征艺术研究之一》，《青大学院学报》1996 年第 3 期。

141. 林边水：《一个真诚的声音——论劳伦斯〈虹〉的现代主义特点》，《山东外语教学》1996 年第 1 期。

142. 王绍昌：《中国的劳伦斯研究：回顾、现状与展望——兼论劳学研究中值得注意的几个问题》，《海南师院学报》1995 年第 4 期。

143. 冯季庆：《存在与死亡——读 D. H. 劳伦斯的〈恋爱中的女人〉》，

《名作欣赏》1995 年第 5 期。

144. 冯季庆：《灵与肉的较量——读劳伦斯的〈虹〉》，《名作欣赏》1995 年第 2 期。

145. 高文斌：《哲理的开拓与心灵的烛照——劳伦斯小说的神话倾向》，《丹东师专学报》1994 年第 4 期。

146. 张理明：《菊花·狐狸·彩虹：D. H. 劳伦斯小说中的象征》，《绍兴师专学报》1994 年第 2 期。

147. 李汝成：《〈查太莱夫人的情人〉象征艺术初探》，《上海师范大学学报》1994 年第 1 期。

148. 曹锡霞：《奔向荒原的野马——劳伦斯〈虹〉性爱主题分析》，《邢台师专学报》1994 年第 1 期。

149. 徐崇亮：《〈白孔雀〉的现实主义特征》，《上海师范大学学报》1990 年第 3 期。

150. 谢江南：《论劳伦斯作品的象征意蕴》，《许昌师专学报》1989 年第 4 期。

151. 徐崇亮：《〈白孔雀〉译后记》，《九江师专学报》1988 年第 4 期。

（二）学位论文

1. 张琼：《D. H. 劳伦斯长篇小说矿乡空间研究》，博士学位论文，华中师范大学，2014 年。

2. 肖少华：《戏剧矿工三部曲揭示的劳伦斯的爱情观》，硕士学位论文，河北师范大学，2014 年。

2. 柳昱：《原始主义倾向：劳伦斯小说中的自然描写与动物化人物形象》，硕士学位论文，华中师范大学，2014 年。

3. 杜雪琴：《易卜生戏剧地理诗学问题研究》，博士学位论文，华中师范大学，2013 年。

4. 许郑晗：《"环境的想象"——环境批评视角下的劳伦斯》，硕士学位论文，上海大学，2013 年。

5. 王璐：《异域之旅的文化探寻》，硕士学位论文，华中师范大学，2013 年。

6. 于燕：《从巴赫金的狂欢化理论看〈查泰莱夫人的情人〉》，硕士学位论文，内蒙古大学，2012 年。

7. 程又佳：《戴·赫·劳伦斯自然诗歌中的意象研究》，硕士学位论文，上海师范大学，2012 年。

8. 王冬青：《D. H. 劳伦斯诗歌中的生态审美之维》，硕士学位论文，三峡大学，2012 年。

9. 李冰：《论劳伦斯的中短篇小说》，硕士学位论文，上海师范大学，2012 年。

10. 谢超：《异域中的自我探寻：劳伦斯游记研究》，硕士学位论文，华中师范大学，2012 年。

11. 叶艳兰：《论劳伦斯〈恋爱中的女人〉对"完整的人"的探求》，硕士学位论文，吉林大学，2011 年。

12. 何杰：《男人·女人·自然·和谐》，硕士学位论文，信阳师范学院，2011 年。

13. 杨开翠：《论现代语境下戴·赫·劳伦斯小说的原始主义》，硕士学位论文，南京航空航天大学，2011 年。

14. 孙淼：《拉纳尼姆之梦：论劳伦斯小说〈袋鼠〉的主题》，硕士学位论文，华中师范大学，2011 年。

15. 闫建华：《劳伦斯诗歌中的黑色生态意识》，博士学位论文，上海外国语大学，2010 年。

16. 张艳：《乌托邦之梦——论劳伦斯对"拉纳尼姆"的追寻》，硕士学位论文，天津师范大学，2010 年。

17. 周琼：《劳伦斯短篇小说中的"沟通"问题》，硕士学位论文，苏州大学，2010 年。

18. 张丽萍：《从生态批评的视野看劳伦斯的〈鸟·兽·花〉》，硕士学位论文，浙江大学，2010 年。

19. 游燕平：《自然景物描写在〈儿子与情人〉中的作用》，硕士学位论文，河北师范大学，2010 年。

20. 余巧云：《做"自然之子"——〈恋爱中的女人〉的生态伦理解读》，硕士学位论文，上海师范大学，2010 年。

21. 刘恬：《从〈虹〉和〈恋爱中的女人〉解读劳伦斯的小说观》，硕士学位论文，上海外国语大学，2010 年。

22. 张永康：《D. H. 劳伦斯的和谐社会》，硕士学位论文，曲阜师范大学，2010 年。

23. 崔俊勇：《迷失与追寻——劳伦斯主要长篇小说出逃主题研究》，硕士学位论文，湖南大学，2009 年。

24. 任杰：《D. H. 劳伦斯创作中的异域想象》，硕士学位论文，黑龙江大学，2009 年。

25. 王梦莹：《从〈儿子与情人〉、〈沉沦〉看劳伦斯和郁达夫的悲情世界》，硕士学位论文，长春理工大学，2009 年。

26. 黄苓：《女性主义批评视阈下的劳伦斯及其笔下的女性形象》，硕士学位论文，南昌大学，2009 年。

27. 邢菲：《异域的救赎与幻灭——劳伦斯长篇小说〈袋鼠〉、〈羽蛇〉研究》，硕士学位论文，福建师范大学，2008 年。

28. 桑琳琳：《D. H. 劳伦斯的"拉纳尼姆"与印第安文化》，优秀硕士学位论文，复旦大学，2008 年。

29. 周维贵：《自然的复魅：生态批评视野下的〈虹〉》，硕士学位论文，重庆大学，2008 年。

30. 吴荣兰：《劳伦斯主要小说的圣经原型研究》，硕士学位论文，厦门大学，2008 年。

31. 周晶晶：《论〈白孔雀〉体现的劳伦斯艺术特点与创作特色》，硕士学位论文，上海师范大学，2007 年。

32. 张守波：《劳伦斯神话原型简析》，硕士学位论文，山东师范大学，2007 年。

33. 庄文泉：《劳伦斯与郁达夫性爱小说差异性比较研究》，硕士学位论文，福建师范大学，2006 年。

34. 刘娅：《从〈羽蛇〉看劳伦斯后期长篇小说的救世》，硕士学位论文，华中师范大学，2004 年。

35. 戚永慧：《论劳伦斯作品的女性形象》，硕士学位论文，华中师范大学，2004 年。

36. 段正芝：《"拉纳尼姆"之梦——劳伦斯的存在理念》，硕士学位论文，南京师范大学，2004 年。

37. 周榕：《论劳伦斯小说中的平衡原则》，硕士学位论文，华中师范大学，2002 年。

38. 端传妹：《文明及其缺憾——劳伦斯小说研究及其与弗洛伊德学说的比较》，硕士学位论文，南京师范大学，2000 年。

（五）英文参考书目

1. Mark Spilka, *The Love Ethic of D. H. Lawrence*, Bloomington: Indiana University Press, 1955.

2. Eliseo Vivas, *D. H. Lawrence: the Failure and the Triumph of Art*, Evaanston: Northesern University Press, 1960.

3. Graham Hough, *The Dark Sun*, London: Gerald Duckworth, 1956.

4. Julian Moynahan, *The Deed of Life: The Novels and Tales of D. H. Lawrence*, Princeton University Press, 1963.

5. Eugene Goodheart, *The Utopian Vision of D. H. Lawrence*, Chicago, IL, and London: University of Chicago Press, 1963.

6. Colin Clarke, *River of Dissolution: D. H. Lawrence and English Romanticism*, New York: Barnes & Nobel, 1969.

7. David Holbrook, *English for Maturity*, Cambridge: Cambridge University Press, 1961.

8. David Holbrook, *The Secret Places*, Cambridge: Cambridge University Press, 1964.

9. David Holbrook, *The Exploring Word*, Cambridge: Cambridge University Press, 1967.

10. John M iddletom Murry, *Son of Woman*, London: Cape, 1931.

11. Kate Millett, *Sexual Politics*, London: Rupert Hart – Davis, 1971.

12. Norman Mailer, *The Prisoner of Sex*, Sphere Books, 1971.

13. Peter Ballert, *D. H. Lawrence and the Phallic Imagination: Essays on Sexual Identity and Feminist Misreading*, New York: St. Martin's Press, 1989.

14. Hilary Simpson, *D. H. Lawrence and Feminist*, DeKalb: Northern Illinois UP, 1982.

15. Sheila Macleod, *Lawrence's Men and Women*, London: Heinemann, 1985.

16. Anais Nin, *D. H. Lawrence: An Unprofessional Study*, London: Black

Spring Press, 1985.

17. Linda Ruth Williams, *Sex in the Head: Visions of Femininity and Film in D. H. Lawrence*, New York: Harvester Wheatsheaf, 1993.

18. Charles Micheal Buack, *D. H. Lawrence's Language of Sacred Experience—The Transfiguration of the Reade*, Palgrave Macmillam, 2005.

19. Barry J. Scherr, *D. H. Lawrence Today: Literature, Culture, Politics*, New York: Peter long, 2004.

20. Sklenicka Carl , *D. H. Lawrence and the Child*, Columbia and London: University of Missouri Press, 1991.

21. Neil Robert, *D. H. Lawrence, Travel and Cultural Difference*, New York: Palgrave Macmillan, 2004.

22. Dianan Trilling, *D. H. Lawrence*, London: Penguin Books, 1997.

23. G. Earl Ingersoll, *D. H. Lawrence, Desire, and Narrative*, Gainesville: Up of Florida, 2001.

24. Colin Milton, *Lawrence and Nietazsche: A Study of Influence*, Aberdeen, Scotland: Aberdeen University Press, 1987.

25. Anne Fernihough, *D. H. Lawrence: Asethetics and Ideology*, Oxford: Clarendon Press, 1993.

26. Andrew Harrison, *D. H. Lawrence and Italian Futurism: A Study of Influence*, Amsterdam and New York: Rodopi, 2003.

27. Mark Spilka, *The Love Ethic of D. H. Lawrence*, Bloomington : Indiana University Press, 1965.

28. T. R. Wright, *D. H. Lawrence and Bible*, New York: Cambridge University Press, 1995.

29. Sheila Lahiri Choudhury, *An Alternative Gaze: Essays on D. H. Lawrence*, New Delhi: Chronicle Books, 2008.

30. Raymond Williams, *The Country and the City*, New York: Oxford University Press, 1973.

31. Catherine Carswell, *The Savage Pilgrimage: A Narrative of D. H. Lawrence*, Cambridge University Press, 1981.

32. Harry T. Moore, *The Life and Works of D. H. Lawrence*, London:

Twayne and Allen & Unwin, 1951.

33. Edward Nehls, *D. H. Lawrence: A Composite Biography*, Madison: University of Wisconsin Press, 1957 – 1959.

34. Keith Sagar, *The Life of D. H. Lawrence: An Illustrated Biography*, London: Eyre Methuen, 1980.

35. John Worthen, *D. H. Lawrence, Volume* Ⅰ : *The Early Years*, 1885 – 1912, Cambridge: Cambridge University Press, 1991.

36. Mark Kinkead – Weekes, *D. H. Lawrence, Volume* Ⅱ : *Triumph to Exile*, 1912 – 1922, Cambridge: Cambridge University Press, 1996.

37. David Ellis, *D. H. Lawrence, Volume* Ⅲ : *Dying Game*, 1922 – 1930, Cambridge: Cambridge University Press, 1998.

38. John Worthen, *D. H. Lawrence: The Life of an Outsider*, New York: Counterpoint, 2005.

39. Harry T. Moor, *The Achievement of D. H. Lawrence*, Okoahoma: University of Okoahoma Press, 1953.

40. Harry T. Moor, *A D. H. Lawrence Miscellany*, Southern Illinois University Press, 1959.

41. Takeo Iida, *The Reception of D. H. Lawrence around the World*, Fukuoka, Japan: Kyushu University Press, 1999.

42. Dieter Mehl, *The Reception of D. H. Lawrence in Europe*, Continuum International Publishing Group Ltd. , 2007.

43. Tracy Lynn Sangster, An Invitation to the Dance: A Study of the Influence of the Works of Robinson Jeffers and D. H. Lawrence on Deep Ecology, Ph. D. Dissertation, California State University, Long Beach, August 2001.

44. John Alcorn, *The Nature Novel from Hardy to Lawrence*, London: The MaCmillan Press, 1977.

45. Keith Alldritt, *The Visual Imagination of D. H. Lawrence*, London: Edward Arnold, 1971.

46. Fiona Becket, *The Complete Critical Guide to D. H. Lawrence*, London: Routledge, 2002.

47. Michael Bell, *D. H. Lawrence: Lauguage and Being*, Cambridge Universety Press, 1992.

48. Bradbury, Malcolnm, *The Context of Modern Eenglish Literature*, Oxford: Basil Blackwell, 1971.

49. Patrick Brantlinger, *Rule of Darkness: British Literature and Imperialism*, 1830 – 1914, Ithaca and London: Cornell University Press, 1988.

50. David Cavitch, *D. H. Lawrence and the New World*, Oxford University Press, 1969.

51. L. D. Clark, *The Minoan Distance: The Symbolism of Travel in D. H. Lawrence: Lauguage*, Tucson: University of Arizona Press, 1980.

52. James C. Cowan, *D. H. Lawrence's American Journey*, Cleveland and London: The Press of Case Western Reserve University, 1970.

53. Ulysses L. D'Aquila, *Bloomsbury and Modernism*, New York: Peter Lang, 1989.

54. Paul Delany, *D. H. Lawrence's Nightmare: The Writer and His Circle in the Years of the Great War*, New York: Basic Books, 1978.

55. Daniel Dervin, *A "Strange Sapience": The Creature Imagination of D. H. Lawrence*, Amherst, Mass: University of Massachusetts Press, 1984.

56. R. P. Draper (ed.), *D. H. Lawrence : The Critical Heritage*, London and New York: Routledge, 1970.

57. Roger Ebbatson, *Lawrence and the Nature Tradition: A Theme in English Fiction 1859 – 1914*, *Brighton*: The Harvester Press, 1980.

58. Anne Odenbring Ehlert, *"There's a Bad Time Coming": Ecological Vision in the Fiction of D. H. Lawrence*, Uppsala University Library, 2001.

59. Anne Fernihough (ed.), *D. H. Lawrence: A Basic Study of His Ideas*, Gainesville: Uniersity of Florida Press, 1955.

60. Janice Hubbard Harris, *The Short Fiction of D. H. Lawrence*, New Jersey: Rutgers University Press, 1984.

61. Duglas Hewitt, *English Fiction of the Early Modern Period*, 1890 – 1940, London: Longman, 1988.

62. Frederick F. Hoffman, *Freudianism and the Literary Mind*, Louisiana:

Louisiana State University Press, 1945.

63. Granan Hough, *The Dark Sun: A Study of D. H. Lawrence*, London: Gerald Duckworth, 1956.

64. Herzinger, Kim, *D. H. Lawrence in His Time: 1908 – 1915*, London: Associated Unversity Press, 1982.

65. Allan Ingram, *The Language of D. H. Lawrence*, Houndmills: Macmillan Education, 1990.

66. Declan Kiberd, *Men and Feminism in Modern Literature*, London: The Macmillan Press, 1985.

67. Mark Kindead – Weekes, *D. H. Lawrence: Triumph to Exile*, 1912 – 1922, Cambridge University Press, 1996.

68. F. R. Leavis, *D. H. Lawrence: Novelist*, London: Chatto and Windus, 1955.

69. Michael Levenson (ed.), *Modernism*, Cambridge University Press, 1999.

70. Perry Meisel, *The Myth of the Modern: A Study in British Literature and Criticism after 1850*, New Haven and London: Yale University Press, 1987.

71. Jeffrey Meyers (ed.), *D. H. Lawrence and Tradition*, London: The Athlone Press, 1987.

72. Colin Milton, *Lawrence and Nietzsche: A Study in Influence*, Aberdeen University Press, 1987.

73. Alastair Niven, *D. H. Lawrence: the Novels*, Cambridge University Press, 1978.

74. Cornelia Nixon, *Lawrence's Leadership Politics and the Turn against Women*, University of California Press, 1988.

75. F. B. *Pinion*, *A D. H. Lawrence Companio*, London: The Macmillan Press, 1978.

76. *Peter Preston*, *A D. H. Lawrence Chronolog*, New York: St. Martin's Press, 1994.

77. Ricardo J. Quinones, *Mapping Literary Modernism: Time and Development*, Princeton: Princeton University Press, 1985.

78. Keith Sagar, *The Art of D. H. Lawrence*, Cambridge University Press, 1966.

79. Keith Sagar, *D. H. Lawrence: Life into Art*, Penguin Books, 1985.

80. Daniel S Chneider, *D. H. Lawrence: The Artist as Psychologist*, Kansas: University Press of Kansas, 1984.

81. Daniel Schneider, *The Consciousness of D. H. Lawrence: A Intellectual Biography*, University Press of Kansas, 1986.

82. Takei Da Silva, *Modernism and Virginia Woolf*, Windsor: Windsor Publications, 1990.

83. David Ellis, *The Complete Poems of D. H. Lawrence*, London: Wordsworth Editions Company, 2002.

84. Michael Squires, *Mornings in Mexico*, New York: Tauris Parke Paperbacks, 2010.

85. Arthur J. Bachrach, *D. H. Lawrence in New Mexico*, New Mexico: New Mexico Press, 2006.

86. Martin Secker, *New Poems*, London: The London and Norwich Press, 1919.

附录：D. H. 劳伦斯地理年谱[①]

时间	事件	地域	地理环境	作品
1885 年	9 月 11 日，D. H. 劳伦斯出生于英国中部诺丁汉郡伊斯特伍德镇维多利亚街东 8a 号，这是劳伦斯的第一个家。	伊斯特伍德	劳伦斯出生在伊斯特伍德镇，这个煤矿小镇有"百分之九十八"的人"靠采煤为生"。铁路和本地的制砖盖房等行业皆因煤矿工业而兴旺。 伊斯特伍德是个环境被污染的小镇，是个小城市，劳伦斯的父母亲不幸的婚姻也为劳伦斯童年的生活蒙上了阴影，伊斯特伍德小镇成了劳伦斯心灵的灰色记忆。	
1887 年至 1891 年	两岁那年，从维多利亚街搬到了布里契 57 号，一直住到 6 岁的 1891 年。这是劳伦斯的第二个家。	伊斯特伍德	这四年正是早熟的劳伦斯开始用自己的眼睛看世界的时候，因此，这里给他留下了难以磨灭的印象，日后成了他描写工人阶级家庭生活的主要背景。	

---

① 此年谱参考［英］约翰·沃森《劳伦斯：局外人的一生》，石磊译，上海书店出版社 2012 年版；黑马《心灵的故乡：游走在劳伦斯生命的风景线上》，中国社会科学出版社 2002 年版；［英］吉西·钱伯斯、弗丽达《一份私人档案：劳伦斯与两个女人》，叶兴国、张建译，上海知识出版社 1991 年版；［美］哈里·莫尔《劳伦斯书信选》，刘宪之、乔长森译，北方文艺出版社 1994 年版等。

时间	事件	地域	地理环境	作品
1891 年至 1902 年	1891 年，家从"村根儿"搬到了沃克街的一套房子里，这里是他的第三个家。在这里，伯特生活了 12 年，1892—1898 年他在本镇比奥瓦尔学校读书，成为该校第一位获得镇奖学金的学生。1898—1901 年，完成诺丁汉中学的学业，并在诺丁汉工厂当学徒，直到患重病离职回家休养。	伊斯特伍德、诺丁汉	这是他童年和青年时期最为痛苦的 12 年。劳伦斯 1926 年从意大利给要去他家乡的朋友写信说："我在那座房子里从 6 岁住到 18 岁，走遍天下，对这片风景最是了如指掌……那是我心灵的故乡。" 诺丁汉是英国最古老的城市之一，英国的绿林好汉罗宾汉就在这一带杀富济贫，闻名世界。劳伦斯的很多小说就是以诺丁汉一带城乡为背景。	
1902 年至 1911 年 3 月	1902 年，劳伦斯家搬进了林克罗夫特街 97 号，直到劳伦斯太太在此去世的第二年的 1911 年 3 月。这是劳伦斯的第四个家。劳伦斯 1902—1906 年在镇上的小学当学徒教员，1906—1908 年去诺丁汉读大学，1908 年 10 月开始在伦敦南郊克罗伊顿戴维森路小学教书。	伊斯特伍德、诺丁汉、伦敦、克罗伊顿	拜访海格斯农场，田园风光美丽宜人，生机勃勃，是劳伦斯心灵的花园。在劳伦斯的作品尤其是小说中，经常把它描摹为心灵的故乡。享受孩提之乐，大量阅读文学作品，海格斯农场变得有点像黄金时代的神话，半虚构半真实，对他具有非凡的力量。这几年是他从青少年向成年的过渡关键性年头。1905 年开始写作，在伦敦郊区克罗伊顿教小学。1909 年结识福德·麦多克斯·胡佛，得其赏识。开始在《英国评论》上发表作品，从此进入伦敦文学圈子。 伦敦过去是，现在还倾向于被认为是英国文学界的中心，在伦敦南郊教书。	《白孔雀》、《绣球花》、《剪秋罗》、《一个矿工的星期五晚上》、《西格蒙德传奇》
1911 年 3 月	3 月父亲就和小妹艾达搬进了姐姐艾米莉在女王广场的家，也叫皇后广场 13 号，第 5 个家。	伦敦、伊斯特伍德	劳伦斯把 1911 年称为他的"罹病之年"，由于身体健康原因，劳伦斯辞去小学教职，解除了与露易·巴罗斯的婚约。	《儿子与情人》（初稿题目为《保罗·莫雷尔》）

时间	事件	地域	地理环境	作品
1912 年 3 月— 1913 年 5 月	3 月 23 日去诺丁汉大学语言学教授欧内斯特·威克利家做客,与教授夫人弗丽达一见钟情,4 月,劳伦斯去伦敦,5 月 3 日,带着《儿子与情人》的手稿和弗丽达私奔到德国并在意大利住下。 1912 年 8 月,步行加上乘火车从巴伐利亚,经奥地利边境山区到达意大利,到嘎格尼亚诺(2 个月),Igea 别墅(6 个月)。	诺丁汉、伦敦、德国、意大利	1912 年春,劳伦斯与弗丽达私奔到德国南部风光旖旎奇崛的伊萨河谷,已经是 1912 年 5 月底春夏之交的阿尔卑斯山北麓,风光正好。 　　与弗丽达步行翻越阿尔卑斯山到意大利的嘎格尼亚诺,冒险性的徒步旅行花了 6 个星期,意大利充满魅力、阳光和浪漫。 　　Igea 别墅是当地乡绅保尔的房产,由两座三层黄色的小楼拼成一个丁字形,楼下是花园,在那个小村里算得上一座大别墅了。劳伦斯对这个地方很满意,甚至感到住在这里很浪漫:意大利人散漫自在地过着农耕生活,不为外界的工业文明所焦虑。这里的人和景令劳伦斯诧异,亦感到一种乡恋的认同。淳朴,毫无瑞士的那种"旅游气"(touristy)。为此,劳伦斯深深爱上了这湖边的小村落。	修改《保罗·莫雷尔》,将小说定名为《儿子与情人》;创作游记《意大利的黄昏》及诗集《瞧!我们闯过来了》
1913 年 6 月	劳伦斯和弗丽达回到伦敦,1914 年 7 月 13 日,与弗丽达在伦敦登记结婚。	伦敦	伦敦是英国首都,经济、文化中心,主要交通枢纽,世界最大城市中心和金融中心之一。位于英国东南部,跨泰晤士河,市中心距河口 88 公里。公元前 2000—前 1000 年已出现村镇聚落。公元 43 年,罗马军队侵占后成为军事要塞和在不列颠的统治中心,称"伦丁季姆",伦敦之名即从中衍变而来。公元 200 年,罗马人在其周围筑起长 5 公里余的城墙,城墙内即为伦敦城,面积约为 2.6 平方公里,成为城市发展的核心。1810 年人口超过 100 万人,1901 年达 458 万人,成为当时世界上最大的城市,在金融、贸易中占特殊重要地位,第二次世界大战后,其金融中心地位相对下降,人口也有减少。	创作短篇小说《普鲁士军官》,开始写《迷途女》《姐妹们》

时间	事件	地域	地理环境	作品
1914年	第一次世界大战爆发，1915年1月提出"拉纳尼姆"计划，8月搬回伦敦，住在汉普斯特。 　1915年10月，想去美国。	伦敦	与罗素过从甚密，策划联合讲演并组织反对党后关系破裂。与默里合办杂志《签名》。9月《虹》由麦修恩出版，10月底遭禁。禁止离开英国。被迫参加征兵体检。贫病交加。劳氏的"噩梦时期"。	长篇小说《虹》，短篇小说《英格兰，我的英格兰》，《虹》发表后遭恶评、遭查禁。
1915年12月	1915年12月30日来到英国南部康沃尔海边小村庄。劳伦斯给房子起名"美人鱼"。再次被迫参加征兵体检，备受羞辱。1917年10月外出住所被搜查，被迫离开居住一年多的康沃尔。	康沃尔	劳伦斯夫妇选择了大西洋岸边上的一个小村落住了下来，自己种菜，勉强糊口。艰苦的生活并没有泯灭劳伦斯的审美情趣：铺天盖地的紫红色石楠花丛与碧蓝的海水和浅绿的逶迤山影组成了粗犷妖艳的康沃尔景观。劳伦斯从这幅自然美景中获得了安慰和写作灵感。他感到了康沃尔的某种魔力：这寂静的荒野，拍岸的狂涛，原始的处女地，让人想到伊甸园。所以劳伦斯说，他在康沃尔有一种通灵的感觉。	《恋爱中的女人》、《情诗》、《美国文学随笔》
1917年10月	1917年10月回到伦敦，1918年5月回到中部，1919年11月14日离开英国驶向欧洲大陆，以后只回来过三次，他生命中的最后10年半时间，他在英国总共待了不到12周。	伦敦、德比郡	因间谍嫌疑被逐出康沃尔。在伦敦近郊或远离市区的德比郡乡下居住。	《恋爱中的女人》、《美国经典文学研究》、《亚伦之笛》

时间	事件	地域	地理环境	作品
1919 年	1919 年经巴黎到意大利的都灵、佛罗伦萨、卡普里岛	意大利	移居意大利卡普里。劳伦斯与弗丽达 10 月中回到西西里，回到西西里的感觉好极了："安宁，平静，整洁，鸟语花香，雨露溪流，海上朦胧，涛声嘶哑，山谷开满了仙客来，富有诗意的景色。"劳伦斯与弗丽达很长时间都没有现在这么高兴，稳稳当当地安居，一年九个月在老喷泉住，夏天快活地在意大利和德国旅行。劳伦斯喜欢老喷泉的生活。雨后，卡拉布里亚是"如此湛蓝的清晨宝石，我会为之流泪"，当"太阳每天早晨升起，光芒犹如喇叭，我在这黎明时分狂欢，一天的开始，生活的开端，这黎明是希腊，是我"。 　　1921 年 1 月到撒丁岛闪电式的一次探访之后，劳伦斯 3 月完稿，1923 年以《大海与撒丁岛》为名出版。	出版《新诗》，创作游记《大海与撒丁岛》
1922 年	乘船到锡兰（斯里兰卡）待了 6 个星期，后去澳大利亚，共待了三个多月（1922 年 5 月 4 日—8 月 11 日）	锡兰、澳大利亚	劳伦斯是 1922 年 5 月 4 日从锡兰赴美国时途经澳洲，他从佩斯上岸，逗留了半个月后去了东部，劳伦斯在西澳的密林中获得灵感，莽莽群山，云岚出岫。于是他来到悉尼不久就挥笔写下了一部以澳洲为背景的长篇小说《袋鼠》。这里实在奇妙："土地就在这里，天高云淡，空气清新，馥郁，好像还没有人呼吸过似的。这个国家辽阔空旷，还没人居住。未开垦的土地灰沉沉的，无边无际。没有声音——静悄悄的——胶树白色的树干，都有点烧焦了：一片树林和幼林，不是一个丛林。"	《袋鼠》（劳伦斯的第八部长篇小说，1923 年出版）

续表

时间	事件	地域	地理环境	作品
1922 年	乘船到锡兰（斯里兰卡）待了 6 个星期，后去澳大利亚，共待了三个多月（1922 年 5 月 4 日—8 月 11 日）	锡兰、澳大利亚	"悉尼是一个相当不错的城市，它一半像伦敦，一半像美国。悉尼港好极了，在两个峭壁之间有一条狭窄的人口，驶过这个水道就是一个小海，有许多港湾。……但是这儿是一个奇异、阴郁和悲哀的国度，那么空旷，就好像永远也住不满似的。""澳大利亚是个辽阔神秘的国度。它给人的感觉是非常空旷，人迹罕至。每当夜幕降临的时候，大小城镇，甚至像悉尼那样的大城市，都变得虚无缥缈，它们好像都是白昼的幻影，到了夜晚便不复存在了，这是一种奇异的感觉——似乎生命从来没有在这儿真正开始，似乎人的足迹尚未踏上这片大陆。"	《袋鼠》（劳伦斯的第八部长篇小说，1923 年出版）
1923 年 3 月	1923 年 3 月到美国圣塔菲，在墨西哥城度过了一个月，游览了城外的地方。查帕拉，位于墨西哥唯一的大湖边。"开特撒寇亚托"是《羽蛇》的最初形式：它引发了我的兴趣，它比我的任何一本长篇小说意义都更大。这是我真正的美洲小说。他在这个国家只住了三个半月。	美国、墨西哥	陶斯是美国新墨西哥州的一座小镇，陶斯是个小地方，坐落在六千英尺的高山上，离铁路三十英里，靠近沙漠地区。陶斯是个风景优美的地方。这里简直是风景如画——后面是落基山脉，前面是浩瀚的沙漠，远方重峦叠嶂。这儿的确是个好地方，但是住的人却很少。劳伦斯当年受美国赞助人邀请赴陶斯居住写作，后受赠乔瓦尔牧场安家，在此地断断续续逗留长达四年，以此为基地，游览了新墨西哥、墨西哥和美国其他一些地方，创作了独具印第安风情的长、中、短篇小说。还写下了大量的游记和散文随笔，最著名的散文作品《墨西哥的清晨》。	《羽蛇》（劳伦斯的第九部长篇小说）、《公主》、《骑马出走的女人》、《圣莫尔》和《墨西哥的清晨》

续表

时间	事件	地域	地理环境	作品
1923 年 8 月	弗丽达返回欧洲,劳伦斯在美国到处旅行,穿过芝加哥,到了西海岸,最后南下到墨西哥。 　　1923 年 11 月 21 日起程回英国,23 日劳伦斯在皇家餐厅晚宴邀请朋友去新墨西哥州。1924 年 1 月底,劳伦斯去了巴黎。1924 年 3 月 5 日,劳伦斯夫妇与布莱特乘"艾奎塔尼亚号"驶回美国。	芝加哥、伦敦、巴黎	正穿梭期间的墨西哥景色有助于他将澳大利亚的内地创作得更为逼真	《林中青年》
1924 年 3 月	回到美国陶斯,1924 年 10 月 10 日到墨西哥城,1925 年 4 月回到基尔瓦,1925 年 9 月 21 日离开美国返欧,从此再也没有返回美洲。	美国、陶斯、墨西哥	到了他生命的后期,那处农舍(基尔瓦)成了他想要回去的最美好的地方:"我从未体验过任何景观象新墨西哥州那样壮丽非凡。"	《骑马出走的女人》、《公主》、《羽蛇》
1925 年 10 月—1926 年 7 月	回英国后一个月,再次来到意大利,入住"米兰达",米兰达别墅成了劳伦斯夫妇 2 年多的基地,1926 年 7 月 12 日前往巴登巴登,月底回到伦敦,之后回中部,5 月全国范围的矿工罢工,回到米兰达,10 月开始《查泰莱夫人的情人》的写作(三易其稿),1927 年 3 月探访伊特鲁里亚,写《伊特鲁里亚人之地随笔》,1927 年 7 月在米兰达,去奥地利的维拉奇,之后去巴伐利亚,1928 年 1 月劳伦斯夫妇去瑞士的里斯代尔布里叶兹。	伦敦、诺丁汉、斯波托诺诺、热那亚市、米兰达别墅、瑞士格什塔德、法国班多尔	伦敦多雾,"我回到本国已八天了,但这儿的一切并不使人感到愉快——多雾,阳光微弱,人们情绪沮丧。伦敦本来就大雾弥漫。英国比我上一次回来时更糟了,简直使人憎恶"。 　　"我以为生活在意大利要比美国更适合于我,我感到更舒畅、更踏实。""再次回到意大利使我感到欢悦。" 　　在斯波托诺诺住了四个月的伯纳达别墅,这栋房子视野极佳:"就在村子的上方对着大海。阳光灿烂,一望无际的地中海湛蓝而富有朝气,花园中的最后的叶片要从蔓藤上掉下来了。"(《劳伦斯:局外人的一生》第 346 页)	《太阳》、《处女与吉普赛人》、《爱岛的男人》、《两只蓝鸟》、《查泰莱夫人的情人》,短篇小说《可爱的贵妇》、《逃跑的公鸡》、《生命之梦》

续表

时间	事件	地域	地理环境	作品
1925 年 10 月—1926 年 7 月	1928 年在佛罗伦萨，夏天去瑞士日内瓦	伦敦、诺丁汉、斯波托诺诺、热那亚市、米兰达别墅、瑞士格什塔德、法国班多尔	1928 年 10 月来到法国的班多尔，"从 10 月份以来，我们一直住在这个海边小镇上。我得说，这儿冬天的气候很好，对我很适合"。	《太阳》、《处女与吉普赛人》、《爱岛的男人》、《两只蓝鸟》、《查泰莱夫人的情人》，短篇小说《可爱的贵妇》、《逃跑的公鸡》、《生命之梦》
1929 年春	1929 年 3 月去巴黎，去马约卡岛（大致 2 个月），6 月离开马约卡岛，劳伦斯去意大利佛罗伦萨，去巴登巴登，参加弗丽达母亲的 70 岁生日，回到班多尔	巴黎、德国、西班牙	1929 年 3 月中旬来到巴黎，"我一点也不喜欢巴黎。如今，这儿拥挤、喧闹到了令人难以置信的程度。空气污浊，闻起来充满了汽油的臭味。这儿的人们都没有生气，看起来疲惫不堪。""我在巴黎一直身体不好。……象这样的大城市剥夺了我的生存意志——或者，起码目前剥夺了我的生存欲望。我是多么需要更好的生活环境啊！"1929 年 5 月来到西班牙的马略尔卡岛，"我比较喜欢这个岛，在这儿感到身体也很好，但在生活上却感到寂寞。"来到德国的巴登巴登，"巴登巴登这地方非常潮湿，雾气浓重，天气非常糟。"然后又来到西班牙的班多尔，"这里天气很好，阳光明媚——听说杏花都开了，布鲁斯特家里已是满园春色。不过，我只在这里眺望大海和海浪泛起的白沫。"	1929 年冬季创作散文集《启示录》。写《为〈为查泰莱夫人的情人〉一辩》
1930 年 2 月	法国旺斯，3 月 2 日病逝，埋在旺斯	法国	1930 年 2 月听从医生建议，来到法国南部一城镇——旺斯，3 月 1 日，劳伦斯住进旺斯的一所房子里，2 日晚上十点逝世。4 日葬在旺斯。	
1935 年	劳伦斯遗骨从墓地中启出火化，并运往美国新墨西哥重新入土。	新墨西哥		

后　记

　　冬去春来，花开花落，十年春秋，门前的五马山逶迤依旧；窗外小树林中的鸟儿们去了又来，依旧鸟语啁啾。它们总是用最嘹亮的声音，报告着新的一天，歌颂着新的希望和生机。

　　2005 年的春天，我在母校福建师范大学那郁郁葱葱的长安山攻读硕士学位，其中给我们授课的哈迎飞教授上的一个专题是"佛教与五四作家的关系"，并赠送一本由上海三联书店出版的《"五四"作家与佛教文化》专著。当我读到书中有一段："郁达夫虽然被称为'中国的劳伦斯'，但他在爱情中真正关注其实并不是爱情本身，而是透过爱而折射出的相依相慰的依赖感、安全感和永恒的归宿感。"我才对劳伦斯这个外国作家有了进一步的感性认识。原来十年前曾为一个省内著名中等学校师生做外国文学系列讲座时，该校文学社赠送给我两本劳伦斯长篇小说《恋爱中的女人》和《羽蛇》。抓紧时间一读，原来他是一个与郁达夫一样自传性强、命运多舛、著述丰富又文学与艺术融为一体的率真之人，于是困扰颇久的硕士毕业论文选题方向就确定为中国现代文学作家与外国文学作家的比较。因为我在所在学校教学的是外国文学，而所念的学位是中国现当代文学，所以选择中国现代文学与外国文学的比较就比较适合我的实际情况，自然哈迎飞教授就成了我的硕士毕业论文的指导老师，我的硕士学位论文为"劳伦斯与郁达夫性爱小说差异性比较研究"。在研读了两个作家的大量的作品和他人的研究专著及论文之后，我的论文在哈老师的精心指导下完成，虽然被送外盲审，也获得好评，顺利通过硕士学位论文答辩，被评为 2006 年度的优秀硕士学位论文，在此要深表对母校老师哈迎飞教授、汪文顶教授、郑家健教授、席扬教授、袁勇麟教授、江震龙教授等精心指导。高校在职研究生毕业之后，我就舍掉了我本也热爱的郁达夫的研究，专心展开对劳伦斯的研究。在前期阅读和研究的基础上，我从劳伦斯的长篇小说开始读，然后中短篇小说、游记、诗歌、评论、戏剧等，发现劳伦斯是一个虽然身体欠佳、寿命不长但创造力异常强大的作家，可能是几乎涉猎了文学创作的各个领域，是一个文艺通才。有幸的是，2009 年 6 月，中国外国文学学会在浙江大学召开"外国文学研究 60 年"，《世界文学》主编余中先先生热情地告诉我，研究劳伦斯作品要看黑马译的，我说有许多作品都是看他译的，他给了我黑马的联系方式。在那次外国文学年会上，我在小组讨论上宣读的论文《从文学地理学的角度审视劳伦斯的早期长篇小说》，受到了那场分组主持人著名学者吴笛教授的高度认可，说从文学地理学角度解读劳伦斯的作品确实会有一些新的发现。吴笛教授是国内著名的学者，又有劳伦斯诗译作《劳伦斯诗选》和多篇研究劳氏的论文。他的肯定和鼓励对我是个莫大的鼓舞。之后那年的深秋，一个雨夜，一个困扰，使我忐忑不安地拨通了黑马老师的电话，当他得知我是他研究生就读时母校的老师时，又是对劳伦斯感兴趣的学者时，他十分热情地表示会支持我的研究，自此，我得到这位国内知名作家、翻译家，又是资深的劳伦斯译者和研究者的很多的指导和帮助，尤其是我看到了他的博客，有关劳伦斯的许多问题和读书感悟，这位亦师亦友的黑马兄从此热情耐心地指点我，当我在研究劳伦斯创作与他的故乡之间的紧密关系时需要他写的《心灵的故乡：游走在劳伦斯生命的风景线上》时，他说那书刚已送完，他竟把电子文稿发给我，只是交代若引用要慎重地对照书，并告诉我这电子文档不宜外传时，我一直只供自己阅读，后来我也买到了这本书。黑马兄还给我寄来了他翻译的《虹》、《恋爱中的女人》、《查泰莱夫人的情人》、《劳伦斯散文》、《纯净集——劳伦斯随笔集》及他的随笔《写在水上的诺贝尔》、《名家故居仰止》等，真把我高兴得不行，感动得不行，也许这就是热爱劳伦斯的缘分吧！这么多年，虽然我们未曾见过面，但我们心灵是相通的，对他多年的指点与鼓励表达深深的谢意！2009 年在杭州召开的"外国文学研究 60 年"，我第一次见到了我之前在电话与邮件中联系的华中师范大学文学院聂珍钊教授、邹建军教授，邹建军教授爽快地答应了我跟他访学的要求。华中师范大学作为国内外著名的外国文学研究中心，是我从事外国文学教

397

学与研究多年内心向往多年的圣地，但由于学术准备还不充分，我直到2011年9月才来到了华中师范大学的桂子山，沉浸于聂珍钊教授的文学伦理学、胡亚敏教授的文学与科学之关系，孙文宪教授的西方文艺理论，邹建军教授的文学地理学，也有幸聆听我国外国文学研究界元老级人物王忠祥教授的精彩讲座，并就一些治学问题向王老请教。在华师一年，博士生、访问学者与研究生紧跟邹建军教授所提倡的文学地理学，学习、讨论、调研，对文学地理学批评方法理论的提出、术语的界定、批评实践的操作方法进行了广泛而又充分的学术探究，取得了个人学术研究的又一个春天。虽然在华中师范大学访学只有一年，但华师的团结合作、华师的学术精神一直鼓励、指引我，我不敢懈怠，在此要感谢邹建军教授所提倡的文学地理学批评方法，以及运用此方法对作家作品解读的有效性，感谢文学地理学批评团队中的无私帮助，杜雪琴博士、颜红菲博士、覃莉博士、张琼博士、陈富瑞博士、周圣弘教授、刘娅副教授、张立新副教授、何林博士等的支持。之后获杜雪琴博士的赠书《易卜生戏剧地理空间研究》及张琼博士的博士学位论文电子版。一年的访问结束之后，我运用所学领会的文学地理学批评方法理论，进行了更有针对性的劳伦斯小说研究，尤其是专注在劳伦斯长篇小说的研究，先后负责主持完成了两个福建省教育厅的课题研究项目："劳伦斯长篇小说地理空间建构问题研究"、"劳伦斯长篇小说地理基因问题研究"。在有关学术刊物上发表研究劳伦斯的系列论文十多篇，在业界有一定的影响，在此十分感谢各学报的编辑精心的指导，使得十来篇论文能在许多国内学术期刊上得以发表。多年来，在学院、在学校、在校外大学、在福清市统战部（巧的是讲座在2015年9月11日上午，恰好是劳伦斯诞辰130周年纪念日）、在福清作家协会等场所，开了多个劳伦斯的专题讲座，反响强烈。近来，也得到旅居英国的诗人、儿童文学作家、画家、大学教授张怀存女士的指导，她居住伦敦，也是劳伦斯及作品的爱好者，到诺丁汉实地走访了好几周，对那块给劳伦斯文学巨大影响的圣地有深入的感受，她的在场，给了我许多亲身感受的间接经验，感谢她的及时文字分享和拍摄的照片。在此尤其要感谢的是湖南衡阳师范学院廖杰锋教授，对我真心的帮助，2014年南昌大学"外国文学"年会期间，二人作为室友，曾彻夜长谈劳伦斯，对我有很大的启发。不仅获得他的赠书《审美现代性视野下劳伦斯》，还时常就劳伦斯研究过程的一些疑惑向他讨教，他都热情解答。要特别感谢福建师范大学文学院博士生导师葛桂录教授，曾多次耐心地指导和帮助我的课题研究的进展，并对一些学术问题提出宝贵的意见。在此，要感谢在劳伦斯研究界的先生们，这些年，是毛信德、冯季庆、罗婷、伍厚恺、蒋承勇、黑马、王立新、蒋家国、刘洪涛、田福光、廖杰锋、田鹰、汪志勤、闫建华、李妆成、陈健等专家学者的研究成果，引导着我，也激励着我从事劳伦斯的学习和研究，沉浸其中。从 2011 年开始，已有近五十人选择劳伦斯作为本科毕业论文写作的方向；指导了两个大学生自主创新课题，由李琼茜主持的国家级课题"劳伦斯长篇小说矿乡空间建构及审美思想"，由林秀娟主持的福建省课题"劳伦斯的生长环境对其生态思想影响研究"也都顺利结题。他们的积极参与，可以说也推动了我的进一步的研究，由此涉及了广阔的领域，涌现出一些较好的论文写作者，如张冰钗同学、林敏钟同学、邓春燕同学、李琼茜同学、余岚岚同学、张楠同学、陈淑霞同学、林秀娟同学、刘伽羽同学、罗海兰同学等。这本"十年磨一剑"的《文学地理学批评视野下的劳伦斯长篇小说研究》正是我多年的学习和研究的结晶，本人不才，但这本专著，确实是对三个方面的大融合，既要对文学地理学批评方法这个中国原创学术术语与概念的学习运用，又要对劳伦斯的生平与作品的大量文本的细读，还要对国内外大量劳伦斯研究文献的批评阅读。可谓内容丰富，写作难度非同小可。只为了为了我心中的神圣文学，为了我坚持多年的劳伦斯研究。

感谢校长陈盛教授对我文学研究的支持，文法学院林钦松书记、院长魏宏斌教授及院领导的支持和鼓励。文法学院的黄海燕教师认真通读全稿，并提出许多很好的建议。外国语学院肖晶副教授为本书的英文排版花费不少精力。我想没有众多老师、朋友的鼓励和指导，没有学校、学院领导的期盼和鼓励，没有家人不离不弃的支持，我的这本书是难以面世的，同时也感谢莆田市优选教育咨询有限公司董事长吴嘉熙先生为本课题的研究提供大力支持，特别要感谢中国社会科学出版社的王磊兄，是他让我有勇气把拙作投递给国家级出版社中国社会科学出版社。本人深表感谢。在此要特别感谢华中师范大学文学院博士生导师、华中师范大学文学研究中心副所长邹建军教授在百忙中为本书作序，给予我很大的鼓励。在此深表谢意！特别感谢这么多年为了我默默付出的、我的爱人陈秀宇女士，她的坚定信念和工作上的支持，她的默默奉献，令我敬佩。女儿庄舒敏女士为我查找和翻译、打印了大量外文资料。家人为我的科研创造了良好的环境。由于条件所限等原因，有些没能充分展开，这本书肯定有许多不足。还恳请各位读者及专家不吝赐教，提出宝贵意见，以便以后更完善、更全面的著作问世。

2017 年 1 月 8 日初稿于融城五马山
2017 年 2 月 18 日二稿于融城五马山